收获

NOVEL HARVEST

长篇小说 2021 夏卷

上海文艺出版社

目录 2021 夏卷

- 002 纪念碑 　　　　　　　　　　　　　　　王小鹰
- 259 革命的乡愁与历史的风度 　　　　　　　项 静
- 266 江南役 　　　　　　　　　　　　　　　海 飞
- 403 「武侠谍战」：超现实的魅惑与传奇 　　傅逸尘
- 414 《文城》内外 　　　　　　　　　　　　余 华 洪治纲
- 421 文城·补 　　　　　　　　　　　　　　余 华

纪念碑 ■ 王小鹰

兰畦别墅

世界上有一种英雄主义，那就是认清生活的真相后，依然热爱生活，并为之而奋斗。

上卷　绝尘

天地有大美而不言。

——庄子·知北游

引子

一夜是梦。

记不清来龙去脉，芜杂纷纶中却是有她的。

可是我从来未见过她，记忆中应该没有她的影子。兀生生地，她忽就出现了。

就在"兰畦"园子的墙脚跟那一畦兰草前，她欠下身子拂弄那芊芊紫茎绿叶，没站稳，趔趄着哦哟了一声。我扑上前去搀扶她，却被她抬手挡开了。她微微蹙眉，目光渊默悠远。

风乍起，一畦兰叶沙沙地摇晃，就在那一瞬间，她轻烟般地消失了。

晓窗外梧桐阑干的闲枝，勾住浅浅一枚残月。

觉着浑身地痛，却不知痛在何处。灯晕中，惊见右小臂上碗口大一片乌青，活像卧着的一只蟾蜍——方才正是用这只手去扶她的，她挡开我竟就如此狠力？是责怪我？还是嫌恶我？

（此处被蓝黑墨水晕洇了一大块污渍。）

——史青玉日记

1

落了大半天的蒙松小雨，垂暮时分意犹未尽地收住了。湿答答的空气尚未及晾干，玄青的天幕已被残日撕开了一道罅口，撑出几条猩红绀紫的云幡。

城西区的一条老街，惯常的纷乱杂沓，阴雨天愈显得污浊晦暗。路灯虽已点亮，在湿重的雾霭里只影影绰绰残花一般。忽有几抹艳丽的夕霞飘落下来，便把整条街装点得光怪陆离，似是而非了。

正是下班时刻，马路拥堵挤轧，脚踏车如倾巢黄蜂呼啸而过。好在不落雨了，并肩累迹的行人纷纷收拢伞，马路稍微舒朗了些，便愈是加紧了脚步，只想早点回到家。

没有人会注意到他。

他穿着一件洗得发灰的藏青蓝人民装，敞开的领口露出半高领的粗绒线衫，也是灰不落脱讲不清颜色的。下身的旧军裤皱巴巴，脚上的军用跑鞋污糟糟，唯有斜挎着的军用书包还看得出八成新的草绿色，特别是书包盖上缝着的五角星，红得有点触目惊心。

像他这般落拓的行状，人们已经见惯不怪了。前两年，下放在云南西双版纳的知识青年联名给中央邓小平副总理写了一封信，表达了大家都想返城回家的强烈愿望，甚至还有部分知青组团进京请愿。邓小平在中央紧急会议上最后拍板："让孩子们回来吧！"自此掀起了知青大返城的风暴。城市的大街小巷中，便出现了许多面容黝黑而神情亢奋的回城知青。

他的神情却是阴郁的，高岸峡谷般的国字脸上乌云密布。他的步履也与周边行人格格不入，迟缓而滞重，好像陷在沼泽中，每抬脚都要竭尽全身的气力。

他颀长的身影壁虎般贴着墙壁，小心翼翼躲开了路灯的光照。若遇到沿街的店铺，他便缩起脖子，将面孔藏进肩胛。

就这般，他艰难地挪移了大半条街，在某个弄堂口收住脚，隐在屋檐下的暗头里，无声无息，好像是旧砖墙上的一片污损。

这是条陈旧的石库门弄堂，窄窄的，对门人家相距不过三五步路，水泥石板路面斑驳残缺，泥泞潮湿。像这样的老弄堂单这条马路上就有好几条，整座城里又何止千条万条。

有一位中年妇女挎着鼓囊囊的软草包急煎煎往弄堂里冲，差点撞上他背脊，便狠狠骂了句："寻死呀，闷声不响蟠在暗角落里！"

他不回应，愈是收拢四肢，像要将自己砌进砖墙缝里。待那女人一阵风般消失在某扇门洞里，他方才挪移了两步，探身朝暮霭沉沉的弄堂张望。

老弄深深，疏疏落落的灯火明灭不定。

他的目光巡移至某一处便定住了，他用力掀起了眼帘，他的目珠竟是那样的漆黑锃亮，洞烛了他整张面孔，一扫他许久以来的萎靡颓废。

他们踏进她家所在的这条弄堂的时候，五彩斑斓的夕霞正裹着晚风絮絮地飘落下来，陈旧的砖墙和水泥路霎那间辉煌起来，仿佛就是为他和她搭起的一座宫殿。

那是去年的小年夜，也正当临暮时分。

他们从大山里乘了一天一夜的火车赶回上海过年。他左肩挎着的旅行袋里沉甸甸塞满了笋干茶叶香菇木耳等珍稀野山货，右手拎着的帆布袋中则是两条飞马牌香烟和两瓶古井酒。他耗尽进厂一年省吃俭用攒下的钞票，为未来的丈人丈母娘备下重礼。

他特意在火车站的厕所里换上了新做的蓝卡其人民装，并且用手蘸着水把横七竖八的头发捋得光溜溜的。他原本就高挑匀称，面容俊朗，加上满心欢喜形于辞色，愈显得风骨秀爽、神采奕奕。而他心爱的姑娘就像蒲苇缠绕磐石般依偎一旁，时不时将妩媚的面庞凑至他耳畔，昵昵女儿软语撩拨得他合不拢嘴。

他们原是同班同学。三年中学的日子混沌而过，轮到他们那一届毕业分配的时候，上头的政策是"一片红"，全部上山下乡，到农村接受贫下中农再教育。

虽说都是务农，却也有高下之分，比如地域的远近、地区经济状况的好坏，等等。她的哥哥先于她一年分配在市郊农场，每月有固定工资。因此，她便毫无争议地分至又穷又远的西南山区插队。而他，祖父母即是上海远郊的农户，他完全可以就近投亲插队。可他出人意料地贴出了大红决心书，坚决要求到偏远山区插队落户，到最艰苦的环境中去锻炼改造自己。于是，他成了学校的楷模，他的大头照片登上了青年报头版。

后来，他们在大山里恋爱了，山崖上，溪泉边，临清风，对朗月，细诉衷情。穷乡僻壤荒山野岭，在他们眼中倒成了琪花瑶草的蓬莱仙境。他方才告诉她，他就是为了她才执意报名到山区来的。姑娘秋波摇曳，惊讶道："你好鬼哦，我们在班上从来没有单独说过话呀！"

他们虽然爱得热烈，女儿家却固守着最后一道防线。有几次，高山密林中，男子汉难抑激情，欲强行求欢，每每被姑娘狠命推开。望着他沮丧的样子，她也心疼，可她只能用温存的依偎和信誓旦旦的言语宽慰他。原来，她的父母给她立下了死规矩：坚决不能在大山里安家落户，不能跟农村户口的人谈恋爱，起码，也得找个捧铁饭碗的工人阶级。并且，她的父母还动员了方方面面的亲戚朋友为她物色合适的对象，年龄相貌都在其次，关键要是城市户口，要有固定工资收入。她并没有将父母的动作告诉他，他却从各种渠道隐隐约约听到了一些，愈发地悒郁愤懑起来。

也许是上苍见怜他的真情，不久就有国家大三线军工厂到他们插队的县里招工了。他各方面条件都符合招工标准，仍不放心，家里人为他凑了一笔钱，他将生产队、大队、公社方方面面的要紧人物都打点到了。终于，他被大三线军工厂录取，成为一名让许多知青眼红的全民所有制大企业的员工，有一份旱涝保收的工资。

军工厂离他们插队的山村尚有好几百里地，离别那一晚，他们一夜无眠，却并不伤感，相拥着憧憬着以后的团聚。他斩钉截铁向她保证：不出一年半载，他一定能将她调进军工厂。姑娘也不再矜持，全身心投入他的怀抱。金风玉露一相逢，便胜却人间无数。

他们相约，年底一同回上海探亲，跟双方父母坦陈他们的爱情。

小年夜，他们手挽手踏进晚霞辉映的弄堂。宋家的毛脚女婿是国家保密军工厂的员工，这条消息早就传遍左邻右舍，几乎每只窗口每扇门洞都有人探出头来点点戳戳。目光的列阵送他们跨进她家的大门。

她的母亲是一位五官精致而神态冷峭的妇人，在她一对吊梢眼解剖刀般的注视下，他冷汗溏溏，手足僵硬。

这女人待客不冷不热，礼数周到。她笃悠悠问长问短，军工厂的生活环境啦，工资待遇啦，人际关系啦，衣食住行纤悉无遗。最后，她石雕般的面孔终于活络起来，露出浅浅的笑纹。她允诺了他和她女儿的交往，只是一定要待她女儿调进军工厂后方可论及婚事。这对他来说已经是天大的恩泽了——他相信自己一定有能力将心爱的姑娘调进工厂的。

有谁能够预测命运的波谲云诡呢？

他回到单位勤勉工作，为人又本分规矩，屡屡得到领导的表扬，并且提前转为正式技工。他觉得时机已成熟，便递交了一封情真词切的申请书，请求厂领导将他的未婚妻调进工厂。

正当他满怀期望等待领导批复之际，形势却急转直下，中央政策允许插队知青返回城市，他心爱的姑娘也在她父母的催促下匆匆离开山村回转上海去了。

对他最致命的一击是，她在离开山村返城之际竟没有通知他！大山里信件走得慢，到县城发个加急电报总可以吧？

他收到她的最后一封信中，仍是在倾诉绵绵的思念，并殷殷期望她的调令早日下来。所以，当领导通知他，厂里已经批准了他的申请，下一批的招工名单中就有他未婚妻的名字了。他欣喜若狂，利用厂休日，再请了一天事假，搭长途汽车赶回他们插队的小山村报喜。

他见到的却是空无一人的知青屋，屋内尘垢狼藉，四壁萧然。村支书摇着脑袋喟叹道:"上面政策一下,一星期内都走光了,跟龙卷风卷过似的……"

他在知青屋里独坐了大半天,仿佛是一座千年古墓中的一具干尸。待暮色四合,屋内浑沌一片,他突然就立了起来,像豹子一般腾越出门。他全然不顾他只有两天假期,必须搭乘当晚的长途汽车回厂。他径直登上了开往上海的火车,他不相信他的姑娘会这样绝情,他必须见到她追根究底,否则,他将窒息而殁。

那是个阴霾密布的早晨,他一下火车就直奔她家。她母亲正巧拎了一篮子小菜回来,见了他倒还客气,请坐,倒茶,说出的话却如利刃一般:"我们嘉卉去上班了呀,她们服装厂虽然比不上你国有大企业,毕竟是在上海嘛。"她的吊梢眼斜了他一眼,又道:"可惜啊,你们三线厂的户口调不回来了,所以嘛,嘉卉已经跟厂长的儿子……"

他听不见那个妇人后面又絮聒了些什么,梦游般迷迷糊糊离开了她的家。他走进弄堂对面的一爿面馆,挑了靠橱窗的一个位子坐了下来。倘若她下班回家,他是一眼能望见她的。

系着白饭单的女服务员殷勤地问他要点些什么呀?他摇了摇头,虽然一天一夜未进食了,可胃里面堵着满满的愤懑与悲酸,没有一丝空隙了。服务员立马拉长了脸道:"同志,我们这里不能让人闲坐的!"他便胡乱点了份咸菜冬笋肉丝面。

他用筷子挑起面条往嘴巴里塞,眼睛却死死地盯住对马路的弄堂。他就这么从早晨一直坐到傍晚,其间也不晓得点了多少碗面条。

天空阴云低重,时而洒落疏雨。

终于,他看见街灯一盏盏绽放开来,应是下班的时候了。他打起精神,目珠仿佛要弹出眼眶。影影绰绰,他瞥到弄堂口晃过一个女子的身姿,很像是她。他急忙追出去,已不见踪影。

他再次摁响了她家的门铃,可她母亲从后窗口探了下脑袋,就再也没有响动了。他横下一条心,对着她家的窗户大声喊叫:"嘉卉——宋嘉卉——你出来呀——我的申请批准啦——我来接你啦——"

他的声音像一条愤怒的长龙在幽暗的弄堂里左冲右突,撞在青砖墙上铿铿地溅出火花。弄堂里所有的窗户都洞开了,唯有她家的门窗紧闭着,岩石般的冷酷和坚硬。

许时,里委会干部出面干预了,派出所的民警也出动了。又许时,他的父母闻讯赶来,方才将他拖拽回家。他们原是规规矩矩安分守己的人家,父母亲苦口婆心劝了他两日,父亲便买了火车票,亲自送他回工厂。

他因无故旷工而受了处分,更因他整天神思恍惚,屡出差错,在工厂里的处境也是每况愈下。他几乎每天都要给嘉卉写一封信,滚烫的倾诉,悲泣的哀告,都是鱼雁一去从无消息。他就像在地狱里煎熬,挨到年底,他拿定了主意,此番探亲回上海,无论如何要跟她做个了断。

他的目光锐利地刺破愈来愈稠重的暮霭,准确无误地落在她家的门户上,他甚至看清了,她家大门上贴着的一团火红是一个"囍"字,这个囍字蓬地将他点着了,他双颊的肌肉拧成了两团铁疙瘩。

略思忖,他不再隐藏自己,蹬蹬蹬跨大步朝弄堂口的传呼电话间走去。正是一天里电话间最忙的时候,两部电话机都有人占用着，旁边还候着几个人。管电话间的大爷见他直僵僵地杵在跟前，便道："同志，你要打电话是吧？稍等，排队哦。"

他跨前一步，目光灼灼，道："大爷，麻烦你喊一下59号里的宋嘉卉好吧？"

大爷双手一摊道："可我这里没有宋嘉卉的电话呀。"

他从裤兜里摸出一张皱巴巴的十元纸币，往窗台上一搁，声音闷沉沉像天边的滚雷："大爷，帮个忙吧，喊她出来接电话。我……我有事找她。"

旁边一位妇女忽然就叫起来："哦——你就是宋嘉卉先头的男朋友对吧？哦哟，小兄弟，你就不要痴心了，人家宋嘉卉过几天就要出嫁了呢……"

大爷一把将这位妇人推开，拽着他的臂膀道："同志，你先到我电话间歇一会，我帮你去59号看看，人家肯不肯出来就讲不定了……"

他再无言语，狠狠地甩开大爷的手，转身朝弄堂里冲去。

可是他已经没有机会了，居委会主任和当班民警挡在了他面前。其实，当他出现在这条街上的时候，便有人认出了他。

居委会主任姚大姐挥手驱散围观的群众，笑容可亲道："小蔡同志，我们对你是了解的，你在单位表现也不错。有什么问题大家可以协商解决对吧？来来来，到我们居委会办公室去坐一会好吧？"

到这一刻，他是什么话都听不进了，他奋力挣脱着要往弄堂里去，姚大姐与民警竭力阻止，互相牵扯推搡中，他肩上的半新军用挎包滑脱了，叭地落在地上——缀着鲜红五角星的书包盖掀开了，露出扎得紧紧的一包雷管！

周围的人群霎那间鸦雀无声。

2

过了惊蛰，草木便蠢蠢欲动。

苔痕不知不觉染绿了小径，寂寞了一冬的梧桐，枝桠上隐隐有菁葵凸现，新芽欲发未发。

星期六，史青玉跟周日值班的同事调了休，却起个大早，到附近农贸市场买了肉鱼禽蛋一大堆东西，装在一只腰鼓状的竹篮里，上面用报纸遮得严实，再用细麻绳把竹篮牢牢地扎在自行车后的书包架上。同事问道："史医生，你调休了，又不休息，一大早的！哦——莫非有人给你介绍……"

史青玉莞尔道："我妈今天六十大寿。"话音与笑容都是清清幽幽的，像晨风中微微摇曳着的草叶。

史青玉早过了谈婚论嫁的正常年龄，周围人都想不明白，像她这样要人品有人品，要学历有学历，要事业有事业的优秀女子，为什么一直没嫁人？甚至连恋爱的蛛丝马迹都没有。常常有好事者想为她介绍对象，她总是敛眉噙唇淡然以拒之。

史青玉医大毕业分配到这所近郊的医院十多年了，医院从原先的乡镇卫生站逐年合并扩展，成了具有全科医疗水平的正规区级医院，她也升任了心血管内科的副主任医师。从前她一直住在医院的集体宿舍里，不久前，医院分配给她一套两居室的住房。管后勤的副院长将钥匙交给她时笑道："单身职工最多只能分到一室户，史医生，你是特例哟！大家都希望你早日找到意中人，喜糖我可要双份呢！"

平常史青玉难得整日的休息，回市区养父母家都是搭乘公交，一部郊县车到徐家汇，再转45路公共汽车。这日因携带了一篮子食品，挤公交不方便，她便决定骑自行车回家。

郊区早春的气候仍有点凉，刚上路时，青玉用块驼色细格开司米围巾包了头。骑了一段，道路陈旧，路面坑坑洼洼，她生怕将竹篮中的土鸡蛋颠碎了，便解下围巾，折叠了垫在篮底。

正是上班时刻，公路上往来车辆如鲫过江。青玉骑着她紫红的凤凰26，轻捷地穿梭在车流中。眼门前飘来一片雾障，扑在脸颊上，湿漉漉的，方知是雨珠子。青玉紧着靠边，一脚撑地停住，从车斗中抽出浅绿的雨披，套上身。打头风掀动雨披羽翅般张起，青玉像只翠鸟划过灰蒙蒙的雨幕。

前方有条岔路，白底蓝字的路牌上写着"鹤盘"两个字。青玉打转龙头，凤凰26便下了公路，转入乡间土路。幸而路不算远，不久便进了一座十来户人家的村落。青玉远远就看见在一户简陋的粉墙黑瓦的屋檐下，靠背竹椅上坐着位头发花白、面膛黄赭的老太太，一边驶近去，一边喊："石蕙婆婆，下雨了，你怎么一个人坐在外边？"老太太摆摆手，"屋子里闷。史医生你怎么来了？阿娟菜地里拾掇好了要陪我去医院的。"史青玉从后座竹篮里提出一包牛皮纸包裹的中药，道："石蕙婆婆今天我休假，药我替你带过来了，你告诉阿娟，不用去医院了。"老太太接过中药，捧在怀里，又摆了摆手。青玉也朝她摆摆手，跨上小凤凰驶出小路。

这一路史青玉一改惯常波澜不惊的做事风格，两脚使力将小凤凰车的钢圈踩成两只铮亮的银盘。二十多公里路程仅一个多小时就到了。只是拐进那条支弄纵横洋房错落的弄堂，车速忽就延滞下来，咔吱咔吱蹬了几脚，索性下了车，推着小凤凰缓缓地行走。雨网沙沙沙地笼罩着她，像千万只小虫啃啮着她的思绪。凌晨梦醒时分毅然决然下定的决心，这一刻却像雪人碰上大日头那般融化了。

从弄堂口到家门口拐拐弯弯百米多的路程，脚步再迟疑，几分钟也就蹭到了。她咬了咬嘴唇，暗忖："先替霄妈妈过个欢欢喜喜的生日，到时候见机行事吧！"正待摸钥匙开门，门却先开了，麦蛾拎着一兜垃圾正出来，先喊起来："哦哟青玉姐，你真早啊，还带了那么多东西！"像只充足气的皮球蹦下台阶，丢了垃圾，便相帮青玉从自行车上卸下竹篮，一边皱着鼻子压低嗓门道："翠姑妈昨晚上就住下了，一大早起来数落东数落西，把我头都搞胀了！"忽又绽开笑，"青玉姐，你来了我就不怕了。"

青玉嗔道："翠姑妈有什么好怕的？"又道："天还没这么热吧？看你穿得像三伏天似的，小心着凉。"

麦蛾上身只套了件红白条的线衫，胸脯像小山包起伏着，道："翠姑妈催得要命，扫了院子，拖地板，我都出了三身汗了！"

麦蛾唤霄妈妈"姨娘"的。其实，麦蛾的母亲并不是霄妈妈的亲妹妹，她们是情同姐妹。麦蛾经常说，是姨娘救了我娘。若非姨娘相救，这世上恐怕就没有我麦蛾了。

她们俩将大竹篮送进厨房，正坐在客厅里品茗的翠姑妈闻声也进了厨房，虚胖的面庞盛了满满的笑，快要溢出来似的，道："青玉姑娘，辛苦你了！"嵌在肉脸中的眼乌珠飞快地往篮中扫了一圈。

翠姑妈言辞间总是有意无意地将史青

玉在这个家庭中的特殊身份点㐧出来,史青玉处世向来与人无忤,便由她去,只顾一样样将篮中食物铺排开来。青玉取出一件放在案桌上,翠姑妈便拿起一件凑到眼门前望望、闻闻。一圈下来挑不出什么毛病,才道:"够了够了,青玉姑娘路道粗得来!这只老母鸡脚杆腊腊黄,正宗三黄鸡;这只热气蹄髈,小菜场上再多肉票也买不到的。"

青玉只是笑笑。她在郊区医院是遐迩闻名的好大夫,常有她医过的病人捧着自己圈养的鸡鸭自己种植的蔬菜来感谢她,她却是一概不收。这回也是为了给霄妈妈过六十寿诞,她才到镇上开张不久的农贸市场兜了一圈,自然按价付钞票,一分一厘不肯少的。

翠姑妈双手一合道:"这回一颗心总算落定了,算算小菜是摆得上台面了。"稍歇口气,挤出个神神秘秘的笑,"我先给你俩透个讯,今朝我把我们李家门里长房小孙子请了来,给他引霄婶娘祝寿,我忖忖'四人帮'打倒了,从前闹得你死我活的这派那派,现在也坐到一条板凳上来了,一扇李家门里的亲眷作啥还要老死不相往来呀?对吧?饭桌上,要是阿翱不给人家好脸色,青玉姑娘,你一定要相帮调顺调顺哟。"

青玉点点头,楚爸爸本姓李,阿翱是他的小名。为了宽翠姑妈的心,便又添了句:"翠姑妈,我想楚爸爸不会给人家脸色看的。"

其实麦蛾已经憋了一会儿,终于道:"前两天我在楼梯口碰到楼上顾医生的老婆,她听讲姨娘六十大寿,也要来祝贺的……"

翠姑妈瞪着她道:"你这张嘴真该用针线缝起来才好,不是讲好自家人聚聚,不传扬出去的吗?你老实讲,还有啥人晓得了?"

麦蛾面孔涨红了,嗫嚅道:"顾医生老婆大概告诉了三楼的秦同志……"马上补了句,"他们讲只讨杯酒喝,不入席吃饭的。"

翠姑妈没好气道:"真是黄鱼脑袋!人家下来祝寿,能不请入席吗?"无奈摇摇头,"好了好了,无非添几副碗筷!麦蛾你记牢,今朝你听我指挥!你们苏北人,哪里会做正宗浙江菜?去去去,把我带来的几样老货拿过来,给青玉姑娘过过目。"

麦蛾肚子里嘀咕:"什么老货,南货店里都有卖的。"自然是不出声,利落地从橱柜中取出一包黄鱼鲞,一包笋干菜,外加一陶罐醉黄泥螺。翠姑妈将黄鱼鲞擎到青玉鼻子下,道:"青玉姑娘,你闻闻,正宗东海大黄鱼鲞呢!我想和你那只三黄鸡一道清蒸,这道菜是我们宁波老家的看家菜。"又抓起笋干菜递到青玉跟前,道:"这跟南货店里卖出的霉干菜不一样,全是开春头一茬嫩笋晾干而成的。蹄髈红烧,笋干菜垫底,你霄妈妈保证欢喜得不肯放落筷子!"

青玉肚子里盘算了一下,原准备炖只鸡汤给霄妈妈补补身子的,便迟疑道:"三黄鸡蒸鱼鲞了,用什么做汤呢?"

翠姑妈一副天下无难事的气派,道:"腌笃鲜汤呀,你带来的那几根竹笋正好派上用场!"转而又向麦蛾吩咐:"斩点肉糜,做点蛋饺肉丸,放在汤里,也是团团圆圆全家福的意思嘛!"

她们三个将当晚生日宴的小菜,冷盘几只,热菜几只,一一调排停当。主要是翠姑妈发话,青玉略作补充。

这顿生日宴年头上就策划周全了的，史青玉记得，当时家里的住房落实政策，增配扩大了面积。那一日也是周末，弟弟妹妹都回来，大家一起刷墙拖地搬家具。是大弟史雪弓发出倡议的：今年是不是应该给劳苦功高的母亲庆祝六十整寿啊？一来，祝贺她在区人民代表大会上高票当选了区长；这二来嘛，也要感谢她率领我们全家从此走上繁荣富强的康庄大道啊！两个妹妹雪砚雪墨齐声响应，立即去向父亲汇报，顺利获得父亲的大力赞赏。当即分派好各自的任务，并商定，先要瞒着母亲，给她一个惊喜，也防着她不定端出区长的架势，以不要铺张浪费为由否定这个决议。

麦蛾包揽下拣择洗切等备菜工序，用力将史青玉推出厨房，道："青玉姐，你回来还没上楼跟我姨夫招呼一声呢！"翠姑妈也道："青玉姑娘你放心，厨房由我盯着呢。"麦蛾冲着翠姑妈乱蓬蓬的后脑勺做了个鬼脸。

史青玉暗忖，倒是该去画室看看，楚爸爸给霄妈妈画的生日礼物完工了没有？

上海早先法租界里的花园洋房最大的好处就是楼梯宽敞平缓，不像弄堂石库门里的楼梯，为节约空间，筑得狭窄陡峭。史青玉沿着柚木楼梯上二楼，半个多世纪过去了，扶梯的走势画着弧形，恰恰如用长锋狼毫撇出的一笔兰叶，至拐弯处，扶手攒簇隆起，雕出抱蕊含馨的初放兰花状。自六十年代初随霄妈妈住进这座房子，青玉每每登楼，左手掌必定抚着扶手，像孩子搀着母亲的手。

二楼扇形的楼梯间左右各衔着一条走廊，左首廊壁上挂满了画框，油画、水粉、水彩，景物人物静物，俨然一座小型美术馆。笃底的门框上嵌着块紫檀木匾，匾上镌着五个铜绿填描的大篆，点画筋骨昂扬，字形却奇崛瑰异。一般人只当是幅画了，青玉也是在楚爸爸的指导下，方才辨认出字迹，那是一句五言："平楚正苍然"，头两个字正是楚爸爸的姓与名。

青玉轻扣了两下虚掩的门，喊道："楚爸爸。"

"是青玉啊，快进来，快进来！"门里跳出的声音奔放有激情，跟年轻人似的。青玉不觉莞尔，楚爸爸总是能凭声音辨识人，看来楚爸爸的身体和心情都处在绝佳状态。

推门进去——门只能开半扇，所以得侧身。画室中，架上柜上桌上椅上，到处是画册书籍，门背后的鞋箱上也摞满了。青玉第一眼看到房间中央架着的女游击队队员的肖像，便欢喜地一合掌，"哦——是霄妈妈，很像呢！这件生日礼物天下无双了。"

平楚一手还握着画笔，后退几步，眯着眼打量着。片刻，用笔点点画布，道："青玉，提提意见。哪里尚可改进一下？这可是我替你霄妈妈画的第一张肖像哦！"脸上却是颇为得意的笑容。

青玉也学着楚爸爸后退几步看看，又凑近了看看。霄妈妈细眉细眼原本就过于纤柔细致，全然没有人们想象中的女战士那般浓眉大眼的英武。可楚爸爸却画出了她眉眼中的刚直与坚定，特别是洋溢整张面孔光风霁月般的微笑，跟霄妈妈日常的表情神似。青玉稍犹豫道："霄妈妈的神态是无可挑剔了，身上的老布袄也特别质感。就是为啥让霄妈妈腰里绕根麻绳呢？至少应该是根皮带吧？"

平楚呵呵呵地笑了，一笑就露出左边一颗虎牙，他用画笔指着画中人道："我头一次在海滩上见到你霄妈妈,她就这副模样!她人瘦,袄子大,海风直往里钻,随手找了根麻绳拦腰一捆。当年,那种形势下,哪里有皮带噢。"又后退几步,端详着画中人,道:"麻绳不好看吗?当年,你霄妈妈可是根据地出了名的女侠客,人漂亮,又会打仗,小鬼子出十块大洋买她的人头!"平楚双臂环抱胸前,目光像是钻进画布中去了,"1945年冬天,小日本投降了,我把你们奶奶从上海接来根据地。上海人的规矩,头一次见儿媳妇,婆婆要送见面礼的。你们奶奶穷归穷,还是凑钱买了一块丝巾和一盒雪花膏。哪晓得看到媳妇这样的打扮,都没敢把那两件礼物拿出来!"说罢又呵呵呵地笑开了,那颗虎牙就像嚼在嘴中的一粒珠贝。

青玉道:"楚爸爸,我看这帧肖像不用再改,也来不及配框……对了,待会去文具店买好看点的包装纸,再系上红丝带,到时候由你亲自送给霄妈妈,这生日礼物胜过金银珠宝了!"

平楚没然否,仍托着下巴眯着眼欣赏自己的作品。青玉准备退出,想想又道:"楚爸爸,晚上下楼聚餐时要换件衣服哦,你身上全是颜料,都分不出原来的色泽了。"拉开壁橱门,拨拉了一会,挑了一件深紫红色毛线外套和一顶黑直贡呢的罗松帽,递到平楚跟前,"楚爸爸,晚上聚餐你换这身如何?"平楚没瞄一眼就点点头,青玉偷偷一笑,道:"我把它挂在门背后了,别忘了。"随即拉开房门要下楼去。

"等等,青玉。"平楚喊住了她,稍顿,道:"我送全国美展参展的作品也准备得八九不离十了,青玉你正好给提提意见……"

青玉听着楚爸爸的声音有点紧张,甚至有点羞涩。她顺着他的目光,方才注意到一侧书橱前斜倚着两米长一米宽的画板,被一块旧被单遮盖着。却见楚爸爸一步腾跃,窜到那画板前,深吸口气,刷地将旧被单扯下来了——那一瞬间,青玉觉得整个人像被重物猛力地撞击了一下,不由地踉跄着朝后退了几步——那画面太令人震撼了!

硝烟迷漫,火光冲天。硝烟火光中,腾云驾雾的一个女子,飞天一般。然而,定睛看,那女子浑身伤痕累累,血迹斑斑,是一位激战中的女战士。但见她柳眉倒竖,凤眼圆睁,银牙咬住手榴弹的引信,扑向鬼哭狼嚎的敌人……

青玉艰难地走近她,迟疑地出声道:"这……也是霄妈妈?"

平楚缓缓摇了摇头,"她是我们的战友。"

青玉的心怦怦怦跳得急促,紧着问道:"楚爸爸,我小时候好像见过她的?"

平楚突然明白她的意思了,轻轻拍了拍她的背脊,沉吟道:"她不是哪一个具体的人,她是无数牺牲了的战友的化身。我想为这幅画取名为凤凰涅槃,你以为如何?"

青玉镇定着自己,竭力保持惯常的平和,道:"噢——我觉得涅槃作为佛教用语,群众不易理解。不如朴素些……烈火中永生,叫也叫得响,楚爸爸你说呢?"

平楚沉吟稍许,笑道:"好,烈火中永生!青玉,你想得比我周全……可是,一个人能不能永生呢?"

青玉忙道:"先不要定下,待雪弓雪砚雪墨他们回来,听听大家的意见嘛。"

"哦?今天雪弓他们都回来?"平楚惊喜道。

"楚爸爸你忘了?今天我们要给霄妈妈

庆寿呀!"青玉瞥了他一眼。

平楚没有作声。青玉侧目瞥了他一眼,楚爸爸的魂灵好像又跑到画里面去了。

3

区长办公会议从午后一直开到黄昏,司机小贝已经将车停在区政府办公小楼前的林荫道上候着了。

细雨初歇,夹道的常绿松针叶还时不时滴着水珠。小贝便站到门檐下,掏出了一支烟。

区委区府所在的这座大院,长松落落,卉木蒙蒙,繁枝茂叶掩映着四五幢法式小洋楼。从前曾是上海滩某大亨的私家花园,1949年以后收为国有。

半根烟工夫,暮色便一重一重淹没了整座院子。小贝估摸着这会差不多该结束了,便摁灭了烟头。可是小会议室那两扇通往花园廊梯的玻璃门迟迟缄默着,丝毫没有洞开的迹象。小贝看了看手表,都过六点了。他便蹭蹭几步跳上台阶,趴在玻璃门上朝里张望。

隔着磨砂玻璃,其实是看不清什么的,影影绰绰只见一豆萤火上下左右无规则地晃动着——这一定是史引霄区长在发表什么高论,或者在训斥什么人。区里的干部都晓得,史引霄区长情绪一上来就连说带比打手势,夹在指间的烟头便火星四溅了——看来这会一时还结束不了,小贝只得退回车内耐心等待。

给区长开车,哪一天能准时下班?小贝早就习以为常。只是今早去接引霄区长时,区长家那位脸盘子总是红扑扑的小保姆压着声音道:"贝师傅,记着下班催我姨娘早点回家,今晚可全到齐了呢,要给她做六十生日。先别告诉她哦!"

小贝晓得家里人是想给史引霄区长一个意外惊喜,可是每周六下午的区长办公会议是史引霄区长走马上任后放的第一把火,定下这项雷打不动的工作制度。全区方方面面条条块块一星期中的工作开展情况,发生什么新问题,解决的大致思路,各部门如何协调配合,等等。这届区政府是十年动乱后首次由人民代表大会选举出来的新班子,又正值拨乱反正,百废待兴的关键时刻,班子成员在"文革"中各有各的遭遇,对当下工作各有各的看法,意见分歧颇大,争论不休,每每将这个会开成马拉松。

吃中饭的时候,小贝在员工食堂外看见史引霄区长,正和地区组的马英华边吃边谈,捏筷子的手像指挥交响乐般比划着。史引霄有很严重的胃窦炎,通常食堂会为她做一碗烂糊面或者下碗小馄饨送到她办公室去。小贝跟马英华也熟,他决定坐到区长旁边去,稍微划点小翎子给她,提醒她下午的会要抓紧点。不料没等他买好饭菜,就有办公室钱主任陪着一位中年妇女急煎煎走到区长跟前,神色焦虑地说了些什么,史引霄区长嚯地站起来,端着白搪瓷面碗和他们几个一簇堆走出去了,小贝只得作罢。

小贝1960年代部队复员到区里工作,就替史引霄开车了,那时史引霄的职务是区委副书记。"文革"风云突变,区领导层中唯一的女性史引霄却成了这个区的头号走资派。一是因为史引霄副书记分管公检法和组织纪检部门,得罪人多,结下的冤家也多。区里有几个条块的造反派头目都曾吃过官司或受过处分。其二,史引霄副书记虽为女流之辈，性格却比一般男子汉都峭直刚硬，在批判大会上从不低头认罪，每每据理力争，被视为顽固不化，态度恶劣的走资派的典型。

期间小贝的处境十分尴尬，他晓得群众的眼睛都盯着自己，造反派头目更是铆住他不放，你给头号走资派开了这么多年车，你就一点都没发现她疯狂推行资产阶级反革命路线的种种罪行？要不就是你已经被她收买了，死心塌地跟她走资本主义的道路？小贝白天到机关上班，参加各种各样的政治学习和批斗会。那一段时期革命群众热情高涨，机关里里外外贴满火药味十足的大字报，随处可见打着血淋淋红叉叉的"史引霄"三个字。小贝浑身的热血时而会被鼓噪得沸腾起来，蠢蠢欲动。身为复员军人，共产党员，应该响应党中央"五·一六"通知的号召，挺身而出造资产阶级司令部的反呀！可下班回家，老娘就追着他的后脑勺敲木鱼："做人不可像根草，随风倒转。史书记待你不薄，千万不要瞒心昧己，做下忘恩负义的事体哦！"这么一句便将小贝沸腾的热血冷却下来。老娘说得不错，史书记对他们一家有恩，小贝老爹突发小中风，史书记二话不说，就让小贝开小车送老爹进医院；小贝讨娘子，家里房子小，新婚夫妻只能睡阁楼，史书记晓得了，当即叫他打申请报告，不久就批给他一套二室户。关键在于，小贝心里对史书记只有敬佩，尊重和感激之情，丝毫也没有发现她如何走资本主义的道路呀！

小贝被这种矛盾的心情折磨得睡不好，吃不香，精神几近崩溃。小贝的妻子夏妮见他苦熬的样子，实在心痛，劝道："你一个人把头皮搔烂了也不解决问题，不如去找英华姐说说，她毕竟是史书记专案组的组长，摸摸底细也好拿定主意呀！"

小贝横了她一眼，瓮声瓮气念道："莫看芙蓉白面，尽是带玉的骷髅……"夏妮忙用食指摁唇"嘘"了声："轻点，让人听见，给你戴顶宣传封建糟粕的大帽子！"

小贝将音贝调低了一半，仍将下半句念完："谁道美艳红妆，亦系杀人的利刃！"这两句词是他小时候跟着奶奶爷爷听评书《济公传》学来的，他觉得用来比喻马英华很恰当。区里面谁不晓得马英华是史引霄副书记慧眼识珠，一手提拔起来的。那些年史引霄到本区一家大集体色染厂做调研，恰恰逢厂里开劳模表彰大会，马英华二十刚出头，却已是老劳模了，上台发言，落落大方，声音清脆昂扬极具鼓动性，更兼情真意切，深得史引霄副书记的赞赏。当时，机关正需要充实德才兼备的青年才俊，不久，史引霄就将马英华调进区委机关，破格提拔她为团区委的书记。为此机关里私议纷纷，拐弯抹角地打探消息，喧嚣了一阵也就灰飞烟灭了。谁也没想到，"文革"风暴一起，开始还是铁杆保皇派的马英华突然反戈一击，贴出丈余长的大字报，揭发史引霄镇压红卫兵小将，破坏文化大革命的滔天罪行。犹如一石激起千层浪，史引霄立马被愤怒的造反派们拉下马，变成了十恶不赦的头号走资派。小贝骨子里鄙视马英华的寡恩薄义，在机关，每每看到她英姿飒爽的身影便绕道避开。

夏妮操了他一把，撅了嘴道："我晓得的，你这样不待见英华姐，还是记恨她当初回头你的缘故吧？"

小贝抬臂将夏妮揽入怀中，道："谢天谢地，她若不回头我，我哪里讨得到你这样温柔贤惠的老婆呀！"

夏妮挣脱开来，啐道："从哪里抹了一嘴的蜜糖！"停停，又道："不管怎样，英华姐总是咱俩的大媒人吧？"

原来当初小贝跟马英华前后脚进了区政府机关工作。小贝给史引霄开车，马英华又经常跟史引霄下基层，两人渐渐就熟悉起来。马英华青春亮丽，许多人都说她长得很像电影《青春之歌》里的林道静，性格又热情开朗，自然让小贝十分倾心。小贝也晓得机关里许多人在追求马英华，生怕晚了就没有机会了，便硬着头皮向史书记剖露心思，拜托史书记替他去向马英华探探口风。

数日后的午餐时间，马英华买了饭菜，端着，大大方方坐到小贝旁边，开门见山道："贝海明同志，史书记转达了你意思……"小贝浑身血轰地冲上脑门，将脸埋在汤盆里，拼命竖直了耳朵。周围还有其他用餐的人，马英华的嗓音低微而轻柔："谢谢你哦！其实我对你印象也很好，你为人厚道，工作踏实。只是，只是我已经有对象了呀……"小贝热腾腾的血霎那间速冻了似的，手脚冰凉。他都不晓得自己怎么把饭菜倒进肚子里去的，赤红着面孔道了句："对不起，对不起……"便逃似的离开了食堂。

小贝怅怅然走到办公楼背后的小树林里，点上一支烟，狠命地吸了几口，借此驱散侵蚀全身的沮丧与消沉。忽听得身后树丛中扬起一串贯珠扣玉般的笑声，令他毛骨悚然猛回头，竟撞着马英华明媚灿烂的笑脸，愈发自惭形秽，吭吭地发不出声。

马英华稍有些喘，用略带嗔怪的口吻说："你跑这么快作啥呀？人家还有要紧事跟你说呢！"小贝疑惑地瞟了她一眼，心里头黑夜划过流星般闪了一下，马英华抬腕看了下表，道："长话短说，我在厂里有个要好的小姐妹，叫夏妮，我觉得她的性格很合适你，我想介绍你们俩认识一下，贝海明同志，你愿意吗？"马英华帮人做媒也像谈工作一样干脆利落，决断认真，让小贝很难拒绝，僵硬地点了点头。马英华漾开了笑纹，道："太好了，贝海明同志，我们还是好同事，好朋友，对吗？"便伸出手与小贝道别，小贝稍稍握了下她湿润的手指，慌忙松开。

后来小贝跟夏妮恋爱，结婚，生子，日子过得太太平平，内心的情感缺憾渐渐被岁月抚平。如今更是暗自庆幸，俗话说，邪花不宜入宅，马英华这样的女人，哪里能讨回家做老婆哟！

小贝经不住夏妮在耳畔嘀嘀咕咕软语磨叽了半夜，只好应承她去找马英华谈谈。次日，他也真去了区革委会那幢楼，却见底楼会议室的长条桌上堆满了大字报，还有三四个人正奋笔疾书，目光所及都是网在红叉叉里的"史引霄"三个字。有熟悉他的招呼道："小贝，下星期在中山公园召开全区革命群众批判头号走资派大会，你是来提供炮弹的吧？"小贝迟疑道："我，我来找马英华……"那人下巴扬了扬，"革委会班子在楼上开会商量对策，一定要攻下史引霄这座顽固的堡垒！"小贝慌慌张张地退了出来，心想：回家跟夏妮有托辞了，人家马大组长工作太忙，不便去打扰她！

不料，马英华当天晚上竟亲自上门找他来了。

马英华摁响门铃的时候，他们一家才吃好晚饭。夏妮在厨房洗碗，小贝去开门。一见是马英华，愕然呆住了。从前在厂里，马英华是跟夏妮交好。可近几年，大家各自忙碌，来往渐疏。小贝记得，他和夏妮搬进这套公房，马英华就从来没有登过门。

马英华被他瞪得浑身不自在，强作轻松道："贝海明同志，你堵着门，是不想让我进门啊？有这么款待客人的么？"

夏妮听得动静从厨房奔出来，湿漉漉的双手拉住马英华的胳膊，又是端椅子，又是倒茶水，巴结道："英华姐，你真是神仙了，怎么就晓得小贝想找你呀？"

马英华斜了小贝一眼道："我们原本就是一条战壕的战友嘛。"转而问道："儿子呢？也不抱出来让干娘亲亲。"从前俩人无话不谈，曾相约，以后有了孩子，互认对方为干娘，夏妮晓得马英华婚姻不幸福，结婚没几年就离婚了，心里倒像欠着她，忙道："厂里托儿所这一段不开门，我妈嫌我带不好，抱了去。隔日我去抱回来，一定让他来认干娘。"扭头给小贝使眼色，"嗳，你不是老叨叨要我找英华姐吗？英华姐，你们谈哦，我去给你削苹果。"

小贝一时不知从何说起，搔头挠耳，憋得脸血红。马英华仍是一贯的爽利，单刀直入道："贝海明同志，听说你上午来找过我，我就知道你不会执迷不悟下去的。革命不分先后，希望你能以实际行动投身这场毛主席亲自发动的革命风暴中去。"

小贝一横心，道："马英华同志，我不是不想参加运动，我只是想不通。史引霄书记身上还带着日本鬼子留下的伤痕，新中国是他们千辛万苦建立起来的，他们有什么理由非要去走资本主义道路呢？"

马英华停顿些许，收敛了笑容，道："贝海明同志，这样看来你根本没有认真学习党中央毛主席关于文化大革命的一系列重要文件嘛！五·一六通知中明确指出：党内存在一批反革命的修正主义分子，一旦时机成熟，他们就会要夺取政权，由无产阶级专政变为资产阶级专政！"

小贝耸了下肩胛道："我只是一个为领导开车的司机，干好本分工作是我应该做的。"

马英华十分恳切道："贝海明同志，运动刚开始时我跟你是一样想的，认真完成领导布置的工作就是我们的本分。那时北京红卫兵小将闯到上海来，史引霄叫我背个军用书包，装成学生模样混到学校里去探听他们的行动计划，天天向她汇报。我也是这么做了。可是后来我学习了一系列文件，毛主席给清华大学附中红卫兵的信中，坚决支持红卫兵对反动派造反有理；毛主席在炮打司令部的大字报中还说，从中央到地方的某些领导同志，站在反动的资产阶级立场上，实行资产阶级专政，要将无产阶级轰轰烈烈的文化大革命运动打下去。我这才醒悟过来，我差点就要沦为史引霄镇压红卫兵小将的打手！"

小贝深吸了一口气，又重重地吐了出来。

马英华面色骤然凝重起来，道："贝海明同志，有一桩事情我想你是不会忘记的吧？红卫兵小将来造反的那几日，史引霄曾让你把她家的两只箱子运到区公安局的防空洞去了。"

小贝道："准确讲，是公安局徐局长派了两个民警来搬的，史书记的丈夫是艺术家，那两箱子都是珍贵的艺术资料，徐局长说，若是被红卫兵小将撕毁了，那就损失大了！"

马英华冷笑道："什么艺术资料，我看过了，都是些画着裸体女人的淫秽画册，甚至，"她猛地停顿了一下，加重了语气，"箱子里还藏着一把日本军刀！这不是企图复辟的铁证吗？"

小贝有点不以为然，道："这把军刀的故事我听史书记讲起过。鬼子投降后，她的一位老战友被派往台湾工作，临走前将这把缴获的军刀留给她作纪念。后来，那个老战友在台湾被国民党杀害了……"

"贝海明同志，我看你的立场真的很有问题呢！"马英华打断了他，犀利的目光周遭转了一圈，"你呀，是被史引霄的糖衣炮弹蒙蔽了眼睛！"

小贝晓得她是暗指他们的这套住房为史引霄所批，背脊骨立马渗出一汪冷汗。

夏妮应时端着盛满苹果片的盘子从厨房出来，殷勤让客，笑道："英华姐，我们小贝人厚道，只晓得忠心耿耿做事情，脑子里缺了一根弦，你要多开导开导他哦。"

马英华道："我当然了解贝海明同志，否则今天就不是我一个人上门了，对吧？"黑洞洞的目珠在他们夫妻俩面孔上碾压了一遍，不再提及运动之事，只与夏妮家常了一番，便告辞了。

马英华前脚出门，后脚夏妮就把小贝前后上下数落了一遍，虽说是受恩不可忘，可眼下时势你一个人挡得住吗？老古话说，蜂刺入怀，解衣去赶。灾难临头，顾不得恩人仇人了，你得为我跟儿子想想啊！

小贝因被马英华"糖衣炮弹"四个字点中要穴，便苦思冥想了大半夜，终于搜出两条史引霄的"罪状"：第一，史引霄不折不扣继承了她大地主大官僚家庭的反动衣钵，态度粗暴，经常训斥手下干部。第二，史引霄有严重的资产阶级生活方式，上下班小车进小车出，连去机关的路都认不清。写这第二条罪状时，小贝举笔十分犹豫。那年夏妮生孩子，史引霄执意准假要小贝去医院陪护，自己搭乘公交去机关，结果乘了反方向的车，到了终点站再转回来，迟到了一个多小时，这件事曾在机关里传为笑谈。小贝思绪良久，还是落了笔。因为只揭发一条罪状恐怕过不了关的，他想这也是生活小事，比起人家大字报中动辄反党反社会主义的大罪行实可忽略不计了。

小贝熬个通宵将大字报抄出来，第二天一早去交给了马英华。

几天后，全区各条块造反派组织联合召开针对史引霄的批斗大会，史引霄毫无悔改之意，对造反派加给她的罪行一一反驳，批斗会倒成了辩论会。台下群众也有被史引霄说服的，也互相争论起来。会议主持者眼见控制不了会场气氛，只好求助于专案组组长马英华。马英华略盘算，决定让贝海明上台揭发史引霄。伸头一刀，缩头一刀，小贝知道躲避不过，硬着头皮上台，眼睛不敢看史引霄，只对着那张大字报的底稿照本宣读。谁也没料到史引霄听了小贝的揭发，对着话筒大声道："贝海明同志提的这两条意见我接受，在这里我向被我粗暴态度伤害过的同志道歉，也欢迎革命群众炮轰我工作中或者生活上的缺点错误……"顽固的走资派终于承认错误了，造反派领头呼起了口号，口号声波浪滔滔此起彼伏，迅速淹没了史引霄微弱的声音。

这时有两个手提木棍的造反派跳上台，呼了几句口号，其中一个抢过话筒喊："我们要向走资派讨还血债！史引霄，是你执行的反动路线害我在监狱里度过了漫长的八年岁月，今天，你要向我们赔罪！"另一个一手摁住了史引霄的头颈，一手用木棍戳史引霄的腿骨，逼她下跪。史引霄站立不住，一条腿跪倒在地，她拼尽全力昂起头，一字一字吐出来："我记得你们，你们触犯了中华人民共和国的法律，法院判了你们刑期。是你们应该向人民赔罪……"话语未完，拿话筒的拎起一脚，史引霄便从台上滚落下来，合扑在地。

小贝口喊着"要文斗，不要武斗"，冲上去扶起史引霄，只见史引霄半张脸被血污遮住，她无力地掀了下眼帘，正巧与小贝对视了一下，小贝不由得打了个寒战。

批斗会乱哄哄地结束了，造反派往史引霄脖子上挂上一块水泥预制板，板上用红墨水张牙舞爪写着："打倒走资派史引霄！"他们将史引霄押上一辆大卡车准备游街，指定贝海明开车，因为他认识史引霄的家。造反派的计划是车到史引霄家门外，就地再开一场批斗会，要将走资派彻底搞臭搞烂。小贝望了眼站在车厢前的史引霄，一阵悲凉袭上心头——史引霄的双臂被左右两个戴红臂章的汉子控制着动弹不得，她仍傲岸地仰起血污的面孔，悬挂水泥预制板的细铅丝将她头颈勒破了，鲜血顺着灰白的两用衫淌下来，与预制板上的红墨水交错混杂在一起了，这让小贝想起了被钉上十字架受难的耶稣。小贝钻进驾驶室，狠狠地踩下了油门。如果要路经史引霄的家，前方十字路口应该向左大转弯，小贝却向右小转弯一径开下去了。

时日迁流，染苍染黄，局势白云苍狗变幻莫测。逐步也有被打倒的老干部被"解放"出来，重新参加工作。据说也有人为史引霄辩白，却被当时区革委会领导判定为"死不悔改的走资派"，永远不得翻身。

这世上从来就没"永远"的事情，待到"四人帮"被粉碎，"文革"运动结束，史引霄终于恢复了自由，从崇明五七干校的"牛棚"回到了家中，先在区政府地区组里工作了几个月，不久便官复原职。两年后，在新一届区人民代表大会上，史引霄高票当选为区长。

人代会才结束，区政府办公室钱主任就通知小贝，你继续为史区长开车，是她亲自点你的名哦。小贝当即怔住了。只因写了那张大字报，小贝总觉得对不住史引霄，史引霄回到机关后，小贝始终不好意思跟她照面，千方百计躲着她。他万万没料到史引霄会点名让他当司机，一时间是百感交集。

后来史引霄跟他说，小贝，你写的大字报没有无中生有捏造事实，虽然上纲上线有点离谱，不过事实总归是事实嘛！

4

附近的居民都称这条弄堂为花园弄堂。一来，这弄堂里面清一色为独幢花园小洋房；再者，那二十几幢洋房每幢都有以花命名的称谓，镌刻于扇形木匾中，悬挂于大门的楣框上。比如："梅岭""菊圃""莲池""桂垄"等等，笃底的那幢叫"兰畦"。

"兰畦"里的史家可谓是遐迩闻名了。若说是因为女主人乃一区之长的缘故，当年区委书记曾住在这里，却鲜有人知晓。若说是因为男主人乃调弄丹青的艺术家，这条弄堂里艺术家还真不少，唱歌的、拍电影的、写文章的，真正是灿若群星。

令左邻右舍常常提及并翘大拇指啧啧称道的却是史家的儿女们。

众人口中褒赞最多的当属史家大女儿史青玉了，年纪轻轻便成了治病救人的白衣天使。更因为她的古道热肠和温润如玉的好脾气，哪家老人小孩伤风咳嗽头痛脑热的，尽管去找她好了。都讲上海弄堂人家是没有秘密的,你再加几道门锁,再遮几道窗帘,也抵挡不住后门口灶台边楼梯间或者弄堂拐角处的婆婆妈妈婶婶阿姨们悉悉粒粒哩哩罗罗的闲话,于是史青玉的身世也被咀嚼出来了,原来她并非史家的亲骨肉啊!老街坊们却说,史家夫妇有眼光,收养了一块无价宝。"文革"那几年,史家夫妇都被造反派关起来隔离审查了,一个弟弟两个妹妹都还年少,史青玉参加工作后,每个月工资拿回来悉数交给奶奶开销家用,自己上班回家天都墨擦黑了。即便是亲生骨肉,又有几个能做到这般地步呢?

史家另外一个儿子和两个女儿是在恢复高考那一年脱颖而出的。当时社会上已累积了十多届中学毕业生,大都离开家庭上山下乡,谁不想考上大学返回城市?真可谓千军万马过独木桥。从报名到进考场两个月时间都不到,学业荒废了近十年,许多人望而生畏。弄堂里有的人家横竖掂量,看看政策也有些松动,还是通过病退或者顶替把孩子弄回家来的稳妥,便放弃报考。临到春节前,家家户户都忙碌着洒扫庭院剖鱼斩鸡斩鸭准备过年,一则消息突然在迷宫般的弄堂里不胫而走:史家下放到农村的一个儿子两个女儿都考上大学了,户口都从乡下转回来了!这消息不啻点着了几千响的电光炮,震得花园弄堂家家户户热血沸腾心潮澎湃。史家两个女儿春节先后回了家;他们的独养儿子却没回家过节,一直盘桓苏北农村直至开学前一天才赶回。街坊邻居们都看在眼里,史家的孩子们壮实了,黑了,其他并无大的变化,依旧是寻常旧衣衫,在弄堂里行走,总能吸引许多赞赏的目光。就像一千多年前建康城中乌衣巷,王谢子弟玄衣飘飘搅动五彩斑斓的书卷气。

往后的两三年里,这条花园弄堂里陆续有孩子考进大学读书,榜样的力量真是不可小觑。

史家长久没有举办这样的全家聚会了。前几年男主人女主人相继出"牛棚"回家,那时几个孩子都还在农村插队,只大女儿青玉请了假到十六铺码头迎接。家中凋敝清冷,老奶奶烧了碗红烧肉算是庆贺了。后来三个孩子考上大学回城,都说要好好庆祝一下。可女主人刚恢复工作,心思全在公务上;男主人约束了十年的艺术灵感一旦迸发,亦无心顾及其他;三个孩子想着将开始的学业,心早飞到学校里去了。所以今朝的聚会,是蓄积了好几年的心绪,自年头定下后,个个都满怀期待,劲头十足。

翠姑妈指挥着史青玉和麦蛾拣洗切分,忙碌了一上午,先期准备工作大体完工。麦蛾将湿答答的手往围单上擦了几下,大声道:"哦哟,快十二点了,青玉姐你饿不饿?姨夫肯定饿了!来不及做,我去弄堂口买几碗大馄饨好吧?"翠姑妈瞪了她一眼,"怕是你自己想吃了吧?现成的三双手在,哪里还要去买?"便将方才余蹄髈的半锅水端到煤气灶上烧滚了,丢了两包卷子面进去,添水,待再滚,又捉了两把鸡毛菜丢进去。没几分钟,一锅香喷喷的鸡毛菜汤面便煮成了。姑妈只朝着青玉道:"晚上要开宴,中午我们就简便点,青玉姑娘,你看行不?"

青玉满腹的心事,其实是没什么胃口的,忙道:"哦,行行行,麦蛾你先舀了给楚爸爸送上去吧。"

麦蛾背着翠姑妈做了个鬼脸,取出只

青花海碗，挑了堆尖的一碗面。翠姑妈道："哪有你这样盛面的？舀点汤呀，这蹄髈汤鲜得来……"转身又从揭罩中夹了两块刚做好的熏鱼搁在面堆上，翠姑妈对她同父异母的弟弟是百般呵护的。

麦蛾将面碗搁在一只车料玻璃的果盘里，又跑到大门外，开了信箱，双手端着果盘蹬蹬蹬上楼去书房了。

翠姑妈取了只菜碗舀了面。青玉忖忖，不吃不好，便用只饭碗挑了几筷子面。翠姑妈道："就吃这点啊？嫌我做得不好吃？"青玉淡淡一笑道："哪里呀，早上出来啃了两根油条还堵在胸口头呢。"翠姑妈呼噜吸了口面，道："待会你去雪砚雪墨房中瞇睡一会，两个丫头回来了，你就不得空了。晚上小菜都停当了，人一齐，下锅一炒，放心好了。"

青玉嗯了声，"那你也歇会，厨房间让麦蛾收作。"

史青玉推门走进两个妹妹的闺房，十分熟悉的温馨的气息扑面而来，青玉胸口一烫，毕竟，她曾在这间房中生活了十多年光景呢。她比两个妹妹年长十几岁，霄妈妈工作从来是忙，早出晚归的，楚爸爸又经常外出写生，雪砚雪墨两个小姑娘遇到丁点问题就要找她这位大姐姐解决。记得雪砚刚上初中那年，一个半夜，小姑娘突然呜呜地哭起来，把同屋的姐姐妹妹都闹醒了，雪砚扑进青玉的怀里，抽泣道："大姐，我生病了，我是不是就要死了？"青玉看她裤子被褥都被血染透了，问道："是不是小肚子又胀又痛啊？"雪砚点点头，哭得愈是伤心。青玉噗哧笑出声，"傻瓜，你成大姑娘了！每个女人每个月都会经历一次，若没有，反倒是有病了。"便教小姑娘如何使用卫生巾，又帮她替换了衣裤和被褥。当时七八岁的雪墨跟在青玉屁股后面使劲问："姐，我什么时候也能成大姑娘啊？"青玉拍拍她红通通的腮帮子，笑道："等雪墨成大姑娘，大姐可就老了。"雪砚雪墨是一起叫起来："大姐你不要老嘛！"

青玉是升任副主任医师后，医院给她分配了住房，才从这房间里搬走的，记得那日霄妈妈回家，看到房间里少了一张床，还对雪砚雪墨大发脾气，嗔道："你们为什么把大姐的床铺拆了？谁给你们这个权利的？嫌房间挤是不是？什么时候我带你们去工人新村老百姓家里参观参观，人家三代人挤一间屋子的多得很呢！"

雪墨跟霄妈妈一样犟脾气，冤枉鬼叫起来："妈，你这种官僚主义作风怎么永远改不了？文化大革命你吃的苦头还少啊？"

雪砚忙堆起笑脸道："妈，我们哪里舍得放大姐走啊？是大姐硬要把床拆掉的嘛！"

霄妈妈便瞪着青玉道："你是什么意思？要跟我们家划清界限啊？"

青玉挽住霄妈妈的肩胛，柔声道："霄妈妈我跟你划得清界限吗？最近医院不是给我分了一套房吗？我已从集体宿舍搬出来了。我想让雪砚雪墨住得宽舒点，再说她们都在念大学，有许多功课，做论文啊，写笔记啊需要清静对吧？"

霄妈妈犹豫着，"那，你回来住哪儿？"

雪墨抢先道："大姐回来跟我睡嘛。"

雪砚朝她皱皱鼻子，"你那睡相！大姐回来当然跟我睡啰。"

两个性格迥异的妹妹，却都跟自己贴心贴肺，青玉非常享受这样水乳交融的亲情。

阴雨天，光线有点暗。欧式钢窗下，左右两张单人铁架床。右手那张床，被子叠得四角方正，被单铺得一马平川，床头柜摞着十多本书：《教育学》《民主与细节》《论法的精神》……大妹妹平雪砚在上政教系，书本涉猎广，堆放得如同法律规章一般整齐规肃。这正是雪砚一贯为人的方式。

青玉将目光挪向左边，无奈地摇摇头：左手那张铺仿佛刚遭人抢劫似的，被子球成一团，衣裳掼东丢西，杂志报纸恣意横竖，床前的鞋子也是劳燕分飞，舛错交互。青玉想象得出小妹雪墨临出门前衣裳试了一件又一件，鞋子换了一双又一双，毛毛腾腾又融融其乐的模样，不觉噗咪笑出声。

她便开始收拾雪墨的乱摊子，将衣服一件件挂进衣橱，将她杂七杂八的书刊分门别类摞到书桌上去。三下五去二，就将鸡窝般的床铺整理得齐齐楚楚。更是推开钢窗，让潮湿的糅杂着草木清香的空气汩汩地淌进来，沁人肺腑。

从窗户望出去，目光穿过错落的树干，一定能看见南墙下的青砖花坛。花坛里，几十株兰草枝叶葳蕤，摇曳生姿，撩拨得青玉眼眶酸胀。

记得还是在六十年代初，霄妈妈从市委机关调任这个区的区委副书记，就从康平路100弄市委大院搬进这幢花园洋房。当时区委书记一家住在洋房的二楼，组织上分配他们一家住底层。虽说是组织分配，形式上总要让住户先行看一下房屋环境。那年奶奶还健在，是家中的"总理"。青玉刚考入医学院念书，弟弟妹妹都还年少，楚爸爸又是一钻进画布任谁也拽不出来的脾气。霄妈妈看房子，便带着奶奶和青玉一起去了。

洋房乍一看很宽敞，进门的甬廊就有两米宽，五米多长。但是，底层被公用大厨房和弧形转角楼梯占去一半面积，实际可派用场的仅有客厅和左右两间厢房，外加厨房边有间向北的小房间，原设计是给烧饭娘姨住的。霄妈妈前后马马虎虎兜了一圈，点头道："够住了，够住了。蛮好蛮好。"回头问道："姆妈，您看呢？"奶奶耷拉着眼皮，咕哝道："这种房子花里胡哨，大而无当，哪里及得上从前老城厢里的石库门住得乐惠。"霄妈妈在奶奶跟前总是尽量恭顺，笑道："姆妈，到底老城厢房子里没有抽水马桶呀。"青玉暗暗搡了霄妈妈一把，生怕这句话会戳痛奶奶的心病。爷爷去世后，奶奶生计艰难，有一段就是靠替人涮马桶挣钱养活一双儿女的。

推开客厅宽大的落地钢窗，外面是一方红砖墁地的露台，由露台拾级而下，便是园子，不大不小，像姑娘的百褶裙徐徐铺开。霄妈妈讨好奶奶道："姆妈，有这园子，您动动手脚，晾晾衣裳，都方便了。"奶奶嘴一撇，不以为然道："从前我们李家老宅，四五进园子，后天井都比这园子大！"霄妈妈只好耸耸肩胛，有些事情是不好明讲的。奶奶是爷爷的外室，正房大太太从来不允许她踏进李氏大门一步，爷爷只得在老城厢另租房给奶奶住。

园子长久无人收拾，乱蓬蓬的，一株老桂树和两三株石榴杂乱地簇在一起，隔着石径还有两株枝杆斑驳的梧桐。另一侧的葡萄架塌了一角，藤也枯萎了。青玉正嘀咕，要收拾这园子，得花不少工夫呢。忽然眼门前一亮：南墙下青砖起了一条花坛，坛中紫茎绿叶缤纷迤逦着的竟是丛丛兰草啊！她紧几步站到花坛跟前，伸出手掌，兰叶拂过掌心，便从她心中勾出几句诗来："多画春风不值钱，一枝青玉半枝妍。山中旭日林中鸟，衔出相思二月天。"她默诵着，入定一般。

这时，霄妈妈脚步急切地走到她身边，用力杵了她一下，一脸的亢奋，道："青玉，你方才看到了吧？"

青玉也是抑制不住地激动："霄妈妈，你看呀，这么多的兰草，好像就是为我……们种的！"

霄妈妈顾不上欣赏兰草，拽住她拔步就往大门口去了。出了大门，猛地收步，霄妈妈仄转身子，大声道："青玉你看，你看呀！"

青玉顺着霄妈妈手指的方向望去，浑身一震：大门的楣框上嵌着扇形的木匾，匾内镂刻着两个篆字，填了锈绿的颜色！

青玉不敢喘气，从唇间慢慢出声："兰畦啊！"

霄妈妈深陷在眼窝里的眼珠子精炭一般泛着蓝幽幽的光，嘀嘀一笑，道："这房子就是等着我们搬来住呢！"

一夜没睡稳，又起大早赶路，这会儿青玉真有点乏了，便斜靠在雪墨的床头，闭了眼。却回肠九转的，哪里消停得了？真要跟霄妈妈追根究底的话，先从哪里说起？还得将自己心里郁结纠缠几年的疑窦理出个头绪呀！便翻身坐起，从挎包中抽出蓝紫硬皮封面的日记本。凌晨梦醒之时匆匆写下的那段话突兀兀地横在眼前，不觉隐隐心痛。母亲是该责怪我，嫌恶我呀，为什么记忆中丝毫没有她的影子？刚出生

兰花

的婴儿难道就没有记忆吗?

史青玉很早就知道自己是霄妈妈收养的烈士遗孤。

新中国成立之初,他们一家随部队渡江南下进了城。城里居民要填户口簿。那年青玉过八岁了,却还没有个大名。在苏北根据地,她叫"小纺锤",这是楚爸爸想出来的。楚爸爸解释说,古代人家生了女儿,称"弄瓦之喜","弄瓦",就是给女孩子玩陶制的小纺锤,希望以后她能够嫁个好人家,做个合格的主妇。

根据地的叔叔伯伯阿姨婶婶们叫"小纺锤"叫得括拉松脆,她也喜欢大家这么叫她,可总不能就这样落到户口簿上去呀。

霄妈妈跟楚爸爸交头接耳一商量,决定让小纺锤随霄妈妈姓史,名字嘛,还是由楚爸爸定,楚爸爸可是根据地有名的才子啊。楚爸爸稍一皱眉,便有谱了,道:郑板桥画兰咏兰,有一首七绝"折兰枝",其中有"一枝青玉半枝妍"的句子,将兰草拟作"青玉",实在是形神兼备了。小纺锤大名就唤青玉吧!于是,他们家的户口簿上,就有了一个叫"史青玉"的大女儿。

也是在那天晚上,霄妈妈搂着小青玉,给她讲了她亲生父母在国民党反动派蓄意制造的"皖南事变"中英勇牺牲的故事。霄妈妈告诉她,她的生母姓兰单名一个畦字。兰畦和霄妈妈是经历过生死考验的亲密战友,情同亲姐妹。兰畦当年是新四军军部的机要员,部队突围前,她将刚出生的小女儿托付给了当地的老百姓抚养。兰畦牺牲后,次年,霄妈妈千方百计寻回了孩子。那时霄妈妈还不认识楚爸爸,霄妈妈当年还是个未出阁的大姑娘。无论战争局势如何紧张,无论旁人如何议论她,霄妈妈始终没有放弃这个孩子。

史青玉一直以自己的亲生父母为骄傲,也一直为拥有霄妈妈和楚爸爸这样的养父母而感到幸福。她对自己身世真实性的怀疑,起于"文革"期间,是区里造反派给霄妈妈贴的大字报初露了端倪。

青玉记得,"红色风暴"刮得最猛烈的时候,家中的门厅、走廊、扶梯都被造反派糊满了大字报。有一张大字报为了吸人眼球,用红墨水把标题圈起来,血淋落滴十分狰狞:"看史引霄究竟是什么阶级的代言人?!"青玉对这些危言耸听的大字报一般只是一目十行浏览而过,不料却被这张大字报里的几行字施了魔法般,定在那里动弹不得了。白纸黑字言之凿凿,抗战期间,史引霄曾竭力为一个叛徒辩解申诉,为她提供银钱衣物助她逃离根据地,事后还千方百计为她寻找遗失的孩子……青玉心口怦怦跳,霄妈妈经常会回忆战争年代的往事,可她却从来没提起过这样一个人,还有……一个遗失的孩子!青玉恨不得马上向霄妈妈究根问底,可那时霄妈妈被造反派关起来隔离审查,大半年都没回家。次日,青玉想把那个叛徒的姓名记下来,日后好向霄妈妈求证,可再也找不到那张大字报了。那年月,造反派革命热情万丈高,新一批的大字报一夜天就把旧的覆盖掉了。

数月后,青玉面临毕业分配。当时的政策是知识青年上山下乡,到广阔天地中去锻炼改造自己,医学院愈加强调去边疆,去偏僻的农村,差别仅在于路途远些或近些。青玉已做好到最遥远最艰苦地方去的心理准备,一日,院毕业分配小组的军宣队代表找她谈话。军代表笃笃地敲着面前的一张报纸道:"史青玉同学,据可靠人士反映,你不是烈士遗孤,而是这个大叛徒大走资派的私生女。对组织,你可不能有任何欺骗和隐瞒哦!"

青玉惶恐地探头朝报纸望去,那是一篇中央某部革命群众揭发批判一位"畏罪自杀"的部长级走资派的通讯,那个部长姓名从前经常见报的。青玉连连摇头道:"不可能不可能,我的生身父母早就牺牲了,否则我怎么会一直和养父母生活在一起呢?"军代表沉吟片刻,便不再追究下去。

数日后毕业分配方案公布,青玉被分配在上海郊区某乡镇卫生院工作,这在当时属上乘去处了。她感激那位军代表没有相信那无稽的传闻,却还是对自己的身世产生了怀疑。那年代,指鹿为马、张冠李戴的事不足为怪,青玉并不相信自己与那个身居高位的人有什么牵扯。她只是在自己的出生年月上发现了破绽。户口簿上,她的出生日子是1941年秋。可在霄妈妈的故事里,她的生母兰畦是在跟随军部机关突围时不幸中弹牺牲的。众所周知,震惊中外的皖南事变发生在1941年1月上旬,这样推算的话,自己岂不是在生母牺牲后才出生的了?另外,霄妈妈对她生母的描绘详尽细致,却只字未提她的生父,这又是为什么呢?

青玉可以肯定,霄妈妈是对自己隐瞒了一些事实,以霄妈妈大大咧咧的性格,编故事时出现时间上的差错完全可能。青玉也相信,霄妈妈的隐瞒一定是善意的,一定有她不得不隐瞒的原因。只是青玉却非常想了解自己的真实身份,并且随着岁月流逝,这个愿望愈来愈迫切。可她总是找不到合适的机会和合适的氛围向霄妈妈询问。霄妈妈解除隔离审查后,就到崇明五七干校劳动改造去了。那时候,他们全家被赶到三楼斜顶阁楼居住,孩子们都只能打地铺。青玉分配工作后就搬到集体宿舍去了。难得跟霄妈妈见面,她怎么开得了口?待"文革"结束,霄妈妈恢复工作,立时三刻就忙得鲜有暇日,青玉更是不忍心烦扰她了,无奈,只得在心坎里将那哑谜翻来覆去地咀嚼,常常梦中惊醒。

青玉此刻拿定主意:今日的生日聚餐后就不回去了!她晓得,因"文革"中无休止的批斗,霄妈妈患上了严重的神经官能症,晚上吞了安眠药也只能睡三五个小时。楚爸爸那样搞艺术的人,都是夜猫子,不到凌晨不肯上床的。况且最近楚爸爸又在赶作参加全国美展的作品,为了不妨碍霄妈妈的睡眠,他就索性睡在书房里了。青玉的如意算盘是,今晚就蜷在霄妈妈身旁睡一宿,趁机跟霄妈妈说说她那个揪心的梦,把堵在心里的疑窦统统吐出来!

这么一打算,心便渐渐平静了。青玉掏出钢笔,拟了几个要点录在日记簿上,以便与霄妈妈交谈时条理清晰,一语中的:第一,我的出生年月。第二,我生父的姓名。第三,有无烈属荣誉证?还想写点感受,忽听大门嘭咚撞开,响起清朗朗的喊声:"麦蛾——快来帮忙——"

是雪墨的声音!青玉连忙合拢日记本塞进挎包,起身迎迓出去,掐指算来,姐妹们也有数月未见面了。

5

追根溯源,我们中华民族经历三皇五帝的更替与繁衍,逐渐从母系氏族社会进入到父系氏族社会,由公有制氏族社会走向私有制的阶级社会,几千年积淀的社会伦理传统,男人是社会的栋梁,家族的主宰。排族谱，排男不排女；家族乃至家庭，一律以男人的姓氏冠盖。

偏史引霄和平楚的家不循规蹈矩，先是户口簿上的"户主"竟让女主人史引霄做了，左右邻居提起这户人家，便称"笃底洋房里的史家"。更有不合时宜处，家里的长女与长子都姓了母亲的姓。史青玉随史引霄姓倒是情有可原，她原是史引霄收养的义女；而大儿子史雪弓随母姓便有些令人费解。雪砚雪墨两姐妹也曾问过史引霄，大哥为什么跟青玉姐一样姓"史"不姓"平"？莫非大哥也是你收养的烈士遗孤？史引霄笑了，说："你们三个站到镜子跟前照照，三张面孔像不像啊？特别是雪墨，跟你大哥一个模子出来的！"又道："姓名只是个符号，我们共产党人生下的孩子，都是属于党的，属于祖国的。"

史引霄记得很清楚，1949年秋，平楚调往华东军区画报社工作，她也因此调华东局妇联工作。平楚随大部队先期已渡过长江抵达南京，引霄正怀着身孕，便随家属们搭乘后勤船过江。后勤船上有一些后勤部门的工作人员，大部分还是各部门领导同志的家属，单孕妇就有三四位，组织上特地安排了医疗小组随船行动。后勤船原计划午后即启程，不料阵阵朔风卷起了漫天大雪，江面上能见度仅几十米，船只根本无法离港。

史引霄的预产期还有十多天，原以为可以渡了江，到城里的医院里太太平平地生孩子。却不料孩子等不住了，在肚子里拳打脚踢闹腾起来。引霄痛得嗷嗷叫，医疗小组决定在船上为她接生。其他几位孕妇在边上为她打气，小青玉隔着布帘喊着："霄妈妈，加油呀！"孩子终于落地了，大家都欢呼起来："哦——是个胖儿子！"那时候，风停了，雪住了，一弯月牙儿清亮地挂在深蓝的天空，大江好像冻住了，银剑般稳稳地卧在白茫茫的原野上。后勤船扬帆起航了，船头剪破水面，泠泠作响。

次日，平楚赶到医院看望妻子和儿子，史引霄细细地向他描绘了儿子出生时的情景，平楚叹道："牙月如弓，大雪满弓刀，我们的儿子就叫雪弓吧！"

引霄轻轻念道："平、雪、弓……"

平楚笑道："第一功臣当数你呀，儿子就随你姓史吧。"

引霄体会到平楚的体贴之意，他是在抚慰她心中的伤痛——他俩的头一个孩子出世没过三天就夭折了！便道："也好跟青玉一样。"

平楚念了两遍"史雪弓"，笑道："嗯，倒还顺口的。"平楚一笑就露出左右两颗虎牙，这使他的笑容显得天真坦诚。

史引霄之所以爽快地接受了平楚的建议，还有另一层更深的意思。

"平楚"并不是平楚的真名字，"平"更不是他的族姓。当年民族危亡之际，大批城市青年抛家别舍，改名换姓，奔赴抗日前线。平楚是在1938年秋的一个寒意料峭的凌晨，辞别老母，由地下党交通员引领，从水路至浙西，再攀山越岭数日，抵达皖南新四军军部，参加了新四军战地服务团。沿浙西途中，但见远近山野秋色斑斓，风横过，草木摇落之声甚是豪迈。他往日最喜南朝两谢诗意，想起谢朓一联"寒城一以眺，平楚正苍然"，心忽有感。到达新四军军部，填报姓名，便改名"平楚"。

史引霄是在1943年初盐阜根据地反击日伪军大规模扫荡的战斗中认识平楚的，他们在炮火中恋爱，直至结为终身伴侣，引霄始终只晓得他姓平名楚，是新四军战地服务团美术组组长。直到1945年秋天，小鬼子投降，抗战胜利，平楚将孤寡老母从上海老城厢的一间低矮的披屋中接到根据地一起生活，她从婆婆口中才知晓平楚原名李翱。

渡江南下进城之后，干部们重新填写履历表。史引霄在根据地是隐了姓的，至此便写下"史引霄"全名。她劝平楚也恢复本姓名，省得婆婆常常在她跟前抱怨，你们共产党都是不认祖宗的呀？莫名其妙去姓什么"平"，百年身后牌位都无处放！平楚偏是不愿，乜斜着引霄道："1945年瓢城解放后，你在师部医院里，是不是和叫平楚的人结了婚？假如你现在丈夫一栏里填了个李翱，你岂不是改嫁了？"终究坚持用了"平楚"两字。

史引霄素来豁达大度不计小节，何况她认定的是这个人，至于他叫"李翱"还是叫"平楚"都无关紧要。后来两个女儿相继出世，都随了父亲姓了"平"，大的叫平雪砚，小的叫平雪墨。

婆婆在世时对这事情一直耿耿于怀的，她不敢对儿子发火，却常常训教她的孙子孙女，你们要记得呀，你们是李家的子孙，你们爷爷的爷爷头上是有顶戴花翎的哦！小孩子们自然要追问下去，奶奶，那为什么爸爸他不姓李呢？每每这种时候，老人家便神色黯然，嘴唇瘪叽瘪叽道："去问你们老子去！"

平楚是个大孝子，对老母亲百依百顺，却极不愿提自己的身世。孩子们也曾追问过他，他总是支吾其辞，或者用"革命战士"啦、"人民的儿子"啦这些冠冕堂皇的词汇搪塞过去。

平楚的母亲生于光绪二十三年也就是1898年，至1980年去世，享年八十有二，也算是寿终正寝了。孩子们帮助收拾奶奶的遗物，在奶奶一只陈旧的朱漆螺钿的梳妆盒中发现了一张脆而发黄的旧照片，六寸光景。居中一几两椅，右首坐着一位长衫马褂的长者，鹤发童颜，目光炯炯；左首坐着一位旗装妇人，虽非闭月羞花，却也端雅可人。长者一侧依偎着个水木清华少女，妇人膝前盘腿坐着个齿白唇红的稚童，好一派温柔宁馨的合家欢！孩子们争相传阅着这张旧照片，啧啧称奇，看着眼热，却猜不出照片中是何方神圣。正合平楚凑过来检视母亲遗留之物，一见这照片，神色乍变，伸手夺了过去，刺啦一声将它撕成两半，又狠狠地捏作一团，厉声道："这种封资修的东西，还留它作甚？"

除了老母亲，平楚跟自己家族无有纤毫联系。直到"文革"结束那年，翠姑妈陪同奶奶一起回家。若在以往，平楚必定在门槛底下便拦住翠姑妈，请她打道回府了。这一次却恭恭敬敬请翠姑妈进门，亲自奉上一杯当季的碧螺春茶。

"文革"最疯狂的那几年，平楚和引霄，一个是封资修文艺黑线人物，画黑画攻击群众革命运动的现行反革命；一个是顽固的走资本主义道路当权派，妄图破坏和镇压红卫兵小将的刽子手。他们一家被扫地出门，困居低矮狭窄的三层阁。孩子们统统打地铺睡觉，一夜天都无法关房门，因为儿子雪弓人高腿长，脚要伸到楼道里方能摆平身子。奶奶睡在老虎窗下的帆布行军床上，却哪里睡得安稳？某一天早晨，奶奶悄悄收拾了几件衣物，放在竹篮底下，声称去菜场兜兜，却一去再不复返了。当时平楚和引霄都被隔离审查，轮番参加各种批斗会，自顾不暇。青玉领着弟妹们找公安请求帮助寻人，那时公安也都被造反派夺了权，谁会在乎一个黑帮老太太的生死存亡？青玉他们几个无端被训斥了一番，只好私下里找熟人四处打听。半月后，奶奶托人捎来口信，关照孩子们不要寻她了，她现在有吃有住有人相伴，一切均好。又关照千万叫雪弓睡到她的行军床上去，脚有个搁处，好歹晚上关上门睡囫囵觉了。

次年，雪弓要上山下乡去苏北插队落户，奶奶闻讯赶回来帮她最器重的孙子打点行李，大家才知晓，原来这大半年，奶奶一直住在翠姑妈家中啊！

翠姑妈大名李翠，是平楚同父异母的姐姐。李翠的男人从前是在银行里做高级职员的，"文革"风暴初起时也遭到红卫兵小将的冲击，后来几年时兴斗走资派了，他们这类人倒像屋角旮旯里陈年的灰屑被忽视被遗忘，对外仍是下气怡色，做小伏低，关起门来过自己的太平日子。

那日，奶奶拎着放置零星衣物的竹篮站在李翠家大门口时，心里早拿定了主意，自己可以相帮她做娘姨，不取半分工钿，只要吃饱肚子，有张床好睡觉。李翠家在陕西南路陕南村里，花园洋房排列的新式里弄，考究的柚木大门旁却高高低低安了十只形状各异的门铃。奶奶从没上过学，年轻时喜欢看戏，听唱词看戏考，竟然识别不少字。奶奶晓得李翠的男人姓郑，便在一堆门铃中寻得一只贴了个"郑"字的，鼓足勇气摁了下去。隔了一歇，但听得门里有人喊："两楼郑师母——有人寻啊——"又有一声稍带宁波腔硬撬撬的回答："晓得啦——啥人寻啊——"

奶奶糙糙地捋了把脸，堆起一掬笑容，候着。待门吭啷一声打开，一霎间竟有些惶恐，笑容收不是，不收不是，僵得像蹩脚的面具。她印象中李翠是一个妩媚俏丽的少妇，眼前门框里的女人，皮肤白还是白的，不晓得是胖还是肿，两颊的肉将原先的鹅蛋脸撑成了柿饼脸，原先秋波撩人的美目亦被厚厚的眼皮挤兑成一条线。奶奶张口想喊她一声"阿翠"，无论如何出不了声音。对方薄削削的嘴唇却突然撑成了椭圆状，"哦——"地叫道："小姆妈呀！你怎么寻到我这里来了呀？"

一声"小姆妈"把奶奶喊得眼泪汪汪的，李翠仅比自己年轻七八岁，到底是李家门里调教出来的人，规矩是一笔一画不好弄错的。

李翠兴奋得殷勤过度，拉着奶奶进了房，在窗前的八仙桌边上坐定。奶奶眼乌珠团圈一睃，心忽地悬吊起来。这间前厅原本是洋房中最气派最宽舒的，当年李翠出嫁时，就在这里宴请双方内亲。奶奶过来相帮厨师打下手，端盘递盏洗涮碗筷，见识过这里的精致和铺排。眼门前却是一派凌乱陈旧，柚木护墙板斑驳落离，一袭灰不落脱的布帘将房间拦腰截开，布帘里隐约有张床。外半间除了两张包героя破的沙发，就是这张油腻隔叽的八仙桌了。看来阿翠的处境也不妙呀！

李翠别转身为奶奶倒茶时，奶奶瞥见了她左鬓耳后灰白的发丛中别了朵白绒花！愈是心惊肉跳，老爷太太都已故几十年了，阿翠是替谁戴孝呢？李翠回身，看懂了奶奶眼乌珠里的疑问，抬手将那朵白绒花扯了下来，苦笑道："老浮尸，去年底走掉了，是被造反派吓死的，日日夜夜提心吊胆，到底把只胆吓破了！"又将白绒花别到耳后。

奶奶知道李翠嫁得并不称心，夫家虽是富硕，男人却比她年长了二十多岁，是死了原配后再娶的，李翠也是做人家的填房，在这点上奶奶对她常有惺惺相惜的情愫。何况李翠没有生养，前妻的孩子跟她又不走动，奶奶反倒可怜她了。

奶奶暗忖，来都来了，该说的话还是要说。于是她长吁短叹地讲述儿子媳妇被游街被批斗被隔离的遭遇，讲到一家人挤在三层阁中，孙子睡觉脚都伸不直，不禁悲从中来，饮泣淹涕。李翠陪着擤鼻涕擦眼泪，她猜出奶奶的心思，不等奶奶开口，便慷慨道："小姆妈，你就住下吧。唉，我这里也是乱糟糟的，不过楼下厨房后头有间储藏室倒还没被人家占去，收拾收拾正好搭张铺。吃得消你就相帮我买买菜汰汰衣裳，歇下来我们娘俩也好讲讲闲话，解解厌气。"

李翠在奶奶最无助的时候伸出了援手，于是，她便俨然以恩人的姿态经常出入这个家了。翠姑妈快嘴快舌，倚老卖老，最喜欢跟小辈们回忆陈年老古董的事情，讲述李家当年在宁波城里的显赫与排场，还精雕细镂地描绘了李家掌门人也就是她父亲不同凡响的相貌仪表和风度，并且十分肯定道："喏喏喏，雪弓的眉眼和身量就跟你们的爷爷很像，只不过少了一点威势。"

奶奶那辈人，历经朝代更替，饱尝悲欢离合，看透世情人心，便由李翠花说柳说，信口开河。如此一来，平楚许久以来刻意回避和隐瞒的身世便再也不是秘密了。

平楚的父亲是一家拥有十几条货轮的船运公司的董事，当年在宁波城里也算是排得上号的体面人家。翠姑妈神秘兮兮地告诉外甥外甥女，你们爷爷六十岁那年，竟在上海四马路一座"长三堂子"里用几根"黄鱼"收纳了一个尚未及梳拢的"小先生"，年仅十七岁，虽是面黄肌瘦，细挑的身形和搭配妥当的五官让老人家很称心。翠姑妈更压低了声音道："这个小先生就是你们的奶奶呀！"看到外甥外甥女都惊愕地瞪圆了眼眶，有的还使劲捂住嘴巴，翠姑妈就像戏台上的角儿，听到观众席间戏迷的喝彩声似的，愈发劲头粗了，兜底说了下去。

宁波城里老宅中的正房太太，也就是翠姑妈的生母，当然是不会容忍男人带一个"长三"回家的，于是李老爷索性在上海老城厢淘沙场顶下一幢石库门两层小楼，另筑了一座温柔乡。

翠姑妈说，她姆妈为李家生了三个能长能大的儿子，已是功勋卓著，末了又添了她这个女儿，深得她父亲的宠爱。十五六岁光景，父亲作主，送她到上海务本中学读书。但凡父亲在上海，便瞒着姆妈，带她住到淘沙场小姆妈家里去了。

讲到这里，翠姑妈便点起了一支烟，她实在是没有烟瘾的，只是讲究一种派头。翠姑妈缓缓地吐出螺旋形的一串烟环，她的声音便毛糙起来，真像是凿穿了几十年岁月的阻隔，"那时候阿翱有六七岁了吧？阿爸让他在弄堂口过街楼里的私塾开蒙，他能把千字文背得像珠子落盘一样顺畅。阿爸其实是额外宝贝他的，还请了美专一个学生来教他画画。他长得像阿爸呀！翎妹妹长得像小姆妈，一根黑油油的辫子拖在腰间，走起路来一步三扭，招人心痒。阿爸要带我们去戏院听戏，去跑马场看赛马，她总是不去，整天伏在一张绣架上行针运线。翎妹妹做的绣品图案别致，色彩清雅，阿爸常拿它们当重礼送人呢。只可惜呀……"翠姑妈说到此，每每刹了车，眼乌珠碌碌滚入被厚厚眼睑包裹住的眼眶，像落进一口深井。过去的日子就是一口深井。

翠姑妈口中的"翎妹妹"是平楚同母所生的姐姐,大名李翎。奶奶极少在家人跟前提起这个女儿,奶奶爱听戏,却害怕听越剧《红楼梦》,贾宝玉一声"林妹妹",奶奶便涕泗滂沱。

翠姑妈的好处在于,她把从前的日脚当故事讲,不加选择,不管对她有利还是不利,也许有些添油加醋,却一定没有隐瞒遮盖,更不会杜撰捏造。

翠姑妈说,"翎妹妹"没有活过二十一岁的生日,是生痨病去世的。她的名字没取好,真的跟《红楼梦》里的林妹妹得了一样的病。奶奶鼻腔里哼地一声,道:"若不是王熙凤王夫人她们背着宝玉定下了调包计,林妹妹会病死吗?"翠姑妈笑得便有些尴尬,讪讪道:"小姆妈,我晓得,你是怨大阿哥给翎妹妹定的那门亲事不相称对吧?那么你看我呢?我也嫁得不称心呀。阿哥也是为了李家的生意。我是想开了,李家的子孙总要为李家的兴旺做点牺牲嘛,譬如文成公主一嫁嫁到伸伸手就要戳到天的地方去了。"奶奶心里有气,声音就憋得尖细,"你们大房中的人,谁把阿翎阿翱当作李家人了呀?"翠姑妈冤枉鬼似的叫起来:"小姆妈,上有天,下有地,当中是良心。我阿翠总没有亏待你们吧?"面对翠姑妈,奶奶纵有万千怨恨也只有咽下了,她深深一叹道:"只怪老头子走得太快了……"

平楚的父亲去世时早过了古稀之年,在当时来讲也算是寿满天年了。掐指算来,奶奶那年还不到三十五岁,一儿一女尚未成年。

奶奶从来不提那段日子的辛酸和艰难,奶奶要讲,就讲李家祖上的荣耀,讲爷爷做人的仁义和豪放。按翠姑妈的说法,她父亲是有遗嘱留下来的,为小姆妈和翎妹妹翱弟弟的生活做了妥善安排,每个月由接管家业的兄长们拨给奶奶足够的生活费。翠姑妈说,阿翱那时只有十二三岁吧?小姆妈每个月头上就差他到船运公司设在十六铺的办事处取钞票。我碰到过一趟,阿翱个头还没柜台高,叫他进来喝杯咖啡都不肯。踮起脚,把铜板捋进布包里,别转身就走。面孔涨得血红,小姑娘一样。

翠姑妈铺陈往事大都避开她的翱弟弟,晓得平楚对宁波老宅里的人怀着深刻的阶级仇恨呢。可是总有大意失荆州的时候,有一日她正对着两外甥女指手画脚形容她们父亲少小时候的窘迫腔调,被突然闯进客厅的平楚听到了,陡然变色,冷冷道:"翠姐姐你好记性!莫非真记不得了?老爹仙逝没过半年,李家船运公司的股份就全部抵了债,我统共从你们李家领了三四个月的赡养费,趟趟还横扣竖扣只剩不足五成。这就值得你千秋万代称颂不已了嘛?"翠姑妈被他奚落得面孔一阵红一阵白的,讪讪道:"家道不顺,谁能料得到?我不也只好嫁到郑家做填房,为只为让郑家撑大阿哥一把嘛。"奶奶在一旁用力拍了下巴掌,拢着声音恨恨道:"都不要再响了好吧?又不是什么体面的事情,让人家晓得了戳我们背脊骨呀?"翠姑妈就闭上了嘴,摸出块绢头擦额角头的汗,平楚别转身上楼去书房了。

后来翠姑妈要讲李家老早的事体,总是先打听好阿翱他在不在家?或者索性就到外甥女的卧室里去摆龙门阵。

翠姑妈承认,李家的家业是败在她几个不争气的哥哥手中,他们骄奢侈糜惯了,又不谙商务,手足之间还要明争暗斗,哪有不败的道理？那一年，为了抵债，硬生生将淘沙场石库门小楼卖掉了。小姆妈带着翎妹妹、翱弟弟无处安生，幸亏私塾毕先生将自家灶披间凑凑拢，隔出后半间让他们筑了窠，方才没有流落街头。

为了维持生计，奶奶替人家倒马桶，擦地板，汰衣裳，天蒙蒙亮起来，一直要做到天墨擦黑。弄堂里也有人介绍她到东洋人家里帮佣，钞票好多赚一点。奶奶是动心的，一双儿女却坚决反对。东洋鬼子占了我们东三省，就是衣不蔽体，食无充肠，决不能到东洋人家里去讨生活！奶奶便去回绝了人家。

私塾毕先生十分同情他们娘三人的遭遇，又欣赏李翱稚齿韶颜，勤勉笃学，再出手相帮。他有个侄外甥女是小有名气的坤旦，正想找一个可靠能干的跟包娘姨，毕先生连忙把奶奶荐了过去。戏班一年四季跑码头，生活也是辛苦的，总比在弄堂里打临工有固定的收入，且又是毕先生举荐的，奶奶做生活又勤快又周到，深得侄外甥女信任，包银愈是比旁人加一成。

奶奶跟戏班跑码头去了，照看弟弟生活起居的担子就搁在了翎姑娘的身上。翎姑娘实际上只比弟弟年长了三四岁，却洞悉世事，少年老成。初中毕业她就辍了学，靠替有钱人家绣嫁妆聘礼补贴家用。她和母亲的共同心愿，一定要让阿翱读书下去，读到大学，出来做大事情。

天气晴好的日子，翎姑娘就把一张绣架搬到后门口外，就着杲杲日光做生活。他们家借住的后半间灶披间没有窗洞，翎姑娘舍不得点灯。日长势久，翎姑娘和她的绣架便成了弄堂里的一道绝妙风景，进进出出的人每每会在她跟前驻足观看，为她精美超群的绣技折服。其实最耐看的风景还是翎姑娘本人，陈旧简朴的衣衫遮不住她的柔情绰态，青葱玉指穿针引线，如同翻飞的蝴蝶。也有几个粗鄙猥劣之人妄图轻薄翎姑娘，却被她孤傲庄重的神情所震慑，不敢轻举妄动。

愈来愈多的人家慕名来请翎姑娘做绣品了，翎姑娘基本上是来者不拒的，她太需要挣钱了，挣钱给翱弟弟上美术学校。翱弟弟少小年纪便显露出画画的天赋，下了学，便会捏一块土石，在石库门天井的青砖地上，从宋江林冲武松一直画到关羽张飞赵子龙。

日暮向晚，屋外头看不清经纬了，翎姑娘方才将绣架搬回灶披间。仍舍不得歇工，便将绣架挨着隔墙。那隔墙一人多高，没有封顶。隔壁前半间灶披间里，毕师母正汰菜切菜忙着做夜饭，自然是点亮了屋顶上的灯，那灯光静悄悄地从隔墙上端的漏缝中泻到后半间，虽只是薄雾般一片，翎姑娘仍如获至宝，便借着这幽幽的一片光，再绣上几针。直至毕师母做好小菜，端到房间去了，随手关了灯，翎姑娘才依依不舍离开绣架。

他们屋里的灯，只有晚上翱弟弟要看书画画时才点亮。

翎姑娘的毛病，头年春上就有些端倪了。胸闷，气短，总是咳。毕师母在灶披间做饭时听到过几次，便送了一盒川贝梨膏糖过来，劝道："翎姑娘，不要没日没夜地趴在绣架上了，你娘不在屋里，自己要当心自己呢！"翎姑娘仗着年轻，并没有把这毛病当回事情。

酷暑之时，戏班子歇夏，奶奶才回家不久，宁波老宅便差人送来喜帖，说是已将翎妹妹许配了人家，对方在上海滩生意做得风生水起。翎妹妹嫁过去虽是做姨太太，日脚一定是花团锦簇，鹊笑鸠舞的，李家千疮百孔的境况借助妹妹妹夫的洪福，否极泰来也未可知呢！

奶奶捧着喜帖，一筹莫展。老爷子撒手西去，李家的事统归了老宅中长子说了算。纵使万千个不愿，哪有回天之力？奶奶哀哀地看住阿翎，阿翎面如玉雕无一线表情，手中的银针愈是追星赶月，霎时，绣架上一片流光溢彩。

定好了正月十五在南京路国际饭店举办西式婚礼的，翎姑娘却没有熬过冬至便魂归离恨天了。奶奶给宁波老宅报丧，说女儿是得痨病死的。弄堂里却传得沸沸扬扬，说翎姑娘宁死不嫁年过半百的老头，吞了砒霜自尽身亡。

前年奶奶吞咽不爽，平楚陪她到华东医院拍了片子，医生诊断为食道癌，要立即动手术。奶奶却死活不肯上手术台，她对平楚说，我在这世上活得够长寿了，现在你们日子都好过了，我也放心去那边伴伴你阿姐了。这句话说了没过多久，奶奶真就去找翎姑娘了。

翠姑妈每每提起她这位同父异母的妹妹，总叹道："翎妹妹就是名字叫坏了，弄得真像林黛玉那般薄命，要像我这般愚拙倒好了。"

6

史玉青才迎出门，雪砚雪墨已进了客厅，三姐妹亲热地簇成一团。雪墨两只胳膊环住青玉的头颈，嗔道："大姐，你好狠心哦，这么久才回家一次！"麦蛾拎着只热水瓶进来，忙道："青玉姐一大早就到了，跟翠姑妈弄菜弄了一半天了。"雪砚扯了把雪墨后衣襟，没好气道："你多大啦？还这般死皮赖脸缠大姐！"雪墨撅着嘴告状："大姐，雪砚把我约在九曲桥边上的绿波廊碰头，又不肯进绿波廊吃点心，嫌贵，拉我去吃了碗盖浇面。你说她葛朗台吧？"青玉食指点了她额心一下，笑道："你就是个馋嘴猫！"又道："东西买到吗？"

雪砚忙道："买到了，大姐你看行不行？"边说边把一只大塑料袋解开了，露出五颜六色闪金烁银的一大堆纸练。原来青玉分派给这两姐妹的任务是采购生日宴会上布置客厅的彩纸。

青玉拨拉看了看，欢喜道："就是要这样的，你们从哪里淘得的？"

雪砚道："城隍庙边的小马路上什么都有，小时候奶奶带我去过。"雪墨凑过来道："我也跟奶奶去过的。"雪砚不以为然道："你那时多点大？还能记得？"雪墨梗着头颈道："当然记得哟。"

其实雪砚只比雪墨年长三岁。两姐妹走在马路上，任谁都能断定她们是同胞手足，基因这个神秘的精灵掌控着每个人的神情意态。细辨之下，两人形貌差别还是蛮明显的，雪砚细目翘鼻薄唇像极了母亲，清汤挂面的长发统归脑后束一马尾，精瘦爽利。只待她注视你，方能领教她的专注与犀利。雪墨更像父亲，眉眼有雕像感，一笑两虎牙，齐耳的童花头，愈显得鲜活灵动。

雪砚政教系毕业后又考上了法学硕士；雪墨去年大学新闻系毕业，顺利当上了一名记者。两姐妹一直是别人家母亲心中孩子的楷模。

青玉领着雪砚雪墨，再加上麦蛾，四个姑娘缭袖捋臂，攀高落低，花了个把小时，终于将彩色的纸练悬挂起来了，纸练从天花板四角绵延至中央吊灯处归拢于一朵硕大的莲花蕊，花蕊下有五彩的穗子，原来只需稍稍扯动穗子，花蕊便会绽开，同时洒下缤纷的纸屑。她们计划好，只待寿星踏进门的那一刹那便扯动穗子，营造热烈欢快的气氛。

麦蛾收拢了长梯子，问道："青玉姐，两盆兰草一早我就搬到廊下了，现在好挪进来了吧？"青玉忙应道："我跟你一道搬去。"雪砚雪墨都晓得大姐钟爱兰草的心思，也抢着去搬花盆。两只花盆均是紫砂的，一只六角形喇叭口的，古朴典雅；另一只筋纹立体造型，简洁而含蓄。盆壁均雕有咏兰佳句，六角形那只雕的是杨万里的一联"健碧缤缤叶，斑红浅浅芳"；筋纹形的那只仅雕了七字杜牧句："寻常诗思巧如春"，盆中兰草紫茎绿叶，芊芊茸茸，门边坐一盆，沙发边蹲一盆，满屋幽香似有似无。

青玉团圈扫了一遭，稍稍松了口气。雪墨看了眼壁钟，叫起来："快四点钟了，他史雪弓怎么还不回家？亏他还是唯一吃过妈妈奶的呢。"青玉轻轻捋了雪墨的脑袋，道："你呀，就嘴凶。什么时候不做雪弓的跟屁虫！"又道："雪弓要到南京西路凯司令去取生日蛋糕呢，我关照过他，总要赶在霄妈妈下班前回来。"

雪砚笃悠悠地松开皮筋，五指理着松散的头发，又在脑后箍紧了一束，慢吞吞道："雪墨，雪弓以后不会总带着你了！"

雪墨皱皱鼻头，"哥跟我好，你吃醋了。"

雪砚斜她一眼，"往后有你吃醋的时候，不信，你等着吧。"

青玉轧出苗头，笑道："是雪弓有女朋友了吧？昨晚我给他宿舍打电话，好像听得有女声。"

雪墨眼瞪得溜圆，"啊？雪弓有女朋友啦？怎么不告诉我呀？"

雪砚道："你算老几？他为什么要告诉你？"

雪墨委屈地眨巴着眼皮，"哥告诉你的呀？他偏心……"大眼睛里立刻蓄满了水。

雪砚揉她一把，"瞧你个没出息样，不是雪弓告诉我的，是她告诉我的。"

青玉也觉好奇了，"她？你认识她？"

雪砚耸了耸肩膀，"她是我初中同学嘛。大姐你还记得嘛？那时候她积极要求入团，经常上我们家找我汇报思想的。"

青玉稍顿，道："那时找你这个团支书的同学太多了，方脸圆脸？长发短发？"

雪砚略忖，道："有一次她被我说哭了，大姐你还批评我的。记起来了吧？那时候团支部组织大家读《钢铁是怎样炼成的》，男生都叫她冬尼娅的。反正，今天你们都能见到了。"

青玉依稀有点记起来了，点点头，"哦，蛮漂亮的小姑娘……"话未说完，大门的门铃抑扬顿挫地响了起来。

麦蛾笑道："一定是雪弓哥！"转身要出去开门，却被雪墨一把拽住，"我去，我去开门！"她要头一个见到未来的大嫂。

雪砚咕哝了一句："雪弓钥匙又丢啦？"也跟着走出客厅。

雪墨哐啷拉开大门，"哥"字已喷出唇，却愣住了——门廊下并不见她亲爱的哥哥，却立着位瘦高个的短发女郎，似曾相识？却又陌生！难道……她就是雪弓那位"冬尼娅"？定定神，犹疑道："你……找谁？"

女郎咧嘴一笑，鼻沟与眼角有细密的皱纹水波般漾开，道："你是雪墨吧？真是女大十八变，越变越漂亮了。"声音沙沙的，摩挲着人的耳膜。

雪墨听着是舒服的，使劲地搜寻记忆，半启红唇疑怔着。雪砚已追至，惊讶地唤道："南渡姐，你怎么……你还记得我妈的生日呀！"

南渡稍稍一愣，忙道："记得记得，我妈妈自己生日记不清，引霄阿姨的生日她从不会忘记，年年要提的。"

雪砚胳膊肘撞了雪墨一下，"愣着干吗？不认识南渡姐啦？穿开裆裤的时候老缠住南渡姐的，忘啦？"

雪墨此时已全部记起来了，心里嘀咕着，那时候是这位萧南渡老缠住雪弓，我是跟她抢哥哥嘛！喊了声："南渡姐……你好！"却不敢看南渡的脸。依稀的印象，当年的萧南渡英姿勃发，双颊总是红喷喷的，跟哥哥说起话来，两只眼睛总是亮晶晶的，时不时会发出唱歌般的笑声。那时候，哥哥总是醉心地盯住她看，愈看她，她愈是妙语连珠，两根黑漆漆的眉毛上下舞动，像扑棱而起大雁的翅膀。那时候，哥哥和她交谈常常一谈就是一个下午，让雪墨好失落！可是眼前这位，肤色粗糙黯淡，眉毛寥落稀松，最扎眼的是眼窝下灰蒙蒙一堆雀斑——与早年的南渡姐姐判若两人！

雪墨正难堪中，雪砚已亲亲热热挽着南渡的胳膊进屋去了，一边问道："南渡姐你什么时候回来的？也不先通知一声，好去接你呀。"

南渡笑了，道："上海的马路我比你熟，还要你接呀？才回来一个多月，刚刚安定妥当，头一个就来拜访引霄阿姨还有你们。原来雪墨总踮起脚，跟我比高低，现在亭亭玉立，简直不敢认了。"

雪墨勉强笑笑，心里想："你最想看到的人是我哥哥吧？"

史青玉闻声迎上来，南渡抓住她两只手不放开，眼圈微微泛红。

青玉端详着她，暗自叹息，却笑道："南渡你赶得正巧，今晚我们为霄妈妈庆六十寿辰，霄妈妈看见你，不晓得多少高兴呢。"

南渡咳了声，道："方才我先去区政府找引霄阿姨，门卫不让进，说是区长规定的。我只好先到家里来了……"又咳了声，"那年我父亲去世，听我妈讲，多亏了你……和雪弓帮忙料理的后事……"

青玉摆摆手，"南渡你不要那样见外好不好？快坐下。麦蛾，怎么不给客人倒茶呀？"

一直死盯着客人面孔的麦蛾红了脸，羞怯地笑着，别转身去厨房了。

青玉道："今天可算是圆满了，我跟雪砚雪墨平常也难得碰头，待会雪弓回来，好多年没这样聚齐了。"

雪砚探究着南渡的神色，问道："这次回来，是探亲？公差？还是……"

南渡仰面呵呵一笑，"雪砚我晓得你很好奇，这个萧南渡，当年不是豪情万丈，发誓要扎根老区一辈子的吗？怎么还是回上海了？我这十几年的经历足够写一本书了，以后慢慢跟你们聊。我妈落实政策回上海了，既然有这么个政策，知青可以顶替父母工作回原籍，我就回来了嘛。哦，在档案局搞搞资料。"

青玉双手一合道："那太好了，卞阿姨有人照顾，霄妈妈也可以少操些心了。"

雪砚咬了咬唇，小心翼翼问道："陈拂野呢？他同意你调回上海？"

南渡收拢笑意，整张脸宛若秋风中的素菊，道："我跟他两年前就办了离婚证，他管不到我了。"

33

雪砚其实早有耳闻，现在从南渡口中得到证实，心中还是泛起一阵波澜，竟一时无言。

一旁的雪墨恨恨地想：早知今日何必当初？害我哥多生白发，还抽上了烟！实在忍不住，便道："哦，我晓得的，南渡姐，政策里有规定，已在当地结婚成家的知青，是不可以顶替父母回城的！"

南渡霍转面孔对着雪墨，言词恰如高压水枪中的水直喷出来："我可不是为了调回上海才跟陈拂野离婚的！"稍停，才缓下来，"我跟陈拂野离婚时，知青回城的文件还没下达呢。"

雪砚狠狠地瞪了雪墨一眼，扯回话题道："南渡姐，那你的儿子小榭跟你一道回来了吧？是不是该上小学了？"

南渡沉默片刻，道："小榭留给陈拂野了……确切说，是留给他爷爷了。我实在不忍心跟那样一位老人争抢他心爱的孙子。"

青玉雪砚她们都晓得陈拂野的父亲抗战中曾做过史引霄的警卫员。后来又当过革命政权的贫协主席，是当地赫赫有名的老英雄。她们寻找不到合适的语言来宽慰萧南渡，冷了场。幸而麦蛾端着茶盘进来了，这才打破了尴尬。

麦蛾将茶杯恭恭敬敬放到南渡面前，又从茶盘中取出两小碟点心，涨红了脸道："萧同志，尝尝我妈自己做的土点心，这是糖麻花，这是青豆腌鱼干。"

雪墨仄起身子抓起一根糖麻花，道："好啊你个麦蛾，这么好的东西怎不早点拿出来？人家南渡姐才从苏北调回来，哪里会稀罕你这个？"

麦蛾手指绞住衣角，"我妈上星期就寄来了，我一口没吃，就等你们回来的嘛！"

青玉笑道："麦蛾，在家里不要称同志，一本正经的。你就叫她南渡姐姐嘛。"

麦蛾眼珠子亮了起来，忙道："我认识萧同志，哦，南渡姐姐。小时候我还听南渡姐姐做报告呢！"

当年萧南渡上山下乡来到父辈战斗过的地方插队落户，发誓要为改变老区贫困落后的面貌贡献自己的青春。为了表达自己坚如磐石的决心，她毅然与老贫协主席的儿子结了婚，住进茅草屋，赤脚下农田。她的事迹登上了报纸，成了上山下乡知识青年的楷模。

萧南渡一挥手，嘿嘿一笑，道："雄关漫道真如铁，而今迈步从头越嘛。"上下打量着麦蛾，"这个妹妹看着眼熟陌生的，你也是苏北的？哪个庄子的？"

雪砚点点她道："这才是贵人多忘事，怎么不记得她了？水珠的女儿，雪墨就是跟她抢奶吃的嘛！"

雪墨狠狠一跺脚，"平雪砚，你瞎说什么呀！"

麦蛾抿嘴一笑，"是我让给雪墨妹妹的。"

南渡眼珠子一瞬间弹突出来，马上就收敛了，沉到乌青的眼帘下去了。她自觉两只耳轮火辣辣地烧起来，掩饰地挤出一朵笑，叹道："哦，水珠的女儿长成大姑娘了，都认不出了。"

当年水珠把六个月大的女儿交给婆婆带，只身到上海史引霄家做奶妈。水珠跟庄子里乡邻说："引霄同志家有难处了。做人若不懂得知恩图报，猪狗不如了。"水珠手勤脚勤，不仅精心喂养小雪墨，还尽力协助奶奶料理一应家务。史家大人小孩都喜欢水珠，就连向来挑剔的奶奶也时常人前人后道她的好。

"文革"开始后,水珠接到家乡人民公社革委会的通知,勒令她这个大地主大汉奸的小老婆回乡接受群众的监督劳动。那时候史引霄和平楚都在接受造反派的批斗,水珠不想因自己曾经的经历给他们添麻烦,便含泪离开了史家。

萧南渡面对麦蛾心生愧疚,她曾以优秀知青代表的身份被推选为公社革委会副主任,那时候的工作重点就是狠抓阶级斗争。每每排查地富反坏名单时,水珠的名字总是赫然在列。她是清楚水珠与引霄阿姨的关系的,本能地想为水珠辩白几句,可是理智阻止了她。她是红极一时的知青标兵,中共预备党员,如果为一个地主婆说话,革命群众允许吗?上级领导会怎样看她?她平步青云的政治生涯也许因此而中断!趋时则吉,违众则危,她终于保持了缄默。

麦蛾很高兴萧南渡终于认得了她,直把两盘点心往她跟前推,恨得雪墨直朝她翻白眼,欲找些词句挖苦她们,恰时门铃又响了起来。

麦蛾道:"这回准是雪弓哥哥了。"待转身去门廊又被雪墨拽住了,道:"你还是尽心招待你的萧同志吧,我去开门,我要头一个迎接我的新嫂嫂呢!"迅速横了一眼萧南渡,蹦跳着跑去开门了。

青玉与雪砚对望了一眼,又都看着萧南渡。萧南渡眉平目正看不出有甚表情,青玉是挨着她坐着,隐隐听得她心怦怦怦跳得厉害。

果然是家门独子史雪弓回来了。雪墨呼地扑上去,扯住他一条胳膊,娇嗔道:"哥,你回得好晚哦……"忽然瞥见雪弓身后随个女子,双手捧着一只硕大的蛋糕盒,自知失态,忙松开手,对那女子一笑,道:"哥,你介绍一下呀。让人家捧那么大的盒子,你好意思呀!"

史雪弓嘿嘿一笑,勾起食指刮一下雪墨鼻子,道:"你还会不晓得?咱家大法官没向你披露情报?"雪墨脑袋甩得像拨浪鼓,雪弓便毕恭毕敬左手掌一摊,"这位姬瑜小姐,是我校外语系英美文学研究生。"右手掌再一摊,"这位平雪墨小姐,是我小老妹。千万别以为我们非一母所生,只是我随了我妈的姓。我们虽不同姓却同心,对吧雪墨?"

雪墨翘起下巴得意道:"那当然啰!"

雪弓扭头朝向女友道:"姬瑜,我跟你说过吧?在我们家,女性占绝对优势。往后你进了这个门,有你趾高气扬的日子呢。"

雪墨暗中打量姬瑜,正将脸藏到蛋糕盒后面偷偷抿嘴笑,她的笑很美,像月光下的湖,恬静,幽深。

雪墨有点幸灾乐祸,故意抬高了嗓门:"哥回来啦——蛋糕也来啦!"

这一声倒将正在厨房后头的小间里闭目养神的翠姑妈惊动了,边整理头发边迎出来。雪弓喊了声"姑妈",姬瑜也喊了声"姑妈",又稳稳妥妥道:"我听我父亲说起过,郑姑父从前在上海滩也是鼎鼎大名的人物,他们在商会里也有过几面之交呢。"

因有人还记得她死去的丈夫,翠姑妈眼泪都挤出来了,声颤颤问道:"你父亲……"

姬瑜抿了下嘴,"我是姬慎之的小女儿。"

翠姑妈面孔堆成朵花,"哦,原来是姬家的闺女呀!雪弓,你真是前世修来的好福气。往后你若欺负她,姑妈可不依!"

雪弓扶住姑妈的胳膊道:"她是校学生会委员,我是系学生会宣传委员,我哪敢

35

欺侮她。"

一簇人说说笑笑踏进客厅，空气却骤然凝固了。青玉和雪砚都看着南渡，看着她缓缓地站起来。

雪墨急了，一跺脚，"你们愣着做啥？不欢迎客人呀？"

雪砚方才醒悟，上前接了姬瑜手中的蛋糕盒，又嗔道："史雪弓，你还真做得出来，让我们冬尼娅拎这么重的盒子，你当你真是保尔·柯察金？"

姬瑜凑近她耳畔道："这一路都是他拎的，到了门口才硬塞给我。"虽然压低了声音，却控制得让屋里每个人都能听清她的话。

青玉盈盈笑着，道："我记起来了，从前在我们家抹眼泪的小姑娘。看来你跟雪弓的缘分是早就定下了的。"

姬瑜甜甜一咧嘴，"一直听史雪弓提及青玉大姐的。"

青玉道："背地里说的话恐怕没什么好话吧？"扭回头看雪弓，雪弓像被施了定身术，泥塑木雕地呆着。那一厢，萧南渡亦沉默不语，画像一般。

姬瑜并无觉察，仍笑道："哪里呀，史雪弓点点滴滴描绘了一位柔心弱骨、娴雅方正的青玉大姐呢。"

青玉忙给雪砚使个眼色。雪砚便道："姬瑜，我们多少时候没碰面啦？史雪弓，现在姬瑜归我啰。"说着朝雪弓腰眼里用力戳了一下，顺势拉住姬瑜到自己房间里叙旧去了。

青玉稍稍松口气，便吩咐麦蛾给区政府机关门卫打电话，问问史区长的车出来了没有。方转身对雪弓道："你力气大，帮大姐去花园再搬几盆兰草进来，总觉得客厅气氛还不够热烈。"又道："南渡，你去给雪弓搭个手好吧？"

雪墨忙道："我帮哥搬花盆。"

青玉一把拽住她，"你还有你的事呢。"看着雪弓南渡先后去了园子，瞪一眼雪墨，"总得让他们有个说话的机会呀！"

麦蛾搁下话筒道："青玉姐，门卫说姨娘的车已经出门好一会了。"

青玉揉了雪墨一下，"楚爸爸替霄妈妈画的肖像，来不及装框了。派你一个重要任务，到弄堂口文具店买包装纸，你最有艺术眼光呀。"

雪墨撅着嘴，不情愿地出门去了。

茶几上的电话突然炸响，麦蛾顺手抓起话筒，喂喂了几声，稍停，把话筒递给青玉道："青玉姐，我搞不懂，你听，你听呀！"

青玉接过话筒，对面传过来的话语火烧火燎地击打着她的耳膜，她嗯了声，掼下话筒就往门外窜。麦蛾跟出去喊："青玉姐，作啥呀？"

青玉并不停住脚步，"去拦霄妈妈的车！"

7

史雪弓推开落地钢窗跨了出去，脚步有点沉，像是被什么重物拽住似的。他晓得，那是青少年时代岁月的记忆，杂沓且冥蒙，却一直卧在他心里。

牙黄的露台顶灯把他颀长的身影压扁了，投在湿漉漉的红砖地上，他便立定了，等待着身后那个人影缓慢地挨近来，直至两团影子重叠搅混。史雪弓感觉到有一线柔丝般的气息轻拂着他耳后的发根，霎那间令他周身酥麻难以把持。

但他终究把持住了，看似轻盈却很费

劲地转过身子。他们间的距离拉开了，使他能够坦然地看着她的面孔，并且保持惯常洒脱风趣的口吻，道："萧南渡你还是那团火那阵风啊，稍一动作，便让人目瞪口呆！什么时候回来的？真的放弃那个改天换地的宏伟计划了吗？"

南渡忽地垂下眼帘，遮住了失望的神色，解嘲地一耸肩胛，口吻寡淡得如同一杯白水，"调回来两个多月了。我妈一直催我到花园弄堂向引霄阿姨报到，今天倒是赶巧了。"掀起眼帘瞄了雪弓一下，那眼眶里已经没有任何色彩了。不等雪弓回应，转而道："青玉大姐让我们多搬几盆兰草，兰草盆还是在老地方吧？"说着便下了台阶。

花园里除了南墙下的花坛中植满兰草，葡萄棚下的几条石凳上还参差摆放着各式各样的盆栽兰草。这个家里的孩子们都晓得，青玉大姐的生母姓兰名畦，是母亲生死与共的亲密战友，在皖南事变中壮烈牺牲了。所以母亲与青玉大姐格外钟情于种植兰草。

史雪弓跟在萧南渡身后埋头进葡萄棚。南渡伸出双手去搬一只腰鼓状青瓷兰草盆，雪弓晓得那只盆的分量不轻，连忙伸手相帮，急促中却捏住了南渡的手。两人都像触着火炭般缩回手，但听清脆的咔嚓一声，青瓷兰草盆滑落在地，裂成两片！

这座小小的园子，这不经意的葡萄棚，遗留了他和她太多的痕迹。

史雪弓少小时就是弄堂里的孩子王。隔壁弄堂小孩无非聚在一起打打弹子攒攒香烟牌子，史雪弓却领着花园弄堂的孩子们玩泚水大战或火烧赤壁，他装扮指挥若定的谢安，或者巧借东风的诸葛亮。自然跟在他身后冲冲杀杀的全都是"光榔头"，唯有一位长头发的小姑娘，她就是寄养在史家的萧南渡。

萧南渡的父亲萧瑟抗战中曾是史引霄的上级领导，在1957年大鸣大放中被定为右派分子，全家下放到苏南一个小县城。萧南渡跟史雪弓同龄，那年才上初小。她母亲卞璟如当年跟史引霄在江北指挥部民建队共事过，也算是老战友了，便来恳求史引霄能不能让南渡寄养在史家，小姑娘能在上海读完小学中学？史引霄不假思索便应承下来了。平楚早就习惯了妻子古道热肠、豁达大度的脾气，史家的孩子们从小就受母亲行事风格的耳濡目染，欣然接受了萧南渡成为家庭的一员。

偏偏萧南渡天生假小子性格，不喜欢跟雪砚雪墨两个妹妹凑队，进进出出只是影子般随着史雪弓。他们从小学到中学都在同一个学校同一个年级同一个班级，愈显得亲密无间。

萧南渡才住进史家时，平雪墨刚出世不久。待雪墨长到五六岁时便开始跟南渡姐姐抢哥哥了。但凡雪弓与南渡在一起做功课，或促膝谈心之时，雪墨就像小精灵出现在他们中间，吵着要哥哥给她讲安徒生童话，陪她玩过家家。雪墨小时候爱哭，家人哄她，便说，雪墨哭起来丑死了，雪弓哥哥不喜欢你了。你看人家南渡姐姐整天笑，笑起来多好看呀！雪墨立时三刻便抹干眼泪不哭了。直至雪墨长成大姑娘，家人还常拿少时的这些趣事取笑她。

"兰畦"花园里的葡萄棚，原先已几乎坍塌，是雪墨的奶妈水珠把它修复起来，往葡萄老藤的根部加肥培土、浇水，细心呵护。第二年春天，葡萄藤见风就长，盘踞了整座棚架，绿荫沉沉，果实累累。史家的孩子们天天到棚中张望，盼那些珠子般的果实快点长成弹子大，颜色也由草绿变成透明的翠绿色。水珠阿姨说的，到那时候，葡萄便熟了，一咬一口甜浆水。当然孩子们是没有耐心等到葡萄熟透，有七八成熟他们就缠住水珠阿姨要摘果实了。待水珠阿姨一点头，孩子们便欢呼雀跃地奔到葡萄棚下，不仅有"兰畦"中的孩子们，左邻右舍差不多年纪的小朋友也来了不少。水珠阿姨在一根长竹竿头上绑了一把水果刀，伸到棚顶，小心翼翼地割下一串，放在竹篮头里。雪弓趁众人不注意，刷刷几下就攀上了棚顶，伸手拗就摘下一串，比水珠阿姨快多了。孩子们纷纷伸出双手喊："给我，给我！"水珠阿姨急得扯着嗓喊："当心啊，别摔下来！"此时一旁的萧南渡也学着雪弓的样子攀上了棚顶，她虽瘦弱却灵巧，摘起来比雪弓还快，水珠阿姨只有跺脚拍胸脯的分了。

年年到了"兰畦"中葡萄熟了的时节，便是花园弄堂孩子们的狂欢节。少年时代的日子便像熟透了的葡萄一般青葱新鲜透明甜蜜。

葡萄藤在岁月荏苒中不断地攀缠盘绕，加上枝叶蓬茸，把个小小的棚子围覆得密密匝匝，便成了史雪弓与萧南渡闲语倾谈的好去处。他们在这座小小的棚子里留下许多美妙的青春记忆。

史雪弓努力抵抗着与周遭的暮霭一般沉重的记忆的力量，大惊小怪道："哎呀，这只青瓷花盆是青玉大姐的最爱呢！"

萧南渡方才差点就跌进青春年少时的情感漩涡不能自拔了，史雪弓这么不咸不淡的一句话便让她转回神来，连忙道："我赔，我会赔青玉大姐的，乡下人屋里这样的瓷盆有的是。"语速迅如急雨，生怕稍一停顿就说不下去了。

其实他们都洞悉对方心里想着什么。他们都清晰地记得那个晚春在这座葡萄棚下曾经有过的沉醉与甜蜜。

那年他们即将初中毕业，报考哪所高中便是他们之间最频繁的话题。他们所在的中学也是一所重点学校，按照他们在学校的表现，他们都极有可能直升本校的高中。可是史雪弓志存高远，他想挑战自己，报考市里数一数二寄宿制的高中，他希望脱离家中优渥的生活条件，培养独立生活的能力，也给自己的未来开拓更大的发展空间。自然，他希望萧南渡与自己一起报考那所学校，而且他自信他能说服她。

周日下午，水珠阿姨奉女主人的吩咐去几位老战友家送些家乡土特产，便带着小雪墨一同出门了。缠人的小妹不在家，雪弓与南渡心照不宣地钻进累累果实正青翠诱人的葡萄棚里。午间灼人的阳光被密层层的藤叶筛滤得温馨柔和。史雪弓望着坐在对面石凳上的姑娘，瘦削却神采奕奕，双颊喷红，双眸含星，这些都是他心仪的模样。十五六岁的少年还不很理解"爱"的含义，他只是希望做什么事情都有她陪伴。

"南渡，有件事想跟你商量……"

"雪弓，有件事想跟你商量……"

他们两人几乎同时开的口，雪弓便道："那你先说。"

这天南渡穿了身海军样式的连衣裙，领口有天蓝色的飘带，裙摆缀有波浪状的花边。南渡平时不喜欢穿裙装，除了这件连衣裙。她将鬓角的短发撩到耳后，目光灼灼地盯着雪弓，道："我想放弃考高中，报名到新疆建设兵团去！"

新疆农垦建设兵团已连续两年来上海招收初中高中毕业生了。他们所在的学校已有两名学生报了名,并且获得批准。他们的名字登上了《青年报》,他们的照片被放得很大,就贴在校门口的光荣榜里。

南渡以为雪弓听了自己的话会热烈响应,不料雪弓却是沉默,披着斑驳的光彩,像一具石雕。

南渡急了,站起来立刻冲到他跟前,道:"你怕了?你不想离开上海舒适的生活?你平时说的豪言壮语都是假的?"

雪弓伸出手想拉她坐下说,被她用力甩开了。雪弓也站起来,逼视着她,道:"萧南渡你真的认为我是那种人吗?"

姑娘迟疑片刻,道:"那你为什么不响应团市委的号召呢?"

雪弓胸有成竹道:"我不怕边疆条件艰苦,我也不留恋家里的舒适生活,可我觉得我们才初中毕业,学得的知识太少了,拿什么去改变边疆贫困落后的面貌?"

南渡团紧眉头,却找不到合适的话语去反驳他,恨得直扯胸前的飘带。

雪弓紧追着道:"你不是最崇拜居里夫人吗?现在我们连解析几何微积分都还没有学,你怎样探索宇宙奥秘,为人类做出杰出的贡献?"

任谁听雪弓张口说话,都以为他会唱歌,其实雪弓唱起歌来五音不全。但他的嗓音确实浑厚有磁性,特别是当他意真情切款款道来的时候。他扳着指头条理清晰地陈述了应该继续求学报考高中的理由,萧南渡内心早已无可抵挡地折服了,却不肯当面认输,王顾左右而言他,指着葡萄棚顶呼道:"这葡萄串已经泛紫了,可以吃了呢!"话未落音,人已经沿棚架蹭蹭几步攀上棚顶了。

史雪弓想拦已来不及,仰着头喊:"小心了你!葡萄没熟透,水珠阿姨不让摘的!"

"我喜欢吃带点酸的葡萄!"南渡哪里肯听,格格笑着,伸长手臂去摘一串半青半紫的果实。她的面庞在密匝匝黛绿的藤叶中显得愈发红润光彩,她的两颗晶亮的眼珠比任何一串葡萄都馋人。一阵甜津津的熏风拂过,撩起了南渡缀着波浪花边的裙裾,露出了她内里白底碎花的小裤衩。

史雪弓一阵心醉神迷,四肢像中了电击般动弹不得。南渡喊:"接住了!"他像没听见没看见,一串半熟的葡萄叭地掼在地上!南渡"哎呀"了一声,本能地朝前扑,整个人从棚顶咕嚓嚓滑落下来。雪弓慌忙跨上一步伸出双臂,他腿长臂长,南渡不偏不倚落在他的怀抱中。

他们头一次肌肤接触,都有点不能自已。雪弓紧紧地箍住姑娘柔若无骨的腰身,将她尚未完全发育的胸脯贴在自己怦怦剧跳的心上。

其实他们的拥抱只持续了几秒钟,而他们的感觉却已是地长天久般。

南渡隐隐感觉到小肚子被硬邦邦的东西抵住,这才用力推开了雪弓,忸怩道:"史雪弓,你要死啦!"

雪弓盯着她透红的面孔,字字清晰道:"南渡,我想跟你在一起,一起考高中,一起考大学,一起到永远!"

那时候他们是龙驹凤雏的年纪,哪里能预料世事的波谲云诡?更想不到狂飚一起,惊涛骇浪扑面而来,个人的意识决心誓言是那样地不堪一击。

那个春风沉醉的下午,他们头一次表露了互相爱慕的心意,并且约定,一起复习功课,一起报考那所寄宿制高中,一起……

却没过多久,就传来了废止现行高考制度的消息,真可谓一石激起千层浪,有人欢喜有人愁。

高考取消了，中考自然也取消了，大、中、小学都停课闹革命了。

初始，社会上刮起了一股抄家风。花园弄堂里有一户吃定息的人家首当其冲被抄出了金银珠宝古玩字画，并被剃了阴阳头游街示众。其他家境差不多的人家都提心吊胆夜不能寐。次日，弄堂里雄赳赳气昂昂走进来一支十几个人的队伍，个个臂上箍着红卫兵袖章。走在头里的两个，穿着旧军装，腰间束着皮带，十分威武的样子。众街坊忐忑不安：红卫兵小将又要来扫四旧了，这回不晓得轮到哪一家？不过很快就有人认出来了：穿军装的那两位，竟是弄堂笃底"兰畦"里史家的独养儿子史雪弓和寄养在史家的姑娘萧南渡。他们要干什么？难不成大义灭亲要造"兰畦"的反？家家户户屏息静气等待着，却迟迟没有动静，没有口号，没有呵斥声。有胆大的便掀开窗帘一角向弄堂里张望，却见史雪弓萧南渡指挥着一帮红卫兵挨家挨户地往大门上贴红纸。那是什么东西？是大字报吗？大字报为什么要用红纸写？是喜报吗？眼下这种风声鹤唳草木皆兵的境况，能有什么喜事呢？待红卫兵小将撤离，洋房人家都跑到大门口察看，原来那些红纸上用规整的仿宋体写着："红卫兵一兵团""红卫兵二兵团"，或者"捍卫毛泽东思想战斗队"，或者"将革命进行到底战斗队"等等，街坊们方才恍然大悟。事后有单位造反派来抄家，便理直气壮道：这里已经被某红卫兵团占领了。果然屏退了好几拨造反队。也有的造反派不相信那门上的红纸，硬要闯进门。主人每每去弄堂笃底"兰畦"找史雪弓出阵，史雪弓从不推脱，义正词严与对方交涉。辩论起来他最大的

优势是能将毛主席语录倒背如流，并说出这段语录出自毛选第几卷第几页哪篇文章，常常让对方目瞪口呆而败下阵来。

花园弄堂中许多人家到至今还念叨当年史雪弓的好处，并且叹息，史雪弓再聪明再有智谋，当年也没法保全他自己的家和他最爱的人。史家被迫搬出"兰畦"，挤在一处直不起腰的三层阁里，孩子们晚上只能睡地板。更令史雪弓痛心的是，水珠阿姨作为地主恶霸的小老婆被遣送回乡劳动改造；他心仪的姑娘也不能继续待在史家了。萧南渡的父亲作为历史反革命和老右派分子被揪了出来了，她母亲急电她速速回家，说是晚一步回去，就见不着父亲的面了！

史雪弓清晰记得那年送别萧南渡的情景。南渡穿一身旧军装，还把头发全部塞进军帽里，她说这样去挤火车顺利些。没有行李，只斜背一只军用帆布书包，姑娘面孔苍白，双眸却依旧明亮，她说她相信他们很快就会见面的。史雪弓满心的怜惜与痛楚，仍大咧咧笑着，送她一本硬皮封的笔记本，扉页上抄了一首毛主席写的《蝶恋花·答李淑一》："我失骄杨君失柳，杨柳轻飏直上重霄九。问讯吴刚何所有，吴刚捧出桂花酒。寂寞嫦娥舒广袖，万里长空且为忠魂舞。忽报人间曾伏虎，泪飞顿作倾盆雨。"南渡翻开，默念了一会，抬起头盯住雪弓道："我不做杨开慧。"便转身进了登车口，淹没在潮水般的人群中。

史雪弓重重地吐出一口气，用很豪爽的口吻道："南渡你见外了，青玉大姐哪里会要你赔呀！只这花盆原是太沉了，我们挑两只轻巧些的。喏喏喏，紫砂的盆就合适……"

萧南渡却是悄悄吁了口气，约束着

情绪，道："回头我跟青玉大姐招呼一声呗。自然，紫砂盆种兰草是最合适不过了，我母亲老家离宜兴才一脚路，以后托大姨三伯带些过来。"

史雪弓拣了只圆筒形紫砂高罐，只植了几株兰草，十分简洁大方；萧南渡捧起一只扁舟形的紫砂盆，一盆的紫茎绿叶神闲气定。两人便一前一后往回走，都有满肚子话想说，都不晓得先说哪一句。

那年雪弓在火车站送别南渡后，他们两人隔了整整两年方才重逢。当时，延宕了两年的初中高中毕业生正面临着分配，毛泽东适时发出了号召：知识青年到农村去，到边疆去，到广阔的天地中去锻炼改造自己！上山下乡一时成为不可抗拒的潮流。

史雪弓并不因即将要离开亲人离开家而感到悲伤气馁，他们早向往像革命前辈那样为祖国为人民万里长征转战大江南北。史雪弓率先在学校大门口贴出决心书，要求到黑龙江军垦农场去落户，保卫边疆，建设边疆！很快就有十几位同学响应他，在他的决心书后面签上名。不久，学校毕业分配领导小组贴出了光荣榜，公布了第一批获准赴黑龙江军垦农场落户的名单，却没有史雪弓的名字。史雪弓急了，咬破中指写血书表决心，血书送到校革委会办公室，一位派驻学校的工宣队跟他明讲了：史雪弓同学你有这样的决心很好，但黑龙江是反帝反修的最前沿，军垦农场又是部队编制，你的政审不合格呀！

史雪弓一时如坠冰窖。父亲母亲都被隔离审查，他的身份从鲜红霎那间变成墨黑！这会他沮丧迷茫。那几日，他盘屈在三层阁里翻阅《毛泽东选集》中的哲学篇章，《实践论》《矛盾论》《人的正确思想从哪里来的》，特别是那篇《关于正确处理人民内部矛盾的问题》，愈令他苦思冥想，时而如饮醍醐，时而又如坐云雾。

萧南渡就在这时突然出现在他面前，对于史雪弓来说，真好比久旱逢甘霖，幽谷见阳光一般。两年不见，萧南渡黑了，愈发地瘦了，却平添了几分成熟女人的魅力。史雪弓费了很大气力，才抑制住没有扑上前拥抱她，却忍不住兴奋地唤道："萧——南——渡真是你吗？"史雪弓一股脑儿将内心的失望、苦恼甚至愤懑吐了出来，有些情绪，他甚至没向青玉大姐流露半分。南渡听他发了一通牢骚，格格格笑了起来。雪弓恨声道："指望你来帮帮我，早知你要笑我，就不跟你说了！"南渡收了笑，认真道："我真没有丝毫嘲笑你的意思，我是发现，我们有许多很相同的地方。那年我回到家里，是一个历史反革命右派分子的狗崽子，那时我的心情跟你一样灰暗而沉重，有一度，连死的心都有了。"雪弓心揪得很紧，忍不住握住了姑娘纤柔的手。南渡缓缓从他掌中抽出手指，就在眼前挥了一下，道："可是我后来战胜了自己！"有一丝踌躇满志的笑意在她棱角分明的唇边荡漾开来，她的双眸也含着火星般灼亮起来，双手一合，她念道："风雨送春归，飞雪迎春到，已是悬崖百丈冰，犹有花枝俏。俏也不争春，只把春来报。待到山花烂漫时，她在丛中笑！"

史雪弓目不转睛地看着她，这一刻，她的脸如同山花一样是多么的灿烂且妩媚！

南渡仰着面孔让他看了一会，便揉了他一拳，"喂，你傻啦？"

史雪弓脸有些发烫，忙道："我等着聆听你的高见嘛。"

南渡微偏着脑袋问："那你，愿不愿意

和我一道去插队?"

史雪弓心想：只要跟你在一起，哪怕天涯海角！嘴上却道："哦，你已经选定去处了？"

南渡兴奋地点点头，眯起双眼，向往道："那里有蓝天、大海、滩涂、芦苇荡，沟、港、河、汊，沼泽湖泊星罗棋布，芳草萋萋，莽莽苍苍……"

史雪弓打断她道："你描述的简直是人间天堂，那还需要我们去做什么？"

南渡意味深长地瞟了他一眼，便从随身的帆布挎包里抽出一张折叠着的全国地图，展开，就摊在两人四只膝盖上。她手指坚定地点在蓝色的黄海边一块粉红色的大地，朗声道："就在那里！皖南事变后，新四军就是在那里重建了军部，开辟了抗日敌后根据地。我们的父母们曾经在那里战斗、流血、牺牲！"略停顿，她的声音沉淀下来，"可是，现在，那里依旧穷困落后，粗陋……"

史雪弓激动地弹跳起来，"到老区去，我愿意！"他人高，头顶差点撞上楼板，"跟你一起去，我太愿意了！"

南渡扑哧笑出声。那时候，他们两人都以为，这是天经地义的事。

史雪弓向毕业分配领导小组递交了要求去苏北老区插队的申请，很快就获得了批准。而老区那边的乡亲们听说是当年名闻遐迩的武工队女队长和建纪念塔的长头发画家的儿子要来插队，好几户人家都腾出了房子。

南渡对雪弓道："你准备好了吗？我们越早下乡越好，争取做响应毛主席上山下乡号召的第一人！"

雪弓原是想等父母从五七干校休假回来，见上一面再离家，可面对南渡坚定而热忱的目光，他无法拒绝，只有响应她。

趁星期天，青玉大姐从单位宿舍回来，雪弓隆重宣布了自己的决定，并声称月底前就要出发。

青玉大姐沉吟道："总要等霄妈妈楚爸爸回来，让他们晓得你的去向吧？"

雪弓稍顿，道："等不及了。青玉姐，以后你代我告诉他们。他们晓得我去老区插队，一定会高兴的！"

未满十岁的雪墨扭着身子闹，不让哥哥走，特别是不让哥哥跟那个萧南渡一起走。少年老成的雪砚便噘她："这又不是玩过家家，你想怎样就怎样。你再吵，我也走了，晚上让你一个人睡！"小雪墨噙着两泡眼泪不敢吱声了。

史青玉好心疼这两个未成年的小妹妹。楚爸爸和霄妈妈在干校劳动，归期难料；水珠阿姨又被遣送回乡。而自己工作分配在郊区医院，平时要翻三班，只能住在单位集体宿舍。思来想去，她便去翠姑妈家把奶奶请回来了。

奶奶着手替雪弓整顿行李，理着理着，理出了一把眼泪一把鼻涕。三层阁里实在寒酸，奶奶挪东挪西，总算腾出一只陈旧的手提皮箱，边角都打过补丁，一年四季的衣服，哪里塞得下呢？减了又减，一季最多塞进一件衣服。奶奶束手无策了。

雪弓搂住奶奶薄削削的肩膀，笑道："这只皮箱就是我爸当年投奔新四军时拎走的吧？奶奶你说过，当年我爸离家没带一件替换衣服，一皮箱都是书，以至你好久也没发现他不在上海了，只道他还在董老板家做事呢。"

奶奶虽不识字，却是绝顶聪明之人，晓得孙子是在宽慰自己，叽咕道："阿翱他是瞒着我走的，把董家那位千金小姐也带走了。害我提心吊胆了几十年，怕董家来向我要人……"忽然打住，扭头盯牢雪弓，目光就像法海和尚的钵盂罩住了雪弓。稍后，才瘪着嘴唇凑到雪弓耳边，问道："你跟萧南渡轧朋友啦？"

雪弓心咚咚一跳，哈哈笑道："奶奶，我们是革命战友嘛。"

奶奶哼地一声，道："你要当心萧南渡哦，她面相不好，腮帮骨的角四方，这样的人心机重，你弄不过她的。"

史雪弓嘀嘀一笑，给奶奶扮个鬼脸。他心里是清楚的，因为母亲，也就是奶奶的儿媳妇早年跟萧南渡的父亲有过一段感情纠葛，所以奶奶不喜欢萧南渡。可是在史雪弓眼里，南渡开朗朝气，热情如火，就像旭日一般吸引着他。

史雪弓不想让家人为自己操心，有心事就找南渡商量。

能够跟心爱的姑娘一起到父母年轻时战斗过的地方去插队，去干一番改天换地的事业，史雪弓异常激动，跃跃欲试。生活条件艰苦，没有大的箱子放衣物，这些都无关紧要，史雪弓只想带批书下乡。他为自己拟定了一个完整的读书计划，从人类发展史、中国史、世界史到哲学史、科学史、各种宗教史和思想史。有关书籍他在父亲大书橱里都翻到过，可是，他们一家被迫离开"兰畦"时，大部分家具包括书橱都被造反派抄封了。

南渡见史雪弓愁眉锁眼的样子，帮他出主意，道："索性去引霄阿姨的机关，找他们造反派头头明说，你是响应毛主席号召到广阔天地里干革命去的，他们应该全力支持你，允许你进去挑书。"

史雪弓被南渡鼓起了斗志，理直气壮地去了。接待他的是一位干练秀爽的女同志，自称是史引霄专案组组长，说起来倒没有一般造反派头头咄咄逼人的腔调，还比较温和平缓，不过一字一句仍具有不可置疑的威慑力，她甚至面带微笑侃侃而谈："史雪弓同学，你响应毛主席号召，到广阔天地中去锻炼改造自己，这说明你在思想上行动上都已经跟你走资派文艺黑线人物的父母划清了界限，这是值得肯定的。但是你想过没有，你父亲的那些书，宣传的都是封资修颓废反动的思想，革命群众有理由把它们封存起来，以杜绝流弊。你到农村是去改造思想，是去干革命的，你要带这种书籍下乡，我们不禁要问：你想干什么？难道我们有毛主席著作武装自己的头脑，还不够吗？"

史雪弓纵有千百条理由可以反驳她的，却忍住了。他不想因为自己的行为再给父母雪上加霜。

南渡听他叙述了讨书的整个过程，毫不意外，耸耸肩胛道："我早料到求他们是没有用场的，不过百分之一的可能也得去试一下嘛。"

史雪弓叹道："现在连百分之一的可能都破灭了，真正的一贫如洗了。"

南渡稍斜着脑袋，眼珠滴溜溜地盯住他道："你真想带你爸的那些书下乡么？"

史雪弓肯定地点点头。

南渡眼珠灼亮地问道："敢不敢跟我去偷？"

史雪弓大吃一惊，"偷？上哪里去偷？"

南渡狡黠地笑道："到'兰畦'去呀。我已侦察清楚了，你们家的那几间房子曾经作了区里哪个造反派组织的据点，那个造反派组织现在已经解散了，房子至今没有人住进去。听讲你们家的老家具都被封在书房里了！"

史雪弓心别别一跳，"会不会有人看管？万一被他们抓住了怎么办？"

南渡哼了一声，"谁会去看管那些旧家具？在他们眼里，书就是一堆废纸嘛。就算被人看见，怕什么？窃书不算偷嘛！"

那天恰巧阴天，夜晚星月无光。午夜时分，史雪弓按约定来到老家花园弄堂口等待。不一会，南渡不晓得从哪儿弄来一辆黄鱼车，嘎吱嘎吱骑着过来了。雪弓一步跳进车斗，南渡便径直骑到弄堂笃底。

南渡竟然晓得"兰畦"园子的竹篱上有一处缺损，他们俩扒开竹篱进了园子。两年多时光，园子已经荒芜颓败，葡萄棚早已坍塌，兰草也枯萎倒伏。他们也没有闲心去悼古伤情，蹑手蹑脚窜上台阶，来到客厅落地窗跟前。

史雪弓拧亮了手电筒，却见门窗上横竖交叉贴着印有革命委员会图章的封条。他扭头看看南渡，南渡的半边脸映着手电光，脸颊愈显红，眼珠愈显亮。但见她不慌不忙从挎包里取出一只军绿的铁皮水壶，掬起手掌接了一些水，便往封条上泼。如此连续泼了几掌，那封条已湿透了。南渡将水壶往史雪弓手中一塞，翘起一根小指，小心翼翼去剔封条的一角，缓缓地揭开了封条！那一刻，史雪弓冲动地想去拥抱她，用力克制住了。

他们顺利地进了门，进了书房，又用同样的方法揭开了书橱门上的封条。就像阿里巴巴用咒语打开了山洞大门，宝藏便袒露在眼前了。

这一晚他们大获全胜，史雪弓打着电筒，找到了他所需要的书，南渡还在壁橱里翻到一只陈旧的人造革箱子，正好用来盛书。

临撤退前，南渡变戏法似的从挎包中掏出一瓶胶水，把揭下的封条重新粘了回去！

他们把一整箱书扛到黄鱼车上，史雪弓执意让南渡坐到车斗里，他来踩车。半夜里的马路出奇的清爽和安静，虽然阴云低重，没有月亮也没有星星，但柏油路面依然反射出青幽幽的冷光，如同一把"刺破青天锷未残"的长剑。

史雪弓肋下像生出一对翅膀，浑身每个细胞都要飞起来。身后车斗里载着心爱的姑娘和心爱的书，黄鱼车便像顺风顺水的轻舟，一眨眼就过了万重山。他胸口胀满了激情，禁不住引吭高歌："红军不怕远征难，万水千山只等闲……"坐在后面的南渡也合了上来，男女声不在一个调上，并不计较，只顾一路唱下去，唱完了《七律·长征》又唱《卜算子·咏梅》再唱《沁园春·雪》……

那一晚的印象，有多少惬意舒畅，欢乐陶醉，种种的美好，烙印在史雪弓心底。自那往后的日子，"假如三万六千日，半是悲哀半是愁"，岂止是悲和愁，曾经的羞辱，绝望，伤痛，蓄成一个黑洞，史雪弓竭力回避着，不敢触碰它。

8

区政府小会议室的两扇玻璃门总算砰地洞开了，一团暖烘烘的人气掺杂着烟味噗地喷了出来。阴霾天，星月缺席，大院里花阴寒寂，树丛幽冥。只石梯旁的那株雪松被会议室溢出来的橙色的灯光涂染得深深浅浅，像一个态浓意远的绝世佳人。

小贝灭了烟，出了车门，候到石梯旁。头一个走下石梯的是分管文教体的余芳菲副区长。余芳菲高挑丰腴，衣着精致，笔挺的鼻梁上架着副无框变色眼镜，叫人永远看不清她的表情。小贝毕恭毕敬道："余区长，车在那边，您先上去坐。"余芳菲目不斜视地径直朝前走，肩膀擦过小贝时吐出几个字："以后我不搭你的车了。"小贝顺着她的背影望过去，林荫道尽头，几棵阔大的玉兰树下，还停着一辆车，车身隐在树影中，小贝竟没有发现它。余芳菲米色的开司米短大衣飘忽一闪，人便进了车门。

小贝正揣度间，史引霄一行三人匆匆下了石梯，"小贝，快，先送钱主任去中心医院，他爱人才动了手术。"夜风中她的嗓门显然有点哑，依然是洪亮的。

人代会结束那一天，代表们用热烈掌声欢迎新当选区长发言。史引霄上了台，麦克风却出了故障，她等不及人来修，便丢了话筒，亮开嗓门滔滔不绝起来。从此史区长的大嗓门便出了名，都讲她是在"文革"中跟造反派激辩锻炼出来的。

区政府办公室钱主任坐进了副驾的位子，史区长和分管公检法的徐副区长坐进后排。小贝偏头道："史区长，余副区长说她不搭车了……"史引霄摆了摆手道："晓得了，王书记跟我关照了，文教系统知识分子多，工作性质特殊，专门拨了小贾的车跟她走。她这个人花头经就是多，恐怕是钟部长跟王书记打了招呼吧。"

轿车轮胎沙沙碾压着湿濡的柏油路，驶出了区政府大门。小贝为领导开车时间久了，懂得规矩，领导议论的人或事，他听到就像没听到。其实心里跟明镜似的，那位余副区长，就因为人代会选举票数比不过史引霄，没当上区长，心里不晓得有多少不爽呢！

徐副区长嘀嘀笑道："老史啊，余芳菲不坐这部车，我们俩宽舒多了。她是新婚燕尔，心宽体胖。挤进来，又不敢碰她，我都动弹不得呢。"哈哈地又笑了一串。

钟部长担任领导多年，"文革"中自然受了不少罪，一度被投入监狱。他的爱人愤然以死抗争，从家中七层楼的晒台上纵身跃下。余芳菲是五十年代中与前夫离婚的，自视甚高的她一直独身。"文革"结束后，据说是有老首长牵线搭桥；也有传说，余芳菲很早就跟钟部长有瓜葛。总之，徐娘半老风韵犹存的余芳菲再做新娘，嫁给了年近古稀的钟部长。

钱主任像是很随意道："钟部长不是调中央顾问委员会了吗？余副区长怎么不一道去北京？还唱新婚别呀？"

徐副区长接道："钱龟龄你就不敬佩余芳菲同志为国忘家、为公忘私的崇高精神吗？像她那样志存高远的女同志，怎么甘心跟首长进京，去做个伴食宰相呢？"嘿嘿了两声，不知是笑还是叹。

钱主任闷住了，片刻才道："徐副区长真是满腹经纶，口吐珠玑啊，只可惜我辈才疏学浅，悟不出其间深意。"

徐副区长便道："钱龟龄你不要装傻卖乖，我是个粗人，不会拐弯抹角。小贝，你听懂了吧？"

小贝鼻腔里哼哩哈啦弄出点声音，不辩是非。他肚子里正纠结着，要不要此时此刻就向史区长汇报下午那个什么杂志的记者来采访的事情？

原来下午小贝正跟区委区政府几个司机偷闲玩纸牌，门房警卫跑过来找他，道："贝师傅，你去应付应付吧。来了个什么杂志记者，非要采访史区长。记者证倒是有的，却没有单位介绍信。问她是不是跟办公室预约过时间,她倒好,眉毛一挑就扣大帽子,什么官僚主义、高高在上,还说什么美国人开会记者都可以随便进去采访。我找办公室人一个都找不到,只好来搬你这个救兵了。"

小贝连忙跟警卫赶去大门口,远远就看见一个身形瘦高的女子正在和另一位门警说着什么,那门警明显不是对手,正处于节节败退的劣势,一见他们过来,救命稻草似的,"喏喏喏,史区长的司机来了,你找他问去!"

那女子蹭蹭几步便冲到小贝跟前了,一开口就像甩出一串石子:"司机在,区长一定就在里面了!同志,请帮我通报一声,我是《铁军》杂志特约记者,想采访一下史引霄区长。"

小贝见她爽快,也爽快道:"今天下午是雷打不动的区长办公会议,这个规矩是史区长自己定下的,她不可能为了你一个采访而破坏纪律呀!"

那女记者衔着小贝的话尾道:"那我可以列席这个会议吗?"

小贝脚往后退了一步,嘴巴却分毫不让:"不行!没有得到史区长的同意,我不能跨进会议室,更不能带你去会议室!"见她蹙眉撅嘴莫奈何的样子,总有恻隐之心,便缓了口气道:"你要了解区里的大致情况,我可以帮你联络区委宣传部或者组织部的工作人员……"

女记者一撩短发,打断道:"不用了,我只想采访史引霄区长,头一个由人民代表投票选举出来的区长!"话音未落,脚踵一旋,人已转身走出了大门。

小贝意欲此刻就把这桩事情告诉史区长,转念想,那女记者一味只要采访史区长,让徐副区长听了,心里会不会不痛快?

她那些话传到区委那边去了,会不会对史区长不利呢?心中犹豫,舌头便卷缩起来。只抬眼瞄了下后视镜——史区长仰头靠着椅背,双目合拢,竟有轻微的鼾声扬起!也好,隔日有机会再个别告诉史区长吧,便侧脸对身旁的钱主任道:"史区长太辛苦了,你们的会也开得太长了呀!"

钱主任回头看看史引霄,应道:"有什么法子,每桩事体余副区长总有不同意见,好像她成了部长夫人她的马列主义水平就最高了。"

徐副区长伸手拍了下他的肩膀,道:"钱龟龄看来你是要加强马列主义理论的学习了。有一句话叫作真理越辩越明对吧?还有一句话,叫作知无不言、言无不尽对吧?我倒觉得我们的办公会议越开越有水平了。"

钱主任像被水呛住了,干咳了几声,便不作声,也闭目养神起来。

小贝开的这部车理论上是区长专车,史引霄一上来就定下规矩,顺道的两位副区长和办公室主任上下班一起使用,一来可节省公共资源,二来利用来回路上的时间互相通气,交换信息和看法,提高工作效率。

往日车子里总是史引霄话最多,问你问他,问这问那,从不歇停,今日这样一言不出是少有的。她并没有真的睡着,她只是觉得心脏不舒服,好像压着重物,喘不过气。她自己不能确定,是因为方才会上激动而引发心室阻滞的老毛病呢?还是深埋在记忆角落里的那个疑窦突然被抠了出来,发酵涨大,堵死了她的胸腔?

史引霄懊恼方才开会时又没有控制住自己的情绪,跟余芳菲在马英华的问题上争得剑拔弩张，双方都出言犀利。史习惯做手势助力，不慎将指间烟蒂甩了出去，把余芳菲垂在胸前的藕色乔其纱巾烧穿了一眼洞，据说这条纱巾还是钟部长出访欧洲时为她买回来的。于是，向来优雅持重的余芳菲，惨白着面孔腾地跳起来，将座椅都掀翻了。大家都以为余芳菲会大发雷霆，史引霄也等待她的詈词叱责。却见她薄削削的双唇抿成一条线，唇角抽搐了一会，不出声，径直撞开会议室的玻璃门，临出门前，她仰起下巴扭头横了史引霄一眼。众人都松了口气，史引霄却陡生疑云——余芳菲临走回头那一瞥，何曾相似的眼神，衔恨藏怒，鄙夷示威——记忆沉寂荒漠处一点荧光划过。

余芳菲是"文革"后期较早被"解放"出来恢复工作的干部，"四人帮"粉碎后，新一届的区人民代表大会实行民主投票选举区政府领导班子。候选人名单由组织部门广泛听取各方意见确定的，区长候选人第一位就是余芳菲，余芳菲也早就以区长自居，会议期间频繁找各部门群众代表征求对区政府日后工作的意见与建议。谁也没想到，计票结果公布，史引霄的票数远远超过了余芳菲。代表们用雷鸣般的掌声欢迎新上任区长上台发言，史引霄起身往台上走时，不经意侧脸看了下居中坐着的余芳菲，她的目光与余芳菲高傲的丹凤眼撞了个正着，不由得暗吃一惊，这眼神为何料峭凛厉砭人肌骨？当时的境况不容她推敲，此刻前后细细追索比较，史引霄断定，余芳菲内心一定埋藏着对自己的强烈的……不满！史引霄尚不敢用"憎恨"这个极端的词汇，她跟余芳菲的前夫一家关系密切，可是你余芳菲已经离婚二十多年了呀！

难道就因为人代会选举败给了自己？史引霄马上否定了这个判断。她余芳菲抗战时就参加了上海地下党的工作，什么艰难困苦没经历过？岂会因些许得失就心生怨愤？可是……从她不失动人的眼睛里抑制不住泄露出的那种令人寒心的情绪究竟源起什么呢？

史引霄重新审视今天在办公室会议上与余芳菲的急论，自己的言辞中是否有偏颇与不周全的地方？

争论的焦点集中在马英华身上。"文革"后马英华受到党纪处分，下放到街道办事处工作。最近，区政府工作重中之重是如何妥善安置好大批返城知青的工作和生活。这当口马英华向区政府提出申请，辞去公职，组建集体所有制的室内装修装潢队与成衣工场，以解决部分回城知青就业问题。史引霄非常赞赏马英华，不因犯了错误受了处分而消沉悲观，依然积极主动，敢为人先，敢担责任。在办公会议上，她将马英华的申请让大家讨论，并率先亮出自己观点，区政府应该全力支持马英华创业，在政策允许范围内给予一定财政支助。参加会议的人分成两种截然不同的意见，持反对意见的以余芳菲副区长为首。余芳菲认为马英华此举是贼心不死，企图东山再起。她毫不客气地指责史引霄笼络人心，网织亲信，最后冷冷地抛出一个问题是："请问史引霄同志，你能说你在马英华身上没有私心吗？你处处纵容偏袒她，难道真没有什么个人目的吗？"

史引霄猛然警觉，扪心自问，应该不愧不怍。在与余芳菲的对峙中，除了不小心将手中的烟蒂甩了出去，让余芳菲有点难堪，其他说的每句话，摆出的每条理由，都是从工作出发，毫无私情私利！有一个疑点便突兀兀凸现出来：她余芳菲又一次提出这样颇具杀伤力的问题，她究竟有什么根据？她为什么这般容不得马英华呢？

史引霄与余芳菲已经不是第一次因为马英华而发生尖锐的争论了。

那年史引霄从"五七"干校调回区委，区里面正在进行最棘手的工作，如何甄别"四人帮"安插在上海各条块里的黑线人物，残渣余孽，并根据党的政策——对他们做出处理。马英华是区机关里的造反派头目，自然被列入"四人帮"骨干，属于必须要清算的那一类人。鉴于马英华曾长期担任史引霄专案组的组长，区委便将收集整理马英华罪行的任务交予史引霄。史引霄经过一番走访调查，在区委扩大会上提出了对马英华宽大处理的意见。她认为像马英华这样从工人中提拔上来的年轻干部，之所以会造反是因为听从了党和毛主席的口号；纵观马英华在十年动乱中的表现，她没有参与打砸抢之类的违法行动，也没有为自己谋取不当利益，应该给予她改正错误的机会。

史引霄记得，当时她话音落地，真可谓是一石激起千层浪，整个会议室沸反盈天，议论汹汹。

余芳菲头一个站起来，她风雅的气派和高慢的神情吸引了全场的目光。她侃侃而谈，列数马英华"文革"中迫害老干部的罪行，提醒史引霄不要被马英华廉价的眼泪所蒙蔽，不要像东郭先生那样，姑息养奸，反害了自己。最后，余芳菲目光灼灼地盯住史引霄，声音却轻滑细软，蛇行般意味深长："史引霄同志，今天你固执己见为马英华开脱罪行，让我们和广大群众不由产生一个疑问，你和马英华之间，是否存在什么个人的利害关系呢？"

余芳菲举重若轻抛出的问号取得了她想要的效果，会场有片刻陷入寂静。大家都还记得，"文革"后期，老干部陆续走出"牛棚"，恢复工作。当时，身为区里头号走资派史引霄专案组组长的马英华突然贴出"要将史引霄扶上马"的大字报，为此，马英华还受到区革委会领导的严厉批评。那么，现在史引霄为马英华的辩白，难道真是出于私心吗？先前一部分倾向史引霄观点的人，此刻不免踌躇迟疑起来。

面对余芳菲的责问，史引霄光风霁月坦荡应对，表示欢迎广大革命群众的监督，也希望组织上深入调查。只是对于余芳菲的态度，她心中泛起重重疑窦。

当史引霄接下区委的任务，对马英华进行甄别定性，以她一贯的工作作风，她便亲自摸到马英华家私访，她认为在日常生活中的状态更能反映人的思想脉络。马英华有过一段不成功的婚姻，离婚后一直同父母住在一套一室户的老工房里，踏进门，史引霄便暗暗惊讶马英华家的简陋逼仄。马英华的父母见到史书记，让座倒茶，代女儿向她横道歉竖道歉。马英华泪如雨下，袒露心迹，希望组织上能给她一个悔过自新的机会。私访马家的具体情况，史引霄没有告诉任何人，她余芳菲怎么会知道马英华在自己面前痛哭流涕了呢？最要紧的，她余芳菲所指"个人利害关系"是什么意思？莫非她竟有顺风耳，能听到自己与马英华交谈的全部内容？

史引霄一再叩问内心，自己向马英华打听"文革"中抄家物资的下落，算不算假公济私？算不算与马英华有"个人利害关系"？

"文革"初期，红卫兵破四旧，抄家抄

得很厉害。史引霄曾将丈夫平楚多年收藏的艺术品装在两口樟木箱中，运到区公安局里面的防空洞保存。后来区公安局内也有人起来造反，把这件事情揭发出来，成了史引霄的重大罪状之一。等"四人帮"垮台，"文革"结束，史引霄恢复工作，组织上返还抄家物资时，却只剩下一口箱子的东西了。史引霄并不心痛遗失的许多名人字画，当年转移箱子时，有两件物品是她最珍贵的：一只生锈的铁盒子装着平楚在战争年代创作的百十来张素描写生稿；另一只螺钿镶嵌兰花图案的漆盒，装着一副青瓷麻将牌。箱子返还时，那只铁盒安然无恙躺在角落里，螺钿漆盒却无了踪影！

那日，史引霄从马英华家告辞出来，马英华执意送她下楼。就在马英华家的楼门屋檐下，史引霄笑道："小马呀，我有件私事想跟你打听一下。"马英华巴不得能替史引霄做些什么，忙道："史书记您尽管说呀。"史引霄谨慎地斟酌词语，口吻却很随便："你还记得吗？那时你揭发我转移罪证的两口箱子？"马英华红了脸，窘迫道："史书记，实在是对不住您……"史引霄摆了摆手，"你别误会，我不是要跟你算老账。只想打听一下，那些抄家物资后来是革委会里哪个部门经手管理的？最好能晓得具体经管的人。"马英华为难地挠挠头发，道："史书记，这个我真不清楚，我想，应该是公安局里的人接手的吧？史书记，您丢了什么贵重的物品吗？公安局徐亦道局长是您的老部下，您不妨向他打听打听，他比您早一年就出牛棚了。"史引霄用哈哈一笑掩饰了失望，她已问过徐亦道，徐亦道说，他恢复工作重回区公安局里，公安局地下室已被改造成简易招待所，堆在里面的抄家物资早已不知去向。

"其实我也没什么贵重物品，只随便问问。"史引霄不想给马英华增加思想负担，轻描淡写结束了交谈，便告辞了。

说实在，一副麻将牌，能值多少钱？哪怕它是浙江龙泉窑烧瓷高手花费数年的精心制作。可对于史引霄来说，它却是无价之宝啊！

一路行来，史引霄佯作瞌睡，脑子却像一部高速运转的机器片刻未停，搜索记忆，揆情度理，却仍是疑窦重重。

车至中心医院住院部门口停下了，钱主任推开车门，约束着声音对小贝道："待会你跟史区长说，明天我会去机关的……"

"钱龟龄，给你三天假你就休假，这地球少了你就不转啦？再讲明天礼拜天！"史引霄突然发声，将那三个人都吓了一跳。徐副区长嘿嘿两声道："老史，南柯一梦，享受了多少荣华富贵呀？"

史引霄晓得他素喜调侃人，不搭理他，仍对钱主任道："代我向淑琴问个好，小心照顾她。我要听她反馈的哟！"

前几年，史引霄从五七干校回到区委工作，正值拨乱反正，全面落实干部政策，一家人从逼仄的斜顶三楼搬回花园弄堂的"兰畦"。待史引霄走马上任当了区长，新任区政府办公室钱龟龄主任就主动跟她说："史区长，你现在的住房还不达标，差二十几个平方呢。让机关事务部门帮你换一处房子吧。"

史引霄摆摆手道："这样蛮好了。儿子姑娘都上大学，只星期天回来。老人家也不在了，住得下。"又正色道："钱龟龄，你不要给我找麻烦哦！大家选我当区长，刚上任，就为自己搞住房，群众会怎么想？"

49

钱龟龄在史引霄手下工作多年，下放五七干校劳动时，又跟史引霄一起养过猪，十分了解她的脾性。史区长外表精瘦单薄，骨子里却有丈夫气，坦荡磊落，不忮不求，群众中向来有口碑。人代会选区长，她的票数大大超过其他几位候选人。老机关人都说，史引霄来当区长，大家日子都好过。不要看她烈马性子，却是古道热肠。有分歧尽管可以跟她跺脚拍桌子地争论，她不会记仇，更不会使手段，打击报复，给人穿小鞋。

钱龟龄内心对史引霄区长是感铭斯切的，听讲，区里有几位领导开始都反对提拔他任区政府办公室主任，有说他资历不够，有说他太死板，没魄力。史区长却竭力推荐他。史区长说话向来直截了当，不遮不盖的，她说，钱龟龄这位同志，工作起来小心谨慎，按部就班，不善于通权达变，见机行事。这是他的缺点，却也是一种优点。办公室主任是机关的"管家婆"，正需要实心实意，守正不挠的人来把关。何况，若论起对待工作的任劳任怨，一丝不苟，没有人比得上他了。

钱龟龄年过古稀的老母亲心心念念史区长对自家儿子的知遇之恩，总想着如何答谢史区长。钱龟龄的爱人汤淑琴是位中学教师，也是人民代表，了解到史区长是浙江上虞人，因怂恿道："姆妈老家在余姚，跟引霄区长也可算是同乡了。不如请引霄区长上家来做客，尝尝姆妈做的家乡菜，了却姆妈一片心意。"钱龟龄不假思索，斩钉截铁拒绝了。一则他晓得史区长忙得一礼拜都无法回家吃顿安神饭，哪里可能上别人家做客？二则，他跟史区长认识近二十年来，除了工作上有联系，并无其他更深的交谊。只因这次史区长对他的提拔，区政府大院里关于他和史区长关系的猜测和妄言便蜩螗沸羹般传开了。倘若史区长真上他家做客，消息走漏出去，岂不是让好事之人更有了话柄？他对母亲和淑琴说："真要感谢引霄区长，就不能给她制造麻烦。引霄区长讲的，办公室主任是区政府的管家婆，我就要替引霄区长管好这个家。"

钱龟龄就是这样的人，外表看迂拙，肚子里世事经纬煞清。自走马上任办公室主任一职，便暗暗下定决心，不仅要帮史区长管好区政府这个大家，也要帮史区管好她的小家。

钱龟龄去过史区长的家，衔着座小花园的一列三间房间还是蛮敞亮的，却显得凌乱而拥挤。客厅右首的房间是史区长夫妇的卧室，居中却被大衣橱接着书橱拦成两半，里半间放进一张大床便只剩尺半宽的走道了；外半间显然做了男主人平楚的书房兼画室。两壁是顶天立地的书橱，临窗横一张宽大结实的书桌，桌上堆满了古今中外各种画册，长卷短卷的画布，用剩的或还未开口的各种颜料，大大小小的水罐和笔，美术工场似的。屋中间剩余狭窄的空间，除了一只高脚凳，还竖着几张木制油画架。钱龟龄暗忖，都讲艺术家是疯子，日夜颠倒。想来平楚同志也该如此。难怪史区长睡眠不好，要吞安定。

客厅左首的房间，是史区长三个女儿的闺房。横竖搭起三张木板床，两张写字桌，再加上床头柜五斗橱什么的，屋里基本没什么空处了。除了门边一只镶嵌螺钿纹饰的樟木被柜是奶奶留下的老货，其他家什上都钉着印有编号的小铁牌，说明这些东西是公家租给当年南下干部们用的，使这间房间更有了兵营的气息。只有半圆形挑窗悬挂下的粉红碎花布帘证明这里是姑娘的卧室。机关上下都晓得，史区长的大女儿史青玉是烈士遗孤，史区长待她比两个亲生女儿还亲。虽然她已参加工作，搬去集体宿舍住了，可家里仍保留了她的床位。

客厅原是最正宗的客厅，宽绰而轩朗。整面墙正南落地窗让阳光可以尽情地洒满大半间屋子。偏偏在西南角用两只铁皮文件柜拦出一方地，架了一张帆布行军床。钱龟龄是听史区长讲起过，她的独养儿子史雪弓一直都睡在客厅的帆布行军床上的。可惜的是如此一来，客厅的格调就被彻底破坏了，尽管另一面墙上很艺术地挂了十几幅肖像画，有素描淡彩，也有重色油彩，很生动很斑斓。一张椭圆形雕花黑漆橡木桌霸道地铺张着，堆叠着书籍画册，冗杂着画笔颜料。看来单卧室那张写字桌根本容纳不了平楚同志高涨的创作激情，便漫溢到客厅来了。听讲这张橡木桌是他"文革"前从淮海路旧货商店淘得的，是他的珍爱。他曾出访欧洲，在哪座艺术博物馆的哪幅作品中看到过相似的桌子。整间客厅团圈看下来，只进门处有四张藤椅围住一张圆几，像是待客的模样。

史区长家这套房子最大的优点就是厨房足够大。从前这厨房是上下三层楼人家共用的，做饭时间，你讨我几根葱，我用你几勺盐，是常有的事；谁家做了新式菜，各家舀一小碗尝尝，都跟自家人一样。"文革"期间，楼里搬进许多人家，人与人之间猜忌、戒备，锱铢必较，根本无法共用一间厨房。于是家家户户都挖空心思，利用阳台、走道搭起自己的厨房，底楼的大厨房反倒空了出来，有一段时间甚至隔出五六平米一小间，住进一户三口人家。待史区长搬回"兰畦"时，这户人家已经搬走了，厨房边上保姆房中的人家也搬走了，大厨房恢复原貌，并且由史区长一家独用了。

钱龟龄是会计出身，做事情要求精准无误。他暗暗替史区长盘算过了，史区长家最迫切需要为平楚同志增加一间画室，并且以这个理由给史区长增配房子，估计史区长不会推辞。关于史引霄区长的传奇中，她和平楚同志的姻缘是最精彩的一段。据说当年在根据地，二十挂零的女武工队队长引霄有许多追求者，期间不乏地区和县一级的领导，还有部队的首长。可她偏生看中了鲁艺工作团的美术教员平楚，为他的艺术而折服。平楚同志在战争年代创作的百多张速写素描稿更是引霄从枪林弹雨中千方百计保存下来的，用一只铁盒子装着，每逢大扫荡，便埋入土中；敌人撤了，再启出来。

钱龟龄不再惊动史区长，私下里不露声色作调查。恰好获取一条信息，原先在史区长楼上的区委书记因工作调任，市里已另外分配了住房，不会再搬回来了。钱龟龄窃喜，这好像是老天专门替史区长安排好了的。当即去找机关事务管理科的小淡，不料小淡"哎呀"了声道："钱主任，你怎么不早点打招呼呀？这套房刚刚分出去呢！"

钱龟龄暗忖，郝书记原先住的二楼足足比底层多了三十余平米两间北屋，没有一定级别的干部是住不进去的呀。心里面洗牌似的将现任区领导过了一遍，好像都已经落实住房政策了嘛。便问道："噢？分给哪一位领导了？"

小淡道："那一层楼分成了两户，东首一大两小三间房分给区中心医院的顾观我医生了；西首一大一小两间让一统战对象的遗孀暂住，都是史区长亲自批的呀。"

钱龟龄肚子里惋惜着，却道："史区长做事就是雷厉风行啊，市里面落实知识分子和统战对象政策的红头文件下来没几天吧？"

钱龟龄盘算着另辟蹊径帮史区长解决住房问题，譬如，是不是可以在史区长收养的烈士遗孤史青玉身上做做文章呢？数日后，小淡却来找他了，也是懂得他的意图，乐得做个顺水人情的，道："钱主任，史区长楼上西首两间房空出来了，市里面为那个统战对象的遗孀安排了更好的公寓。你看……"钱龟龄略略权衡，公事公办道："那也好，史区长还差二十几个平米，那两间房差不多吧。小淡，你就起草个报告吧。"

这桩事情峰回路转顺利办成了。钱龟龄跟史区长汇报时，一脸的无可奈何，道："给老干部落实住房政策也是拨乱反正工作中很重要的一环，现在区里其他老同志基本妥善解决了，就剩下史区长您了，您也不能拖我们工作的后腿呀！"又道："我请房管所的同志精确测量了，您家楼上西首的两间房总面积是二十八点三平米，增补给您，大概多了几个平米吧，期间还包括了一截走道。您若觉不妥，可以把走道封起来呀！"

史引霄横了他一眼，道："钱龟龄你也学得滑头起来了！"终究没有再反对。

车子重新启动，从中心医院到史引霄家和到徐副区长家差不多呈等边三角形。徐副区长说，先送老史回家。史引霄说先送徐副区长回家。小贝想到引霄区长家人的叮嘱，便道："一样的，差不了几分钟的。"一打方向盘，拐进去史区长家的那条路。

徐副区长道："老史啊，你还可以再眯一会，到了我叫醒你。"

史引霄斜了他一眼，绷着脸道："徐亦道你这只老狐狸，方才会上为什么一言不发？怎么？余芳菲成了部长夫人，你也胆怯三分了？"

徐亦道是史引霄的老部下，1960年代史引霄担任分管公检法的区委副书记，徐亦道是区公安分局局长，两人在工作上一向默契。徐亦道了解史引霄的脾性，看她不依不饶的样子，故意反问道："我说区长大人，你怎么就断定我一定赞同你的意见呢？"

史引霄一愣，稍顿，才道："那好嘛，你把你的观点亮出来。"手掌像大刀般劈下去，横在徐亦道鼻尖前。

徐亦道头朝后缩了缩，啧啧道："史引霄啊史引霄，你就像只刺猬，逢人就扎！"待史引霄收回手掌，便道："我的观点嘛，马英华这一步跨出去不可能一帆风顺，多听听反面意见有什么不好？"言毕嗬嗬地笑开了。史引霄这才明白他的意思，点点他道："是谁给你取了个老狐狸的绰号？简直惟妙惟肖！"

徐亦道颇有几分得意，道："狐狸有什么不好？狡黠和机智有什么区别？对于刘备来说，诸葛亮就是有智谋；对于孙权来说，诸葛亮就是阴险了。"

史引霄道："你这是偷换概念，混淆是非。在我们班子里，谁是刘备？谁是孙权？"

徐亦道哼地一笑，"我的大区长，争了大半天，你还没争够啊？我甘拜下风了。"

言语间车子已驶进幽深雅静的花园弄堂。早春时节，两边围墙里不甘寂寞地探出几株含苞欲放的迎春花枝条，深深浅浅煞是亮眼。

徐亦道用胳膊肘和解地撞了史引霄一下，"老史，明天礼拜天你总有空闲吧？我妹子夫妇到上海了，他们调回江苏，路过，特来会会老朋友。我跟机关食堂崔师傅打了个招呼，我掏钞票，请他代办一桌菜。你这月老一定得到场哦！"

原来徐亦道的妹妹徐亦香，建国初在华东妇联与史引霄共事。史引霄见她老大不嫁的，顺手牵红绳，将她介绍给了时任华东政法干部处长的何弱之。

史引霄扬起眉毛"哦"了声，"你也不早说，亦香夫妇来，再忙也得聚聚，哪用你掏钱？我来请。"

徐亦道笑道："哦哟，我的大区长，他们昨晚才到的。这一整天你就像枚大炮仗，我哪里插得上嘴呢？嘿嘿。"

这时车拐了几个弯，已至弄堂笃底。小贝停妥车，回头道："史区长，你快回家吧。早上麦蛾姑娘关照我，早点送你回家，要为你过生日。现在已经不早了！"

史引霄仄向前拍拍小贝的肩，"这是哪一个的主意？你也跟他们搞统一战线啦？"

小贝冤枉道："我一点没参与。听麦蛾姑娘说，儿子女儿都要回来的呢！"

史引霄转头问道："徐亦道你要不一起进去热闹热闹？"

徐亦道说："我就不搅和你们家的好事了。跟平楚提醒一句，去年他答应送我一幅画，让他放在心上哦！"

史引霄推开车门，回道："他就是耳皮软，应了许多人，下辈子也还不清。"一条腿跨出去，又道："跟黄岑问声好！"

徐亦道冲着她后脑勺道："明天黄岑也来。她现在总是被少年宫请去，讲述在苏北根据地跟随你这位女武工队长打游击的故事！"

史引霄没接腔，人已经钻出了车子。却见自家门口，红瓦门檐下，立着一高一矮，一纤一壮两个女子，正急匆匆下台阶，迎她过来了。

史引霄便道："青玉，麦蛾，你们巴巴地候在门口作啥？叫大家先动筷子嘛。不就是借个名头聚一聚吗？"

麦蛾面孔涨得通红，声音像皮球砣砣地蹦出来："姨娘，聚不成了，我老清早忙到现在，一桌小菜白做了！"

史引霄怪道："怎么就聚不成？我这不回来了，又没反对你们。"

麦蛾一跺脚，"刚刚，五分钟前，你们单位打电话来，叫我们到门口拦住你，要你立时三刻原车赶回去！"

史引霄怔忡了一下，忙问："说什么事了吗？我们才离开机关嘛！"

麦蛾看住史青玉："我接的电话，怕搞不清楚，就把话筒交给青玉姐了。"

浅灰的暮色中，青玉清简修长身条像极了郑板桥笔下的一撇兰叶。事情再紧急，她言语仍是波澜不惊："霄妈妈，电话是一位女同志，有点年纪的，自称是桃浦地居委会的治保委员……"

史引霄心咯噔往下挫，急问道："是不是那个从三线厂跑回来的小青工又到女朋友家闹了？"暗暗骂自己，顾此失彼，没全局观念！下午开会只关注于马英华的事情了，没有再打电话到桃浦地居委会询问事态状况。

史青玉搀扶她的胳膊，愈是放缓了语速："霄妈妈，你千万别急哦！那位治保委员讲，姓蔡的三线厂工人不晓得从哪里弄了一包雷管，硬冲进他女朋友的弄堂里。

民警和居委会主任去拦他……"

史引霄狠狠捏住她的手臂,"拦住了没有?"

史青玉忧伤地叹口气,"那雷管就炸了!"

史引霄脑袋里"轰"地一声,眼门前烟雾腾空,什么也看不清了。史青玉的声音像一只细细的蚊虫,哼哼地在耳畔盘旋:"值班民警受了伤,居委会的姚主任……炸死了……"

9

史青玉目送霄妈妈的轿车掉头驶出弄堂,绝尘而去,胸口腾地浮起一片惆怅。怎料想区里会发生那么大的事体?看来霄妈妈今晚回不回得来都成问题了。一家人心心念念齐心协力筹办的祝寿宴还怎么开场?更不敢奢望跟霄妈妈谈自己身世!方才,就那么一瞥,惨惨的路灯光影中,霄妈妈原本黑里透红的面孔像被刷了石灰水,灼亮的黑眼珠也黯淡了几层。霄妈妈要操心的事太多了,她太疲惫了。史青玉想,再不能拿自己的一点清忧闲愁去骚扰她了。

麦蛾扯扯她的袖管,急道:"回头怎么跟他们讲呀,难得聚这全!"

青玉只顾闷头往回走,欲上台阶了,方道:"小菜嘛,照样上,除了霄妈妈那碗苋菜梗蒸臭豆腐就不要端上来了,省得雪砚雪墨要捂鼻子。另外,楚爸爸的花雕,雪弓的青岛啤酒,雪砚雪墨的红葡萄酒,各归各,一桩不能少。"

麦蛾道:"那萧……南渡姐姐呢?当年她在我们公社当干部,跟老乡一起能喝半斤白干的。"

史青玉瞥了她一眼,"那也只请她入乡随俗了,你见过家里有烈酒吗?"说着已登上石级,进了门。青玉揉了麦蛾一把,"你就去厨房端小菜吧。"忽又拽住她藕节般的胳膊,关照道:"在翠姑妈跟前不要瞎咋呼,又要引出许多闲话来。"

看着麦蛾扭着丰满却柔韧的腰肢沿甬廊去厨房了,史青玉吸口气,定定心,才一把推开了客厅的门。

"祝你生日快乐——祝你生日快乐——"客厅里响起参差不齐的生日歌,伴着扑噱一声响,五颜六色的彩纸碎片急雨般泼洒下来,夹头夹脑盖了青玉一身。

青玉一边掸落身上的纸屑,一边喊道:"停下,停下,霄妈妈没有下车,又返回机关了呀!"

生日歌戛然而止,众人好不扫兴,七嘴八舌究问原由。史青玉便将电话里那位治保委员讲述的骇人一幕描绘了一番,叹道:"区里发生如此重大的事体,霄妈妈她当区长的当然要第一时间赶到现场了。"

雪墨恨声道:"我们都还以为你去接妈了呢。怎么办?待妈回来就没有彩纸了呀!"瞪一眼雪砚,"都是你这个葛朗台,我说要多备一套,你偏是不肯!"

雪砚欲辩,青玉忙道:"是姐不好,事太急,没跟你们解释。不过,我估计霄妈妈今晚上是赶不回来吃饭的了。"

恰巧被推门而进的翠姑妈听到,双手一摊道:"这算哪一出?张帆空载明月归啊?我还请了娘家大外甥来呢!"

雪砚犹豫道:"要不……大家先弄点垫垫饥,等,无论多晚,等妈妈回来!"

翠姑妈摇头叹气,"我们好等,客人哪能办呢?"

雪墨道:"忍饥挨饿我是不怕的,可你们还不晓得史引霄同志的脾气?要是她通宵不归呢？"仰头望着雪弓，"哥，你快拿主意呀！"

往常遇到难题，史雪弓总会"眉头一皱计上心来"，想出许多办法。可此刻，因了萧南渡的意外出现，偏生自己又带了未婚妻姬瑜回家，他竟像被换了颗脑袋，迟钝愚鲁，笨口拙舌。青玉看得煞清，连忙为他解围，道："依我的想法，要把你们几个都聚齐了，原就很难，再说还有好几位稀客呢！"迅速瞟了姬瑜和南渡一眼，"我们还是按原计划进行，寿星不在场，也可以缺席为她祝寿的呀！"

翠妈妈挑起铅丝般的眉毛，道："哪能这样呢？进庙寻不着佛，拜谁呀？"

雪砚雪墨却同声赞成。雪墨道："我们家还有尊大佛呢！平楚同志过几个月也要六十大寿了，就让他权且先当寿星吧。"随即腾跃起来，"我去请平楚同志下楼！"

青玉陡然想起楚爸爸书房中那张未完成的"烈火中永生"，画中那个女人决绝的面容，心遽然收紧了，忙喊住雪墨，道："你们相帮麦蛾摆桌子，我去请楚爸爸吧，顺便跟顾医生和三楼的秦叔叔解释一下，打个招呼。"

在一旁半天不语的萧南渡突然开口道："青玉大姐，我不能参加你们今晚的聚会了，待会，一定代我向平楚叔叔敬一杯酒！"说着立起身，作出辞行的姿态。

众人都有点意外，都看着雪弓。雪弓勉强恢复寻常泰然自若的神态，笑道："萧南渡今天突袭'兰畦'是负有特殊使命的。她是身在曹营心在汉，人虽回来了，还要为老区的《铁军》杂志撰写一组女战士今日风采的文章，头一个采访对象就是我们的史引霄同志！"

"所以我现在必须赶往史区长处理突发事件的现场！"萧南渡抢过话头，道："青玉姐，你刚才说，是桃浦地的治保委员打来电话？我现在就赶去桃浦地。"说着便拉开了门。

青玉忙揉了雪弓一把，"你送送南渡呀！"

雪弓瞟了眼姬瑜，犹像着，南渡大声道："不用送不用送，花园弄堂我闭着眼也能打来回。"随手砰地带上了门，薄薄的门板隔断了少年时代的梦境。

此时此刻，平楚正坐在二楼画室中。

他把自己并不伟岸的躯体潦草地塞在一张樱桃木紫皮靠垫的圈椅中——这把舒适美观的椅子是有了画室后引霄坚持为他添置的——他把双脚搁在横七竖八摞起的画册上，一只大脚趾正从旧袜子破损处戳出来，布袋木偶似的。他一只胳膊肘抵在椅把手上撑住斜垂的脑袋，五根指头插入乱七八糟的头发，另一只胳膊软绵绵耷拉着，指间夹着一张大红烫金字样的请柬。

他保持这样的姿态多久了？

午间，麦蛾给他送上来一碗面，还有一堆报刊书信。那张请柬就放在这堆书信最上面，用一只牛皮纸信封套着。麦蛾道："姨父，青玉姐说晚上要开宴，中上就艰苦一下啰。"平楚当时正在琢磨那幅《烈火中永生》，没有回应。麦蛾将报刊书信推到他跟前，嘀咕道："日朝一大堆的，再送你一副眼睛也来不及看呀！"转身掩门下楼去了。

平楚挪了下目光，立即被这只牛皮纸信封捉住了眼球，因为信封右下角发信人的地址箭镞般射入他心中，那个地方，那段时间，那般场景……他心急慌忙撕开信封，差点撕掉大红请柬的一只角。

黄海边，淮河两岸，白茫茫的盐滩，

潮水般倾涌的芦苇荡……邀请函是当地县委发出的，说是"文革"中被造反派破坏了的抗日阵亡将士纪念塔已经修复竣工，诚邀平楚同志出席庆典活动，并作主题发言。

平楚当年是军部建塔委员会的成员，他主持了纪念塔的整体设计，并雕塑了塔顶的新四军战士像。他义不容辞，必须出席这次庆典活动的。他把牛皮纸信封撑开来，指头伸进去掏了一阵，再无纸页了。他显得失望而沮丧，跌坐进圈椅，保持这样一种姿势，从午后直坐到黄昏。

阴雨天，屋里渐渐昏冥幽暗。平楚硬生生把自己坐成一座雕像。

当年建造那座纪念塔的情景历历在目，四十年的岁月尘埃不曾将它淹没。特别是铸造新四军战士塑像的过程，好像昨天才发生。

那年平楚才二十挂零，在军区鲁迅艺术工作团作美术教员。根据地军民同仇敌忾，击退了日伪军大规模的扫荡。残酷的战斗中，许多新四军将士和地方游击队员献出了宝贵的生命。军区党委和师部领导讨论决定，为这些阵亡将士建一座纪念塔，以彰显英雄浩气与日月同辉。

平楚接到命令，速调军区建塔委员会，负责整体设计和塔顶战士塑像的铸造。平楚头一回创作如此大型的塑像，心里没有十分把握，特别是如何浇铸铁水，稍有差池，便会炸模具。接连几天平楚通宵达旦画图纸，想方案，脸都愁黑了。

那一段时间，引霄正在区党委参加整风学习班，抽空来看望平楚，见他将根毛巾绞在脑门上，百般痛苦的模样，朝他背脊上啪地一掌，叽咕道："你又不是诸葛亮，鹅毛扇一摇会计上心头的！"又道：

"别老窝在屋里，不是说众人是圣人吗？办法在老百姓当中！北皋庄有位吴叔齐，年轻时在九华山修行，为寺庙铸造过大香炉。你好去拜师的呀。"

平楚被引霄一巴掌拍得茅塞顿开，当即去北皋庄拜访吴叔齐了。

吴叔齐胡须及胸，仙风道骨。十数年前他是因老娘发癫痫伤了股骨，才还俗回家照顾老娘的。后来也讨了老婆，生了儿女，却仍是吃素念经。不管是国民党的县长老爷还是共产党的县委书记，他都合掌相对，做出一副君子不恶人，亦不恶于人的姿态。许多人都认为平楚仅新四军中一小卒，哪里请得动吴叔齐出山？不料，个把星期后，吴叔齐一身灰蓝布大褂，挎一只细格粗布包袱，跟平楚一起赶到建塔工地来了。平楚一年半载地顾不得剪修头发，发长齐肩；吴叔齐一把胡须总有八寸光景。两人在海边的芦苇荡中行走，头发胡须在海风中飘舞，倒像双鹜伴飞。

纪念塔址选定在古淮河入海处的淤滩上，海风凌厉，时常将工人们休息的草棚子掀翻。平楚寻思着要为吴叔齐搭一座牢固些的棚子，得让他睡得踏实呀。却被吴叔齐制止了。吴叔齐钻进平楚睡的草棚子，将粗布包袱往草垫上一掼，道："挤挤吧，恐怕睡觉的时间不会很多，要紧把战士像站起来。"

为了寻找合适做模具的塘泥，吴叔齐领着平楚踏遍了滩涂、盐场、芦苇丛，却是在射阳河边一个叫落墩的小庄子觅着一口塘，亩半光景，水色黑，却黑得澄澈有光泽，缎子一般。吴叔齐蹲下身，双手掬起，凑到鼻尖闻了闻，又伸出舌尖舔了一下，笑道："行了，就它了。"当即着人开挖塘泥运回工地。

塔顶新四军战士的雕像是整座纪念塔的点睛之关隘。为了准确表现战士们英雄无畏的气质，平楚一头扎到连队里，画了近百张战士的素描。

雕像完成后，请军区领导们提提意见。庞司令员和臧政委竟亲自上工地考察来了。战功赫赫，威名远扬的庞司令员却长身材瘦削，面容清癯，架着副近视眼镜，书生模样。他绕着雕像转了一圈，把眼镜摘下，往镜片上吐口唾沫，撩起衣角擦拭几下，又戴上，又转了一圈，方立定，双臂环抱胸前，沉吟片刻，道："平楚同志，我只上过两年私塾，并不太懂艺术的原理。只是觉得吧，你做的这尊雕像，太标准，太美俊，太文雅，怎么着都不像在枪林弹雨中浴血奋战的勇士。老臧，你是喝了一肚子墨水的人，你的意见呢？"

一脸络腮胡子的臧政委倒是个从南洋归来的"洋秀才"，他摩挲着胡茬茬的下巴，啧啧称道："平楚同志不愧是上海艺术学校教出来的高材生，你们看这座像，看这肌肉的质感，看脸部轮廓，深眼窝，高鼻梁，真有几分米开朗琪罗大卫像的神韵呢！"

平楚立即明白了臧政委的意思，明里表扬自己，实质在批评自己的作品脱离实际呢。他连忙道："司令员，政委，给我三天时间……哦，两天，两天就够了，我重塑一座新四军战士像！""新四军战士"几个字，是一个字一个字嚼出的。臧政委拍了他一下，笑道："小鬼，我相信你一定能做到的！"

庞司令臧政委一离开工地，平楚毫不犹豫地举起铁锤将塑像砸碎了。接下来的两天两夜，平楚几乎没合过眼，一尊崭新的战士雕像终于完成了。臧政委下命令，各连队派战士代表去给艺术家提意见，群众通过了，军区党委就不审查了。来工地看雕像的战士们大都说像，像牺牲了的战友，也像他们自己。

平楚在吴叔齐的指导下，率领工人们用塘泥堆坯，风干后，上一层漆，裹上麻布，再抹上由黄泥和碎麻搅拌成的混合物，便做成了模具，只等待浇铸铁水了。

此刻离建塔委员会定下的竣工日子所剩已不多，平楚恨不得隔日就进行浇铸，吴叔齐却坚持要挑选吉日。他随身带着本旧黄历，凑着煤油灯翻看了半夜。那根细细的灯芯欲灭不灭之际，吴叔齐一拍桌子，道："就这天了！"平楚凑过去看，他和油灯灰烬点出的那个日子，还得等五天。平楚急道："太晚了，万一……"吴叔齐捋着胡须道："不晚，选个好日子，一鼓作气浇铸成功，这几日加紧刻碑嘛。"

原来纪念塔塔基周围团圈立着十二块石碑，计划将抗战以来牺牲在这片土地上的烈士的名字都镌刻于此，以作永久的纪念。整个军区下属的部队及地方政权地方武工队陆续都将烈士的名字报上来了，粗略统计已有数千人。

临到浇铸雕像的那一天，天未晓，芦苇梢还悬着数点寒星，吴叔齐就将平楚拖起来了。晨曦中，平楚看见淤滩上，面朝大海，筑起一截土台，上面已摆好了香案烛台。平楚不解地望望吴叔齐，吴叔齐的胡须被海风掀动，幡旗一般。他捧着一捆香，在熔铁炉上齐齐点着了，他便像拥着一团火。工人们依次他手中取了香，吴叔齐递了一簇给平楚，平楚方才明白过来，当地风俗，工匠们浇铸前都要叩拜明永乐大钟铸造师的女儿。传说永乐帝朱棣下令铸造永乐大钟，铸造师连着浇铸两次都失败了，限期已近，再浇铸不成，铸造师便要被处斩。铸造师寻到算命先生卜卦，先生告诉他，须得有纯洁处女的玉体掺和于铁水中，方能铸成大钟。铸造师非常绝望，就等着引颈就戮了。他的女儿决心以身救父，待第三次浇铸的铁水沸滚了，铸造师的女儿趁人不备，纵身跳了进去，霎那间便被熔化了。铸造师老泪纵横地指挥浇铸，大铜铸成了，铜声"咣咣"，洪亮且深沉，饱含着对孝女的哀思。

平楚稍犹豫，还是接过了香簇，跟着吴叔齐及工人们一起下跪，磕头叩拜。他顶礼膜拜的并不是那位被奉为冶炼之神的永乐大钟铸造师的女儿，而是另一位年轻女子。他无声地喊着：寒城，寒城！即便当时他已经跟区武工队的女队长引霄情定终身了，但"寒城"这个名字会永远镌刻在他心灵深处。

吴叔齐亲自掌控浇铸的速度，通红滚烫的铁水汩汩地倒入模具中。当一轮橙红的初日忽忽跃出海平面之际，但听得振聋发聩"嘭"地一声巨响，平楚浑身一颤，以为模具炸裂了。吴叔齐仰首大笑，喊道："老天保佑啊，成了成了！"

平楚热泪盈眶，他想，是牺牲战士们的英灵在保佑大家，是寒城的英灵在助他成功啊！

那年深秋，纪念塔终于完工了。塔身背枕雄浑的古淮河，面向一望无际的盐滩和芦苇荡，塔顶屹立着那尊八尺高的新四军战士像，右手高举着钢枪，坚定地保持着冲锋陷阵一往无前的姿态。

平楚希望吴叔齐留下，参加竣工庆典大会，吴叔齐却执意不肯。凌晨，平楚醒来，草铺上不见了吴叔齐的身影。平楚翻身落地，走出草棚，青紫的晓岚中，却见吴叔齐盘腿坐在塔基上，双手合一，正念念有词。

平楚迟疑了脚步，不想打搅他的早课，吴叔齐却收势起身了，胡须飘飘地走下来。平楚迎上去，朗声道："何方神仙？乘云而至啊。"吴叔齐捋齐了胡须，浅浅笑道："该做的功课我都做好了，平楚，拜托你替我跟庞司令员和臧政委告别一声。出来三个多月了，要回家喽。"平楚晓得拦不住他的，忙道："早饭后再动身嘛，让师部派个警卫员送你……"吴叔齐喷笑出来，道："乘云而至，随风而去，不劳相送。"双手作个揖，将细格粗布包袱甩上肩胛，径直走进芦苇间的小道，不一会便无了影踪。胭脂色的晨霞伴着芦苇簇划簌划簌地摇摆。

纪念塔竣工庆典的前一日，引霄上工地看平楚来了。平楚见了她自然是欢喜的，随即便焦虑起来。工程刚开工时，引霄也到工地来看他，雪里送炭为他举荐了吴叔齐。听讲她回到整风学习班却受到严厉的批评，还关了两天禁闭。整风学习班公开的主旨是整顿党风政风文风，其实大家心照不宣，被调去参加整风的人基本上都有这样那样的问题，或历史问题没交待清楚的，或有敌特嫌疑的，或工作中犯了错误的，等等。引霄是被撤了区委书记和区武工队长的职，调到整风班学习的。县委组织部长向她宣读县委处分她的决议时，明确对她说，让她参加整风学习是组织上给她改正错误的机会，要她认真学习党中央文件，深刻反省自己身上遗留的地主阶级烙印和小资产阶级情调，争取尽快回到党的立场、人民的立场上来。引霄心中有一千一万个不服，却也只好服从组织安排。平楚晓得她不伏烧埋的性格，生怕她此次外出又没跟组织告假，小心翼翼问道："你们今天休假啊?"

引霄斜了他一眼,"不休假就不能来看你啦?"凑到他跟前,钟爱地却是咬定青山不放松地道:"你,是害怕我连累你吧?"

平楚急了,涨红了脸道:"我会怕连累呢?你也太小看我了。前日臧政委问起我跟你的关系,我都如实汇报了。还有把公粮分给老百姓保管的事,用粮食换老母鸡犒劳武工队员的事,我竭力为你辩解申诉……"话没说完,突然当胸挨了引霄一拳,平楚嘻住了,怔怔地瞪着她。

引霄灿烂地笑起来,道:"告诉你个好消息,昨天臧政委亲自到学习班来宣布军区党委的决定,撤销县委先前对我的处分啦!"

平楚又惊又喜,"真的?没留什么尾巴吧?"

引霄摇摇头,"臧政委还表扬我们依靠老百姓保存下了大部分公粮,为主力部队的反攻提供了有力保障,是反扫荡斗争胜利的功臣呢!"

平楚捉住她的肩膀用力摇晃道:"太好了,我们的纪念塔也顺利落成,真是双喜临门,该不该庆祝一下?"

引霄眼不大,珠子却黑且亮,幽幽盯住他道:"我今天来,是想和你一起,去纪念塔给寒城献束花,告慰她的英灵。也要告诉她,我们会并肩战斗,直到革命胜利!"

平楚热泪盈眶,用臂一揽,将引霄揽入怀中。

引霄没有寒城那般秀雅修美的姿容,引霄也不及寒城的聪慧颖悟多才多艺,引霄更不像寒城那样柔心弱骨,温存婉顺。引霄却以自己刚直纯正,磊落坦诚的性格征服了平楚,以她不同于一般女性的英武之气捕获了平楚的心。当他们确立了恋爱关系,平楚将自己与寒城的点点滴滴毫无保留地告诉了引霄,并且坦率说道,这一辈子,在自己心里,永远会有寒城的位置。那是在初冬的芦苇荡里,周围只有风吹苇叶沙沙的作响,偶尔有野鸭扑喇喇飞过。引霄许久不作声,平楚心中忐忑,倘若引霄不能容忍寒城的存在,他只好放弃和她的感情了!忽然,引霄仰起脑袋,黑沉沉的眼乌珠追逐着横过天空的云彩,声音清朗而坚定:"你应该永远记住寒城同志的,我也会永远记住她的。"

平楚与引霄在田间地头采了一大捧野花,缀金、牛棘、好女儿花,配上几株青蒿,倒也锦绣斑斓。两人迫不及待地奔上纪念塔二十级石阶,对着塔顶的新四军战士雕像恭恭敬敬鞠个躬。

塔身周围,由十二根子弹状的石柱串起的铁索围栏,围栏外,雄赳赳气昂昂地竖立着十二块漆黑的大理石碑,碑上镌刻着密密麻麻的名字,都是抗战以来牺牲在这片土地上的烈士,有新四军战士,有游击队员,还有革命政权的干部。

平楚和引霄略商议,决定两人分头寻找寒城的名字。以纪念塔为中心,平楚向左,引霄向右,依次查看大理石碑上牺牲战友的姓名。每块碑上数百人,他们不敢粗糙浏览,手点着姓名一一默念着。刻把钟后,他们在汇合后互相问道:"你找到了没有?"又同时摇摇头。

他们有些失望,特别是平楚,双眉深锁,目光呆滞。引霄小眼珠左右一转,道:"对了,你说过,寒城本名叫……"平楚忽又有了希望:"对,她本名董双成,烈士名册一定会用她本名的!你方才看到董双成三个字吗?"引霄想直说,又怕他灰心,便道:"哎呀,方才只顾找寒城两字了,没太注意三个字的名字。我们再查一遍嘛!"于是平楚向右,引霄向左,又仔仔细细察看了一番,没有"董双成",更没有"寒城"!

平楚颓然坐在台阶上,他心底隐隐担忧着的事终于变成事实!引霄坐到他身边,轻声道:"会不会是工人凿字时漏了?很有可能的呀!"平楚摇摇头,颈椎锈了一般,咔咔响,道:"不会的,偏就漏了她?一定是因为晁无咎的事情,她终究逃不脱牵连。"

其实引霄早就预料到这点,一是不忍触及平楚心底伤疤;二是还存有些许侥幸,事实却总是那么冷酷无情!她不忍心看到平楚黯然伤神的样子,侠义之心更胜过情爱,一跺脚站起来,道:"我去找庞司令员问问,寒城同志面对数倍于我的敌人,并已接到撤退命令,却坚持将机要文件埋藏妥当。在不及撤离的危急情况下,宁死不做俘虏,拉响手榴弹与敌人同归于尽。这样的壮举不能上烈士榜,让人不服!"

平楚也站起来,抬头望望纪念塔顶上他亲手雕塑的新四军战士像,没有人知晓,他在塑像的日日夜夜里,满心都是对寒城痛彻心扉的思念!他轻轻捏住引霄的手,道:"不,你不要插手这事了,我自己去找臧政委。"

臧政委可以说是平楚的"伯乐",是平楚艺术上的知音,思想上的导师。当初,晁无咎向军区提出要调寒城去独立大队,人人都洞悉他的心思。臧政委把平楚和寒城请到军部,特地蒸了鱼干,炒了鸡蛋,请他们吃饭,委婉地做他们工作。根据地的群众工作刚打开局面,革命政权也刚建立,所以稳定和团结晁无咎的盐场独立师尤其重要。臧政委笑道:"寒城同志,我看了你们鲁艺话剧队演出的《桃花扇》,你把个李香君演活了!"平楚和寒城一时摸不着头脑,臧政委怎么忽有闲心谈艺术了?臧政委话锋一转,道:"民族危亡之际,面对国仇家难,男女之间的一点情爱,真是微不足道了。像李香君这样一位风尘女子都能为大爱舍小爱,难道我们共产党人连古人都不如吗?"

臧政委一语点醒了他们俩。这一晚,他们坐在逶迤绵延的海堤上,面前是波浪般起伏摇曳的芦苇,身后是白花花鱼肚般的大盐场。他们心中的痛楚已经无法用语言表达了,他们只静静地坐着,看着浩瀚天空中的星星一颗颗地显现,又一颗颗地隐没,直到天际渐渐泛红。他们只能以静穆来告别,竟连一个拥抱都没有——他们已经不能够了。

平楚在臧政委跟前是可以随意宣泄感情的,他泪流满面,瘖哑着道:"不管晁无咎犯了什么不可饶恕的错误,是搞独立王国还是腐败堕落,可政委你是晓得的呀,寒城为什么会成了他晁无咎的妻子!寒城把她的一切都献给了革命,难道还不能称作烈士吗?"

臧政委捏着一只榆树根雕成的烟斗,没有烟叶,就把春季盐滩上冒出的蒿草晒干揉碎,当烟叶抽,弄得满屋子都是灰白的烟雾。臧政委吭吭地咳了一阵,冒出一句:"东亭草堰一战,盐场独立师死了多少战士?他们的名字没有一个刻上石碑的。"又吸了一口烟,缓缓地吐出,挥挥掌,驱散眼前的烟雾,道:"无论那碑上有没有她的名字,我,还有你,都会永远记着寒城同志;根据地的老百姓永远记着寒城同志;党和人民永远记着寒城同志的!"

在时光迟滞迂缓却又追风逐电的流逝中，大多数人早已把四十年前一桩不起眼的公案忘记了，平楚却一刻都没有忘记，寒城像一块燃烧过的炭烬，静静地卧在他心底，只需一丝微风拂过，便重又冒出火舌。

三年解放战争中，国民党军队围剿苏北解放区，用大炮轰击新四军阵亡将士纪念塔。炮弹炸毁了塔身，平楚雕塑的新四军战士跌落尘埃。当地老百姓趁夜色偷偷将雕像埋入土中。全国解放后，当地政府重修纪念塔，整体格局完全依照当年的设计，威武的新四军战士像重新站立到塔顶上了。

那年也举行了抗日阵亡将士纪念塔修复的庆典，平楚正代表部队文艺工作者出席全国第一次文代会，没赶上。事后他专程弯道去了趟苏北，却见纪念塔是修复了，四周的大理石碑依然残缺不全。当地民政部门的干部告诉他，新中国成立，百废待兴，经费十分紧张，只能先把塔竖起来。待凑足了足够的经费，一定要把这十二块镌刻烈士姓名的石碑整修一新的。平楚便递交了关于烈士寒城同志在东亭草堰阻击战中壮烈牺牲的情况说明，希望民政部门在重刻烈士名单时将寒城增补上去。民政部门的干部答应，一定会重视这桩事情的。

之后的十多年，平楚转业到上海，大城市的生活总是密锣紧鼓、环环相扣，让人应接不暇，平楚一直没有机会再返苏北。他还是写过几封信，给引霄当年的勤务员小山子，向他打听纪念塔周围的石碑修复的情况；托他去看看，石碑上有没有加上寒城的名字？小山子还是跟着引霄工作时学会写字看文件的，解放后也当了干部，讲道理一套套的，写信却只能三言两语，说，石碑没有重刻，只是修补了一下，名字看都不大清楚了。

十年动乱初起之时，小山子曾来过一封信，没几句话，惊叹号却用了好几个，道：省里跑来一红卫兵把纪念塔和石碑都砸烂了！九泉下烈士英灵寝食难安啊！你们要向上面反映反映情况啊！平楚看信时手抖得止不住，引霄忍不住骂了粗话："他妈的，这样造反天理不容！"可是他俩当时都已成了革命对象，如何向上反映这种情况呢？直到"四人帮"粉碎，引霄、平楚先后从五七干校归来，重新走上工作岗位。一日，引霄偶然在一份内参材料上看到一则短讯，提及中国人民解放军总政治部为在抗战期间被错判错杀的晁无咎同志昭雪平反，并表彰其在抗战中率领新四军盐场独立师与日寇英勇奋战的事迹。下班回家当即把这消息告诉了平楚，平楚愣怔片刻，方道："我马上给他们县委写信，敦促他们一定要把寒城的名字刻到纪念碑上去！"引霄提醒道："就直接写给小山子嘛，他现在已是县委副书记了！"

小山子全名陈时模，当初他哥哥陈时楷被海匪杀害，他才十六岁。史引霄临危受命，接替陈时楷到茆围子当区委书记兼武工队队长，小山子抹着眼泪缠着她，要参加武工队打鬼子，为哥哥报仇。史引霄收下他，成了区武工队年纪最小的队员。

平楚的信寄出不久，陈时模就回信了，说，目前县里头拨乱反正要做的事一大堆，修复纪念塔的事还没能排上议事日程。以后真要重修纪念塔，一定重视老首长的意见的。隔了两年，陈时模来信说，县里已成立了重建纪念塔的工作组，他也把两位首长的建议信递交给工作组负责人了，万请老首长放心。

有了陈时模的许诺，平楚真就放心了。所以今天收到这封大红请柬时，他以为陈时模一定会附上一封简信，说说纪念塔修复的情况，说说寒城的名字刻在了哪一块石碑上。可是，除了那张请柬，信封里什么都没有，陈时模连一个字都没给他！

平楚书房宽阔的南窗外是两棵挨得很近的梧桐。这两棵梧桐有点岁数了，树干粗老斑驳，枝枒纵横交错网织繁复。平楚是画画的，自打搬进书房，他就特别钟爱窗前由梧桐枝枒天然织成的图画。盛夏之时，梧桐叶层层泼绿、叠叠染青、阴阴可人；待秋风一起，梧桐叶争相焦红褐黄，悬锦挂彩；隆冬天气，叶褪尽，空余虬枝，愈显出挺拔苍劲的姿态；入春那一刻那原是最神奇的，身子尚未觉暖和，抬眼却见窗口像是蒙上一层浅浅的绿，凑近了仔细看，枝枒仍是青灰的，却隐隐有菁荚凸现了，只有几度风雨点丑，那浅绿便会一刻浓于一刻，渐渐铺满世界。

早上平楚已仔细观察过窗前梧桐枝上初发的菁荚了，他欣赏溢于枝枒间那欲绿未绿清新透明的色彩，还琢磨着如何在画布上表现出来。不料早饭后，天就阴下来，渐渐沥沥落起了小雨，这雨不紧不慢地下了一天呢。

突然，耳畔隐隐传来嗒嗒、嗒嗒嗒嗒的声音，平楚一个激灵挺起腰，鱼跃着扑向那帧尚未完工的画作，扑向画面中那奋不顾身的女子——那是一把驳壳枪在点击，是寒城！她打完了枪中子弹，拉响了手榴弹……

"楚爸爸，你怎么啦？摔痛了没有？"青玉用力搀扶起他。

平楚瞬间从硝烟弥漫中回到阴雨天愈现静谧的"兰畦"，回到终日充溢着油画颜料气味的画室。他掩饰道："没，没关系，我捡支笔……"在圈椅中坐定，缓缓问道："是，是你霄妈妈回来了？"

青玉看他确实完好无损，才定了定心，道："楚爸爸，霄妈妈赶不回来了，区里发生重大事故……"本打算详细叙述，看楚爸爸心不在焉的神色，便截住了，只简要道："其他人差不多都到齐了，大家的意思，楚爸爸你就全权代表霄妈妈做寿星，行吗？"

平楚略迟疑，道："索性你们年轻人聚一聚，乐一乐，我就不下去了。你跟大家解释一下，就说明天是交稿的最后期限。"竟有些求恳地望着青玉。

青玉点点头。她不能勉强楚爸爸，楚爸爸此刻的灵魂早不在这里了。青玉可以肯定，楚爸爸的失态一定跟那张创作画有关，准确说，是跟画中那凤凰涅槃般的女子有关。

那女子究竟是谁呢？

10

史引霄返身钻进轿车时额角头撞着车门框，痛得龇牙咧嘴的，闷闷地吼道："小贝，快、快，回机关！"旋即道："不不，去桃浦地！"

小贝从后视镜中瞥见史区长面孔铁青，一叶扁舟似的薄唇紧抿得变了形，便知情势严重，不问原由，只将方向盘打转，掉头出了弄堂。

徐亦道急了，道："怎么回事？老史，你不回家啦？那我……"

"你也不要回去了，桃浦地炸死了人，你还兼着公安局长，还不该去现场看看？"史引霄没好声气，尖锐地横了徐亦道一眼。

62

徐亦道拍了下大腿，不出声了。

车厢里没有了往常你一句我一句的热闹，粗粗细细的喘气声让气氛沉闷压抑。史引霄坐直了身子，双手扳住前排椅背，精亮的眼珠似箭射穿前挡风玻璃，射向冥蒙天际。她的心揪成一颗铁蛋般压着胸腔，喘不过气。那感觉说不出是痛？是恼？是急？是悚？

痛的是桃浦地居委会主任姚秀琴竟然被炸身亡！

史引霄眼前浮映出一张圆兜兜的面孔，总是甜糯糯地笑着。通常史引霄唤她"阿琴"，是随姚秀帘的口吻。姚秀琴是姚秀帘的妹妹，姚秀帘是史引霄早年在浙江蚕桑职业学校读书时钻一个被窝的同学。那年史引霄从五七干校调回区政府工作，任地区组组长，姚秀帘在家里设宴为她接风，唤姚秀琴来相帮烧小菜。姚秀琴刚退休，言辞得体，手脚麻利，一桌小菜操办得五色纷缊、香泽满屋。史引霄吃不多，每个菜都尝了口，对她的厨艺大声称赞。姚秀帘便道："我们家就数阿琴讨人喜，脾气好，手巧。她做车间支部书记，他们车间年年是厂里文明标兵，生产先进呢。"史引霄小眼珠精亮，道："阿琴还愿不愿意出来工作？现在地区街道居委会太缺少能挑担子的干部了！"在史引霄的力荐下，姚秀琴便成了桃浦地居委会主任。倘若阿琴退休一直在家相夫教子，不去当什么居委会主任，依她的身体状况，她起码能再活三十年吧？想到这一层，史引霄心如刀绞，痛得丝丝吸冷气。

她恼恨自己工作上的疏漏导致这桩惨案发生。

半年前她就获知桃浦地有个三线厂的知青回来闹事，她特地为此跟姚秀琴通过电话，叮嘱她尽量做好规劝工作，必要时还可以联系那个知青在三线厂的领导，互相配合，双管齐下。史引霄对姚秀琴的调解能力是有把握的，况且她刚上任区长，千头万绪的工作堆在跟前，这桩事情就被挤到犄角旮旯里去了。两三天前，姚秀琴电话打到她区长办公室，说是那个姓蔡的三线厂青工回来探亲，滞留不走，担心他又要来纠缠他的前女友。向来讲话柔和婉的姚秀琴吐词竟有些急促，道："正不巧，他前头的女朋友过两天马上要出嫁，要让他晓得了……"史引霄从话筒中听得到姚秀琴省略号后面忧忡忡的喘气，可当时她办公桌前好几拨人等着向她汇报，法院检察院的，教育局的，土地规划局的，桩桩件件都是举足轻重且刻不容缓。史引霄便果断地对着话筒道："阿琴，派出你们居委会所有人盯牢他，我会关照街道和派出所民警协助你们工作。"此刻史引霄审视自己，的确秀琴的那通电话没有引起她足够的警觉，倘若当时能让有经验的派出所民警跟着他呢？倘若当时自己亲临现场呢？倘若……一切倘若都于事无补了，眼下要紧的是妥善处理好善后工作，消除这个意外事件在群众中留下的负面影响！

想着善后工作的纷繁冗杂，史引霄恨不得一步跨到桃浦地现场。正是下班时分，雨后的马路十分拥堵，在十字路口愈是蜗行牛步。史引霄紧催小贝"快点，快点"，小贝额头的汗一滴一滴滚下来，道："史区长，怎么个快法？前面亮个绿灯，最多过去四五辆车。"史引霄恨道："真要跟交警大队提提意见了，这红绿灯时间长短的设置要机动灵活嘛！"一旁徐亦道冷冷一笑，道："怎么个灵活法？红绿灯又不晓得哪辆车里坐着你史大区长！"史引霄被他呛得无语以答，鼻孔里出气。徐亦道火上加油接了句："我早就提议让公安局给我们这辆车上个警笛，要紧时候派得到用场。你不肯嘛。境界高，不搞特殊化。什么叫特殊化？这叫工作需要！"

史引霄晓得自己发火发得没道理，她只是借此掩饰悄悄在心里弥漫开来的担忧。

担忧什么呢？她记得刚被选上区长那日，她是激动和兴奋的，为群众对她的信任，也为肩上这份庄重的责任。回家跟平楚叙说时却竭力控制着情绪，口气云淡风轻。平楚挤了挤眼，问道："你这任区长可任期多久呢？"史引霄心直，没听出玄机，随口道："人民代表大会五年一届嘛。"平楚顺手从桌上捧起他的紫砂石瓢壶，当年要随部队渡江南下，他去北皋庄跟吴叔齐道别，老冶匠便送了他这把壶，平楚爱不释手，平常就用它泡茶喝。他露出一对虎牙笑道："史引霄，我借茶当酒，就祝你顺顺利利干满五年任期哦！"史引霄突然明白了他的言下之意，在他肩膀上揎了一拳，叱道："平楚你咒我区长做不长是吧？"平楚闪身躲了躲，仍笑道："哪里是咒你？是提醒你要吸取以往的教训嘛！"说罢便将手中壶塞到她怀里，"上面的一联好像专门为你撰的呢！"

原来吴叔齐送的这把石瓢壶，通体殷红，壶身上镌有隶字一联："邺侯身有神仙骨，单父琴多恺悌音。"上联是写唐代名臣李泌，历仕玄宗、肃宗、代宗、德宗四朝，四次归隐，五次出京，却始终以其智慧在奸究小人的诬陷迫害中成功脱身；下联是指孔子学生宓子贱主政单父时，并不事必躬亲，终日抚琴，因善于用人，故而"身不下堂而单父治"。

史引霄怎不体会平楚的一片苦心？抗战期间，她曾两度担任区市一把手的职务，却都因为种种原因或被撤职处分，或被降职调离。现在她选上区长不过半年，就碰上这么重大的工作失误！有一片不祥的乌云顽固地横在她眼门前，暗自苦笑：不要真被平楚一语成谶哦。

汽车终于越过了十字路口，小贝松了一口气，道："快了，拐个弯就到了。"又问："史区长，你们打小鬼子的时候，过敌人封锁线也这么难吧？"

史引霄嗔道："那比这难得多得多！"暗自命令自己不要胡思乱想了，打起精神处理眼前的工作！

出事的弄堂口已拉起了警戒线，马路边停了好几辆警车，有区公安局的，也有两辆市局的车。史引霄心一沉，扭头对徐亦道说："消息传得比我们的汽车轮子还快呢！"徐亦道叽咕了句什么，史引霄没听得清楚，却晓得他一定在骂娘。

两人刚下车，桃浦地的治保委员和两个派出所民警就迎了上来，治保委员喊了声："史区长……"就哽咽住了。史引霄强忍痛楚，问道："人……呢？"治保委员抹了抹眼睛，"区中心医院的救护车来的，血肉模糊已经没气了……"忍不住掩面哭泣起来。史引霄扯了扯她的袖管，低声道："周围群众都看着呢！"又问道："还有没有其他人受伤？"治保委员啜泣道："有两个民警破点皮，并无大碍。是姚主任扑上去跟姓蔡的抢夺那只装炸药的包，所以……"实在讲不下去了，一巴掌捂住了嘴。

市局刑侦队的警官跟徐亦道熟悉，招呼道："老徐，我们初步了解了一下，是民事纠纷引发的意外事故，我们就先撤了。"徐亦道双手抱拳作揖状，笑道："市局老大哥以后常来指导工作。"市局警官凑近了，收拢声音道："老徐，要查查肇事者炸药的来源，说不定……"意味深长地眨了眨眼。徐亦道先是一愣，旋即连连点头。

待市局的警车呜呜地开远了，史引霄方对徐亦道说："这里的现场你留下处理吧，我去里委会，安抚一下大家的情绪，再听听意见。明天上午在会议室碰头，设一个事故处理应急小组。"

徐亦道挥挥手，"区长大人你把心放进心窝里，也不要搞得太晚，平楚他们还等着给你过生日呢。"

史引霄咧咧嘴，面部神经木木的，也朝徐亦道挥挥手。

里委会也在这条马路上，与事发弄堂相隔不过百米。治保委员领着史引霄推门进去，满屋子呛鼻的浓烟。史引霄吸了三十多年烟竟也忍受不住，咕噜道："关得这样紧巴巴，天又不冷！"于是几个人起身砰砰嘭嘭把窗户都打开了。这是桃浦地居委会一间会议室，不过十五六个平方，挤挤插插坐了二十几个人，居委会大小干部，包括居民小组长都到了，七八根烟一起吞云吐雾。大家起身给区长让座，史引霄挤到中间坐下，顺手接过有人递来的一支烟，点燃了，夹在指间，炭精般的小眼珠团圈望了一周，有人垂着脑袋，有人连连叹气，有人猛地吸烟……她的手在空中划了个弧形，烟灰撒了一桌子，随即道："一个个都这么绷着脸做什么？出了这样严重的事故，我也心痛……"终于狠狠地吸了口烟，眯着眼，平息片刻，"暴露我们工作中的弱点了吧？好嘛，吸取教训，总结经验。抗战那些年，我们深入敌后开辟根据地，开始老百姓受了汉奸伪政权的威吓，不敢接近我们，门关得死死的。当时军区臧政委对我们说，办法就在老百姓当中，共产党人就是要把老百姓放在心中，办法就有了。后来我们终于打开局面，建立了抗日民主政权。现在也是一样的道理，居委会就是人民政权的最前哨，愈是要把广大群众的利益时时放在心里。"史引霄说到激动处，猛咳了一阵。

治保委员忙将茶杯推到她面前，"史区长，喝口水。"又将一本工作手册递给她，"方才大家研究了下一步要做的工作，史区长你看看，还有什么要补充的。"

史引霄摸出一副折叠的老花镜戴上，一二三四看下来，点点头，道："姚主任的追悼会，区里和街道一起参加，你们总结一下她平时工作上的特点，加大宣传力度。"合上工作手册，又道："那个三线厂工人的家属联系得怎么样了？"

治保委员道："这桩事情由派出所民警出面，他们已经派人去他家了。"

史引霄道："我们居委会也要主动配合派出所做好工作，好吧？"

治保委员忙在工作手册上记下了，依旧望着她，等待着下文。

史引霄喝了几口茶，又吸了口香烟，心口压着一块巨石，让她吐字都有些困难，终于道："你们联系姚主任的家属了吗？"

治保委员使劲咽了下口水，道："我们已跟姚主任家所在的居委会联系了，让他们先去……是打算这里现场处理完毕，一起去姚主任家的。她丈夫腿不方便，她儿子在云南当兵，一时也赶不回来……"

史引霄将烟蒂在烟缸里揿灭了，瓮着嗓道："姚主任家，我亲自去一趟，无论如何总是要面对的！"话落地，人已经站起来了，"你们继续讨论，不要送我。"

治保委员仍旧送史引霄出门，门外走

廊的长椅上立起一位年轻人，戴着副很有度数的黑边眼镜，迎上一步对治保委员道："姜阿姨，姚主任的追悼会什么时候举行？有什么工作需要我做吗？"姜阿姨皱起眉头道："小宋你怎么还在这里？快回去，这里没有你的事！"年轻人仍不肯离开，又从挎包里掏出一只信封，递到姜阿姨跟前，道："这是我勤工俭学攒下的五百块钱，代我转交给姚主任家属，无论如何，这桩事情是因我姐姐的缘故引发的……"姜阿姨将他的手推开，跺了下脚道："哎呀，小宋，你不要给我添乱了，快回去，快回去！"

姜阿姨小跑几步跟上史引霄，史引霄脚步不停道："什么人？"姜阿姨叹口气，道："就是那个宋嘉卉的弟弟。母亲撺掇他姐姐另抱琵琶别嫁郎，他是有看法的。出了事情，他觉得他们家有责任，十分愧疚。这个小青年人倒不错，下乡时就入了党，前几年考上政法学院念书。群众中有许多人因痛惜姚主任，把宋家人恨得要死，所以我叫他避避开，不要现世宝了。"

史引霄因满心纠结着如何面对姚家人的忧煎，也没再追问，径直出了走廊门。这一刻就是再借她十个窍，史引霄也不会想到，那位惊鸿一瞥的小青年不久竟会走进花园弄堂"兰畦"史家的生活圈。

小贝看见区长从门阶下来，时针快压到九字了。她钻进汽车，道："小贝，今晚恐怕不得回家，夏妮要跟你急，我替你写证明。"小贝笑笑，"夏妮不会跟我急的，她晓得的。"说着，将一只纸袋反手递给史引霄，"两只菜包，一杯豆浆。垫垫饥。史区长，你的胃饿不起的。"又问道："现在去哪里？现场还是派出所？"

史引霄用吸管吸了口豆浆，胃里顿时舒服些了，道："去姚秀琴家，你去过一次的，定西路延安路口。"

汽车正待启动，却有人笃笃、笃笃敲着前排驾驶座的车窗。外面光线幽暗，看不清是什么人，小贝只好摇下玻璃，"咦——"地一声，"怎么又是你？"原来敲窗的正是下午闯到区政府门口企图采访民选区长第一人的那位女记者。

萧南渡却不搭理小贝，生生将脑袋探入车窗，朝后座喊道："引霄阿姨，是我呀，我是南渡！"

史引霄吃惊扑向前，"南渡你怎么会在这里？"

小贝抢先道："她下午就到区政府来过，说要采访你。我不敢破你的规矩，没让她进门。"

史引霄愈是疑惑，"南渡你什么时候转行当记者了？"

南渡道："引霄阿姨，我方才已去过你家，跟青玉姐、雪砚雪墨都碰头了。我是受《铁军》杂志社委托，撰写一组女战士今日风采。名单上头一个就是你引霄阿姨呀！"

史引霄便道："南渡你来得不巧了，你也看到，区里发生重大事故我必须亲自去处理，实在对不起了。"

南渡接得巧妙："我来得太巧了！引霄阿姨，方才我已在围观群众中大致了解了整个事件前因后果，我想跟着您，看您如何处理这么棘手的事情。我不会妨碍您的，这么难得的现场采访机会，引霄阿姨您一定要答应我！"

史引霄没有时间作详尽考虑，面对萧南渡她又推辞不得，稍迟疑，便松了口："你先上车吧。"

萧南渡朝小贝做个鬼脸，便拉开车门钻了进去。

史引霄感到贸然让南渡搭车，总得跟

小贝打个招呼吧?便道:"小贝,这位萧记者你应该认识呀,'文革'前她在我们'兰畦'住了好多年的。"

小贝朝后视镜中瞟了一眼,从那张长满雀斑的小方脸上他找不到一点儿记忆,只好不置可否,嘿嘿地笑笑。

史引霄稍有遗憾,"你记不得啦?也是的,都十多年过去了。那时候弄堂里的人都当她是我的女儿,还差点成了我的媳妇……"此话一出口便知失言,忙闭拢嘴唇,抿成一条线。

萧南渡也觉尴尬,引霄阿姨历经十年磨难脾气一点没改,直言谔谔,不设城府。她没有点着自己的鼻子骂,算是很给面子了。一时愧疚无语,只将额头抵着车窗,看街上流星般划过的灯影。

小贝自然不晓得她们曾经有什么隐情,他只是习惯了只听不问不发表意见。但他能感觉到小小车厢中气氛不很协调,便拧开广播,正是晚间新闻时刻,播音员低沉而带磁性的声音很有吸引力:"……上海正在奋力崛起,迎接新挑战。世界新技术革命浪潮的冲击,兄弟省市经济起飞的挑战,使上海人产生了一种前所未有的紧迫感……"

史引霄确实感到前所未有的紧迫感,胃又开始抽搐起来,她从纸袋中取出一只菜包递给萧南渡,自己又抓了一只,大口嚼了起来。

南渡并不推辞,她晓得若推辞,引霄阿姨会发脾气的。她却不饿,心里乱七八糟塞了很多东西。

11

萧南渡少时曾经问过母亲,举家迁居苏南小镇,为啥独独留下自己?况且母亲在上海有许多亲戚,舅舅姨妈都在,偏偏要把自己托付给史引霄阿姨?

卞璟如沉默良久,面孔上四季轮回,日月更替,终于从齿缝间吐出一句:"史引霄她欠你父亲的!"

在萧南渡慢慢长大的日子里,她断断续续,星星点点,从不同的长辈口中听到不同版本的关于父亲母亲和引霄阿姨的故事。

有个版本说,当年父亲萧瑟是津浦路东根据地的主要负责人之一,他相中了江北指挥部下属民运队的干事史引霄,据说两人都已订了婚,只因史引霄尚未达到"二八五团"的结婚标准,婚事才耽搁下来。当时发生了"托派"分子投敌的严重事件,上级命令严查深挖,肃清"托派"流毒。萧瑟受同乡同学的牵连,成了"托派"嫌疑,被停职审查。史引霄立即宣称跟萧瑟解除婚约,并向组织上提出要求离开路东,到苏北军部党校学习去了。

还有个版本说,卞璟如先前的丈夫谢础就是萧瑟的同乡又是同学,他是头号"托派"嫌疑,原就患有肺痨,关押期间病重去世了。临终,他将妻子和两个儿子托付给了萧瑟,萧瑟为了兑现对谢础的承诺,才忍痛与史引霄解除了婚约。史引霄也是为了成全萧瑟与卞璟如,这才离开路东去了苏北。

这两种版本萧南渡都没有向史引霄求证过,她明显感觉到母亲对引霄阿姨日久岁深的怨气,特别是父亲病故以后。可在花园弄堂的"兰畦"里生活久了,萧南渡渐渐爱上了史家的人。她爱豁达热情的引霄阿姨,她爱博雅通达的平楚叔叔,她爱气质如兰的青玉姐姐,当然,她最爱风度翩翩且又才华横溢的雪弓哥哥!她愿意成为史家的一员,无论是做养女或者成为史家的媳妇。

萧南渡记得,那年她跟史雪弓约定一起去苏北老区插队后,她甚至都没回家跟父母道别,她对苏南小镇上那座逼仄败落的小院已经从厌烦到极到了憎恨的程度。

父亲是三十年代初入党的老革命,却没有给子女带来荣耀和幸运。萧南渡看到父母在鬼子投降那年拍的合影,听母亲说,当时父亲"托派"嫌疑的问题已经澄清,并被委以重任,继续担任根据地党委要职。正值毛泽东发表《对日寇最后一战》的声明,延安总部向八路军、新四军下达命令,向一切敌占城镇和交通要道积极进攻,夺取广大乡村和县城。照片中,父母亲并肩站在淮河岸边,神情舒展,眉眼藏笑。应该说,父亲可算得上仪表堂堂气度不凡,南渡捧着照片暗忖:引霄阿姨当年一定是喜欢过父亲的。

然而萧瑟注定是命运多舛的。他架不住卞璟如夜夜枕边的絮叨,贸然写信给中央某部门,为自己的老战友即卞璟如的前夫谢础申述,要求为谢础的"托派"问题平反。谢础的两个儿子随卞璟如嫁入萧家,如今都已成年,却因生父的历史问题都未能考取大学,一个去了新疆农垦建设兵团,一个在电缆厂做工。

萧瑟在一个错误的时刻寄出了一封不合时宜的信,那是1957年,正值反击资产阶级右派进攻的政治斗争轰轰烈烈拉开序幕,于是萧瑟顺理成章再次沦为人民的敌人,被开除党籍,撤职下放。接踵而来,是无休止的审查批判检讨,在监督下进行劳动改造。

萧南渡并不知晓父亲母亲究竟经历了怎样的磨难,她在上海花园弄堂"兰畦"里快快乐乐地长大成人。"文革"起始那年,她回到了苏南小镇的家。在驳杂龌龊的院子里,她看见一位白发凌乱衣着邋遢的老头,一见她,先是缩头,随即躬腰退步,嘴中嗫嚅,不知咕哝什么。母亲卞璟如一跺脚,骂道:"死腔!又没有外人!是女儿回来了!"那老头忽地抬起眼,死死盯了她一会,方才喊道:"南渡啊,真是南渡啊!"有一股浑浊的气味从他嘴里喷出来!那一刻,萧南渡的心冰凉冰凉:这还是她的父亲,那个曾经下笔成章,口若悬河的大才子吗?

那两年,萧南渡在苏南小镇上的日子可谓是鱼游釜中,左支右绌,无有出路,那困顿绝望真要把人逼疯。父亲在家几乎没有声息,活死人一般,听凭母亲从早到晚喋喋不休地怨天尤人,骂头头骂同事,骂邻居骂亲戚,凡她想得到的人无一不数落遍,最终还要骂到她死去的前夫以及同死人差不多的现任丈夫。萧南渡每每哀求母亲不要骂了,骂也无济于事,若被外人听见,又是一桩新罪行。母亲恶狠狠朝她低声吼道:"你不让我出气,你要憋死我呀!"

萧南渡骨子里是继承了母亲原本争强好胜,不甘雌伏的性格,她岂肯在这座衰瑟式微的小院里蹉跎尽自己最好的年华?过几年,像两位同母异父的兄长那样,去边疆,或去一所工厂,默默无闻地销蚀人生?特别让她惕厉煎熬的是:有朝一日,她变成了偏僻小镇上一个庸常的女人,她亲爱的史雪弓还会喜欢她吗?她晓得自己并无沉鱼落雁,闭月羞花的容貌,史雪弓是喜欢自己火一般的热情和知难而进的勇气。经过几番风雨交加电闪雷鸣般的思考,萧南渡决定自救,挣脱出身给自己设置的牢笼,像雄鹰那样搏击长空!

正值积压两年的应届毕业生面临分配,这当口,毛主席发出号召,广大知识青年到农村去到边疆去,到广阔天地中去改造自己。这给苦闷中的萧南渡指明了方向,一个切实可行的计划逐渐在她心中酝酿成熟了。

某一日,在镇革命委员会大门外的宣传栏里,出现了一张署名为"南渡"的大字报,南渡在大字报中声明,决定与历史反革命右派分子的家庭划清界限,响应毛主席号召,到革命老区去插队落户,到贫下中农中去改造思想,为改变老区一穷二白的面貌贡献自己的青春!这张大字报在镇上"一石激起千层浪",镇革委会负责人计划借这股东风掀起小镇知识青年上山下乡的热潮,他们想请南渡到各个学校现身说法,做动员报告,却到处找不到南渡了,连南渡的父母都不晓得南渡到哪里去了。

南渡在贴出大字报的次日凌晨,便悄悄离开了压抑了她近两年的小院,她先是去了苏北老区,找到了史引霄阿姨当年的勤务员小山子叔叔。小山子叔叔曾是公社的负责人,南渡与他恳谈半日,谈妥了插队落户的相关事宜。随后南渡从苏北直接去了上海,重新走进她闭着眼都能来回跑的花园弄堂,走进那座藏着她少女秘密的"兰畦"。"兰畦"里的葡萄架倒塌了,可"兰畦"里的史雪弓还是原来的史雪弓!

南渡和史雪弓选择落户在古淮河入海口最贫瘠的茆围子大队,他们的事迹以"身居茅屋,胸怀全球,脚踩污泥,心忧天下"为通栏大标题在省报刊登出来了,南渡的父母这才获悉了女儿的行踪。

南渡史雪弓一时名满天下,大队、公社、县,甚至省的各级革命委员会都来请他们去做报告。当时史雪弓组织了一支青年突击队,修堤开河,防涝御卤,开垦良田,每每日夜奋战。于是外出演讲做报告的任务都让南渡承担了。南渡的演讲激情澎湃,斐然成章,很有感染力。省里开知青工作会议,南渡成了先进典型。不到一年,南渡便入了党,并直接调往公社,担任革委会副主任的职务了。

秋天,史雪弓带领青年突击队筑堤开垦种植的棉花田已经到了花铃期,暗红色的花铃颤悠悠地压弯了棉枝,有的铃子已悄悄裂开一道缝,露出里面雪白的花絮。恰逢以南渡为首的公社革委会检查组到茆围子大队督查清理阶级队伍工作的进程,史雪弓便力邀南渡去他们的新垦棉花田参观。

南渡跟大队革委会的干部开了一下午的会,将大队里的地富反坏右分子挨个排了队,研究了斗争的策略和步骤。散会之时已是夕阳半坠,断霞散彩。南渡出门便看见绚烂而宁静的天际线下,小白杨树般竖着一条身影,令她心旌摇曳,血脉膨胀。要在以往,南渡会欢快地奔到心爱的人跟前,奉给他一张甜美的笑脸。可这会,她的脚步却有些沉重和迟缓。她正紧张思索着,待会见了面,如何向他转述大队革委会清理阶级队伍小组对他的一些看法,如何规劝他放弃自己某些不合时宜的行为准则……

她终于走到了他的跟前。

史雪弓穿着一件蓝灰色的球衫,下身束一条褪了色的旧军裤,戴了顶军帽,倒有八成新。他双脚一并,向她行了个不标准的军礼,笑道:"你现在当头头了,我都不晓得该怎么称呼了!"

他晒黑了,一笑露出珍珠般银白的牙齿。南渡的目光碰到他炽热的眼珠,慌忙避开了,嗔道:"你想怎么称呼就怎么称呼嘛!"又道:"跟你说了,我开完会到知青屋找你。傻等在这里!"

史雪弓道:"一日不见,如三秋兮。你算算,我们多少日子不见啦?自你调到公社,足足有二十五天零三个小时了!"

南渡的心颤抖了一下,却不敢接他的话题,调头道:"快带我上你们棉田去吧,你看这残阳,只剩半张脸了。"

史雪弓稍顿,便撩开长腿头里走去,南渡紧随其后。他们默默地走了一阵,走上了海堤。

海堤外,莽莽苍苍的芦苇荡一望无际,傍晚,正值风起云涌,芦苇随风起伏,排山倒海;海堤内,果实离离的棉田丰茸扶疏,斑斓的夕霞涂抹得它们五色纷缊,令人迷醉。海风掠过,天地间充溢着绵延不绝的沙沙声,诉说着大海滩涂悠悠而跖荡的变迁。

他们两人仿佛被大自然静穆而神秘的景象震慑住了,都不出声,像两株苇草伫立于一阵紧似一阵的海风中。

但听得天动地摇的"咕咚"一声,惊回首,却是那半张脸的残阳掉落地平线底下去了!天色忽就晦冥起来,景物漫漶朦胧,海天处愈是虚无缥缈。

史雪弓清了清嗓道:"还看得清路吗?我尽量简要,讲一讲我们改造盐碱地的过程……"

南渡努力地笑着,道:"其实,你们总结的材料,我都看过了。"

史雪弓不动声色却是用力吐出一口气:"哦——你今天找我,另外有话,对吧?说呀,南渡你什么时候变成这样藏头露尾,虚与委蛇起来?你我之间,至于吗?"

南渡被他点穿,自是尴尬,幸得天光浑浊,互相看不清神色,便道:"我们坐下来说,好吗?"

史雪弓不应答,只是扑通就地坐在堤上了。南渡便也坐下,离他有三尺的距离。想起他们初下乡的那段日子,但凡有机会两人单独在一起,史雪弓一定会伸出猿臂将她搂进怀里,那时的柔情缱绻每每令南渡陶醉。此刻她多么想躺在他的怀里,吮吸他醇厚的男子汉气息!

南渡控制住冲动,喊了声:"雪弓哥!"事实上,南渡与史雪弓同年出生,生日还比史雪弓早了几日。小时候在"兰畦"生活,她是跟着雪墨一起喊史雪弓"哥哥"的。此刻这般称呼,是她情感的真实流露,也是刻意打出"感情牌"。

史雪弓敏感地抬起眼皮盯了她一眼。在青紫的暮色中,他的一瞥如同流星闪过。

南渡横下心,道:"雪弓哥,许多群众反映,你最近跟一个叫晏枰的人走得很近,是吗?"

史雪弓反倒松了口气,道:"哦,对!晏枰本就是我们青年突击队的队员嘛!"又道:"岂止是走得近,棉花秧才栽下那阵,我们就在地头搭的草棚,夜夜挤在一起睡。别看晏枰跟我们年纪差不多,他懂得的农业知识可真不少,我们种棉花若是没有他,恐怕至今还出不了苗!"

南渡咽了下口水,竭力保持平稳的口吻:"你不晓得吗?晏枰是恶霸汉奸晏凤律的孙子?"

史雪弓耸了下肩,冷笑道:"那我还是走资派加反动文人的儿子呢!"

南渡恨不得捶他两拳,仍抑制着情绪,

只语速有点急促:"所以我们才到老区来改造锻炼自己嘛!"稍停,调整了口吻:"我们应该向贫下中农革命群众学习才对!"

史雪弓手肘抵住膝盖,撅着脑袋,不出声。

南渡定定地瞅着他,在愈加浓重的暮色中,他宽肩窄腰俊挺的剪影分外令她爱怜,于是她婉转柔情道:"雪弓哥,群众有反映,我替你急呀。现在正值清理阶级队伍的要紧关头,你就是耳皮子太软!公社革委会已决定解散青年突击队,晏枰调去夙沙滩守陆公岛。"情不自禁往雪弓挪近了一步多,"我替你想了个两全之策,不用写检讨书了,只需再交一份入党申请书,在申请书里对这桩事情表个态,可以推说并不了解晏枰的出身……"

"可我早知道晏枰就是晏凤律的孙子!"史雪弓打断了南渡的话,一边说着一边站了起来,"小时候听妈妈讲他们当年反扫荡打鬼子的故事,你也在听的呀,忘了吗?妈妈说的那个抗日民主政府参议会第一任会长不就是晏凤律吗?日本鬼子大扫荡时,军部把鲁艺工作队的好几位文化干部埋伏在他的大宅子里。伪军头目经常出入他家,拉拢他,刺探他,他却滴水不漏,保障了新四军文化干部的安全。他应该算是开明绅士,怎么就成了恶霸汉奸呢?"

"史雪弓!"南渡也跳了起来,冲到他跟前,急切道:"你这种想法很危险,你这是阶级阵线模糊,敌我不分!要是让人家听到你这种说法,我再想帮你也帮不了呀!"

史雪弓冷冷地看住她。上弦月初起,替她棱角分明的脸庞涂上一层银光,使她显得苍白而冷峭,全无了以往让他怦然心动的热忱与率真。史雪弓异常平静,道:

"南渡,我方才说的话你可以向他们汇报的,我真是这么考虑的。"又道:"我得回队里去了,突击队今晚要开总结会的……"自嘲地一笑,"哦——也许是最后一次会议了!"说罢,举踵原地转个圈,径直沿海堤往径深处走去。

南渡一时愣在那里,旋即使出浑身力气喊道:"史——雪——弓——你——回——来——"

向晚的海风凌厉起来,横度里扫过来,将她的声音刮得七零八落,有的散入茫茫芦苇丛,有的坠落滩涂泥淖之中。

他们最终因水珠的问题而决绝了。

随着清理阶级队伍运动的深入开展,大地主晏凤律第五房小老婆水珠被革命群众挖掘出来了。水珠为了逃避革命群众的监督,早几年就跑到上海帮佣去了,于是公社革委会派人专程到上海将水珠押回村子。

那天史雪弓在棉田盘桓至天擦黑了才回村,那一颗颗欲吐未吐的棉铃倒成了他唯一的知己。他向它们倾吐心中的困惑、苦恼与牵挂;它们也向他袒露心境,是一脉晶莹剔透的洁白。

史雪弓下了海堤,踏上回村子的小路,便遇上三三两两的村民匆匆往大队部赶去,一路走一路哩哩啰啰议论着:"这水珠不是早就嫁给麦佬了吗?伢子都生了两个,怎么又成了晏凤律的小老婆?"

"那不作数,她终究在晏凤律的大宅子里享过福的,这笔账总要算算清楚的。"

"她能享到什么福?晏凤律上头四房太太,一个比一个精怪刻薄,哪里会给她太平?"

"听讲晏凤律待她不薄,还教她识了

字……"

史雪弓满腹的疑虑，担心水珠阿姨会遭遇不测，便跟随村民去了大队部。

大队部这间小礼堂，早年曾用作公共食堂，后来食堂关闭了，便用来召集群众大会啦、传达上级指示啦，"文革"开始后自然又成了开批判会斗争会的不二场所。

史雪弓尚未踏进门，就看见横贯的一条大标语："揭下地主婆沈水珠的伪装画皮！""沈水珠"三个字竟然也触目惊心地打上了血红的叉叉！史雪弓顿时心如坠石，血涌天门，四肢都颤抖起来。

他没有找空板凳坐下，僵硬地杵在最后排。他人高，场子里的情况一目了然。他看见大队革委会的头目一列坐在台上，正中间的却是那张他钟爱的面容——南渡是作为公社革委会的代表坐镇这场批判大会的。他看见情同一家人的水珠阿姨站在台一角，胸前挂了块马粪纸的大牌子，牌子上墨写的字迹涢糊不清，也罩着血红的大叉。水珠低着脑袋，看不清她的面容，只看到她头顶心盖了层霜似的。史雪弓记得，水珠阿姨的头发原本油黑发亮。青玉姐问她怎样把头发养得那么好？水珠阿姨说，在乡下天天用皂角洗头嘛。就这么一年多时间，水珠阿姨竟全白了头！

有人领头喊起了口号，应和的人不多，且不整齐。村民们劳累了一天，有的交头接耳，有的打瞌睡，妇女们大都带了活计来做，纳鞋底，补衣裳，编草袋。看来组织者做了充分准备，轮番有人站起来批判水珠。毛主席教导我们，世上决没有无缘无故的爱，也没有无缘无故的恨，你为什么要嫁给大地主晏凤律？你们吃的山珍海味，穿的绫罗绸缎，都是剥削贫下中农所得，你就是地地道道的地主婆、吸血虫！抗战的时候，鬼子来了，晏凤律就当维持会长，新四军来了，他摇身一变又成了民主政权参议会会长，典型的骑墙派、变色龙。你在晏家帮助晏凤律做了哪些坏事？你跑到上海躲藏起来，妄图逃避革命群众对你的清算吗……水珠单薄的身子像一叶孤舟在一浪高于一浪的声讨声中颠簸摇荡，可她却始终一言不发，并且始终低着头，以霜白的头顶心倔强地面对众人。便有人蹿上台，嘶喊道："地主婆作沉默抗拒批判，要她老实交待！"拎起一脚将水珠踢倒在地，并用手摁住她的颈脖。会场轰地一片惊呼，后排的村民纷纷站起来，有孩子号啕大哭。这时，但见场中间腾地立起一位壮年汉子，冲上去一把推开摁在水珠脖子上的手掌，张开双臂将水珠扶了起来。

"麦佬！是麦佬！"谁都没料到，一贯椎鲁拙讷的麦佬会如此奋不顾身地保护老婆，众人震惊之余一时无声，场子里那一刻分外安静，只有两个孩子"妈妈、妈妈"的哭声，惊鸟般绕场旋转，他们正是水珠的一双儿女麦蛹和麦蛾。

"我要发言！"史雪弓的声音润厚且有磁性，具有穿透力，霎那间吸引了全场所有的目光。他大步流星走上台去，他看见南渡倏地站起来，却又缓缓地坐下了。他顾不得许多了，大声道："乡亲们，我们一起来学习一段毛主席语录，《毛泽东选集》第四卷1296页，毛主席教导我们，政策和策略是党的生命，各级领导同志务必充分注意，万万不可粗心大意。"深吸了一口气，放缓了语速："乡亲们，毛主席还教导我们，没有调查就没有发言权。沈水珠到上海，并不是逃避什么，她到我们家，帮助我妈妈带养我的小妹妹，我们全家人都很感激她。沈水珠出身贫雇农家庭，当年，她父亲还不起晏家的债，不得已将她送进晏家。土改的时候，她就跟晏凤律脱离了关系，跟贫农麦佬结了婚。将她划为地富反坏右分子，我以为，这是完全混淆了两类不同性质的矛盾！"他的话没说完，会场里已经议论蜂起，嘈嘈嚷嚷，骚动喧腾。

他便趁现场混乱，径直下了台，径直走出门去。他没有回头看一眼台上众人的反应，这对他来说也不重要了。他终于一吐块垒，说了自己想说的话。

数日后，史雪弓接到大队革委会的通知，让他上夙沙滩王姑岛守岛。史雪弓晓得这恐怕已是对他最宽大的惩戒了。他心平如镜，连夜收拾行李。生活用品简单得很，只漱洗之物和两件替换内衣。比较难抉择的是从家中带下乡的那一箱子书，全部扛上岛去是不可能的了。他腾出一只旧旅行袋，挑选出近期他想读的书，《马克思恩格斯通信集》《鲁迅全集》《资治通鉴》等，已经塞满了旅行袋。

此时已是月上中天，忽听有人叭嗒叭嗒敲响土屋的木板门。史雪弓心生侥幸，莫非是南渡？急忙拉开门扇，却见八九岁一男一女两个娃娃，边上还有一条几乎与他们比肩的大狗。

史雪弓惊诧道："麦蛹麦蛾，这么晚了，你们找我有事？你爹你娘晓得吗？"

麦蛹像麦佬，木讷口拙，只巴眨着眼；麦蛾虽比小麦蛹大两岁，却口齿伶俐道："雪弓哥哥，我爹娘说，岛上有黄鼠狼，让麦虫陪你上岛，黄鼠狼怕麦虫的。"

那条黄狗像听得懂人话，绕着史雪弓转了两圈，咻溜一下窜进土屋去了。

史雪弓彻夜未眠。天依然黑得透彻且静穆，只一颗启明星跃上天际，一闪，又是一闪。史雪弓斜挎帆布包，一条薄棉絮扎得四方背在背上，再将盛书的旅行袋扛上肩，便走出了土屋。麦虫马上就适应了新主人，领先窜入黑夜，奔出一定距离，又绕回来，等待史雪弓跟上了，再跃向前。

待史雪弓和麦虫沿海堤走到码头，晨曦渐明，雾横在海天之间。

南渡当然知道史雪弓今天要上岛的，一星期一次的渡船今早八点开船。上午九点公社革委会要开清理阶级队伍阶段性经验交流会，她便起了个大早，六点多就赶到茆围子，可史雪弓住的土屋里早已空无一人了。

南渡呆呆地站在空落落的小屋里，竟像是天老地荒一般孤寂和绝望。她的目光兜兜转转，定在了搁在砖块上的箱子上，心像被针刺了一下，痛。这箱子正是那年她陪史雪弓回"兰畦"偷书时搬出来的，下乡后，史雪弓将它又当书柜又作书桌用。南渡稍迟疑，慢慢打开了箱子——箱子中少了近半的书籍，雪弓哥一定是带着书上岛去了！南渡的眼泪呼地涌了出来，差点失声。

"南渡姐，你是来送雪弓哥的？"

南渡听得人声，迅速抹了抹脸，转身看，门口站着的是陈拂野，陈拂野是陈时模的小儿子。"文革"初起时，作为公社党委书记的陈时模因为与造反派头头意见相左，被靠了边。陈拂野却作为可教育好子女的代表被结合进了大队革委会的领导班子。

在人跟前，陈拂野称南渡为"南主任"，人背后，他还是习惯称她"南渡姐"。陈拂野道："雪弓哥天亮就走了，拂晓时我听得一串一串的狗咬。昨天麦佬来问我，能不能让他家的大黄狗陪史雪弓上岛？我以为这并不是什么原则问题，就同意了。"

南渡点点头，这一刻她很感激陈拂野的决定。在那水天茫茫茅草成林的荒岛上，总算有个活物陪伴雪弓了。稍顿，她问道："现在赶去码头，能赶上渡船吗？"

陈拂野道："我用自行车带你去，能赶上！"

陈拂野的自行车还是陈时模当公社干部时置下的，已是锈迹斑斑，轮盘一转，钢丝便咔吱咔吱响。陈拂野让南渡先坐上书包架，关照道："南渡姐，你拽紧我的腰，路不平，要小心了。"

陈拂野的车技相当了得，乡间小路坑洼不平，他竟还能把这辆浑身带响的破车骑得如同顺风行舟一般，南渡只轻轻搭住了他腰间的皮带。上了海堤以后，路更平整了，南渡便松开了手。陈拂野愈是加快了速度，车行如满弓出箭，嗖嗖向前。也就是大意失荆州的道理，车前轮被堤上一处微凹弹了起来，南渡先被甩下了车，接着陈拂野和自行车一起又压在了她身上。

陈拂野先跳将起来，挪开自行车，急切问道："南渡姐，你摔在哪里了？痛吗？"便去扶她坐起来。南渡左小臂蹭破一层皮，血肉模糊的。硬撑着站起来，跷着脚走了两步，道："还好，还动弹得了。"

陈拂野满脸羞惭，连连道："对不起，南渡姐，都怪我，都怪我！"

南渡勉强笑道："不怪你，你也是急着要去送雪弓哥嘛。"

渡口也就两三百米远了，陈拂野一手推车，一手扶着南渡的胳膊，试着慢慢往前走。走了一段，南渡手脚渐渐活络起来，步子也加紧了。

他们赶到渡口，那只摆渡船将要离岸。

凤沙滩外星星点点散落着十几个岛屿，渡船定期会向岛上运送些生活用品。船尾处堆放着麻袋、箩筐，船头挤挤插插站了十多个人，那船吃水已经很深了。

南渡在人群中搜寻了一遍又一遍，却没有找到史雪弓的身影。心中不禁颤栗：难道他……会跑到哪儿去了呢？

陈拂野道："南渡姐你等在这里，我去船上打听一下，只问他们见没见到麦虫！"

不多一会，陈拂野便回转来，他告诉南渡，雪弓哥一个多小时前便搭乘养鸭人的小舟上岛去了。那船工说的，一个瘦高个青年，还有一条大黄狗。一定是雪弓哥和麦虫，不会错的。

南渡仿佛浑身的气力都使尽了，一下子瘫坐在石阶上。

此刻朝暾初起，半滩水面霎那间艳红，芦苇像镀上了金边。

陈拂野默默地陪着南渡在渡口坐着，望着日头从初始的一眉金红，渐成一瓢澄黄，再下去，那便是金光万道，目光不能直视了。

陈拂野方才道："南渡姐，你不是说还要赶回公社开会吗？"

南渡顿时跳了起来，"哎呀，晚了，要迟到了。"

陈拂野道："来得及的，自行车链条我修好了，我送你去公社。"

回程的路上，陈拂野扭回头道："南渡姐，我们要赶时间，你一定要抱紧我了！"

南渡便张开双臂环住陈拂野的腰，车子如离弦箭窜了出去，她不由自主地将面颊贴在了陈拂野的背脊上，但听得耳边的风修修修地掠过，她感觉得到陈拂野健硕富有弹性的肌肉突突地跳跃着；隔着衣衫，她甚至能嗅到年轻男子诱人的气息。

半年后,南渡和陈拂野结婚了。

许多年后,南渡每每回想起当年自己冲动而又草率的决定,总是有无尽的懊悔。不可否认,陈拂野那种原始粗野的示爱方式对她不无吸引力。史雪弓的爱很热烈,很浪漫,他们可以相拥着坐在夜晚的旷野里,数星星,谈理想,耳鬓厮磨,可史雪弓决不会越雷池一步。陈拂野就没有那般文质彬彬了,自史雪弓上岛以后,他从不放过任何与南渡单独相处的机会,试图与南渡肌肤相亲,并且肆无忌惮地侵犯她的敏感部位。南渡答应嫁给他的当晚,他就强行与她发生了关系。

然而南渡逃不脱内心的自我谴责,真正促使她下决心与陈拂野结婚的原因,是当年县革委会主任与她的一席谈话。

她是代表公社到县里开会,会议结束后,县革委会主任特意留住了她。主任先是向她披露了一个消息,正在筹备召开全省优秀知识青年代表大会,县里也准备从这些优秀知识青年代表中选拔最出挑的充实到县革委会的领导班子中来。主任随后像聊家常一般,问起她有没有对象了呀?又谆谆叮嘱道,年轻人,找对象最要紧的是政治标准,不要被小资产阶级情调左右了感情。主任又拿出一张西部某省的省报给她看,那上面有一篇通讯,记述了一位从省城下放的知青,娶了当地贫下中农家的女儿,立誓扎根山区一辈子,这位知青光荣地当选为九大的代表。最后主任拍拍她的肩膀,语重心长道:"南渡同志,希望你成为我们县知识青年的表率哦!"

南渡跟陈拂野结婚的消息真上了报纸,还刊登了一张两人喝交杯酒的照片。南渡也如愿以偿地调到县里,担任了县革委会副主任的职务。

夜深人静的时候,听着身边陈拂野发出的满足而恣肆的呼噜声,南渡总会想到史雪弓。史雪弓斜靠在木板小床上,就着一支残烛啃书的样子,在她眼前挥之不去。

听去王姑岛送东西的知青回来说,史雪弓在孤岛上学会了喝渔家自酿的土酒,并且也跟着渔民用劣质烟叶自己卷烟抽。

12

萧南渡刚离开,客厅里的气氛便像冰块遇上春潮,瞬间解冻。雪墨喘了口大气,道:"开宴开宴,我已经前胸贴后背了!"

"自己动手,丰衣足食嘛!"青玉笑道,"我请楚爸爸去!"转身出门。

雪墨冲着雪弓喊:"哥,你醒了没有?快下达命令呀!"

史雪弓确实是起死回生了一遭,天性豁达的他马上恢复常态,道:"听我指挥,雪砚雪墨去厨房拿餐具,我跟姬瑜排桌椅。"

雪砚却挽住姬瑜胳膊,"姬瑜和我们一起挑餐具去,也要让她熟悉一下'兰畦'的大厨房嘛!"

翠姑妈撇嘴道:"姬家花园里的大厨房才实实地大呢,可以摆两桌酒席呢!"

姬瑜忙道:"我也只是听爹爹姆妈讲起过,那房子后来做过一时街道工厂,全变样了,现在听讲给哪个单位做了办公楼。"

雪弓忙打圆场道:"挑餐具嘛,女性眼光比较妥帖对吧?搬桌椅的粗活我包了。"

麦蛾欢快道:"大哥还有我呢!"已动起手来。

雪砚挽着姬瑜,雪墨跟着,三个姑娘笑语间进了厨房。姬瑜道:"哦,这排柚木碗柜破四旧时没被砸掉？太幸运了呢！"

雪墨道："多亏我哥哥呀，说这里已是红卫兵司令部，把打砸抢的那拨人拦在门外了。"横了姬瑜一眼，"你连这也不知道？"

雪砚打开第一层柜门，摇摇头道："看看这麦蛾，毛手毛脚，碗都被她敲得没个成套了！"便踮起脚打开上层柜门，"哦，在这里了。"

原来上层碗柜里齐整地放着两套精致的餐具，一套是镶金边的薄胎白瓷碗碟，虽未必达到"明如镜，薄如纸"的境界，看上去却也滋润凝脂，雍容大雅。平楚前年随中国美协代表团出访北欧，一位外国同行送他的礼物，包装盒侧面印有"Made in China"的字样，显然是借花献佛的意思。在雪墨的印象中，这套金灿灿的餐具家中从来未正式启用过。另一套是史引霄老家龙泉窑烧制的兰花图案青瓷餐具，瓷胎虽不够细腻，却翠绿欲滴，斜签一株五叶攒根单蕊偃抑的兰枝，亦是惹人爱怜。史引霄恢复工作那年，回老家探亲，带了这套青瓷餐具回家，是打算上餐桌用的。也用了几次，青玉看麦蛾洗碗大刀阔斧的架势，生怕她打碎一两件，便到瓷碗店随意挑了几副碗碟，将这套青瓷兰花碗换下了。

姬瑜后退两步，仰头观赏片刻，道："我建议用这套金边白碗，伯母六十大寿，自然要选富贵堂皇些的餐具啰。"

雪墨道："我哥没告诉你呀？我妈是兰痴！那年我陪妈回老家，龙泉窑的烧窑师傅请妈随意挑一套餐具，并着重推荐刚研制出的哥窑粉青开片餐具。我妈不为心动，偏挑了这套带兰花图案的。"

雪砚顾及姬瑜的面子，道："反正今天妈也赶不回来，就用金边白瓷的吧，热闹些。"

雪墨抢白道："那还有青玉姐呢！"心想：姬瑜不晓得青玉姐的心思，你也忘了呀？

雪砚用手指点点雪墨，笑道："我晓得，青玉姐最心爱这套青瓷兰花碗，她最怕你们拿出来用，不小心敲碎了一两件，成不了套！"

雪墨晓得是雪砚说得在理，不再吱声，三人小心翼翼取下金边白瓷餐具，白花花金晃晃，十分抢眼。

客厅里，翠姑妈正在给她娘家侄子打电话，史雪弓便指挥麦蛾将那张椭圆的橡木餐桌拉到屋中央。平常史家人都在厨房中的八仙桌上吃饭，雪弓晓得这张橡木桌是父亲的心爱，又叫麦蛾找了块碎花塑料台布铺上。与橡木桌相配套的高背椅只有六把，雪弓让麦蛾把厨房里的方板凳统统搬出来。

麦蛾道："大哥，别把我算进去，我要端菜的，不上桌坐。"

雪弓道："你要不上桌，被你姨娘晓得，我得吃'马'肉了！"

翠姑妈放下话筒，道："雪弓，给你堂弟留个位子哦，他从五角场过来，脚踏车要骑一个钟头呢！"

雪弓道："我早就把他算进去了，正好凑成十全十美的一桌。"稍顿，"偌是楼上顾医生夫妇和秦叔叔要入席，就有点挤不下了……"

麦蛾忙道："坐不下，我让呀！"

恰巧青玉推门进来，双手捧着块无框的画板，应声道："笃定坐得下的，首先，楚爸爸说寿主不到场，他也不下楼了……"

翠姑妈把头摇得像拨浪鼓，"这算哪一出呀？阿翱不坐在上位，这张席哪里圆满得了？不行，我去喊他！"

青玉稍挪身子挡在翠姑妈前面，笑道："翠姑妈，楚爸爸参加全国美展的作品还没有完工，他是想这两天抓紧赶一赶的。"

翠姑妈声贝放低了许多，咕哝道："不就一餐饭的时间，能耽搁他多少宏图伟业？"

青玉用手肘揉了她一下，"有雪弓在呢，再说他今天还带了对象来，这还不够圆满啊？"

翠姑妈晓得，即便自己上楼去喊，阿翻也未必肯给自己面子，趁早落篷收帆，只摇头叹道："可惜待会阿丁诚诚心心赶过来，见不到叔叔婶娘了。"

麦蛾眼见得青玉姐轻轻柔柔三言两语就"收拾"了翠姑妈，乘胜追击，故意逗她："翠姑妈，什么阿丁阿丁啊？"

翠姑妈白了她一眼，"阿丁跟你姨夫姨娘的关系实实比你亲多了，青玉姑娘是清楚的，对吧？"

青玉忙道："阿丁兄长今天来，正好跟弟弟妹妹认个亲，以后嘛，常来常往，总见得到叔叔婶娘的。"

说话间雪砚雪墨姬瑜三个姑娘分别端着金边白瓷的碗碟调羹进来，往碎花台布上依次排开，只姬瑜多了一句："台布要是纯白的就更相衬了。"

史青玉稍忖，忙道："有，有本白的全棉台布，我去取。"便趑进房间，把门边那只樟木被柜上堆着的杂物挪开了。雪砚是晓得青玉姐的心思的，跟了进屋，一把摁住被柜顶盖道："青玉姐，那块细纱台布是妈妈给你做嫁妆的呀！"

青玉轻轻将雪砚的手推开，一脸影影绰绰的春树暮云，掀开被柜的木盖，徐徐道："姐要是真要嫁人，还在乎一块台布么？"便从被柜里抽出一只长方形精致的纸盒，盒上还系着奢华的蕾丝带。青玉以她惯常的淡然和坚定解开带子，揭开盒盖，拎住一角往雪砚的床铺上一抖落，台布烟雾一般地弥漫开来，竟伴有幽香，原来四角饰有芊柔多姿的抽纱兰草图案，真正的一枝青玉半枝妍啊！

雪砚是略知内情的，一丝酸楚掠过，青玉姐莫非斩断了念想？不容分说，青玉便捧着兰草图案的本白台布去了客厅。几个人一起动手，先将碗碟挪去，揭掉碎花塑料台布，铺上这块质地精良的兰草台布，再摆上金边白瓷餐具。对于日常生活并不讲究甚至有点马虎的史家来说，这么一摆饰，可谓是"蓬荜生辉"了！

众人都说好，青玉心算了一番，道："可取走两副碗碟。楚爸爸不入席了，顾医生和秦叔叔听说霄妈妈不在场，他们也不下来了。"

翠姑妈忙道："你把阿丁算在内了吧？"

青玉笑道："怎会忘记？加了阿丁哥，不多不少正好八个人，倒也圆满的。"便撤下两副餐具，吩咐麦蛾务必放回碗柜，顺便带两只方板凳出来。

翠姑妈因娘家侄子即刻到，情绪愈发高涨，拔亮喉咙道："借我两双手，跟我一道端小菜去。"

姬瑜乖巧道："姑妈我跟你去。"乐得翠姑妈挽住她的胳膊去了厨房。

雪墨四下寻雪弓，却见雪弓独自团在沙发里，双手举着块油画板，一会儿眯起眼推远了，一会儿又睁大眼挨近了。雪墨恨声喊道："史雪弓，你倒好，做撒手掌柜了！"

青玉忙道："哦，那是楚爸爸送给霄妈妈的生日礼物，楚爸爸关照，请大家提提

77

意见。"

雪墨一屁股挤在雪弓身边坐下，从他手中抢过画板；雪砚也凑了过来，斜依住沙发扶手。三个人一时竟都无语，那画板上明眸皓齿英姿勃发的女战士是他们的母亲吗？像也不像！

他们对着画像看了一阵，又相互用眼神询问着，事实上，自他们记事起，他们极少有充裕的时间跟爸爸妈妈亲密接触。印象中，平楚同志总是出差，不是去垦区围海造田，就是到钢铁厂做炉前工，抑或上海岛与守岛战士一起点亮灯塔。而史引霄同志，下班总是很晚，星期天十有八九也是加班。孩子们放学回家，陪伴他们的是唠唠叨叨的奶奶，是殷勤周到的水珠阿姨，是贴心贴肺的青玉大姐。偶尔，史引霄同志下班略早，孩子们尚未入眠，她便会到他们床前一一探视。史引霄同志表达母爱的方式，是正颜敛色而无微不至的询问，考试成绩啦，课堂表现啦，对老师态度啦，与同学关系啦，等等；随后便是循循善诱，谆谆教导。从革命先辈们如何打江山，到世界上第一个社会主义国家如何堕落成修正主义，再到西方帝国主义如何把和平演变的希望放在我们第三代身上，最后落到年轻人肩上的重大责任，鼓励孩子们树立远大理想，只争朝夕，努力学习。雪砚听妈妈训教最是认真，哪怕困乏了，也努力撑开眼睛，盯住妈妈的嘴巴。雪墨仗着年纪小，听得不耐烦了，便扭着身子，捂住耳朵喊："妈，这些话我都听了十多遍了，都背得出来了！"史引霄同志虽气恼小女儿的任性，只轻轻拍拍她的面颊，嗔道："多听革命道理对你有好处！"而他们夫妇最器重的儿子史雪弓，则常常要跟身为区级领导的母亲展开辩论。譬如史引霄同志听讲儿子在学校给校党支部书记提意见，被撤了校团委委员的职，便批评他骄傲自满，目无尊长。雪弓便把脑袋探出被窝，大声背诵毛主席语录："《毛泽东选集》第三卷第 1003 页，《为人民服务》中写道：因为我们是为人民服务的，所以，我们如果有缺点，就不怕别人批评指出。不管是什么人，谁向我们指出都行。只要你说得对，我们就改正……"史引霄同志斥责道："你怎么肯定你的批评就是对的呢？"雪弓接着背诵道："《毛泽东选集》第三卷第 1097 页，《论联合政府》中写道，不惧怕批评和自我批评，实行'知无不言，言无不尽'，'言者无罪，闻者足戒'，'有则改之，无则加勉'这些中国人民的有益格言，正是抵抗各种政治灰尘和政治微生物侵蚀我们同志的思想和我们党的肌体的唯一有效方法……"史引霄同志决然打断儿子，她晓得自己辩论不过儿子，压低声音焦虑道："你这孩子，妈是为你好，你这样口无遮拦的，将来要吃亏的。"雪弓调皮地眨眨眼，"妈，都说我脾气跟你最像，是吧？"史引霄同志只有苦笑。

史青玉见弟妹们都不出声，便抛砖引玉道："过了这么些年坎坷磨难的日子，楚爸爸在艺术上反而愈发精粹老到了……"

史雪弓便衔住她话音道："这就叫作'风入寒松声自古，水归沧海意皆深'嘛。愈穷则愈工，然则非诗之能穷人，殆穷者而后工也。"史雪弓大学上的是哲学系，又考上"中国古代思想史"的研究生，言辞中愈来愈多引用古人圣人语录了。

雪墨揉了他一把，"哥，你不要老掉书袋子，就直接亮观点。好不好？你说爸画得像不像我妈呀？"

雪弓依然顺着自己的思路说下去："古

人对绘画艺术早有精到的论述,东坡居士说,画竹先得成竹于胸;画竹高手郑板桥却道,其实胸中之竹并不是眼中之竹,手中之竹又不是胸中之竹,意在笔先,趣在法外也……"

雪墨两手捂住耳朵道:"好了好了,哥,现在不是听你设坛讲经的时候。你不说我说,我看这画像神情倒更像雪砚呢!"

雪砚忙接口:"哪里呀,当然是像我妈的啰……"斟酌着词句,"不过,妈比画像中的女战士更庄重、更刚毅、更丰富、更、更有沧桑感……"

青玉含笑道:"你们得看仔细了,依画中女战士的衣着来判断,楚爸爸画的一定是四十年前他在海边盐滩上见到的女武工队长史引霄哦!"

雪砚雪墨对望了一眼,大姐一言点醒了她们。她们多少听说过父母相识而后相恋的故事。1942年初,日本鬼子向苏北根据地发动梳篦式的大扫荡,局势十分严峻,主力部队暂时撤退,军区一大批文化干部大部分派到区县地方武装"打埋伏"。鲁艺工作团美术教员平楚同志急匆匆赶往茆围子区武工队报到,便在古淮河入海口的大片芦苇荡中见到了风骨秀爽英气逼人的史引霄同志。平楚怎么也想不到区武工队长竟然是位身量瘦弱的女同志,呆愣着。史引霄劈面问道:"会使枪么?"平楚摇摇头。史引霄手掌一挥,"不会,抽空跟战士们学!"便将一把驳壳枪递到他手中。

史雪弓一拍大腿站了起来,立在画板跟前,沉吟道:"始知丹青笔,能夺造化功。原来,在爸爸心中,妈妈四十年不老,一直如此英武俊美,爸爸是用浪漫主义的手法来处理现实主义题材!"

雪砚合掌叹道:"爸爸用这样一幅肖像送给妈妈做生日礼物……太令人感动了!"

雪墨也跳起来,"挂起来,挂起来,让妈妈一踏进家门,第一眼就能看到它!"

于是几个人打钉子寻绳子,七手八脚地把画板悬在东墙上了。

翠姑妈和姬瑜一人托着一只搪瓷托盘走出厨房,托盘上叠床架屋堆满了菜碟。翠姑妈颇为得意地吆喝着:"上菜啰!"便撞开了客堂间的门,一眼就看见了那幅肖像。

翠姑妈急赤白脸叫起来:"挂张像干什么?是做生日,又不是做七啰!"把托盘往餐桌上一放,便要去取肖像,被雪墨拽住了。

"翠姑妈,这是我爸送给我妈的生日礼物呀!"雪墨晓得翠姑妈只服帖她的阿翱弟弟。果然,翠姑妈马上偃旗息鼓,仍咕哝了句:"送什么不好?奇出怪样,送张画!"便指挥麦蛾和姬瑜,将菜碟荤素间隔着在餐桌上铺排开来。

这时候门铃悠扬轻快地唱起来,翠姑妈专注在小菜的摆饰,竟然忽视了铃声。雪墨冲雪弓喊:"哥,你腿长,开门去!"雪弓身子不动嘴动:"雪墨你身轻如燕,开门去!"雪墨便去拖雪弓,雪砚瞥了他们一眼,转身去开大门了。

稍时,雪砚踅回客厅,道:"翠姑妈,有人找你,是个老头,怪里怪气的,我不敢让他进来。"

翠姑妈先是一呆,即刻叫起来:"哎呀,是阿丁,是你们的堂阿哥呀!"小跑步风一般旋了出去。

客厅中一干人都活络起来。向来稳重的雪砚惊惶道:"是堂哥呀?方才我还尊称他大爷呢!"

青玉浅笑道:"你们忘啦?翠姑妈说

过，楚爸爸宁波老宅里的大哥同奶奶差不多岁数嘛。今天，翠姑妈请上门的这位堂兄，说是李家长房小孙子，那就是大伯父的小儿子。听讲他是大伯与舞女的私生子，不受待见，所以没有随大伯父一家去南洋。毛估估嘛，他也总该有四五十岁年纪了吧？"

雪弓张开双臂伸个懒腰道："我总算好将'大哥'这顶桂冠脱下来了，负担轻多了。"

雪墨朝他皱眉撅嘴："那位堂哥他可是姓李哦！在我们史家，你还是大哥，你休想逃脱责任！"

姬瑜自始至终不开口，只是笑，将绛色的嘴唇抿成一叶扁舟。她喜欢这里的氛围，没大没小，嘻嘻哈哈。

翠姑妈用力推开客厅门，喉咙梆梆响："来来来，都来认认亲，一笔写不出两个李字，天下无不是的父母，世间最难得者兄弟嘛！"

这一堂人齐刷刷将目光投向翠姑妈身后，背阴处，立着一位看不清眉目的男子，醒目的是他一头垂肩的银发，这才叫人判断不出他的年纪。待翠姑妈拽着他走进客厅，煞白的日光灯将他面容上的高岸深谷暴露无遗。雪砚用手指戳戳雪墨的腰眼，附在她耳畔叹气般道："跟你倒真是有点像呢！"雪墨用胳膊肘狠狠地反戳了雪砚一下！

翠姑妈笑得一张团脸就像南翔小笼包子，都是细折子，道："他就是你们大伯的儿子，正宗姓李，叫李沫丁。"扭头伸出胳膊一一点到，"阿丁，来认认小爷叔的公子千金，雪弓、雪砚、雪墨。"故意省略了姓氏，又一把将姬瑜拖到人跟前，"阿丁，还记得姬慎之姬老板吗？这就是她的小千金噢！我们雪弓眼光多少准呀。"姬瑜笑着略略欠了欠腰。轮到青玉，翠姑妈语气含混起来："这位青玉姑娘嘛……"

史青玉笑盈盈伸出一只手掌，落落大方道："我叫史青玉，是霄妈妈的养女。"

李沫丁即伸手与青玉握了握，他穿了件深灰色隐条直贡呢盘扣对襟衫，袖管卷起两寸余，露出本白的塔夫绸夹里，稍过谦恭地道："青玉姐，小弟白丁在彭浦新村小学教小朋友画画。"

翠姑妈纠正道："阿丁，你要比青玉姑娘年长好几岁呢。"

李沫丁仍谦恭道："称呼不关乎年龄，我老早就听讲青玉姐的身世，十分敬仰。尊者为大嘛！"

雪弓横插进来，喊着："阿丁哥。"顺便在对方肩胛窝里捶了一拳。雪砚雪墨也依次打了招呼。握过手后，雪墨咬着雪砚耳朵嘀咕道："他的手指甲哪能留得那么长？把我的手心都抠痛了！"雪砚轻轻踩了下她的脚尖。

李沫丁弯腰去脚边旅行袋里取东西，雪墨哪里憋得牢，坏笑道："翠姑妈，阿丁哥哥说他叫白丁，他怎么也不要老祖宗的姓氏啦？"

翠姑妈一时愣住，李沫丁直起腰身道："白丁是我的艺名，户口簿上仍是李沫丁。"

雪墨仍不罢休，追问道："阿丁哥，你教的学生，他们喊你李老师呢还是白老师？"

李沫丁笑了，笑容跟他的垂肩白发相称，好像是戴了面具，或者是戴了假发套，他道："雪墨小妹很有幽默感哦！学生们都喊我白老师，我在学校里用的是艺名。"

雪砚屏住笑，道："阿丁哥哥你别理她，她就会捣蛋！"

李沫丁早已收拾了笑容，将手中一只印花桑皮纸包着的盒子恭恭敬敬递给翠姑妈，"小娘娘，这是我特为托朋友从香港带过来的油画颜料，小爷叔一定派得上用场。"

翠姑妈捧过盒子，道："阿丁啊，亏得你还真是摸透你小爷叔脾气，他吃的穿的都不在意，独独对笔啦颜料啦纸啦讲究得要命。只是他今朝……"求助地望住雪弓，雪弓耸耸肩胛，扭头看青玉姐。

青玉姐缓言道："楚爸爸要赶着完成送全国美展参展作品。停顿了十多年，重新举办全国性的展事，这对楚爸爸来说，十分重要。所以……"

李沫丁忙道："我晓得，对于艺术家来说，没有比艺术更要紧的事了。小娘娘，你代我转交给小爷叔。如果他用得上手，尽管跟我说，我能托人买到的。"

翠姑妈啧啧道："难为阿丁想得周到！"

李沫丁又从旅行袋中摸出一只黄花梨木盒，团圞雕着葳蕤的兰叶，十分精巧。见众人目光俱被此吸引，他愈是谦恭道："这是我送给小婶娘的生日礼物……"

雪墨抢白道："哦哟，什么金银珠宝吧？史引霄同志不会要这些东西的，不批评你一个资产阶级生活方式，就算你阿丁哥运道了。"

李沫丁道："雪墨小妹，你猜错了，并不是金银珠宝饰品。"他眼珠子意味深长地在周遭疑惑的目光中笃悠悠地兜了一圈，用长指甲修整得匀称洁净的大指、食指和中指优美地扳开盒盖上的黄铜锁扣，叭嗒打开了盖子——原来盒子里整整齐齐码放着一套青翠碧绿的麻将牌！

雪弓"哇哈"叫起来，笑道："阿丁哥你这个生日礼物别出奇裁哦。"盯住两个妹妹，"星期天，我们正好凑一桌，陪妈妈摸两圈，帮她松松脑子。"

雪墨翻他一个白眼，"我打不来麻将的！"

雪弓道："你那么高智商的人，两圈摸下来就学会了嘛。"

"我才不学呢，玩物丧志！"雪墨边说边瞟了李沫丁一眼，"先问问姬瑜，她批准不批准你搓麻将？"

雪弓道："小妹你的观念太偏窄了。麻将局变幻莫测，有战略有战术，有博弈有胆量，有智慧有趣味。你不晓得啊？姬瑜是麻将高手呢！"一胳膊挽住了姬瑜的肩膀，气得雪墨拿背脊对住他们俩。

雪砚道："你们先别争麻将的利弊，要紧的是我们史引霄同志星期天能不能休息？有没有空乐享天伦来搓麻将？"

翠姑妈从李沫丁手中接过黄花梨盒子，嗔道："这么贵重的东西，哪里是给你们日常玩的？欣赏欣赏，留作纪念！"转身问李沫丁，"阿丁啊，这太让你破费了！一盒子翡翠麻将，要多少钞票啊？"

"小娘娘，这不是翡翠，是青瓷，并不破费多少的。"李沫丁的眼珠躲在眼眶斜角落里，悄悄观察众人的反应：翠姑妈圆脸拉成椭圆，其他人并无多少转容，只青玉大姐痴呆呆盯住黄花梨木盒，似欲扑将进去！他便愈是谦恭道："小婶娘不是被造反派没收了一副青瓷麻将吗？近几年，浙江龙泉那边渐渐恢复了烧窑。我特为去了趟龙泉，挑了这副青瓷麻将，当然及不上老货，聊胜于无吧。"

久未出声的史青玉突然跨前一步，与李沫丁仅咫尺之内，急促问道："你从哪里听到霄妈妈遗失麻将的事情的？你怎么晓得装麻将的盒子是兰花图案的？"

81

李沫丁稍稍朝后仰了仰身躯，沉吟片刻，便道："不瞒青玉姐，小弟闲时爱逛文庙，收点小玩意。听文庙街上流传的，有人来打听装在螺钿兰花图案盒中的青瓷麻将，并且……还指着小婶娘的名字呢。"

史青玉不容分说，一把从翠姑妈手中捧过黄花梨木盒。翠姑妈猝不及防，怔住了。旁边雪弓他们几个，从未见青玉姐这般失态，疑惑地互相望望。

史青玉将木盒抵住胸口，腾出一只手翻拨盒中的麻将，青瓷相碰铮铮作响，扣人心弦。众人都不晓得素来端雅稳妥的青玉姐为啥对李沫丁送来的麻将牌这样紧张，一时大家都盯着她。不一会，青玉翻出了一张花牌，吁了口气，面孔上的线条立马松弛开来，浅笑道："这不是霄妈妈遗失的那副牌！霄妈妈那副牌独独少了梅兰竹菊中的兰花牌，这副牌却是齐全的呢！"便将手中的花牌递给众人看。

雪砚内秀，心思绵密，喜好推理，拿着那张花牌看了看，沉吟道："青玉姐，倘若有人得了妈妈那副牌，补了这张兰花牌呢？"

史青玉缓缓摇头，道："霄妈妈的那副牌，青得很厚，很重，像千年古潭水；这副牌，青色明丽透明，像春天的池塘……"

一旁李沫丁很闲雅地笑笑，"去龙泉那边，这样青瓷麻将普通商店都有卖，只不过根据烧窑的技巧，价钱落差蛮大的。以一盘雀窑出的货最为昂贵。我这副牌，是托朋友到雀窑定制的，比一般商铺里的略高一筹。还是那句话，肯定不能与小婶娘从前的老货比。"

翠姑妈因这副牌并非价值连城，便有些扫兴，脸上的笑纹也折损了许多，咕哝了句："哦哟，钞票如粪土，情义值千金嘛。阿丁有这份心便是好。"又叮嘱道："青玉姑娘，这副牌你收好了，回头交给他小婶娘时，总要帮阿丁美言几句的。"

青玉仿佛从梦中醒来，左右看看，得体地点了下头。她仔细地将那张兰花牌归拢，合上盖子，摁紧锁扣。

麦蛾使劲拽了下翠姑妈的后衣襟，"菜都要凉了呢！"

翠姑妈连忙把笑纹撑满整张面孔，放开喉咙："好了，好了，吃饭吃饭。"又道："雪弓，你是长子，今朝你爹娘不在，你便坐上位了。"

雪弓呵呵道："姑妈，你是长辈嘛，当然你坐上位啰！"

翠姑妈心里受用，那笑纹簇成怒放的龙爪菊，道："我一个不知天文地理的家庭妇女，哪里好坐上位哟！"脚步却慢慢往中央挪着。

雪墨眼珠骨碌一转，亦大声道："我建议，今天是为史引霄同志六十大寿而摆的宴席，她人虽不到，上位得给她留着呀！"

雪墨这么一说，众人纷纷赞同，翠姑妈的脚定住了，尴尬道："雪墨到底当记者了，做事情周全得很。"

雪墨生怕翠姑妈再想出其他鸠占鹊巢的主意，索性动手排兵布阵，在面南的上位摆了两副碗碟，道："这两个位子给史引霄同志和平楚同志留着！史雪弓，你是长子，右首顺序两位你跟姬瑜姐坐；平雪砚，你挨着姬瑜姐坐，你们是老同学嘛。"

雪砚却担心雪墨任性怠慢了客人，抢着道："那左首顺序就该是阿丁哥和翠姑妈了，对吧？"雪墨恼恨地瞪了她一眼，雪砚不理会她，笑道："平雪墨，你就挨着翠姑妈坐吧？"

雪墨板着脸道："我总归坐你旁边的！"

史青玉便道："我坐翠姑妈下首，麦蛾坐我边上，不就顺妥了吗？"

于是众人依次入座。

青玉盈盈笑道："我们准备了啤酒，红葡萄酒，各取所好。噢，还有花雕，原是为楚爸爸准备的……"

李沫丁抬了抬手道："我来花雕吧，几年陈的？"

雪墨鼻子里"哼"了一声，青玉平和地回答："这个嘛，我也没注意。平素楚爸爸熬夜，会喝几口，并不讲究的。"又道："麦蛾，去热一壶花雕，专给阿丁兄弟。"

众人各自斟上酒。雪弓是啤酒，雪砚雪墨俱是红葡萄酒，青玉原是滴酒不沾的，只倒了小半杯红葡萄。翠姑妈道："我随阿丁一起喝花雕吧。"

待麦蛾烫酒回转来，替翠姑妈和阿丁斟满了，自己也斟了半杯花雕。青玉道："雪弓，你代楚爸爸霄妈妈说几句嘛。"史雪弓便擎着酒杯站起来，啤酒的汽泡溢出杯沿，他用嘴凑上去抿了一口，刚要发表演说，客厅的门上嵌着的镂花麻玻璃被很有节奏地扣响："笃笃，笃笃笃，笃笃笃……"

好几个人同时问："谁呀？"

翠姑妈兴奋道："一定是阿翱，他晓得阿丁要来的！"

麦蛾离门最近，连忙去开门，门口站着的却是二楼东首的顾观我医生及妻子杜蔷，侧后还站着住在假三层上的秦汝贞。青玉一怔，他们不是讲好不入席的吗？那边雪弓已经离座迎上前，恭敬道："顾医生，秦叔叔，刚好，我们还没有开席。麦蛾，再去搬两张凳子。"

顾医生连连摆手："不客气不客气，我们夜饭吃过啦！"

史家人都晓得顾观我医生是有恩于史引霄的。在五七干校的时候，史引霄劳累过度引发胃大出血，多亏顾观我夫妇悉心治疗调理，才捡回了一条命。并且顾医生还开出病况证明书，证明史引霄的身体已不适合大田的劳动。顾观我医生是区中心医院的内科主任，他妻子杜蔷是妇科大夫，他们开出的证明书是很权威的，造反派这才将引霄从大田调到缝纫组。史引霄每每遇到顾观我，总是双手作揖道："顾医生，这辈子我欠你一条命哦！"

雪砚雪墨也配合雪弓力邀顾医生夫妇和秦先生入席就座，顾医生笑脸和尚一般哼哼哈哈推辞不得，他妻子杜医生便笑道："雪弓雪砚雪墨，你们不晓得，顾医生死板得很，三餐饭必须准点吃到肚子里去，我们六点钟就吃好晚饭了呢。"顾医生连忙附和道："真的，我真的吃饱了呢。"杜医生接着道："我们下来，是给史区长送生日礼物的呀！"说着便将手中塑料袋举起来，"这是一瓶药酒，顾医生针对史区长的身体，精选了五种药材，用一罐十年酿的绍兴女儿红浸泡的。不值几个钱，史区长每日临睡吃一盅，对她身体大有好处呢！"说着便将罐子塞到史雪弓手中。

雪弓凑上去闻闻，夸张道："好香哦，顾医生，我能不能馋上一盅？"

"雪弓，药酒不好乱喝的呢，你真喜欢，顾医生另外给你选些强筋壮骨的药来浸。"杜医生像哄小病人似的对雪弓说。

这时，一直缩在顾观我夫妇背后的秦汝贞终于往前跨上一步，道："我也有礼物送给引霄同志……"他的嗓音低哑而有浓重的鼻音，并且有一股刺鼻的烟味随着这声音弥漫开来。翠姑妈连忙后退两步，手掌还在鼻底下挥了两下。史青玉凌厉地横了翠姑妈一眼，走到秦汝贞身边，扶住了他的臂膀道："秦叔叔，你腿不方便，还亲自送下楼干吗？方才交给我带下来就是了！"

这位秦汝贞也算是史引霄的老战友了，1939年至1940年间，他们都在皖南云岭新四军军部教导大队学习。1950年代后期，他们又在华东局政法部共事，不过那时史引霄是干部处副处长，秦汝贞仅是一般工作人员。那段时间秦汝贞经常造访史引霄，为自己不公平的级别待遇向她这位干部处副处长申诉。史青玉记得当时，她还是个高中生，开始，她对这位面色青灰，神情忧郁，走路高低不平的秦叔叔有点害怕甚至厌恶，后来听霄妈妈讲述了他的遭遇，心中陡生敬意，并且还产生了家人般的亲近感。原来秦汝贞在皖南事变的突围中不幸被捕，关在上饶集中营。在一次国民党对共产党顽固分子的清洗中，他与二十几位战友被押上山林中的刑场。他因腿骨中弹先倒下，战友们的尸体将他层层掩盖。两天后，他被暴雨浇醒，拖着伤腿爬出山谷，在老百姓家里养好了伤，又千辛万苦到苏北找到了组织。然而，他这段从屠杀中侥幸存活的经历一直遭到种种质疑，以至于他这个1939年就入党的老革命，至今仍只是个科级干部。

秦汝贞吭哧吭哧咳了两声，道："古人云，物轻人意重，千里送鹅毛嘛。"将右手从身后抽出，原来手中握着一卷轴书。青玉顺手接过来，解开细绳，"雪砚，来，帮下忙。"于是雪砚双手捏住酱红的轴头缓缓展开卷轴，竟是满目龙飞凤舞的墨迹横扫三尺素笺！史青玉叹道："秦叔叔，听霄妈妈说起你离休在家练起了毛笔字，不想已到这般出神入化的境地了！"秦汝贞灰扑扑的脸膛蓦地亮堂了一瞬，他仍是用低哑带鼻音的腔调念道："衙斋卧听萧萧竹，疑是民间疾苦声。些小吾曹州县吏，一枝一叶总关情。"念罢，稍停，又道："引霄同志现在是一区之长了，将这首郑板桥的题画诗送她，互相勉励吧！"意犹未尽地"唔——"了一声，却又无语了。

青玉连声谢谢，与雪砚一起将字轴卷起，道："秦叔叔，我们一定将它转交给霄妈妈，包括你的心意……"总觉得还应该说点宽慰的话，却又无从说起。

于是顾观我医生便道："老秦啊，礼物送到了，我们也好撤了，不要打扰他们的聚餐了。"

史青玉问道："秦叔叔，怎么爱仙没陪你下来？我送你上去吧。"杜蘅道："青玉呀，有我和顾医生在，你还担心秦叔叔回不了家？"秦汝贞一辈子没有讨过老婆，史引霄几次要替他介绍对象，他只一句话："何必拖累人家？"史引霄便通过区民政局找了个钟点保姆来照顾秦汝贞的生活。她叫佘爱仙，丈夫早年病逝，两个儿子都已参加工作。闲着也是闲着，赚一份薪水也是好的。

待顾医生夫妇和秦汝贞的身影在楼梯拐弯处消失，众人回转客厅，按原先的位子坐定，不知为什么，方才饱满充沛的气氛像兑了白水的酒，寡淡无味起来。翠姑妈急了，喝道："雪弓，你方才要讲的贺词呢？不要咽到肚子里去，吐出来呀！"

史雪弓因秦汝贞的出现，引起他思绪澎湃，一时转不回来。身旁的姬瑜拿起啤酒瓶，贴着杯口，徐徐地将他的杯子斟满，只盈盈含笑看住他。雪弓不饮自醉，站起来，清了清嗓，嘀嘀一笑，道："大家把杯子高高举起来，为我们不辞劳苦恪尽职守的史区长，为我们公正无私光明磊落的引霄同志，为我们豁达大度古道热肠的母亲，还有和她同甘共苦相濡以沫的父亲，干杯！"

13

小贝十分准确地将车停在一座石库门黑漆大门前，车头不前不后与条石框齐线，并不妨碍大门的开关。他扭头轻轻招呼道："史区长，姚主任家到了。"

史引霄激灵睁开眼，她哪有片刻的休眠？闭着眼只是便于思考，便搡了把身边的南渡，"到了，下车吧。"南渡装模作样揉了揉眼睛，还打了个哈欠。其实她也没有睡着，闭着眼是掩饰对引霄阿姨的愧疚。

史引霄下了车，又探身车窗对小贝道："别等我们了，估计一时回不去。你赶紧回家，不要让夏妮急出心脏病来。"

小贝犹疑道："那明天……"

史引霄挥挥手，"明天休息天你老老实实在家陪夏妮！"

南渡也把头探进车窗，"小贝你放心，有我在呢。我会陪引霄阿姨坐公交车回家的。"

小贝心一格愣：看来自己"文革"中揭发史引霄不会乘公交车的"罪状"流毒还很久远呀！连忙将车窗摇起来，生怕撞上史区长精亮的小眼珠。

一般石库门房屋那条石门框黑漆双开门板的正门总是紧闭着，住户日常进出大都走灶披间的后门。姚家是这条弄堂里唯一大门洞开的人家，街坊邻居都晓得，姚主任的丈夫是位战斗英雄，淮海战役时被炮弹炸丢了一条腿，现在出出进进必须坐轮椅。

姚主任的儿子参军前，找人铺设了一条水泥道，从前厢房门口穿过天井直到大门外，这样，父亲便能自己操纵轮椅自由进出了。

史引霄抬手刚要摁门铃，却犹豫了。抬腕看一眼表，已是夤夜时分，难不成让解九江坐着轮椅出来开门？

南渡下意识推了下门，道："引霄阿姨，门没上锁！"便试着推开了大门，门轴吱喽喽的声音，在这沉寂的深夜显得悲怆而凄迷。

"阿哥转来啦？"房里传出人语，像极了姚秀琴，史引霄蓦地起了一身鸡皮疙瘩："阿琴……"随着客堂间木格子门咕吱打开，灯影中显现出一个修短合度的身形，史引霄长吁口气，捂着胸口道："秀帝是你啊……"

"史引霄你总算来了！"姚秀帝急步跌了出来，两个人就抱在了一起，姚秀帝捏紧一只拳头拼命捶着史引霄的肩背，史引霄只能轻轻拍着她的腰身，连连道："对不起对不起，我接到消息先去了现场……"

南渡杵在她俩旁边，不晓得扶哪位好，道："姚阿姨，引霄阿姨晚饭一口都没吃，今天原是她……"啪！被史引霄一巴掌打断了。

史引霄道："秀帝我们进屋去说好不好？这里穿堂风钻到人骨头缝隙里去了！"

于是两人搀扶着进了堂屋，劈面便是一幅六寸大小的姚秀琴的大头像片，周围重叠着十几只花圈花篮。

史引霄眼睛模糊起来，吭哧了一声，道："灵堂都布置起来了！"

姚秀帝眼皮肿得撑不开，声音里满是疲惫与苦涩："一时三刻到哪里去放大照片？这张照片还是去年她得了优秀党建工作者的称号，区里要布置光荣榜，派人来给她照的。我从橱顶上翻了出来……是解九江告诉我的。"

史引霄又是一阵钻心的痛，她记得去年在区工人文化宫的大礼堂里，还是自己替姚秀琴颁的奖。这么好的一个基层干部，这么好的一个人！她看见照片下的条几上放着香与香炉，便上前点了三炷香，插入香炉，又恭恭敬敬朝姚秀琴的照片鞠了三个躬。南渡照模照样点了香，鞠了躬。

姚秀帝盯牢南渡，狐疑地问道："是卞璟如的囡女吧？怎么又回花园弄堂啦？"

南渡忙道："姚阿姨，我回上海了，跟妈一起，住在天山新村。"

史引霄此刻没心情解释萧南渡的前因后果，便问道："解九江睡下了吗？他情绪……如何？"

姚秀帝朝东厢房抬了抬下巴，"恐怕是不会睡的。街道里委会都来人了，他们警备区也派了人来，生怕他扛不住。都小看他了，没掉一滴眼泪……不过，也没说一句话，跟个哑巴似的。"

史引霄便过去，轻轻推开厢房虚掩着的门，却见解九江坐在轮椅里，面朝床铺背对着门，纹丝不动，岩石一般。那床铺，有太多姚秀琴的信息，整洁，素朴。民光牌细纱蓝格子床单平坦得没有一丝折皱，枕头上盖着印有白莲花样的枕巾，四周安静地托着一圈荷叶边，像煞一对恬淡通脱的并蒂莲。史引霄仿佛看见姚秀琴清早即起，收拾房间，洒扫庭院，端整好丈夫的早餐，随后方精神抖擞地出门上班。

"老解！"史引霄喊了声，她的声音像撞在崖壁上被弹了回来。"解九江同志！"史引霄更加重地喊道，依旧无有应答，好似风不吹，影不动，人迹灭。

姚秀帝扯扯她的后衣襟，叹息道："算了，让他独自跟阿琴待着……"

她们俩无奈退出厢房，掩上房门。史引霄感觉到胃在抽搐，便撑着八仙桌边在方凳上坐下了，问道："红旗在部队，要想法子告诉他。打加急电报？要么明天找武装部想想办法？"

姚秀帝道："已经通知他了，是警备区司令部通过军线找到他的部队的，大概明天就会启程回来。"看看史引霄煞白的面孔，紧着道："你也别在这里熬着了，回去还好睡几个钟头！"

史引霄摇摇头，"这时候公交末班车怕没了吧？我已打发小贝回家了，本来就打算给阿琴守灵的。"又道："你找几块饼干出来，我得往胃里填点东西进去就好了。"

姚秀帝嘭嘭地开橱门找出一只印有万年青字样的饼干罐子放在史引霄面前，皱紧眉头嗔道："你这个人，就是英雄主义改不掉，当区长了不得了？生怕别人不晓得你有横槊赋诗的本领？就可以这么作践自己的身体？"

史引霄早就习惯姚秀帝的数落了。少年时代在蚕桑学校挤一个被窝时，只比史引霄年长两个月的姚秀帝就爱对她管头管脚的了。这一刻史引霄便由她啰嗦，自顾开了饼干筒，夹出一片塞进嘴巴，又夹了两片递给南渡，南渡慌忙道："引霄阿姨我不饿，你多吃点。"

姚秀帝却道："少吃点，我阿哥方才去隔壁弄堂口的夜宵店买小馄饨了，岂不比这饼干适胃？"

史引霄小眼珠嗖地一闪，"哦，姚秀璋他也来守灵啊！"

姚秀帝幽声道："阿琴是我阿哥的开心

果，阿哥心里犯堵的时候就要找阿琴说话，阿琴三言两语就能让阿哥心宽敞起来……"

正说着，听得一声："小馄饨来啰！"门便嘭咚撞开了，随夜风卷进的却是一位玲珑窈窕的姑娘，手提一只竹篮，竹篮中放着一只钢精锅子。喊声道："大姑妈，快去拿碗来……"忽然发现屋子里有客人在，吐了下舌头，将竹篮放在八仙桌上，浅浅一笑，转身去灶披间了。

姚秀璋随后踏进门，乍见史引霄，一怔，随即便扑向前，两双手紧紧握住。

"老姚，千万要节哀呀！身体怎么样？"史引霄频频摇撼着他的手。

姚秀璋一头白发，宽额窄面，嶙峋如巉岩，先在喉口呼噜呼噜翻滚了几下，哑壳壳吐了出来："真该我代阿琴先去了的，她这么火辣辣热腾腾的身子，说没就没有了呢！"精瘦的身子像张弓般弯曲成弧形。

姚秀帘搀扶他坐下，道："阿哥别再说这样的话，你要好好活着，阿琴在天之灵方能安心！"

姚秀璋喉咙口呼噜呼噜翻滚得更厉害了，他的一只手捏着史引霄的手始终没有松开，像抓住救命稻草一般。

那位玲珑窈窕的姑娘捧着一叠小菜碗从灶披间出来，乖巧道："大姑妈，叫大家都来吃夜宵吧，我多买了两份，足够的。"言毕，特地朝史引霄送了一个讨好的微笑，史引霄一直望着这位赏心悦目的姑娘，总觉得似曾相识。这一瞬间突然明白了，道："哦——这是紫缇呀，转眼间大姑娘了，我一时都没认出来呐！"

姚紫缇含住一个意味深长的笑，道："我可是第一眼就认出你引霄阿姨了！引霄阿姨太厉害了，几乎全票当选为区长，把我妈甩下十万八千里呢。三大报都作了报道，哪个不知，谁个不晓哇！"

史引霄听着姚紫缇的恭维话，却听出了讥讽和怨尤，当然是从余芳菲那里收受来的啰！她不知该对这个姑娘热络点还是客套点？此刻她又最羞于提起全票当选区长的事，不过年余，工作中就出了这么大的纰漏，难以向全区人民交待啊！

姚秀帘见史引霄沉默无言，便横了姚紫缇一眼，当着阿哥的面又不便斥责她，只道了句："公道自在人心嘛！"顺手舀了一碗小馄饨，"紫缇，给你小姑夫送去，他不吃，你就放在他手边的床头柜上好了。"

紫缇应道："大姑妈你放心，我会哄小姑夫吃的。"便端了碗，凌波仙子般盈盈走去东厢房了。

姚秀帘叹道："近几年就发现这孩子跟小时候不一样了！"一边替姚秀璋和史引霄各盛了大半碗馄饨，放到他们跟前。又舀了一碗，目光投向许久不出声的南渡。南渡向前道："姚阿姨，你吃吧，我自己来！"取了一只碗只舀了浅浅半碗，退至墙边椅子上坐下。姚秀帘、姚秀璋和史引霄三人围坐在八仙桌边上，一时都无语，只有调羹舀馄饨时撞击碗壁的玎琤声——姚家的厨具都是十早年代的老货，听着特别清幽脆弱。

吞下两只馄饨，姚秀帘又拾起方才的话头，道："多半是因为近来跟她母亲走动得勤快起来。"眼角悄悄瞄了下姚秀璋，姚秀璋好像整张脸都埋进馄饨汤中去了，姚秀帘便道："你说阿哥平反后，落实政策，房子也换大了，紫缇非要外面租房单住，说是离单位近，也近不了几脚路，倒是与余芳菲贴隔壁弄堂了！"

史引霄心也咯噔了一下，并不露声色，因问道："老姚你独自生活，有什么困难？

要不要请个保姆?"

姚秀璋从碗中拨出面孔,瘖哑道:"四肢健全,我还不是个废人吧?"又呼噜了几下,"再说紫缇隔三岔五回来看我的……我倒担心的是他!"扭头朝东厢房睃了眼。

姚秀帘为难道:"我也没法子长久搬过来住呀!"

史引霄拍拍她的肩胛,她是最晓得的姚秀帘的难处的。姚秀帘曾经有一段短暂的婚姻,丈夫是出色的化学工程师。1949年,国民党撤离大陆,秀帘丈夫奉命去了台湾。两年后,由于叛徒出卖,中共台湾地下党遭到灭绝性的破坏,秀帘丈夫因之壮烈牺牲,却因种种原因不能公布于众。秀帘得知惨讯,悲痛欲绝,为了瞒住婆母,只得强忍悲痛不露声色。改革开放后,两岸开始了三通,婆母一直催秀帘通过台办联络儿子。秀帘只好自己写了信托人带到香港寄回来,说是她儿子在台湾已另组家庭,有了儿女。为守这个谎言,秀帘自己竟再不嫁人,悉心服侍照顾年迈的婆婆。

史引霄此时已思虑成熟,道:"解九江以后的生活你们不用操心,他是英模,区民政部门一定会妥善解决的。第一步,可以跟警备区协商,能不能让老解住进部队的干休所?第二步,请警备区与云南边防部队交涉一下,把红旗调回上海,也可继续当兵,也可转业。你们看呢?"

"红旗哥哥要调回上海了?"姚紫缇正出厨房,听到最后一句,欢喜问道:"什么时候到家呀?"

姚秀帘道:"你引霄阿姨就这么一说,八字还没一撇呢!"

姚紫缇便道:"一区之长发话了,还有办不成的事吗?"

史引霄极不喜欢姚紫缇说话的口气,这和小姑娘青春亮丽的外貌极不相称。却因她是姚秀璋的女儿,且又青娥素女般的年纪,故也不便表露什么,只当风过耳。见她捧着只空碗,借机岔开话头:"紫缇你小姑父把馄饨全吃下去了?"

紫缇眉飞色舞道:"我跟小姑父说,这馄饨是小姑妈亲手剁馅擀皮子做的,小姑妈要看着你吃光它。小姑父闷声不响,一只一只,一气把它吃完了!"

姚秀帘长长吁了口气,"这小馄饨哪里及得上阿琴做的呢?"说着看着姚秀璋,"阿哥你说呢?"姚秀璋只呼噜了几下,表示赞同。姚秀帘又道:"紫缇呀,你小姑父一直夸你心巧聪明,哪像红旗哥哥椎鲁拙讷。"随即幽幽地却是很着力地剜了姚紫缇一眼,"你到这个家来的时候不满周岁,红旗哥哥刚过了周岁。你小姑妈产后虚弱,回了奶,请了个奶妈。是小姑妈定下了规矩,首先喂你,你吃饱了,方去喂红旗。你想想,乳汁精华都先被你吸收了呀!"

五十年代中期,姚秀璋因受潘、杨案的牵连被捕入狱,余芳菲随即与他"划清界限"而离婚,并调往北京工作。余芳菲在离开上海前将八个月大的小紫缇留给了姚家。姚家两姐妹争着收养阿哥的亲骨肉,姚秀琴便对姚秀帘道:"阿姐,你把紫缇留给我哟,你晓得的,我一直想要个女儿,结果养了个光榔头。再讲,养一个小毛头和养两个小毛头多不了多少事,你有空啊,也好常过来陪陪他们嘛!"姚秀帘自己没生养,带小孩无从下手,便就同意把小紫缇放在妹妹家里,她自己每个月硬把一半的工资塞给秀琴。

姚紫缇扭着身子道:"哎呀大姑妈,你不要老揭人家的短呀!"便吃吃地笑了一阵。

靠墙坐着的南渡，在姚紫缇矫揉作态的笑声中很不自在，便立起身，到八仙桌边收拾了碗匙，端去了灶披间。姚秀帘想阻止她，史引霄道："你就歇会吧，南渡也是在广阔天地里锻炼过的人。"

姚秀帘终于忍不住，问道："她不是嫁给陈时模的儿子，扎根老区干革命了吗？怎么又回上海了？"

史引霄鼻腔里喷出股闷气，瓮瓮道："离了！"

姚秀帘吃惊地张了张嘴，一巴掌捂住了，没出声。定定地看住史引霄，少时才道："你宽宏大量，又认她……"抬眼看南渡从灶披间出来了，下半截话慌慌吞了回去。

南渡只消听半句便也知晓全部了，挤着笑道："姚阿姨，我是受老区《铁军》杂志委托专来采访引霄阿姨的呀！"

姚秀帘掩饰着尴尬，道："对对对，应该的，应该的……"

"咣——咣——咣——"姚秀帘话音未落，何处钟声訇然响起，洪亮且悠长，非要把人心击穿似的。

屋里众位刹那间都不出声了。姚家兄妹互相对望了一眼，两副眼中全是疑惶惊骇。他们又同时把目光转向客厅西北墙角落，原来那里站着一台一人高的花梨木立钟。他们眼睁睁看着玻璃罩里面古铜的摆锤左一下，右一下，不急不缓地摆动着，撞击出那恢弘的声音！多少年了？自他们的父亲用两根"大黄鱼"顶下这几间房间，这座钟就立在那里了。前些年，姚秀琴厂子里的工人造反队上门抄家，将这座老钟砸倒在地，玻璃罩破碎，钟摆断裂。幸好，解九江有"战斗英雄"的头衔，姚秀琴一家总算避免了扫地出门的困境。那年，姚秀帘来帮妹妹收拾房间，姐妹俩合力将这座钟扶起，立在老地方。

姚秀琴请了厂子里师傅帮忙，换了玻璃罩，焊接了钟摆，却无法让这座钟重新走动，重新摇摆，重新报时。姚秀琴还想去找钟表师傅上门修理，姚秀帘却道："由它不声不响倒好。这种时候，整日价哐哐哐，惊天动地的，怕招人是非！"姚秀琴总是相信姐姐，便买了只碗口大的小闹钟，日常看看时辰，要紧关头也可定时报时。

可是这座沉默了十多年的老钟却在姚秀琴殉难之际突然就发声了，而且发得如此莘莘大端且慷慨从容！

史引霄是知晓这座老钟的前世今生的，也同姚家兄妹一样的隐隐心动：莫非，是阿琴的英灵感应？莫非，阿琴还有什么未了的心愿叮咛嘱托？她情不自禁立起来，迎那钟声走去……

"钟响了！钟响了！"东厢房的门砰地一声撞开了，解九江竟然坐着轮椅挪至房门口，大声吼道："快去告诉阿琴，钟又响了！"

众人都惊遽。姚秀帘头一个冲过去，扶住轮椅的把手，道："九江，阿琴晓得了，阿琴晓得钟修好了！"边说着，将轮椅推至客厅中央，对着照片上姚秀琴憨厚率真的笑脸，眼角已是泪水横溢。

姚秀璋呼噜着道："解九江，今天大家来为阿琴守灵，这老钟也通人情，难为阿琴日日擦拭它，也来为阿琴送行了。"

史引霄双手撑在轮椅把手上，俯下身子，道："解九江同志，姚秀琴是全区基层干部的好榜样，我们要为她请功，少不了你要提供她的先进事迹！"

解九江忽就安静下来，重又凝成一具石像。

钟声停住了，余音铮铮地仍在屋中环绕回旋。钟面上，时针分针合拢，停在"12"上。

香炉中的香均已燃尽，却仍有浓浓的檀香味在姚秀琴的笑脸周围氤氲悬浮。

史引霄直起腰，注视着姚秀琴笑意满满的双目，道："正好半夜了，老解也在这里，我们再给阿琴上一轮香吧！"便率先点了香，默默合掌，随后插入香炉。接着姚秀帘点了香递给解九江，解九江垂目入定。姚秀帘为自己点燃了一炷，默祷后，取解九江那炷一起插入香炉。随后，姚秀璋、姚紫缇和南渡依次上了香。

沉默一阵后，姚秀帘缩了缩鼻子，俯腰轻轻问道："九江，都过半夜了，我推你进屋休息吧？"解九江依然不作回应，姚秀帘试着推动轮椅，见他并不反对，便径直推进东厢房去了。

史引霄摇晃着酸胀的颈脖，道："老姚你也去躺一会吧，有我和秀帘守着就行了。"

姚秀璋呼噜呼噜地摇着手，许时方出声："史引霄你守着不行，应当我和秀帘守嘛！"

姚秀帘从厢房出来，长长吁气，"总算躺下了……"却听得姚秀璋的说辞，便道："你不让史引霄守着阿琴，于公于私……怕她睡也睡不安宁的！"忽见两位年轻姑娘花萎叶衰般蔫不拉唧的面容，忙道："紫缇啊，你们熬不起夜的，你陪南渡姑娘到亭子间去靠一歇吧。你红旗哥哥的床有四尺宽，你们两个笃定躺得下。"

姚紫缇道："我晓得了，大姑妈，我会照顾好南渡姐姐的。"

南渡还想提出异议，却被姚紫缇一把拽上楼梯了。

待两位年轻姑娘离开，秀帘便问道："雪弓见着她了？"

引霄皱皱眉，"不太清楚，我也才见着她。"

秀帘迟疑一下又问："你，没打算再招她做儿媳吧？"

引霄一挥手，有点不耐烦，"他们年轻人的事，我管不着。"

秀帘幽幽叹口气，"兰畦的女儿还是独守闺中？四十多了哪？"

引霄也轻轻呼口气，"那孩子，独门心思，我又不好催她。"

时过宵分，此刻是夜最深沉之际。雨是早就收净了的，屋檐口隔一歇仍会有残珠滴沥一声，滴沥一声，落在天井的青砖地上，隐隐漫开如线如影的回音，其声凄凄，令人黯然销魂。

史引霄胸口憋得难受，道："秀帘开点窗好不好？这屋里氧气快用尽了吧？"

姚秀帘瞟了她一眼，便哐啷推开两扇木格子长窗，一股湿漉漉凉森森的空气哗啦啦淌进屋，史引霄靠住窗棂，张口深吸了一下。天空被早前的细雨洗刷得极干净，透明的深藏青色，时不时，有颗星闪烁一下，灭了；又有颗星闪烁一下，又灭了。

姚秀帘取出一只青瓷提梁壶，从锡罐里撮了两把茶叶丢进去，拎起喜鹊登梅图案的铁壳热水瓶，咕咕地往壶里灌了大半壶水，盖严实了，道："泡个十来分钟，那茶味才出来。"又道："这茶前几日才寄到，老家姊娘讲，祖屋后山坡上的那一片野茶树前些年枯死了一多半，仅剩十几株了。她只是在那面坡上养了几十只鸡，哪知雨水前后老茶枝竟冒出新芽。姊娘摘了统共不足五斤，自己揉炒了，给我寄了一罐，估摸三四两吧。引霄你喝了若喜欢，便拿回去。"

史引霄道："不用，在你这里品茗一下就足够了。我睡眠不好，怕喝茶。"

姚秀帟道："分一半给你带走，你们家那位大艺术家是一把茶壶不离手的。"边说边取出青瓷小茶盅，分别给姚秀璋和史引霄斟上大半杯茶汤，亦为自己斟了半盅。那酽酽的茶汤呈蜜黄色，聚在娇绿的青瓷杯中，宛若一块琥珀，并自带山野的气息，十分诱人。

史引霄心焦口燥，耐不住吮了口，烫得直咝咝，仍赞道："到底家乡茶最香最醇哦！"

姚秀帟道："你看你，官也做得不算小了，罪也受过，福也享过；也磨难过，也荣耀过，就是毛躁的脾气改不掉！"

姚秀璋应道："正所谓仁者不以盛衰改节，义者不以存亡易心嘛！"

史引霄摆摆手，道："老姚你不要给我抬轿子戴高帽子，我已是焦头烂额，哭不出也笑不出了！"

姚秀璋朝茶盅吹了吹，慢吞吞抿一口，竟也不呼噜了，道："我虽不是阴阳先生也不是蓬莱仙师，不过一听到是她给你当副手，便断定你没有太平日子了！"再抿口茶，又道："蝮蛇口中舌，蝎子尾后针！"

史引霄沉吟道："老姚你的评价极端了点，实事求是讲，她余芳菲工作能力强，理论水平也不差，只是嘛……"

姚秀帟无奈道："史引霄你的肚肠是不是能够稍微绕几个弯呢？"

史引霄炭精般的眼乌珠在他兄妹俩面孔上来回扫了几遍，终于下定决心。姚秀帟让自己做事情肚肠要弯几弯，他们兄哪里晓得，她已经是殚思竭虑，回肠九转了！

"秀帟，今晚是特殊的日子，破例让我抽棵烟吧！"史引霄边说边习惯地摸口袋，什么也没摸着。一定是麦蛾，严格执行平楚的嘱咐，把她身上的烟都没收了。

姚秀帟嗔道："你不要命啦？忘记那年胃大出血的恐怖啦？要让平楚晓得，真要跟我拼命了！"

姚秀璋呼噜了一下，道："秀帟就破一次例吧，我也想吸上几口。"

姚秀帟便不言语，蹋蹋蹋，走到一架五斗柜前，拉开抽屉翻了一会，摸出一包硬壳牡丹烟，抽出一支递给史引霄，又抽出一支递给姚秀璋，正色道："阿哥，烟点着了，你只准吸三口！否则，老慢支发作再厉害，我也不来管你！"

姚秀璋道："只吸三口，半口也不多吸。"讨好地朝姚秀帟送个笑，把面孔挤成老树皮般。

史引霄已经性急火燎地把烟点上了，狠命吸了口，憋了一会，方才慢吞吞吐出烟雾来。隔着雾帐她便问了："老姚，当初你是怎么认识余芳菲的？"

姚秀帟冷笑道："是个男人，没有不受妖媚蛊惑的！"

姚秀璋浅浅吸了口烟，便吭哧吭哧地咳起来。姚秀帟急了，从他指间抽出烟，揿灭了，恨道："当初我跟阿琴都是反对你跟余芳菲结婚的！你说秀琴给你介绍的那个女工多少温存，也是个党员，人也长得周正，你不要，偏被余芳菲迷得晕淘淘了！"

姚秀璋咳停了道："也许我跟她都是在隐蔽战线工作的，自然有一种亲近感吧。"话音未落，又咳起来，咳得撕心裂肺，拼命要把什么咳出来似的。

姚秀帟慌得替他抒背脊，还想嗔怪，

91

却被史引霄使个眼色，便咬住嘴唇不说了。史引霄拎起提梁壶给姚秀璋茶盏里添了茶，姚秀帘便端着，喂姚秀璋喝了两嘴，方才平息下来。

姚秀璋瓮瓮道："老史，你不会真对我当初那点风花雪月的事感兴趣吧？"

史引霄点点他："到底是搞情报工作的行家，我那几根肚肠再怎么绕，也逃不过你老姚的眼光！"也将烟撅灭了，喝口茶，直逼逼看着姚秀璋："我想知道余芳菲1942、1943年间是否去过苏北根据地？"

姚秀璋怔忡了一下，道："这个我真不太清楚。"

史引霄怪道："你们毕竟也在一起生活了四五年，怎么连她的履历都不清楚？"

姚秀璋道："老史你应该知道嘛，那时候我在公安局社会处搞反特反间谍工作，我们要谈恋爱，要结婚，对象都要经过组织上的审查和考察。余芳菲的父亲是资本家，我们差点就分手了。三反五反中她积极配合政府做她父亲的工作，表现不错，经组织批准，我们才结婚的。既然组织上都认可她了，我还有必要去盘问她的来历吗？你也知道解放头几年肃反工作十分复杂十分严峻，我忙得三日两头不着家的，夫妻凑到一起谈情说爱的机会都很少，哪里还会打听人家的履历？"

史引霄忖忖也是的，1955年潘（汉年）杨（帆）案件猝发，姚秀璋作为公安局侦察部门的骨干受牵连入狱，余芳菲随即与他离了婚。想来他们之间尚未到知根知底的亲密。她仍存一丝侥幸，问道："余芳菲还用过其他别名没有？这个……你总该了解吧？"

姚秀璋挠了挠硕大的脑门，道："我跟她初识之时，她叫方非，周边同志也都叫她方非。后来我们登记结婚，她母亲要求她用回家族的姓氏，她才改回到余芳菲了。"

史引霄长长地"哦"了一声，心里多少有些失望，却也像卸下一个包袱，着实松了口气。

姚秀帘斜眼望着她，"你个大区长，倒有闲情关心那种女人？怎么？你还想给她介绍对象？"

史引霄耸了下肩胛，苦笑道："哪用得到我介绍？人家最近喜得良缘呢！"

姚秀帘飞快瞟了姚秀璋一眼，嘀咕了一句："萦缇回来怎么只字未提？"看阿哥沉稳如磐，一口一口地抿茶，才问："一准找了个大官吧？"

姚秀璋手掌拍了下桌子，"随她嫁玉皇大帝东海龙王，管得着我们吗？"声音像闷雷滚过。

姚秀帘操了史引霄一下，史引霄忙道："老姚对不起对不起，原是不该提这些往事。从前我跟余芳菲不熟，只在你家见过两次，她又高傲，不怎么跟人搭腔。前几年，她调到我们区里工作，接触自然多了。有几次她脱了眼镜，我忽然发现她像极了一个人……"

姚秀帘噫地冷笑道："是有人说她像三十年代的哪个电影明星的！"

史引霄道："像不像明星我不知道。当年我在苏北茆围子当区委书记，曾处理过一桩叛逃案子。我总觉得余芳菲某些神态跟当年那位叛逃分子有几分相似。"

姚秀璋手笃笃敲着桌面，沉吟片刻，道："'文革'中倒是有她单位的造反派到监狱来提审我，核实有关她的各种问题，确实没有提及她曾到过苏北的事。倘若她真是你所说的那个叛逃分子，组织上不可能批准我和她结婚，造反派更不会放过她了。"

姚秀帘道："我是恨不得她就是个漏网的叛逃分子呢！"

史引霄便摆了摆手，"也许是我多心了。不提她了！"拎起茶壶往茶盅里灌，茶汤潺出，她仰脖倒入口中。

三人各转心绪，都沉默下来。那壶茶续了两遍水，已经寡淡了。姚秀帘见史引霄一盅一盅地喝个不停，便道："比白水还淡，我去重泡一壶来。"

史引霄拦下她，"好了好了，再喝下去，我快成精了。"瞄了眼腕表，疑惑道："过两点了！奇怪，那钟方才报了十二点，如何又不响了？"说着朝屋角落瞟了一眼，果然，那座钟面上时针分针重叠在"12"上，丝毫没有挪动过！姚秀帘过去一只手推推钟座，又"叭叭"拍打钟面，都无济于事。姚秀璋呼噜着道："这钟原就是座废物，方才，是阿琴借它跟我们告别……"姚秀帘道："阿哥，你们共产党人也会信灵魂之说？"姚秀璋言词清晰起来，念道："天地有正气，杂然赋流形；下则为河岳，上则为日星。於人曰浩然，沛乎塞苍冥……是气所磅礴，凛冽万古存。当其贯日月，生死安足论。地维赖以立，天柱赖以尊……"

在姚秀璋缓缓颂读文天祥《正气歌》之时，史引霄再为姚秀琴上香，姚秀帘亦跟着上香。袅袅的香线盘旋着，轻轻盈盈地飘散开来，飘出洞开的窗户，散入空旷的夜幕。夜幕愈是黑得浓重，树影屋脊线上，停着浅淡幽微恬静的一枚下弦月，像极了姚秀琴遗像上的笑容。

14

"兰畦"里的家宴，盖因史引霄与平楚的缺席，虽有满桌的珍馐佳肴助阵，总像缺了角儿的一出戏出不了彩。众人的情绪原本都烈焰腾腾的，又因多了姬瑜和李沫丁两位稀客，便收敛了许多，气氛愈是规矩而疏淡了。

史雪弓原是应该替父母亲来掌控全局的，并且他特意隐而不宣，突然将女友带进"兰畦"，也是想给母亲的寿宴添一份惊喜。不料遭遇萧南渡，令他猝不及防而有些失态。此刻，他生怕姬瑜会不会察觉什么？只顾拼命讨好女友，不断为她搛小菜，咬着她耳朵说着什么，哄得姬瑜双瞳剪水，粉脸含羞，只是抿嘴笑。

平雪砚性格向来贞静持重，给头次见面的姬瑜和李沫丁敬了酒，以表待客之诚，接着便无了响动。浅浅地抿酒，细细地品菜，只一对像极了母亲的黑眼珠并不消停，悄悄地从一张脸转到另一张脸。

平雪墨相貌随父亲脾气随母亲，里外场合从来少不了她的声音，嬉笑嗔骂，不拘形迹，今番却是少有的沉默。说她沉默只是不开口说话，动静仍是不小，倒酒哗啦哗啦的，嚼菜吧嗒吧嗒的。坐她边上的雪砚不时扯她后衣襟拱她腰眼，暗示她注意形象。雪墨不理睬雪砚的提醒，我行我素。她是借夸张的举动发泄心中的闷气。这算哪一出啊？史引霄同志和平楚同志竟都缺席，史雪弓同志的魂灵又全让那位娇娆富态的姬瑜勾去了，倒让翠姑妈和凭空冒出的一个老少难辨的堂哥李沫丁占据了主角的位置！

也难怪雪墨动气，从开宴起，翠姑妈

沙哑却热络的声音便不曾消停过。翠姑妈许多年没这般兴奋了。自兄长们携家移居南洋后，她李翠在上海滩只剩下两位血缘至亲，一位是同父异母的弟弟李翱，另一位即是长兄外室所生的侄儿李沫丁。只今晚，她终于拉线搭桥，将他们聚拢在一起了。虽则翱弟弟没显身，毕竟阿丁是坐在了他小叔叔家的客厅里了呀！更有甚者，她竟在"兰畦"见到了丈夫旧交姬先生的闺女，并且这闺女已然是翱弟弟未过门的儿媳妇了！喝了几杯花雕，微醺中，她愈是打开了话匣子，子丑寅卯敷衍排场，还不时地与姬瑜套近乎，姬瑜每每婉顺却不失矜持地应答她，哄得她翠姑妈心里十分熨帖，啧啧称道："雪砚雪墨，你们要跟姬小姐学着点哦，到底是大家闺秀，底气不一样。"平雪墨朝史雪弓瞪眼睛，史雪弓仰首伸眉作得意状，平雪墨扭头朝青玉姐努嘴蹙眉，史青玉便朝雪墨妹妹莞尔一笑。

史青玉大概是一桌子人中最有耐心倾听翠姑妈絮叨的了，以她的身份，又总是会顾及每个人的心情，斡旋调停得合家欢喜。此时她趁翠姑妈殷殷地替姬瑜搛菜的工夫，举起了小半杯红葡萄酒，浅笑道："姬瑜妹妹，我敬你一杯。雪弓保密工作做得太好了，弄得我们大家都措手不及。所以雪弓你要自罚一杯！幸而往后便是自家人了！"说罢先将杯中酒倒入口中。

姬瑜也是红葡萄酒，瞟了雪弓一眼，道："不要让他罚酒了，昨晚他搞论文提纲，一夜天没上床。该罚我的。"便将酒杯斟满了，团圈碰了杯，只雪墨拿杯子在桌面上"笃笃"磕了两下，好不情愿地抿了口。那姬瑜并不在意，举杯，缓缓地，一口又一口，将杯子饮完了。

"好酒量！"史青玉赞了句，又斟了半杯酒，擎向了李沫丁。"阿丁兄弟，倒总是听翠姑妈念叨你的，以后常来走动哦。"便互相碰了杯。李沫丁仰面干了，青玉只抿了口，又问道："听讲你还是浙江大学历史系的高材生，你哪一年毕业的？"

李沫丁喝了点酒，颧骨油亮且熏红，道："惭愧惭愧，我1965年毕业的，当时分配到贵州一个县城的文化馆，只因我母亲身体有病，为了照顾她，我就回上海了。"

平雪墨好不容易捉住了把柄，长长地"哦"了声，不无讥讽道："阿丁哥哥，原来你不服从分配，回家吃老米饭的！"

史青玉原是想挑李沫丁话题讨翠姑妈开心，她跟李沫丁同龄，因上医学院，便晚毕业两年。却被雪墨这么横扫一枪，也有些尴尬，又不能叱责雪墨唐突，又不能让李沫丁更难堪，委婉道："自古忠孝难两全，是吧？婶娘的毛病后来好些了吗？"

李沫丁一时无语，端着酒杯入定一般。翠姑妈肉眼睑鞭子般甩了雪墨一下，叹道："我这位小阿嫂终究命薄了点，没享到阿丁的福！"

史青玉无意触到李沫丁痛处，倒不知再从何处开口，嘴唇翕动着，声音却咽着。

雪墨岂肯偃旗息鼓？不依不饶道："说起忠孝难两全，阿丁哥哥，既然你学的是历史，总晓得自古汗青留名的英雄，哪个不是舍小家顾大家，为国家为人民鞠躬尽瘁，死而后已啊！"

这会史雪弓发声了："小妹说的不错，这世界上再没有比得上中华文明古国几千年发展史的可歌可泣了。当年考大学填志愿，我在历史系和哲学系之间犹豫许久，历史学研究自然界和人类社会发展的过程；哲学呢，是探讨世界观、价值观、方法论的学说。这两门科学我都很想学习，最后选了哲学系，是考虑到正确的历史观必须建立在正确的世界观、价值观上，并且要用科学的方法论去解剖、去概括。历史使人明智，而哲理使人更深刻……"

姬瑜在桌底下踩了他一脚，反过来替他搛了只大虾，"酒喝多了，吃点东西！"

史雪弓意犹未尽，继续道："就我这些年学习体会，各门学科你中有我，我中有你，融会贯通方能有所获得。最近我选修了一门先秦诸子的哲学思想课，想那孔老夫子，数次被人打倒，又数次被人捧起，究竟有多少人真正读懂了他呢？《论语·公冶长篇》中有一段话，蛮有意思的，'子曰：宁武子，邦有道，则知；邦无道，则愚。其知可及也，其愚不可及也。'恐怕阿丁哥是将那'愚'字反复咀嚼过了吧？"

雪墨听出哥哥在帮李沫丁解围，气鼓鼓翻了他一个白眼，欲想反驳，那李沫丁却已站起，双手捧杯高擎着，恭敬道："雪弓兄弟，崇论宏议，让我顿开茅塞。白丁虽妄长你一段年岁，不胜愧汗啊！也是误打误撞，只因打小喜欢看《七侠五义》《隋唐英雄》这类小人书，才去读了历史系的。"

一直倾听着的平雪砚却觉端倪，问道："阿丁哥哥，有一点我想不通，你是历史系的高材生，却为什么在小学校里教画画呢？"

李沫丁坐下了，两手指甲长长的，拇指与食指捏着酒杯缓缓转动，道："正如雪墨小妹说的，我不能老赖在家里吃老米饭啊。母亲去世后，正遇着街道民办小学招收美术和体育老师，我便去报名了。人家正规美术院校毕业生哪里肯到小学里教书？也是老天赏我这口饭吃，一晃也快十个年头了。"

翠姑妈横竖是要帮这个侄儿美言几句的，道："阿丁画画也是正经拜了师的，他师父的师父就是民国时大名鼎鼎的海派大佬郑午昌，阿丁是货真价实的郑门入堂弟子哦！"

李沫丁高颧骨又泛红了，叹道："我一直记得爷爷活着时常对我说的一句话，不要家财万贯，只要薄技在身！是爷爷坚持，要我去学画，等于推开了一扇宝库的门，获得了取之不尽的宝藏。"

雪砚和雪墨深深地对视了一下。对于爷爷，她们一无所知，印象只有那张黄脆的旧照片上鹤发童颜、目光炯炯的模样。想深入了解，就连一向直言不讳的雪墨都有些胆怯。

史雪弓却掩饰不住十分的遗憾，叹道："阿丁哥哥你好幸运，亲聆爷爷教诲。我们是连爷爷什么样都不晓得，只道他是个商人，竟有这等博识雅量！"

李沫丁眼中似有泪光，道："爷爷在上海滩颇有些名望的，他是商人，却也是艺术品鉴赏家，文物收藏家，民国初的那些海上翘楚，都与他往来甚笃。"稍稍迟疑片刻，小心翼翼道："我也是听父亲说起，翱叔叔当年能够进新华艺专学西画，虽有董家力荐，也因校长徐朗西得知翱叔叔是爷爷的小孙子的缘故……"

话未讲完，客厅的门被砰地推开，这正是应了"说到曹操，曹操就到"的谚语，门框里站着的竟是平楚！仍穿着沾染颜料的旧外罩，老光镜回在额头上，右手还握着支大号油画笔。

"爸！"雪砚雪墨曜地站了起来，惊喜地喊道。

青玉连忙离席，边道："楚爸爸你大功

告成了？太好了，正好大家一起庆祝一下！有十年陈的花雕，还有你最馋的红烧蹄髈……"眼角余光扫到蹄髈碗里所剩不多了，舌尖一转，"哦，雪弓筷下留情，替楚爸爸留了一块。"正要斟酒，却被平楚用手中捏着的画笔挡回去了。

"我不饿，中上麦蛾端上来的那碗面还没动过呢！"平楚眼乌珠绕着桌子兜了一圈，道："我下来看看你们妈妈回来没有？她要是到家了，叫她马上到书房来，我有要紧事体。"说完便抽身要走。

翠姑妈哪里受得了这番冷落，大喊一声："阿翱你给我站住！"

平楚一只脚刚踏出门，又收回来，道："翠姐姐还有啥事体？我上头一张画还没有收拾好，明天就要交差的！"

翠姑妈捉牢李沫丁一条胳膊拽着他走到平楚跟前，道："你兄长的儿子特为赶过来给小婶娘做寿的，亲亲故故远来香，你倒好，面孔板得铁乌青，招呼也不招呼一声？算哪一出？当年好姆妈哭哭啼啼来寻我，我要像你的做派……"

史玉青扬臂挽住翠姑妈的肩膀，笑道："楚爸爸他并不晓得阿丁兄弟来呀，翠姑妈你还没给他们引见呢！"

翠姑妈下半截话统统堵在嗓子眼里了。旁边，李沫丁识趣地双手作揖道："小爷叔，我就是阿丁呀！一直想来给叔叔婶婶请安的，前几年时局不定，怕给叔叔婶婶添麻烦。如今河清海晏，正逢婶娘寿诞，冒昧登门拜谒，不周之处，还望小爷叔涵容。"

一番文绉绉的言语让平楚不得不笑脸相对，道："哦哦，你就是白丁吧？我看到过你在报纸副刊上发表的山水长轴，颇得郑氏精髓。不错不错……"像是还有话讲，却咽回去了，喉结上下蠕动着。

翠姑妈一下子兴奋起来，喊道："麦蛾，阿丁送小爷叔的颜料呢？快拿过来呀！"

麦蛾赶紧从茶几上捧起那盒印花桑皮纸包着的颜料，递到了平楚的鼻尖下。

李沫丁垂着眼皮勾着脑袋，巴结道："这牌子的颜料小爷叔一定听到过的。我有朋友是做颜料生意的，小爷叔如用得上手，尽管吩咐我去买好了。"

平楚从额上拉下老光镜，接过颜料盒子横过来竖过去看了看。翠姑妈在边上激动得眼睛里闪着泪光，银针般一闪一闪。等了片刻，平楚却只客气地说了"谢谢"两个字。

这边史雪弓已将姬瑜推到了父亲跟前，道："爸，再给你介绍一位客人：姬瑜，我们学校外语系的研究生……"嘿嘿一笑，声音却隆重起来，"不久的将来，便是你平楚同志的儿媳妇啦！"

姬瑜一张面孔涨得通红，微微鞠了一躬，轻轻喊了声："伯父，您好！"

平楚睒睁着眼，忽就露出了贝壳般的虎牙，用画笔在儿子头顶心敲了两下，笑道："你这混小子，给我们来个突然袭击啊！往后你要欺侮人家看我怎么收拾你！"

雪墨大声道："爸，哥没有那个胆量，你放心好了。"

一众人都笑起来，这场家宴到了这一刻方有了欢乐的气氛。

"雪砚、雪墨、青玉，"平楚舞着画笔一一点下来道："你们要代爸爸妈妈用心招待客人哦。"又转向翠姑妈道："阿姐，你在这里又不是客，你就多担待些嘛！"又跟李沫丁、姬瑜招呼了："你们尽兴，大家都尽兴，多吃点，多喝点。"这才退了出去。

翠姑妈觉着在娘家侄子跟前挣回了面子，便又兴冲冲地张罗起来，要麦蛾跟她到厨房炒面条，下酒酿汤团。雪砚道："翠姑妈，吃不下了，不要做菜了。"雪墨应道："是啊，还有蛋糕呢！"

翠姑妈本已走到门口了，听雪砚雪墨这一说，便立定了，眼珠子兜了一圈，道："要不，现在就切蛋糕？"

雪墨一个"好"字刚出唇，却见姬瑜袅婷婷站了起来，微微笑道："我有个建议，大家看行不行。蛋糕上裱的字是祝伯母六十寿诞的，不如将这蛋糕留着，待伯母回来再打开，也算我们小辈的一分心意。"

众人听了皆说好，史雪弓美滋滋朝姬瑜挤眉弄眼。雪墨虽有不甘，这样的主意该是做女儿的提出才是，倒被初次上门的准嫂子抢了头功！怨不得人，直眉瞪眼地生闷气。

翠姑妈气势十足地一劈手，"我做主了，酒酿汤团不做了，长寿面总要吃一筷的。麦蛾，走，炒碗两面黄出来。让他们吃不下还要抢着吃。"

待焦黄香脆的两面黄端出来，加之浇盖了韭黄笋丝炒肉丝，色香先是诱人了。争奈忙碌兴奋了一天，又有许多情绪的涨落起伏，身心都乏了，大大削弱了饕餮们的战斗力。每人只是象征性地挑了几筷吃了，竟还剩了大半盘，翠姑妈自己看风势收篷，道："真正的事有斗巧呢，这些留给寿星跟阿翱，不多不少。"于是吩咐麦蛾收拾碗筷进厨房，青玉、雪砚自然一起动起手来。

姬瑜坐不住了，站了起来。她一动，史雪弓也动了。翠姑妈一手拦一个，道："雪弓你给我坐着。又不是没有牛，要使马去耕田！你们俩陪了阿丁讲讲闲话，我去重新泡两杯茶来。"

姬瑜忙拦道："翠姑妈不必再泡茶了，喝多了怕晚上睡不深的。你也休息会呀。"

翠姑妈笑得爽气，"哪里能歇呢？我得到厨房盯着点，麦蛾这个姑娘改不了苏北人的脾气，做事情脱头落襻的。"便蹭蹭地转去厨房了。

李沫丁移到了史雪弓边上，面有窘色，欲言又止的样子。

史雪弓因翠姑妈的吩咐，从闲处着手，道："阿丁哥哥，你在学校一星期有几节课呢？还有时间自己搞些创作吗？"

李沫丁有些心不在焉，仍恭敬答道："星期一到五每天有课的，星期六是辅导兴趣小组活动。工作量不很重……"瞟了雪弓一眼，"近两年，画得少了，偶尔动几笔。"

史雪弓一拍脑袋："哦——阿丁哥孩子该上学了吧？"

李沫丁摇摇头，却显得特别平静，道："我曾结过一次婚，没两年，就离了。一个香炉一个磬，一个人一个性。放在一间屋里，总要丁零当啷响的。我是寂寞惯了，一人吃饱，全家不饿。"

史雪弓没料到扯闲话扯出了阿丁哥哥的软处，哼哼哈哈反倒舌头调不过来了。此刻李沫丁声音忽就坚定起来，道："雪弓兄弟，我已决定，从学校辞职了！"

史雪弓与姬瑜都惊讶得挺直了腰身，不错眼地盯住李沫丁。雪弓甚至觉得这位堂兄像吞下什么灵丹妙药，深陷的眼珠突然光亮了，整个人都精神起来。

"哦？你也想下海做生意？"史雪弓回过神，颇有兴趣地探究道，"做什么买卖？饮食？服装？有规划了吗？"

97

姬瑜忙道："阿丁哥，虽是小学老师，毕竟也是公职，前后事情总要想清楚了呢。"

李沫丁道："为此事我已经想了很久，不为赚钞票，我是想把爷爷要我做的事体做起来。现在上头政策允许了，如果我按兵不动，睏梦里见到爷爷，交待不过去呀！"

史雪弓笑道："原来阿丁哥是临危受命，手捧尚方宝剑。爷爷究竟要你做什么事体呢？"

李沫丁将垂到眼梢上的一缕银丝撩到耳后，道："爷爷生前一直想做个藏艺馆，或者叫展宝厅。总之，他手中是收藏了一些东西的，当初要在老城厢顶下一幢楼，也相中了，不过……造化弄人，爷爷忽然就仙逝了。"

史雪弓稍忖，道："阿丁哥你想做书画生意啊？这可是需要有雄厚的资金，还要有美术、历史、文化、社会各方面的知识储备，看来，阿丁哥是胸有成竹啰？"还想说下去，脚趾在桌子底下被姬瑜狠狠踩了一下，哑哑地倒吸气。

李沫丁因为兴奋，并没有察觉动静，道："八字刚刚起笔，斗胆想向小爷叔讨教一二的，看着他忙成这样，也不好开口了。方才听了雪弓兄弟一番高论，这才是不钻不穴，不道不知，真神原来就在眼前。"竟就立起，向史雪弓作个揖，"不知雪弓兄弟肯不肯拨冗施教，帮白丁筹划一二？"

翠姑妈和青玉、雪砚几个正从厨房返回客厅，听着了最后那句话，翠姑妈笑道："雪弓，你要能相帮阿丁做这桩事体，李家老祖宗们一定会显灵的，兄弟齐心，其利断金嘛！"

方才雪墨一直团坐在沙发里，手中随意翻着报纸，却竖着耳朵在听哥哥跟那位老道般的堂兄说话，此刻忽然发言了："翠姑妈，还有阿丁哥哥，我奉劝你们切莫让我哥搀和做生意的事情。史雪弓同志的耳朵是面粉捏的，人家说什么他都信。到时候会把你们的老本都蚀光的！"

李沫丁一时狐疑，一具诚恳的笑脸仍挂着，言辞却卡住了。

翠姑妈并不甘心，道："雪墨你不要那样分斤掰两好吧？雪弓是你阿哥，阿丁也是你阿哥呀！"

姬瑜口气愈是柔柔煦煦，道："承蒙阿丁哥抬爱，翠姑妈心意我也懂，一家人不说两家话。有桩事情早晚要告诉大家的，我和雪弓都在申请去美国大学深造，不出意外的话，过了夏天恐怕就要动身的。对于阿丁哥哥的事体，恐怕是鞭长莫及了。"

这番话不啻一记落地雷，翠姑妈陷在肉睑里的眼珠弹了出来，李沫丁的脸刹那间灰暗下来。就连青玉雪砚都惊叹出声，雪墨更是一骨碌翻身立起，逼到雪弓跟前，斥道："好你个史雪弓，这么要紧的事你竟瞒得滴水不漏，白白喊你二十几年的哥！"眼眶里竟迸出点点泪光。

史雪弓不无愧疚，嘿嘿一笑，抬手拍拍雪墨的后脑勺，道："入学通知书还没拿到手，任何事情都有变化的可能嘛！"又道："我是学校里交换学者的名额，姬瑜申请的是比较文学的研究生。好了小妹，我保证，通知书到了，头一个给你看！"勾起食指刮了下她的鼻尖。

雪墨仍不消气，撅着嘴别转身跑进自己房间，砰地关上门。

青玉忙道："翠姑妈，阿丁兄弟，雪墨打小就跟她哥哥最要好，是雪弓的小跟屁虫，她是舍不得哥哥走呢。"

翠姑妈总算把眼乌珠收回眼睑里了，道："是嘛，不要说雪墨舍不得雪弓，我也

98

舍不得呀。讲起来，这总是我们李家的荣耀，回去我就要给祖宗上香！"

雪砚话不多，说出来却总是要点："哥，这事你处理得是有不妥，都还没告诉爸爸妈妈吧？"

史雪弓道："本来这次带姬瑜回家，就打算如实向爸爸妈妈汇报的，可现在……几点了？妈怎么还不回来？"

姬瑜抬腕看看小巧的金表面，哦哟道："都快九点了，我得走了，我妈规定我晚上不能超过十点到家的。"便用眼瞄着雪弓。

史青玉道："我估计霄妈妈今晚肯定回不了家的，雪弓，你送送姬瑜吧。"

史雪弓嘿嘿一笑道："那我送送姬瑜哦。阿丁哥，你多坐会，难得来的。"

李沫丁立起来，是一条灰不落拓的影子，瓮瓮道："我也告辞了，回去还要倒三部公交车呢！"

翠姑妈道："阿丁啊，明朝礼拜天，你不上课的。今天就不要赶回五角场了，到小娘娘家里住一晚，唉！我有好多事体要跟你讲呢！"

史雪弓特地跑到妹妹的闺房门前，大声道："雪墨，哥去送送你姬瑜姐姐，很快回来的噢！"

房门纹丝不动，里面阒寂无声。

送走了翠姑妈和李沫丁，史青玉原打算上楼去看看楚爸爸有什么需要帮助，脚踏上梯级却犹豫了。这次回家，青玉察觉楚爸爸心里一定有事，虽不清楚怎样的事会让楚爸爸如此魂不守舍，可是她却能体会到楚爸爸的焦灼、烦闷和纠结。她想，这种时候，还是不要去扰乱楚爸爸的思绪为好！于是，她便收回了脚。

史青玉转身回房，雪砚迎着她道："青玉姐，今晚雪墨和我睡，你睡雪墨的床。你帮她理得这么干净，让她睡怕又糟蹋了！"

雪墨捏拳捶了雪砚一下，却乖乖地挪到雪砚床上去了。

青玉看着雪墨小妹撅嘴鼓腮叭嗒着脸，便笑道："雪墨，都当记者了，还耍小孩子脾气！你哥哥这般年纪的男孩子，找女朋友是很正常的事嘛，你老给人家看脸色，不作兴这样的，晓得吧？"

雪墨哼地一声，道："哥太没有眼光了，从前找了个萧南渡，结果怎样？使碎自己心，笑破他人口！这回又相中个资产阶级出身的小姐，说起话来扭扭捏捏，我背上都起鸡皮疙瘩了！"

雪砚道："雪墨你有成见，哥找什么样的女朋友你都不会满意的。我倒挺喜欢姬瑜的，向来做事稳重有主张。说话文雅点有什么不好？谁像你，张口就像开机关枪！"

雪墨反讥道："雪砚你当我不晓得你的心计啊？你拼命说姬瑜的好处，恐怕是为你那位宋嘉本日后上门作铺垫吧？"

雪砚被她一剑封喉，出不了声。两姐妹斗嘴，败的总是雪砚。

青玉听出端倪了，笑道："什么宋嘉本？雪砚有对象了？好啊，竟瞒着大姐，还不快快从实招来！"

雪墨抢先道："我揭发！是华东师大政教系在读研究生，人不高，脸很白，戴眼镜。至于出身啊，性格啊，雪砚你自己说！"

雪砚面孔涨得通红，道："其实现在还没有正式确立什么关系，只是比较谈得来……"

雪墨朝她一皱鼻，道："不要那么谦虚

99

好吧？人家长途跋涉把你送到九曲桥边上，临走时，哦哟，那个依依不舍的眼神，我都不好意思看了！"

雪砚气得跺脚，"青玉姐你管管她嘛，还是记者呢，能这样胡编乱造吗？"

史青玉因笑道："雪墨以后也要找男朋友的，到时候，雪砚你也逮个机会回敬她。"

雪墨下巴一扬，"我才不找男朋友呢，我跟青玉姐一样，一个人自由自在！"

雪砚狠狠地往她腰眼里戳了一下，锁起眉凶凶地朝她瞪眼睛。雪墨也意识到自己失口了，又不好明里向青玉姐道歉，吐了下舌头，傻愣着。

史青玉却波澜不惊地挪开了话题，道："雪砚，今天这么好的机会，为什么不带他来家呢？让家里人认识认识，我们也好帮你出出主意嘛。"

雪砚吞吐道："原来说好一起来给妈妈庆寿的，临时，他家有点要紧的事……"

却听得隔门有人喊道："青玉……雪砚雪墨，你们睡下了吗？"

三人几乎同时扑向门。

"爸，你总算想起我们了呀！"雪墨欢呼道。

"爸，是不是饿了？我去叫麦蛾帮你重新下碗面吧？"雪砚总有体贴之心。

史青玉揣摩着平楚的神态，斟酌道："楚爸爸，你那幅作品？完成了吧？"

平楚抬手将披在额前的头发撩到脑后，道："本来是想请你们几个，特别是雪弓，一起看看，给我提提意见的。没时间了！"语气有些无奈。便走进女儿们的闺房，在床头椅子上坐下。

三个姑娘相互望望：爸爸几乎从不到她们房间闲坐的，此刻这一举动蕴含了什么深意？于是她们赶紧在床沿挨个坐下了，三对眼珠子齐齐落在平楚扑朔迷离的面孔上。

平楚反倒笑了，"那么严肃干吗？我明天一早的火车去苏北，有几桩事情要交待你们。"

青玉心里一咯噔，"明天一早就走？上午我也没听你说起嘛！"

平楚道："茆围子海边的那座抗日阵亡将士纪念塔修复竣工了，要开庆典大会。县委邀请函下午收到的，我打电话托美协创联室替我订的火车票。提前几天去，有些事情要处理一下。订票订得晚了，只有明天一大早的票了。"

雪砚犹豫道："爸，万一妈……今晚回不来呢？"

平楚摇摇头，"这时候还不回来，恐怕是不会回来了。你们妈妈，怎么说呢？就是学不会宓子贱治理单父的办法！"

这三位姑娘又互相望望，青玉和雪墨甚至不晓得宓子贱为何许人等，雪砚在上中国古代律法发展史时听到过宓子贱的案例，一时也没参透父亲的言外之意。

平楚便从被颜料染得花花搭搭的外衣口袋里取出一只牛皮纸信封，略忖，递给了雪墨，道："雪墨你是回家住的，碰到你妈，把信交给她。人家原是邀请我和她一起出席庆典的，她哪里脱得了身？"

雪墨接过信壳，道："爸，你说过要带我们去看你设计的纪念碑的呀！史引霄同志脱不了身，我陪你去苏北，我可以向报社申请这个选题。"

平楚抬手拍拍小女儿的脑袋，"以后一定有机会带你们去的，这次实在太仓促了，火车票都来不及买了。"

雪砚扯了下雪墨，"你不要给爸添乱了

好吧?"又道:"爸,我上楼帮你理行李去。"

平楚摆摆手,"我已理好了,不就几件替换衣服嘛!"

青玉忙道:"还有药,楚爸爸,特别是降血压的药,千万要带足哦!"

"带了带了。"平楚道,"青玉,雪砚,明天礼拜天,都在家吧?帮我把那张画送到美协。我问过了,他们有人值班的。"

史青玉晓得那幅画尺寸蛮大的,便问道:"楚爸爸,要不要找块旧被单旧毯子的,包一包?"

平楚道:"你就看着办吧,有点分量,如果雪弓明天也在家,让他相帮一道弄。"

雪墨仍有些不甘心,道:"爸,明早你几点走?我起来送你!"

平楚道:"不用不用,美协派了车送我去火车站。现在已经不早了,你们快休息吧,我也去眯一会。"边说边起身跨出房门,还随手带上了门,忽又探进脑袋来,"你们要管着史引霄,让她少抽点烟!"三位姑娘都点了点头。

毕竟折腾了一天,雪砚雪墨很快就有了鼾声,史青玉却难以入眠,胸口胀勃勃的,往事不堪回首月影中!

她好不容易抑制住了探究身世的冲动,又被雪墨不经意的一句话挑起了对"他"的潮水般的思念,竟忍不住出了他的名字:"史元同!"多少年了?她没当人面念这个名字了!

她索性下了床,走到窗前,把额头抵住凉凉的玻璃,好让沸腾的思绪平静下来。院子里的花草树木在夜色中的剪影水墨画般静谧,薄云舒展地腾挪翻卷。一霎间,朦胧的一弯眉月钻出云层,露出它羼弱瘦损的身姿,那清洌冷峭的光晕令她不堪承受。她转身回去躺在床上,用薄被遮住了脑袋。她隐约听到有人开大门关大门,并且上楼梯的脚步声。她想,一定是雪弓送了姬瑜回来了……

又不知过了多久,也许几分钟?也许几小时?客厅茶几上的电话突然铃铃铃地闹起来,她从梦中惊醒,也许,她压根就没有睡着过?她望一眼隔壁小床,雪砚雪墨睡得很沉,纹丝不动,雪墨一条长腿横搁在雪砚肚子上!

她想起楚爸爸画室中是有分机的,不要打搅了楚爸爸的休息,慌忙趿了鞋,去客堂间接电话。

对面的声音很轻,很疲惫,像是刚刚翻越了千山万水。

"我找……史青玉同志……"

她把话筒贴紧了耳皮,这么晚了,难道是医院里的病人?"喂喂,我就是啊,你哪位?"

对面的声音竟夹着抽泣:"我……我是元同的老婆,我……是霜玉呀……"

史青玉像被人当头击了一棒,跌坐在沙发里。

15

南渡终于盼到挂着薄纱帘的窗户泛白了,屋子里也依稀辨得清东西了,便一骨碌起身下了床,半边身子都是麻木的。

昨天晚上,勉强跟姚紫缇睡在一张床上,她心里是非常非常地不愿意,虽则她和姚紫缇并不是陌生人。少小时候,她生活在"兰畦"里,姚家两姐妹常来"兰畦"做客,有时会带着解红旗和姚紫缇。大人们坐在客厅里说长道短,就让红旗和紫缇跟孩子们在花园里玩耍。在南渡印象中,这个姚紫缇穿着总是比一般人考究,打扮得像个洋娃娃，比雪墨妹妹年长两岁，却老跟雪墨争玩具，动不动就抹眼泪，"兰畦"里的孩子都不喜欢她。这么多年过去了，姚紫缇已成风情万种的女人。不过，凭南渡一晚上的观察，姚紫缇是"本性难移"，依旧那样任性娇蛮。

趁姚紫缇去厕所漱洗的工夫，南渡便在床内侧和衣躺下，拉了被角搭在肚子上，紧紧闭上了眼睛。姚紫缇洗了澡回来，换了棉绒带荷叶边的碎花睡衣，道："南渡姐，我好了，你去洗吧。"南渡不吱声。紫缇又道："南渡姐你要把衣服脱了睡，当心着凉哦！"

南渡仍不吱声，只是吐气时用上点力气，让鼻腔发出轻微的鼾声。她不想跟姚紫缇交谈，不想给她探究自己的机会。姚紫缇连唤几声没回应，只得作罢，倒是替南渡将被子掖紧了，然后便睡了。南渡闻到一股浓郁的脂香，这种香味不是市面上流行的百雀羚或友谊香脂的味道，有点刺鼻，有点"臭"。南渡晓得姚紫缇母亲家有几位两表亲戚在海外定居的，她悄悄用被子捂住鼻孔，自然是一宿未眠，却保持同一姿态不敢动弹。

南渡蹑手蹑脚走出亭子间，楼道里尚昏暗，她扶着把手小心翼翼下了楼，进客厅，却见史引霄仰头靠着椅子背，姚秀帘合扑在八仙桌上，姚秀璋卷在沙发里，三人以不同的姿势都睡着了。南渡用力吸了一口沉甸甸的檀香气味，浑身哆嗦了一下，暗忖，侵晓之际寒气最易伤人，这三位年纪都不轻了，哪里受得了？便转身摸索上楼，想去取些薄毯给长辈们盖上。虽她尽量缓些劲推门，但老房子的门轴锈了，总要吱嘎作响，便将姚紫缇唤醒了。

"南渡姐，天还没大亮呢，你就起来啦？"姚紫缇仄了半爿身子问道。

"嘘——你睡你的！"南渡呛了她一句，拉开橱门，抽了两块毛巾毯，又从衣架上扒下一件男式风衣，"我去给他们盖点东西，都睡着了。"

待南渡转回客厅，史引霄和姚秀帘却都已坐直了身子。史引霄问道："南渡起这么早啊？没睡好？"

南渡笑道："引霄阿姨你们都醒啦？是我吵醒你们了吧？"

史引霄道："我是没睡，闭目养神。秀帘你眯着一会了吧？"

姚秀帘摇摇头，"稍微瞌充了一下。"用手指指沙发上的姚秀璋，"阿哥真扛不消了……"

南渡正将一块毛巾毯替沙发上的姚秀璋覆上，姚秀璋却腾地坐起来了，打了个哈欠，道："我倒真想瞌着一会，总是刚走到梦边头，又踅回来了！"

史引霄看看腕表，"哦哟六点也过了。秀帘啊，弄点什么吃的？待会我还有要紧的事体要办。"

姚秀帘抬起眉毛道："礼拜天你还办公啊？昨天一晚没回家，平楚要怨我了，吃点东西先回家一趟。"

"你放心，平楚最近在赶参加全国美展的作品，顾不上我的。"史引霄摆摆手，"我们家那几个，不睡到中午是不会起床的。"

南渡左右望望道："引霄阿姨，索性我去买豆浆油条回来，省得姚阿姨做了。"

姚秀璋道："好主意！你晓得吗？出弄堂右手边，我买小馄饨的那家店就有卖豆浆油条糍饭糕的。"

南渡道："我认得，昨晚汽车开进来时我就看见了。"便去厨房拎了竹篮，想想，又把钢精锅放入篮中。

姚秀帘道:"南渡,别忘了,里面有一个,楼上还有一个,索性买齐了。"

南渡道:"我记住了,一共六个人。"

南渡拉开石库大门,一眼就看到门边停着小贝的那辆汽车。她跑到车窗边,看见小贝正靠在驾驶座上打瞌冲呢。

"司机同志,"南渡唤道。小贝忽地睁开眼,"史区长要用车了?"南渡笑道:"没有没有。我去买早点,看见你还停在这里。一晚没回去呀?"

小贝道:"我刚到的。你进去告诉史区长,她什么时候用车都行,不过中午要赶回区里,徐副区长关照的。"

南渡"哦"了声,便出了弄堂。礼拜天,又早,买早点的人不多。南渡很快就转回来,递给小贝油纸包着的一块糍饭糕和一根油条,又递上一纸杯豆浆。小贝推辞不得,便受用了。

南渡回到姚家,史引霄已漱洗过了。南渡便告诉她小贝早已守在门口了。史引霄是懂得小贝的心意的,道:"刚好,待会我要去程家桥那里,小贝在,就方便了。"

南渡忙道:"引霄阿姨我陪你去,又有什么难处理的事吗?"

史引霄尚不及应话,姚秀帘正从厢房推着解九江出来,忙道:"史区长你若忙,你去忙。守了一夜的灵,难为你了。"

史引霄是一副心事重重的样子,转身给姚秀琴上香。他们几个在灵位前默立了片刻,南渡便去厨房取碗筷。

姚紫缇趿着拖鞋叭嗒叭嗒下楼来,缩了下鼻子,"唔,好香!"便冲着厕所门喊:"爸,你别蹲坑看报纸了,油条冷了就不好吃了。"

姚秀璋在厕所里吭哧吭哧一阵咳,终于开了门。

于是团圈围着八仙桌喝豆浆吃油条啃糍饭糕,都饿了,这顿早餐风卷残云般。

史引霄喝完豆浆,便道:"我得走了,区里的车已在门外等着了。秀帘,秀璋,隔日我会再来的……"又道:"老解,节哀!你要保重啊!"

姚紫缇将油条塞进嘴里,也站起来,"引霄阿姨,你去哪里?能顺便搭我一段吗?"

姚秀帘蹙起眉头,道:"紫缇难得过来,不陪陪你爸?这屋里你就那样待不住?"

姚紫缇挽住姚秀帘的胳膊,嗲嗲地扭着身子道:"大姑妈,人家在上英语强化补习班嘛,礼拜天也要上课的呀!"

姚秀帘斜了她一眼,"你想出国留学?又是你妈的主意!"

姚秀璋道:"去吧,去吧,我没事。年轻人多学习总是好的。"

史引霄便问道:"紫缇你学校在什么路上?让小贝兜一兜送你过去。"

姚紫缇双手一合跳起来,"谢谢引霄阿姨!"

将姚紫缇送到课堂后,小贝侧脸问史引霄:"史区长,还去程家桥吗?不如回家休息一会,十点半左右我来接你去机关?"

"这个姚紫缇,分明是南辕北辙,还好意思说顺便搭一段!被她耽搁了多少时间!"南渡不满地嘀咕着。

史引霄看看表,八点还差几分钟,当即道:"去,去马英华家!这里到程家桥,半小时够了吧?"

小贝不作声了,踩下了油门。他早已习惯准确地执行领导的决策。

礼拜天，马路很顺畅，半小时不到，车已到达程家桥马英华家的弄堂口。小贝伸长头颈朝弄堂张望了一下，面有难色。弄堂两侧依墙搭建了一些石棉瓦或者纤维板盖顶的简棚，有的停满了自行车，有的则成了杂货小卖部或饮食摊。弄堂原本就不宽，如此一来愈加地拥堵曲折。汽车若要开进去，那是需要近乎耍杂技的高超本领的。

正当小贝犹疑间，史引霄看出了端倪，体贴道："小贝啊，车就不要开进去了，又没几脚路。你找个地方好停车的。"

小贝像逢大赦般着实松了口气，忙道："史区长，我十一点到弄堂口等你们，行吗？徐副区长说，十二点前一定要把你送到区机关的。"事实上，小贝开了这么多年车，再难的路他都不怕，他只是"害怕"看到马英华。

史引霄毛估估有近两个小时可跟马英华交谈，足够了。笑道："好吧，这个徐亦道……"便下了车。南渡连忙下车，两人相跟着走进弄堂。

马英华家住四楼，老工房的楼梯本就陡直，加上楼道里又堆满了瓶瓶罐罐的杂物，愈是逼仄。南渡要去牵扶史引霄，被史引霄甩开了胳膊，道："我还没有七老八十走不动路呢。"蹬蹬地爬上楼去了。

马英华总是早早就起床了。

离婚时马英华是净身出户。她无法忍受前夫道貌岸然，人后男盗女娼的虚伪，什么要求都不提就搬回了娘家。父母住在正屋里，她就在吃饭的小厅中搭了张铺。年纪大的人睡不长，早晨习惯早起。为了不妨碍父母一大早的活动，马英华从来不敢赖床睡懒觉。

这一刻她们全家已吃好了早饭，父亲放下碗，就出门去街心花园找人下象棋了，马英华正在狭小的厨房里洗饭碗，就听得客厅里惊讶的喊声："史区长，大礼拜天的，您怎么有空上我们家呀？英华——快出来，史区长来了！"

马英华甩着两只湿漉漉的手跑出来，就看见史区长眼圈乌青青的，嘴唇白惨惨的，两颊凹陷，愈显得颧骨突出了，暗自吃惊，就在衣襟上擦了擦手，一把握住史引霄的手，急道："史区长，你，你病了？"

史引霄用力挤出个笑容，道："马英华你一大早就咒我啊？昨晚没睡好，一张隔夜面孔对吧？"

南渡插嘴道："何止没睡好？是通宵未睡！"

马英华看住南渡，问："这位……史区长是你的新秘书啊？"

南渡忙道："我是《铁军》杂志的特邀记者，今天是对史区长作跟踪采访的。"

马英华忙招呼她俩进里屋坐。史引霄迅速扫上一圈，房间还是以前的样子，收拾得齐整一些了。正屋中除了老两口的床和衣橱，还加了一张三人沙发，沙发前横着条几。史引霄便和南渡在沙发上坐下了。马英华的母亲托着茶盘过来，将茶杯放在她们面前，还有一碟葵花籽，一碟椒盐青豆，笑着，却笑成一张苦脸，道："史区长，您是我家英华的大贵人！你看英华，都朝四十奔了，还独自一个人。史区长您千万帮英华留心留心……"

"妈，你瞎说八道什么呀！史区长是来谈工作的！"马英华急忙打断了母亲，面孔绯红。

史引霄侧脸道："马英华我就不能跟你妈妈拉拉家常说说闲话呀？"

马英华道:"史区长你肯定没有这样的闲情逸致的!"将坐着的板凳往史引霄跟前拖了拖,目光灼灼,却压抑着声音:"是不是……史区长,昨天你们办公会议有讨论我的申请吗?"

史引霄脑袋朝后一仰,道:"马英华,你这样的眼睛直勾勾地盯住我作啥?"

马英华连忙坐直了,又将板凳挪后一点,那神情便有些沮丧,垂下脑袋不作声了。

史引霄这时已拿定主意,不管办公会议上有多少分歧的意见,这桩事情必须要做,而且刻不容缓。她点点马英华,笑道:"性急了是吧?我比你更急呢。"马英不好意思地抿嘴一笑,史引霄便问道:"你说的那个计划,准备工作做得怎么样?比如组织构架、分配原则、营销策略,做一个企业,不是像工会、团组织举办什么活动那样简单!"

马英华略忖,吸口气,道:"史区长,我晓得的,为了这个计划,我去房管所房修队调查,去街道工厂做了三个月的临时工。我写了一份调查报告,原想区里若批准了我的申请,就提交这份报告……"

史引霄拍了下大腿,"你应该把调查报告和申请一并递交嘛!"

马英华怯怯道:"我怕领导说我越俎代庖……史区长你晓得我现在的处境……"

史引霄一挥手道:"你呀,就是患得患失!共产党人若都像你这样瞻前顾后考虑个人处境,抗日战争胜利不了,新中国成立不了!"马英华嘴唇哆嗦着又想辩解什么,史引霄决然道:"明天上午,你带着全部材料到区政府来,我让钱龟龄主任陪你去工商局办理手续,这桩事情就这么定了!"

马英华咚地站起来,许时,又坐下来,"史区长,您批准了?你们办公会议审议通过了?"

史引霄缩了下鼻子,"马英华我实话告诉你,对你这个计划,不同意的意见也蛮多的,也不无道理。你打动我的是,你说要为回沪知青寻找一条自主自立的活路。所以,你必须想周全了,一旦上马,只许成功,不许失败!"

马英华的母亲插嘴道:"史区长,我们英华真是扑了性命去做这桩事体的,她把工作以来存下的一点钞票都投进去,还问她爸借了几千块……"

"妈!"马英华面孔涨得通红,喊住了母亲。

史引霄沉吟片刻,道:"马英华,你不要动伯父伯母的钞票!启动资金,我可以从区长专项资金中拨给你……"

马英华眼眶中已蓄满了泪水,硬撑着没溢出来。

史引霄装作没看见马英华的表情,自顾说下去:"不过不会很多的,你们要用在刀口上。以后的发展,还要靠你们自己做出来,对吧?"喝了口水,又道:"我帮你想过,你可以把招工通知发到各个街道,让街道推荐人,可好?他们比较了解知青的家庭情况和个人表现,当然也要自愿。开始人不要太多,先培养骨干。开一些小型座谈会,听听大家的意见和建议。以前我们开辟敌后根据地,建立抗日民主政权,都是这么做的。不论遇到什么难处,办法嘛,总是在革命群众当中,这不是空头口号,我们在实践中屡试不爽的。"

马英华一直专注地盯着史区长,而南渡却掏出笔记本刷刷地记录着。史引霄说完这句话,南渡就笑了,道:"引霄阿姨,

《铁军》编辑部给我的采访线索中就有这一条,说当地群众反映,当年你在茆围子当区委书记兼武工队长,经常说的一句话,老百姓在我们共产党人心中,克敌制胜的法宝在老百姓当中。是这样吗?"

史引霄摆摆手道:"根据地的同志都晓得这个办法管用,有什么困难找老百姓讨教,也不是我一个人这么做。"

马英华稍犹豫,终于道:"史区长,这位记者说得没错。那年我专程去苏北外调你的材料……"

"我晓得,你就住在小山子家里,后来人家把你赶出来了对吧?"史引霄微微笑道,"事后小山子给我写信,告诉我这桩事情,我回信去批评他,观点分歧,也不能不让人家住宿啊。"

马英华羞赧地咬住了嘴唇,垂目盯住脚尖。想起以往自己所为,说悔恨交加那还是太轻了!

南渡看住她长长地"哦——"了声,她在陈家生活了四五年,自然是听到过那则段子的,"你就是那个……引霄阿姨的专案组组长!"

马英华把垂到额前的散发撩上去,抬起眼帘,眼珠深陷眼窝中,道:"是的。开头陈大伯当我是史区长的保皇派了,对我千般照顾,甚至拿出为他儿子结婚准备的新棉被给我盖……"

南渡没好气道:"丝棉的,大红缎子被面,绣的是荷塘鸳鸯!"

马英华惊讶地瞟她一眼,并不去追究为什么南渡会晓得这么详细,只依旧按自己思路说下去:"陈大伯为我召集乡亲们来替史区长评功摆好,大家数次提到史区长当年有个口头禅,凡事就说办法在老百姓当中。"

南渡带点挑衅的口吻道:"我听说过,乡亲们尽说引霄阿姨的好,你却想方设法引导他们揭发引霄阿姨所谓的罪行,最后将陈时模惹火了,就将你的日常用品丢进一只网兜里,摔到门外去了!"

马英华尴尬地咧了咧嘴,道:"到底是记者,无所不知无所不晓。现在回想起来,我真的很感激陈大伯。是他激烈的举动,让我震惊,方引起我的思考……回到机关,我才提出要率先解放史区长的。"说着瞄了史引霄一眼,带着点将功折罪讨好的意思。却见史引霄眼珠子虽是向着自己,眼神却似只雀儿,扑棱棱不知飞到哪儿去了。"史区长,你……"马英华轻轻唤了声,她生怕是自己提起了"文革"往事,让史引霄心里不痛快了。

史引霄"哦"一声,收回神来,延宕了数秒钟,道:"我听小贝说起过,那时你主张解放我,当然有人反对啰,你就跟他们辩论,讲了好多我在根据地的故事。"

马英华见史引霄面孔上并无不悦之色,便放松了,道:"史区长,那时为你罗织的罪状几十条,条条都吓死人。有一条说你在根据地包庇汉奸,为汉奸说话。而我外调时听乡亲们反映的却是完全相反的结论。你们派去处决汉奸的同志没有经验,一枪只打在腿上。那汉奸害怕了,拖着伤腿爬到武工队来投降了。"

史引霄微微皱眉,沉思道:"情况要复杂得多……不过,我们党的政策就是要团结一切愿意抗日的民众,组成最广泛的抗日民族统一战线。"

南渡咬住圆珠笔的杆子,犹豫着要不要告诉马英华,当年那位被派去处决汉奸的同志就是平楚叔叔。南渡在陈家当媳妇的那几年,经常听公公陈时模回忆当年给史引霄当警卫员的种种往事，处决汉奸这一段更是被反复提及。平楚是军部鲁艺美术教官，到武工队来打埋伏，自告奋勇领受处决汉奸的任务。引霄队长不放心，就是派陈时模陪他一起去执行任务的。

史引霄却转移了话题，像是不经意地问起："小马，关于我追捕逃兵的事情，听说过吗？"

马英华愣了一下，忙道："是的，乡亲们也说起过。好像是一位资本家的千金，不满父母给订的婚姻，跑到根据地去了。后来嫌根据地生活太苦，又要逃回去。史区长是您派人去追的，没追到，是吧？"

史引霄摇摇头，想说什么，忽就拍了下大腿，"不去说她了！"又问道："小马，这事情你也跟别人提起过？"

马英华挠了挠头，道："这倒没有，因为……你的罪行里没这一条呀！"略忖，收了声问："史区长，这桩事情，很要紧吗？我有点记不清。不过，我出去外调都作详细记录的，一叠笔记本，都交给清查组了。你若需要，可以调出来看的。"

"哦——"史引霄怔怔地看住马英华。

"引霄阿姨，你要了解当年的事情，只需给陈时模打个电话，他简直就是茆围子武工队的活字典。"南渡也有点摸不透引霄阿姨为什么对这桩跟她并无甚牵连的事如此关注？

史引霄迅速恢复了常态，道："不用了，不用了，我也只是想起来随便问问的。"

马英华的母亲拎着热水瓶来给客人续水，兴冲冲道："史区长，难得来的，我裹了荠菜香菇鲜肉馄饨，今天留下来吃午饭哦！"

史引霄方才记起什么，看了眼表，慌忙立起来，"伯母，不客气，我中午还要赶去机关。要走了，小贝的车还等着呢！"

马英华扯了扯母亲的后衣襟，道："史区长哪有空吃你的馄饨啊！"

史引霄笑道："伯母，下次，等马英华的公司开张了，我一定来吃你的馄饨！"

16

马英华执意送史区长到弄堂口。小贝隔条马路，远远看见她们三人出弄堂了，便把车掉个头，一径开到弄堂口。小贝下了车，只朝马英华匆匆点了下头，算招呼了，便替史区长拉开后车门。史引霄让南渡先进车，南渡却道："引霄阿姨，下半天我就不跟你去了，一晚上没回家，想来我妈一定在骂我不像她亲生的了！"又道："引霄阿姨，下星期周末再约你吧？"

史引霄冲她背脊喊道："要小贝送送你吧？"

南渡扭回头，一笑，"不用了，我得去买些东西回家，哄哄我妈呢！"

"代我跟你妈问好——"史引霄追了句，南渡已斜过马路去了。

马英华抬手挡住后车门上框，让史区长坐进去，才把门关上。史引霄隔窗大声道："明天上午到机关找我，材料带齐哦！"

马英华并没有听清楚史区长具体说些什么，但她从那对漆黑的眼乌珠里读出了史区长对自己的殷殷期盼。

毕竟已是花甲之龄了，一天一夜地折腾下来，史引霄真正是筋疲力尽了。小贝的车刚启动，她便迷迷糊糊地坠入梦乡。

小贝听得脑后有沉沉的鼾声，抬起眼瞄了下后视镜，史区长斜靠椅背，双目紧闭，两唇微翕，面颊塌陷，鬓角斑白，不

107

经意便露出了老相。平日里，史区长总是精神抖擞，看起来小眼睛漆黑锃亮，讲起话来手舞足蹈地中气十足，哪里看得出她有这些年龄？小贝心坎漫过一丝怜惜，忙调开眼光。他尽量将车开得平稳，十字路口也不抢黄灯冲过去，宁愿吃红灯。

车到机关大院门口，因是礼拜天，机关大铁门关着，只开了一道小边门。小贝又朝后视镜瞄了眼，史区长仍睡着，保持着原姿势，竟无半分动弹。史区长一定做着爽快的梦，如此流连忘返。小贝心想让她多睡一分钟也是好的。便不摁喇叭，亲自下车去开铁门。刚走到边门口，那铁门已徐徐开启了。原来办公室钱龟龄主任早已候着，见区长的车到了，赶紧让门卫开铁门。

小贝转回驾驶座，却见史区长已醒来，腰杆笔挺地坐着，一对小眼炯炯有神，已丝毫无有倦态。

"史区长，我吵醒你啦？"小贝说着将车开进大门。

史引霄道："我又没睡着，稍微闭了闭眼睛。"

小贝暗自好笑，车徐徐进了院子。

史引霄一眼捉住了立在道旁的钱龟龄，刷——将车窗摇下，探出脑袋大声道："钱龟龄，让你在家好好陪淑琴，你跑来作啥？"

钱龟龄也不回她，只对小贝道："直接去小食堂吧，徐副区长和客人都到了。"

史引霄拍拍小贝的肩，让车停下。便下了车，一根手指戳到钱龟龄鼻尖下，"钱龟龄今天是徐亦道私人请客，你来凑什么热闹？淑琴术后恢复得怎么样？你跑出来了，谁照顾她呀？"

钱龟龄圆盘脸上挂着一成不变谦和的笑，道："是徐副区长关照我，要来张罗一下。今天的客人是跟史区长您枪林弹雨出生入死过的老战友嘛！"赶紧又补充道："淑琴已经能下床走动了，我老娘会照顾她，女儿今天也休息。"

史引霄瞪了他一眼，不搭腔，径直走去，钱龟龄连忙跟上，他晓得史区长是生徐副区长的气。他的原则是，凡是比自己级别高职位高的领导，自己都得服从，并且要把对方布置的工作做得让人家满意。

机关小食堂，顾名思义便是地方小一点的食堂。区委区政府刚搬进这座院子的时候，初衷真是如此，一个大点的食堂，一个小点的食堂，机关工作人员可就近选择用餐的地方。也无人特意安排，渐渐地，处级以上的干部都聚到小食堂来吃饭了；处级以下的工作人员哪怕走到小食堂门口了，探身往里望望，也会退出来，转身去大食堂。渐渐便成了规矩。后来区领导总会有些工作伙伴的往来，需要一起吃个饭，联络交流感情，便在小食堂二楼开出两间包房，架起圆台面，布置了几张沙发茶几，还算是清净典雅得体，专供区领导招待内外宾所需。

史引霄自然是熟门熟路从小食堂边门走上楼梯，徐亦道已在二楼楼梯口迎着了，喉咙邦邦响："史引霄你搭什么臭架子，踩着点才到啊？大家就等着你大区长到开席呢！"

史引霄仰起脑袋看上去，徐亦道的国字脸笑纹深刻，就像一颗篆体的印章。她跨上最后一级楼梯，没好气道："桃浦地那桩事故调查进展如何？是单纯的个人行为？还是有什么背景？你这个公安局长，倒是举重若轻，还有那么多闲情逸致！"

徐亦道脸上纹路立马纠葛在一起，道：

"我的区长大人,桃浦地事故的调查报告已经出来了,就在我包里,一会就准备交给你的,我昨晚坐在公安局值班室没离开过!"

史引霄瞄他一眼,"噢——辛苦你了!"

徐亦道耸耸肩,"没有功劳总有点苦劳呗。"

包房里的人听到声响,先迎出的妇人,单看她那对鱼泡眼,不用问,就晓得跟徐亦道一个娘胎出来的,笑道:"引霄大姐,劳你还设宴招待。听亦道讲了,你们区里昨天还发生重大事故呢!"

史引霄横了徐亦道一眼,想要澄清,再想,罢了,待会自己结账就是了。眯起眼打量着徐亦香,见她穿件灰不落脱的两用衫,差不多颜色的短发掘在耳后,裸露着一张黄蜡蜡的小方脸,因为用力笑着,颧骨上那簇雀斑特别明显,像殷勤奉上的一堆芝麻。史引霄忍不住拍拍她肩膀,"阿香,在上海能待几天?叫黄岑陪你到南京路服装商店买两身响亮点的衣裳,新社会劳动人民也要打扮得漂漂亮亮呀,再讲你马上要成为市委书记的夫人了!"原来何弱之调任江苏某地级市的市委书记。

随后迎出的妇人紧着道:"史区长,莫提了,我早给阿香姐买了好几身衣服,她也都试了,特别合适。临出门,又统统换回来了!"说话的这位便是徐亦道的爱人黄岑,在区委信访部门工作。也是年过半百的人了,却发黑肤白,身材绰约,着一件黑丝绒调羹领休闲外套,只胸前一粒同色包钮,隐约露出内里藕色细格塔夫绸衬衣,浑身的素静淡雅中透露出内敛的精致。

徐亦香倏然收拢笑容,叱道:"黄岑你那种小资产阶级情调,实实在在要改一改了。你买的那种衣服,我穿得出去吗?引霄大姐,你别看徐亦道在外面威风凛凛,屋里面,把我这个弟媳宠成什么样子了!"

徐亦道面不改色心不跳,正色道:"阿香,老何待你不好嘛?家里大小事体还不是你一句话说了算?革命夫妻嘛,当然要互敬互爱。老史,你说对吧?"

史引霄嘀嘀一笑,"进屋去,问问老何,他是不是压制阿香,不准她打扮呀?"

一行人便进了包房。

史引霄一眼就看见顾观我医生正在替何弱之搭脉,便"咦"了声,"顾医生杜医生你们也在啊?"

徐亦道忙解释:"听讲老何近几年身体有些零件不灵活了,我请顾医生来为他诊断一下,开点中药调理调理。"

顾医生已替何弱之搭好脉,便起身与史引霄招呼道:"史区长,昨晚我们去你家祝寿去了,没想到你这个寿星竟忙到回不了家。"杜蘅在旁笑,"老顾为你配了一方滋补药汤,交给你家青玉姑娘了。"顾观我正色道:"史区长你可要定时定量喝,中药讲究的是,长期慢慢调理,不要想着喝一口,忙起来就不喝了,看不出效果,反倒怪我是庸医了。"

原来史引霄早年打游击时落下的顽疾,胃出血。在五七干校劳动改造时,连续犯了几次。是顾观我医生为她调治,竟两三年不再重犯。自当选区长后,饮食打乱了,养胃的药也顾不上吃了,结果半年前又吐了一次血。史引霄双手作揖道:"顾医生,你的方子现在被群众当作灵丹妙药,一方难求。这回一定按时服用,我们家青玉是你的私淑弟子,你让她监督我好了。"

"我说顾医生杜医生,你们千万不要相信史引霄的允诺。她从来就不把自己的身体当作革命的本钱,极端的个人英雄主义!"何弱之慢悠悠站起来,"当年在根据地,老百姓给她取了个雅号,叫茆围子的一丈青。"

"何麻子你这张婆婆嘴有完没完啊?"史引霄打断了他。史引霄在苏北茆围子当区委书记兼武工队长时,何弱之便是她的副手。他们是枪林弹雨中熬出的生死之交。解放后,虽不在一个城市工作,平时也鲜有通讯联系,一见面,仍感到像从未分开过的亲热。

两人互揭老底,相对哈哈地笑了一通。

何弱之乍看白煞煞一张面孔,慈眉善目和易近人,走近了才能发现他满脸白麻子,是儿时得天花落下的。就为了这一脸麻子,三十几岁了还没找到愿意嫁给他的人。还是史引霄为他牵了红线,与老姑娘徐亦香结为夫妇。这徐亦香原也是心高气傲的脾气,十五六岁起就替地下党放风、传情报,入党时间比徐亦道还早些,挑丈夫自然高不成,低不就地拖延了。这世上真是有一物,便另有一物会来降它的。当时,何弱之相貌不算出众,官职也仅属"中层",史引霄把他介绍给徐亦香,许多人都说她这是"乱点鸳鸯谱",徐亦香哪里能看中"何麻子"?徐亦香偏就嫁给了何弱之,并且三十年来夫妻和顺举案齐眉。

徐亦香把一个胖墩墩的后生推到史引霄跟前,道:"奔腾,叫大妈妈,没有她,哪来的你哦!"

何奔腾笑起来像极了何弱之,恭敬道:"大妈妈,一直听爸爸妈妈讲你的故事呢。"

史引霄上前抓住何奔腾的手,道:"我们是该老了,我抱过的那个大胖小子,一眨眼长这么高了。嗯,长得比爸爸妈妈都俊。现在……上大学了吧?"

徐亦香道:"去年考上的。老何这一调动,跟省委组织部讲了情况,现在学籍已调进南京大学了。"徐亦香眼珠旋向儿子,面孔上像涂了层油彩,红堂堂的,雀斑也隐退了许多。

史引霄拍拍何奔腾的手背,"以后到上海玩,就住在大妈妈家里,小时候你来过的。"

何弱之道:"当初阿香就说过,生出来不管是男是女,都认你干妈。"

史引霄道:"真生出来了,阿香就舍不得了。"

何弱之环顾左右道:"怎么不见平楚?平楚为什么不来?平楚成了著名画家了,史引霄你把他金屋雪藏起来啊?"

史引霄嚯嚯一笑道:"他著名了,我还雪藏得了他吗?最近为参加全国美展的创作,平楚是绞尽脑汁,神魂颠倒,我想想,就不去干扰他了。你们调回江苏,近了,以后有时间聚的。"

徐亦道正来招呼大家入座,附和道:"像平楚这样的艺术家,被活活耽搁了十年啊!我是全力支持他的,他早答应送我的画,我从来不去催他吧?"

圆台面上,十只荤素冷盘早已摆齐了。徐亦道请史引霄就坐面南的主位,史引霄却不由分说地将何弱之摁到主位坐定,道:"今日是为你接风,你就是主了。"自己便在何弱之右首坐下。徐亦香招呼儿子何奔腾挨着史引霄坐,笑道:"奔腾从小就崇拜大妈妈的,今日好好受教受教哦。"她便在何弱之左首坐下了。徐亦道本来心中有谱的,眼见已经打乱了,笑道:"随意随意,今日是家宴,没有主次。"于是大家纷纷入座,徐亦香边上顺次是顾观我医生和杜蘅医生,黄岑便坐在杜蘅边上。徐亦道正要坐下,钱龟龄起来跟他交差,道:"徐副区长，我跟大厨都关照好了。你们慢用，我告辞了。"徐亦道捉住他的袖管，"钱龟龄你搞什么名堂，又没有外人，位子又空着，一起吃嘛。"钱龟龄忙道："我老婆刚出医院，我得赶回家……"徐亦道"哦"地一声，又道："那也不差这一顿饭的工夫嘛。"史引霄隔着圆桌道："让钱龟龄回家去陪淑琴吧，本就不该叫他出来！"徐亦道这才松了手。钱龟龄欠了欠腰，转身走了。

徐亦道拿出一瓶酒，略显粗糙的乳白色陶罐，有点像出土文物，他用掌拍拍，嗡嗡地响，笑道："我是不相信什么茅台啊，五粮液啊，还是古井、甘美醇和，回味长久。你们别看这瓶酒貌不惊人，的的确确是亳州古井镇正宗酿造，我到手也快十年了。"便开了瓶塞，果然酒香一下子弥漫开来。他给何弱之和徐亦香斟了满杯，又要给顾医生和杜医生斟酒。顾医生道："小半杯，我只品尝一下，赫赫大名的酒中牡丹嘛！"杜医生道："我们一向不碰白酒的，我也只小半杯够了。"

轮到给史引霄斟酒，史引霄却护住酒杯，嗔道："徐亦道你晓得我不喝酒的，给我泡杯茶即可，我以茶代酒嘛。"徐亦道却不肯罢休，道："你是阿香的大媒人，一点酒不沾，说不过去的，尝一口嘛！"

何弱之义不容辞为史引霄救场了，"亦道你放过她吧，她碰不得酒。那年鬼子扫荡，武工队在夙沙滩的芦苇荡里埋伏了三个月，冻得吃不消了，庄子里老百姓偷偷送来自酿的高粱，喝两口，身子就暖和点。史引霄可灌了几口？趴在湿答答的泥滩里醒不过来了！半夜里队伍要转移，是平楚架着你走的吧？"

史引霄道："那是我不晓得自酿酒的后劲厉害，咣咣地喝了一菜碗。"

顾医生道："史区长的胃大概从那时就损伤了。我说吧，史区长最好连茶都不喝，来杯温开水。回去千万别忘了喝我那药酒哦，两调羹的量。"

医生发话了，徐亦道便不再坚持，吩咐服务员倒了杯温开水来。于是他兴冲冲举起酒盅，道："虽是家宴，也要提纲挈领说几条出来，算是自娱自乐吧。这一，弱之，还有引霄大姐，我们可算是声气相投的战友吧？都能熬过十年动乱，活得还算精彩吧？该不该举杯一贺？"

众人都附和地举起杯子。何弱之叹道："岁寒，然后知松柏之后凋也！"

史引霄点点他道："何麻子头一回跟阿香见面，就大谈诗经楚辞的，阿香哪里抵抗得住，马上缴械投降了。"

趁众人碰杯之际，徐亦香绕到史引霄身边，咬着她耳朵道："大姐，只有你称他麻子他不敢生气哦！"史引霄哈哈哈大笑起来，道："老何，老何，我以水代酒，碰一下！我晓得你海量，干了！"

何弱之嘿嘿地笑着，真把酒一口倒入喉中。

徐亦道再次举杯道："这第二杯酒，为我的这位老妹夫荣归故里，担当一方主政。我也学一回斯文，弄两句诗凑兴，叫做白日放歌须纵酒，青春作伴好还乡。"

何弱之道："老杜的名句，倒是切合此时此刻的场景。"便又大大地抿了一口。徐亦香忙替他撅了一块咸鸡放在骨盆中，嘱道："快吃一点，压压酒。"

徐亦道又举杯了，嘀嘀一笑，道："这第三杯酒，我要为我们史引霄区长贺寿哦！"

史引霄厉声嗔道："徐亦道你不要瞎扯，我生日已经过去了。"

111

徐亦道却道："不是我当面戴高帽子，大家都晓得了，昨天区里发生一桩重大事故。恰好昨日又是史区长六十大寿的生日，家里人备了生日宴等着为她贺寿，她却为安抚死者家族，彻夜未归。我们这会当然要为她补上一杯啰！"

顾观我应道："应该的应该的！昨晚我和杜蘅下楼，想跟史区长讨杯寿酒，子女都齐了，独缺寿星。今日这杯酒是一定要补的。"

史引霄还想坚决推辞，抵不住身旁的何奔腾将酒杯举到她跟前，一口一个"大妈妈"叫着，只得将自己那杯白开水咕噜咕噜地灌下去了。

这时服务员推门进来道："徐副区长，热菜要上了吗？"

徐亦道喝了酒，脸膛泛红，道："稍等等，我们冷菜还没动筷呢！"

史引霄道："哪有这许多讲究？一起上来，我正想吃口热菜。"

徐亦道摇摇头，他晓得史引霄粗枝大叶的脾气。又朝服务员道："听史区长的，上，一起上来，我们打歼灭战。"

陆续端上来三四只热炒，青豆虾仁，爆肚草头，鱼香肉丝，随后是一只甜面酱炒螺蛳。

何弱之手撑台面，微微欠起身子，诧异道："上海也有这道螺蛳啊！"

史引霄舀了一调羹放在他盆中，道："上海周边湿地河滩多得去了，螺蛳也不是稀罕物。"

何弱之道："我在内地这几年，见不着，还以为它灭种了呢。"迫不及待吮嘬了一只螺蛳，有滋有味嚼起来。

徐亦道笑道："早晓得何兄爱吃螺蛳，让食堂买几只大田螺，塞肉，红烧，那是一道上乘菜了。"

何弱之吧嗒着双唇，道："其实还是这个原汁原味的好。老史你说是吧？"这一会，他的骨盆中已摞起一堆螺壳。

史引霄用根牙签将螺肉剔了出来，掐去尾巴，放入口中，方道："这已是经过调料加工的了，自然是美味的。老何，你还记得那年我们在茆围子芦苇荡里吃的螺蛳吗？那才是真的原汁原味呢！"

何弱之抿口酒，脸也泛红，将一脸隐隐绰绰的白麻子凸显出来，感慨道："现在实难想象，当初在茆围子里面怎么活下来的！鬼子封锁村庄，老百姓无法替我们送食物，先是挖蒿草根煮来吃。老史你还记得吧？是文汉兴头一个想起挖螺蛳的，就用荡里的水煮熟了，大家抢着嘬来吃，赛过山珍海味。"

"吃了两天就不行了，拉肚子，呕吐都来了。再闻那土腥味，一颗也不想吃了。"史引霄手掌在脑门前挥了两下，要拂去那记忆似的，"不去想它了，否则现在也不想吃了。"

何奔腾插言道："大妈妈，我听奶奶说过，螺蛳买回来，一定要浸在清水中，滴上两滴油，撒一勺盐，浸个一天，让它把肚子里的泥沙吐干净了，才能吃。你们一定是吃了不干净的螺蛳才上吐下泻的吧？"

史引霄苦笑道："奔腾啊，你回家好好问问你爸爸妈妈，为什么当时我们那样不讲卫生呢？"

何弱之四十岁才有了这个儿子，自然是极宠爱的，不想当众让他难堪，便岔开话题："史引霄你晓得吧？文汉兴平步青云，调到省里工作了！"

史引霄耸了下肩胛，"听说了，省办公厅主任，是你的顶头上司了吧？"

他们所提及的文汉兴，当年是史引霄和何弱之的老部下。原是茆围子地区镇上小学的教员，新四军建立民主政权后，他当上了财粮科科长。

何弱之道："我也是听一些老同志反映，庞司令平反后，进了中顾委，文汉兴逢年过节都要去北京探望他的。所以嘛！不过，我这次调回来，他是起了点作用的。"

史引霄摇摇头，"这个白衣秀才！1959年庐山会议后，庞司令受到牵连，被罢了官。他文汉兴特意跑到上海来找我，动员我跟他一起联名揭发庞司令当年如何迫害我，简直莫名其妙！被我骂回去了。"

徐亦香鼻孔里"哼"地一下，道："我们老何有他一半的心眼就好了！难怪人家会送他个白衣秀才的绰号，但愿不要落个王伦的下场。"

何弱之遂在饭桌底下撞了徐亦香一脚，便嘀嘀一笑，念出两句话来："得志遂茂而不骄，不得志瘁瘁而不辱。"又道："这是苏东坡的剀切之言。隔日到了省城头一个就要去拜会他，总要感谢他的知遇之恩啊。"

徐亦道跷起大拇指，啧啧道："何兄雅量！来来来，敬你一杯！"又冲着徐亦香道："阿香，你不要有眼不识金镶玉。我说我们兄妹该一起敬史区长一杯，是她成就了你这段好姻缘！"

史引霄忙道："十早年代的事了，够了够了。我再喝水，胃吃不消了。"

那边杜蘅便道："史区长意思意思，润润嗓就行，不要勉强。"

又一轮小菜上来，双笋炒面巾，墨鱼红烧肉，雪里蕻大汤黄鱼，虽然都是上海家常菜，厨师手艺不凡，口味很合众人心意。觥筹交错间，言谈甚欢。史引霄与何弱之老战友重逢，抚今追昔，说起那如火如荼的战争年代，都仰首伸眉地抖擞起来。徐亦道徐亦香兄妹在一旁助阵捧场，劝酒搛菜。那一边，黄岑与顾观我医生杜蘅医生正探讨中医养生之秘方，一个问得专注，一个答得周详，甚至当场搭起脉来。

包厢门"砰"地被撞开，服务员小心翼翼端着只庞大的紫砂锅进来，一边道："黄芪当归老母鸡汤，大补汤。"放下锅，揭了盖，浑厚的香味喷薄而出，令人垂涎。徐亦道招呼黄岑替客人们分汤，两只鸡腿，一只自然是何弱之的，另一只无可争议地给了史引霄。徐亦道又端起酒杯道："何兄，还有我们史大姐，资历最深，贡献也最大，我祝他们松身鹤骨，精爽不衰，再为祖国为人民立新功！"

又是一番推杯换盏，一锅鸡汤眼见得只有残山剩水了，细心的黄岑便扯下徐亦道的袖管，朝史引霄呶了下嘴。

徐亦道喉咙咣咣响："老史，你怎么不动鸡汤啊？我关照钱龟龄要厨房用黄芪当归炖鸡，主要是为你们女同胞准备的嘛！"

杜蘅便道："史区长是不是嫌油腻啊？这鸡汤煮得不错，看看黄澄澄的，喝起来并不觉油腻，史区长你喝这一小碗，没问题的。"

史引霄忙道："大家吃嘛！我实在是胃里装满了，灌不下去了。"

何弱之侧身看住她，脸上的麻子突突在跳，道："史引霄，你看到这锅鸡汤，一定是想起了我们在茆围子芦苇荡中好不容易煮得半生半熟的那只老母鸡吧？"

史引霄的小眼珠有些迷离，瘖哑着嗓道："我现在看到鸡就有点反胃酸，喏喏喏，这鸡腿奔腾代大妈妈啃了，年轻人，要增加营养。"说着将鸡腿搛至何奔腾的碟中。

何弱之便道："奔腾你就享用了吧。你们不知道，当年大名鼎鼎的女武工队长史引霄，据点里的鬼子张贴布告，出十个大洋买她的人头，却因动用两斤公粮跟老百姓换了只鸡，犒劳困在芦苇荡里啃了几个月蒿草根的武工队员，结果受到上级处分，撤职，去党校整风学习班接受改造。老史，文汉兴要你揭发庞司令，是指这桩事体吧？"

徐亦香马上接口道："老何你漏了最关键的，若不是孟隐到军区告刁状，霄大姐也不会受处分的。这个孟隐就是文汉兴的老婆，他俩倒真是乌龟配王八，气味相投呢。"

何弱之慢吞吞抿了口酒，用筷子笃笃敲敲徐亦香的骨盆，道："阿香你讲话要有依据，当年的孟隐哪里看得上文汉兴？他俩结婚恐怕是在文汉兴走马上任瓢城市委书记以后吧？孟隐自视甚高，自恃是大学生，觉得茆围子的区委书记和武工队长都应该由她担任。史引霄被撤职后，孟隐以为十拿九稳是她接任了，没想到军区任命下来，要我接替史引霄……"

史引霄叭地放下筷子，道："老何，不提那些乌糟糟的事情了，我最讨厌有些人成天盯着自己的官阶，比来比去的！"

何弱之长叹一声，"不汲汲于荣名，不戚戚于卑位，古人能做到，我们共产党人更应该做得到了！"

史引霄端起半杯白水跟何弱之碰了杯，赞同他的话。稍顿，探询地盯着他脸上的麻子，"有桩事情老何你还记得吗？茆围子反扫荡前，凤沙乡有个女干部，跟乡里的助理以谈恋爱为幌子，携款逃跑。那助理后来后悔了，向组织交待了……"

何弱之摩挲着下巴道："记得记得，当时我们区委正为了执行军区党委的命令，动员老百姓拆房拆墙，不给日本鬼子留下一砖一瓦，说破嘴皮，煞费周章，突然又冒出这么一桩公案。当时你带了几个人去运河渡口把人截回来了，送去军区保卫处审讯。结果保卫处的首长把人放了，说是抗日队伍来去自愿，来者欢迎，去者欢送。史引霄，为此事你还跟军区首长拍桌子发脾气呢！"

史引霄摇摇头，"也许，当时我是眼光短浅，对党的统一战线政策理解不够深刻吧。"

何弱之道："怎么突然想起这桩事来了？"

史引霄道："提起茆围子反扫荡，就想起有这么一桩事，随便问问。你还记得这个女干部的姓名吗？"

何弱之皱了皱眉，"想不起来了。当时我负责拆除工事的任务，没插手这桩事情……怎么啦？有什么问题吗？"

史引霄挥挥手，像拂去眼前飞虫，道："没有没有，只是后来再也没有那人的音讯了。"

服务员又送进来点心，是一大碗红豆沙糯米汤团和一盘生煎包。何弱之搛了一只生煎包就咬，烫得咝咝吸冷气。

史引霄啐道："老何在内地待了许多年，都不会吃生煎包子了。"

徐亦香道："有时工作到夜半，饿了，总说，这时有一份生煎包子，人生无憾啦！"

徐亦道喝了酒，满脸红光道："这有何难？何兄，往后节假日，你跟老姐就来上海小住几日，我可以让你吃到正宗的生煎包子。我们四个人，正好凑成一桌，还可

114

以搓几盘。"随即，朝史引霄行个礼，"史区长你放心，我们一定是卫生麻将，清爽得一点病菌都没有。"

史引霄正色道："我不怕你耍花招，我派黄岑监督你。"

徐亦道举起双手作蛰伏状，道："那自然，谁不知道我徐亦道得了妻管炎。"旁边黄岑却有些尴尬，将面孔伏向骨盆。

顾观我医生不解道："徐局长，你们搓麻将这么讲究卫生？用酒精消毒吗？"

徐亦道嘿嘿一笑，他喜欢顾医生称他"徐局长"，因为他那个区长前头必得加一个"副"字。他拉开说书人的架势道："顾医生是三句不离本行，你却不知，此卫生非那卫生，这里面大有文章。1948年徐州战役，我受重伤，肩胛骨被蒋匪子弹穿透，在战地卫生院疗伤。听着遥远处炮声隆隆，想着战友们冒着枪林弹雨冲锋陷阵，心里真不是滋味。卫生院的院长允许我们每天搓几副麻将以解烦躁，便有了卫生麻将的说法。这是其一。其二嘛，"瞟了眼史引霄，"全拜史区长的创造啰。六十年代，她是分管公检法的副书记，听讲有些干部闲来搓麻将，几块钱的小输赢，便大发雷霆，把我们公检法几个头头召去，狠狠训了一顿，严禁干部玩麻将赌钱。后来下头干部就将这种没有钱财输赢的麻将叫作卫生麻将了。"

史引霄道："我们花了多少气力打黄打赌，己身不正何以正人？"

何弱之曲指笃笃敲着台面，叹道："这就是史引霄，非此便不是史引霄了。"

徐亦道便道："老史啊，我记得你藏着一副上乘的青瓷麻将，牌捏在手中，细嫩得如同婴儿的面孔。"

史引霄没好气道："我不来问你，你倒自己先提了，归还我抄家物资时压根没有这副麻将。"

徐亦道一拍脑袋，"对对对，你曾经问过我的。可惜我回公安局时，抄家物资都已发还了。"转而道："没关系，我一定想办法替你重搞一副，我找龙泉镇上的派出所不就成了？"

史引霄盯了他一眼，"你给我省省吧，为了一副麻将还要麻烦人家派出所！"

这时服务员端上来一盆水果拼盘，摆成孔雀开屏的形状，干冰散发出袅袅薄雾，十分诱人。徐亦道忙招呼大家吃水果："老何这是马来西亚芒果，尝尝看。顾医生杜医生，你们讲究温性补气，这是美国甜橙甜而不腻……"

史引霄胃寒，不吃水果，便招呼服务员买单。

徐亦道立起来拦住了她，"史区长，饭钱我已经先付了，你就不要操心嘛！"

史引霄盯了他一眼，道："那也好，我欠老何夫妻一顿。"便提出要先退席了："昨晚上没睡好，现在头疼得不行。老何，阿香，你们再吃会，尽兴哦。"何弱之徐亦香起身送她，她把他们按回座椅上，道："现在你们调近了，以后见面的机会也多了！"又问顾观我医生："顾医生杜医生，你们要不要搭我的车子回家？"徐亦道笑道："看看看看，我们的史区长事必躬亲，就是不相信群众！你放心，钱主任已经另外安排车子送他们了！"

史引霄又盯了他一眼，像是赞赏他做事周到把细？又像是质疑他过分精雕细刻了？

黄岑送史引霄到小食堂的门口，微微欠了腰，柔柔道："史区长，回去一定要好好睡一觉，看你眼圈都发青了。"

115

史引霄眯眼道:"黄岑,怎么样?近来老徐的坏脾气改了没有?"原来史引霄耳闻徐亦道待老婆很霸道,有时还动手,就把徐亦道叫到办公室狠狠地训了一顿。

黄岑有点尴尬地笑笑道:"史区长,他哪敢不听你的话?"

史引霄用力咧嘴笑道:"他若敢再耍脾气,你尽管来告状!"

黄岑只笑笑,这个笑不是很踏实,有点潦草。

小贝的车一直候在小食堂门外的,见史区长出来了,连忙拉开车门。史引霄顺口问道:"吃过吗?"

小贝道:"吃过了。"反问道:"现在,可以回家了吗?"

史引霄钻进车肚子,含混道:"回家……"已靠在椅背上,睡过去了。

小贝直到车停在花园弄堂"兰畦"门口了,才唤醒史引霄。

史引霄其实睡得并不透彻,醒来后只觉得头重脚轻。她实在是于心不忍,却又不得不说:"小贝,今天只好辛苦你了,下午在机关里,万一桃浦地那边有什么动静,一定要来叫我的,晓得吧?"

小贝道:"史区长你放心,实实足足睡上一觉,我替你盯着。"

史引霄点点头,"只好跟夏妮说声对不起了!"便摁下了门铃。

只听得门里面一阵啪啦啪啦的脚步声,大门咣地打开来,露出麦蛾鲜苹果般的面孔,喊道:"姨娘你终于回来了呀!"连忙接过她的外罩,从鞋架取下拖鞋让她换上。史引霄有点支撑不住了,软软地靠在麦蛾厚墩墩的肩胛上。

雪砚和雪墨正在客厅中包扎父亲创作的《烈火中永生》,听到麦蛾的喊声,都迎出来了。

"妈,你也真是的,夜不归宿,弄到这时候才回来!"雪墨撅着嘴埋怨地撒娇。

雪砚上来一把扶住了史引霄,焦虑道:"妈,你怎么了?病了?面色怎么这样难看?"

史引霄连咧嘴笑的力气都没有了,勉强道:"没什么,有点累,睡上一觉就好了。"

三人齐力将史引霄扶进客厅。史引霄头一眼就看到了挂在东墙上自己的肖像,盯了一会,道:"平楚把我画年轻了。"心里道:"结婚多少年了?才替我画肖像!"

雪墨道:"在爸心里,妈永远年轻!"

麦蛾端了盆热水来,"姨娘,你擦把脸,解解乏。"

雪砚倒了杯温开水递给她,"妈,你中午的药可吃了?"

史引霄拍下脑门,"中午徐亦道请客给何弱之一家洗尘,只顾着说话了!"

雪砚便去卧室取药。雪墨坏坏地笑道:"妈,何叔叔那个混世魔王儿子也来了吗?"

史引霄翻她一眼,"雪墨,以后碰了,可不许这么称呼人家!何奔腾现在也是大学生了呢。"

雪墨很不情愿地"噢"了声,忽又神秘兮兮道:"妈,昨晚哥把女朋友带回来了,你没当面审查一下,便宜史雪弓了!"

史引霄不惊不乍道:"你们都成年了,这是你们自己的事,我不审查。"旋即问:"你们大姐呢?又加班?"

这时雪砚正拿了一堆药盒过来,忙道:"大姐昨天请了一天假回来张罗你的生日宴会呢!原是说今天要等你回来的,半夜里,哦,天快亮了吧?霜玉表嫂来电话,说元同表哥要到上海来看病,青玉姐一大早就

116

赶回医院作准备去了。她说叫你不要操心，元同表哥看病的事就交给她好了。"

史引霄略忖，问道："元同生什么病啊？要到上海来治？"

雪砚道："青玉姐没详细说。青玉姐让你不要操心你就别操心了嘛，快把药吃了。青玉姐横关照竖关照的，药，一定要按时按量吃！"

史引霄在女儿们的监督下吞了一把药，正要去卧室休息，瞥见了靠在餐桌边的油画框，外面用条旧被单包着，细麻绳绕成井字形状，便问道："这是你爸参加美展的那幅画吧？完成了？"

雪砚道："爸让我们帮他送去美协，好像到截止日期了。"

史引霄进了卧室，跟两个女儿道："你们上画室跟平楚说一声我回来了。"

雪墨一跺脚，"妈，爸去苏北了呀，早上走的，美协有车送他到火车站的。"

史引霄怔在那里。雪砚揉了把雪墨，"爸留给妈的信呢？"雪墨忙转身去自己房中取那只牛皮纸信封。待转来，雪砚已帮妈妈脱去外衣，躺进被窝。雪墨双手捧着，递上牛皮纸信封，"妈，爸等你等不回，只好给你留书信了。我可没偷看哦！"

史引霄从信封中抽出一张毛边纸的信笺，眼前一片龙飞凤舞。便道："取我的老光镜来。"

雪砚体贴道："妈，你躺着别动，我来念给你听吧！"说着抽过了纸笺。

雪墨朝雪砚皱了下鼻子，斜靠在母亲身边，"我也要听。"

于是雪砚展平信笺，念道："引霄，"咳了咳，清清喉咙，"纪念碑修复庆典的请柬寄来了，邀请我们两人共同出席。可是小山子竟一言未附，感觉是故意对寒城

事保持缄默，期间一定又有波折和阻碍！我决定亲自去县里查询申诉，想必你定会理解支持我的。你刚上任，一日万机恐应接不暇，就由我全权代表去解决这桩事吧！青玉已嘱我带足了降压药，你也别忘了吃药！最要紧的一点，少抽烟，尽量不抽烟！！！ 平楚。"

"完了？"雪墨问。

"是完了。"雪砚答。

雪墨凑过去看那信笺，父亲的签名好像花了很大气力，"平楚"的"平"字，两点往上翘起，如剑眉倒竖！

雪砚雪墨对视一眼，她俩都熟悉父亲的签名，心情愉快时，"平"字两点，圆润轻盈，像微笑时的酒靥；心情郁闷时，"平"字两点有气无力地往下耷，像哭泣的泪行。那么现在这两点呢？难道父亲心中压抑着愤怒吗？

雪砚朝雪墨挤挤眼，努努嘴。雪砚便问道："妈，爸说的小山子就是陈时模叔叔吧？那么那个寒城呢？是你们的老战友？是叔叔还是阿姨呢？"

她们没有得到回答，只听到一阵阵深深的、从胸腔里发出的鼾声，她们的母亲已经睡着了，睡得很沉很沉。

楔子

他总是在我好不容易将他放进记忆最深处，用岁月的尘土将他掩埋，不再为他牵肠挂肚的时候，突然又出现在我面前，在我心中掀起惊涛骇浪，一次一次地让我痛彻心扉！

元同，你竟就这般无情，这般狠心么？

——史青玉日记

星期天一早赶回医院，为他安排好了病床。

联系救护车，下午三点四十五分到北火车站接从甘肃来的病人。

我实在没有勇气到火车站去接他……

头一次到火车站送他去北航上学，亲亲眷眷送行的一大堆人。他跟每个人都握手告别，轮到我的时候，我都不敢直视他的眼睛，只听他热情而简短地说了四个字："努力学习！"并且握着我的手暗暗使了力。那时，我升高三，暗中使劲，准备报考医学院。

后来，他每年放假回来探亲，返校时坚决不要家人送。而我总是偷偷地等在候车室，那是我俩小小的秘密，这个秘密保持了七年，直到他研究生毕业，而我也顺利修完了医科的全部课程，正在临床实习。

最后的一次火车站的秘密约会，我一直送他到火车站台上，不知为什么，那次我特别舍不得放他走，挽住他的胳膊不肯松开。他拍拍我的手背，问："倘若我被分配到大漠荒滩，或者分配到深山密林，你愿意跟我在一起吗？"我不假思索道："我会跟你去天涯海角，那里一定会需要医生的！"当时我们约定了，等他毕业方案一公布，我们就向双方父母和亲朋好友公布我们的恋情。

现在回想起来，老天真是给我开了一个天大的玩笑。春天里，他还来了一封信，说他已经向校党委交了入党申请书，并且坚决要求分配到祖国最需要的地方去工作。转眼到了我殷殷期盼的夏天，他却突然无了音讯，消失得那样彻底！我曾经辗转向他北航的同学打听他的下落，同学转告说，史元同如愿以偿分配到一所军工研究所工作，因那是绝密单位，同学们都不晓得它的通讯地址！我也曾经向霄妈妈询问他的消息，装作随意提起的样子，霄妈妈也是很随意地答道："哦——元同啊，你引豪舅舅和瑞舅妈来信说了，他分在保密单位，家里人都不晓得他的地址，写信也只能通过单位转交。这种单位可是要选拔政治上牢靠，业务水平又高的尖端人才呢！"

当时我天真地以为，他工作的地方一定非常遥远非常艰苦，他一定是想安排好了一切再回来接我，公布我们的恋情，帮我调动工作。我便耐下性子等他，并且着手准备我们将来生活所需要的一切。

"兰畦"院子里的那棵老梧桐，叶子长出来了，树荫筛得日头温柔起来。叶子飘落了，一阵一阵的，终于裸露出灰白的虬枝。叶子又长出来了，从嫩绿，到鲜绿，到老绿，到焦褐……他却毫无动静，仿佛先前的一切都只是一场梦！

我实在忍耐不住了，厚着脸皮去南京，去他的家，去向引豪舅舅和瑞舅妈求证他的存在！

瑞舅妈看见我只是摇头叹气。我敢肯定，他们一定早晓得了我和元同的秘密。引豪舅舅抽着烟，在客厅里兜圈子，最后，他停在我跟前，伏下身子，盯住我的眼睛，"青玉啊，你不要再等他了！"我颤着嗓问："是他让你转告的吗？"引豪舅舅摆摆手，过了一会，又点点头。瑞舅妈冰霜着面孔，用一个更重更长的哀叹回答我。

我下定决心，挖一个坑，把他埋起来。我拼命工作，还去读了在职的博士。究竟过了多少时间？五年？十年？记不清了。有一次我休假回家，霄妈妈丢给我一只已拆口的信封，又是很随意的口吻："引豪舅舅和瑞舅妈来信了，夹着一张元同的结婚照,新娘子还蛮秀气的,你看看。"

我看见了那位叫霜玉的女人,长腔脸,皮肤黝黑,肩背宽阔……引豪舅舅和瑞舅妈的信中说,这个女人是个寡妇,前夫给她留下了两个孩子。那一刻,我不能动弹,不能思维,不能呼吸。

不写了,小护士在喊,去北火车站接病人的救护车到了!

——史青玉日记

17

究竟是时势造就了英雄,还是英雄造就了时势?这个千古难题虽有许多解,却永远没有统一的答案。许多年以后,马英华创办的英华服贸集团声誉鹊起,旗下装潢与服饰两大品牌已渐成气候,有电视台财经记者采访她,问及时势与英雄的关系,马英华回答得实诚,道:"我肯定不是什么英雄,可是我遇上了好的机遇和好的人。党中央制定了改革开放的国策,史区长不计前嫌,支持我创办企业,所以才有了英华集团的今天。还有一条非常重要,我们英华的职工大多有知青的背景,经历过苦难的磨砺,勇敢奋进,吃苦耐劳,创造了英华的今天!"

马英华毕竟在区里工作了许多年,且是在团区委书记这样显要的岗位上,积累了丰厚的人脉。近几年虽有些周折,一来她为人做事向来规矩顶真,认理不认人,哪怕"文革"中坐在革委会副主任的位置上,却也没有颐指气使,飞扬跋扈之态,也不曾对任何人罗织构陷,落井下石,之后又深刻反省检讨,很快获得了大多数群众的谅解。其次,她倡议组建知青自己的公司很得人心,再加上有史引霄区长的鼎力支持,原先一度断线的人脉又渐渐活泛起来,上下办事顺畅了许多。

史引霄区长言必信,行必果,很快就从区长专项资金中拨了十万元给马英华做启动资金,虽然杯水车薪,却是雪中送炭。马英华晓得史区长力排众议,能拨出这点钱实属不易,恨不得一分钱都掰成两爿用。她打听得某校办工场停止不办了,原有的临时厂房尚未及拆除,马上前去商洽,以极便宜的价格租了下来。那是一排用胶合纤维板和石棉瓦搭起的简易平房,马英华指挥刚成立的知青装修队重新做了隔断。正中一小间约十二平米大小,为总经理办公室兼人事、财务办公室;右首一间约二十多平米,是装修队的工具储藏室兼工人休息室;左首一间稍宽敞些,便做了缝纫组的工场间,面对面两行排着十多台缝纫机——这些机子是马英华动员缝纫组的姐妹们从各自家里搬来的。马英华许诺大家,等生意做起来了,公司有了利润,不仅要为工场间添置先进的机子,还要为姐妹们更换新机子。于是,不到十天工夫,英华服务贸易公司便初见形态了。

马英华注意到市面上陆续有个体户私营企业举办开张庆典,无论门面大小,花篮彩带总是少不了的,鞭炮总是要放它几千响的,圆台面也总是要开上十几桌的。马英华也清楚一个公司开张这些礼数少不了的,可是又心痛那一笔笔的开销,实在拿不定主意,她决定找史区长商议,原本也是应该向史区长汇报一下公司筹建的进展的嘛。

马英华试着给史区长办公室打了两个电话,都是那位钱龟龄主任接的,音调不高不低,音速不急不缓,你千言万语过去,他只一句回来："史区长不在办公室，你有什么事？可以让我转达吗？"

马英华犹豫着，道："钱主任，就是关于英华公司筹备的情况，我想向史区长汇报一下。"

钱龟龄仍温吞水般道："区里每天有多少公司开张啊？每个公司都要当面向区长汇报，区长只好去找孙悟空学习分身术了。政策法规都摆在那里，你们照着办理嘛！"

马英华无奈放下话筒，决定另辟蹊径。吃了晚饭，跟母亲招呼一下，便抬腿跨上自行车去夏妮家了。母亲追着她背影喊："别忘了，要请史区长上家来吃馄饨哦——"

自行车在胯裆下赤浪赤浪地作响，好像随时都会散架似的。马英华任它呻吟，依然踩得飞快。她太了解这辆自行车的脾性了，虽然漆色褪落，钢丝锈蚀，二十八吋锰钢的骨架依旧可以承担跋涉之辛劳。

这辆永久牌男式自行车，还是当年她评上了劳模，厂工会奖励的。因那一届劳模百分之九十是男同事，工会便一律定购了男式自行车。幸而马英华身材高挑，上车下车并无障碍。

她喜欢听车轮旋转发出赤浪赤浪的声响，仿佛回到了二十挂零的年纪，她从纺织职校毕业进色织厂，担任色染车间技术员，领导重视她，车间姐妹们尊重她，工作顺顺利利，生活简简单单，心里阳光明媚，几乎没有阴影。

在经历了一番坎坷蹭蹬之后，马英华有时会问自己，倘若当年史引霄没有调自己到区委工作，自己的人生也许会安稳一些，也许就会像夏妮一样，嫁一个如小贝那样本分的男人，生儿育女，安安稳稳地过一份平淡的日子。如果那样，她会满意吗？

自行车驶过中山公园附近相对热闹的马路，路灯相间着霓虹灯，流光溢彩中人来车往地喧闹。待她拐上通往近郊偏僻的那条街，路面仍是宽阔的，路灯的间距拉长了，路边的商店稀疏了，路面幽暗起来，几乎见不到行人，偶尔有公交车或卡车轰隆隆地驶过。

其实马英华从来没有后悔过从工厂调到区政府工作，哪怕在受组织审查，等待结论的艰难日子里。她想，如果自己像夏妮一般过简单平庸的日子，一定会窒息的。所以，现在自己选择离开区机关，下海办公司，不管前路有多少难，咬紧牙关也要走下去呀！

小贝和夏妮的家是在六十年代初造起的工人新村里，暮色中，一眼望去黑压压的一片四层楼房，格子般的窗户闪烁着蜜色的灯光，仿佛草丛中的一群萤火虫。

新村入口处有一爿"为民日夜商店"，招牌上的霓虹灯坏了几根管子，"为民"的"为"字少了一点，"日夜"的"夜"字缺了一撇，可这并不妨碍这爿店日夜生意兴隆。此刻，下班回家的人们都会顺便进店逛一圈，买点肥皂草纸洗衣粉，带点老酒油盐味精米醋，还有糖果饼干盐津枣之类的零食，老少皆宜啊。

马英华下了车，踅进日夜商店。先到烟酒柜台，问营业员："同志，有没有计划外的香烟卖啊？"马英华自己不抽烟，家里烟票早送人了。

营业员便从高处取下一盒硬壳凤凰牌香烟，道："七毛二。"马英华想想，道："再拿一盒吧。"

付了钱，她又转到点心柜台，看到王家沙绿豆糕竟不用付糕点票的，立即买下两盒。

　　这里百货柜台上竟然还有零拷的香脂和花露水，马英华懊恼没带空瓶子。转而一想，送人的话，零拷的香脂也拿不出手，便买了一罐正装的百雀羚润肤霜。

　　夏妮正在厨房洗碗，听到门铃声，以为是丈夫回家，嘀咕地嗔道："钥匙又忘带了？怎么没把人丢了！"撩起围单擦着手去开门。见着是马英华，长长地"咦"了声，"稀客稀客，英华姐，无事不登三宝殿，你不要吓我！"

　　马英华将一兜的礼品放在茶几上，笑道："就不许我想干儿子了，来看看他么？"

　　夏妮眨巴着眼看了她几秒钟，摇着头道："不可能的，英华姐你没有那份闲心的！"

　　马英华被她看穿心事，颇有些尴尬，自顾将礼物一件件取出，排列于茶几上，边道："这绿豆糕给我干儿子，上初中了吧？这瓶百雀羚是给你的，开春皮肤容易干燥；这两盒带过滤嘴的凤凰烟给小贝，你不反对吧？"

　　夏妮面孔忽然紧张起来，直眉瞪眼道："哦，你一定是来找小贝的！什么事？要紧吗？"

　　马英华摇头叹气，"夏妮，我就那么可怕吗？"

　　夏妮咬了咬唇，不好意思道："英华姐你别动气哦，想想从前的事，还是心惊肉跳。我现在只求一家人太太平平过日子。"

　　马英华面有愧色，捏住夏妮的手，"夏妮，从前是我对不起你们！你放心，现在不会那样了……我今天来找小贝，只是想托他帮我跟史区长转达一个信息，我们公司筹备工作一应俱全，我想约个时间向史区长汇报一下。给办公室打了好几次电话，都找不到史区长，急死人了！"

　　夏妮方才松了口气，道："史区长真的很忙呢，你看我家小贝，日日要到九十点后才回家！"

　　马英华略显失望，稍顿，道："那么夏妮，你代我转告小贝好不好？如果史区长有回应了，麻烦他给我个电话。我们公司新安了座机，我把号码抄给你。"

　　夏妮取了支铅笔递给她，马英华便顺手在墙上的日历上留下了电话号码。夏妮凑上去瞄了眼，道："英华姐，你的公司就叫英华公司啊？"

　　马英华道："也想叫个其他名字，可是选来选去，好像都没有这个叫得响亮。"

　　夏妮道："英华姐，你生来就是干大事的嘛，哪像我们！"

　　马英华心里一动，问道："夏妮，现在厂里情况怎么样？"

　　夏妮道："还不是老样子？效益却大不如前几年了，奖金越来越少了呢。"

　　马英华兴奋起来，"夏妮，你辞职，到我们公司来，我正缺个贴心的帮手呢！"

　　夏妮受惊似的往后退了步，"我辞职？不行不行，我爸妈一定反对的，小贝也不会同意的。进厂都二十多年了，那么多工龄，放弃了，岂不可惜？再说，我哪有那个本事啊！"

　　马英华晓得自己太性急了，笑道："看你急的！我又不会强迫你。反正，我留下一句话，我们英华的大门永远朝夏妮敞开，如何？"

　　夏妮却王顾左右而言他："哦哟，英华姐，一说起话来就忘了给你倒茶了！有龙井，不过不是当年的。当年的还不曾发芽呢！"

　　马英华拽住她，"你跟我客套就没意思

了，我要喝不会自己倒啊？要说的都说了，我这就走了。"

夏妮心里其实并没有留客的意思，顺风落帆，道："英华姐，还让你这么破费了！"

马英华一边朝大门走去，一边道："我干儿子还住在外公外婆那儿？别忘了，把绿豆糕带给他。"停下脚步，"最最要紧的，别忘了我托小贝的事哦！"

马英华天天钉在狭窄的办公室里等小贝的电话，她是十二分相信夏妮一定会将自己所托告诉小贝，而小贝也一定会转告史区长的。她定定心心候了两天，却没等到小贝的电话。马英华等不及了，她的三十几号员工在等她呢。横横心，马英华决定先干起来。

英华公司全体员工会议就在三八缝纫组的工场间里召开，环绕着缝纫机子挤挤插插坐了一圈，又一圈，倒也显得热气腾腾。房修队一些男职工的几根烟枪吞云吐雾，缝纫组的姐妹们忙着咣咣地开窗。有人高声道："马经理，我们什么时候正式开业呀？"便有人低声咕哝道："关键是什么时候拿工资啊？"窃窃的笑声，嗡嗡的私议声，像捣毁了一只蜂窝。

马英华毕竟是当过区团委书记的，有做群众工作的经验，带着胸有成竹的笑容缓缓扫视着她的员工们，待一波声浪渐渐退去，才道："谁说我们还没开业？难道一定要放几串鞭炮烧掉几张钞票才算开张啊？"手朝墙上一指，"工商局的营业执照在这儿挂着呢！"屋里又腾起一团轻烟般会意的笑声。马英华稍顿片刻，继续道："关于工资么，天上不会掉馅饼对吧？幸福的生活要靠我们自己去创造对吧？"便捏住一叠半尺长短的纸片，朝大家挥舞了几下，"我们的工作就从这里开始。"晓得大家不解，紧着道："这张宣传单，有我们公司的简单介绍和业务范围，每个人拿一些去，分发给亲朋好友街坊邻居。虽说是酒香不怕巷子深，不过不吆喝，谁晓得你的酒香不香呢？"已有人伸出手来要那宣传单，马英华让大家团圈传递下去，又道："我们公司章程大家都仔细看了吧？有一条，凡为公司介绍业务，是有一定提成的。我还想提醒大家，不管业务大小，都要爽爽气气接受下来。从前我听奶奶讲，不要怕寻螺蛳羹饭吃，有得吃总比饿肚皮强。兄弟姐妹们，千里之行始于足下，大家就行动起来吧！"

员工们七手八脚分取了宣传单，七嘴八舌地评议着，商讨着。突然有人响亮地击掌，琅琅道："说得好！不积跬步何以至千里？"马英华倏然回头看，门口站着雍容华贵的余芳菲副区长，面饰微笑，优雅地鼓掌，鼻梁上淡茶色的变色镜如薄云遮月般，令她增添了几分神秘感。

马英华心一惊，脱口道："余副区长，你？怎么来了？"马英华早听到风声，区政府领导中最反对她创业的便是这位余副区长。

在场的员工们听得"余副区长"几个字，有惊愕，有兴奋，有好奇，纷纷站起来，围拢来。

余芳菲如入无人之境，咯噔咯噔走到马英华跟前，不容分说地伸出右手。马英华牵线木偶似的被她握住了，她感到那只手柔滑而冰冷，大理石一般。

"你好，马英华同志！"余芳菲总能把笑拿捏到最合适的程度，唇如初月道："难道我不应该来吗？"

"哪里哪里……哦，没人通知我们……这里有点乱……"马英华竟然有点语无伦次，"余副区长，要不到隔壁办公室去坐坐？"

余芳菲将笑容绽开了些，道："不用不用，这里很好，和大家在一起嘛！"

三三两两有掌声响起。

余芳菲提高了嗓门，道："正巧，我有好消息告诉大家。前几天区委开了扩大会议，讨论了目前的工作重点，妥善安排好回城知青的工作与生活便是重中之重。你们，英华股份公司的全体员工，不向国家伸手，自力更生，开创新的生活道路，为广大回城知青树立了榜样。所以，区委和区政府委托我向你们转达敬意，并且，区委和区政府是你们坚强的后盾！"

这一下掌声雷动，并且延续了蛮长时间。

余芳菲很满意这样的效果，透过茶色镜扫视了一圈，待掌声渐次平息，便又道："我向区委提出，像英华这样的新生事物，应当从萌芽时就给予切实的关注，应当长时期地进行跟踪采访，及时发现问题，总结经验，促进它健康发展。区委肯定了我的建议。报社老总跟我是地下党时的老战友了，我跟他谈了我的想法，得到他的大力支持，当即派出了最优秀的记者。"

又是掌声。

余芳菲朝门口招了招手，众人齐刷刷地望去，门框里立着位娇俏明媚的姑娘，雕塑感极强的面孔，眼窝深深如潭，甩了下短发先笑起来，仿佛周围的空气都被搅动了一般。

"大家好，我是要闻部的记者平雪墨，在以后几天里，我会跟大家一起工作学习，多多包涵哦！"姑娘说起话来跟唱歌一般。

马英华先是觉着眼熟，待她走近了，便惊讶地张大了嘴，雪墨却朝她挤了挤眼，她便缓缓合拢了嘴。

余芳菲眼珠子躲在茶色镜片后面，骨碌碌地从马英华滚向女记者，并不动声色，托住一泓浅笑，道："记者同志，你随时可以开始工作了。马英华同志，有些问题，我想跟你个别谈一谈。"

马英华的心脏在胸腔里翻了个筋斗，却也只好殷勤地引余芳菲去了隔壁的办公室。

马英华忙着给余芳菲沏茶，局促道："余副区长，我们这儿只有袋泡茶和一次性纸杯，只好将就了呢。"

余芳菲正视着房间，边道："简陋是简陋了些……"

马英华忙道："我们已经觉得很好了，感谢……区领导的大力支持！"及时将"史区长"三个字咽回肚子里没吐出来，便将一次性纸杯端放在余芳菲面前。

余芳菲坐下了，她坐的姿势总是腰挺肩垂十分优雅，只定定地看住马英华。隔着茶色镜片，马英华看不清她的眼睛，是赞赏还是鄙视？是鼓励还是讥讽？是探究还是斥责？她只好尴尬地撑着恭敬的笑脸，任由对方审视。大约十几秒？抑或只有一瞬？余芳菲薄唇一抿像片犀利的刀片，直劈向马英华："小马同志，你一定听说了，开始我是坚决给你投的反对票。"

马英华惊惶地摇摇头，又垂下了面孔。

余芳菲并不等她表态，径直说下去："是的，起先我是反对给你这个机会的。你应该认识到，你在动乱年代犯下的错误是严重的，有些甚至是不可饶恕的！"稍顿，望着马英华神色惶遽手足无措的模样，她要的就是这个效果，面孔上掠过一丝胜券在握的笑意，再开口，语气已是冰棱消融，春回地暖了："在区委扩大会上，王书记的一席话让我自省，我们共产党人不仅应该嫉恶如仇，更要有虚怀若谷治病救人的气度。我作了检讨，王书记便把回城知青的工作交给我来负责了。"再顿，口气热情中夹着凌厉："小马同志，你以后，工作中遇到问题都可以来找我，当然，也包括个人生活上的困难啦，思想上有什么苦恼啦，不要有什么顾虑哦！"

马英华一时真不晓得如何表态了，她有点受宠若惊，又有点猜疑不决，只是一个劲地道谢。隔着茶色镜片，她仍感受到对方的目光紧紧地粘在自己的脸上。

果然，余芳菲咧唇笑道："马英华你不必那么客气，我们同一个目标，把返城知青的工作做好。我听说当年你去苏北搞外调，做了好几本笔记，这些材料你还保存着吗？"

马英华着实被吓了一跳！余芳菲毫无预兆，连个休止符都没有，就这么轻而易举地转移话题，直戳马英华的痛处。马英华努力咽了下口水，道："余副区长，有关'文革'的所有材料，我都交给清查组了呀……"生怕余芳菲不相信，又补充道："清查组长是徐副区长，你可以去问他的。"

"徐亦道啊……"余芳菲念了句，便起身，拍了拍马英华的肩胛，"就这样吧，我还得回区里开会。那位记者恐怕会有很多问题等着你去回答呢。"

马英华小心翼翼送余芳菲出门，踩着门槛，余芳菲突然转头问道："小马你好像认识那位记者吧？"

马英华猝不及防，脱口道："她是史区长的小女儿雪墨呀……"话出口，却后悔得咬住嘴唇。

余芳菲狠狠地盯了她一眼。因为离得近，马英华透过茶色镜片发现余副区长的眼睛冰棱子般咄咄逼人。

18

史青玉已经半个多月没有睡过一个囫囵觉了。还好，经过几个科室医生的共同努力，终于将史元同从奈何桥边拉了回来。史青玉神经略微松缓了一些，查完病房出来，一个跟跄，差点跌倒。这才听从了院长的规劝，回自己的小屋休息。这一躺下竟至次日午后才醒过来，眼皮滞重，竟是久违的阳光盖在脸上。撑开眼皮，却见半屋子呆呆日光，静静地卧着恍若隔世。

还是梦？人总是在梦里一时贪欢。

那个时候真是春光明媚，阳光灿烂啊！

青玉八岁时跟随霄妈妈渡江来到南京，南京刚解放，马路上随处可见雄赳赳气昂昂荷枪巡逻的解放军战士。霄妈妈所在的后勤纵队百来号人都暂时集中居住在一座废弃的厂房里，十分拥挤。霄妈妈便向组织建议，可动员在南京有亲戚朋友的同志，投亲靠友以解决住宿的困难。这个建议得到上级领导的批准，于是霄妈妈带着青玉和才出生的弟弟雪弓，还有奶奶和从苏北带过来的奶妈，一大家子敲开了一座气势恢宏的西式洋房的大门。

霄妈妈说，这里是她叔叔的家，她从念小学起就在这幢洋房里生活了。霄妈妈说，史家祖祖辈辈在浙东农村务农，她父亲走得早，是她母亲用陪嫁银子供小叔子读书成才，并在南京省政府财政厅谋得了职位。叔叔为报答嫂嫂的栽培之恩，收养了霄妈妈，并且视如己出。霄妈妈关照青玉，要喊她的叔叔婶婶"小外公小外婆"。

于是，青玉就在那座带拱顶长廊和绿茵茵草地的洋房里认识了史元同，霄妈妈让她喊他"表哥"。

小外公小外婆将洋房顶楼堆放杂物的房间收拾出来给霄妈妈一家居住。霄妈妈悄悄告诉青玉，她小时候就住在这顶楼上的。

早晨，青玉是被啾啾唧唧的鸟语唤醒的。她睡的小储物间有一扇半圆形的顶窗，正对着她的床。睁开眼，便看见那半圆形的玻璃已被朝霞涂成橘色，横竖交错的树枝上，点点嫩叶在霞色的映衬下，翡翠般晶莹剔透，两只灰麻雀停在枝杆上交颈亲昵，窃窃私语，隐约有流水般的乐曲泠泠地淌过，似在为它们伴奏。

青玉被这景致吸引，翻身起来，就跪在床上，推开那扇半圆的窗玻璃。她好奇地从窗户探出脑袋，便看见离离青草地上立着一位清俊秀爽的少年，着棕白相间细格衬衣和咖啡色薄呢西装裤，外罩米白色开司米绒线背心，正在拉手风琴。那架乳白色的风琴对于他瘦溜的身子来说稍嫌庞大了，可他却挺起肚子支撑着，努力地拉合着风箱，便有流水般的乐曲汩汩地流淌出来。青玉情不自禁"哦"地赞叹出声，她没想到在万物初醒的早晨，她的叹息竟会像箭哨一般传得那么远，惊动了拉手风琴的少年。他抬起头看到了她，浅浅一笑，牙齿在初阳中闪烁，他的目光明亮而沉静。

早餐是在厨房旁边典雅洁净的小餐厅里进行的。大户人家用餐也具有仪式感，杯碟碗勺一应俱全，座位也是按辈分顺序锁定了的。青玉和奶奶被保姆引领走进小餐厅时，小外公小外婆已在椭圆形的柚木餐桌两头坐定，小外公右首坐着引豪舅舅，左首坐着元同表哥，挨着元同表哥的是元玥表姐，时髦的童花头，一袭阴丹士林布旗袍，素净而高雅，让青玉自惭形秽，慌忙把垂在胸前的大辫子甩到背后去了。

元玥表姐边上雍容风仪的妇人便是瑞舅妈，正立起，以主妇的姿态迎客。青玉看见右侧引豪舅舅边上空着两把长靠背柚木椅，却不能肯定是否留给自己和奶奶坐的，只呆立着。

奶奶从前在上海是见过大世面的，稍稍欠了腰，软糯笑道："史先生，史太太，实在不好意思，这么打扰你们。引霄的脾气你们一定比我更清爽的，在她心里头，革命工作总归是头一桩的。"

小外婆问道："引霄昨天晚上没回来睡觉吧？"摇了摇头，"还跟从前小时候一样，猴子屁股坐不住，又是学潮啊，又是请愿啊……"

奶奶脸上半是矜夸半是谦恭，道："在苏北根据地，老百姓待她像自家闺女一样，跑到哪座庄子，晚了，就在人家炕下打地铺，或睡牛棚的。她关照了，刚解放，工作千头万绪，就不来回赶了，随便哪里挤挤都能睏个觉。"

小外婆又摇摇头，小外公却点点头道："他们共产党人就是能吃得起苦，所以最终还是共产党坐了天下。"于是招呼奶奶和青玉坐下，又道："不过老太太你还是要关照引霄，她才出了月子不久，自家身体也要当心！"奶奶喏喏应承。

瑞舅妈翘着兰花指替奶奶舀了碗稀粥，殷勤道："老太太您随便用，不要嫌我家早饭简便哟！"

引豪舅舅便道："都是自家人，用不到这么客套的。青玉，你爱吃中式的还是西式的？自己拿。"

青玉心想：这么丰盛了，还算简便呀？便也舀了碗稀粥，就着红腐乳酱瓜吃起来。小外婆搛了一只小菜包放在她的碟子里，道："只喝粥，一会儿要肚子饿的。"青玉轻轻道："谢谢小外婆。"她偷偷掀起眼皮斜度里瞟了一眼，正碰上元同表哥的目光，那目光里，含着与他十几岁年龄不相符的静谧而温柔的笑意。青玉慌忙垂下眼帘，把脸埋进粥碗。只觉得心窝里暖暖的，也许是喝了热粥的缘故吧！

元玥表姐正拿起一块面包，用把小刀往上涂果酱，手上的动作并不妨碍她用一双有点像夜猫似的眼睛上下左右地打量着青玉。她喝了口牛奶，咬了口面包，忽然道："青玉表妹，听讲你是引霄姑妈收养的孤儿呀！怪不得呢，面孔不像姑妈也不像姑父！"

举座皆有些尴尬，青玉更是不知所措，一口馒头含在嘴里，鼓着腮帮，硬撑着不让眼泪溢出来。幸好入城前，霄妈妈已经告诉了她真相，否则这一刻她一定控制不住自己要哭出声的。

此刻元同表哥说话了："我晓得青玉妹妹的生母是打鬼子壮烈牺牲的英雄，我为青玉妹妹感到骄傲！"

这才叫"忽如一夜春风来"呢，青玉的心脏复又咚咚地跳跃起来，浑身血液亦汩汩地流淌起来。她将口中的食物用力咽下了，目不交睫地盯住了元同表哥。

奶奶也有言辞了，道："老古话讲起来，生恩不如养恩啊。小鬼子投降那年，阿翱把我接到苏北，我才见到引霄和青玉。嘿嘿，那个时候还不叫青玉，叫什么……小纺锤。小纺锤那年四岁多点，跟阿翱和引霄那个亲啊，不晓得的人都当是他们夫妇的亲闺女呢！"

青玉从元同表哥身上收回了视线，张开胳膊挽住了奶奶，微微涨红了脸，轻轻道："本来就是亲的嘛。"

奶奶一番话引得小外婆长吁短叹："谁说不是呢？引霄六岁多点就到我们家来了，可怜阿哥阿嫂走得太早。引豪跟引霄只差了半岁多，我们也不是堆金积玉家财巨万人家，吃的穿的好的都尽着引霄了；两姐弟吵架，总是斥责引豪。也就是把引霄当作自己肚皮里养出来的一般，才会早早替她选了好人家订亲。不想她倒跟我们生分了，放着好好的金陵女中不念，偏去考了半工半读的蚕桑学校，跑到山里头去了……"

小外公打断了小外婆："引霄这一步走得对，走得好啊！"

望着小外公有棱有角沉郁的面孔，小外婆将许多苦衷和着稀粥咽回肚子。

引豪舅舅嘀咕了一句："当年大姐要带我去华中抗大学习的，人都上了船，硬被姆妈拽了回去……"

瑞舅妈斜度里白了他一眼，"那辰光元同才多点大？你倒是甩得开手……"

说话间奶妈抱着只粉缎蜡烛包进了餐厅，蜡烛包里，婴儿呀呀地啼哭。瑞舅妈顾不得埋怨了，起身接过孩子，念念道："噢噢，珊儿乖，珊儿乖，不哭不哭！"回头锁眉恨声问奶妈："怎么搞的？珊珊是饿了，快给她喂奶呀！"

奶妈垂眼低首，怯怯道："太太，我，我，回奶了……我想来讨点粥米浆喂小公主……"

瑞舅妈眉毛翘得老高，声音也尖利起来："怎么又没奶了？不是才吃了只老母鸡么？还加了杜仲当归红枣的！"突然想起什么，目光凶狠起来，"哦——你是不是又把鸡汤端回家给你老公和儿子吃了？"

奶妈连连摇头，"哪里会呢？哪里会呢？我这是第三胎了，前一胎的囡女就不够吃的，天天用米浆掺着喂的……"

这时奶奶起身将蜡烛包从瑞舅妈手中抱过来，轻轻摇晃着，又对青玉道："去，去把乌娘子叫下来。"乌娘子是奶奶从苏北带过来的奶妈，临渡江前，凭奶奶的经验，媳妇挨不过一两天就要生的，便坚持要寻个奶妈一起上船，果然引霄在船上就生了。

奶奶将婴儿的小手从蜡烛包中抽出来，果然，婴儿的哭声换成了嗯吱嗯吱的呢喃。奶奶笑道："瑞舅妈，元珊几个月大啦？我记得比雪弓还早几个月见世面的吧？我家雪弓早就不用蜡烛包了，这个时候小囡喜欢动动手脚了。"

瑞舅妈讪讪道："从前元同、元玥也都是这么过来的嘛……"

小外婆横了她一眼，"啥人讲的？你那辰光成天百乐门蓬嚓嚓，又不管小囡的，顶多三个月吧，蜡烛包就不用了的！"

瑞舅妈神色难看起来，引豪舅舅便吩咐奶妈："去，去给小囡换身衣裳。"

奶妈只顾应声，要从奶奶手中接过孩子。这时青玉领着乌娘子进了餐厅。奶奶忙问道："雪弓呢？"乌娘子笑道："小弟弟吃饱了奶，睡得喷香的。"奶奶便道："乌娘子，你相帮喂喂元珊，小姑娘胃口蛮大的，她妈妈的奶不够她吃的。"

乌娘子长得人高马大，胸脯鼓得像小山丘，朝一桌人讨好地笑笑，便抱过蜡烛包走出餐厅，元珊的奶妈也颠颠地跟了出去。

隔两日，霄妈妈突然搬回洋房住了，合家自是欢喜。奶奶闲聊时随意一说，"城里的奶妈太娇贵了，老母鸡河鲫鱼，像王母娘娘般供着，奶水还不够元珊小丫头一个人吃。我日日让乌娘子喂她，方才歇定！"谁知霄妈妈当即拍板，换奶妈！让乌娘子去奶元珊，元珊的奶妈来带雪弓。瑞舅妈自是欢天喜地，千谢万谢的；引豪舅舅和小外公小外婆推辞了一番，便也心安理得地受用了。奶奶却气得称病拒绝下楼吃饭，霄妈妈三番五次请她，她就像庙里的泥塑菩萨像，纹丝不动。

霄妈妈摸出烟壳，抽出一支叼在嘴角。忖忖，又取下放回烟壳。重重吐了口气，道："姆妈，我晓得你是心痛你的孙子，我也心痛我的儿子呀。"稍顿，手又伸进口袋去摸烟壳，摩挲了几下，又放弃了，道："记得在苏北茆围子，姆妈你是出名的模范老太太，总是全力支持我和平楚的工作。瓢城解放那年，鲁艺工作团演出李自成的戏，你也去看的对吧？李自成打进了北京城，坐上了龙椅，不过数月光景就败了。打江山不易，坐江山更难。姆妈，所以我现在更需要你的支持呐！"

奶奶挥挥手道："好了好了，你不要给我上政治课了，随便你怎样安排，你尽管去充英雄好了！"稍顿，又恨声道："这桩事体传出去，人家只当雪弓也不是你十月怀胎养出来的，亏他还随了你的姓！"

吃晚饭的时候，青玉走进餐厅，听得元同表哥跟瑞舅妈斗嘴，元同表哥批评他母亲自私偏心霸道，瑞舅妈气急败坏道："我是怎么把你养大的呀？你是喝空气长大的呀？"是引豪舅舅斥住元同表哥，母子方才休战。

奶奶嘴是硬的，心是软的，顿顿守在饭锅旁，候米汤最稠之际，舀入奶瓶，青玉还不晓得人情世故，却懂得帮奶奶哄弟弟开心，让他多吮几口米汤。

青玉人小心细，种种迹象表明，霄妈妈并不真是空闲了才搬回引豪舅舅家住的。她注意到每日晚饭后，霄妈妈就会和小外公关进书房密谈，每每要谈到星汉西流甚至东方拔白。霄妈妈与小外公关在书房里的那段时间，小外婆和引豪舅舅虽坐在客厅里，却总是神色肃穆且坐立不安。青玉便断定，霄妈妈并不是随便拉家常来的，她一定肩负着重要使命！

原来，抗战中小外公随国民党政府举家转移至重庆。抗战胜利后他不满蒋介石悍然发动内战，更看不惯政府接收要员们大发国难财的卑劣行径，便托病辞职，举家回乡。他想走实业救国的道路，将一生积蓄拿出来，与两个志同道合的乡党一起，开起一座宝宁煤矿。头两年，小外公恪尽职守，呕心沥血，煤矿渐有起色。然而，随着国民党军队战场上的节节败退，政府贪污无能，腐败堕落，社会局势动荡，人心浮动，生意越来越难做了。1948年夏季，蒋介石为挽救颓势，发布以金圆券进行币制改革的总统令。这场金圆券闹剧两个多月便以惨败告终。宝宁煤矿陷入了绝境，煤矿入不敷出，工资几个月发不出，矿山濒于破产，小外公一病不起。千钧一发之际，人民解放军冲破长江天险，解放了江南大片土地。华东野战军奉命接收宝宁煤矿的正是调任后勤部长的臧政委，臧政委果断筹集资金给工人发工资，安排下井生产。出煤的小火车终于轰隆隆地跑起来了，小外公一听这轰鸣声，毛病也好了。

霄妈妈正是接受了臧政委托付给她的重大任务：动员小外公将宝宁煤矿无偿上交给政府，为广大工商从业者树立一个榜样。

霄妈妈与小外公一夜夜地关在书房里密谈。小外婆、引豪舅舅、瑞舅妈，以及元玥表姐，他们都晓得这场谈话关系着他们全家日后的生计，都煎心煎肺地等待着，时不时想从奶奶口中套些始末出来。奶奶总是正经回道："儿子媳妇工作上的事，我是从来不打听的，这是公家人的规矩。不过你们要相信引霄呀，共产党是有政策的，引霄决不会坑害她的骨肉至亲吧！"

洋房里紧张而不安的气氛持续了一个多礼拜。

那一日，青玉记得是礼拜五。晚饭后，小外公与霄妈妈又先后进了书房，轻轻合拢了磨砂玻璃门。小外婆跟引豪舅舅焦虑地对视了一眼，无语，神色沉重而惶惑。瑞舅妈看了眼乌娘子怀中的小元珊，问道："吃饱了？"乌娘子笑起来面孔愈是阔大，应道："不吃饱能睡得这般安宁啊？"瑞舅妈叹了口气，"阿弥陀佛，但愿珊珊一觉睏到大天亮，屋子还是原来的屋子，花园还是原来的花园，一家人还是原来的一家人。"

元玥表姐虽只十五六岁的光景，却已出落得亭亭玉立，明艳动人。她和元同表哥都是引豪舅舅病故的前妻所生。大户人家的大小姐，自是孤傲骄矜，连瑞舅妈事事都让着她。这天她依旧一身蔚蓝的阴丹士林布旗袍，只在外面套了件明黄的细绒线外套，深棕的眼珠子卧在齐眉刘海后边，警觉而机灵，真像扑鼠前的猫。竟连她也按捺不住了，蹬蹬蹬几步走到书房前，把遮着刘海的前额贴在磨砂玻璃上，朝里张望着，又蹬蹬蹬几步转回来，叭地坐下，用块碎花手帕拼命扇着通红的脸颊，咕哝道："引霄姑妈也真是的，现在共产党坐了天下，何必再像从前搞地下工作，神神秘秘的，弄得人心里七上八下！"

小外婆用食指按住嘴唇,"嘘"了声。

平常有长辈在不轻易开口的元同表哥慢慢地立起身子,依旧是细格衬衣薄呢西装裤,小白杨树似的一株。他用明亮沉静的目光团圈扫视一周。青玉感觉到他的目光在自己脸上停顿了一下,她便抬起秀气的嘴角,回他一个微笑。

元同表哥不紧不慢却是很坚定地走到书房门前,抬手就敲门。瑞舅妈惊慌地喊:"阿同你疯啦?"引豪舅舅却道:"你随他去嘛,爹爹不会怪他的。"

元同表哥是小外公三代单传的孙子,小外公对他的器重众所周知的。

元同表哥没等书房里面的人来开门,只双手推去,那磨砂玻璃门便吱咕一声启开一罅。元同表哥一闪身进去了,门扇在他身后蝴蝶翅膀般唰地合拢了。

众人都耽搁在客堂间里迟迟不愿散去。

壁炉上方供着尊白瓷滴水观音像,小外婆盘腿坐在织有莲花图案的团垫上,手捏串沉香木佛珠,垂着眼,口中念念有词;引豪舅舅陷在沙发中悉哗悉哗地翻报纸,不时地抬头朝书房门睃一眼;瑞舅妈照例在为小元珊织毛衣,都晓得瑞舅妈织功了得,她织出的毛衣,样式花式每每成为左邻右舍太太们争相模仿的样本。可此刻,她总是漏针,织了一段,忽地拆去,再织一段,又忽地拆去。

客厅通花园的落地门边放着架漆黑的三角钢琴,这是元玥表姐的专用。通常晚饭后,元玥表姐总要练习上个把钟头钢琴的。青玉倚着钢琴看元玥表姐十指翻飞,莺啼燕舞。奶奶要拉她上楼休息,青玉扭了下腰肢,她要听元玥表姐弹琴,奶奶只好作罢。从来元玥表姐的琴声总似花下莺啼般流畅动听,今天她却总是弹错,就像枯泉流经石滩,疙疙瘩瘩,生涩冷凝。

不晓得过了多少时间,没有人去关注座钟上的指针转过了几圈。小外婆佝偻在团垫上打起了呼噜,引豪舅舅将报纸盖在脸上闭目养神;瑞舅妈拆光了半截衣襟,恨恨地将绒线团了起来;突然,元玥表姐双手高高举起,十指猛地按下琴键,恰似银瓶乍破水浆迸出,小外婆和引豪舅舅都被惊醒,悚然挺起了身子。瑞舅妈低低地嗔道:"大小姐,你要吓出人心脏病啊?"

恰在这一刻,书房不疾不徐地打开了,首先出来的便是元同表哥,目光灼亮若晨星,一一唤道:"奶奶,爸,妈,大姐!"最后却把目光定在了青玉脸上,青玉觉得自己通体透亮。

霄妈妈是扶着小外公的胳膊一起出来的,霄妈妈眼圈乌青,眼珠子却像新涂了漆般,神采奕奕,小外公峻崖般的面孔柔和了许多,像春风拂过的山冈,恬淡怡静。

众人呼地围拢上来,"怎么样啦?究竟如何了呀?"

小外公侧退了一步,瓮声道:"大家听引霄讲。"

霄妈妈抬起手,想想这里不是开群众大会,便又放下手,笑道:"阿婶,引豪阿哥,瑞嫂嫂,史耕久先生,我的阿叔,已经决定了,将宝宁煤矿无偿奉献给政府!阿叔做出这样明智的选择,我作为他的小辈,非常感动亦非常骄傲!"

小外婆跺了一下脚道:"引霄啊,你是完成任务了,可以去邀功了。没有了矿,我们这一大家子靠什么吃饭啊?"

霄妈妈牵住了小外婆的手,道:"阿婶,你放心,政府是有明确的政策。臧政委已提议阿叔作为工商界代表参加省政协第一次会议,并可在政协里安排一个适当的职务。臧政委还说，倘若引豪阿哥愿意出来参加工作，大学，或者政府部门，都可以嘛！"

小外婆盯着小外公看，小外公摩挲着下巴，肯定地点了点头。

引豪舅舅挠挠头皮，道："那我还是选择去大学教书吧。"

瑞舅妈一合掌，"这样一来我们家就成了公家人了呢！大家肚子饿了吧？我去做点夜宵来。"

元玥表姐伸展双臂打了个哈欠，懒懒道："你们吃吧，我要去睡觉了！"

许多年以后，青玉和元同表哥在火车站私会时，她问过元同表哥，那个晚上，表哥闯进书房，是如何说服了小外公的呢？元同表哥朗朗地笑了，道："其实，引霄姑妈已经把党的政策阐述得很透彻了，我爷爷他已经动心了，我的表态只是促使他尽快作出了抉择。"

那年夏天，青玉和元同表哥一起加入了少年先锋队。

早晨，青玉听到窗外响起泠泠淌过的手风琴乐曲，立刻翻身起床，对着小圆镜，端端正正系好红领巾。就在入队的前一晚，青玉缠着奶奶剪去了自己的长辫子。镜子里，齐耳短发衬着她小小的鹅蛋脸庞，清爽而俏皮。她飞快地下了楼，跑到绿草茸茸的花园里。她看见了元同表哥，一条红领巾系在他峻拔的颈脖间，火凤凰般飞舞着。元同表哥朝她走拢来，盯住了她看，原本安静如深潭的眸子迸出了火花。青玉被他盯得心慌，低下脑袋，不敢动弹。却听他说："怎么把辫子剪掉了？"青玉慌张地摸摸自己的后脑勺，吹气般道："很丑，是吗？"元同表哥又朝她跨近了一步，道："不丑，很精神！"

于是元同表哥展开猿臂拉响了手风琴，他拉的是中国少年先锋队的队歌，青玉不由自主随着乐曲唱了起来——

我们新中国的儿童，
我们新少年的先锋，
团结起来继承我们的父兄，
不怕艰难不怕担子重。

19

那天，救护车从火车站将他拉到医院，史青玉简直不敢相信躺在担架上的那具躯体就是自己深埋于心一刻也不曾忘记的元同表哥——露在白被套外面的半颗头颅，肤色灰黑，额头与双颊却是呈蜡黄，头发竟已灰白，干枯而紊乱；他已陷入深度昏迷，双目紧闭，只是那平缓而修远的眼线还能让人追寻到当年那个面容俊朗、风度轩昂的青年。

屈指算来，史青玉与元同差不多二十年没见面了！

青玉的注意力全部集中在担架上了，她的眼珠须臾不离那颗灰白乱发覆盖下的头颅，却没看到担架后急煎煎跟着位中年妇人，妇人身边还有位七八岁的小儿郎。

担架径直抬进了重症急救室，史青玉是普内科医生，被肝胆科主任拦在门外道："史医生你放心好了，且不说这病人是你的亲戚了，任何病人我都会尽力而为的！"

史青玉颓然在急救室门外的长椅上坐下了，浑身绵软，只得双肘支着膝盖，用拳头撑着额头。她这个姿势使她无法看到走廊对面的长椅上依偎坐着的中年妇女与少年，他们正巴巴地盯着她，她就是他们的全部希望!

不一刻,从急救室里旋身出来位眉清目秀的小护士,脆生生喊道:"史元同家属!"史青玉与对面的妇人少年几乎同时起身,史青玉距离近些,一步便立在小护士跟前了。小护士将账单递给她,眯眼笑道:"史医生,麻烦您去把入院手续办一办,好吗?"

史青玉二话不说,拿了账单便向收费处走去,却听得身后踢里啦的脚步声,有人喊道:"青玉妹妹,青玉妹妹……"

青玉像被拽住了肩膀,停住,转身,看到了她!她追得急,有点喘,丰满的胸脯在枣红的灯芯绒外罩下不安地起伏着,动静有点大。

"你……"青玉锁紧眉头,目光中满是疑惑,甚至还有些许敌意。

"青玉妹妹,俺是霜玉呀!"妇人不好意思摸了下粗糙的脸颊,又道:"把账单给俺,俺去付费,俺带了钱来的。"

青玉瞬间晕了一下,她全然忘记了有霜玉的存在,或者说,她内心从来不相信有霜玉的存在。

"哦……你,就是,霜玉嫂!"史青玉迅速调整好情绪,用力笑了笑,道:"都是一家人,不要客气了。"说着又扭头走去。听着身后踢踢踢踢的脚步,晓得霜玉仍是跟着。

史青玉目不旁视径直走到付费处,利落地办好了手续。她回转身,霜玉招呼着七八岁光景的少年,道:"重生,快过来,谢谢你玉姑姑。"

青玉又晕了一下,那孩子长得太像元同了!

那几日,史青玉像是在油锅里煎,又像是在冰窖里熬。可她天性隐忍,不喜张扬。照常上下班,问诊病人愈是耐心细致。午间休息或交了班,总是去史元同的病房转一圈,探视询问病情。同事们都晓得这位重症病人是史医生的亲戚,殷勤探望理所当然。

青玉果断带霜玉母子住到自己的房子里,那里离医院近,步行十几分钟就到了。她为卧室中的大床换了干净的被褥,又一一指点霜玉,煤气怎么点,油盐酱醋放在什么地方。看霜玉的面孔又黑又糙,便取出一罐医用润肤霜,放在洗脸池边上,关照道:"霜玉嫂,看你脸上都开皴了,晚上洗好面孔涂一涂,效果很好的。"

霜玉千谢万谢,青玉最听不得她那个"谢",口气便冷淡一层:"霜玉嫂,你也太见外了!"后面的万千心思都咽回肚里。

霜玉见她收拾了替换衣物漱洗用品要走,又慌又急,"妹妹,这不是烧香的赶走了和尚吗?元同若知晓,必是不依的,俺和重生只要在客厅睡地铺就行。"

青玉淡然一笑,"我要值夜班的,医院里有值班室可以休息的。"

那一段日子的煎熬对于史青玉来说曲折幽秘无可名状。首先是担心元同表哥的病情,他的肝硬化已十分严重,她恨不得日日夜夜守在他的身边,可又惧怕面对他,近二十年时间和距离的鸿沟她不晓得如何跨过去。她梦寐以求与他重聚的一刻,却又提心吊胆生怕他认出自己。她每日去他的病房,总是全副武装,把头发统统塞进帽子再用口罩遮去大半张脸,还不放心,又在鼻梁上架一副遮阳的变色镜,头一天连霜玉都没认出来她。

史元同一直陷入深度的昏迷,青玉望着他形销骨立的身体上插满了各种管子,满心的痛惜,肝肠寸断!她不由得俯下身子，轻轻呼唤着："元同，元同！"泪水夺眶而出。她摘了眼镜，抹了抹脸。酸楚堵塞了咽喉，她只得直起腰，别转身。

"青玉……"

她像被雷击一般！这一声呼唤遥远而熟悉，嗖地将她拽回到三十多年前，那片绿茵茵的草地铺满了温暖而安详的阳光，他拉手风琴，她唱歌，唱《莫斯科郊外的晚上》，唱《红莓花儿开》。当时华东海军司令部在上海，华东局机关也要迁至上海，楚爸爸时任华东海军画报社社长，霄妈妈也调任华东政法部工作，他们全家都要从南京搬至上海定居了。元同表哥特地从寄宿的中学赶回来送行。元同表哥送给青玉两本书，一本是《卓娅和舒拉的故事》，还有一本厚厚的《钢铁是怎样炼成的》。青玉永远都不会忘记，当时元同表哥英俊的面孔上笼罩着无限神往的表情，像是问她，又像是自语："你知道布尔什维克吗？这两本书里的主人翁，卓娅、舒拉、保尔·柯察金是布尔什维克；引霄姑妈和平楚姑夫也是布尔什维克。布尔什维克就是要为祖国，为人民贡献一切的人，他们都是人类的英雄！"

"元同！元同！"

"爸爸！"

"青玉妹妹，元同醒了呢！"

青玉被霜玉与重生的呼喊拉回到病房间，她转回身，忘了戴好眼镜，猝不及防便与元同四目相对了。元同的外形变化太大了，唯有那对目珠，依然明亮而沉静，并且一如既往深情款款！

肝胆科的主治医生闻讯赶到急救病房，查看了监测仪上的各项指标，又询问床位医生若干问题。这期间，青玉默默地退出了病房。

数日后，史元同从重症急救室转至肝胆科普通病房，那间病房共有六个床位，元同的病床笃底靠窗，面东，是整间房中位置最佳的床位。天气晴朗的日子，这张病床上就会洒满阳光。这自然是因为史元同是史青玉医生亲眷的缘故。

青玉依然每日数次前往探视，却没有勇气走进病房，只凑着房门上方尺半长的玻璃朝里望望。她看到元同表哥斜靠在枕头上，霜玉正一勺一勺地喂他吃流汁，时不时用块花手帕替他擦拭嘴角；她看到重生坐在床沿为父亲读报纸，霜玉削了只苹果，切成薄片，两指拈着，送到元同表哥嘴边。青玉悄悄地离去，胸口闷闷的。这场景，原是她梦寐以求的，如今，梦景纵有也成虚！

走廊中遇上前去查房的肝胆科主治医生，他无奈地搓着手，苦笑道："史医生，你这位表哥，病到这种程度才来医院！我已经使出浑身解数了，暂时保住了他的命，可什么时候再犯，那就说不定了。"

青玉双手合掌，连声谢谢，"程主任，无论如何，你还得尽力保呀！"

程主任略沉吟："跟家属说，可以用一些人体白蛋白。史医生你可通过你母亲到华东、瑞金这些大医院去弄弄看。当然啰，像你表哥这种病情，最有效办法是活体换肝。想想办法，把他转到中山医院去？"

青玉怔忡片刻，勉强扯开嘴角，"谢谢程主任，我，我跟家人商量商量。"

这日下午，是史青玉坐诊专家门诊的时段，三十个号很快挂满了，还不断有各色人等递纸条说情要加号。史青玉是来者不拒的，她宁愿从早到晚不停地为人诊断病情，只有面对病人，她才觉得内心充实精神抖擞。

已过了下班时间，青玉看看手边的病历还剩三四份了，长长吁了口气，拿起茶杯，咕咚咕咚灌下去一杯水，抬头道："下一位！"猝然看见霜玉怯怯探进的一张脸。

青玉心一紧，蹭地立起，脱口问："元同哥怎么了？"

旁边候着的病人喉咙梆梆响起来："她是后来的，排到后头去！看看老实相，好意思插队啊？"

霜玉涨红了脸，一边退步一边咕哝道："对不起，对不起，俺不是看病的，不是的……"忽又探进面孔，匆匆道："青玉妹妹你先忙，俺在外面等你！"

青玉缓缓坐下，懊恼着自己的失态，竭力凝神面对病人，询问病情，观察神色，施以各种检查，开方子，不厌其烦地答疑解惑……墙面上的电子钟分针秒针按部就班地行走着，滴答滴答。青玉不时地瞥它一眼，不晓得是嫌它们走得太快还是太慢。

最后一位病人便是鹤盘村的石蕙婆婆，这天她大媳妇阿娟陪着她。青玉忙起身去扶石蕙婆婆，阿娟道："史医生，姆妈这几天神气好多了，胃口也开了点，你开的药真灵光。"

石蕙婆婆的病奇怪得很，痛风又不像痛风，关节炎又不像关节炎，却不是背脊骨痛，就是脚筋骨痛，青玉各种检查都帮她做了，又请了外科、骨伤科、神经科的医生为她会诊，始终找不到原因。婆婆的左肩胛处与右大腿根有两处陈旧的伤疤，问她什么时候受的伤？怎么会受伤的？老太太说："活得太长久的，记不得了。"

青玉将石蕙婆婆扶到床上，听心脏，按腹部，用把小锤子敲敲肘关节、膝关节。阿娟立在布幔外问道："史医生，我家小叔子到深圳打工去了。像姆妈这种毛病，是不是到南方暖和点，会好些？"石蕙婆婆不等青玉回答，抢道："我不要去南方！"

青玉将她扶起来，便开药方，笑道："婆婆，不去南方，在家里也要注意保暖。这副药吃下去，再看看效果。"

石蕙婆婆道："史医生，下星期我还来挂你的号。"

阿娟道："姆妈，毛病好点了，轮番跑医院作啥？这七帖药十多块钞票呢。"

石蕙婆婆甩开她的手，十分硬气道："钞票又不从你口袋中掏出。"

助医护士朝走廊里喊了声："还有人吗？"话音空廊廊旋转，无回应。助医护士表情夸张道："史医生，总算结束了，你也好下班了。"青玉却坐着不动，只觉得口干舌燥四肢无力，轻轻道："你先下班吧，我喘口气。"捧起茶杯咕咕咕一气喝。

护士捋下帽子，嘴里哼着什么歌曲，步履轻捷地离去。霜玉先在门口张望一下，见无旁人了，方才进来。青玉眼角瞥见她，道了声："坐吧。"霜玉便在她对面坐下。青玉自顾说下去："元同表哥病情有什么起伏，你要及时通知床位医生，他们会处理的。"

霜玉忙道："不是元同……是元同……"稍有些不自然，"青玉妹妹，你好几天没来病房了，元同，元同他问了好几次呢！"

青玉又有点晕，垂目道："你看到了，病人多，忙不过来……让元同表哥安心养病，凡事要遵医嘱……空了，我自然会去的……"

霜玉忙道："俺是跟元同说，青玉妹妹那么忙，哪能总是麻烦她！"停停，神色自然了，又道："方才元玥大姐打长途到医务处，他们转达说，元玥大姐明天中午飞机到上海，让俺还有你，下午两点到锦江饭

133

店大堂跟她见面。"

青玉沉吟片刻，关于元同表哥下一步的治疗，要不要争取活体换肝，原是要跟元同表哥的家人商量的。小外公小外婆十年前因不堪凌辱相继而逝；引豪舅舅前几年又突发脑梗，出行手脚不便；瑞舅妈毕竟不是元同表哥的生母，那么，与元同表哥最亲的当属他同胞姐姐元玥了。因道："明日下午我要看门诊，许多病人都是约好的……这样吧，元玥大姐总归要来医院看元同的对吧，索性，你领她上家去，晚上我回家，说话也方便些。"

霜玉点点头，又道："可怎么通知元玥大姐呢？医院里能打长途电话到香港吗？恐怕很贵的吧？"

青玉暗忖：霜玉初到上海，各方各面都陌陌生生的，叫她去联络香港的元玥，怕是有些难！便道："这么，我来给锦江饭店大堂留言。"

次日午间，史青玉在医院食堂额外多买了几只菜，糖醋小排、煎带鱼、烂糊肉丝和塔菜炒笋片，外加六只肉包子，盘算着，晚上回家随便做个番茄蛋花汤，招待元玥表姐吃个便饭也说得过去了。

下班时已快六点了，她将盛菜盒的保温包搁进自行车的书包框里，两脚加劲，尽可能快地赶回家。下午三点多，霜玉曾跑过来告诉她，元玥大姐正在病房跟元同说话呢。估计这会肯定已经到家了。

青玉掏钥匙，隔着门板就听到元玥表姐冷峭的嗓音："史青玉怎么还不回来？一个乡下医院，能有这么忙吗？我待会还有要紧的饭局呢！"

青玉忙推门进去，边道："元玥表姐，劳你久等了，乡下的医院，病人愈是多，这一片只我们一个市级医院嘛。"

元玥表姐六十年代初就嫁人了，亲事是小外公订下的，她丈夫的父亲当年跟小外公一起投资了宝宁煤矿。元玥表姐结婚后不久，便随夫家去了香港。当时亲家翁是劝小外公一起移居香港的，小外公却拒绝了。为此瑞舅妈恨得出走娘家，还吵着要与引豪舅舅离婚。后来是小外公许诺，待元珊表妹长大，一定设法送她去海外读大学，瑞舅妈这才罢休。

"青玉啊，还是老早的样子，一点没发胖嘛。"元玥表姐眯缝的眼，像正午阳光下的猫，毫不顾忌用薄薄的目光刮蹭着青玉，"到底皮肤没有从前光生了。你也不用点护肤品？早点讲，我好从香港给你带点来。"

青玉坦然地接受她的审视，淡然一笑，"元玥表姐，我们医院皮肤科自己配制的本草润肤霜，对皮肤有除菌保湿修复作用，霜玉嫂用了几天，我看她面孔亮白了许多。要不要给你带两罐去？"

元玥殷红的嘴角抬了抬，"你就留着给霜玉吧！"倏然就变了脸，初剪春柳般的两条眉毛陡地抬成弓状，"史青玉我倒要问问你，你在长途电话里说得多好听啊，元同的事体就交给你，你就让元同住那样低档的病房啊？我刚才去了，巴掌大的地方嵌榫头嵌进六只床，跑进去身体也调不转。元同那么虚弱，交叉感染了怎么办？你要省钞票？钞票我来出好了！"

青玉压抑着，赔着笑脸，"元玥表姐，这已是我们医院最好的病房了……"

元玥红唇一撇，"你为啥不叫我姑妈想想办法？换个高档点的医院嘛！"见青玉不接话，便来气了，"怎么？她史引霄来看过元同吗？"

青玉道："抢救的那天，霄妈妈来过

的。"吸口气，"霄妈妈忙起来，都要九十点钟才回家。"

元玥哼地一声，"她再忙，元同的事她不能不管。当初若不是她阻拦我爷爷移居香港，爷爷奶奶也不会走得那么早，元同也不会遭那么大的难！"说着，飞快地睃了眼默然无语的霜玉，文得漆黑的眼线令眼珠子特别灼亮，猫扑鼠般。

霜玉赶紧用下巴抵住了前胸。

青玉最是听不得别人诋毁霄妈妈的，因道："我记得的，去不去香港是小外公小外婆自己的选择，那时霄妈妈早已离开南京了呀。"

元玥哼哼哼一阵笑，道："史青玉，你是真傻呀？我那姑妈最晓得用什么办法拖住爷爷奶奶了，让元同出马呀。元同是爷爷奶奶最器重的孙子，元同一上阵，慷慨激昂一大通话，爷爷奶奶立马改变主意，不走了。"

青玉道："我敢保证，霄妈妈决不会动员元同表哥去说服小外公小外婆的；元同表哥选择什么样的生活道路，也完全出自于他的内心……"

元玥抢道："元同的心早就被共产党染红了，那还不是拜我姑妈所赐？"

霜玉稍稍抬起面孔，低低道："元同，他只是想为国家做些有用的事体……"

元玥斥道："他要为国家做事，谁领他这份好心了？事体也没见他做成什么，自己却落得个劳动改造的下场，身体也都毁了！"元玥缩了缩鼻子，用涂着银色蔻丹的食指摁了摁眼角。

霜玉又垂下脑袋，轻轻啜泣起来。青玉是想说些什么，却被酸楚堵住了喉咙，不敢出声。

"好了好了，从前的事不去说它了！"元玥摇摇头，抬手将波浪似的卷发拂到脑后，像驱散一片乌云，蹙起眉尖道："青玉，你留言说要商量有关元同后续治疗的事情，那就言归正传，说呗！"

青玉回笼神思，道："元玥表姐，也到吃晚饭的点了，我带回几只小菜，医院食堂做的，保证干净的。霜玉，把重生喊出来。我们边吃边谈，好吧？"

元玥道："我晚上是有应酬的，公司在上海的办事处约了几个客户见面，我哪能不去？公司的小车一直在外面等着的。有事说事，饭我就不吃了。等元同出院，我请你们去上海老饭店好好吃一顿。"

青玉听她如此一说，便也不勉强，直奔主题而去，道："元同表哥的病情比较复杂，肝胆科主任医生说，眼前虽脱离生命危险，但不能保证他会不会重复发作。他的意思……最好能活体换肝。"

元玥深棕的眼珠忽变成酱紫色，斥道："换，那么简单吗？你晓得一个换肝手术要多少钞票吗？几十万手术做下来，终生服用排异药不说，目前，据权威部门统计，换肝后的存活率大概也不到百分之二三十。"

青玉沉吟道："只要有一线希望，总得试一试，对吧？钞票不是问题，我，还有霄妈妈，大家凑一凑。关键问题是肝源很难找……"殷殷期望地盯住元玥粉妆玉琢辨不清岁数的面孔，"表姐，听讲姐夫的公司就是经营医用器材的对吧？你们接触的人多，能不能留意一下器官移植的信息？倘若有肝源的话……"

元玥面上的表情春夏秋冬四季轮回般，青玉、霜玉都揪着心等她的应答。她终于开口道："好吧，我去托托人看！不过青玉，你们医院恐怕没这个条件做这么复杂的手术吧？所以首要问题，你必须把元同换到有条件做换肝手术的大医院去，我可不管你是托姑妈，还是你自己想法子！"

霜玉随即把企求的目光调转向青玉，青玉迟缓地点点头，她想说，只要有肝源，医院肯定会联系转院的。再想想，还是不说了。

元玥看看腕上的金表，道："我得走了。现在我们公司跟上海的业务也多了起来，隔一段我还会来看元同的。"又将一只牛皮纸信封搁在桌上，道："这些钱，是我给元同的，别嫌少，可是港币哟！"并不与那两位作惺惺惜别之态，径直拉开门，黑丝绒长风衣划答一闪，黑天鹅扑翅般。

青玉追到门侧，朝她背影拢嗓道："……表姐，别忘了肝源的事——"走道里的穿堂风将她的声音倒卷了回来，扑在她面孔上。

青玉被元玥表姐蜻蜓点水般轻率的回答弄得心神不宁，转回房间，却见霜玉正把她带回的小菜分装在盘子里，桌面上布了三副筷子，三只碗，便道："霜玉，你和重生快吃饭吧！"拎起挎包要走，被霜玉拽住了包带。

霜玉央求道："青玉妹妹，这许多菜，俺和重生吃到猴年马月啊！你吃了饭再走吧！"见青玉迟疑着，又道："俺有好些话……是元同，元同有好些话，要俺告诉你呢。"

青玉没有拔腿的气力了，缓缓回转身，放下包，相帮着霜玉端菜、蒸包子。两位巧手女人，很快就端整出一桌还算丰盛的饭席。霜玉推开卧室门，唤了重生出来。

起先青玉以为在陇中高原长大的男娃必是充满野性，犟头倔脑，难以管教的。不想重生却出奇的安静恭顺。不满十岁的

孩子这般少年老成，这基因是来自元同表哥吗？

重生真是饿了，抓起一只包子，一口咬掉小半只。青玉试想着，这母子俩平日里不定如何地节省着每一分钱呢！便不停箸地给重生碗里捡菜，也给霜玉捡，却被霜玉又反捡回自己碗中。这一顿饭吃得颇为热闹，几双筷子你来我往剑戟穿插般，却无一人开口说话，只听得齿关咀嚼声，器皿撞击声，像是紧锣密鼓催促着大戏开场。

三人将菜盘子清扫得差不多了。霜玉便让重生回卧室做功课去，说是此番重生跟着来上海，要耽误许多堂课，老师给带了作业，每天必须完成当日的量。

重生进屋后，她们俩抢着收拾了碗筷，终于可以面对面隔着餐桌坐定下来了。

青玉还是头一次这么仔细地打量这位嫁给了史元同的女人。鬓角有银霜，眼角有细纹，既无有靡颜腻理，更无有绰约风姿。她被青玉盯得好不自在，不停地调整姿势。

青玉悄悄地长长地吁出一口气，收回了目光。

"霜玉，你要说什么就说吧。"

霜玉总是低眉垂目的样子，忽然，她掀起眼帘瞟了下青玉道："青玉妹妹，你且等俺一下呢。"

青玉被她这一眼瞟得暗自惊愕：这个貌不惊人的西北女人，双眸却幽邃如潭呐！

片刻，霜玉从里屋取出一张四寸大小的黑白照片，递到青玉手中。青玉疑惑地望望她，才将目光落在照片上。照片里，一位芝兰后生和一位总角闺女并排坐在长椅上，笑得很标准。"他们是……"

"他们是我跟前头男人生养的孩子。"

霜玉的声音柔软如云絮，她伸出骨节突出的食指点着："他叫大洮，今年十八了；她叫小洮，也有十五了。"停停，又补了句："他们，都喊元同爸……"

青玉手一松，照片从她指间滑落。一惊，忙俯身去捡，却已被霜玉拣起。霜玉仍坐回原位，定定地看住青玉，轻轻地却清晰地道："青玉妹妹，对不起！"

青玉回避了她的目光，"你说什么呀，你有什么对不起我的？"

霜玉重新垂下眼帘，坐得规规矩矩，道："俺都晓得的，元同，他都告诉俺了。"没听到青玉的回应，便略提高了嗓门："青玉妹妹，不是元同他负心啊！"

青玉如遭雷击般，几乎撑不住身子了，只好将双肘抵住桌面。她想逃开面前这个女人，可她双腿麻木，无法动弹。

对面的霜玉终于替她所敬重所珍爱的男人喊出了这句话，便像河堤决口般，往事滔滔如河水般从她口中流淌出来。

史青玉被霜玉夹着浓重甘陇方言的叙述带回到二十年前，陇中高原洮河畔，一座偏远落后的村庄，放眼望去，一派黄腾腾的山脉，山脚山坳，嵌着绿茸茸的草地。

某一天，县里武装部的干事押着一位书生模样的年轻人来到村里，郑重地交待生产队干部，说这位青年原是北京著名大学的高材生，自愿到大山里的某某军工研究所工作。却不知什么原因，牵涉进一宗反党叛国小集团的案子中，被判了二十年的劳改。公社党委决定，把这项重大而艰巨的政治任务交给你们村来完成，你们村贫雇农的比例高，觉悟也高，发动革命群众监督他劳动改造，相信你们一定能够圆满完成任务。

霜玉的男人便是这个生产队的队长，他打量着这位"劳改犯"，精瘦清癯，斯文一脉，哪里经得住挑担抢耙扶犁这些重活？左右一掂量，决定让他去放羊。

起先，生产队在羊圈旁用木板拦出一小块地方，盘了一堵炕，就是"劳改犯"的住处了。队长让霜玉从家里匀出一床被子送去羊圈。霜玉回来跟男人道："那个地方，现在这天气睡睡还行。一旦入冬了，恐怕无法住人呢。"男人暂无回应。

"劳改犯"不会讲当地方言，鲜与人交往。老百姓也躲着他，生怕沾上"反党叛国"的罪名。"劳改犯"每日迎着启明星将羊赶往草场，直到初月东升才赶着羊入圈。渐渐地，村里人都习惯了他的存在。他并不像报纸广播里描述的那些反革命般凶残恶毒，他遇见村民虽不说话，目光却总是那样安静温和。他脸晒黑了，胡子和头发都长了，看上去迅速老了十岁，可他赶羊上坡下坡的步履依然稳健踏实。他就像蓝天上飘过的一片云那般透明，也像草原上漫过的一阵风那般坦然。

却有一次，放牧组的组长郑重地向生产队长汇报，说终于发现了"劳改犯"的罪行，"劳改犯"每日放牧总是背着个军用帆布书包，书包总是鼓囊囊的。到了牧场，羊儿们四散觅食去了，"劳改犯"就坐在山坡上，从书包里拿出厚厚的像书本一样的东西，看啊看啊，还不停地记啊写啊。组长说，那会不会就是发报机？他会不会就在为敌人发报？队长沉吟片刻，叮嘱他先不要扩散消息。次日，队长便悄悄去了草场。他果然看见"劳改犯"窝在草丛中聚精会神地看看，想想，写写，羊儿们远远近近安详地吃草、歇息、嬉戏。队长拨开草丛挨过去，脚步压草刷啦刷啦响。"劳改犯"竟毫无知觉，一味沉浸在自己的思考中。队长走到他身后,看到他双膝上摊着的厚厚的书,那书页上许多字母,许多公式,许多曲线。队长看不懂,不禁警觉起来:这画符似的莫非竟是发报的密码?便呵斥道:"史元同,你在做什么?"

史元同激灵跳了起来,书本,笔记本,钢笔统统滚落在草地上。"队长,你怎么来了?哦——"弯腰捡起书本和笔记本,递给队长,嗫嚅道:"是,是我忘了向队长汇报。放羊的时间很空闲,我不想浪费掉……我在计算……研究所的同志们夜以继日地攻克难关,我,只想尽自己所能为这项工程出点力气……"

队长将书和笔记本还给他,望着远处的羊群,闷闷道:"人家问起来,你就说俺批准了!"抬头看看日头已正,"史元同,该吃饭了,你跟俺到前面牧民家去……"

"不了,队长,我带了窝头的。羊不能没人看。"史元同从肩上打着补丁的中山装大贴袋里掏出一只石头蛋硬的窝头,啃了一口,"谢谢队长,我做演算不会耽搁羊儿的,现在它们跟我熟了,很体谅我的。"

队长从牧场返回后,便叮嘱霜玉,晚上摊一张麦饼,炒一些土豆丝卷在里面,送到羊圈,让史元同带去牧场当中饭。于是霜玉每晚都去羊圈送麦饼,隔几日,她会炒两个鸡蛋夹在土豆丝中。每每她总看见史元同盘腿坐在炕上,就着一豆油灯,看书或写着什么。头两次,史元同见她送麦饼来,还起身道谢;次数多了,史元同便不动身了,只是仰脸一笑着说声"谢谢",又埋头沉浸于他的数字世界;再后来霜玉便不惊动他,只轻轻将麦饼放在门边砖砌的灶台上,随即抽身离去。

数月后的一天,霜玉照例做了麦饼送去羊圈。她蹑手蹑脚推开漏缝的木条门,只极细地"吱"一声;又蹑手蹑脚将麦饼搁在灶头上的一只破陶碗里,碗底与粗糙的灶面磕碰,"阔答"一声。霜玉正想出门,听得一声唤:"大嫂!"霜玉定住了,只见史元同捧着三四本笔记本,正站在她身后,胡子拉碴,衣衫褴褛,双目却炯炯有神。霜玉吓了一跳,踉跄着后退两步,"你,要干什么?"

史元同连着摆手,道:"大嫂你别误会!我,我这几本演算本,想托队长相帮,县里有邮局,替我寄到研究所。"见霜玉警惕又迟疑,又道:"不瞒大嫂,我下放时项目组长交待给我任务的,我一刻也不敢耽搁呀!"

霜玉与他对视了一秒钟便信了他,将那几本笔记本裹在包麦饼的旧布兜中,揣在怀里,带出羊圈。此后,隔上一段日子,史元同总会托队长帮他邮寄若干本演算笔记本,这已然成了他们之间的契约。

过了霜降,高原上的风就变得凌厉阴冷起来,气温骤降,屏不过立冬便飘起了雪珠。天气不好,生产队暂歇工,队长便亲自动手在自家灶台边搭了张木板床。他让霜玉去羊圈,相帮史元同整理一下,把铺盖搬过来。史元同自是横竖不肯,霜玉随他推辞,只抱起被褥就走,史元同只好跟着,一路叨咕着:"这怎么行啊?这怎么行啊?"队长拍拍他的肩膀,骨头咯着手掌痛,公事公办道:"史元同,上头把你交给俺,俺就不能看着你冻死!"拍拍床褥,道:"挨着灶头睡,估计你冻不死了!"

史元同搬进队长家灶头的时候,队长的儿子大洮七岁,女儿小洮才四岁多一点。那时小学校都停课了,大洮闲在家里,与村里孩子爬树下河撒野地玩。史元同不声不响,把灶房里贴在墙上的旧年画揭下来,裁成书页大小,钉成一本。霜玉煮饭时看见他在鼓捣纸片,也猜不透他在做什么。待吃罢晚饭,史元同才将年画纸钉成的小本取出来,道:"队长,大嫂,我看大洮闲着也是闲着,我这里记下一些小学生的算术题,大洮有兴趣的话可以练习着做做,不懂的地方可以来问我。"便将本子递到大洮跟前。大洮双手背到身后,头颈一梗,道:"俺不做劳改犯的学生!"队长抬手扇了他一脑勺,斥道:"怎么叫人的?对了,以后就叫先生,哦,叫老师!每天跟史老师做题!"

霜玉扳着指头算了算,"元同在俺家灶头间住了三年不到些,大洮把小学六年级的数学都学会了呢。"

那一年,垄头麦才灌浆,天却像被谁戳了个窟窿,连着十天半月地下暴雨,洮河水一寸一寸地涨过了河堤。牧场上的村民急巴巴来报,大水淹了草滩,"劳改犯"跳到水里捞羊儿去了!队长一跺脚,冲入雨幕中。队长让村民找了只羊皮筏子,独身冲入波涛中。他看见史元同抱着一只羊羔在波谷浪峰中时隐时现,便拼命追了过去,终于将史元同连同那只小羊羔一起救了起来。风急浪高,激流中暗伏着凶险的漩涡,独人羊皮筏承载不了两个壮年男子的分量,眼见得要被浪头吞没。队长毅然翻身入水,他一手拽住筏子边上的绳缆,一手奋力划水,推着羊皮筏冲出漩涡,他用尽了浑身的气力!一个猛浪扑来,羊皮筏几经沉浮终于显现于浪尖上了,筏子里只有奄奄一息的史元同和他怀里的小羊羔,却不见了队长的身影。

霜玉讲述至此,已经泣不成声。

十多天后,暴雨终于停住,洪水又一寸一寸地退去。人们在洮河下游百里开外的一块麦田里寻见了队长的尸体。

队长被上级政府追认为抢救集体财产而牺牲的烈士,公社为他举办了隆重的追悼大会,并且将"劳改犯"史元同押到烈士灵前,愤怒的群众要他坦白如何贪生怕死,把队长推下了羊皮筏子?史元同没有辩白,他在队长灵前长跪不起,泪洒尘埃。

那一年秋天,洮河边蒹葭苍苍,山林间深红浅黄。

国家发生了震撼人心的大事情,即便如一抔黄土般不起眼的小村庄里,人们的心里也漾起了层层涟漪,忐忑不安地期望着,等待着,俺们的日子会发生怎样的变化呢?

一日傍晚,落霞盘旋起舞,归雀儿黑压压地掠过树梢。一辆深绿色的军用吉普车呜呜地驶近了乡村土路,扬起的灰尘惊动了全村人。吉普车停在了羊圈前,令围观村民满腹疑窦:难道是来抓"劳改犯"的?他已经劳改了,为什么还要抓他呢?但见吉普车上跳下两位年轻的军人,他们见到蓬头历齿的史元同,双脚一并,"叭"地敬礼,一人道:"史工,我们奉政委之命,来接你回研究所。"另一人便钻进羊圈,收拾史元同的被褥铺盖。看看棉絮实在破败,便道:"史工,这被子就不要带去,所里有统一的用品。"

村民们突然明白过来,"劳改犯"终于时来运转,枯木逢春了!人群顿时沸腾起来。

史元同仍旧不卑不亢,无风无浪的样子,他跟两位军人道:"同志,稍等我一下好吧?"他平静的目光便在骚动的人群中搜索着,他看到了站在人群后面的霜玉,他亦是不徐不疾地走到她跟前,将两本簿子递给她,道:"嫂子,这是给大洮的复习

139

题，叮嘱他一定要用心做。大洮以前做过的习题，可以让小洮做做看了。"

霜玉说，她确实很感激史元同对大洮小洮的栽培，大洮不久就考上了县中。可她怎么都想不到，隔年开春，史元同重返村庄，竟是来向她求婚的！

那日正是酿花天气，半晴不雨，云横风斜。她陪着史元同去了她男人的坟地。史元同恭恭敬敬献了花，鞠了躬，转身就盯着霜玉看，看得霜玉六神无主，自惭形秽。史元同突然道："嫁给我吧，霜玉同志！"霜玉一阵昏眩，差点跌倒，被史元同伸手挽住了腰肢。史元同告诉她，加在他身上莫须有的罪名已经全部平反了，他现在已是研究所正团级的研究员。组织上关心他的生活，特批他可以将家属的户口转为城市户口。史元同说，大洮小洮有了城市户口，就可以进省里最好的中学小学读书，他们的父亲在天之灵便可以安心了！

霜玉说到这处关节，双手掩面，眼泪从指缝中汩汩地溢出来。青玉倒了盆热水，湿润毛巾，让她擦脸，轻轻地安抚她浑圆结实的肩背。

此时的青玉，心里是格外的宁静和干净。

次日近午时分，青玉结束了上半天的门诊，脱了医帽，摘去口罩，洗净了手，便转去肝胆科病房。她来到元同表哥病房门前，毫不迟疑地推开了门，径直走向元同表哥。

霜玉正在喂元同喝鱼片粥，她朝青玉盈盈一笑，道："青玉你来了，元同正在说他和你少年时候的故事呢。"

青玉转睛看着元同表哥，她终于能够坦然地接受他一往情深的注视了。

青玉对霜玉道："嫂子，让我来喂元同表哥吧！"

于是霜玉起身，将碗勺递给青玉，叮嘱道："粥有点烫！"

青玉便侧身坐下，舀了一勺粥，凑在唇边吹了几下，递给元同表哥。元同朝她眨眨眼，呼噜一下，把粥吞下去了。

20

像平楚和史引霄这样在战争年代相识相爱结为终身伴侣的夫妻，多少都经历过生离死别的考验，聚少离多更是家常便饭。

引霄天性耿爽洒脱，极少困扰于离愁别恨，只有一次别离让她刻骨铭心。那是1947年底，国民党大举进攻围剿苏北根据地，平楚受命跟随主力部队暂时北撤。军情紧急，出发时平楚根本来不及赶回茆围子跟怀孕的妻子道别。当时引霄已调县委工作，她挺着大肚子指挥乡亲们转移，一连几天都没休息。数日后，她才收到平楚托人辗转递来的纸条，方知平楚已随军北撤。其时，敌人的围剿已开始，枪声此起彼伏，渐渐逼近。引霄肚子里的孩子偏偏挑了最不适宜的时候颠着蹬着要出生，县委便将即将临产的引霄托付给了她的警卫员小山子。小山子的父亲是当地最有经验的船工，小山子的母亲曾为当地妇女接生过多个婴儿。小山子一家将引霄抬上小小的茅篷船，一篙子撑开去，船儿驶入了芦苇荡。但听得岸上狗咬得急促，脚步声如轻雷滚过，呐喊声沸沸扬扬。时而有尖锐的枪声撕裂人心。就在这动荡不安的气氛中，引霄的头一个孩子出生了，是个不足三斤的闺女。芦苇荡中海风肆虐，还飘起了雪花。上船时情势紧迫，小山子的母亲只顺手抄了条两斤重的旧棉絮，大家把外

140

衣都脱下来盖在引霄身上。引霄得了产后热，发高烧，说胡话，人事不省，命悬一线……三日后待引霄苏醒过来，船舱里静谧得如同混沌世界，只有芦苇摇晃簌划簌划的响动。引霄怔忡了一会，猛地仄起身问道："孩子呢？"小山子的父亲蹲在船头闷声不响吸旱烟，小山子的母亲用胳膊遮了面孔嘤嘤地哭。引霄瞪着小山子，小山子躲避不过，道："首长，对不起……娃娃熬不过，走了！"引霄脑袋"轰"地一声，炸了。

小山子一家将来到这个世界不足一天的娃娃掩埋在芦苇荡中一处稍稍隆起的湿地中。数月后，围剿根据地的国民党军队奉命开赴徐州战场，根据地局势转缓，引霄让小山子带着她去寻找女儿的掩埋地。可哪里还寻得见呢？层层叠叠一人高的芦苇漫溯至海天苍茫处，海水浸淫而过，芦苇哗啦啦地如同潮水倾涌，惊起野雁，嘹唳着哀鸣着，在他们头顶上盘旋。

十个月后，当平楚随主力部队打回苏北，收复了茆围子，他心痛地看见他的妻子瘦得脱了形！从来不淌眼泪的引霄，哪怕被鬼子的子弹穿透锁骨也不曾哼一声，此刻站在平楚跟前眼泪哗哗地淌。

结婚四十年了，引霄早已习惯了平楚外出写生，十天半月，甚至数月不回家，天南海北，水淼淼，山重重，音讯杳无。突然回家，人瘦如猴精，画夹里必是罗尽了烟霞胜景。

这次平楚匆匆去了苏北，头天，他借乡政府办公室的电话打回家报平安，是麦蛾接的，回道："姨夫，家里还有半院子阳光呢，姨娘这般时候哪里会在家呢？要不你打到办公室去？"平楚忙说不用了，麦蛾你转告你姨娘就是了。

又隔了十数天，平楚晚饭后从旅馆的总台打长途回家，这回引霄接着了，她才回家。麦蛾为她煮了软糯的菜粥，蒸了碗猪油笋干菜，剖了只高邮咸鸭蛋，她正呼噜噜有滋有味地喝粥，麦蛾将话筒递到她左手掌中，她对着话筒便道："平楚你晚饭吃了吗？人家要灌你酒，你可要坚持原则，不可贪杯哦！"平楚嘿嘿两声道："你也不可忘了你的承诺，每天抽烟不能超过五支哟！"引霄也嘿嘿两声，又问道："纪念碑修复得怎么样？庆典大会，庞司令、臧政委都出席了吗？"停顿，吸气，"寒城的名字刻上碑了吗？"对面突然没了声息，引霄喂喂了几声，平楚方应道："庞司令臧政委，他们都有家属代表来的……只是，寒城仍旧没上碑！听小山子讲，是上面有人不同意……"又停息片刻，声音瓮瓮道："你还记得那个葛少镛吗？"引霄心一顿，"这个人，怎么能忘记？"平楚像是从齿缝里逼出几个字："他的名字竟然刻上了碑！"引霄仿佛一股血冲上脑门，"怎么会这样？"平楚喉咙咣地响起来："我非把这件事情搞个水落石出！要多耽搁几日，顺便寻访一下当年的武工队员，为创作纪念抗战胜利系列画收集些素材。"引霄听了心里凉凉的，又为平楚担忧，道："平楚啊，调查这桩事情你一定要从个人感情中摆脱出来，我们是为抗日英雄正名嘛……"平楚不耐烦地打断她："好了我的大区长，你用不到给我做报告了，长途电话蛮贵的，挂了啊！"引霄对着"嘟嘟嘟"叫的话筒，摇摇头，搁了，再喝粥。麦蛾问道："姨娘，姨夫几时回家啊？哦，我再给你添碗粥吧！"引霄道："够了，饱了。"她莫名其妙就没了胃口。

这一夜天引霄睡不踏实，吞了两粒舒乐安定也没用。好不容易混沌了一阵，麦蛾就把她喊醒了："姨娘，姨娘！小贝的车已等在外头了！"

引霄翻身落地，匆匆穿衣，一边问道："昨晚雪墨几点回家的？我一点没听到动静嘛。"雪弓雪砚都读研住校，雪墨做记者，又在要闻部常常改稿子，深更半夜才回家。

麦蛾道："雪墨姐姐回来快十二点了，我替她下了馄饨当夜宵的。"

引霄便道："别扰她，让她多睡会。"匆匆用凉水抹了把脸。

麦蛾紧踩着她的脚跟，"姨娘，早饭就在桌上，已经不烫了，你吃一口再走。"引霄像没听见，抽身出门。小贝接了她，还要去接徐亦道和钱龟龄，她这里晚几分钟，后头的时间愈发挥不准了。

引霄拉开车门，却看见萧南渡坐在后座上，惊讶道："咦——南渡你怎么在这里？采访还没结束啊？"

南渡笑道："引霄阿姨，你过去的故事我都晓得了，还缺一点新任区长的事迹，所以……你可别批评钱主任哦，是我给他打电话，听他讲今天你有两个很要紧的会议，我老早就过来了。"

引霄拿南渡没办法，只瞪着小贝，"待会徐亦道钱龟龄怎么坐啊？"

小贝耸下肩胛，"挤挤呗。以前余副区长在，也坐得下嘛。"

引霄关了前车门，拉开后车门，边嘀咕："让徐亦道坐前面吧，他这个人，怕挤。"

这时麦蛾追了出来，见了南渡，忙将装着菜包和白煮蛋的食品袋递给她，道："南渡姐姐，记着让姨娘吃早饭哦！"

南渡接到手中，道："麦蛾像'兰畦'里的总理呢。"麦蛾红了脸皱皱鼻子，转身跑了。

车启动。南渡将食品袋塞给引霄，道："我得执行麦蛾的命令啊。"

引霄摇摇头，"不吃不吃，到了区里再说。"

车驶出了花园弄堂，南渡便从随身书包里抽出几页纸，犹豫一下道："引霄阿姨，上星期新四军研究会四师分会为我父亲开了追思会，我妈是想请你去的，是我……我晓得你忙，太忙，所以就没告诉你，这是大家发言的记录，还有我妈的纪念文章。我复印了一份，你有空，就看看？"

引霄横了她一眼，接过那叠纸，头页便是卞璟如的纪念文章《无尽的怀念——追思我最亲密的战友萧瑟》，引霄一目十行浏览了一下，没记住什么，却有一行字尖锐地刺痛了她的眼球。卞璟如写道："……1941年托派事件中，萧瑟无端受到怀疑，停职审查，他当时的爱人怕受牵连离他而去……"引霄不由地怒道："胡说八道！"南渡没听清楚，问道："引霄阿姨你说什么？"引霄哼了声，道："没什么，我没带老光镜，看不清，以后再看吧。"

车子接了徐亦道，又接了钱龟龄，便驶向区机关。这一路，引霄又垂下眼帘作闭目养神状，竭力平复被卞璟如那句"恶毒"的句子扰乱了的心境。徐亦道看她那模样，戏谑道："春宵苦短日高起，从此君王不早朝。老史昨晚跟平楚梦中相会啦？"引霄不理他，双目紧闭。钱龟龄拘着身子在后座，食指摁唇朝徐亦道摇摇头，示意不要打搅史区长休息。徐亦道原是闲不住嘴的，只得遗憾地耸耸肩胛，索性也闭目养神去了。

142

汽车驶入区政府的林荫道，暖日晴风，路边繁枝嫩蕊十分热闹。引霄"叭"地睁开眼，"嗖"地坐直了身子。今天这两个十分要紧的会议都要由她主持，必定要打起十二分的精神。

小贝恰到好处地将车停在了小会议室处半月形石阶梯旁的大雪松下，钱龟龄头个下车，回头道："史区长，我先去会议室看看。"那徐亦道随后下车，缩了头颈朝前走。史引霄喊住他："老徐你上哪儿去？还不上楼？只有十多分钟就开会了嘛？"

徐亦道转身苦笑道："老史啊，双西改造工程的协调会我就用不到轧一脚了吧？公安局那一摊子，好多事等着我去处理，单是华纺里面外国留学生和我们学生斗殴事件，市里面便要求尽快妥善解决的！"

史引霄无奈道："那好吧，下午给全区各街道调解员发聘书，你这个公安局长总得出面吧？"

徐亦道摆摆手，"尽量吧，实在分身无术，我会叫治安办主任过来的。"生怕史引霄还不放过他，忙赔笑脸道："哦哟老史，车上看你睡得香，没敢吵醒你。报个喜，桃浦地牺牲的居委会主任，姓姚对吧？她的儿子退役回来，已到我们公安局报到了，他主动要求到刑侦队，我没批准，把他留在内勤了，你老史老战友的儿子嘛！"

这消息是让史引霄欣慰的，她点点徐亦道，"什么我的老战友的儿子？他是烈士的后代，你要好好培养喔！"

徐亦道嘀嘀一笑，"包在我身上了！"话音未落，脚踵一旋，拐进弯道去了。

史引霄朝着他背影摇摇头，便上了石梯。南渡跟在她侧后面，问道："引霄阿姨，上午是开双西改造工程协调会对吧？双西在什么地方啊？"

史引霄拾级而上，边道："双西是大家对延安西路和定西路的简称，这两条路交错地段，大都是抗战时期鬼子轰炸，难民搭建的棚屋危房。区里决定对这块地进行脱胎换骨的改造，一来可以改善老百姓的居住环境；这二嘛，我们区地域范围内有许多著名文化人士，作家啊，画家啊，还有演员，名角儿，他们在'文革'中不同程度受到冲击，现在住房都很逼仄。我们准备从新建后的楼房中匀出两幢来解决他们的住房困难，艺术家嘛，要搞创作，对住房的要求愈是要求高些。"

南渡蹦上两级石阶，道："引霄阿姨，你可是大手笔啊！"

史引霄挥下手，"我没什么大手笔，只是想顺应民心办点实事。事情才开个头，各种各样质疑声便沸沸扬扬……"突然闭口，双唇抿成一线。她不想把区政府办公室会议间的争论暴露给南渡，若由她写进文章发表出来，问题就更复杂了。又是余芳菲竭力反对双西改造工程，竟然质疑史引霄想建"文化楼"是想为平楚搞一套画室，史引霄没能忍耐住，拍了桌子道："'文化楼'建起来，我史引霄若占了一平米，大家罢我的官！"

南渡追问道："后来呢？你怎么对付这些质疑的？"

史引霄眯起眼，看看天，"质疑声现在也没消失呀！市里面批准了这个规划，说是搞个试点，摸着石子过河嘛！只是资金问题要自己解决，区里财政也很紧张呀！所以我让工商局的同志请来十几家企业的相关负责人，共同商讨解决途径，地区风貌的改造跟他们也是戚戚相关的嘛。从前开辟根据地，碰到难处，唯一的办法就是听取群众的意见，我相信这个老办法管

143

用。"说着她们步入了小会议室,南渡急忙掏出笔记本,将史引霄方才讲话要点记录下来。

史引霄环视了一下会场,离开会时间尚有十多分钟,已有三分之二余的人员入场了,不断有熟悉的企业家跟她打招呼,史引霄礼节性地应酬着,小眼珠仍在人群中兜兜转转寻找。她终于看到她寻找的那张面孔了,便径直走过去,喊道:"马英华你到了啊!"

马英华嚯地站了起来,喜出望外而涨红了脸。方才史区长一进门她就想迎上前的,只是许多头面上的企业家都围了上去,她便识趣地缩到后面。英华公司开业以来她一直想找史区长汇报情况,只因区委让余副区长分管英华,她便犹豫了。马英华在区里工作的年头不短,她十分洞悉政府机关条条块块上上下下人际关系的复杂,她尤其不想给史区长添任何麻烦。

马英华脸红红道:"史区长,今天来的,都是大公司,著名企业,我们英华哪里排得上号啊?"

史引霄道:"英华,你们有你们的长处,听讲还不错。今天请大家来,是相帮区政府为双西改造项目把把脉,出出主意。你呢,也好结识一些企业界的朋友,扩展眼界,对你公司发展有好处!"

马英华领会史区长对英华公司的殷殷期望,抿着唇,点点头。

这时,钱龟龄主任在话筒前招呼大家入座,会议即将开始,并唤史引霄区长上台。

史引霄拍拍马英华的肩胛,道:"会议结束后,留下和我一道吃午饭,正好听听英华的情况。"

上午的会一直开到十二点半多方才结束,对于区里提出的双西旧区改造方案有人热烈赞同,有人竭力反对,针尖对麦芒,争论得十分火爆。史引霄对这样的状况十分满意,她从反对者的发言中警觉到这个方案还存在许多缺陷和瑕疵,心中已在盘算召集双西改造指挥部讨论如何改善和完美这个方案。更令她兴奋的是已有几家实力不俗的企业表达了对这个项目的投资意向,看来资金这个关键问题有望得以解决了。

会议结束后,史引霄便带着马英华和南渡去了机关小食堂。马英华晓得史区长胃不好,午饭一般是弄碗面条,或者稀饭,就在办公室里解决。今天破例上小食堂,一定是为了招待自己,心里实在是过意不去,道:"史区长,其实……我们就去吃客饭……"

史引霄道:"大食堂人太嘈杂。小贝几次跟我提起,你想找我?今天正好有机会嘛!"

马英华不再坚持。史引霄领她们进了一间僻静的小包间,点了四五个菜,还要点被马英华和南渡阻止了。吃不下了,史区长,剩了糟蹋了!引霄阿姨,你胃不好,下午还要开会呢!史引霄作罢,只加了只酸辣汤。

其实史引霄真的想听马英华谈谈英华公司的实际情况。自从余芳菲突然一百八十度大转弯,要求分管英华公司后,史引霄便刻意与马英华保持一定的距离,以免授人口实。她无意为自己树立什么业绩,她却清楚英华公司创业成功的典范效应。

史引霄替南渡搛菜,替马英华搛菜,随意的样子,却是谨慎地选择切入口,道:"英华啊,区政府办公会议上,听余副区长介绍了你们公司开业的情况。不错啊，踏踏实实地做，给全区返城知青树个榜样。"

马英华先是公事公办道："史区长，感谢区领导对我们英华公司的关心和支持，我们一定不辜负区领导对我们的期望。"

史引霄又为她搛了一筷菜，笑道："英华，放松点，不要用这些台面上的话好不好？跟我说点具体的，你们怎样打开销路的？"

马英华羞怯地笑笑，道："我早想跟史区长汇报了呢！"朝南渡看看，稍犹豫，仍说了："史区长你还记得陈拂野么？"

史引霄挑起眉头，"陈、拂、野——？"转向南渡，小眼珠瞪得足够大。

南渡冷着脸，道："引霄阿姨你看我做什么？人家早已另组家庭，跟我没丝毫关系了！"

马英华歉疚地笑道："萧记者，对不起对不起，前头我并不晓得你和陈拂野有过一段婚姻⋯⋯"

南渡依然冷着脸，道："你有什么对不起我的？该说什么就说什么，陈拂野怎么啦？"

马英华便道出原委。自农村土地承包改革后，乡村里面青壮劳动力便富余出来。陈拂野念过初中，也当过大队干部，见多识广，况且又是老英雄陈时模的儿子，在当地有一定的号召力。他自不甘在茆围子盐滩上蹉跎年华，便组建了一支工种齐备的房屋装修队，从乡镇做到省城，又进军大上海。马英华是无意在报纸夹缝里看到滨海装修的广告，联系人的姓名是陈拂野，便嘀咕起来：当年去苏北外调史区长的"罪行"，住在史区长的警卫员小山子家里，记得小山子的儿子就叫陈拂野，此陈拂野是否即那陈拂野呢？马英华便一个电话打过去，先打听得对方果真是从苏北老区过来的，进而问道："茆围子有位新四军老兵叫陈时模，你认识吗？"对方便道："陈时模是我父亲，请问，您跟他认得？"马英华笑道："陈拂野啊，那年我在你家住过，你父亲还把你准备结婚的新被子拿给我盖呢！"话筒那边有点尴尬地哼哼两声："哦，是马同志啊，对不住，我爹把你赶出家门⋯⋯"都笑了起来，距离一下子拉近了。

马英华请陈拂野到英华公司来协商，两下一拍即合，决定联手开拓业务。英华公司有客户资源，滨海装修泥瓦木水暖电技术全面，很快就承接了数项规模不小的工程。

史引霄听马英华一番叙述，频频点头，道："想不到陈拂野还很有闯劲的，小山子这下好定定心心享清福了呢。"小眼珠对着马英华，话却是说给南渡听的。

南渡乜斜着眼对马英华道："马同志，对了，现在该称你马经理了。"

马英华慌忙摇头，"还是叫我马英华吧。"

南渡很郑重的样子，说："马经理，你们跟滨海装修队合作，有没有就公司性质、分配原则签订相关合同？"清了清嗓，"我毕竟跟陈拂野生活过好几年，他可是个颇有野心的人呢！"

史引霄用筷子点点南渡，"你呀，不要戴有色眼镜看人嘛！"

马英华忙道："萧记者提醒得对，我们聘请了法务律师，正在起草相关条款。我打算将装修队与滨海合并注册一个英海装潢公司，经济独立核算，陈拂野任总经理。"

史引霄吟道："嗯，拂野我还是了解的。现在改革开放嘛，有野心，想干一番事业，这是好事体。"

南渡面孔上像罩了一层雾，只顾一勺一勺往嘴里灌酸辣汤，呛着了，咻咻地咳了两声。

史引霄自然晓得她心里不畅快，便提示马英华："再说说你们三八缝纫组的情况吧，听讲你们也找到了联手目标？"

马英华明白史区长的意思，不要在萧记者跟前再提陈拂野，忙道："史区长你真是眼观四路耳听八方呢！"

史引霄道："哪里呀，也是听余副区长在区委扩大会议上介绍的，她现在对英华真的很上心，好事嘛！"

马英华道："史区长您还记得从前我做工的那爿色织厂的党总支书记吗？"

史引霄小眼珠转了转，道："不大有印象了，只记得当初你在厂里还是很受器重的，我要调你走，颇费了一番口舌。对不对，你们厂总支书记姓龚。"

马英华道："都快二十年了，最近才晓得，我们龚书记在地下党里是余副区长单线联系的老部下。余副区长就说，这是天赐良缘呀，写了介绍信，让我回厂找龚书记洽谈。我去了才发现，龚书记已退居二线，现任厂长是龚书记的儿子，叫龚建国。"

史引霄放下了筷子，她已经吃饱了，却对马英华说的拐弯抹角的关系颇感兴趣，问道："哦？龚书记的儿子怎么就能当厂长呢？"

马英华道："这位龚建国也是返沪知青，前两年是顶替龚书记进厂的。听讲他吃苦耐劳，而且脑瓜子活络，为厂里开拓了不少生意，厂里群众都蛮拥护他的。"

史引霄缓缓点了点头。

马英华有点兴奋起来，"龚建国一听英华是知青的公司，真的非常热情，余副区长的介绍信他压根就没拆开。他说现在纺织行业很不景气，他花了很多工夫调查市场，决定转行做服装，先从服装贴牌加工做起，摸索经验，以后要自创服饰品牌。他的意思英华三八缝纫组可以先作为他们的一个外包加工点，以后怎么合作，再慢慢摸索。只是……"

史引霄拍了下桌子，"还犹豫什么？这不很好嘛，先让英华的员工有活干，干起来公司就活了嘛！"

马英华道："我是这么想的，只是……这个龚建国才结婚，他的新娘就是宋嘉卉呀！"

史引霄一时想不起来，"宋嘉卉"是谁，气恼道："英华呀英华，他龚建国的新娘跟你们的工作有何关系？你顾虑什么呢？这不是你的作风啊！"

一旁萧南渡却恍然大悟道："引霄阿姨，宋嘉卉不就是桃浦地拉炸药包那个人的前女友吗？马经理是担心你有什么想法，对吧？"

史引霄陡然一惊，情感上是有些别扭，却不动声色，道："宋嘉卉移情别恋，是她的爱情观有问题，她前男友采用极端的手段来报复社会，害人害己。至于龚建国嘛，他可以追求他所爱的人，我们就不必苛求他了。关键要看他是不是实实在在地跟英华合作！"

马英华沉吟道："我感觉，这方面他还是蛮诚心的。第一批订单已经发下来了，他还让宋嘉卉到英华三八缝纫组来做技术指导。"

史引霄犹豫了一下，原想问问马英华对宋嘉卉的印象如何，再一忖，还是不问的好，免得马英华跟她合作起来有隔阂，只道:"万事开头难,英华你要把握好这次机遇,给姐妹们鼓鼓气,要做就要做得出色……"

这时小包间的门咯嗒被推开了,探进钱龟龄谢了顶的脑袋,面孔笑得像糯米团,道:"史区长,还想添点什么菜吗?嘿嘿,各个街道的调解员差不多都到了,我让她们先在小会议室休息休息好吧?"

史引霄抬臂看看表,"哦哟,时间哪能像飞一样!我马上到。"

马英华连忙站了起来,"史区长,耽搁您太长时间了,我先走了。"挎上背包,忽又道:"您放心,我会抓牢这个机会的。"走至门口,又别转头,"史区长,以后,我还能……向您汇报工作吗?"

史引霄嘀嘀一笑,"当然啰,随时都可以找我嘛。"

前不久,市里召开了全市各街道调解干部会议,号召大家要向桃浦地的姚秀琴同志学习,学习她心系群众,排难解纷,敢于担当,不惧危难的精神,并追认姚秀琴优秀共产党员的称号。借此东风,史引霄便着手健全区里的调解干部制度,要求每个街道都要设调解办公室,每个里委会都要有专职调解员。

史引霄"文革"后刚恢复工作时,曾在地区组工作过一段时间,所以街道里弄干部跟她都熟悉。她一踏进小会议室,调解干部们便一拥而上,问候的、叙旧的、汇报情况的。史引霄一一应对,如鱼得水。她几乎叫得出每个人的名字,晓得她们是哪个街道哪个里委的干部。还是钱龟龄扑扑扑敲着话筒,宣布会议开始,大家方才渐渐入座。

史引霄看到公安局治安办公室主任已坐在台上了,悄悄问道:"你们徐局长做什么去了?"那主任挠挠头皮,为难道:"徐副区长只关照我来开会,没告诉我他要做什么。"史引霄肚子里暗暗骂了句:"徐亦道你这只老狐狸!"

下午的会开得很顺利也很热烈,史区长简单传达了市里调解工作会议的精神,有三五个街道里委会的调解干部发言介绍经验,随后史区长和治安办公室主任一起为调解员们发聘书。

会议结束后,有几个调解员还想找史区长说说闲话,都被钱龟龄挡住了。钱龟龄笑眯眯道:"史区长,小贝的车已经等你一会了。"史引霄横竖想不起接下来要去哪里?开什么会?她疑惑地看着钱龟龄弥勒似的笑脸,钱龟龄却什么也不说,径直将她送到车门前。

史引霄嗔道:"钱龟龄你搞什么名堂?我不记得下午还有其他活动了呀!"

钱龟龄不紧不慢回话:"史区长,区里是没其他活动了,是你家里有事。方才你在开会,你儿子电话打到办公室,让我转达,要你今晚无论如何回家吃晚饭,他有很要紧的事情同你商量。"

"雪弓啊?他会有什么要紧事体?"史引霄仍是狐疑,勉勉强强钻进车厢。见南渡还在车门外,便道:"南渡,你快上来,我顺道送你回家。"

南渡是听到钱主任说话的,她现在唯恐避不开雪弓,本不打算跟引霄阿姨回"兰畦",被史引霄这么一招呼,竟身不由己地上了车。

史引霄对小贝道:"先去萧记者家。南渡,你告诉小贝地址,天山路什么路口?"

南渡忙道:"引霄阿姨,真不要特为送我回家的,到前面71路公交车站让我下去，71路到我家门口的。"

史引霄却道："不是特为送你，我正好去看看你母亲。你看我忙东忙西，把你父亲的忌日都忘了。整十年了吧？卞璟如肯定骂死我了。"

南渡想到母亲成天铁青着面孔牢骚不断，引霄上门，不晓得会引她说出怎样难堪的话来，慌忙道："引霄阿姨，雪弓……不是要你早点回家吗？再说，再说……"

史引霄打断她，"不要再说了，现在五点也不到，雪弓他从学校回家，起码六点以后。到你家去转一下，耽误不了雪弓的事。"原来晨起上班路上，史引霄看了卞璟如悼念萧瑟的文章，其中有对自己的不实指责，原就打算找机会当面跟她澄清事实，辨明是非的。对于一区之长有近两小时的空档已经很奢侈了。

南渡见引霄阿姨坚持，只好告诉小贝地址方位。半途，史引霄让小贝在一座花店门口暂停片刻，她买了一大捧满天星，卖花的妇人拼命给她推销玫瑰和康乃馨，她不要，只向卖花的讨了几片竹叶衬着。妇人给是给她了，嘴里咕哝着，要省钞票就不要时髦了！史引霄当作没听见，捧着满天星返回车内。

小贝在后视镜中看到史区长怀里白花花的一捧，笑道："史区长，你买花怎么只买白色的啊？"

南渡是晓得引霄阿姨包括自己母亲那辈人生活上的节俭，引霄阿姨能想到买花已经很潮流了，便道："引霄阿姨你这花是献给我父亲的吧？他的忌日才过去没几天……"

史引霄没回话，眯缝着小眼珠望着车窗外勃勃生机的街道，看到的却是淮河平原葱绿的麦田，田埂边长满了星星点点银白的野花。当时她在新四军江北指挥部下属民运大队工作，那天，政治部主任萧瑟到乡里巡视工作，在乡镇干部会上慷慨激昂地作了反扫荡动员报告，会议结束后，乡长点名让引霄送萧瑟主任回驻地，引霄心里明白，一定是萧瑟主任关照乡长的。

史引霄以为自己早淡忘了与萧瑟烟花燃放般短暂的恋情，此刻它却如底片显影般凸现在眼前。她记起那天萧瑟是让他的警卫员骑上他的乌鬃马先走，他跟引霄沿着野花缀锦的田间小路慢慢行来。她记得傍晚的天空五彩缤纷，嫩黄的蝴蝶绕着他俩的脚踝盘旋。萧瑟絮絮地说了许多话，他的生平？他的功绩？史引霄现在记不清了。她只记得自己当时只是用点头摇头或者微笑来回应他。当年在津浦路东根据地，萧瑟以入党早，资格老，大学生，有才华而著称，民防队许多年轻的女战士都仰慕他。史引霄记得最清楚的一幕，萧瑟忽然弯下腰，刷刷刷地采摘了一大捧野花，像捧着一怀星星，递给她，干脆利落地言道："引霄同志，我对你印象很好。你愿意接受我的感情吗？"引霄猝不及防，嗫嚅道："萧主任，我，我才受过处分……"萧瑟仰面哈哈地笑起来，道："小鬼，我听说了，你在党小组会议上公开自己的择偶标准，第一不找'爸爸'；第二不当'小皮箱'；第三不找老大粗工农干部。典型的小资情调，是要挨批评！不过，我很佩服你勇敢暴露思想的坦率。仔细想来，你的要求也情有可原。你想找年龄相当的，有一定文化水平的，还不想仅仅当个官太太，对吧？"萧瑟刷地站得笔挺，整了整风纪扣，道："那你看看我，符合你的要求吗？"周边野花蓬茸，灼灼其华。引霄当时并没有做好恋爱的准备，但她欣然接受了萧瑟的鲜花。

南渡家离区政府不远，汽车刻把钟就到了。萧瑟彻底平反后，卞璟如捧着他的骨灰调回上海，组织上按照她处级干部的规格分配给她这套公房，两房两厅，南北通风。卞璟如选择了底楼，带个小院子，可以种种花草，活动活动手脚。

南渡摸出钥匙刚开了门，便听得一阵骂声："还晓得回家呀？这里不是你的旅馆！反正你不止一次跟我们划清过界限，索性搬回史家去……"

南渡恨声道："妈——，引霄阿姨来看你了！"

骂声戛然而止，片刻，卞璟如从厨房出来，似笑非笑道："史引霄啊，太阳从西边出来了！"

南渡跺了下脚，"妈，你看你！"

史引霄微微欠下腰，"对不起，对不起，璟如，我来晚了，过了老萧的忌日。"

卞璟如冷笑道："忘了就忘了嘛，萧瑟算什么人物？活该被人家忘却。南渡何必多此一举？提醒她作甚？"

南渡道："我并没有提醒引霄阿姨嘛！"

史引霄晓得卞璟如有一肚子的怨气，逮着谁就朝谁发。便不再出声，抬眼扫了一圈，见客厅北墙上挂着萧瑟一身戎装骑马远眺的照片，那时的萧瑟器宇轩昂，令人仰慕。史引霄便走过去，朝着萧瑟的照片鞠了一躬，随后将那捧满天星放在了照片下方的茶几上。

卞璟如愈是不依不饶道："这种野花又不值几个钱，放在房间里招蚊子，南渡，把它弄到院子里去！"

南渡咬着嘴唇不动身子。史引霄长叹一声，自顾在单人小沙发上坐下，道："南渡，能给我一杯水么？开了半天会，口渴得像枯井。"

南渡怨尤地横了母亲一眼，转去厨房倒茶。

史引霄指指边上另一只沙发，道："好了璟如，还有什么意见，坐下说嘛，我看着你都觉得吃力。"

卞璟如气鼓鼓地坐进沙发，从罩衫口袋中掏出一只黄牛皮纸信封，叭地放在茶几上，道："史引霄，史区长，我这个地方是属于你管的吧？"

史引霄道："这个街道确是我们区的，你放心，我早就关照过街道党工委的干部，你生活上有什么问题，尽管找他们解决去。"

卞璟如嘴一撇，"我才不找他们呢，现在的人多少势利？像我们这种无职无权的，还不被人家三言两语给打发了！"点点茶几上的信封，"我只找你一区之长说话。喏，你替我把这封转上去，解决我的根本问题！"

南渡端着两只茶杯出来，一见那黄牛皮纸信封，急道："妈，我跟你说过多少遍了，这件事引霄阿姨管不着的！"

卞璟如瞪南渡一眼，"你这孩子，胳膊肘总朝外弯！"

史引霄拿起那信封看看，信封上写着："烦请史引霄区长转递市委组织部启"，引霄探究地盯着卞璟如，问道："璟如，能告诉我到底为了什么事吗？"

卞璟如拿起茶杯呷了口，史引霄也端起茶杯，刚要喝，南渡慌道："引霄阿姨小心烫！"

卞璟如将杯子咔嗒往茶几上一搁，茶水泼了些出来，因道："我的事情当然不是你一个区长能管的，但是你有渠道，可以帮我递上去呀！你替我想想，我一个1938年入党的老党员，至今只有行政十四级。有的解放战争中入党的干部都已经十二、十三级了。你很清楚，差这一两级，离休工资啦，住房面积啦都要差好大一截，这对我们太不公平了吧？"

史引霄心里明白，卞璟如的级别是受到她前后两任丈夫的牵连，如今她已办了离休手续，要改，恐怕很难了。沉吟片刻，便道："璟如，你放心，我一定帮你把信递上去，至于组织上怎么处理么……"

卞璟如道："这个嘛……给你透个底，现在的组织部长，曾经是江北指挥部下属军法处的处长，可以算是萧瑟的老部下了吧？"

史引霄并不知晓这层关系，也许当年她已调去苏北了。她将牛皮纸信封郑重地塞进自己的皮包，手指便触碰到早上放进包里的那叠纸。犹豫着，看卞璟如这般情绪，还要不要跟她提那桩公案呢？此刻不提，以后恐怕就没有机会了。心一横，还是把那叠纸抽了出来，放在茶几上，又推至卞璟如面前。

卞璟如瞟她一眼，"什么呀？"

史引霄用手指点了点，"你写的文章呀，纪念老萧的。"

卞璟如往前凑了凑，"哦，你看了？南渡给你吧？"

史引霄扭头道："南渡，你忙你自己的吧，我跟你妈说些陈年旧事。"

南渡颇不情愿，道："引霄阿姨，愈是陈年旧事，我愈是想了解一下嘛！"

卞璟如朝女儿挥挥手："去去去，回你房间去。"

南渡气鼓鼓转回房间，重重地将门带上。

卞璟如道："臭脾气，小时候都是被你宠的！"

史引霄叹道："南渡的脾气，我看像极了老萧……"

卞璟如仰靠在沙发背上，深深地吐出一口气。

史引霄试探地问道："老谢的那两个儿子，现在情况怎样了？"

卞璟如垂着眼皮，道："老大，生在来安的那个，就叫了来安，现在已是新疆建设兵团的师长了；老二，皖南事变那年生的，当时我在六合县工作，就叫了六合，前两年就下海办公司，我也帮不了他们，由他们自己了。"

史引霄道："我记得，老谢去世那年，来安刚满三岁，六合一岁多点。老谢就把你们母子三人托付给萧瑟了。"

卞璟如忽地抬起眼皮，坐直了，问道："史引霄你说的陈年旧事就是这个呀？你想做什么？"

史引霄小眼珠扑扑忽闪了两下，道："我并不想做什么，我只是回忆一段往事。璟如，这是事实，对吧？于是萧瑟主动跟我解除了婚约，你们很快结了婚，来安和六合便成了萧瑟的儿子。"

卞璟如从沙发间撑起来，"史引霄，你是在谴责我破坏了你和萧瑟的感情吗？"

史引霄也站了起来，"我丝毫没有谴责你的意思，当年，萧瑟跟我说了老谢的遗愿，我非常支持他的选择。为了打消你的顾虑，是我主动向组织提申请，离开津浦路东，去苏北工作。你是当事人，应该对这一段前因后果十分清楚！"

引霄说这段话的时候声音止不住地发抖，她用力控制着，尽量口气显得平和冲淡。当初，引霄和萧瑟的关系发展得很顺利，萧瑟都已经准备给组织上打报告结婚了。一天，萧瑟的警卫员飞马来到引霄蹲点的村庄，说萧主任有要紧事找她。引霄以为萧瑟要跟自己商量如何操办婚礼的事，便喜滋滋跃上马背，她很奇怪萧瑟没有像往常那样在庄口迎接，她推门走进他的住房，小小的土屋里充斥着劣质烟叶刺鼻的气味，而萧瑟的面孔比揉碎的烟叶更加破损。引霄吃惊道："怎么啦？病啦？"伸手摸他额头。萧瑟将她拉到床沿边坐下，给她倒了一茶缸水。他的眼睛躲避着她，死死地盯着凹凸不平的泥灰地，瘖哑着嗓，告诉引霄老战友谢础临终前的嘱托，道："引霄你是知道我对你的感情的……可是，我们共产党人的胸怀里，除了爱情，还有对祖国的爱对人民的爱对战友的爱，我有这个责任……"引霄完全明白了他的意思，她站起来，双脚并拢，非常标准地向她的萧主任行了个军礼，道："是，首长，我支持您的决定！"她的每个关节都因为僵硬而咔咔作响，她脸上保持着灿烂的笑容，可她的泪水却不听使唤地一坨一坨地涌出来。萧瑟拉过她想把她拥入怀中，她却狠命推开了他，扭头撞开门，奔了出去。

卞璟如耸了耸肩胛，"几十年了，我们的头发都白了，再提它有意思吗？"

史引霄从茶几上拿起那叠纸，凑到卞璟如眼门前，用一根食指点着那行句子，问道："什么叫'他当时的爱人怕受牵连而离他而去'？这句话，是你写的？还是哪位不明就里的记者杜撰的？"

卞璟如道："哦哟，绕了半天，你就为了这句话，我又没有点你的名！"

史引霄道："不管点没点姓名，这样扭曲事实，不仅污蔑我，也对不起萧瑟待你的一片心！"她习惯性地手掌从空中劈下，"璟如，秉笔直书，这是对历史的尊重，你也是老共产党员了！我希望，你必须把这句不实之词改去！"

卞璟如挪腾身子回避着史引霄，一边道："怎么改呀，新四军研究会已经把稿子寄给《铁军》杂志了呀，说不定这两天就出版了呢！"

南渡忽然推开房门道："妈，还来得及改的，他们把稿子交给我，让我带给编辑部，我还没来得及寄出去呢！"

卞璟如气恼地瞪了南渡一眼，南渡不理会她，又道："引霄阿姨，很简单嘛，将这句不实之词删去就行了，我来改。"当即掏出笔，刷刷刷几下子把那句话涂没了。

卞璟如和史引霄都盯着涂改后的那页纸，僵持了一会。终于，史引霄先粗粗地吐口气，道："也好，不必追究太多细节了。南渡，拜托你了，把前后句子顺一顺，抓紧寄走。对你父亲，真该好好纪念一下的。"

卞璟如忽然掉头进了卧室，史引霄要追过去，南渡拦住她，朝她摆摆手，因道："引霄阿姨，雪弓还等你回家吃饭，我替我妈送送你。"

"不用送，不用送了。"史引霄朝卧室努了努嘴，低声道："快去劝劝你妈！"

史引霄走到单元大门口，只听得身后咣啷啷踢蹋蹋一阵惊天动地，卞璟如追了出来喊道："史引霄，慢着，还有一桩要紧事呢！"

史引霄回头定定地看着她。卞璟如胖了，两颊的赘肉耷拉着，道："我让南渡自己跟你说的，她偏不说，只好由我来开口！"

史引霄道："哦，什么要紧事啊？"

卞璟如道："南渡的儿子小樾，按照政

策户口转回上海了。他在苏北上完了高小，区里哪所中学质量好些？大区长，这点小事体，你相帮解决一下！"

史引霄思维稍微蹭蹬了一下：区里文教归余芳菲分管，这家伙，正儿八经托她，不定弄出点什么是非来。转念想，这点小事，直接找教育局长就行。因道："南渡儿子回来了？也不告诉我一声。这样吧，我去跟区教育局招呼一声，附近的延安中学还不错的。"

"那我就代小檄谢谢你大区长了！"卞璟如的声音像只灰斑鸠翱翱地扑了过来，盘旋在史引霄上下左右。史引霄加紧步子出了大门，心里叹息着：璟如真变了，当年，引霄与萧瑟确定恋爱关系后，经常去政治部走动。璟如的丈夫谢础时任驻地来安县委书记，又是萧瑟同乡战友，他们时常在一起摆龙门阵。引霄由此结识了璟如。那时的璟如，人如其名，贞静闲雅，温润如玉，好叫引霄倾慕啊。

21

史雪弓是花园弄堂兰畦别墅史家的独养儿子，按中国人传统观念，他应是父母最器重最宠爱的孩子了。

奶奶在世时毫不掩饰对孙子的偏爱，岁尾发压岁钱，雪弓的那只红信封总要比青玉、雪砚、雪墨的厚许多。五十年代末六十年代初，国家经济遇到困难，粮油都限制定量。奶奶宁愿自己顿顿喝薄米汤，却要保证孙子每日必有一顿是干货，米饭或馒头。后来雪砚雪墨都上学了，每天下午，奶奶总会煮一锅绿豆汤或者山芋汤备着。小学生下学早，雪砚雪墨回家就叫着要吃点心，奶奶却一定要等上中学的雪弓回来了方才舀给大家吃，并且雪砚雪墨用小饭碗盛，雪弓用大菜碗盛。久而久之，这便成了家里的规矩。乃至奶奶去世后，家里人聚拢了吃饭，雪砚雪墨总要看雪弓动筷了，她们方才搛菜。

史引霄从来宣称，她对四个孩子一视同仁，手心手背都是肉嘛。可是雪墨信誓旦旦道："你们可别让史引霄同志的假象蒙蔽了，据本记者日长时久细心观察，我们妈妈心里最在乎的还是儿子呀！"史引霄勾起食指对准雪墨小女儿光滑的前额笃地敲了下，"你这个丫头，信口开河！妈妈什么时候亏待你和雪砚啦？"雪墨格格笑道："妈，我只举一例，你下班回家，无论早晚，进门问麦蛾的第一句话一定是什么？"史引霄瞪着小眼道："下班回家累得说话气力都没有了！"雪墨推搡着麦蛾，要她"揭发"，麦蛾只是抿嘴笑，雪墨道："我来揭发，妈踏进门，见了麦蛾，开口必问，雪弓回来了吗？言为心声嘛！"

史引霄自己也忍不住要笑，憋着道："平时，我对你们哥哥的批评最多也最严厉，这个你们不能否认吧？"雪墨道："所以呀，爱之深，责之切嘛！"

作为父亲，平楚寻常却是跟女儿们更亲近些，带她们看画展啊，参加一些艺术沙龙啊，在平楚眼中，女儿们个个出众，很给自己长脸，至于儿子雪弓，比自己高出了半个脑袋，平楚觉得跟他并肩行走已经很不习惯了。雪弓上小学的时候，平楚曾带他去参加美协举办的国庆晚会。那时候机关里时兴跳交谊舞，平楚跟几个女同志跳了几支舞曲下来，却寻不见雪弓了。平楚里里外外找他，他却坐在门房间里生闷气。回家路上，雪弓仍气鼓鼓地不跟父亲说话，平楚又气又好笑，拍拍他后脑勺，

"你这小脑瓜里哪来的封建思想？"平楚是搞艺术的，举止会有些与众不同，比如出门他喜欢斜扣顶罗宋帽，着长风衣，这在五十、六十年代的马路上是很扎眼的。有一天晚上，平楚难得没有出差，正和引霄在房中闲聊，小雪弓笃笃敲门，进来，毕恭毕敬行了个少先队队礼，道："爸爸，我给你提个意见，你以后不要再穿资产阶级的衣服了，好吗？"弄得平楚只有苦笑的分。

"文革"期间，平楚与儿女们接触很少。平楚被当作反动学术权威、"黑画家"遭受批判，下放到五七干校劳动改造，连几个孩子上山下乡插队落户，他都没能赶回家送行。直至"四人帮"垮台，几个孩子陆续考上大学回城，平楚猛然发现孩子们都长大了，成熟了。特别是儿子雪弓，平楚明显感到他少年时的倔强冲动磨砺得沉稳平和了许多。他翻阅儿子从乡下带回来的书籍，但见书页中铅笔重复做了许多记号。他晓得儿子带书下乡不是摆样子的，是真正通读了这些书。

"文革"结束后，平楚重新拿起了画笔，积蓄得太久，他想要创作的东西太多，几天就能画一幅画。平楚每每将新画好的作品悬挂在客厅里，要求孩子们畅所欲言，发表意见。青玉、雪砚、雪墨，甚至麦蛾都会七嘴八舌论长道短，平楚总是坐在一旁，摩挲着胡须拉碴的下巴静静地听着，不反对，也不赞同。雪墨从来直言不讳，道："我们说了也白说，爸在等待史雪弓发表高见呢！"果然，只要雪弓子丑寅卯说出几点意见，平楚便会摘下画作，躲进画室，重新收拾去了。由此雪墨得出结论："别看爸与哥两个大男人平时不咸不淡的，爸可是认哥为知音的呢！"

尽管姐妹们都一致认为史雪弓是爸爸妈妈最宠爱的孩子，可雪弓自己心里却充满了对父母的愧疚，因为他总是一次又一次地辜负父母对自己的殷切期望。

上中学的时候，史雪弓曾经当选为市三好学生，学习毛主席著作的标兵，他的照片登上了《青年报》的头版。平楚特地为这张报纸配了镜框，挂在自己画桌上方；史引霄要求雪砚雪墨认真阅读哥哥的先进事迹，努力地虚心地向哥哥学习。可是不久，学校团委书记却上门找爸爸妈妈告状来了，说史雪弓同学骄傲自大，目无尊长，校团委决定给予他撤销团委宣传委员的处分，希望家长配合，教育敦促他改正错误。原来，校团委否决了萧南渡同学的入团申请，认为她对自己父亲历史上犯的错误认识不足。作为萧南渡同学的入团介绍人，史雪弓与校团委书记发生了激烈的争辩，甚至连学校党支部书记出面劝导，他都据理反驳，竟使校党支部书记无以应答。

"文革"期间，史雪弓决定与萧南渡一起到苏北老革命根据地插队落户，平楚引霄闻听都十分支持。当时他们都在五七干校劳动改造，不能赶回来送行，便由平楚执笔写了封情真词切的长信，散文诗一般，题目叫《人生有几个十八岁呢》，鼓励儿子好好向贫下中农学习，在艰苦的劳动中脱胎换骨地改造自己。史雪弓怀揣这封家书下了乡，他真是满怀激情，组织青年突击队，修堤开河，防涝御汛，开垦良田，日夜奋战。却不料，在清理阶级队伍的运动中，他公然为大地主晏风律的五姨太沈水珠辩护，并且与晏风律的孙子晏枰交往过密，因而受到公社革委会的严肃处分。

"四人帮"倒台，"文革"结束，邓小平拍板，恢复了停滞十年的高考。史雪弓在第一时间就决定了去报考大学,并写信鼓励两位妹妹一起参加高考。平楚与引霄当然全力支持孩子们报考大学,至于什么专业,他们对两个女儿给予了充分的信任与选择自由,却对儿子予以"强制"性的建议。他们分析了儿子耿介纯正,直言谔谔的品性,乃至他这些年来的坎坷蹭蹬,语重心长地告诫他报考理工科目,将来从事科学或技术方面的工作,人生道路或许平坦顺畅一些。史雪弓又一次违拗了父母的心愿,他在夙沙滩孤岛上的耕读岁月里,思考着历史、社会、人生的种种问题,时而浓云密布,时而雨雾天晴,时而又电闪雷鸣。于是,他毅然决然报考了哲学专业,并且以高分获得录取。史引霄望着儿子踌躇满志而光彩熠熠的面庞,警告道:"好好改改你那锋芒毕露的臭脾气!"雪弓一本正经道:"妈,恐怕很难。人家都说我的性格像你,是从娘胎里带出来的。"平楚虽有些忧心忡忡,却十分赞赏儿子的抱负与追求,他不多说,只写了一首短诗送给儿子:"别让岁月的马车丢下我们,别让时代的齿轮超过我们。让我们跨上岁月的马车,扬起闪电的鞭子,推动着时代隆隆地前进——这就是我们的最大幸福!"

并不是周末,史雪弓却召集了众姐妹晚上回家吃饭,他有重要事体宣布。父亲去苏北参加抗日阵亡将士纪念碑的修复庆典,一月有余,仍没有回来。一定是老区的景物激发起了他的创作灵感,乐而忘返了。"兰畦"里的孩子们都十分钦佩父亲为了他的艺术以天下为家的忘我境界,所以史雪弓仅给母亲机关的办公室钱主任打了电话,拜托他转告史区长,倘若区里没有特别重要的事情,请史区长下班早点回家。

史雪弓又一次面临着人生三岔路口的选择,每每这种时候,他总会饶有兴趣地想起小时候奶奶讲的那个故事,三兄弟不同的人生选择。奶奶虽然不识字,但却悟透了人生的真谛。现实生活中的选择,要比那三兄弟艰难得多!

倘若不是与姬瑜倾心相爱,史雪弓压根不会想到出国留学。他在校园里意外遇见了姬瑜,他认得她,是大妹妹雪砚的同学,从前常到"兰畦"来找雪砚的,他指着她笑道:"哦,你,就是冬妮亚对吧?"

姬瑜羞涩地笑笑,小时候,她就对平雪砚的这个满腹经纶的哥哥倾慕有加。姬瑜秀外慧中,温婉柔情,慢慢地治愈了史雪弓心中爱情的创伤。史雪弓庆幸自己拥有了姬瑜的爱,这使他觉得生活中充满了阳光。

姬瑜家族远远近近的亲眷中许多人都陆续去了海外留学,家里的意思,她迟早也是要出去的,所以她考大学就选了外语系。姬瑜便时常鼓动史雪弓跟自己一起出国留学,用激将法激他,你是学哲学的,你了解柏拉图、苏格拉底、亚里士多德们生活的社会形态吗?单从书本上你能真正搞清楚黑格尔、尼采、叔本华们哲学思想产生的基础吗?姬瑜并且还打保票,她一定可以说服她的哥哥或者姐姐也为史雪弓出一份担保。史雪弓断然不会接受姬瑜家人为自己出具担保,其实,雪弓的大表姐元玥在香港经商,只比他大两个月的二表姐元珊已经定居美国,让母亲出面,请她们出具留学担保大抵没有问题。只是,史引霄同志愿不愿意去开这个口呢?毕竟,自小外公小外婆"文革"中相继去世后,引豪舅舅瑞舅妈跟他们做共产党员大官的堂妹史引霄便鲜少走动了。

正当史雪弓为出国留学的事举棋不定，临路迟回之际，他收到一封从大洋彼岸辗转寄来的信，信封已经磨损，封面上的字迹却把他一下子推到十多年前的凤沙滩，滩涂上芦苇萋萋，芦花卷舞，潮来雪浪雄奇，潮退沙洲星布。

是晏枰的来信，寄信者的地址是美国纽约。

那一年，在苏北茆围子，下乡知青、青年突击队队长史雪弓竟然在群众大会上为大地主晏凤律的小老婆沈水珠喊冤，于是被下放到凤沙滩外的王姑岛反省改造。雪弓记得，拂晓时他扛着一旅行袋的书籍，由麦佬家的黄狗麦虫领路，早早赶到了渡口，却被告知，上岛的船要八点才开，他只得候在渡口等待，满心的郁恼，以及对前途的茫然。却见晨曦蛋清般的薄雾中，一叶小舟剪破水面，徐徐地靠上岸，戴着芦草斗笠的渔工拴住缆绳，吼了声："茆围子的史雪弓可在——？"

史雪弓惊讶地站起来，迟疑道："我就是！你……找我吗？"

这时从小船的芦篷中站出一个人来，细条条的身影儿，晨雾中看不清面容，只他鼻梁上的眼镜片在晓光中一闪一闪。

"史雪弓，是我，晏枰呀。快上船吧。"他颤悠悠立在船头，招呼着，并伸出一条胳膊。

晏枰早两个月就被罚驻陆公岛了。史雪弓自是欢喜，先将旅行袋递了过去。麦虫先窜上小舟，史雪弓也一步跨上去。船工道："坐稳了哟！"抡起青竹长篙行船，船行如飞，瞬间便将渡口抛在冥蒙中。

芦篷低矮，他俩钻进去无法直立，卷腿坐着。晏枰轻轻捶了史雪弓一拳，道："我听渔工传说你要上王姑岛，太好了，此乃天助我也！"

史雪弓愕然，原以为晏枰会设身处地宽慰自己一番，没想到他却为自己无端受罚喝彩！便没好声气道："好什么好？难不成你庆幸有个人陪你一起困守孤岛来了？"

晏枰嘀嘀一笑道："史雪弓，我向来敬你是个有志向、敢担当的君子哦！你以为我困守孤岛了？在我看来，这凤沙滩真是个可大有作为的地方，正如曹公诗曰，日月之行，若出其中，星汉灿烂，若出其里。王姑岛、陆公岛，恰如谢灵运登江中孤屿时吟诵，云日相辉映，空水共澄鲜……"

史雪弓与他双膝相抵，看清了他眼镜片后面有灼灼的火苗，惊道："晏枰，你有什么宏大规划了？"

晏枰狡黠地眨眨眼，"上了岛，我当会告你。"

至多二十几分钟，船舶行至王姑岛，隔水相望，那岛上茅草芦苇遮天蔽日，古木奇树蟠曲错杂。岛四周似有冥蒙青雾垂绕，城垣似的。

两人先后跳上岸，史雪弓扛了盛书的旅行袋，晏枰帮他背了被褥，麦虫欢蹦乱跳，惊动了腐草丛中的蛇虫百脚，窸窸窣窣好一阵闹腾。

那行船的渔工喊道："晏七仔，我候你，去陆公岛！"

晏枰回道："麻佬——不用候我——"晏枰在晏家孙辈中排行老七，当地乡民都喊他"晏七仔"。

史雪弓忙道："晏枰，船走了，你怎么回去？还怕我一个人被狼吃了不成？"

晏枰头也不回道："你放心，我回得去，还要请你跟我一道上陆公岛呢！"

凤沙滩是有传说的地方。年复一年，潮涨潮落，古黄河、淮河裹挟着大量泥沙，

155

在黄河之滨造就了广袤而旖旎的滩涂湿地。沿海的先民们用枯萎了的陈草燃火，将滔滔海水煮成盐。《说文解字》中对"盐"是这样记载的："古者夙沙初鬻海盐。"传说中，"夙沙"是与神农氏同时代人，被后代盐民们供奉为"盐宗"。夙沙滩瑰丽神奇，涨潮时是海，烟波浩荡，渔帆点点；落潮时成滩，泽地相连，河塘串珠。

芦苇荡

晏枰像是对王姑岛地势形貌熟稔于心，领头穿行在繁芜蓬茸的灌木枳棘丛中。史雪弓发现，脚下尺余宽的小道像是新开出来的，道两旁的灌木留有新鲜的断茬。此时晨雾渐开，玫瑰色的朝霞勾勒出繁枝缛叶曲折多姿的形态。晏枰只顾领路，史雪弓却被岛上幽眇精微的气象所震撼，竟至无语。路边草丛中不时有咻溜溜蛇行声，得啦啦鸟儿惊飞声，麦虫窜前窜后，猹猹吠叫。

便像海市蜃楼一般，氤氲悬垂的晨雾中，忽现一座低矮的茅草屋，周围有灌木枝条扎成的篱栅，门前有碎石铺就的一方院落。史雪弓紧着步子来到茅草屋前，看着屋顶上的茅草竟还青翠蓊郁。他记得上岛前，有乡民告诉他，王姑岛荒芜多年，仅有的几间茅屋早已墙倒梁塌，不想竟有如此齐整的小庭院！他狐疑地盯了晏枰一眼。晏枰笑道："雪弓兄你好有福气，或许是王姑化作仙女来帮你营造家园的吧！"史雪弓看着晏枰，渐渐清亮的天光中，他看得见晏枰脸颊至脖颈有纵横的血痕，那是被锋刃般的茅草划伤的痕迹，不晓得晏枰花了多少工夫来修整这座茅屋呢！该说些什么呢？史雪弓只捶了晏枰一拳。

于是他们进屋。屋顶压得低，史雪弓人高，只得微微佝偻了腰身。晏枰道："雪弓兄委屈你了，岛上的屋子不能建得过高，海风一来，就把屋顶掀跑了。你看那些树，粗归粗，顶多一人高了。这就叫适者生存嘛。"

史雪弓伸手就抵住了屋顶，道："没问题，进屋不是坐着就是躺着，要伸直腰，出门便可嘛。"

巴掌大点的屋，左侧石块垒成长条形，上面铺了层干茅草当床，床前有张台面开裂的旧几案，缺了一条腿，也用石块垒着，权当桌子。晏枰拍拍盛满书的旅行袋，道："没想到你把书都扛上岛来，可惜没替你搭个书架。"雪弓三百六十度转了个身，团圈打量着，终于将书一摞一摞码在床铺靠泥墙的一侧，道："还有两尺空余呢，足够摆平我这个人了。"

晏枰便单膝跪在床铺上浏览那些书，时不时抽出一本翻翻。史雪弓因道："这些书我与你共享，你想看哪几本，尽管挑。"晏枰这本翻翻，那本翻翻，最后选了一套《西方哲学家丛书》统共十几本，包括苏格拉底、柏拉图、亚里士多德、黑格尔、叔本华、斯宾诺莎等等。

史雪弓笑道："你什么时候也喜欢哲学了？"

晏枰道："我向来崇拜我们老祖宗对宇宙万物本原的解释，简单明了，一个'道'字，概括所有；一个'恕'字终身受用。我想对照西方哲学作一些比较。"

史雪弓将脸盆的网兜腾空，让他把书放进去，道："看完了，可托划船的带过来，再换一批去。"

晏枰道："看完了我自己会过来，换书，当然要自己挑。"

雪弓想："隔海相望，难不成你游过来？"不去追究，问道："早上送我们过来的那只船什么时候来送你回陆公岛？"

晏枰朝他挤下眼，"人家要出工的，哪得闲空？待会我自己回岛。"紧着说下去，堵住史雪弓的提问："你别急着赶我走啊，我带你岛上四周转转，熟悉熟悉。"

俩人便走出茅屋。此时天光大明，旭日东升，岛上景物历历在目，纤毫毕现。他们走出小路，沿海滩绕岛而行。黄沙漫漫，蒿草一抹一抹的浅绿深绿。绕到西北方,晏枰指着粼粼细浪摇荡处,道:"你看,天边有一簇青苍黛绿的,那就是陆公岛。"

史雪弓手搭凉棚搜寻了半天,似有柳叶条般一线苍黛在浪谷中沉浮,疑惑道:"人家讲王姑岛与陆公岛靠得很近的嘛!"

晏枰道:"眼见为实,目力所及,还不近吗?"

地势逐渐升高,王姑岛西岸似有丘陵横亘海岸,却土不似土,石不是石,绵长的,小城墙一道,也是杂草灌木丛生,海风中呼啦啦地长啸。

晏枰脱下眼镜,用衣襟擦拭着镜片,又戴上了,问道:"史雪弓你一定听说过有关王姑的传说吧?老一辈人言之凿凿,这小丘原是王姑的坟。"

王姑姓张名士英,乃元末盐民"十八条扁担起义"首领张士诚之胞妹。因张士诚自立为吴王,故张士英被时人称为王姑。张士英兰心桂质,为乡人称道。张士诚兵败,自缢命绝的消息传回故乡,张士英泪如泉涌,气绝身亡。乡人将她埋于西岸,向着张士诚建都的方向。史载张士诚称王以后,割据自守,胸无大志,骄奢淫逸,耽于酒色,还一度降元,反复无常,大失民心。王姑坟在年复一年的朝代更替中渐渐倒塌、荒芜,沦为土丘。

史雪弓叹道:"张士诚十八条盐汉子聚义反元,前后坚持了十四年,期间也曾有许多可敬可颂的壮举。可悲的是张士诚有勇无谋,用人不当,缺乏战略眼光,终究没有避免农民起义短命小朝廷的结局。想不到这座小岛竟还蕴藏着历史文化深厚的宝藏啊!"

晏枰道:"雪弓兄,现在有没有点庆幸?将你发配上王姑岛,是悲是喜?祸福本就是一个铜板的两面嘛。"见史雪弓默然无言,陷入沉思,便搡了他一把道:"走,到海边去。自力更生,丰衣足食,我们先解决温饱问题。"

史雪弓忙道:"我带了一口袋地瓜干来的。"

晏枰道:"瓜菜葫芦半年粮,你留着慢慢品尝吧。今天我们要开一顿海鲜餐!"

两人来到一汪靠海的滩涂地,晏枰脱了鞋,把裤管卷过膝盖。见史雪弓愣怔着,喊道:"你不想吃现成吗?快下滩呀!"史雪弓连忙也脱了鞋袜,踩着泥泞,跟在晏枰身后。晏枰扭头道:"你跟在我后面,就什么也挖不着了。来,我们并排,相隔两米左右。见有大小泥洞你就往下掏!"

他们把这片滩涂搜了个遍,收获还真不少,海螺,蛎子,泥鳝。晏枰还从水塘中掏出一堆块茎,说这是野茨菰,烤或者煮,像芋头一般软糯。凤沙滩的人家断粮了,就用它当主食。麦虫兴奋地汪汪吠着,在泥浆里打着滚。晏枰一拍大腿道:"麦虫竟然抓着昂刺鱼了!"便跑了过去。原来鱼儿不肯束手就范,跟麦虫玩起了猫鼠游戏。晏枰双手一扑将那鱼儿捉在手中,笑道:"这鱼是龙宫里的大将军呢,味道鲜美细腻。今日我们可摆一桌龙王餐了!"

上岛这第一顿午餐对史雪弓来说不啻琼浆玉液,味蕾的刺激将他因遭受不公惩处而产生的愤懑,以及对前景的迷惘颓丧一扫而净。他和晏枰,哦,还有麦虫,就着渔工自酿的芦根酒大快朵颐。

晏枰面孔红通通像涂了油彩,眼珠隔着镜片像烛光在跳跃,道:"雪弓兄,你晓得吧?他们罚我上岛,岂不知正中我下怀。所谓天将降大任于斯人也,必先苦其心志,劳其筋骨,饿其体肤。这凤沙滩天远地偏,荒茅野鹜，正好由吾辈大展身手。"

史雪弓眯眼探询道："莫非，你又有什么鸿图巨制了？"曾经，在青年突击队，晏枰就是史雪弓"运筹策帷帐之中"的张良。筑堤开河，防涝御卤，兴垦种棉，便是晏枰为青年突击队制定的战略方向，他甚至还有更大的抱负，等棉田有了一定规模，便可筹建自己的纺纱厂、织布厂。据说，创办原棉生产基地和纺织染一条线生产原是晏枰祖父晏风律的梦想。

晏枰朝史雪弓凑近了些，道："这两个月，我已将夙沙滩范围内十几个大小岛屿兜遍了，可是块宝地啊！我想，如果我们把岛上的渔民、养鸭人、盐工、农户组织起来，成立一个组织，可以叫公社，也可以叫联盟……索性就叫乌托邦！产品归集体所有，按需求进行分配；劳动之余，人人都可以从兴趣出发去做自己喜欢做的事情，艺术啦，科学啦……"

史雪弓哈哈哈笑了起来，道："晏枰，你满脑子空想社会主义的幻想，难道，这一年多来的失败经历还没把你敲醒啊？"

晏枰道："朝闻道，夕死可矣。孔子主张以德治国，仁爱天下。"

史雪弓道："可是，孔子自己不也四处碰壁，惶惶如丧家犬？"

晏枰道："知者不惑，仁者不忧，勇者不惧嘛。雪弓兄，你来了，我更有信心了。毕竟，我头上总戴着地主子孙的黑帽子，喉咙响不起来。你不一样，你父母在这里打过小日本，有群众基础。只要你振臂一呼，响应者肯定不少！"

要放在才下乡那会儿，史雪弓早就袖子一捋干起来了。可几经撞壁，处境窘迫，渐渐将满腔热情冷却下来，遇事变得谨慎小心，如履薄冰。略思忖道："晏枰我佩服你，困厄如此，仍不坠青云之志。不过对你所描述的那样一幅桃花源愿景，我抱有八九分的怀疑。先不去问那些渔民、盐工是否愿意参加，恐怕公社革委会们决不会允许它的存在。我是想趁岛上无人干扰，大海明月相伴，多读点书，完善自己，丰富自己。"

晏枰略有失望，坐定，含笑道："如此看来，人生三不朽，立德、立功、立言，史雪弓是想先立言了。"

史雪弓不计较他，拍了他一下，"人生不朽事，百年身后谈。我带了四卷本《马恩选集》，其中有资本论。晏枰你真有大抱负，深入学习研究马克思的剩余价值理论，太有必要了！"

他们两个虽出身不同却志趣相投，在荒芜沉寂的王姑岛上，在低矮的茅草屋里，敞开心扉，纵谈人生，时而慷慨陈词，时而长吁短叹，不觉屋外金乌徐徐西移，小岛渐渐被七彩流霞罩没。敏感的麦虫撒腿奔出门，旋即又跃进屋，不停地吠叫着。这才惊醒了沉浸在思想隧道中的两位年轻人。晏枰率先立起，大声呼道："史雪弓，现在可以上陆公岛了，我可以让你看看我做的沙盘了！"

史雪弓也为傍晚岛上绚丽的色彩而沉醉，心存疑虑：难道真可以乘"彩霞"破万里浪，渡海上陆公岛？他随晏枰急切切来到海滩边，眼前景象让他骇然惊叹：退潮了，万顷波涛不见了，王姑岛与陆公岛之间变成了一片滩涂，泽地上海草萋萋，苍茫浩荡，河湖沟汊纵横交错，成群的飞鸟翱翔其间。

晏枰揉了他一把，"脱鞋呀，裤脚管卷高点，跟我过去！"

史雪弓既惊讶又兴奋，赶紧脱下了鞋，

那麦虫按捺不住,箭似的冲了出去。史雪弓跟在晏枰后面,踩着泥泞,淌着积水,有时杂草缠住脚踝,有时污泥淹没小腿肚子。不过半小时光景,碧绿透明的陆公岛便横在他们眼前,翡翠似的一块,叫人忍不住要去取。

陆公岛一带是南宋名相陆秀夫的家乡,历史上悲壮激烈的崖山海战——宋、元的生死决战,在最后一刻,元军围攻帝舟,陆秀夫先拔剑驱促妻妾儿子滔海,随后将年仅九岁的小皇帝赵昺缚于背上,纵身跳海,誓不降敌。听讲广东崖山至今在祠庙供奉陆秀夫的塑像,家乡也曾为他树碑立传,却因朝代更替战火无情,那碑已无处可寻。乡里人都说,陆秀夫的碑倾倒入海,化作了陆公岛。

踏进晏枰住的茅屋,劈面可见泥糊的墙上贴着一副对子:"尘世不须伤往事,桑田更变几回春"。史雪弓正默诵着,晏枰已迫不及待拖他去看沙盘。原来在床与灶之间,他用泥巴筑起半高的围墙,拦出五六尺见方的一圈,里面填了细沙,以各式石块搭出岛屿形状星布其间,分别插着红、黄、蓝、白不同色彩的小旗——这就是晏枰心中理想国的模型。

晏枰双目炯炯,神采飞扬,道:"雪弓兄,你不要以为我是异想天开做白日梦。每个岛上的地势,土壤盐碱度,潮水风向我都实地勘查过的。你看,插粉红旗帜的,岛上泥沼地多,可种植菱藕类根茎植物;插白色旗帜的,岛上遗留许多废弃的盐灶,完全可以重新启用开盐场;插黄旗的,这些岛地处陆地港湾之中,海风侵蚀较少,或许果木能够成活……"

史雪弓再不忍心拂逆他的兴致,静静地听他描绘蓝图,却隐隐有浓重的忧虑萦怀不散。

这天夜里,史雪弓没有赶回王姑岛,夕阳被海平面吞没后,滩涂便陷入沉沉暮霭中。晏枰从床头取下一把二胡,胡把已成枣红色,是有年头的老货了。他们坐到门前的石墩上,晏枰嗯吱咔吱调了调音,便展臂行弓,拉出一串清丽幽远的音符。史雪弓问道:"什么曲子?"晏枰垂目道:"由着心情,想怎么拉就怎么拉。"那曲调便转入深沉忧怆,回肠九转。史雪弓忽见绀紫玄青的天际,冒出了一连串银晃晃的星星,仿佛是晏枰弦弓拉出的音符接二连三被甩上了天空。

后来的事实证明史雪弓的忧虑并不是庸人自扰,就在他俩荒岛倾谈后不足半个月,上头一纸调令,晏枰离开了陆公岛。传说有人向公社革委会汇报,晏枰这个地主阶级的孝子贤孙竟想在夙沙滩上搞独立王国。这以后,史雪弓再也得不到晏枰的丝毫信息,询问往来的渔工,却如鸡同鸭讲,皆称不认得此人。史雪弓也曾趁退潮之际涉滩涂上陆公岛寻踪觅迹,晏枰住的茅棚塌了半片墙,他珍爱的理想国沙盘竟已成一堆沙砾!

数年后,国家局势冬去春来,史雪弓从王姑岛返回生产队,重新组建起青年突击队。再一年,国家恢复了荒废十年的高考制度,史雪弓顺利考上了心仪的大学。返城前,他四处打听晏枰的消息,被告知,晏枰一年前悄悄办了移民手续,迁居香港。夙沙滩上两人促膝谈心,畅怀人生的那一天一夜便成了史雪弓沉淀于心的一渚孤岛。

晏枰的信先是寄到茆围子夙沙乡的,幸而史雪弓在当地颇有人缘,乡政府工作人员便将信转寄往上海史雪弓就读的大学。

史雪弓将这封信看了两遍，晏枑只简略陈述了他离开夙沙滩的经历。他的叔父在香港做生意，是国家统战的对象，因此他得以移居香港，后来又赴美读书，乃至定居。晏枑问及史雪弓这些年来的状况，道："不知雪弓兄还记得当年我在陆公岛上做的那具沙盘吗？天涯海角走遍，酸甜苦辣尝尽，方知当年的你我，年少轻狂，幼稚可笑。何时再能与雪弓兄剖腹掏心，抵掌倾谈，不失人生幸事也。"

只因晏枑的这封信，史雪弓下定了赴美留学的决心。

22

平雪砚在家中排行老三，事实上她是平楚史引霄夫妇的第二个孩子。大姐史青玉虽不是父母亲生，却是要相貌有相貌，要德才有德才，深得父母的器重。哥哥史雪弓更不用说了，家中的独养儿子，少年翘楚，卓尔不群，是父母心中的芝兰玉树，备受眷顾。妹妹平雪墨，娇俏可爱聪颖灵巧，又是父母三十好几才生下的幺女，家中人人都惯她，宠她。这样细数下来，平雪砚觉得自己是兄弟姐妹中最被父母忽视的那一个了。在哥哥姐姐妹妹面前，她常会感到自卑和委屈，却又每每激发她的勤奋努力，孜孜不倦。

平雪砚中学毕业正逢上山下乡一片红，她到了安徽淮北农村插队，因为表现突出，入了党。公社也曾考虑把她作为年轻干部的培养对象，只因她父母头上走资派的帽子迟迟没有脱去，所以按兵不动。待到"文革"结束，高考恢复，雪砚悬梁刺股、鸡窗夜读，一举中榜。许多年后，回想起那个星月无光的夜晚，有人告诉她，因为她父母的缘故而取消了调她去公社任干的决定，她满心的沮丧困顿，无人诉说，彻夜难眠。平雪砚方才真正领略古代哲人剖析生活的通达与精确，"塞翁失马，焉知非福"？

平雪砚师范大学政教系毕业后，并不满足去中学当一名教师，又一番焚膏继晷，手不释卷，考中了政法大学的法学研究生。闻听这个喜讯，母亲道："好，学法律正派上用场。我们国家改革开放，拨乱反正，到处都要用法律来规范嘛。"父亲艺术家独特的眼光每每能抓住事物的特征，他露出两颗虎牙笑道："雪弓中考是因为他读书读得多；雪墨中考是因为她脑瓜子聪明；雪砚嘛，则完全靠她的勤奋刻苦啦！"平雪砚终于觉得自己在哥哥姐姐妹妹当中可以扬眉吐气了。

平雪砚的性格不像父亲的热情浪漫，也不像母亲的刚毅果断，她矜持拘板，与年龄不相符的老成持重。所以，在恋爱问题上也比兄长姐妹们慢了好几拍。青玉大姐虽则独身至今，大家都心照不宣，晓得她心中保存着一份亘古不变的感情；哥哥雪弓结束了一段青梅竹马的爱情又坠入才子佳人般的柔情缱绻的情网；妹妹雪墨尚未确定男朋友，但大家都知道她身后的追慕者有一大串。唯有平雪砚，清清爽爽的大姑娘，胸前别着小小的却令人倾慕的大学校徽，在花园弄堂里进进出出，却总是孤家寡人一个。不免有好事者背后点点戳戳，姑娘读书读得太多，再读下去，会不会嫁不出去呀？然而，命运的安排出其不意，平雪砚的真命天子正在不远处等着她呢！

平雪砚因在农村插队时就入了党，刚考进政法学院就被推选进了学生会。那天中午，雪砚下课后匆匆赶往食堂，就感觉到一股异常的躁动不安的气氛，就像水沸腾前的那一刻。同学们一簇堆一簇堆议论着、争辩着。原来，前日周末晚，在相距不远的纺织工学院内，发生了一起外国留学生与中国学生的斗殴事件，一石激起了千层浪。

其实，平雪砚早两日就知道这桩纠纷了。纺织工学院院址正在史引霄区长管辖范围之内。那个周末，平雪砚跟小妹雪墨谈天道地晚了，没赶回学校。夜半时分，被嘭嘭嘭的敲门声惊醒，竟是区公安局值班的同志开车来将史区长接走了。雪砚和雪墨哪里还睡得下去？蜷在沙发里候着。眼看着窗户一层一层地泛白，她们的母亲终于回来了，倒在沙发里，咕咚咚咕咚咚地喝了半杯凉茶，嗔道："你们两个，只管你们睡嘛，担心什么？现在又不是'文革'！"雪砚疑惑道："究竟有什么重要事情？区长也是人，也吃五谷也要睡觉嘛！"雪墨抑着兴奋道："妈，重大新闻快告诉我，给我个头条嘛！"

史引霄苦笑道："倒不是什么重大事件。两名外国小伙子向一个中国女学生示好，中国学生们认为他们调戏女生，便发生了争吵乃至斗殴。可是外事无小事，市外办、市府办公厅都来人了。"雪砚忙问道："双方谁先动手的？有伤害吗？当事人现在被拘留了吗？"史引霄拍拍雪砚的手背，"我的未来的大法官，处理这种矛盾还不能轻易走法律程序，市领导有指示，尽量说服我们中国学生，从改革开放大局出发，向外国留学生诚恳道歉。不同的文化背景，不同的行事方式，大家要互相理解、互相尊重，加强沟通……"忽见雪墨掏出笔记本，史区长小眼珠一瞪道："记者同志，这桩事情不能上新闻的，你就当什么都没听到，千万不要给我惹点麻烦出来，晓得吧？"雪墨吐下舌头，只好收起笔记本。

平雪砚看着周围情绪激奋的同学，觉得自己应该说些什么，却又觉得很难说清楚什么，正犹疑间，学生食堂的广播喇叭中传出急切的声音："紧急通知，紧急通知！请校和各系的学生会委员们马上到办公楼梯形报告厅集中，有重要会议！请学生会委员听到通知，互相转告，马上到梯形报告厅开会……"平雪砚向来就是组织观念极强的人，也不吃饭了，掉头就朝办公楼去了。

雪砚踏进报告厅，里面已经聚了几十人，明显分成两拨，互相争执着，各不相让。原来有同学接到纺织工学院学生会发来的求援信，便冲动地写标语、拉旗帜，要组织队伍去声援。另一部分同学却表示不能莽撞行动，要请示校领导，要由学生会全体委员讨论决定。主张声援的同学等不及了，拔腿要冲出去，却被另一部分同学拦住了出路，眼看冲突在即，有人喊道："宋嘉本来了！"于是众人一窝蜂般围拢过去，"听宋大头怎么说……"

这位宋嘉本是国际政治学的研究生，也是政法学院两届学生会主席。雪砚与他不是一个专业，又比他低了一年级，又是学生会的新委员，只在开会时接触过几次，并不很熟悉。但她感觉得到他在同学中有蛮高的威信。此刻雪砚被挤到了人群最外圈，拔长头颈也看不见他的面孔，只能看到他头顶心一撮乌黑的头发。随着他讲话的节奏，那撮头发颇有弹性地上下起伏。

宋嘉本嗓音低沉，带点儿鼻音，不疾不徐地道："同学们，大家冷静点，不要听

162

风就是雨的，冲动是魔鬼，我们还是政法学院的学生会委员呢！"有人应和着，喧嚷声渐渐平息下去。宋嘉本清了清嗓，保持匀速："我去请示了校领导，还跟纺织工学院学生会通了电话。我们这里蠢蠢欲动的，人家当事双方已经握手言和。中方学生主动向外国留学生道了歉，表示误会了外国留学生热情奔放的交友方式，外国留学生也作了检讨，以后会尊重中国人的习俗，约束自己的行为。一笑泯恩仇了。"

有人鼓起掌来，有人大声问道："大头，那学生会紧急会议还要不要开啊？"宋嘉本道："大家还有什么异议吗？"停停，又道："如果没有不同意见，就不用开会了。没吃午饭的赶紧去吃饭，食堂还开着。吃过饭抓紧时间休息一会，别耽误了下午的课！"

经他这么一说，春风徐来，紧张的气氛烟消云散，大家三三两两地散去。

平雪砚也转身去食堂，却听身后有人喊道："平雪砚同学！"扭头看却是宋嘉本，雪砚对他方才平平静静三言两语就解决问题的能力蛮欣赏的，便立定了，等他跟上来。宋嘉本个子不高，也不壮硕，头发却浓密乌黑，还架了副黑框眼镜，愈显得他头重脚轻的样子。想着他的绰号"宋大头"，雪砚噗嗤笑出声。

宋嘉本愕然问道："你笑什么？"

平雪砚咬了咬嘴唇，"没什么呀！宋主席，你找我？有什么事吗？"

宋嘉本用食指推推眼镜，"没什么事……哦，我听说，你母亲昨晚也在纺织工学院现场，她，是本区区长对吧？"

雪砚并不很愿意跟同学提及她母亲的职务，只是耸了耸肩。

宋嘉本道："你有机会告诉你母亲，我们学生会一定会配合区政府做好同学们的思想工作的。"

雪砚又耸了耸肩，继而点了点头。

宋嘉本将落在眼眶上的一缕黑发撩到脑后，显出他的额头很宽大，笑道："肚子饿瘪了，你也没吃饭吧？走，一起去食堂。"

他们就这样熟稔起来，并且越走越近。

对于究竟要不要与宋嘉本确立恋爱关系，平雪砚是经过一番深思熟虑的。宋嘉本与她憧憬中的白马王子差距还是蛮大的。首先是他相貌不算出众，与哥哥史雪弓的风流倜傥一比较，宋嘉本就像是一帧潦草的人物速写。不过，当他专注地盯着你，跟你说话的时候，平雪砚发现他眼镜片后面的双目，瞳孔幽黑而深邃，具有难以抗拒的磁力。其次，宋嘉本的家庭成分也让平雪砚稍稍生出些犹豫。听宋嘉本说，他爷爷从宁波乡下到上海讨生活，开了爿铜匠铺，专门做铜器皿，铜吊子、铜烫婆子、铜暖炉子，等等。后来生意好了，收了徒弟，雇了二十几个工人，有厂子，有店面。社会主义改造公私合营的时候，爷爷退休，他爸爸便成了资方代理人。平雪砚担心，这般小业主出身的人会不会钱串子脑袋斤斤计较？转而一想，我们恢宏大度的史引霄同志不也是资本家家庭出身的吗？事实上，平雪砚渐渐被宋嘉本温文尔雅的气质所吸引，并且欣赏他做事缜密稳重的风格，他的形象在她眼中也愈来愈有魅力了，特别是他伸手撩起前额的头发，或者用根手指推推鼻梁上的眼镜的时候，雪砚常常心旌摇动。

这一天，是政法学院一年一度的学生运动会，学校里彩旗飘飘，操场上愈是你追我赶，人声鼎沸。平雪砚好静不好动，体育项目中没有拿手的。但身为学生会委员必须带头参加学校运动会，她就报名参加了系与系之间的拔河比赛。她所在的队伍第二轮就输了，仰面倒地时她的手肘擦破了皮，自己并不觉得什么，同学却劝她，要去卫生院消毒上药防止破伤风！于是，她用另只手托着受伤的手，紧步朝学校卫生院去。却听身后有人"雪砚、雪砚"地喊着，好生奇怪，同学们都是连名带姓称呼的呀。扭回头看，一位肩宽腿长的帅哥骑着辆二十八型锰钢永久牌自行车正飞驰而来，车轮至她脚尖二十厘米处停下，纹丝不动。

"哥，你怎么来了?"雪砚惊讶道，"你们学生会派你来……"

史雪弓一只脚尖撑地，腾出手扶起雪砚受伤的手臂，道："那边同学说你受伤了，还好还好，擦破点皮。走，陪你上药去。"

雪砚道："哎呀史雪弓，难不成你专门跑来陪我上药的？家里有什么事吧？你快说呀。"

史雪弓挠挠耳朵道："家里平安无事，是我的事。"

雪砚抬了抬眉，道："莫非？你和姬瑜要结婚？等不到毕业了呀？"

史雪弓勾起食指在她额头上敲了一下，道："判断错误！将来你在法庭上这般胡乱断案可不成哦！"

雪砚定了定，没好气道："那你还有什么事值得这样兴师动众的？骑车过来一个小时起码吧？"

史雪弓一个字一个字地吐出来："我，和姬瑜，美国大学的入学通知书，都下来了！"

雪砚蹦起来，"哥，太好了，你真要去美国读研啊！"

史雪弓不免有些得意之状，嘿嘿笑道："时间有点紧，要办护照，办签证。我给区办公室钱主任打了电话，让他转告史引霄区长，晚上回家吃饭。青玉姐我也通知她了，她今天晚上正好不值班。就是你，宿舍的电话一直没人接！"

雪砚道："那是嘛，我们开运动会，谁会待在宿舍里？"

雪弓道："所以我只好骑车过来通知你呀，只可惜我们平楚同志还在苏北。"

雪砚瞟了他一眼，"姬瑜……和你一起回家吧？"

雪弓道："那是自然的……"忽然他哈哈笑起来，道："雪砚，把你那位学生会主席也带回家，以后都是一家人了，要早点熟悉起来嘛！"

雪砚被哥哥揭穿心思，不好意思地一跺脚，"谁和谁一家人啦！"扭头就跑，雪弓冲着她的背影喊："尽量早点回来——"

平雪砚去卫生院包扎了一下伤口，便去找宋嘉本。她晓得他是参加五千米长跑比赛的，径直去了大操场。

大操场上，五千米长跑正进行到白热化的时刻，运动员们三五成群绕着跑道你追我赶，周边观赛的同学扯着嗓子为自己系里的运动员喊加油。雪砚一眼捕捉到了宋嘉本的身影，他没有跟其他运动员集群，单独一个人在绕圈子。他是跑在头一个呢？还是落在最后一个？雪砚有点吃不准，赛前他的口气蛮大的，说无论如何拿个名次没问题。不一会，有几个运动员冲刺了，宋嘉本却仍在绕圈。雪砚方才确定，宋嘉本落后了，而且落后了整整一大圈。有几个学生会的委员冲进跑道陪宋嘉本一起跑，一边跑一边喊："加油，大头！加油宋主席！"眼看就要到终点线了，宋嘉本一个趔趄合扑跌倒，陪跑的人拥上去扶起他，他却挣扎脱身，一瘸一拐地捱过终线。整个操场上响起了一片掌声。

平雪砚一直站在稍远处看着这一幕，滋味无穷，就像少小时候，奶奶从八仙桥给她和妹妹买回一支万花筒，两姐妹空下来就抢着看，万花筒令人着迷，就在于你永远猜不到下一秒会转出什么样的图案来。

操场上又开始了跳高、跳远各种比赛。宋嘉本大概因为脚痛，就在栏杆边上的长椅上坐下了，褪下眼镜，撩起衬衣下摆擦拭镜片。平雪砚走到他身后，对着他乌黑的后脑勺，轻轻道："祝贺啊，跑了个第一，倒数的！"噗嗤笑起来。

宋嘉本倏忽回头，因为没戴眼镜，眼神有点茫然而空洞，"你来了？"他迅速把眼镜戴上了，目光嗖地聚拢，炯炯有神起来，"惭愧惭愧，这两年锻炼少了，体质大不如前了！你呢？你们拔河比赛赢了吗？"

雪砚不回答，咬住嘴唇含笑，在他身边坐下了。宋嘉本点着她裹着纱布的手臂道："哈哈，你们肯定也输了对吧？否则不会跌倒，不会挫伤的！"

雪砚吃吃地笑出声。她高兴，一是赞赏他的推理逻辑；二嘛，她今天就要邀请他去花园弄堂，向家人公开她和他的关系了！

宋嘉本看她乐滋滋的模样，食指推推眼镜道："输了比赛又受了伤，还这么高兴？"

平雪砚深呼吸一下，问道："今天下午，运动会结束后，你没什么事吧？"

宋嘉本稍顿，道："要说没什么事，不准确，学生会里的工作永远都做不完的。不过……"侧过脑袋盯住雪砚的面孔。

平雪砚被他盯得有点心慌，道："方才我哥来过，他说，他说今晚家里聚会，"瞟了他一眼，"邀请你参加！"说完了她就勾下脑袋等候他的反应，她以为他会喜出望外，会欣然答应，可是等了几十秒，没有动静，好像边上坐着块石头。她诧异地掀起眼皮看看他，好想斥问他，却见他双眉紧蹙，两只手不停地摩挲着，临路迟回，难以决策的样子。雪砚来气了，没好气道："怎么这么难决定？又不是押你上刑场！不想去别去得了。"起身要走，被宋嘉本一把拽住了。

宋嘉本道："谁说我不想去了？我等这一天等了好久。"

"那你犹豫什么？"雪砚气消了一半，仄着腰身重坐下。

宋嘉本撩了下头发，道："我在想，第一次上你们家，我该带什么见面礼呢？烟酒之类的，太俗气了吧？倒是想到一件东西，我爷爷学手艺时做的一套酒器，紫铜的，一把壶，四只杯，还鎏了金，不晓得你妈妈会喜欢吧？"

平雪砚乜斜着眼看着他，嘿嘿嘿地吐出一串笑来。宋嘉本并不明白这笑的含义，嘲笑？冷笑？还是善意的笑？便搡了她一把，"笑什么呀？快帮我出出主意呀！"

雪砚直起腰，目光黑洞洞地对着他喷道："你带什么礼物？当心史引霄同志以为你贿赂她，把你赶出门哦！"

宋嘉本犹豫道："那怎么办？不见得空手上门啊？"

雪砚正色道："我们家没那种习惯的。你跟我妈谈谈学习，谈谈学校的情况，学生会的工作。最要紧的，是要耐心听我妈给你上红色传统教育课，而且要听得全神贯注并且颇有心得的样子，肯定能得到我妈的认可，说不定会拿你为榜样去教育我哥我妹呢！"

宋嘉本推了下眼镜，若有所思道："其实，我是很想听听老一辈讲讲他们的经历，'五四'纪念日快到了，也许，还可以请史区长到我们学生会来做一次报告……"

平雪砚叫起来："宋主席，你倒是会抓差，我妈忙得多少日子没在家吃顿安稳饭，你可千万不要动这种脑子哦！"

下午，学校运动会结束后，平雪砚问宋嘉本："宋主席怎么样？脚伤好些了吗？"宋嘉本轻轻跺下脚，"稍微蹩了一记，早没事了。你的手臂呢？"平雪砚抬手抡了一个圈，"伤点皮，不动筋骨。"

于是，一人一部自行车，赤浪赤浪地骑着，朝平雪砚家驶去。正暖日晴风，游丝拂过面颊，痒痒的。两人时前时后，洒落一路细碎的笑语。

恋人同行总觉话长路短，不一会就拐进花园弄堂了。春深了，弄堂两边院子的围墙上姹紫嫣红开遍，密匝匝长卷一般。黄昏时分，夕晖眩彩，屋影花影人影重重叠叠，车辙似剪划破锦绮。

宋嘉本的家在老上海人称二马路的九江路上，那里的繁盛嘈杂与花园弄堂云泥异路。他不觉叹道："平雪砚，我真怀疑，你家这弄堂里究竟有人家么？"

平雪砚已顾不得回答他，她看见前方数丈开外有辆自行车的剪影，一人骑车，一人坐在书包架上，双臂环着骑车人的腰。雪砚马上认出那两人是谁了，猛蹬几步，车如离弦箭蹿上前，追上了那辆车。

"哥！姬瑜！"平雪砚大声喊道。

姬瑜慌忙松开手臂，史雪弓一只脚跐地，停了车，笑道："雪砚啊，你一个人？你那位学生会主席呢？"

雪砚只朝后望望，宋嘉本的自行车赶上来了，到他们跟前停住。宋嘉本下了车，朝史雪弓伸出一只手掌，道："我叫宋嘉本。雪砚平时说话，三句里必有一句是说她哥哥的。"

史雪弓跟他们握了握手，道："雪砚说了我多少坏话啊？"

宋嘉本道："她很崇拜你的，把你描写成牛虻、保尔·柯察金一般的人物。"

姬瑜已从书包架跳下，侧身偷偷地笑。平雪砚用手肘撞了她一下，道："看把你美的！没多远就到家了，坐我车后吧。"姬瑜瞟了史雪弓一眼，一扭腰身，坐上雪砚的自行车。雪砚笑道："哥，我把你的冬妮娅带走了呢！"脚下用力，自行车随声箭行出百余米。

雪弓跟宋嘉本也不骑车了，两人推着车，一路互相交换着信息。雪弓坦诚告诉宋嘉本，这次他召集家人聚会，因为要办护照了，必须要得到父母的首肯，准确说，是要得到史引霄同志的批准，只要史区长同意了，平楚同志是不会反对的。史雪弓说完嘿嘿嘿笑起来。宋嘉本也告诉这位未来的大舅子，市委组织部门到政法学院挑选优秀毕业生充实到市委市府机关工作，校领导已找他谈过话，暗示他已被选中。史雪弓腾出只手重重地拍了他一下，道："你这才是我们史引霄同志最欣赏的接班人呢！"又问道："雪砚呢？她的去向有目标吗？"宋嘉本道："平雪砚的理想，是当个法官或者检察官，她希望自己是正义的化身。"雪弓道："我这个妹妹，在中学里有个外号，叫'电锋'，就是比雷锋还要先锋！"

说话间已到弄堂笃底，但见门廊下一

行站着青玉、雪砚、姬瑜、麦蛾，甚至还有翠姑妈。待他俩停稳自行车，尚未蹬石阶，门廊下便响起了鼓掌声。

史雪弓一步三级跨上石阶，笑道："除了佘太君，'兰畦'里的女将都到齐了，是欢迎本先锋得胜回营呢？还是欢送本先锋即将出征啊？"

麦蛾抢道："雪弓哥哥，我们是在欢迎雪砚姐姐的……亲密战友呀，他是稀客嘛。"

史雪弓侧身将宋嘉本拽到并排，道："今天主角是你了！雪砚，是你来隆重推出呢？还是让他自报山门啊？"

雪砚白了他一眼，没张嘴先红了脸。宋嘉本倒不怯生，推了下眼镜，道："我叫宋嘉本，是平雪砚的同学，不是一个系的。我们都是学生会的委员，常在一起工作。"说着伸出右手，就近先跟麦蛾握了握手，轮到青玉，他便两只手一起握上去，很亲热地叫了声："青玉大姐！"再轮到翠姑妈，他却两手垂下，恭恭敬敬鞠了个躬，"翠姑妈！"

翠姑妈的眼珠子藏在厚厚的眼睑里一刻都没有离开过宋嘉本，方才她已听雪砚说了，宋家祖上是开铜匠铺的，心里便有些不屑，端着架子，矜持道："宋同志，用不到那么客气的。请进，屋里厢坐。"

姬瑜操了把史雪弓，"我们买的熟食呢？"

雪弓摸了下后脑勺，"只顾着跟未来妹夫说话了！"便跳下石阶，从自行车车斗中拎出他的帆布双肩包，把它递给麦蛾，道："你姬瑜姐姐买了酱鸭，三黄鸡，还有……"

翠姑妈双手一拍道："姬瑜怎么好叫你这样破费呀！"

姬瑜抿嘴一笑，"翠姑妈，是雪弓付的钞票。他怕我们临时搞聚餐，麦蛾一个人来不及烧小菜。"

麦蛾道："雪弓哥下午才给我电话，我就是有九斤姑娘那把神奇的镬铲，也做不出一桌菜呀，只好找翠姑妈救急了。"

翠姑妈笑得脸都扁了，"我刚刚烧了一锅罗宋汤，忖忖，再炸几块猪排，小菜来不及烧，索性吃西餐。现在好了，叫作中西合璧了。"又道："麦蛾，蒜泥黄瓜，虾米芹菜，两只素小菜还是要做的，搭搭颜色嘛。"

一群人便相跟着进屋。

雪砚挽住史青玉的胳膊，凑到耳根，问："青玉姐，你怎么抽得出空的？元同表哥的毛病……"

青玉拍拍她的手臂，"他已经回去了，他们单位派人来接！"

雪砚懊恼道："哎呀，跟雪墨还约好，等元同表哥稍好些，去看他的呢！"抬头瞄了眼挂钟，"咦，这时间了，怎么不见这鬼丫头的人影？哥，你通知雪墨了吗？"

雪弓道："头一个就告诉她的，临时聚餐也是她的主意，还分了工，我买熟菜，她买水果。这疯丫头！"

青玉便道："雪墨肯定是被什么采访任务缠住脱不了身，别看她平常没心没肺的样子，工作起来特别较真。前些日子她到郊区采访家庭农场雏形的种植专业户，县农委材料都写好了，她偏要在那农户家住两天，跟他们下地，说是获取第一手资料。"

雪砚道："大姐总是包庇雪墨。"

青玉娴娴一笑，"可雪墨老怨我包庇你呢。"说着就张罗着泡茶，瞥见宋嘉本毕恭毕敬站着，忙道："小宋同志随便坐，我们家没有许多规矩的。"便递了杯茶给他,又给姬瑜一杯。

麦蛾探进脑袋喊:"青玉姐你来看看,我这么摆盘对不对。"

青玉直起腰身,被翠姑妈挡住了,"这个麦蛾,样样不省心。我去就是,青玉你陪客。老古话讲起来,女婿是娇客嘛!"

雪砚忸怩道:"翠姑妈,什么女婿,是同学!"

翠姑妈道:"不是女婿,毛脚女婿也一样娇贵的。"颠颠地去了厨房。

青玉眼角里打量着宋嘉本,见他只沾了沙发沿半个屁股,腰笔笃挺,双手捧着茶杯,端端正正像煞一尊泥塑,心想,他倒蛮沉得住气,跟雪砚倒是绝配。便也坐下了,深深吐了口气,道:"雪弓、姬瑜,你们真想好了?雪弓都三十好几,姐还以为,不久就可以吃你们的喜糖呢。"

姬瑜含住笑容,微微垂了目。雪弓道:"青玉姐,你晓得的,当机会降临到你跟前,我怎么肯错过呢?毕竟,我们已经耽搁了十年,再没有十年可供我们挥霍了。"稍稍有点激动,略顿,又道:"待会跟妈说了,要是她反对,青玉姐你可得帮我劝妈哦。"

雪砚道:"哥,亏你还算是我们家唯一吃过妈妈的孩子,还不了解史引霄的脾气?她才不会反对你奋发有为,出国深造呢,只要你不留恋资本主义社会灯红酒绿的生活,学成归来,报效祖国。"

雪弓叹道:"要不怎么说,女儿是妈妈的小棉袄,贴心暖心呢!宋嘉本,你可赚了,我这个妹妹,又是爸爸妈妈的生活秘书,又是我们家的心理调节师……"还没说完,被雪砚狠狠拧了下胳膊,哇哇地叫起来。

史青玉嘴角牵动了好几次,终于出声道:"雪弓,姬瑜,出国留学真不比在家里,万一有什么难处……引豪舅舅的小女儿元珊移民美国好些年了,可以找她帮忙的。我,我能问到她的地址……"

雪弓一拍大腿笑道:"元珊啊,就是小时候跟我抢奶妈的那个小姐吧!这回可要她偿还欠我的那笔债了,哈哈!"

姬瑜翻了他一眼,忙道:"青玉姐,你不用费心。雪弓是学校的公派名额,免学费,还允许在校内勤工俭学赚生活费;我嘛,我爷爷老早就有产业,还有一幢房子。我们家亲亲眷眷前前后后移出去了不少人,这次就是我小姨婆让她儿子给我出的担保。"

雪弓道:"我当然不会要元珊表姐帮我负担什么,异乡客地,让她给我介绍国外的风土人情嘛。"

雪砚忽地立身,"有汽车喇叭声,是小贝的车,妈回来了!"说着便冲出门去,青玉也跟了出去。

宋嘉本将一直捧在手中的杯子放到茶几上,立了起来,扯了扯外衣,并将垂在额前的散发撩到脑后。

姬瑜攀住雪弓的肩膀,细细密密叮嘱着什么,雪弓一个劲道:"晓得了,晓得了……"

雪砚拉开大门,史引霄正上台阶,雪砚一步上前接她手中的皮包,讨好道:"妈,你累了吧?"

史引霄斜了她一眼,"原来你也是雪弓的同谋?"

青玉上前扶住霄妈妈的胳膊,史引霄摇摇头,"看来雪弓的号召力还真不小。青玉,你跑开了,元同他,没问题吧?"

史青玉舔了下嘴唇,"霄妈妈,元同哥

168

回去了，听讲他们的那个军工项目马上要进行实地试验，研究所来了四五个人接他的。"

史引霄煞住脚步，"他身体，没问题了？"

青玉的声音瓮瓮的："暂时控制住了……他走的时候，身上还带着管子，否则，他说他要来看你的……"

史引霄仄脸盯了她一眼，见她眼圈泛红，便不再追问。

雪弓与姬瑜迎至客厅门口，史引霄竖起根指头点点儿子，"这么大的事，临到要办护照才告诉我！"说着目光剑一般横扫了下姬瑜，明显带着责备的意思。

雪弓惊讶得带点夸张地道："妈你晓得了？到底是区长，眼观六路，耳听八方啊！"

史引霄"啐"了声，道："快到家门口，小贝方才告诉我的。否则我真成了瞎子聋子……"忽就止住了声。

雪弓仍想法子讨母亲开心，道："我这先斩后奏也是有遗传基因的。听引豪舅舅讲过，当年小外公派手下人找遍长江渡口的轮船就是找不到不辞而别的侄女，小外公哪会料到，我们史引霄同志会化装成难民挤在底舱里呢？"

姬瑜搡了他一把，朝前努了努嘴。史雪弓这才发现母亲一对小眼珠正死死地盯在宋嘉本身上呢！

史引霄慢慢想起来了，不由得警惕道："你姓宋，对吧？我们见过的。你怎么找到我家的地址？你找我究竟有什么事？"

雪砚连忙站到宋嘉本身边，涨红了脸，道："妈，你什么时候见过他呀？他是我请来的客人嘛！"

史引霄的眼珠子从宋嘉本身上滑到雪砚身上，又从雪砚身上滑向宋嘉本。宋嘉本额上渗出汗珠，食指将眼镜推正了，微微欠了欠腰，道："史……区长，我叫宋嘉本，跟平雪砚是同学。"

雪砚补充道："妈，他是我们政法学院的学生会主席！"

史引霄一时短路的脑筋终于接通了，恍然大悟却不动声色，笑道："哦，雪砚的同学啊，请坐，坐吧。"

宋嘉本道了声"谢谢"，坐下了。雪弓姬瑜并排在长沙发上坐好，史引霄便也窝进一只沙发。青玉忙跟雪砚使了个眼色，道："你们谈，我去厨房帮个手。"雪砚接了青玉姐甩过来的翎子，一仄腰身斜坐在母亲沙发的把手上，道："妈你一定乏了，我替你放松放松。"便双手按摩史引霄的肩胛和颈脖，引霄微闭双目，任由她捏了一阵，道："行了，松快许多了。你也坐吧。"雪砚这才搬了张椅子挨着母亲坐了。

麦蛾捧着一只保温杯过来，道："姨娘，我在厨房就听到你嗓门嘭嘭响了。渴了吧？这是罗汉果煮的茶，我还放了点枸杞，温的。"直把杯子放在史引霄手中，看着她呷了一口，方才离开。

史引霄喝了两口茶，人舒服了，眼神也温和了，因问道："小宋同学，你姐姐，宋嘉卉是吧？现在情况怎么样？她嫁给那位龚厂长，日子过得还顺利吗？"

雪砚叫起来："妈呀，小宋家的事你怎么全晓得？你在监视他吗？"

史引霄故意嗔道："你还是学法律的呢，这点敏感都没有啊？宋嘉卉、宋嘉本，听听就是一家人了。"

宋嘉本又推了下眼镜，道："是我，还没来得及告诉雪砚……"偷偷瞄了眼雪砚，又道："史区长，我姐她，婚后生活还是可

169

以的，再过几个月，我就可当舅舅了。史区长……"

雪砚突然发火了："一口一个区长的，难听不难听？这里又不是办公室！"

宋嘉本蓦地呆住了，看看雪砚，又看看史引霄。还是雪弓替他解了围，笑道："你就跟姬瑜一样，称伯母嘛。"

宋嘉本又撩头发又推眼镜，方开口："伯，伯母，我姐夫的厂跟区里的英华公司联营做服装，我姐姐现在到英华公司上班去了。"

史引霄点点头，"这个情况我已经知道了。小宋啊，你替我转告你姐姐，英华是知青自己的公司，她也当过知青，要珍惜这个机会，好好干哦！"

宋嘉本连连点头，道："史……伯母，我一定把你的话带到。"

雪弓笑道："妈，我们雪砚的眼光是十分精准的，宋嘉本同志已经被市委组织部门挑中，将来就是革命干部的接班人了！"

雪砚捏拳轻轻捶了哥哥一下，心里面是感激哥哥的。

史引霄眼珠中似有流星一闪，盯住宋嘉本，"噢？已经公布方案了？"

宋嘉本神情仍是谦恭，道："校领导是来征求我个人的意见。"

"你怎么回答？"史引霄紧着问，考官一般。

宋嘉本直了直腰，道："我说，我服从组织分配。"

史引霄道："以后真到了机关工作，愈是要谦虚谨慎，严于律己，干部干部，就是为人民服务！"

平雪砚朝宋嘉本眨了眨眼，表示他已得到母亲的认可了。

史引霄的小眼珠子转向了儿子，灼灼地盯住儿子算得上英俊的面庞，儿子的上唇毛茸茸金黄的一层，为他平添了男子汉的魅力。

史雪弓举起双手笑着喊着："妈，你别这么看住我好吧，我全身汗毛都竖起来了呢！"

史引霄收拢目光，暗自叹息，儿子长大了，有女朋友了，做母亲的亲昵都亲昵不得了！略沉吟，道："出国留学，远渡重洋，你，你们，都准备好了吗？我主要是指思想上的准备。"

史雪弓不假思索便道："妈你把心放在胸腔里，我，我们早就准备好了！读万卷书，行万里路。出去看看外面的世界，学习人家的长处，是为了以后更好地为国家为人民服务呀！"

平雪砚朝哥哥翘了下大拇指。

史引霄显然是满意儿子的回答的，仍试探道："雪弓啊，我的想法呢，你研究生毕业后，不管是留校还是到哪个单位工作，先解决入党问题。你看看，雪砚和小宋，他们都是党员了……"

史雪弓嘭嘭拍了下胸膛，笑道："妈，我组织上虽还没有入党，可我牢牢记住我是党的儿子呀。根据我一贯的表现，妈，你站在党的一级组织领导的立场上看，你儿子至少能算一个党外布尔什维克吧？"

史引霄忍住笑，摇摇头，她清楚儿子出国留学已成定局，问道："美国大学开学时间也是九月吧？你，你们打算什么时候动身呢？"

雪弓便仄脸盯住姬瑜，姬瑜妩媚地笑道："伯母，我们俩申请的学校都是九月开学的。如果定八月份的机票吧，最抢手，特别贵。我跟雪弓商量了，还是提前一个多月去，飞机票的价钱可以省掉一半呢！"

170

史引霄缓缓道："这么说来，没剩多少时间了……要赶紧通知你爸爸，让他马上回来。"

恰巧端小菜出来的翠姑妈听到了姬瑜的话，放下盆子便凑过来，急道："雪弓，你下个月就要走？你阿丁兄弟的那个……什么馆什么厅的说是秋天一准开张，邀你做艺术总监的呢！"

雪弓击了下掌，叹道："阿丁哥真干起来了呀！翠姑妈，你告诉他，我祝贺他，祝福他！开张典礼我赶不上，没关系的，我又不是黄鹤一去不复返啰！"

翠姑妈道："不行，你飞机票订在啥时候，一定告诉姑妈。你临走前，让阿丁上门向你请教，否则，姑妈心里面十五只水桶七上八下的！"

"开饭了，开饭了！"麦蛾哇哇喊着，端着一大砂锅罗宋汤进来；青玉随后，手中托盘中放着碗盏筷勺，因是临时一聚，便都是寻常餐具，并不成套。

雪砚姬瑜都起身，相帮着摆桌子，分餐具，端椅子。麦蛾掐指算了算，道："连我在内七个人，小妹妹回来就正巧八个人了。"

翠姑妈蹙起铅丝般的眉尖，道："那，要不再等等雪墨？"

史引霄摆摆手道："小菜也端上来了，不要等了。当记者的，没个准头的，随她去。"引霄粗中有细，想着宋嘉本和姬瑜，一个毛脚女婿，一个准媳妇，可现在毕竟还是客，让客人久等不礼貌，便率先入座。于是雪弓、姬瑜、雪砚和宋嘉本都团圈坐下。雪弓当仁不让坐在了母亲右手边，又拉姬瑜坐在他身边；雪砚硬将宋嘉本拖到母亲左手边坐下，笑道："革命的接班人好好向革命老前辈学习学习。"又要拉青玉坐，青玉道："哪有这种规矩？"便将雪砚摁在宋嘉本边上，自己挨着雪砚坐下；翠姑妈就坐在姬瑜旁边。空余两只椅子，留给雪墨和麦蛾。

史引霄看看小菜，虽大都是熟食，却也鸡鸭鱼肉齐全，便问道："麦蛾，有酒吗？家常便饭，弄点酒助助兴。"

麦蛾道："上回给姨娘过生日，还有大半瓶葡萄酒剩着呢。"

雪弓见母亲破天荒主动讨酒，劲头上来了，大声道："今天跟宋老弟一见如故，甭管什么酒，快取来。我们来一个酒酣耳热说文章如何？"

宋嘉本推推眼镜，道："我，我不会喝酒，喝几口头就晕。"

雪砚嗤地一笑，道："小宋你怕什么？跟我哥比酒，有我呢。"

史引霄嗔道："谁都不许拼酒，只是意思意思。"

麦蛾取了酒来，又拿了几只高脚杯。史雪弓替每只杯子斟上三分之一的红酒，讨好道："妈，这一点意思意思，可以吧？"

史引霄板住脸道："嗯，你不许再添了！"

史雪弓晃晃酒瓶，"添也添不出了呀！"

大家正待举杯，但听得哐啷一声，随即噔噔噔噔，惊天动地的脚步声。青玉唰地站起来："一定是雪墨，莽莽撞撞的。"话音未落，雪墨便龙卷风般卷了进来，将双肩包往沙发上一丢，一屁股坐下，伸手抓了块酱鸭要往嘴里塞，被青玉捏住手腕动弹不得，气道："青玉姐，我饿得前胸贴后背了，你还不让我吃啊？"

青玉道："刚从外面回来，手都不洗就抓食，你不怕病毒细菌传染啊？"

史引霄用手中筷子点了点小女儿，"雪

171

墨，桌上还有客人呢，一点礼貌都没有了！"

雪墨翻了眼姬瑜，撅着嘴道："未来的嫂子，大人不计小人过哦！"倒把姬瑜弄个大红脸，醉酒了一般。忽然看见了宋嘉本，格格笑起来，"我们见过的，上回在九曲桥畔，就是你跟雪砚演了一出鹊桥相会……"话没说完，手上挨了雪砚一汤勺。雪砚气恼道："平雪墨，你胡言乱语什么呀！"眼看雪墨要跟雪砚翻脸，青玉忙推搡着她道："雪墨，不闹了，快去洗洗手。大家都等你来举酒杯呢。"雪墨瞪了雪砚一眼，气鼓鼓去厕所间了。

翠姑妈笑道："雪墨也快三十岁了，还是小囡脾气！"

待雪墨洗了手回来，史雪弓问道："雪墨，讲好我们买熟菜你买水果的，你买的水果呢？"

平雪墨怔了一下，双手抱住脑袋叫起来："倒霉，一大兜荔枝还有香蕉，都丢在现场了！"

雪砚愕然问道："什么现场？凶杀现场？抢劫现场？"

雪墨没好气道："打架现场！"

"你打架了？"青玉、雪弓、雪砚几乎是同时问出声的。

雪墨脑袋摇得像拨浪鼓，"我没打架，我想劝架……本记者今天原本想仗义扶危一次，谁晓得弄巧成拙了！"

原来雪墨下午提前结束了采访任务，买了一大兜水果赶回家，路上看见一个高个子汉子正追一个小个子男人，他们从她身边旋风般跑过。高个子一个饿虎扑食将小个子扑倒在地，小个子哇哇直叫救命。雪墨心有不服，算你块头大啊，好欺侮人啊？便上前指责高个子以强欺弱。高个子根本不搭理她，竟从兜里掏出副手铐将小个子反铐了。雪墨愈发急了，责问道："你的手铐哪来的？你凭什么随便铐人？"大个子便出示了警官证，低声道："同志，这个人是惯偷，请你不要妨碍我们执行公务！"当时雪墨恨不得有条地缝让自己钻进去，偏偏那大个子不放她走，拉她一起去派出所做笔录。雪墨又恼又躁，竟把那一兜水果抛到九霄云外去了。

一众人听了都笑翻了天。史引霄因问道："雪墨啊，你到哪个派出所去做笔录的？"

雪墨翻翻眼皮，"我哪还有心思去看那牌子上的字，妈，反正是你们区管辖下的吧。"

引霄又问："那位警察叫什么名字呢？"

雪墨皱皱眉头，"我只顾看那警官证上有没有公章了，没记住那人姓名。"忽就反问道，"妈，你调查那么细致干吗？想表扬他还是想批评他呀？"

翠姑妈拿起筷子敲敲菜碗边沿，"好了好了，小菜热过又要冷了，吃起来再说嘛。"

于是众人都举起酒杯。雪墨道："哥，今天这酒是祝贺你和姬瑜顺利出国留学呢还是祝贺平雪砚女士和……"话未说完，被雪砚夺下了酒杯。

雪弓兴致勃勃站起来，道："我提议，每人举杯说一句人生座右铭，倒比老套头的祝贺词有趣且有意思。"

雪墨头个响应，雪砚和青玉都表示赞同。史引霄半嗔半笑道："就你花头多！"雪弓便将酒杯擎到母亲面前，"妈，你是一区之长，一家之主，你先说嘛！"

史引霄提着酒杯细细的长脚转了个圈，道："从前在根据地，最爱听臧政委做形势报告。臧政委有句话我记得最牢，臧政委总是讲，同志们，办法在老百姓当中，老百姓在我们共产党人心中。就这一句了，酒我就不喝了。"

大家都拼命地鼓掌。翠姑妈犯愁道："我们这种人，头发长见识短的，有什么好讲的呢？"麦蛾冲她："翠姑妈，你平时一套一套话不要太多哦！"翠姑妈一拍桌面，"那我就说一句，你们爷爷常讲的话，平生不作皱眉事，世上应无切齿人！"微微呡了口酒。

雪弓道："两位长辈开了头，现在轮到我们啦。我先说，路漫漫其修远兮，吾将上下而求索。"一口将酒干尽了。

众人便将目光聚焦在姬瑜身上，姬瑜莞尔道："我这一句是送给大家的，长风破浪会有时，直挂云帆济沧海。"将酒杯举着兜了一个圈，又在唇边碰了一碰。

雪墨伸长头颈问青玉："大姐，你的座右铭一定是希波克拉底誓言吧？"

青玉很庄重地一笑，肃穆地念道："凡大医治病，必当安神定志，无欲无求，先发大慈恻隐之心，誓愿普救含灵之苦。若有疾厄来求救者，不得问其贵贱贫富，长幼妍媸，怨亲善友，华夷愚智，普同一等，皆如至亲之想；亦不得瞻前顾后，自虑吉凶，护惜生命。见彼苦恼，若己有之，深心凄怆，勿避险巇、昼夜、寒暑、饥渴、疲劳，一心赴救，无作功夫形迹之心，如此可为苍生大医。"深吸口气，"这是中国的希波克拉底誓言，唐朝名医孙思邈在《备急千金要方》中的要言，也是我的座右铭。"

雪砚举着酒杯跟青玉碰了一下，道："我要向大姐学习，作为一名法律工作者，我的座右铭是：终身以事实为根据，以法律为准绳，坚持公平正义，为民排忧解难！"说着，一只脚在桌下踢着宋嘉本。

宋嘉本刚要开口，却被雪墨抢了先。雪墨大声道："作为一名新闻工作者，我的座右铭很简单，永远听从正义与良知的召唤！"仰头把酒喝干了。

宋嘉本这才缓缓站起来，一撩头发，推下眼镜，道："我想借用北宋名臣范仲淹的句子作我的人生座右铭：先天下之忧而忧，后天下之乐而乐！我体会下来，这里面的内涵，跟毛主席的为人民服务是异曲同工啊！"

史引霄笑道："小宋同志的见解很独到。"

雪墨朝着雪砚挤眉弄眼，雪砚当作没看见。

雪弓道："这个问题倒是可以深入探讨研究的，以后有的是机会。眼下嘛，只有麦蛾还没发表感言啊。"

麦蛾面孔涨得通红："哎呀，我文化低不晓得说什么。姨娘，我真想去念几年书呢。"

史引霄小眼珠子晶亮道："麦蛾我还没来得及告诉你，你念书的机会来了。纺织工学院开办服装设计的函授班，一礼拜只要去上两晚上课。你去学了，姨娘介绍你去英华公司上班。"

麦蛾面孔一下子变得惨白，白了一会，又红起来，并且比方才红得更红，"真的吗？姨娘！"声音都抖了，又道，"可我走了，姨娘谁照顾你呢？"

青玉挽住麦蛾圆鼓鼓的肩膀，"麦蛾，这是好事啊。你放心，你走了，有我呢。"

雪砚雪墨都道："还有我们呢。"

史雪弓找到酒瓶子，把剩下的酒统统倒进自己杯子，举了起来，道："麦蛾的座右铭就是,我真想去念书。我们祝福她,也祝福我们大家!"

于是众人一起举起杯子。

23

史引霄不是那种多愁善感、儿女情长的性格。父母死得早,她少小就寄养在叔父家中。叔叔虽然待她视如己出,毕竟不能像在亲爹亲娘跟前那般娇宠,倒养成了她独立、刚强、爽直的脾气。她十六岁就离开舒适的家庭,参加了抗日救亡流动宣传队,几十年中,她经历过多少悲欢离合,自以为早就锤炼得木人石心、百毒不侵。不料今天一听到儿子即将远渡重洋出国留学,竟会涌起千般不舍之情。她当然不能在儿女们面前表露出来,只称累了,头痛,便回卧室躺着,由孩子们海阔天空地神聊。

她大概是迷糊过一阵的,待醒过来,就见儿子正坐在她的床沿边,胸口不由得一烫。这种情景只在儿子少年时候出现过。儿子上小学一二年级的时候,下学后玩过、疯过,吃好晚饭胡乱把作业对付了,便喜欢坐到爸爸妈妈的床沿边,将脏兮兮的脚丫子塞进爸爸妈妈的被褥里取暖,有一搭没一搭地讲述学校里发生的事情。雪砚雪墨还小,也抢着要钻到爸爸妈妈的被窝里"孵小鸡",妹妹们一来,雪弓便很男子汉地下床让位了。儿子的个头现在比史引霄高过一个脑袋,再也不会跟母亲有亲昵的动作,有时候引霄忍不住去撸撸他硬茬茬的头发,或者拍拍他肌肉鼓实的臀袋,他都会羞涩地躲开。

"是雪弓啊!"史引霄用手肘撑着仄起身子,问道:"怎么,你们吃好了?"

"妈,你太疲劳了,睡过去了,现在都快九点了。"雪弓咧开嘴笑道,两颗虎牙白晃晃的,像煞了平楚。

引霄这才确定自己真睡着过,心里歉疚着,忙要起身,被雪弓摁住了,"妈你继续睡,青玉姐把户口簿给我了。我来跟你说一声,我们回校去了。"

引霄怔怔地盯着儿子的脸,道:"这么晚了还回学校?家里不能住啊?"

雪弓搔搔头皮,"妈,姬瑜要回校,我得送送她吧?"

引霄不能阻挡了,胸中块垒堵得难受,终于吐出一句:"雪弓啊,非要……出国留学吗?你已经读到硕士了……"

雪弓捏住了母亲的一只手,仍是嘿嘿地笑着,笑了一会,道:"老早听引豪舅舅讲过,西安事变那年,你参加学生请愿游行被学校开除了,幸得小外公上下左右斡旋,免了你牢狱之灾。小外公把你的人生安排妥当,替你许了门当户对的亲事,过两年你满十八岁就嫁过去,稳稳当当做一个衣食无忧的少奶奶。可你不告而辞,扮作难民乘船出走,参加了抗日救亡流动宣传队。"

史引霄抽出另一只手拍拍儿子肩膀,"那时候,是民族危亡之际,国家兴亡,匹夫有责!"

史雪弓索性挽住母亲的肩膀,轻轻摇晃着,道:"妈,现在也正是民族复兴的关键时刻。想当年,周总理、邓小平、蔡和森、向警予,等等,一大批革命前辈,为探求真理,寻求救国之道,走出国门,去欧洲发达国家勤工俭学……"

史引霄道:"好了好了,妈并没有阻止你的意思。"略停,又道:"你和姬瑜商量商量,还需要买点什么东西,开个清单出来。"

174

雪弓道:"妈,你不用操心,我们都是上山下乡过来的,拎起背包迈开脚,万水千山视等闲。"

平雪砚推开房门探进脑袋,道:"哥,你跟妈发嗲还没发够啊?把姬瑜晾在客堂间,就不怕人家动气啊?"

史引霄站了起来,嗔道:"我跟你哥没说几句闲话,你就要来捣蛋。你今天是回学校还是住家呀?"

雪砚道:"今天又不是周末,当然回学校啰,明天上午还有课的。"

史引霄便道:"你们要走就早点走,深更半夜的,路上要注意安全。"

史雪弓道:"妈你尽管放心,雪砚现在有护花使者了。"

雪砚捏拳捶了雪弓一下,"你们学校那边的路黑灯瞎火,星月无光,你驮姬瑜回去,可要愈加当心了呢!"

史引霄破天荒送儿子、女儿到大门口,雪砚、宋嘉本一人一部自行车;雪弓长脚抵住地,让姬瑜坐上书包架,三部自行车赤浪赤浪驶出了弄堂,穿堂风送回来零星笑语,珠子散落一地。雪墨陪母亲,笑道:"妈,你已经送到大门口了,还依依不舍的样子,我都吃醋了。"

史引霄道:"你这小鬼,我这是头一次见未来的媳妇和女婿,礼数总要周全对吧,不要让人家笑话我们粗俗。"

母女俩说着往回走,恰碰上麦蛾送翠姑妈出来。史引霄忙道:"阿翠,快九点了,你还回家做啥?雪弓雪砚都回学校去了,有的是空床铺嘛。"

翠姑妈道:"我这个人,换张床铺就睏不着的。一部车子,便当得很,让麦蛾送我到公交车站就好。"

麦蛾一手扶着翠姑妈,一手拎着只网兜,兜着三只钢精饭盒。只要翠姑妈到花园弄堂"兰畦"来,麦蛾总要弄几只剩小菜让她带去。翠姑妈常常讲,一个人吃饭没有胃口,也懒得烧小菜,这便成了惯例。麦蛾道:"姨娘,我送了翠姑妈就回来,等歇帮你擦浴缸放洗澡水。"

因方才迷糊了一阵,史引霄倒精神起来,坐在客厅里,叫雪墨替她开了电视机,看晚间新闻。客厅这台二十四吋彩色电视机是平楚前年出访欧洲回来后在免税商店买的,图像清晰色彩逼真。雪墨把音量调到适好处,对母亲道:"妈,你看电视,我去赶一篇稿子噢。"

史引霄心里是希望小女儿陪自己看一会电视,随便聊聊天的,却又没理由阻碍女儿去工作,好不情愿地问道:"什么重要文章?非得开夜车啊?"

雪墨便挤在母亲身边坐下,道:"也许不算什么重要文章,也没人逼我马上交稿,是我自己觉得有些话堵在心里,不写出来难受!"

"哦?碰到什么难事了?妈妈倒是想听听了。"其实史引霄自己就是个工作狂,叭,关了电视,直盯着小女儿的面孔。

雪墨忽嗒忽嗒闪了几下眼睛,"上星期我受命去市公安局女子戒毒所采访,那种感觉,怎么形容呢?震惊?愤怒?怜悯?都有吧。有一个女人给我印象特别深,大概四十几岁的年纪,很精明的样子。她主动找我,要把她的故事讲给我听,她说她是改革开放以后上海滩上头一个拿到个体户营业执照的,就在华山路上开爿妯娌点心店,各大报纸都做过宣传,她的照片都上了报。说这些的时候她还很得意呢。"

史引霄点点头,"我有点印象的,据说

175

那片店的老鸭汤很好吃,妈从小在南京生活,真想去尝尝味道。太忙了,一直也没去成。"

雪墨拍了下扶手,"妈你幸亏忙!后来才传出,她们在老鸭汤里放罂粟壳了。开始生意好得不得了,顾客盈门,早晚都要排队。当然是发财了,人的感觉就不一样了,钱多得不晓得怎么花了,这些都是她的原话,她的店离新开的上海饭店很近,便长包了一个套房,请亲戚朋友聚聚,搓搓麻将。再下去,要刺激,便吸上了大麻,接着是海洛因,成天腾云驾雾,结果是夫妻离婚,儿女离家,自己也被收容到戒毒所里了。"一口气说完,雪墨定住了,陷入她的思考中。

引霄掐了下小女儿饱满的面颊,道:"你在想什么呢?呆墩墩的!"

雪墨忙道:"妈,我正在写一篇新闻述评,'先富起来以后该做什么?'或者叫'没钱的无奈和有钱的苦恼',你看哪个题目比较好?"

引霄道:"都不是很贴切,有钱了,去吸毒,去干坏事,毕竟是少数啊。你看我们区里的双西改造工程,就有好几家民营企业来投资,一下子就帮政府解决了资金难题。"

雪墨眼皮忽嗒了两下,沉吟道:"这背后恐怕还是文化积淀的问题吧……"

母女俩谈得正合辙,麦蛾紧紧张张推门进来,道:"姨娘,门口有个老威势的男人,说找你的。我送翠姑妈回来,就看见他门板一样挡在门口,吓了我一跳。"

史引霄有点烦,这种时候来找区长,不外乎几种情况,或是不服法院判决的;或是在信访办诉求得不到解决的;或是落实政策中有什么疏漏的。只是花园弄堂的地址怎么被他搞到的呢?想得头脑胀勃勃的,问道:"你问了吗?他是哪个单位的?要他明天找单位领导反映问题嘛。"

麦蛾道:"我问了,他说是区公安局的,说他妈妈叫姚秀琴……"

"是解红旗!"史引霄像只皮球从沙发中弹起来,"快,快,叫他进来!"

麦蛾搞不清姨娘的态度怎么一百八十度的大转弯,扭头出去迎客。史引霄性急地跟出去,在客厅门口与访客相遇了。

"史区长!"来人峻拔英挺崖石一般,双脚并拢,规规矩矩喊道。

史引霄笑着,小眼珠子锃亮,道:"红旗,你到史阿姨家里,用不到这样一本正经的。来来,坐。麦蛾,倒茶,用我老家寄来的大佛龙井。"

旁边雪墨插进来,道:"妈,你认识他?看来他是来找我的。"扭头对着来客,"怎么?方才到派出所做笔录有什么不对吗?不能打个电话?非得上门?要当面对质?"

雪墨说话连珠炮似的,来人又是摇头又是摆手。

史引霄笑开了,"怎么?雪墨,你说的抓贼的警察就是红旗呀,真是大水冲了龙王庙了。"

解红旗道:"史阿姨,是这样的。"又要站起来,被史引霄摁着坐下来,旁边雪墨咬住嘴唇没笑出来。解红旗坐也坐得腰背挺硬,双手放在膝盖上,道:"史阿姨,我大姨做了饺子,有白菜肉馅的,还有荠菜香菇纯素的,装了两饭盒,要我送给你,说你顶喜欢吃的。"

史引霄点点头,又摇摇头,叹道:"这个秀芹啊。"又问:"饺子呢?索性叫麦蛾下一点,我们来吃点夜宵。吃晚饭时一点没胃口，现在倒有点饿了。"

解红旗涨红了很骨感的面孔，道："对不起，史阿姨，下了班就过来的，公交车上恰好碰到局里反扒队抓贼呢，协助了他们一下，弄到这么晚，还，还把那两盒饺子搞丢了，也不晓得丢在哪里……"平雪墨终于没忍得住，喷笑起来，笑得弯下了腰，笑得解红旗面孔更红了，跟个关公似的。

史引霄呵斥女儿："疯疯癫癫的，有什么好笑的！"又对解红旗道："红旗，这是我小女儿，从小就顽皮，现在当记者了，还是爱捣蛋。"

解红旗道："我晓得她是史阿姨您的女儿，在派出所做完笔录，她签了名，我，我就晓得了……"声音愈来愈低。

雪墨收住笑，想到自己当时还指责他，倒有些不自在起来。

这时麦蛾来问："姨娘，没有饺子，我去下点米面，给你们当夜宵好吧？"

解红旗慌忙摇头道："不用不用不用……"

雪墨道："麦蛾你晓得我晚上过八点就不吃东西的！"随后嘁笑道："解警官，你跟史区长慢慢聊，我得去赶稿子，就不奉陪了。"

史引霄嗔道："雪墨你该叫红旗哥哥，什么警官警官的！"她想让雪墨留下来陪解红旗聊天，又怕太刻意了露出破绽。原来，前几天姚秀琴满七的日子，姚秀帘请引霄去吃饭，解九江和解红旗都在，姚秀璋也到了，独缺姚紫缇，据说正忙着申请出国留学。几年不见，引霄看解红旗仪表堂堂，谈吐稳重，大为赞赏。姚秀帘送她出门时便跟她咬耳朵，道："你那么喜欢红旗，何不招他做女婿？雪墨小他两岁吧？找遍天下没这么配的了！"方才引霄听红旗说是大姨让他送饺子来，便猜到秀帘的用意了。她晓得雪墨最恨人家东拉西扯给她介绍对象，正想着用什么理由把雪墨留在客厅，雪墨却冲她皱眉咧嘴做个怪相，转身跑进卧室去了。引霄只得作罢，心想来日方长，让他们慢慢熟悉起来。便对麦蛾道："其实我也吃不了多少，不用特地做了，把水珠寄来的麻花、青豆腌鱼干弄两碟来，让红旗尝尝。"

麦蛾嘻嘻笑着端了两小碟过来，引霄道："你休息去吧，我跟红旗说会话。"

红旗犹犹豫豫道："本来，找不到饺子我都不好意思上门了，可是，可是……"

引霄道："不要可是了，有什么话就直说。你大姨最晓得我脾气，直来直去。"

红旗便道："史阿姨，不晓得我这算不算开后门，您能跟徐局长打个招呼吗？把我调去刑侦队吧！"

引霄盯着他揣摩了两秒钟，道："红旗啊，徐局长把你留在办公室，其实史阿姨是开了点小后门的。当然，首先你是烈士的后代，理应受到照顾，史阿姨也是跟徐局长袒露了我跟你大姨是老同学的关系。徐局长把你留在办公室，是保护你，培养你。"

红旗面孔本就挺拔，认真起来愈显得壁立千仞，说话也斩钉截铁："我不喜欢这样的保护，我在部队就是侦察兵，我想去刑侦队，能发挥我所长。"

史引霄眯缝了眼睛，掩饰起对红旗的欣赏，道："这个没问题，我去跟老徐说一下，调你去刑侦队。哦——这个决定，你跟你父亲和你大姨商量过吗？"

解红旗笑了，就像阳光照进幽谷，道："我相信，我爸爸一定会同意我的。大姨

177

嘛，史阿姨你去说服她！"

史引霄微微颔首，将糖麻花递到红旗面前，"来，尝尝苏北的土特产。"

红旗拿了一条，并不送嘴里，在指间转动着，看看史引霄，又挪开眼光。

引霄觉察出来了，道："你心里还有事对吧？在史阿姨这里，百无禁忌。看你个子不小，胆子却不大嘛。"

红旗稍显迟疑，道："我不晓得自己的观察是不是准确。在办公室待了个把月，对徐局长……有点看不惯！"

"噢？徐亦道嘛，我开玩笑给他取个外号叫老狐狸，他做人有点世故，看人眉眼，倒也不是口是心非。不过，他在工作上很有魄力，点子多口才好，他手下的人都很服他呢。"史引霄拍拍红旗的背脊，那肌肉硬鼓鼓的。"红旗啊，我们看人，尽量看他的长处嘛。"

红旗将手中麻花放回碟中，道："就说一件事吧，前几天，徐局长让我开车去市郊劳改农场，拿了一堆新米、桃子、成品油之类的农产品。又给我开了一串地址，让我一家家去送，基本都是法院、检察院的一些领导的家，甚至还有政法委的干部。"

史引霄定定地看着他，稍时，道："这种情况可以理解，大家都是协作单位嘛……"

解红旗不应答，面孔上的线条绷得紧紧的，写满了不赞同。

史引霄便道："现在改革开放，发生很多事情都是以往没有遇到过的。我们可以一起探讨，摸索，哪些对，哪些不对……"

红旗道："是这样的，史阿姨，所以我没有直接跟徐局长提意见。还有两次，徐局长让我开车送他到郊县一座会馆，外面看看不起眼，里面金碧辉煌。他们打麻将，徐局长让我上桌，我说我不会，就去车上坐着等他。有一次，大约十点敲过他出来了，一个服务生把一个皮包塞进车里，说是徐局长手气好，赢的。还有一次，过半夜，服务生跑出来，说徐局长今晚不回去了，让我先走。"红旗说完，不作评论，只等史引霄表态。

引霄心里暗暗吃惊：这个徐亦道，麻将瘾这么大？有点过线了！又不好当着红旗的面作出什么判断，略忖道："红旗啊，你反映的这个情况确实比较严重，我会在区政府办公会议上提出来，哦，还是先找徐局长个别交谈一下。到底是从部队下来的，警觉性高，有是非观念。"

红旗粗粗地吐出口气，摇摇头，道："其实我也犹豫了好久。史阿姨，那我就告辞了，打搅您那么晚！"

史引霄执意送解红旗到大门口，望着他崖石般的背影消失在弄堂拐弯处的灯影里。

麦蛾听到关门声便跑出来，道："哦哟，谈到这么晚。姨娘，我帮你弄洗澡水去，两只铜吊一起烧，快的。"

引霄道："有点吃力，不洗澡了，热水瓶里倒点水，泡泡脚。"

麦蛾便去端整脚盆，引霄坐回沙发，红旗反映的徐亦道搓麻将的事叫她隐隐不安。她暗忖，直拔拔去找徐亦道谈恐怕不妥，他会有千条万条理由拿出来解释辩说，并且他一定会猜到是解红旗"告状"，这样会对红旗不利。她终于想到一条"暗度陈仓"的路径：先找黄芩探问实情，没有调查便没有发言权嘛！

平雪墨在自己闺房里写文章，其实她一直竖着耳朵在听客厅里的动静。刷刷写

178

了几行，再侧耳听听，外面一点响动都没了。雪墨便起身推开房门，却见白炽的日光灯下，只有母亲一个人陷在沙发里沉思。她莫名地有点心慌，喊道："妈！人呢？"

史引霄被女儿唤醒，错愕道："什么人啊？"

雪墨忸怩道："他呀，解警官呀！"

史引霄愣了一下，"噢，他回去了。"

雪墨跺了一下脚，"妈，他走的时候你怎么不叫我？"

史引霄望着女儿满是委屈的脸蛋，心里面欢喜，不动声色，打个哈欠，道："我怕打扰你工作嘛。"

雪墨一时被堵住了口，怨又怨不得别人，撅着嘴，转身回房间去了。引霄嘿嘿笑了两声，看来小女儿对红旗蛮有好感的，让年轻人自己慢慢接触，慢慢发展吧。

麦蛾端了水来，相帮引霄洗了脚，便道："姨娘，快去睡吧，明早又赖不得床的。"

引霄突然想起，脱口道："哎呀，要给你姨父打电话，催他早点回上海！"抬头瞄了眼钟面，差十分就到十一点了，乡下人歇得早，村委会办公室这时间哪里还会有人接电话？"罢了，明天去机关，让钱龟龄相帮去电话催你姨父回来。"

次日，小贝来接引霄，一见她便道："史区长，今天是你的专车，不用去接旁人了。"

史引霄问道："徐亦道不去机关了？"

小贝道："徐副区长说，他今天要去市局参加会议，不去机关了。"

"那钱龟龄呢？"

小贝启动了车子，边道："钱主任昨晚没回家，他关照我不要告诉你，怕影响你休息。听讲是双西改造动迁组把钱主任拉去的，有几户难缠的人家，让钱主任去做政策解释。"

史引霄按捺不住了，拍拍小贝肩胛，"我们直接去动迁组吧！"

动迁组的办公室临时设在双西街道的一个居委会里，老式砖木结构石库门里弄的一幢单体院落的底层。小车是开不进狭窄的老弄堂的，小贝将车靠弄堂口停住，下车陪史引霄步行进去。但见面对面房子间拉起了横幅标语，沿弄砖墙上贴着动迁政策标准的布告，有三三两两的居民在布告前点点戳戳地议论着。动迁组门口聚集了更多的居民，是从小小的天井里漫溢出来的。小贝伸出手臂想拨开人群，一边道："对不起，让一让，让一让好吧？"有人偏生用背脊挡住他们，没好气道："作啥要让？总有个先来后到吧？"人群中有人认出了史区长，轻轻道："是区长！区长来了！"便蜻蜓点水般溅开一层层涟漪，"区长来了，区长来了！"于是人群稀里哗啦分开了，让出一条通道，小贝头里快步走进去，史引霄一边走一边跟两边的居民颔着微笑打招呼。

街道办事处朱主任兼了双西改造动迁组组长，他也算得上是一位有多年工作经验的老基层干部了，可是对于旧区改造、居民动迁还是头一遭碰到。动员大会也开了，相关政策都明明白白贴在墙上，却没料到这项工作推进这么艰难，那么多居民有那么多层见叠出的问题，他已经刀枪剑戟十八般武艺都使上了，解释得口干舌燥，嗓子都哑了。钱龟龄和老朱"文革"前曾在一个"四清"工作队工作过，老同事，老朋友。老朱向钱龟龄讨救兵，钱龟龄是义不容辞的。他们俩昨天晚上十点多钟才送走了最后一户居民，便在值班室蜷缩了一宿。早上七点刚过，又有居民上门了，并且愈聚愈多，谁都怕吃亏，谁都要到动迁组来争一争。本来已经答应签约的人家也变了卦，也想来讨价还价一番。

老朱和钱龟龄坐在办公桌后，被层层居民围拢着，根本看不见人影。小贝拔直嗓门喊："钱主任，钱主任，史区长来了！"

钱龟龄咚地站起来，越过人头看见了史引霄，急道："史区长，你，你，你……小贝，叫你不要告诉区长嘛！"便离开桌子迎出来。老朱也过来了，道："史区长，我们工作没做好……"史引霄摆摆手，挤到办公桌边，拖了把椅子坐下，道："你们继续，我听听。"

方才钱龟龄正在为一户居民解释什么叫"逢三进一"法，就是三平方米的旧房可换一平米的新房。又有居民问，新房建好以前，他们在外面临时租房住，这个租金政府有没有补贴？还有居民问，他们选择现在就搬到近郊的动迁房去，不准备回迁了，分房上有没有优惠呢？

史引霄观察了一会，便让钱龟龄和老朱暂停接待，三个人先到隔壁值班室开个短会。

史引霄道："你们这样一家家谈下去，谈到猴年马月？我听了一下，其实居民们的问题，相关政策，公开告示里都涉及的，这里面有群众不理解的问题，更要紧是我们工作没做到家，没有把相关政策解释得透彻。我的看法，不能这样兵来将挡，水来土掩地被动，要主动出击，疏通渠道。"

老朱面有难色，道："史区长，怎么主动出击呀？我们动迁组就十几杆枪，应付来访居民都只能三班倒了。您看看，我都拉了钱主任的差。"

史引霄小眼珠像颗子弹射到老朱面孔上，"办法在群众中间，你有没有问过大家的意见？"目光稍许缓和下来，"我提个建议，你们看行不行。先召开一个动迁政策宣讲大会，每户人家至少有一个人来参加。你们这两天接待了多少人？一定汇聚了很多问题吧？归归类，总结几个要点，拿到大会上，如何解决，对照政策，公开宣讲。另外，人手不够，可以把居委会干部发动起来，分成若干小组，分块包干，一户户人家上门拜访，调查核实，询问具体困难。"史引霄深吸了口气，"打鬼子的时候，开辟敌后根据地，一个庄子，甚至一个乡，也只派三五个民运队员去发动群众。有的地方还是伪乡长伪保长掌权，老百姓开始不敢和我们接近，我们就一户一户地上门，帮他们干活，和他们谈心，宣传我党全国抗日统一战线的政策，一步步打开了局面，建立起抗日民主政权。"

老朱连连点头，道："史区长你这么一说，我脑子就开窍了，就照史区长你说的办法去做！"

钱龟龄便道："史区长，门口聚了这么多群众，要不，你去讲讲？区长讲话，比我们管用多了。"

史引霄瞪他一眼，却也没拒绝。三人转回办公室，性急的居民都哄地拥上来。

"大家不要挤，现在，欢迎史区长给我们说几句！"钱龟龄竭力抬高喉咙，就像用力敲击一面破锣。他带头鼓掌，有几位居民跟他一起鼓起来，可大多数居民却是用怀疑和警惕的眼神盯住了史引霄。

史引霄脑子里飞速地盘算了一下，这种场合，是不合适长篇大论的，便简洁扼要地说了两点，第一，街道和动迁组近日会召开全体居民参加的动迁政策宣讲大会，欢迎大家踊跃参加。第二，动迁组将和居委会联合组成工作小组，深入每家每户调查实情，听取意见。所以，大家没必要挤在这里嘛，回家去与家人们好好商量一下，耐心等候。

待史引霄干脆利落讲完话，喊喊喳喳议论蜂起，人群也渐渐散去了。

"史区长，今天幸亏你来了，否则，我们恐怕又要通宵了。"老朱不无夸张道，随后捧起一只搪瓷杯子，咣咣咣地喝了一通水。钱龟龄笑眯眯道："是嘛，区里群众背地里喊史区长'及时雨'。"没敢说，也有挨了批评的群众喊史区长"母夜叉"！掏出块折叠得方方正正的手帕擦拭额头两颊的汗。

这时，虚掩着的门被轻轻地推开一尺宽，探进一颗男人银发散乱的头颅，却又慌忙缩了回去。数秒后，那颗白花花的头又小心翼翼地探了进来。

老朱大声道："董师傅，你怎么还不回去？方才史区长的话听到没有啊？工作组会上你们家去调查的。"

那男人便将整个身子从门缝里挤进来了，精瘦精瘦，上身一件蓝卡其中山装晃荡荡像挂在衣架上。赔着笑脸道："朱主任，你是清楚的呀，我们家情况特殊，动迁组是解决不了的，今天正巧区长在，所以，我想把情况跟区长汇报，汇报……"

老朱道："看你老实相，脑袋倒是蛮活络的。区长要管全区多多少少人和事，个个要跟区长汇报，区长三天三夜不要睡觉了！"欲要将男人推出门去。

史引霄却道："老朱，他有什么特殊情况？听他讲讲嘛。"

那男人迅速摆脱老朱，顺手拖了张方板凳一屁股坐在史引霄旁边，道："史区长，老百姓都在传说，我们区的女区长精明强干，文武双全，处理事情就像穆桂英破天门阵，三下五去二，干净利落！"

史引霄哭笑不得，道："眼见为实吧？你看我一百斤出头点的身体，哪里强干得起来？我们区政府是集体领导，许多办法都是从群众中来的。"

老朱道："董师傅，还是言归正传，你把你们家所谓的特殊情况讲给区长听嘛。"

中年男人便从随身拎着的黑色人造革公文包里取出一只厚厚的牛皮纸信封。老朱看他像要子丑寅卯从头说起的架势，勾指笃笃敲敲桌面，道："区长时间很紧张的，你拣重点说。"

史引霄问了句："董师傅，你全名叫什么？住在哪里？"

那颗霜白的头颅朝前凑了凑，"我叫董有成，就住在淮海西路董家宅，双西改造，这一片统统在拆迁范围内。国家改革开放，城市要改造，我举双手赞同。可是，我们董家老宅'文革'中被侵占的一大半房子至今没有归还，叫我们如何来签动迁协议？"

史引霄迅速地扫了眼钱龟龄，落政办公室不是你负责的吗？"文革"结束至今多少年了？怎么还留有尾巴？

钱龟龄愁眉苦脸道："董家房子的事情我晓得的，你们给信访办写过好多信吧？信访办都转到我手里了。可我是巧妇难为无米之炊，区里用于落实政策的房源就这么些。占居董家房子的起码有十多户，哪怕只占居了半间灶披间，你要他搬走，便狮子大开口，条件高得离谱。"钱龟龄两手一摊，"我拿他们一点办法都没有，就一直僵持到现在。"

史引霄又扫了他一眼，这回的眼神锐

利得多了。"钱龟龄，"她原想斥责他为什么迟迟不汇报，却想到当着老朱和董家人的面毕竟不妥，便改了口，"你去安排个时间，就近几天里，越快越好，召集相关人员，就董家老宅问题研究出一个可行方案出来。"

钱龟龄连忙在记事本上记下了。

老朱道："董师傅这下你满意了吧？区长亲自为你家召开会议，你还愁解决不了问题？"言下之意，你可以回去了吧？

董有成却不接老朱的翎子，只顾坐着，一只手伸进那只牛皮纸信封，抽出来，又塞进去；塞进去，又抽出来。如此反复了五六次。

史引霄注意到了，问道："董师傅，你是不是有什么东西想拿给我看啊？"

董有成被史引霄点穿，又是局促又是激动，塞在信封中的手竟簌簌颤抖起来。他终于从牛皮纸信封中抽出薄薄的、红封面烫金字的一个本儿，哆嗦着递给史引霄。

史引霄接过了看，小眼珠噌地亮起来，那烫金的竟是"革命烈士证书"一行字！便盯了他一眼，"噢——你们家还出了位烈士！"便打开了本子，默念道："江苏省人民政府追认董双成同志为革命烈士……"她觉得眼前一片模糊，便抬手揉揉眼睛。其他字都是印刷的仿宋体，唯一烈士的名字是毛笔书写的行书。"董双成"三个字像三支箭，嗖嗖地朝她射过来，她不由得垂下眼帘，问道："这个，董双成，是你的什么人？"

董有成忙答道："她是我的胞妹。1938年深秋，她突然离家出走，我父母急得派出几拨人四处寻找无果，我母亲因此得了忧郁症……不去说它了！过了数年，41年还是42年，双成托人带回口讯，说她参加了新四军，并且已经结了婚，丈夫还是新四军某师的司令员，请家里人放心。那时候，上海是日本人的天下，我们得了双成的消息，不敢告诉任何人，连亲戚都瞒着。又是许多年不通音讯，直到解放后，突然收到这么一个本子，才晓得她早已……"霜白的脑袋低垂下来。

史引霄看了看发证的日期是1951年10月，问道："董师傅，你为什么不早点把这个烈士证拿出来呀？对于烈士家属，政府是有特殊照顾原则的嘛！"说着便将红本儿递给钱龟龄。

董有成仰起面孔，用力吸了下鼻子，道："我们害怕呀，'文革'中，我单位造反派来贴大字报，说我妹夫是混入革命队伍的大恶霸，野心家阴谋家，早就被革命队伍处决了。说我妹妹甘愿做他的小老婆，为虎作伥，死有余辜。我们家怎么敢将这烈士证拿出来示人呢？不晓得会被扣上一顶什么吓势势的大帽子。"董有成说着，眼珠在皱纹的掩护下悄悄兜了一个圈，观察着区长及两位主任的表情，一只手又伸进了牛皮纸信封。

史引霄的目光却一刻都没离开过董有成，她极想从这位瘦骨嶙峋发如霜雪老人的身形面容中寻找到平楚口中描述的冰肌玉骨、秀外慧中的寒城的影子。"你？信封里有董双成的照片，是吧？"她看见他又将手伸进牛皮纸信封，心存侥幸，便问道。

董有成不应答，却从信封中抽出一张剪报。史引霄急促地抽过来，目光一扫，原来是为晁无咎平反的那则消息。史引霄寻思着，自己是在内参消息上看到的，难道已公开刊登了？便问道："董师傅，你这剪报是从哪张报纸上剪下来的？"

董有成道："是亲戚从香港《大公报》

上剪了寄回来的，我们整个家族都十分关注政府对这位晁将军的评价，他毕竟是我们的妹夫，关系到小妹的名誉。"

史引霄点点头，想着平楚此次去苏北参加纪念塔修复典礼，不晓得寒城的名字是否补刻上碑了？平楚一直没有准信过来，令她隐隐有些忧虑，不觉叹道："董双成同志，我们不会忘记她的！"

董有成忙接上，"所以，史区长，把烈士荣誉证书交给你，我就放心了。"他的一只手仍然插在牛皮纸信封中，史引霄注意到了，便狐疑地盯着董有成，小眼珠像巨大问号下面那重重的一点。

董有成感觉到史区长的疑惑，忙将手从信封中抽出，两指间夹着一张五寸光景泛黄的旧照片，"果然有照片！"史引霄心怦怦跳着，摊开手掌，董有成便将照片轻轻搁在她掌中，正好一掌。薄如蝉翼，史引霄却感到重如磐石。

董有成哀哀地长叹道："这是小妹成年后留下的唯一影像。十六岁吧，正在国立音专预科学声乐，被艺华影业一位导演看中，邀她去演电影，才拍了这张照片。后来因为特务流氓的破坏骚扰，电影没有拍成功。一年多后，小妹就跟我们家的一个下人离家出走……"最后一句话刚出口，董有成便迅速闭紧了嘴唇。这一定是他们家族的一个痛点，被他无意间透露了出来。

史引霄的眼珠子落在照片上那张精致秀雅的面孔上动弹不得了：她见过照片上的这位女子，是在平楚为她画的肖像中！

史引霄用力撑开嘴，问道："噢——你们家的那个下人，叫什么名字？"

董有成非常后悔泄露出这段家庭丑闻，马马虎虎应答道："年岁久远，有点忘记了。是祖父请来的家庭教师，好像……姓李吧。"

24

董有成离开后，街道办朱主任邀请史区长到街道办的食堂吃个早午餐，史引霄手一划，"不了，下午几个会呢，喘口气的空档也没有。走了，走了。"又斜眼看看钱龟龄，"钱主任，你呢？"

钱龟龄笑道："我理所当然跟史区长一道回区政府嘛。"

于是，两人告辞出来。一路无言，史引霄头里蹭蹭地往前冲。钱龟龄紧着步子跟着，心绪飞转，琢磨着，史区长一脸的山雨欲来风满楼，这风眼究竟在哪里？真是董家"落政"的事吗？

上了车，史引霄将脑袋往靠背上一搁，眼皮往下一耷，摆出一副不想说话的腔调，钱龟龄知趣地不去招惹她。小贝回头疑惑地望望钱龟龄，钱龟龄食指按住嘴唇，无言。

汽车内沉寂着，汽车外却是活色生香的街道。这般沙沙地行驶了一段，快到区政府了，史引霄突然睁开眼，直起腰背，道："钱龟龄，我想了一下，关于董家的落政问题，可以结合拆迁工作的政策，给那几户占屋的人家适当的优惠，两桩事情一道解决了。至于董家嘛，既然是烈士家属，就按烈士家属应有的待遇，特事特办。"

钱龟龄"嗯"了声，道："这个思路可行，回头我找民政局长商量一下。"

汽车已驶进机关树影婆婆的林荫道了，史引霄才想起来，也是桩要紧的事，伸手拍了钱龟龄一下，"老钱，有空档，帮我打个电话到苏北，让陈时模转告平楚，尽快回家！"

不论闭眼还是睁着眼,哪怕开会时听别人发言,抑或自己发表意见,这大半天,史引霄脸面前总是晃荡着董双成惊人美丽的肖像,旗帜一般,挥之不去。

史引霄没有见过董双成本人,她和她在命运的长河中擦肩而过,却又因为平楚而纠缠在一起。

1942年初秋,引霄离开津浦路东来到苏北,却早在半年前,董双成已调往盐淀独立师,并成了独立师师长晁无咎的第二任妻子。引霄从战士们和老百姓口中听到许许多多关于董双成的传说,那时董双成改名"寒城"。传说中的寒城,美丽,热情,歌喉如飞泉鸣玉;在关于寒城的传说中,隐隐绰绰总有一个青年才俊的身影,他就是时任军部鲁艺美术教员的平楚。几个月以后,草木摇落,雨雪霏霏的日子,传来了独立师师长因内奸嫌疑被处决的消息,一个多月后,东亭草偃阻击战中,寒城为保护机要文件壮烈牺牲!至此,寒城在引霄心中是一座女英雄的雕塑,就像她少女时代就崇拜的花木兰、穆桂英、秋瑾一样。

1943年头里,正是肃杀的严冬,黄海边,古淮河入海口的一大片滩涂冰砌霜缀,北风尽日枯吼。日伪军对根据地再次发动大规模扫荡,我军主力部队暂时转移,军部鲁艺各团体几十位文艺工作者分散到各武工队打埋伏,那位在关于寒城的传说中时隐时现的画家平楚便来到了茆围子。那几个月,作为茆围子区委书记、武工队长的引霄,率领她的队员们出没于河汊湖荡密密层层的芦苇丛中,白天隐蔽,夜晚出击,给予敌人实质性的打击。平楚和她朝夕相处、共同战斗,两颗年轻的心渐渐靠拢了。在一次战斗的间隙,阴霾的天气,乌云低垂,密匝匝的芦苇冻成了玉墙。海风肆意掠过,一阵泠泠泠泠作响。天寒地坼却挡不住心热,平楚向引霄打开关闭许久的心扉,叙述了他与寒城相恋相爱以及忍痛分离的经过。一向刚强爽利的引霄小眼中窝满了眼泪,英雄雕像般的寒城的形象渐渐演化成一个美丽多情柔情弱骨的女子。在以后与平楚相处的日子里,引霄时时能感觉到他对寒城刻骨铭心的爱,寒城是横亘在平楚心中永不消逝的一道彩虹。引霄不妒忌寒城,她只是羡慕她,更敬佩她。一个出身优渥的上海洋房小姐,面对民族危亡,毅然摒弃锦衣玉食的生活,奔赴抗日的战场;亦是为了救亡大计,为了民族大爱,凛然斩断儿女私情,把自己的美丽青春和满腔的爱奉献给了人民的解放事业。引霄自认为与寒城心性相通,是同道,为知音,只可惜无缘相见。引霄曾问过平楚,有没有珍藏一帧寒城的相片,可让她一睹芳容?平楚稍迟疑,默默地摇了摇头。

直至1945年,小鬼子投降。又是一个落霞与孤鹜齐飞、秋水共长天一色的时节,新四军苏北军区决定集中精锐部队发动收复瓢城的战斗。瓢城地处苏北水陆交通要道,抗战中,被日本鬼子占据了七年之久。鬼子不断加固增修防御工事,城墙高耸且坚固。瓢城四周一马平川,河渠纵横,极不易大部队隐蔽,易守难攻。鬼子投降后,国民党伪军所谓剿匪某支队盘踞于此,蒋介石委任支队长为独立旅旅长,试图利用瓢城作为桥头堡,扬言三个月把苏北新四军困死在黄海边。

我军区党委和司令部其实早有谋划,就在发起总攻的前两个月,已着手组建瓢城市委班子,并调敢作敢为、有丰富基层工作经验的茆围子区委书记引霄同志任瓢城市委书记。引霄领着临时组建起来的工作班子，迅速地在瓢城周围的村庄乡镇开展战前动员和准备工作。深入群众宣传我党我军的方针政策，组织训练骨干，成立了担架队、救护队、运输队。这些工作引霄做起来驾轻就熟，得心应手。而让她殚精竭虑、不敢有丝毫粗率疏虞的是甄别敌我，排查奸细的工作。日伪统治时期，敌人在瓢城周围的乡村强制设立伪政权，担任伪保长的大都是财主富豪家族的人。他们有的是死心塌地为反动派服务；有的却是"白皮红心"，表面上对鬼子点头哈腰，暗地里却为新四军护伤员、买药品、传情报。鬼子投降的消息一传开，一些有血债的，或者替鬼子坑害过老百姓的恶霸劣绅纷纷逃离故土，搬到大城市去了。军区党委交给引霄的任务是，迅速查明留在本土的那些做过伪职的人，哪些是真正的"白皮红心"，哪些是敌伪暗藏下来的奸细，并且强调，这桩工作关系到以后我们人民政权的安危啊！引霄虽然感觉到责任重压力大，但她心里有数，再难的任务必须完成，而解决困难的办法在老百姓当中。她让市委一班人马统统住到各乡各村的老百姓家里，听取老百姓的反映，从日常的琐碎的生活细节中来判断一个人的心理状态及政治倾向，果然，甄别排查工作进行得十分顺利。

这期间有一桩事情引霄记忆犹深。眼见得解放瓢城的总攻日子愈来愈近，这天下半日，引霄在一座临海不为人注意的小渔村召开市委班子扩大会议，意在总结近两个月来军区党委下达的战前准备工作进行得如何。大家汇报情况，畅所欲言，讨论得十分热烈。想到马上要把瓢城夺回到人民手中，情绪都很兴奋。不觉临暮，落日残照，寒鸦聒噪。正待收会散去，撞进一个人来。二十挂零的女子，布衫掩不住她窈窕绰约的身姿，她却头发凌乱，嘴角还噙着血丝，喘吁吁道："引霄队长，你们快走，快走，黄狗子马上会来抓你们的！"引霄让四乡来开会的同志先行撤离，又给这女子倒了一碗粗茶，叫她定定心，说详细。原来这女子是某乡大户人家的媳妇，中午时分，她去请公公和丈夫用餐，却隔门听得公公正吩咐丈夫立马去瓢城给伪军报信，共匪头子有二十多人正在小渔村开会。先前她并不知晓公公和丈夫是暗藏的奸细，大为吃惊，不慎弄出响动。公公令家中护院将她捆绑于柴房之中，护院中却有同情她的，偷偷将门虚锁，她方才得以逃出狼窝。引霄听后大为骇然，暗忖，这户人家明明是已经甄别过的，看来，自己的工作还存在很多漏洞！幸亏勤务员小山子为防意外，先就预备了一只小船，引霄及几位市委委员才得以安然脱险。冒死报信的女子死也不肯回夫家了，坚决要求参加武工队，参加解放瓢城的战斗。她叫黄桂英，原是一位乡村教师的女儿。引霄收下了她，并替她改名为黄岑，夸她人长得娇小，大义灭亲的举动却像山一般高耸挺拔。

总攻定在了某日凌晨。秋已深，滩涂中的芦苇花一片雪白，风吹雪浪汹涌，一镰新月像只小舟停泊在雪浪之中，时隐时现。引霄带领武工队员埋伏在瓢城以东的一片沼泽里，这里是瓢城通往海边的必经之路，军部命令武工队在这里阻击溃逃的敌人。

等待的时间总是漫长难捱的，引霄望着那镰浮沉的月牙，晶莹剔透的颜色很像平楚笑起来露出的牙齿。自从引霄离开茆围子,担任瓢城市委书记,已经整整两个月没与平楚见面,甚至也没有他的讯息。茆围子反扫荡结束后,平楚返回军部鲁艺工作队,因他在反扫荡战斗中的出色表现,部队为他记了三等功。不久,军部决定修建抗日阵亡将士纪念塔,臧政委亲自点名,调平楚任建塔委员会总设计师。这座塔建得非常成功,平楚因此又荣立一次三等功……大战前夕,平楚,你在干什么?刷大标语?画宣传画?为即将冲锋陷阵的战士画速写?引霄狠狠晃了晃脑袋,竭力挥去不知不觉冒出来的思念之情。

却像回应她的感觉似的,但听一阵窸窸窣窣芦苇摇曳之声,先是以为风动芦苇,仔细辨觉,似有人穿行。引霄警觉地趴在泥地上,却是勤务员小山子钻了进来。小山子和几名武工队员驻守在附近渔村里,他们的任务是保护设在渔村中的临时救护站。

"小山子,你不在自己岗位上,跑过来作什么?"引霄气恼地斥道。

"大姐,那个头发老长的画家在村口等你,他说有顶要紧的事找你。"小山子自打参军后一直喊引霄"大姐",因为引霄是接替他牺牲的大哥来到茆围子的。

引霄来到渔村口,那里有一株老槐树,树身的一半被日本鬼子的炮火毁了,另一半却仍然枝干倔强,夏天的时候繁叶仍能荫了一方之地,此时叶虽疏朗了,枝条与藤茎穿插交叠重沓,呈现出倔强的生命力。残缺的老槐树下有一条灰色的影子,看那轻扬的垂肩长发,引霄便知是平楚!她紧了几步上前,小别重逢的恋人应该是亲昵的,可马上就要攻城了呀,引霄一跺脚道:"这种时候,你还有心思跑过来……"突然就噎住了,淡薄的月光下,她瞥见了他的左臂上扎着白布,"你,你参加敢死队了?"平楚一甩长发,仰面笑了,咧开嘴露出洁白的牙齿,就像把那镰新月含在了口中,"臧政委终于批准我参加敢死队!"引霄隐隐觉得他的兴奋的情绪中隐藏着决绝的意味。果然,平楚从脚边拿起一只用土布缠裹着的铁盒子,捧在胸前,用深潭般的眼睛盯住引霄,低声却铿然道:"引霄,拜托你一桩事,倘若我攻城时光荣了,请你代我保管好这只盒子!"引霄吃一惊,脱口问道:"是什么?"平楚将铁盒子搁在引霄手中,道:"倘若有机会,我亲口告诉你!"便向引霄行了个标准的军礼,转身消失在海风修修的黑夜里。

解放瓢城的战斗以一声惊天动地的爆破拉开了序幕,突击连的战士冒着满天横飞的砖瓦和烟尘从缺口突入城内;同时,在其他几个方向的城墙上飞速架起云梯,敢死队员在敌人密集的机枪射击中强行攀登,以期形成对守城敌军的合围。由于我军攻城战术设计得周密完善,数支突击队攻入城中与老百姓主动组织起来,搜索溃散之残敌,使敌兵无藏身之地,纷纷投降。战斗进行到傍晚,穿插进城的各支队对守城敌军分割包围,逐个击破,傍晚时分,终于在城中心鼓楼前胜利会师了!

引霄领着武工队员在埋伏点截获了二三十个逃窜的敌兵。其实敌人已成惊弓之鸟,遇到阻击像见了天兵天将一样,乖乖地举枪投降。引霄和战士们押着俘虏去瓢城,沿路老百姓像过节似的,盛传新四军打瓢城如何神勇,敢死队员们登云梯就像飞檐走壁的侠客一样,前头的战士被敌人机枪扫下去了,后头的战士一刻不停又冲了上去。引霄听得心惊肉跳,她不晓得平楚是被机枪扫下去了呢？还是最后冲上了城楼？

将俘虏交解给部队后，引霄便开始四处寻找平楚，城里迷宫似的巷子兜出兜进，就是不见平楚身影。老百姓都在传，庞司令员带大部队进城了，快去看啊！引霄被人群推搡着往门口拥去，但见瓢城黑沉沉的大门敞开着，新四军苏北军区的主力部队雄赳赳气昂昂列队进城，庞司令员、臧政委及一干军部领导骑着高头大马走在队伍头里，手行军礼向两旁群众致敬，瓢城老百姓箪食壶浆迎接子弟兵凯旋，欢呼声、鞭炮声此起彼伏，经久不息。

引霄踮着脚尖在人群中搜寻那颗长发飘飘的头颅，这是平楚最鲜明的特征。她失望了，直至队伍走尽，人群逐渐散去，她仍没有发现平楚。她的脚底板踮得发麻，使劲跺着。她的心在一点点揪紧，紧得发痛：难道，平楚在攻城的战役中牺牲了？战斗刚刚结束，各部队还来不及统计牺牲的人数，她到哪里去询问平楚的下落呢？一阵酸楚涌上来，眼前像蒙上了一层白雾……

引霄慌忙用手背抹去不争气涌出的泪水，当她再次抬起面孔，晚霞正浓，像面旗帜遮满天空。她怔住了，城门外的废墟，被霞光映得像座红岩；废墟顶上坐着个人，长发飘飘！

引霄把欢喜雀跃的心脏用力含在嘴中，不让它跳出来。她一脚高一脚低地爬上废墟，大气不敢出地站在平楚身后。平楚就坐在瓦砾上，膝盖上垫着块门板的残片，上面铺着老百姓祭祖时当钱烧的黄麻纸，用半截烧焦的木棍刷刷地画着，画面已初见形制，正是瓢城敞开的城门，新四军的队伍逶迤蜿蜒行进着，城门两边老百姓摩肩接踵，人头攒动。

"好！画出了人欢马叫的效果。"引霄由衷地赞叹道，吹气一般。

平楚并不回头，他早从身后的气息中知晓是引霄来了。他掂着纸角，将画页举起，眯着眼看看，晚霞将画页涂得红艳艳的。他叹道："可惜，攻城的场面我无法速写下来，以后回忆吧。"

引霄缩了下鼻子，道："方才……我还以为你光荣了呢！"

平楚嘿嘿笑着，站了起来。望了望周围的碎砖断瓦，忽就沉默了。晚风猎猎，卷动着城墙上的八一军旗，哗啦啦响。许时，平楚开口了，嗓子瘖哑："在我前面，接连有四个战士中弹倒下了……我想我必须登上城楼！动了下脑筋，翻身到梯子背后，倒吊着往上爬，快接近城墙时才翻到正面来，子弹就擦着我头皮飞过去了……"

引霄想为他夸赞，却笑不出来，手心中都是汗，只痴痴地望着他。

平楚身上的军装像刚从杂染缸里捞出来，花花搭搭分不清颜色，左肩上还撕裂了一大条口子，面孔上也是横一道黑竖一道灰的，如同戏台上的大花脸，只有深陷的眼珠和翕动的唇鳞灼灼亮着。引霄觉得，他像是脱胎换骨了一番。

当天夜里，庆功大会结束后，月牙儿已经西斜了。引霄领着平楚去取他托她保管的铁盒。他们来到那座小渔村，村口那株半边焦毁半边枝干虬盛的老槐树下。引霄先是从裸露的树洞里取出十几块碎石，最后才掏出那只用土布缠裹的铁盒。平楚一把将它抱在怀里，用力贴住胸膛，甚至将胡须拉碴的下巴抵住那盒子。

引霄静静地等了他一会，直待他缓缓吁了口气，抬起了涕泗纵横的面孔，方才

187

肖像

问道:"什么性命要紧的宝贝?你说,你会亲口告诉我的。"

平楚幽幽地看了她一眼,便将铁盒子外面裹着的土布扯去了。他们就在渔家倒扣着的木舟上并排坐下,在似有似无的月光中,引霄看清了,那只铁盒原来是只杏花楼"嫦娥奔月"图案的月饼盒,已经锈迹斑斑,嫦娥的面孔都不齐全了。平楚又盯了她一眼,这才格答掀开盒盖,那盒中竟是满满一叠素描肖像,但觉满眼的灵秀韶丽,引霄像被人猛地拍醒了,"是……寒城?"

平楚点点头,"是寒城!"稍顿,道:"自我去她家做家庭教师为她画了第一张肖像,直至她最后一次来向我告别,我匆匆为她画了幅速写。这些年,我替她画的像,全在这里了!"

引霄捧起盒子,这盒子陡然间沉重了许多,它承载了平楚几多情感。引霄屏息静气把手伸入铁盒,粗糙的手指触碰那些陈年纸张发出吟唱般的沙沙声。引霄手指探索到深处,抽出一页,是考究的道林纸,略有些泛黄,上面的女子好年轻,应该说是一个少女的肖像。平楚以娴熟的线条几笔就勾勒出她俏丽的面庞,却用精细繁复的笔触描绘她的眼睛,准确说,是她的眼神!那眼神清澈如水沉静如潭,却弥漫着挥之不去的忧悒。

平楚像患了重伤风,说话瓮瓮的:"这张正是我替她画的第一张像,当时的她,并不知情……"平楚深深吸了口气,"我在董家的工作,主要是教几个幼年的公子读读三字经、弟子规,抄抄千字文;有空闲,就帮董老爷子整理书籍古董。董家给我的报酬,除了管三顿饭,还让我得以免费进新华艺专学习西洋画。那时,她已经考取了国立音专的预科,是住校的,我跟她原是没什么交集的。"平楚停下了,像入定一般。引霄不敢惊动他,只举目望月,一阵海风袭过,她环臂抱紧了双肩。

平楚终于又开口了:"那年夏天,她放假回来。我和她,在院子的回廊里迎面相遇了。我那几个学生,叽叽喳喳地喊她双成姐,她浅浅笑着,应着,只礼节性地朝我点了点头,风儿般掠过去了。我却被她吸引,不是因为她的美丽,我在新华艺专上人体素描课,那些模特漂亮的有的是。是因为她特有的气质,透明?沉静?幽忧?说不清楚……对了,有点儿像初七初八的上弦月。"

他俩不约而同抬起头寻找那月牙儿,海风紧赶着云朵像水一般流淌,那枚牙月孤舟般沉浮其间,时隐时现。

"次日,我从艺专下学回董宅,跨入二进的院子,就看见她坐在二楼花窗边,一手支着下颌,呆呆地望着窗檐上悬挂着的一只楠竹鸟笼,笼中是只翠鸟,浑身青翠,喙与足却是红的,正扑腾着双翅,唧唧喳喳叫着。鸟与她,动与静,好一幅图画!我三步并两步冲上书楼,推开窗,正对着她的闺阁,便几笔先勾下她的轮廓……眼睛,却是我凭记忆一点点描出来的。"平楚轻轻叹口气,"屋里有人唤她,她离开了窗口。"

引霄捧着那页纸,心和纸页一起在恣意横行的海风中颤抖。攥紧了,怕将纸撕破;松开些又怕纸被风卷走,还是将它归入铁盒中,心也咕咚掉下一截。

平楚双手在铁盒里摩挲着,一页页地掀起来看看,便又抽出了一张,先凝神看了会,才递给引霄。引霄将画稍稍举高些,借着薄薄的月光看画中人,不觉一惊:寒城一大半面庞被阴影遮住,只露出一对星辰般的眼睛,却眉尖紧蹙,泪光点点,含恨忍悲。引霄狐疑地扬起眉毛,小眼珠询问地抛向平楚。

"画这张画时,我跟她,已经是……同志了!"平楚撑开手掌撸了下面孔,"她只要住在家里,每天傍晚总要到附近废弃的观音禅寺的大殿中练声,后来,那里就成了我和她约会的地方。那段日子,学潮不断,响应北平学生一二·九请愿游行,反对国民党当局非法逮捕七君子,为出版《鲁迅全集》筹集资金,等等,她瞒着家人都参加了。那一日,我们在观音禅寺的大殿中见面,她激愤难抑,悲恸不止。原来,她最敬重的一位声乐老师惨遭国民党特务杀害。我不知如何劝慰她,我只有为她画像,大殿中没有灯火,暮色中唯有她被泪水洗濯过的双目,洞烛了周围的一切……"

引霄听平楚叙说着,便将寒城的肖像贴在自己心窝上。她感受得到寒城那种无以言表的悲痛与愤怒,因为她也经历过,当她得知她的启蒙导师郑先生被国民党当局逮捕并秘密枪决的时候;当她流宣队的队长也是她少女的初恋血染鄱阳湖的时候;当茆围子前任区委书记陈时楷惨遭匪徒杀害,她揣着一把驳壳枪前去接任的时候……这样的时刻很多很多,抗战以来,他们日日夜夜经受着血与火的考验。

他们都沉默着。这时月牙儿已经融合于晓雾间，淡得只剩下几抹灰白的云紫。海风横过，修修地吼叫着。平楚忽然将垂肩长发朝后一撩，道："再给你看一张，是我个人觉得画得最美的，也是最像她的……"说着已从铁盒中抽了出来。

已过中夜，星月无光。引霄看这张寒城，却觉得整幅画面风和日丽，光灿明媚。寒城她略略仰面，笑得那样欢快，像朵盛开的碧桃花；双目微眯着，兜不住满满的憧憬与深情。

平楚的声音糅合着浓浓的情意："这张素描，画的时候已经是深秋，可是我们的心情却像是在欣欣向荣的春天。寒城和我，终于离开了孤岛上海，由新四军交通员带领，乘船沿富春江到了一座浙西小镇，再爬过几座大山，去安徽云岭新四军军部。这正是在浙西丘陵途中，我俩站在山顶，但见远近山野秋色斑斓，草木摇落之声甚是豪迈。我想起南朝谢朓的诗句，寒城一以眺，平楚正苍然。我说我们即将去到一个新的世界，也要改一改旧姓名。我要了平楚两字，她要了寒城两字，随后，我就替她画了这幅像。"

引霄在心里默念着："寒城，平楚……"她听平楚说起过，寒城原名董双成；可平楚从未提起自己的本名。引霄想问他，迟疑着，没张口，只将那幅画像放入铁盒，轻轻道："天快亮了，我们回去吧。"

平楚却道："我还想让你看最后一张，也就是我替寒城画的最后一张肖像。"

引霄的心呼地悬了起来，等到平楚将薄薄的纸张递到她手中，她的小眼珠不由自主地从纸面上轻轻滑过，似有煦风吹入心房，又似有清泉在心的肌理中潺潺流淌：

画面上的寒城是那样的美丽，那样的端庄，特别是她那双秀目，如同水晶般透明，平静，却让人感受到一往无前的坚定。

平楚望着远处，大海的边际，隐隐露出一条鱼肚白，"她给我最后一面的印象就是这样的！"平楚的声音非常肯定，"自从寒城去了盐渎大队，成了晁无咎的妻子，我们极少见面。有时在军部，远远地看到她，我每每躲开了，我怕我控制不住……晁无咎出事以后，我特别担心她，却又无法见到她……她却来找我了！"平楚揪住自己长发，朝天吐了口气，"她一上来就问我，平楚你还相信我吗？我说，当然！她便将一包毛巾包着东西递给我，她说这是老晁留下的一些信件，是能够证明他的清白的，请我代她转交军区首长。她最后说的一番话，我这辈子都忘不了。她说她跟晁无咎生活这几年，过得很充实。晁无咎没有强迫她，她是自愿跟他结婚的，因为她崇拜他，仰慕他，他就是她心目中的英雄！"

"你将晁无咎的信件转交上去了吗？"引霄眼眶中蓄满了泪。

平楚点点头，"我亲自交给了臧政委。没过多久，寒城便牺牲了。我这才明白，她是来跟我诀别的……我凭着记忆，画了这幅像……"

引霄任由海风吹散她满脸的泪珠，她觉得，自己与寒城，心贴得很近很近。

天和地陷入一派混沌，只远远的，启明星晶莹闪烁。引霄想，那可是寒城在看着我们？

"引霄！"平楚喊道。引霄扭回头，黎明前的黑真叫黑，相隔只两三尺也看不清面目，平楚开口说话了，才见弯弯一道白生生，那是平楚唇罅中的齿。

平楚道:"引霄,臧政委已批准我加入战斗部队了!所以,这只盒子,交给你保管,行吗?"

引霄没出声,只是把铁盒抱在了怀里。

25

有一次,是在史引霄才当上区长不久,儿子史雪弓考上研究生,全家人相约聚餐为他庆贺,也是刚排开桌子,一个电话来,就把史引霄唤走了。事后,雪弓嬉皮笑脸道:"妈,我看你当个区长,说容易不容易,说不容易也容易。容易嘛,不就成天开开会吗?不容易嘛,也就是天天要开会呀!"史引霄板下面孔嗔道:"你这样口无遮拦,怪不得总也入不了党!我们做一级基层领导,关键要做到上情下达,下情上传,不开会能成吗?二万五千里长征,不开遵义会议,红军能走出困境吗?十一届三中全会的精神,不通过大大小小会议的学习讨论,能端正认识、分清是非、拨乱反正吗?"

不过,在内心深处,史引霄觉得儿子的调侃不无道理。打鬼子的时候在茆围子当区委书记,环境恶劣,有战斗任务下来,区委委员们茅屋草丛聚拢来,三言两语,要言不烦,各项工作一布置,立即分头去干,爽快利索有效率。如今当了一区之长,麻雀虽小五脏俱全,条条块块千头万绪,五花八门问题冗杂,每每一个会连着一个会;上一个会还没结束,下一个会已经开始。她常常被一个个会缠得陀螺转,极想下基层搞点调研,却总也抽不出时间。

这天下午便遇上会叠会的状况,三个会,时间候分掐数咬着,榫头入卯眼。

从街道转回区政府,钱龟龄吩咐小食堂替史区长下了碗鲜肉小馄饨,再搭配两小碟开胃菜,小酱瓜和醉泥螺。史引霄看了,满意道:"嗯,好吃!"却只吃了半碗馄饨,抬腕看看表,便赶去参加区委召开的本区经济发展研讨会。前不久,国务院批转了市里提交的《本市经济发展战略汇报提纲》,明确了上海要成为全国四个现代化建设的开路先锋。全市各区都行动起来了。区委书记做了鼓舞人心的动员,讨论争先恐后十分热烈。史引霄远远地看到解红旗一座塔似的立在门边,想来准是徐亦道派人来找她的。最近,市里面恢复了司法局的建制,各个区自然也相应地成立司法局,下午三时区司法局成立大会,她作为一区之长,必定要到场作贺词的,她悄悄跟区委书记打个招呼,便提前离了场,她随着解红旗赶到隔了两条马路的区工人文化宫。司法局刚成立,还没有像样的会场,便借了工人文化宫的,宽敞,气派。她从后门登上台,大会主持人笑道:"史引霄区长百忙中抽空来到会场了,欢迎她为我们说几句。"于是她直接走到麦克风前。这样的即兴发言对她来说已是应付裕如,何况昨日接到通知,她也准备了一下,打了简单的腹稿。她在全场热烈的掌声中走到前排嘉宾席入座,她的座与徐亦道挨着。徐亦道附在她耳边道:"会议结束留下来吃晚餐,听说还有不错的礼品。"史引霄斜他一眼,"不行,我稍稍坐一会就得走,四点钟约了几位投资双西工程的企业老总开通气会!"稍顶,她附到徐亦道耳边道:"红旗到我家来了,他还是想干刑侦,年轻人有这个志向好嘛。"徐亦道不置可否,只耸了耸肩。

一下午三四个会,史引霄最上心的是她自己召集的双西工程通气会。双西工程在前期动迁时就遇到不少阻力，动迁工作不按时完成，就会拖整个工程的后腿。

史引霄在嘉宾席上坐了二十来分钟，看看会议已接近尾声，便托徐亦道会后跟司法局长打个招呼，起身离场。礼仪小姐尾随出来，将一只礼盒递给她，笑容可掬道："史区长，这是礼品，请您收好了。"史引霄眉头攒紧了，"什么礼品？司法局刚成立，哪来的钞票？"礼仪小组的微笑恰到好处画出来一般，"史区长，这是区里企业赞助的呀！"史引霄摆摆手，"我还有个会，这个东西就不要了。"

史引霄走到场子外，看见小贝正靠着车身吸烟，因道："又没几步路，你过来做啥？"

小贝揿灭烟头，替她拉开车门，笑道："方才有解警官陪您过来，我就不凑热闹了。我是怕您一不小心走岔了道。"

史引霄瞪他一眼，"你以为我真的认不得路啊？"躬身钻进后座，就看见那只礼盒斜靠在座位上，盒盖上一位千娇百媚的姑娘十指纤纤托着一罐面霜，笑盈盈望着她。史引霄气恼道："小贝，我跟那个礼仪小姐说了，我不要这东西！你怎么代我收下它？"

小贝不敢吱声，哼哼哈哈打马虎眼。人家礼仪小姐说了，陪领导来的司机秘书人人有一份的嘛。史引霄拎起那盒东西掼在副驾驶位子上，道："你拿回去，给夏妮用，我老太婆派不了用场。"

小贝暗暗欢喜，不动声色。夏妮跟了自己，从来没用过这么高级的化妆品。他想象着夏妮收到这份礼物时惊喜的表情，腰杆子挺得笔直。

小贝开车是开成精了，从马路拐进区政府大院，那道斜坡至少有十度的夹角，却让史引霄一点感觉都没有。待车停稳，竟已在小会议室弧形的阶梯下了。史引霄惊愕道："你什么时候进大门的？"

小贝嘿嘿一笑，替她拉开车门。史区长的表情是对他最高的褒奖了。

钱龟龄噌噌下了几级台阶迎上来，一边道："史区长，您邀请的企业家都到了，还有两个是听到风声自己来的，怎么办？"

史引霄一边登级一边道："来了就一起谈嘛，本来就打算分批进行座谈的。"

快到小会议室门口了，钱龟龄压低声音，紧着道："我给苏北陈时模打了好多次电话，一直没人接……"

史引霄稍顿，一挥手，推门进了小会议室。她决定召开这个通气会是有迫不得已的缘故。前些日子，区政府办公会议上关于双西改造工程的激烈争论不晓得被谁捅了出去。余副区长在会议上严肃批评史引霄筹措建设资金的办法是违宪违法的，这跟解放前的"租界"有什么区别？这顶大帽子让先前热情参与双西改造工程的企业家退缩犹豫了，对于土地的有偿使用以及土地的开发经营究竟合不合法？会不会一不小心又步入"走资本主义道路"泥沼？史引霄却胸有成竹，她向忧心忡忡的企业家们传达了市领导们对这个问题的重视，已成立若干课题组专门研究，并派出规划、土地、社科等部门专家考察团赴香港考察学习，接着又传达了方才在区经济发展研讨会上的热烈盛况，这才逐渐打消了在座企业家们的疑虑，各抒己见，提了不少切实可行的建议。

小会议室周围原就树木环绕，夕阳散彩不足以穿透浓荫，暮霭从深树中生起，会议室中的光线愈来愈昏暗了。钱龟龄叭地将顶上缠枝花吊灯打亮了，附在史引霄身边道:"史区长,别忘了,晚上要到天蟾舞台看戏的,余副区长给您留的票子!"史引霄鼻子出气,"嗯"了声。这个余芳菲,分管教育、文化,每每做了点工作就要到处宣扬,听讲今晚的戏是她蹲点区沪剧团搞出来的。史引霄原不想去凑热闹,又想到自己与她的关系一直疙疙瘩瘩,还是应承下来。当即做了一番总结发言,这次通气会只是开始,各位有什么意见建议或是遇到什么困难,随时可以反映,写信,打电话,甚至直接到区政府来。

企业家们意犹未尽,一一跟区长握手道别。轮到最后一位,却不伸手,只微微欠了下腰,笑道:"史区长,您不认得我,我却认得您!"

其实史引霄早就注意到此人了,一来,他并不是自己点名邀请的企业家;其二,他自始至终没有说过一句话,只是坐在一旁听别人发言;其三,他的装束别具一格,板寸头,面孔一半被复古的玳瑁边大眼镜遮去,穿一件本白麻布对襟衫,左手臂上挽一串沉香木佛珠。史引霄眯拢小眼,也笑道:"那么请你简单介绍一下自己啰!"

此人便从衣兜中摸出一张名片,双手恭恭敬敬递向前。史引霄接过来,到处摸老光镜。钱龟龄忙将自己的老光镜塞到她手中。史引霄戴上,轻轻念道:"江苏叔齐工艺美术贸易公司上海办事处,主任,吴独摇。"目光滑到地址一栏:"江苏瓢城……"兀自笑了起来,"哦,你是从瓢城来的?怪不得呢,可算半个老乡了。"

吴独摇伸出手与史引霄握住了,不松开,问道:"史区长,您想起来了吗?"

史引霄狐疑地瞪住他,关于瓢城,能回忆的事情太多了,他指的是哪一桩?

吴独摇将另一只手也叠了上来,道:"吴叔齐,您还记得吗?"

"吴叔齐呀?北皋庄的吴叔齐,当然记得!"

"我是吴叔齐的孙子呀!"

史引霄怔了怔,小眼珠顿时灼亮,"怪不得呢,总觉着眼熟。嗯,下巴上倘若按几绺胡须,就是当年吴叔齐!"手攥得更紧了,"你爷爷还好吗?"

吴独摇道:"您不晓得?他……十年前就走了,和他精心仿制的那些青铜礼器炊具一同灰飞烟灭了!"

史引霄长叹一声,道:"平楚这么些年,一直还用着吴叔齐送的那把紫砂石瓢壶喝茶呢。"忽然想起了,忙道:"你坐,你坐呀!你是特为来……找平楚?找我?"

钱龟龄在一旁朝她扬了扬手臂,点点腕表,史引霄不理他,只拽着吴独摇坐下,还张罗着要给他泡茶,被吴独摇拦住了。吴独摇道:"史区长您忙,我长话短说了。今天我来,一是找您认认亲;二来嘛,我也十分关注双西改造这个项目。"

史引霄道:"你们不是工艺美术公司吗?怎么?也想涉足房地产?"

吴独摇挠挠寸头,道:"怎么说呢?史区长,我是同济建筑系毕业的。其实呢,我们公司除了经营工艺品贸易,我最想做的还是保护抢救一些有艺术价值却濒于倒塌的老建筑。近两年,我主要在江浙一带的乡间寻觅,颇有收获。"

史引霄不由得多盯了他两眼,暗忖:"到底是吴叔齐的孙子!"便道:"你这么一说,我倒想起瓢城有幢大房子,抗战胜利那年,我们打下瓢城,用它做了市委机关的,十分漂亮,屋脊、门楣、窗棂上都是雕花,什么八仙过海啦,耕读渔樵啦,照壁上有赵孟頫笔迹的千字文,平楚还想把它拓下来呢。"

吴独摇道："就是晏凤律在瓢城的私宅吧？扫四旧时被破坏得很惨。政府做了一定修缮，总达不到从前的模样了，现在成了盐政衍化博物馆。史区长，有机会你可以去参观参观。"

史引霄霎那间跌入打瓢城前后的那段回忆，钱龟龄又一次抬腕指表，她都没发觉。吴独摇看到钱龟龄的动作，赶紧要把话说完，"史区长，是我同济的导师点醒我的，他说，上海这座城市，开埠早，中西文化在这里碰撞交融，在建筑上有万国博览会之称。"

史引霄拽回思绪，道："我们双西工程这一片，可都是危房简屋，立项前我到实地做过调查，要想找一处像样点的房子都难。"

"我倒发现了一处，董家宅弄里的董宅！"吴独摇像嗖地亮出一把宝剑！

史引霄一下子又怔住了，许时方道："董家的房子……已被分割成七十二家房客了，连他们家自己人都说，原貌早已不复存在了呢。"

吴独摇道："我查阅过董家老宅当年建造时的原始图纸，这幢房子在建筑上很有特点，形制是江南民居二进式的，正房却融合了英国以及北欧的风格，舒适宽敞。我也跟董家现在的主人谈过，他认为只要把房客们横七竖八搭建出来的东西拆去，恢复原貌没有问题。"他看见钱龟龄第三次举手腕向史区长示意时间，便从随身公文包中抽出一叠A4纸，双手捧到史引霄面前，"史区长，您晚上还有工作对吧？我就不耽搁您时间了。这是我对抢救保护董宅设想的三种方案，请您过目。希望区政府和双西改造指挥部能认真考虑我的方案，采用任何一种方案，我，我们公司都会全力配合。"

史引霄接了那叠纸，显然一时还没有完全弄清楚吴独摇的用意，只道："好的，我们会认真研究你的建议的。"

吴独摇便告辞了，他行走的背影，白布衫飘逸得鹤翅一般，像极了吴叔齐。

史引霄是很想跟吴独摇多聊一会的，所以她有点恼恨钱龟龄，动不动露出个表叫我看，不就是去看余芳菲搞出的戏吗？要是换了其他人，史引霄早发作了。机关里的人都说，钱主任办事严谨周密，无懈可击，史区长脾气再大，在他妥帖恰当的处置下，每每偃旗息鼓。吴独摇前脚出门，钱龟龄后脚就跟了出去，只留下史引霄独自气鼓鼓地坐着。只片刻工夫，会议室门被轻轻推开，云朵儿般飘进一位女子，甜糯绵软道："史区长，您好！"

"咦，是夏妮呀，你怎么会来的？不放心小贝啊？"史引霄颇为意外，肚子里窝着的火一下子就散了。

夏妮羞涩地道："小贝晚上要陪您去看戏，钱主任多给了他一张票，说是跟您挨着的，小贝就叫我陪您坐在前排。"

史引霄猜着，准是钱龟龄把他的票给了小贝。便道："好嘛，我跟你做伴。听小贝说起过，你年轻时是个沪剧迷，还去考过沪剧团的。"

夏妮忸怩道："小辰光啥也不懂，跟弄堂里小姐妹瞎唱唱。"钱龟龄适时走了进来，身后跟着小食堂的厨师，端着一碗咸菜笋丝肉丝烂糊面。钱龟龄无可奈何地摇摇头，道："史区长，时间来不及了，马马虎虎吃碗面条吧。"厨师便将面条放在史引霄面前，笑道："史区长尝尝看，我是用半只老母鸡汤煨的，对不对您胃口啊？"

史引霄小眼珠用力弹了钱龟龄一下，随即笑道："师傅，我吃你做的饭菜两年多了吧，最合胃口了，麻烦了。"又道："夏妮一起吃吧，这一大碗，我一个人吃不下的。"

夏妮后退一步，"史区长，我是家里吃了晚饭的呀。"

钱龟龄变魔术般取出一只钢精饭盒，道："我们史区长，胸怀是大的，胃囊是小的。喏，饭盒子，挑一半带回去，可以当夜宵的。"

史引霄早已习惯了他的周到，接过饭盒，挑了半碗面进去，剩下半碗，<u>丝溜丝溜</u>吸了两口，没好气问道："钱龟龄，余副区长抓的戏，你就不去看啰？"

钱龟龄嘿嘿一笑，"史区长，你不是要求我多陪陪淑琴吗？"

史引霄举起筷子点点他，想说什么，终于没说，索落索落吃起面来。

待史引霄放下碗，小贝探进脑袋道："史区长，可以走了吗？离开演还有三刻钟，这时候，路上有点堵的。"

"走吧走吧！"史引霄立马起身，早去晚去总归要去的嘛。

夏妮紧步跟上，扶住史引霄的手臂。史引霄笑道："夏妮呀，我还没老到步履蹒跚的地步吧？"夏妮不松手，回道："史区长，若不说穿，谁会想到您已年过花甲了呢？"

她们上了小贝的车。史引霄让夏妮坐副驾驶位，夏妮不肯，要跟史引霄一起坐后排。一路上，史引霄随口问起夏妮工厂里的情况，夏妮喟叹道："现在是今天有生活做，不晓得明天还能不能上机呢！"小贝瞟了后视镜一眼，道："史区长您劝劝她，马英华正着手培训时装表演队，她很看中我家夏妮，夏妮中学里参加过学校舞蹈队的。可夏妮就是下不了决心，犹犹豫豫的！"夏妮手指掐了小贝肩胛一把，"我都什么年纪啦？不要被人笑掉大牙！再说……马英华的公司真的做得长久吗？万一我辞职了，十多年的工龄就打水漂了呢！"

史引霄粗中有细，每个人都有选择自己生活道路的思虑与考量，勉强不得的。于是她谨慎道："改革开放，确实给大家提供了许多机会。我给你们讲个故事，一家人家有三个兄弟，长大成人，分别离家去谋生……"

小贝跟史引霄久了，晓得她的脾气，打断道："史区长，你这个故事老掉牙了，老大当了商人，老二当了军人，老三当了农民，他们勤奋努力，过得都很幸福！"

史引霄哈哈哈地笑了，笑停了道："我不替夏妮拿主意，不过一句说一句，我对英华公司的发展前途还是很看好的！"

闲聊中，不觉已到了天蟾舞台。这座剧场曾经是老上海座位最多的舞台，从前以上演京剧为主，各大角儿都曾在这里留下踪影。大跃进年代一度更名为劳动剧场，改革开放后才恢复原名。因在"文革"间，上海许多戏曲舞台被当作封资修残余拆的拆，改的改，所剩无几了，天蟾便成了各戏曲院团眼中的宝地、福地。区沪剧团的戏，能在黄金时段堂而皇之在天蟾舞台上拉开大幕，史引霄暗暗佩服余芳菲的人脉，以及她攻关的技巧。

小贝去停车了，夏妮挽着史引霄的胳膊先进了剧场大厅，马上有一位穿制服的女士迎上来，盈盈笑道："是史区长吧？请先贵宾休息室喝杯茶吧！"

史引霄瞄了眼表，离开场仅剩五分钟了，便道："不用了吧，我们找座位坐下，省得开场时关了灯，墨擦黑的，找不到座。"那位服务员也不勉强，引领她们到剧场中入座。她们的座位在十二排居中，据讲这是剧场中观剧最佳座位。史引霄左右看看，十二排除了她和夏妮，几乎都空着。许时，那服务员给她们送来说明书和矿泉水饮料，史引霄忍不住问道："这一排怎么没人坐呢？票子特别贵吧？"服务员仍是笑盈盈道："坐这排的人都在贵宾室呢，马上就出来了。"

史引霄随意翻了下剧情说明书，剧名很触目惊心，叫《魔窟中的火凤凰》，描写了一位潜伏在敌人心脏的女地下党员机智勇敢与敌人作斗争的故事。女主角的饰演者长相不俗，是近几年涌现出的沪剧新秀。史引霄听钱龟龄絮叨过，这个剧本的剧作者采访了余芳菲，是以余芳菲解放前做地下工作的经历为素材创作的本子的。余芳菲亲力亲为抓这部戏，是准备向建党周年献礼的。史引霄点着说明书扉页上女主角的剧照对夏妮道："你看，这个女演员眉眼是不是有点像我们区里的余副区长？"夏妮看看剧照又看看史引霄，笑道："余副区长长什么样？我看呀，蛮像史区长你呢。"

剧场内响起铃声，提醒观众大幕即将开启，请大家抓紧时间入场。史引霄左右望望，她们这一排位子依然空着。待剧场内响起第二遍铃声，剧场四壁的灯逐渐熄灭，仍不见有人来坐她们边上的空位子。史引霄肚子里嘀咕：莫名其妙！自己抓的作品，还姗姗来迟，算哪一出？

场中有观众问服务员："时间都过了，怎么还不开演啊？"服务员回答："快了，快了，有贵宾，马上就到了。"

第三遍催场铃声终于响起，乐池里的指挥已扬起了指挥棒。这时，方有服务员引领着一队人从侧门进场，陆续走进第十二排，依次入座。场内灯光熄灭，音乐声起，大幕徐徐拉开。

有人隔着座位伸长手臂与史引霄握手，"史区长，你到得早哇！"史引霄斜眼望去，竟是自己区里宣传部文化局方面的干部。心想：余芳菲号召力倒也不小！

余芳菲是最后一个挤进来坐定的，就坐在史引霄这边，扬起柳叶长眉道："老史，你怎么没到贵宾室去坐坐呢？"

史引霄不喜欢她故作姿势的腔调，回道："老余啊，都过了十来分钟了，让全场观众等你们几个！"

余芳菲无可奈何地摇摇头，"有什么办法呢？来了一大批记者，个个都把话筒戳到你面前，不说几句就不放你走！"随即把头挨近史引霄，十分私密地道："老史啊，这几天钟老就在上海视察，他特地要我向你问好呢！"

史引霄"嗯哼"了一声。1942年她在茆围子工作，钟老是军区公安处处长，是她上司的上司。在对一个企图携款潜逃的女干部的处理问题上，引霄跟他发生激烈的争吵，为此受到组织上严肃的批评。这段往事引霄缄封于心，从未跟人提及。可是引霄一直怀疑，余芳菲是心知肚明的。

剧场里萦绕着一波一波的乐曲声，演员的演唱时而委婉缠绵，时而慷慨激越。史引霄却迷迷糊糊瞌睡起来。这一天下来，一个会接一个会，一个问题接一个问题，她已经殚精竭虑了。脑袋一个前冲，磕着前排椅背，她方惊醒，揉揉额角，连忙挺直背脊。小眼珠移过去瞄了眼余芳菲，她若发觉自己在打瞌睡，以后不晓得会说出什么话来。还好，余芳菲全神贯注地盯着舞台，面孔上像是也涂了油彩，双颊喷红，双目如钻石般晶亮。再缓缓仄过脸看夏妮，夏妮是真戏迷，手指在大腿上打着节拍，嘴唇轻轻蠕动，正跟着台上演员的演唱学唱呢。史引霄暗暗掐了掐手臂上的肉，拼命撑着眼皮去看台上的演绎……女主角是富商家的千金小姐，在学校读书期间参加了地下党的外围组织。"七七卢沟桥事变"，她与同学们一起上街游行，敦促政府枪口对外，一致抗日。她父亲生怕她出事，草草替她许了门亲事，对方是国民党高级官员的儿子。她坚决不从，向地下党组织提出要去延安去抗日根据地，去抗日第一线。组织上了解到她的未婚夫是在国民党内部从事情报工作的关键人物，决定让她应允这门亲事，打入敌人心脏，获取重要情报，见机行事，待条件成熟，策反她的丈夫。女主角身负重任，走进魔窟，利用丈夫对她的宠爱攫取重要情报……史引霄心想：这不是在为余芳菲竖碑立传吗？不过女主角窃取敌人情报的手段却不太真实，敌人竟会如此愚笨么？正考虑着是否向余芳菲提出这个意见，夏妮忽然推推她，"史区长，你看你看，有人叫你出去呢！"

原来有位剧场服务员，正举着一只长方形的灯箱沿走道巡行，那灯箱上写着："请史引霄区长速速到场外大厅去！"史引霄心有些悬空，莫非区里又发生什么紧急事故？她点点那个灯箱，跟余芳菲打了个招呼，便起座向外挪去。夏妮要随她出去，她摁摁她坐下，"你继续看嘛，我处理好问题再进来。"

史引霄在服务员的引领下摸黑走出剧场，大厅中晃晃的灯光让她睁不开眼，模模糊糊只见有两个人影急吼吼朝自己扑过来，不由得后退了一步。直到那两人立在眼门前了，她才看清，原来是钱龟龄，还有麦蛾，这两个人凑在一起，实在让人疑猜！

"你们？你们怎么来了？"

钱龟龄的脸像一团发僵了的面团，肌肉都不会动了。麦蛾平常红扑扑的面孔却惨白得像涂了石灰。"姨娘！"她喊了声，眼泪就稀里哗啦淌下来，哽咽得出不了声。钱龟龄用力拉动唇角，道："史区长，苏北的陈时模电话打到家里去了……你儿子女儿都不在家，麦蛾只好给我打电话……"

"出了什么事？这样魂不守舍的？"史引霄嗔道。

钱龟龄道："怪不得白天一直没人接电话，乡政府的人都到县医院去了……是平楚同志突发脑溢血……"

史引霄脑袋轰地一下，什么也听不见，什么也看不见，就像在茆围子反扫荡的时候，小鬼子的炮弹时不时就在他们埋伏的芦苇荡里爆炸，水浪激起数丈高，什么也听不见，什么也看不见。有一次，引霄被气浪震晕过去，沉入荡底差点淹死。是平楚奋力将她托起，拖至泽地上。平楚说，他在上海富商人家做伴读时，曾陪同少爷小姐学会了游泳。

楔子

原以为小贝开车晚上就能赶到瓢城见到楚爸爸，不料车至镇江，等候载车的轮渡过江，耽搁了许多时间。终于过江到了扬州地面，却已是暮霭四起之时了。小贝说没关系，赶一赶，半夜能到瓢城。可霄妈妈却道："累了，头痛得要命。还是找个旅馆住下，明天一早再走吧。小山子电话里不是说，平楚状况已经稳定下来了吗？"

我晓得霄妈妈是恨不得插翅飞到楚爸爸身边的，她是顾及小贝，开了大半天的车，过度疲劳了！

南渡在苏北生活多年，探亲回上海经常在扬州歇脚，对周边旅社状况比较熟悉。她问霄妈妈这一宿的旅馆费可以报销吗？如果可以报，她就找条件好一点的旅社。小贝抢道："当然可以报，至少区长办公经费里可以出这笔钱。"霄妈妈斥道："小贝你不要让我犯规好吧？区委批准你开车送我去苏北已属搞特殊化了，这旅馆费用当然我自己付了。"又道："南渡，你尽管找条件好一点的旅社，这点钱引霄阿姨承受得起。"

真是难为南渡了，又要为霄妈妈省钱，又要让霄妈妈和小贝休息得好。她找了家小旅社，却为霄妈妈要了间单人房，只八九个平米，倒也清爽，特别是隔壁就有厕所。她为小贝订的是双人间，而且问清楚了，拼房的人是国营企业出差的干部，规规矩矩的。她为我们俩在大统间里订了两只铺位，问道："青玉姐，你怕吵吗？"我当然说不怕啰，她笑道："我也不怕，习惯了，有点人声反而睡得着，太寂静反倒彻夜难眠。"

我们草草吃了点面条，谁都心事重重，没有胃口。放下碗，霄妈妈突然道："青玉，你还是过来跟我挤一挤吧，我心脏有点不舒服。"小贝忙附和道："对对对，青玉大姐，你是医生，陪史区长，我们大家放心。"

我望望南渡，她挥挥手，"去吧去吧，大统间里加你一人不多，少你一人不少。"

我的心在那一刻怦怦怦地跳起来，我从霄妈妈小眼珠里看到了我期盼已久的

东西。

——史青玉日记

26

史青玉暗自庆幸那天晚上自己恰好顶替一位家中有事的同事在病房值班，雪墨拂晓时分打电话到医院值班室，被自己接着了。雪墨话筒里的声音抽抽泣泣，断断续续，又是楚爸爸病得凶险，又是霄妈妈危在旦夕，终于搞清楚了，是霄妈妈得到楚爸爸脑溢血的凶讯后一时着急，昏晕过去，片刻醒转过来，却不肯去医院，小贝同钱龟龄主任只好把她送回家了。

青玉乍听也有些慌乱，可是偌大病区上下只自己一个值班医生，无法离岗。她镇静了情绪，先问霄妈妈病情。雪墨道，妈妈不肯去医院，钱主任就把二楼顾医生夫妇请下来了。妈妈吞了顾医生给的药丸，就沉沉入睡了。青玉听得有顾观我医生和杜薇医生在场，略就宽了心，又问，这桩事情雪弓雪砚都晓得了吗？雪墨嘶嘶缩着鼻子道，钱主任让办公室给他们学校打电话的，现在都赶回来了。萧南渡也过来了。青玉长长幽幽地吐出口气，道："我早上交了班，就回家。"

八点不到点，接班的同事到了，青玉作了交待。她心里隐隐有种预感，便去跟院长请一个礼拜的事假。史青玉在单位是出了名的劳模，经常无偿代班。难得请假，又是因父亲出差在外突发脑溢血，院长马上准假还让医院里唯一的一部轿车送她赶回家。

青玉踏进"兰畦"，时钟刚敲过九点。推开客厅门，劈面见餐桌团圈围坐了人，光景像是在用早餐。却无声无息，只有碗

碟当啷撞击。气氛凝重得像石磬。

"霄妈妈，你没事吧？"青玉脱口道。

"青玉你回来了？没吃早饭吧？快坐下。"史引霄仰面道，声音破锣一般，眼圈乌青一片，小眼突然变大眼了。

雪砚雪墨忙着挪凳子，麦蛾蹬蹬蹬跑去厨房取了副碗筷来，又盛了碗麦片粥端到青玉跟前，道："大姐，有菜包和豆沙包，都是绿杨邨的。"

青玉看麦蛾，眼泡皮肿得跟烂桃子似的，心里一酸，道："楚爸爸，现在情况到底怎么样了？有消息吗？"

雪墨又嘤嘤地啜泣起来，雪砚稍冷静，道："早上钱主任已来过电话了，他一直和小山子叔叔保持着联系。他说，县医院做了一番抢救后，爸的出血止住了，生命体征也维持住了，他们连夜将爸送到瓢城中心医院去了。"

史引霄将筷子叭地放在桌上，哑壳壳道："我准备去一趟瓢城，看平楚情况，最好能把他接回到上海治疗。"

史雪弓将大半只菜包塞进嘴中，咚地站起来，瓮瓮道："我去买火车票。妈，我陪你去瓢城。"

雪墨仰起涕泪阑干的面孔道："我陪妈去接爸回家。"

雪砚嘈她，"你去有什么用？只会哭鼻子！我陪妈去！"

麦蛾嗫嚅道："你们都有工作，还是我陪姨娘去，苏北我还熟嘛……"话音未落，门铃急促地响起来，麦蛾翻转身跑去开门，却是钱龟龄和小贝。

史引霄一见钱龟龄就立起身，"老钱，王书记什么意见？"

钱龟龄忙回道："史区长，王书记说，要你安心去把平楚同志接回上海，需要区里提供什么帮助，尽管提。王书记还说，平楚同志是上海的著名画家，这桩事体不仅是你史区长个人的事，也是我们区委区政府大家的事。"

史引霄点点头，道："老钱你代我谢谢王书记，我就不专门给他打电话了。还有，万一我星期六赶不回来，办公会议不能不开，你让余副区长临时主持一下。"

钱龟龄道："史区长你放心，你不在场，余副区长愈加当仁不让了！"

小贝在一旁急了，"钱主任，我们再不出发，晚上怕赶不到瓢城呢！"

史引霄疑惑地盯住钱龟龄，钱龟龄因道："史区长，是这样的，我们给火车站售票处打了电话，今天去瓢城火车赶不上了，要么订明天上午的火车。是小贝提出他开车送你，今晚就能到瓢城，王书记也极力赞同的。"

史引霄点点头，道："就是辛苦小贝了。"

小贝道："开车嘛，辛苦什么？"又道："史区长，我们坐得宽舒些，你们家可有两个人陪你去。"

"我去，我去，我去！"孩子们争先恐后道。

"你们都别争了，该上班的上班，该上学的上学，不要搞得惊天动地人仰马翻的。"史引霄一言定乾坤，"青玉，你们医院能请得出假吗？三五天，至多一个礼拜。你是医生，也许能派得到用场。"

青玉稳稳道："霄妈妈，我已经请好假了，随身衣裳都带上了。"

麦蛾哀求道："姨娘，还有一个位子呢，让我去吧！"

一直默不作声的南渡说话了："麦蛾，这一个家，人来人往的，都要你关照呢。引霄阿姨，我正好要去苏北，给《铁军》

杂志交稿子。就让我陪你去吧，那边上上下下我也熟悉。"

史引霄略忖，道："那也好，就这么定了。南渡，要回去跟你妈妈招呼一下吧？"

南渡道："一会我给她去个电话就行。"

史引霄便问小贝："我们几时出发？你要回家准备一下吗？"

小贝道："不用了，我早上出来时就跟夏妮关照过了。愈早走愈好，我对路况并不太熟呢。"

雪砚道："妈，我帮你拿药，带足一个礼拜够了吧？"

青玉道："有一两天药就行，瓢城医院可以配的。倒是要带几件替换的内里衣裳，再拿件厚点的外套。向北，又是海边，虽已入夏，早晚怕是比上海温度低。"

雪砚"嗯"了声，转身去了卧室。

这时客厅门被笃笃敲响，麦蛾跑去拉开门，原来是顾观我医生夫妇俩。史引霄忙道谢，昨晚上劳你们俩半夜才休息；又道："顾医生乃神医也，昨晚吞了你的药，头不疼了，心也不慌了，实实足足睡了一觉。"

杜蘅道："老顾回家倒睡不着了，翻了许多方子。脑溢血止血后，很要紧的是尽快将瘀血吸收干净，开颅手术是要冒风险的。老顾开了一只方子，是促进瘀血化解的。你拿过去，给那边医院的医生作个参考。"说着将一只信封递给史引霄。

史引霄道："老顾，要是平楚能渡过这一关，你们夫妻就是头一个功臣！"

顾观我道："医生是干什么的？不就是治病救人嘛！"

史引霄将信封交给青玉，道："青玉你藏好了，到了瓢城，你要跟那边的医生一起商讨的。"

十点多些，小贝开车出发了。南渡坐在副驾驶位子上，青玉陪史引霄坐后排。麦蛾从沙发上拿了两只靠垫，丢进车里，"姨娘，塞在腰后面！要坐整整一天车呢。"

楔子

我的预感没错，霄妈妈要我跟她挤一床睡，果然是别有深意！

我和霄妈妈一夜都没合眼。霄妈妈说，扬州往西北向不远处就是天长县，当年她在江北指挥部民运队工作，就在那个县的一座小村庄里蹲点。庄子里的人和事现在都记不太清楚了，却永远不会忘记，情同姐妹的战友兰畦就是在那里与她告别的，这一别竟成永诀！

霄妈妈很早曾告诉我，我的生母叫兰畦，是在皖南事变的突围中壮烈牺牲的！

可是，昨晚霄妈妈斜靠在小旅社简陋的木床架上，言之凿凿道，我生母在突围中没有死，她逃出了包围圈，而且当时，她正怀着才两个多月的我。

多年的怀疑被证实了，我没有震惊，也没有伤痛，我只是平静地问霄妈妈："她，一个弱女子，是怎样逃出包围圈的呢？真是……当了叛徒？"

霄妈妈的小眼珠像钢珠般掷向我，道："青玉你怎么会这样想你母亲？决不会的，兰畦决不会背叛革命，我相信！"

我更相信霄妈妈的判断。

听霄妈妈说，她和兰畦是蚕桑学校的同学，两人年龄相仿，又是同乡，一见如故。和她们住一屋的还有位上海姑娘叫姚秀帘，略长她们两岁，贞秀、恬静，待她们像姐姐一般。

那所蚕桑学校是半工半读性质，当时

一些经济窘迫人家，供孩子上大学捉襟见肘，便报考蚕桑学校作个过渡，毕业后可以直接工作，亦可以继续考大学。事实上，当年小外公为报答兄嫂栽培之恩，执意让霄妈妈上大学。可霄妈妈不愿增加小外公的负担，悄悄报考了蚕桑学校。听霄妈妈讲，我的亲外公是烧窑能手，专做青瓷用具，在家乡一带也饶有声名，家中并不缺钱。不过，农村里让一个女娃娃去念大学，似乎不合乡俗，女孩子能识几个字已经很跳眼了，接下去就是嫁人生娃主持家政。可我生母不愿走千百年来女人的老路，她心中的偶像是秋瑾。我外公外婆拗不过她，就让她考到蚕桑学校来了。至于上海姑娘姚秀帝，也是怀揣理想来报考蚕桑学校的。她的老家在松江乌泥泾，元代女纺织家黄道婆便出生在那里。姚秀帝从小是听着黄道婆的故事长大的，暗暗立下宏志，要成为黄道婆那样的纺织工程师，织锦绣罗，用实业改造颓败黑暗的国家。她们三人可谓是志同道合，很快便成了无话不说的莫逆之交。

听霄妈妈说，当年在蚕桑学校念书时，我的生母叫盛若兰。原来，盛若兰是她的真名啊！"兰畦"是她参加新四军后改的名字，准确地说，是我的生父为她改的名字。霄妈妈说，我的生父是新四军中一名儒将，屡有战功，且文采郁郁。

霄妈妈回忆起少女时代在蚕桑学校念书时的情景，小眼珠里蓄满了重重光彩，赤橙黄绿青蓝紫！

霄妈妈说，她们在蚕桑学校，除了学习养蚕植桑纺纤染印等专业课程，还要上一些通识课，历史学呀，社会学呀，文艺学呀，等等。上历史学的教师姓郑，郑先生的课是她们最爱听的课。郑先生总是穿一件灰不溜秋的长衫，戴一副黑框眼镜，眼镜的一支脚断了，用胶布缠着，危危地搁在耳朵上。郑先生一口绍兴官话，嗓门高亢像唱绍兴大板。他充满激情地讲述了中华文明古国的来龙去脉，还常常犀利点评当下局势，引导学生们去看一些所谓的赤色书报杂志，并不动声色地组织了秘密读书会，定期举行讨论、研究。霄妈妈、我母亲，还有姚秀帝都是这个读书会最积极的成员。

霄妈妈说，"西安事变"那年，郑老师组织读书会的同学，又通过读书会同学动员了更多的学生，参加了全市各行各业联合举行的大游行，强烈要求蒋介石国民党停止剿共，一致抗日。同学们群情激愤，也很兴奋，嗓子都喊哑了。可是，回校上课，接连几天不见郑先生的身影，他的历史学课也换成了其他的课。霄妈妈她们都很着急，原本商定的，读书会要围绕这次游行进行总结，还要讨论以后的宣传工作怎样进行。渐渐地有消息传开，郑先生被当局抓起来了！读书会的同学们义愤填膺，许多人捋袖揎拳要上街示威抗议，营救郑先生。姚秀帝和两个年岁稍长的同学不同意这种做法，不仅徒劳，而且会让更多的同学陷于牢狱之灾。这时霄妈妈挺身而出，她说她的叔叔亦是她的养父在国民党省政府财政厅任要职，素有民族气节，为人正派。她打算去南京恳求叔叔帮忙，打通上层关节，设法释放郑先生。

霄妈妈说，她去游说小外公营救郑先生的计划并没有成功，不是小外公拒绝帮忙，小外公通过各种渠道打听得确切消息，郑先生作为"共党地下组织头目"已被当局秘密处决了！霄妈妈闻听噩耗悲愤难抑，恨不得立即赶回学校，与读书会的同学们一起商议下一步行动方案。可是,小外公为了她的安全,不许她再回蚕桑学校读书,将她反锁于洋房顶层阁楼之中,并且迅速将她的婚事定下,对方亦是钟鸣鼎食人家,据说年内即要来迎亲。霄妈妈急得差点跳楼,幸亏从小一起长大的堂哥出手相助,偷得钥匙放她出逃。就因为这次义举,以后几十年中,尽管引豪舅舅处世掂斤播两、明哲保身,瑞舅妈待人更是尖酸峭刻,有己无人,霄妈妈总是宽容他们,善待他们。

霄妈妈说,郑先生的牺牲并没有消磨学生们的意志,除了有个别几个退出读书会,大部分同学更加团结了。在地下党的指导下,她们愈是积极投入到抗日救国的宣传活动中。这期间,小外公曾派他的秘书到学堂劝说霄妈妈回家完婚,霄妈妈让秘书给小外公带一句话:国家有难,匹夫有责。只要小日本亡我之心一天不灭,她就决不嫁人。小外公替霄妈妈订亲的黄姓未婚夫倒也是个有血性的青年,听了霄妈妈的这句话,反生出爱慕之心,竟也跑到蚕桑学校来找霄妈妈。霄妈妈那时还沉浸在郑先生牺牲的悲痛和愤慨中,哪有心思谈情说爱?便躲着不见,让盛若兰和姚秀帘出面去回绝了他。当晚,两个好姐妹向霄妈妈描述那人的情状,姚秀帘叹道:"引霄啊,你叔叔眼光不错的,挑的人要风度有风度,要口才有口才,家境也不错,你拒绝……可惜了的!"盛若兰却捧出一只猩红龙凤纹软缎绣包递给霄妈妈,说是黄先生送的见面礼。霄妈妈发急了,道:"你为什么收下它呀?你收的,你去嫁给他!"盛若兰道:"我们也是千推万推不收的,是黄先生一句话打动了我,他说,这包里是一些金器,镯子、耳坠、项链,你代史小姐收着,或许,紧要时候能派上用场。"

霄妈妈说,几十年来,她从未与黄先生碰过面,不过,那包金器倒真在紧要时候派上了用场。

霄妈妈返回蚕桑学校不久,读书会在地下党组织的领导下,为追悼鲁迅先生逝世,为铸造鲁迅先生的铜像募捐,再次上街游行、演讲、宣传。结果自然是遭军警驱散,又有老师同学被捕。次日,蚕桑学校董事会在校门口贴出布告,开除一批"受共匪蛊惑、寻衅闹事"的学生,霄妈妈和我生母盛若兰的名字都赫然其间!

霄妈妈说,她们被蚕桑学校开除,并没有丝毫后怕。当时,日本鬼子亡我中华狼子野心毕露,古国大地哪里还放得下一张平静的书桌?霄妈妈和我生母决定参加地下党组织的抗日流亡宣传队,向广大百姓揭露日本鬼子的阴谋,呼吁民众奋起抗敌,传播抗日救国的种子。她们也曾相邀好友姚秀帘放弃学业,一起投奔抗日流亡宣传队。姚秀帘考虑再三,还是选择了留在学校继续学业,并且准备报考交通大学机械工程系,完成她的实业救国的夙愿。秀帘送她们到码头,三个姑娘依依不舍,相约,待到把日本鬼子赶出九州大地之时,在这座天堂般的城市,再诉衷肠!

不久,七七卢沟桥事变发生,日本鬼子撕去了伪装,开始了大规模的进攻。中共中央立即发出通电,号召全国人民"以全力援助神圣的抗日自卫战争"。并且公布了国共合作的宣言,民族生死存亡绝续之时,愿与中国国民党摒弃前嫌,共赴国难,并将红军改编为国民革命军系列。数日后,蒋介石发表庐山谈话,声称"如果战端一开,那就地无分南北,人无分老幼,无论何人皆有守土抗战之责任"。这标志着第二次国共合作和抗日民族统一战线正式形成。

霄妈妈和我生母所在的抗日流亡宣传队就在江、浙、皖一带活动,他们深入偏僻边远的山区乡村宣讲抗日救国的道理,传达我党抗日民族统一战线的方针政策。他们通过唱歌、朗诵、演剧等形式,取得了不错的效果。

霄妈妈说,流宣队的活动经费极其有限,当时国民党县政府嘴上说支持抗日,却找种种理由推托,不肯出活动经费。流宣队主要靠一些开明绅士和爱国商人的捐助,生活十分艰苦,但队员们情绪高涨,斗志昂扬。他们每天翻山越岭、涉水过滩,损耗最大的是鞋子,个把月下来,队员们的鞋都走烂了。霄妈妈和我生母充分发挥了她们在蚕桑学校的编织手艺,她们把自己的毛衣毛裤都拆了,用毛线编织"毛鞋",又美观又舒服,很受队员们的青睐呢!

霄妈妈说,那位黄姓"未婚夫"送她的那包金器,就是在流宣队经费最匮乏的时候拿去换了银元,救了燃眉之急,可谓物尽其用了。

霄妈妈双手枕在脑后,小眼珠闪闪烁烁,像极了旅社木棂窗外遥远的星辰。她线条刚毅的面庞上罩着柔情,道:"在流宣队的那一年多时间,我和盛若兰同志,朝夕相处,结下了生死之交,也就是说,我们是可以为了对方牺牲一切的!"

霄妈妈略思忖,嘀嘀一笑,道:"我们俩竟同时爱上了一个男人,他就是我们流宣队的队长,姓袁,大家都唤他'袁兄'。这说明我们两个,所崇尚的人格人品,是何其相似啊!"

霄妈妈描述的那位袁兄,比她们年长七八岁,是大学生,1930年代起就开始从事党的秘密工作,有学问,有经验,又兼气质儒雅,雍容自若,这样的男子是很容易引起十八九岁姑娘们的倾慕崇拜的。

霄妈妈和我生母互相太了解了,她们都从对方的眼神中读出了对方的心思。她们不善于互相隐瞒,索性挑明了,一起痛快淋漓地倾诉对袁兄的爱慕之情。她们又都不忍心伤害对方的感情,都希望对方能获得幸福,于是都竭力鼓励对方去向袁兄表达心意,而自己心甘情愿退避三舍。

我生母对霄妈妈说,引霄,我觉得袁兄欣赏的肯定是你,爽直开朗,豁达大度,堪比古代穆桂英。

霄妈妈拼命摇头,道,若兰,袁兄喜欢的一定是你,古貌古心,外柔内刚,恰似幽谷一株兰。

她们因为互相谦让,反倒都悄悄疏远了袁兄。

恰在这当口,一个突如其来的机会改变了整支流宣队的命运。

霄妈妈说,她们流宣队活动的范围正是国民党第三战区某十六师的管辖地,十六师师长曾参加过北伐,是个有正义感的爱国军人。流宣队在当地民众中渐渐有了口碑,甚至在国民党部队中也有了一些传说。一日,流宣队在浙北三界小镇的祠堂里拉开了场子,他们浑然不知,十六师师长仅带了两位随从,青鞋布袜,不动声色,悄悄挤在老百姓中观看。次日近午,一位头戴青天白日军帽的军人骑着高头大马来到流宣队下榻的农舍,递上一只印有"国民革命军十六师"字样的信封。流宣队队长袁兄狐疑地拆了封口,原来是十六师师长亲笔书写的邀请函,诚邀流宣队队长及几位出演"放下你的鞭子"的演员赴宴。当时,正值第二次国共合作时期,然而,蒋介石暗中依然推行消极抗日、积极反共的政策。这位十六师师长的邀请究竟是不是一场"鸿门宴"呢？袁兄与流宣队内党小组成员紧急开会讨论，为了贯彻党中央坚持国共合作，建立抗日民族统一战线的政策，党小组作出决定，冒再大的风险也要去赴会！

霄妈妈说，党小组反复斟酌，派袁兄带盛若兰和史引霄去十六师师部会会他们的师长。当时我生母在"放下你的鞭子"中扮演那位姑娘，而生性豪爽的霄妈妈挂起胡须反串她的父亲。出乎她们意料的是，十六师师长热情而且真诚，酒过一巡，便直抒胸臆。师长道，蒋委员长虽然发出"地无分南北，人无分老幼，无论何人皆有守土抗战之责任"的号召，可国民党军队山头林立，矛盾重重，一些高级将领腐败无能，只顾保存自己实力，士兵们畏战情绪严重。师长赞扬流宣队的演出激情洋溢，鼓舞人心，师长终于说出心里话，他希望流宣队能够全编制加入十六师，作为他十六师政治部直接管辖的宣传队，有计划地下到连队，甚至深入班排宣传抗日救国的道理，以激发战士的勇气和斗志。

霄妈妈和我生母听了师长的话，既紧张又兴奋，她们天真地认为能加入十六师就是参加了抗日第一线的部队。她们内心并不满足于仅在流宣队唱歌演戏做宣传，她们渴望上前线，真刀实枪打鬼子。袁兄却十分冷静，先向师长表达了谢意，又说，流宣队的队员大都是因种种原因辍学的学生，要入伍的话，先要征求各位家长的意见，容我们回去稍作商讨再作决定。师长竟也爽快地答应了，并派辆军用吉普车送他们回住地，还赠送了米面菜蔬等一应食品。

地下党上级领导对流宣队加入国民党十六师的事十分慎重，派人秘密调查了那位师长过往经历与政治态度，认为这是一个宣传我党抗日统一战线政策，团结国民党士兵共同对敌的好机会。经过反复考量，也征求了个人的意愿，二三十人的流宣队，最后批准了十二人加入国民党十六师，霄妈妈和我生母是仅有的两位女同志。

霄妈妈说，过了农历新年，他们就去十六师报到了，师长特地为他们召开了班、排、连干部的欢迎会。国民党战斗部队里女兵很少，霄妈妈和我生母领到的军装都太大，这倒难不倒蚕桑学校出来的学生，她们连夜把衣服改得合身了。穿上军装，俩人互相望着，又笑着，手挽手地跳起来，她们为自己终于能成为一名抗日的女兵而自豪！

十六师师长给政工队员下达的任务很明确：深入班、排、连，以各种方式向将士们宣讲抗日救国的道理。经过一段时间的接触，队员们了解到国民党部队中的士兵大都是贫苦人家出身，有的是因为缴不起租子，卖身当兵的；有的是得罪了乡绅恶霸，躲在部队里来避祸的；也有的是被鬼子烧毁了家园，满腔愤恨投奔部队的；还有一部分是被部队扩军抓壮丁抓来的。霄妈妈，我生母，他们都是年轻学生，没有斗争经验，却满腔热情，听了这些士兵的叙述，同情心油然而生，引以为阶级兄弟，惺惺相惜。在给士兵们上课的时候，队员们便从"九一八"日本帝国主义侵占我们东三省，烧杀奸淫罪恶滔滔讲起，讲到卢沟桥事变，日本鬼子悍然发动全面侵华战争；讲到国共合作，建立包括一切抗日力量的抗日民族统一战线的重要性、必要性，不由自主便引申到阶级、阶级斗争的理论，在这个世界上，从来就没有救世主，无产阶级要获得真正的解放，只有靠自己，团结起来斗争到底！他们的演讲获得了大多数士兵的认同，反响热烈，甚至相邻驻军也来邀请他们了。

霄妈妈说，那个时候他们都太单纯太天真，以为国共都合作了，抗日统一战线都成立了，他们宣传革命道理以提高国民党士兵的阶级觉悟是理所当然的。当时只有袁兄提出不同意见，告诫他们，毕竟是在国民党部队中，国民党顽固派反共灭共心不死，大家的言行不能过于暴露。然而袁兄的警示并没引起足够的重视。有位葛姓的队员甚至与袁兄争论起来，他大义凛然斥责袁兄意志薄弱，畏首畏尾，只顾个人安危。霄妈妈和我生母都不同意葛姓队员对袁兄的指责，她们了解袁兄决不是胆小怯懦之徒。不过她们也觉得袁兄的谨慎有些多余，十六师师长一贯以来是很欣赏和支持他们的嘛。数月后，袁兄的担忧成了事实，支持保护他们的师长突然被调离，新来的师长甫一上任，就召集政工队员训话。原来，他们的言论早就引起十六师中的军统特派员注意，怀疑他们并非简单的学生组织，而是共产党控制的地下组织。

新师长训话时，身边还站着位瘦高个的军人，马脸，隼鼻，架着副金丝边眼镜，看上去几分斯文几分诡谲。新师长啰啰嗦嗦讲了一大通规矩，主要意思就是要队员们不准进行红色宣传。随后，就指着那个马脸隼鼻金丝眼镜道，这是上头给你们政工队配置的训导员，从今以后，你们每个人的讲稿都要经过训导员的审定，你们要找哪些士兵谈话，谈话的目的和内容都要征得训导员的批准，有违抗者，皆要受军纪处置！

轮到那位训导员讲话，他自我介绍：本人复姓慕容，大家称我慕容即可。不要听师长说什么训导员，我也是学生出身，是来跟诸位交朋友的。诸位遇到什么困难，有什么想法，都可以跟我说，我会尽力帮助你们的。话说得漂亮，态度也恳切。可是霄妈妈说，他躲在镜片后的眼珠，不提防时从你面孔上碾过，让人浑身起鸡皮疙瘩。

霄妈妈说，自从来了这位慕容训导员，他们几乎无法开展正常的工作。但凡有两三个队员凑拢来谈论什么，慕容便会像条影子出现在旁边，他的马脸上总挂着一副笑面，可他藏在眼镜片后的眼珠总是不怀好意地从这张面孔溜到那张面孔，他的目光像无形的锁链拴住了队员们的手脚，袁兄和另两位秘密党员苦思冥想却找不出破解之法。

霄妈妈说到此突然轻轻地笑出声来，道："青玉啊，你晓得吧？后来是你生母盛若兰的一顿牢骚才让袁兄打开了脑洞呢！"

原来那慕容看似道貌岸然的，实际是个色鬼。我生母早就被他盯上了，常常找借口把我生母叫到他的训导室谈话。有一次我生母从训导室回来，面色惨白，两眼包着泪，嘴里叽叽咕咕骂着："流氓！衣冠禽兽！贼秃！"大家一看这光景，都明白是怎么回事了，也是又气又恨的，有的男同志甚至要想去揍扁那张马脸。袁兄却道："天无绝人之处，这倒是一个契口！"袁兄的意思，要我生母趁机接近慕容，探寻军部对这支政工队真正的意图。霄妈妈说，开始她和我生母都不同意袁兄所设的"美人计"，把我生母当诱饵。袁兄笑道："这不是美人计，孙子兵法有'诱敌以利''以利却动之'之计，而善兵者，是让鱼儿见饵却不见钩，最终却上了钩！"霄妈妈和我生母密议了一晚上，决定接受这个任务。

这以后，但凡慕容言语挑逗我生母，我生母便是强忍恨意虚与委蛇，不再回避。慕容以为有了机会，便开始约我生母外出上酒楼，霄妈妈故作憨傻，总是跟着我生母，说，姐到哪，我到哪。人人都晓得我生母与霄妈妈是结拜姐妹，那慕容也无法阻拦。表面上一个劲夸霄妈妈"女中丈夫""不让须眉"，霄妈妈说，她却从他镜片后的眼珠里看出，他真恨不得生吞了自己。

终于有一天，慕容称友邻驻军前来邀请，要袁兄带两位队员去作演讲；又称友邻驻军电讯班有女兵，点名要霄妈妈一同前往。霄妈妈虽心生疑惑，却是不得不去。临走前霄妈妈关照我生母，躲在宿舍里装病，千万不要独自出门。我生母道，你放心去吧，光天化日之下谅他也不敢拿我怎样。在友军的演讲结束之时，天已傍晚，远山染成夕红暮紫。霄妈妈他们急着往回赶，那友军的师长却说已摆下宴席，吃了晚餐派军用吉普车送你们回去。看着这位师长过分热情的腔调，霄妈妈胸口漫开不祥的疑云：这会不会是慕容设下的圈套？霄妈妈便与袁兄商量。袁兄让霄妈妈去找友邻驻军中他的一位老乡，这位老乡已升任连长，他会想办法送霄妈妈回去的。袁兄带其他两位队员去赴师长的宴会，只对师长说，女同志身体不适，提前回去了。

霄妈妈没想到袁兄的老乡竟是骑了一匹快马送她回驻地的，霄妈妈说，她猜到袁兄的这位老乡一定是位"同志"了。

霄妈妈回到驻地，天色灰蒙，猛见上弦月已跃上树梢，心一惊，冲进宿舍，却不见我生母人影。霄妈妈咬着嘴唇让自己镇定下来，略略思忖，便径直往训导室走去。

霄妈妈说幸亏她当机立断，否则后果不堪设想。霄妈妈未走到训导室门前就听到屋里面倾令咣啷像是掼什么物件的声音，她蹿上一步，捏起拳头咚咚咚地擂门，一边喊："长官，长官，我有要事报告！开门，快开门！"屋里面突然就安静下来。霄妈妈侧耳听了一会，仍喊："长官，你在吗？我有要事报告！"许时，那扇门十分勉强地裂开一罅，镜片一闪，低低呵道："什么事？哇啦哇啦的！"

"报告训导员，我们圆满完成演讲任务，友军师长请客吃饭，袁队长生怕训导员担心，派我回来汇报。"霄妈妈一边说着，一边用脚尖用力抵住门板往里推，忽听我生母的声音从门缝里冲出来："引霄我在这儿呢！"那慕容马脸铁青，无奈让开身子。霄妈妈看见我生母鬓发凌乱，面孔煞白，心里自然明白方才这里发生了什么，夸张地笑道："若兰，我给你带了才摘下的嫩玉米，津津甜的。"边说边拉住我生母的手，头也不回地离开了训导室。

她俩回转宿舍，我生母方才哭出声，边哭边骂："畜生，竟想占我便宜，我把他不晓得从哪里抢来的青花瓷瓶摔碎了！活该！"啜泣了一阵，我生母哼地一声仰起面，道："不过，倒让我获得一则顶顶要紧的情报！"

原来慕容支开了霄妈妈，傍晚时分便把我生母召到训导室。为了讨好我生母，也为了给我生母施加压力，他竟透露了师部军统特派员秘密调查后作出的结论：政工队实为共产党控制的秘密组织，其中袁队长等人就是共党分子。师部已作出决定，不日即将送这几个共党嫌疑去军部党训所集训，实质是变相逮捕。我生母忧心忡忡告诉霄妈妈，"史引霄"也在这嫌疑名单上。慕容威逼利诱我生母,说只要你盛若兰一切依从我,便可太平无事,享不尽的荣华富贵,否则就将和这几个共党嫌疑一起送去集中营。那慕容边说着便动起手来,我生母奋力反抗,差点力不从心被他占了便宜。

霄妈妈听了我生母一席话,意识到局势的严酷,政工队面临生死抉择。霄妈妈和我生母关了宿舍灯,假装已安寝,却只是和衣躺在床上,竖着耳朵,捕捉走廊里的动静。近亥时,万籁俱静,有野猫从墙角根窜过,落叶窸窸窣窣响。许久,一记压抑着的"吭哧"声浅浅地划过静谧。我生母和霄妈妈同时翻身坐起:是袁兄的声音,袁兄他们回来了!袁兄近来总是咳嗽,他自己却不在意。

霄妈妈与我生母赶紧来到袁兄的宿舍,将慕容之语告知。袁兄沉吟道:"看来训导员所言并非妄语,敌人是要向我们下手了!"袁兄与两位党小组成员当即商讨对策,一致认为只有一条路:走,离开十六师。关键问题是怎么个走法,十二个人一起离开是不可能的,只有化整为零,采用不同的方式走。有人可以借口家有急事请探亲假;有人可以趁外出执行任务之机离开,等等。何况,队伍中还有人不愿意离开的,譬如激进的葛同志,袁兄询问他的意见,他涨红面孔道:"我们为什么要逃跑?我决不离开,要与国民党顽固派面对面作斗争。现在是国共合作、全民抗战的大好局面,他们敢把我怎么样?"最后党小组作出决议,将政工队面临的危险处境告知每位队员,各自想办法陆续撤离十六师。

然而时局瞬息万变,政工队员的撤离计划未来得及实施,十六师便接到紧急调令,急速开往江西参加保卫九江的战役。

霄妈妈说,政工队原是文职干部,全队只有队长袁兄配备了一把驳壳枪,况且他们从来没有进行过军事训练。但国民党战区调令中明确指示:政工队随作战部队一起行动!显然,国民党顽固派是想借日本鬼子之手将共党嫌疑分子扼杀在战场上。然而,随部队奔赴九江,就能面对面地与小鬼子打仗!消灭侵略者,这不正是他们所向往的吗?政工队员们决定暂不撤离,随十六师官兵一起上前线,打鬼子去!次日便出发,二十几天的长途跋涉,日夜兼行,其中的艰辛且不说了,队员们一直保持着昂扬的斗志。眼见得过了景德镇,来到烟波浩渺的鄱阳湖边上,都说九江城已经不远了。已入夜,星月无光,云层低垂。上头传下令来,就地露宿。太困乏了,席地便入梦乡。半夜是被密集的雨鞭抽醒的,但听得四周风声雨声马蹄声呐喊声搅成一团,时而掠过一阵炒豆般的枪声。更远处,闷雷轰隆隆辗过,有人说那是炮声。不一会,西北向的天空被阵阵火光烛照了,传令兵骑着马答答答地驰过,一边喊:"九江沦陷啦——鬼子兵追来了——快撤,快撤啊——"

霄妈妈静默片刻,喟叹道,兵败如山倒,那一次我们亲眼目睹了。国民党部队本来就没有凝聚力,被那传令兵一路喊来,刹那间天塌了一角,地陷了一方似的逃窜,丢枪弃炮,大哭小叫,一派麋沸蚁动。袁兄道,大家不要慌,千万不要盲目溃逃。他指着鄱阳湖边绵延透迤的芦苇丛,要大家先去那儿躲避一阵,待追兵和逃兵都过去了再赶路。袁兄目光灼灼道:"同志们,我们脱离十六师的机会来了。万一走散了,大家一定要记得,千方百计回到浙北三界,当初流宣队的驻地,地下党组织会在那里接应大家的!"

霄妈妈忽然又沉默了,我耐心候着她继续说下去,整间房间却像陷入天老地荒。我们没有开灯,床头却有两豆光点,荧荧烛烛,那是霄妈妈眼珠里的泪水。

霄妈妈终于开口了,鼻子瓮瓮的,重感冒一般,"这是我们最后一次听袁兄说话……袁兄,他就牺牲在鄱阳湖边的芦苇荡里,他的尸身随浩瀚的湖水去了天涯海角……"

芦苇荡其实是一片沼泽地,星罗棋布有一些小土墩,更多的是烂泥塘,除外便是没顶的湖水了。袁兄替霄妈妈和我生母找了一处芦苇茂密的土墩,那位葛同志也跟着过来了。不过两三张八仙桌大点的地方,袁兄看看四个人挤在一簇堆很容易露馅,便关照道:"你们就躲在这里,千万别乱动。我再到前面去看看。"袁兄在离她们百米远处寻到块土墩偃伏起来。

霄妈妈说,时已深秋,芦叶衰黄,风抽雨横,时有孤雁嘹唳地划过长空。他们在芦苇丛中躲了整整三天,身上的单军衣早就湿透,寒气彻骨,他们冻得手脚都失去了知觉。临出发前,每人都领到一长布袋的米斜挎在肩上,这米浸了湖水,都发了霉。实在饿得不行了,也只能就着黑黝黝的湖水把霉变的生米硬吞下去。白天,他们匍匐伏在土墩上,透过芦苇的缝隙,看得见湖边大路上,日本鬼子摩托车驶过,他们枪上的刺刀寒光凛凛。只有到了夜里,他们才敢坐起来,稍微活动活动麻木了的身体。可是到了第二天晚上,鬼子竟然派了巡逻艇搜湖,面盆大的探照灯在湖面上扫来扫过去,特别对准芦苇稠密处过筛子般一寸一寸移动。幸亏袁兄在入湖前传授过潜水的办法,找粗一点的芦苇秆衔在嘴中,秆的另一头露出湖面,手捏鼻子潜入水中,用嘴巴通过芦苇秆吸气。这种办法用得适当,在水中坚持三五分钟没有问题。霄妈妈和我生母用这个办法一次次躲过了鬼子汽艇的搜索。

第三天晚上,天黑得好重,压得人透不过气来。霄妈妈和我生母早早就准备好了芦苇秆,远远听得鬼子汽艇的吼叫声,赶紧咬紧芦秆潜入水中。那位葛同志亦顺手拽了根芦秆钻进水中。探照灯光横过来了,霄妈妈说,她们潜在水底都被那强光晃得头晕。忽然,她们听得那位葛同志惊叫着弹出水面,不晓得他是被水蛇咬了还是被芦根戳了?他的举动必定是将鬼子的几艘汽艇都引过来了,好几束探照灯集中在这片芦苇丛上,根根苇叶纤毫毕现。霄妈妈和我生母在水下憋气已至极限,加之紧张,几乎就要忍受不住,在这千钧一发之际,离开她们百米远处的湖面上突然响起一串驳壳枪连发的声音,鬼子汽艇迅速掉转方向,探照灯朝枪声方向聚拢,汽艇上的机枪答答答地扫起来。

霄妈妈和我生母浮出水面,她们紧紧相拥着,朝枪声激烈处眺望着。她们晓得,那是袁兄埋伏处,而且,整个政工队只有袁兄有一把驳壳枪!

熬至昧爽,鬼子汽艇恐怕也乏了,终于扑扑扑地离去了。霄妈妈和我生母趁天色欲明未明之际,弯腰佝背,穿过芦苇帐,摸到袁兄埋伏之地。可哪里还有袁兄儒雅的身影俊朗的笑脸?风修修地拂过,湖水哗哗地拍打泥崖,但见有一片倒伏的芦苇上,一摊一摊汪着鲜红的血,像是黎明的泥沼中开出了明艳的花朵,令她们心痛如绞。她们在芦苇中鼬鼠般穿梭寻觅,她们甚至还潜入水底搜索捞摸,终是徒劳!她们浸在齐腰的湖水中抱头痛哭,她们把她们的初恋埋葬在这茫茫无际的湖水中了。

霄妈妈说,天光渐次清晰起来,她们不敢在袁兄牺牲的地方过久逗留,只得强忍悲痛,收住眼泪,穿拨芦苇丛返回原处。

她们应该与葛同志会合后一起商量对策,霄妈妈还准备严肃地批评葛同志,若不是他暴露目标,袁兄也不会牺牲,袁兄是为了掩护我们才开枪吸引敌人的注意力的!可是霄妈妈和我生母在迷宫般的芦苇荡里

云岭新四军驻地

兜转了好半天，却再也找不到原先埋伏的那个土墩，葛同志也淹没于晨雾冥蒙的湖荡之中，不知是生是死。她们两个年轻的女子，凄惶、寒怆，在落寞萧飒的芦苇丛中捱到近午。她们发现湖畔无有了兵车马骑，天地间沉寂了不少。她们决定冒险离开鄱阳湖，无论有多少艰辛，也要尽快回转浙北，向党组织汇报袁兄牺牲的消息。

霄妈妈和我生母在沿途凋敝荒凉的村庄中寻得几件千疮百孔的衣裤，便化妆成逃难的村妇，辗转坎坷方才回到三界小镇，见到党组织的负责人，真像见到亲人一般。在她们之前，流宣队中只有三四位同志转回三界，除了袁兄牺牲，其余人包括那位葛同志都失去了联系。党组织负责人询问她们日后的打算，如果愿意留下来参加筹建抗日民主政权的工作，组织上表示欢迎。霄妈妈和我生母却异口同声道："去延安，去抗日的第一线！"那负责人略沉吟，便道："你们要上前线，何以舍近求远？最近，新四军经过几度迁徙，选定了安徽泾县云岭作为军部所在地，并成立了教导大队，正在招收男女学员，你们何不前去报名？"霄妈妈和我生母获知这条消息，兴奋得跳了起来。

她们两天后便重新踏上了征途，顾不上休整一下疲惫的身体，也顾不上回家与亲人团聚了。

霄妈妈嗓音豁亮起来："我和你生母盛若兰同志，一起上了云岭，成为一名新四军女兵，先在教导大队女生队学习，她在一班，我在五班。她就在那时候改名兰畦的……"

霄妈妈忽然又没了声响。我静静地候了一会，其实我心里急着听她讲下去——我生母后来怎么样了呢？可是，霄妈妈一直不作声了。我凑过去看看她，她真的睡着了，嘴角上挂着一丝笑意，她一定是回到当年的教导大队去了。霄妈妈曾说过，在云岭教导大队的那一年多时间，是她们最欢乐的日子。

我不忍心叫醒她。窗户玻璃已经变成鱼肚白了，霄妈妈最多也只有一个时辰好休息了，至于我生母后来的经历，待有机会再问霄妈妈吧。

——史青玉日记

（当晚只记下大致脉络，回上海后花了两个晚上补全）

27

从扬州去瓤城的路况不佳，路面坑洼不平，路上车又多，五花八门，运泥沙运砖头的大卡车，拖拉机带动的三轮货车，牛拉的大板车，间隙还有长途公交车呜呜地驶过，车尾吐出一篷篷浓烟。小贝使出浑身解数，又要将车开得快，又要开得稳。车窗蒙上薄薄一层灰尘，挡住了视线，小贝不得不打开了雨刷，喷水冲洗玻璃。南渡坐在副驾驶位子上，绑了安全带，仍坐不稳，歪东歪西的，道："贝师傅，你的车技了得！这路早该修了。"小贝顾不上与她搭腔，有部拖拉机拉着小山似的豆秸秆正与小车并肩，那豆叶都擦着小车的侧玻璃了，小贝把住方向盘稍加速超过拖拉机。

南渡扭头道："引霄阿姨，车这么颠，您吃得消吗？"

青玉忙道："我扶住霄妈妈呢。"

史引霄的思绪完全飞到九霄云外了，她记得那年她跟萧瑟中断了恋爱关系，她向民运队领导提出调个工作环境。正巧苏北根据地军区臧政委来津浦路东开会，见她言辞爽利，外相虽清简却有丈夫气，便道："我们海边茆围子的区委书记陈时楷同志被投靠鬼子的海匪残忍地杀害了，那个地区匪兵错杂，敌情诡秘，民主政权力量比较薄弱。这个龙潭虎穴你敢不敢去闯一闯？"当时的史引霄内心痛恨交加，痛的是她所尊敬的陈时楷同志壮烈牺牲，陈时楷曾任新四军教导大队的教官，曾到女生队训导女兵练习射击打靶，大家对这位百发百中的神枪手陈教官都是不胜钦佩的。她恨的是日本鬼子汉奸的嚣张凶残，杀害我革命战友！她单薄的胸膛一挺，毫不犹豫道："我敢，只要能打鬼子，刀山火海也敢闯！"臧政委当即任命她接替陈时楷为茆围子区委书记，武工队长，并掏出一把驳壳枪递给她，说这是陈时楷烈士留下的遗物，希望你能用它多消灭几个侵略者！第二天史引霄就背着简单的包袱，揣着驳壳枪去苏北茆围子上任了。从津浦路东的天长县去苏北，走的正是眼下这条路，当年还没有可行汽车的大路，只是断断续续嵌在庄稼田中的泥泞小道。史引霄侧脸从蒙着灰尘的车窗向外望，隔着路边的白杨树，可见远远近近的田野色彩斑斓，黄澄澄的是早稻，绿茸茸的是麦苗，绛紫黛绿的是尚未绽花的棉田……她缓慢却不出声地吐出口气来。

青玉忙问道："霄妈妈，你哪里不舒服？是不是……昨晚上……太累了？"

南渡道："我记得引霄阿姨是有神经官能症的，临睡前都要吞粒安眠药的。"

史引霄"嘁"地一笑，道："南渡你老黄历了，那几年被那些人搞得七荤八素的。昨天晚上睡得蛮好，跟青玉聊着聊着就睡过去了。"说着，捏了捏青玉的臂膀。

车进瓢城，史引霄挺直腰身伏到窗前朝外张望，这个城市留给她太多的记忆，一时如潮水冲击着她的胸膛。渡长江南下后，从一个工作岗位调到另一个工作岗位，不断在适应新的工作，其间又被白白耽搁了十年，竟一直没机会故地重游啊。

小贝尽量把车开得快些，车窗外的街景刷刷地闪过，拉洋片似的。史引霄不由自主喊了声："小贝！"小贝应道："史区长，快了，马上到医院了！"史引霄原是想叫小贝开慢些，好让她仔细看看战斗过的地方。经小贝这么一提醒，便闭口了，当然是应该先去医院看平楚嘛！

车终于行至瓢城中心医院大门口，却见门侧已列队一行人，待青玉南渡左右扶着史引霄下了车，那行人便簇拥上来。其打首的一位伸出双手握住史引霄一只手，声情并茂道："引霄书记，四十年没有回瓢城了吧？你是为瓢城立下过汗马功劳的功臣，瓢城人民想念你呀！"史引霄蓦地里被他称呼得有点发蒙：我怎么成"书记"了呢？那位仍不松手，侧着脸向旁边年轻的干部道："同志们，鬼子投降那年，我军准备收复瓢城，引霄书记被委任瓢城第一任市委书记，收集敌情，组织运输队担架队，为部队攻克瓢城起到关键的作用哪！"

史引霄方才恍然大悟，原来人家对她四十多年前的往事了解得这么清楚，可她却想不起此人是谁了。她的小眼珠在对方面孔上兜兜转转，连鼻沟唇角犄角旮儿都没放过，仍找不出一丁点有印象的地方。看他的年龄，不像是当年和自己并肩战斗过的那一辈人，难道，是在某时某地某个会议上偶遇过吗？正疑惑间，边上有工作人员看出端倪，忙介绍道："引霄书记，这位是市政府的孙副秘书长，我们何书记特地派他来迎候您的！"

史引霄暗忖：何书记？莫非是何弱之？不容多想，忙应付道："孙副秘书长，其实真不必呀。我这次来瓢城纯属是私事，哪能惊动你们？"

孙副秘书长道："是您的私事，也是瓢城人民的私事嘛！我们何书记说了，平楚同志当年也在茆围子打游击，那座抗日阵亡将士纪念塔就是他设计的呀！"

史引霄沉吟着，果然是何弱之啊，上回怎么没听他说到瓢城上任嘛？

孙副秘书长殷勤地一一介绍前来迎候的同志："这位是县委宣传部艾部长，兼了抗日阵亡将士纪念塔管理处的处长；这位是瓢城中心医院的院长，这位是中心医院医务处的主任……"

史引霄随着他的介绍一一握手招呼，一时也记不住许多姓名，只对那位兼任抗日阵亡将士纪念塔管理处处长的宣传部艾部长特别注意了一下。

孙副秘书长已安排好了，先请史引霄到医院贵宾室休息一下，喝口茶，吃点点心，听主治陆医生介绍一下平楚的病情，然后再去平楚病房。可史引霄坚持立刻去平楚病房，道："孙副秘书长，谢谢你的一番好意，可我哪有心情喝茶休息呢？你们也工作忙，不用陪着了，只请陆医生带我们去病房即可。我在瓢城总要待几日的，抗日阵亡将士纪念塔一定要去瞻仰的。"

孙副秘书长忙道："看看，还是我没有顾及引霄书记的心情吧？好，就这样，麻烦陆医生陪同引霄书记去病房。引霄书记，对平楚同志在治疗方面有什么要求，尽管提哦。"略停，又道："我让办公室小翁留下，引霄书记你想去哪里故地重游，让小翁替你安排。"

史引霄谢过了孙副秘书长，一行人便由陆医生领着去平楚病房了。

她经历过多少次横祸非灾，对于人生浮沉已经磨砺得处乱不惊。才听到平楚发病时，她虽一时因震惊而昏晕，很快便镇定下来。更听说平楚已移至瓢城中心医院救治，便有了八九分的信心。及至此刻跨进中心医院的重监病房，乍见平楚身上缠满了管子，无声无息地躺着，唯有床头监视器上弯弯曲曲的几条彩线证明他还有生命体征，她的心脏还是狠狠地往下挫了挫，随即痛惜与愧疚潮水般翻卷上来，咬紧牙关，不敢开口呼唤，生怕把控不住情绪而失态，只默默在床边的椅子上坐下，伏身至平楚身边。她的眼眶里蓄积了泪水，小眼珠看出去混沌不清。平楚瘦得脱了形，眼凹成两口深塘，鼻梁愈显得高耸而突兀。她忍不住伸出手，轻轻地抚着他唇边凌乱的髭髯。多少天没剃胡子了？平楚又回到茆围子芦苇荡中初见时的平楚，长发披肩，胡须拉杂，背着个灰绿色的画夹，走起路来风一阵雨一阵的，不修边幅却倜傥不羁。

那年隆冬，正值鬼子对根据地大规模的扫荡，欲将民主政权掐死在黄海边荒瘠的淤泥和盐滩中。我主力部队暂行撤退，军区党委陆续将报社、剧团、鲁艺等单位的文化干部分次分批埋伏到各乡镇遴选出的开明绅士家。平楚原是和一位作曲的一位写书的三人一组，埋伏到赫赫有名的大地主、也是民主政权的参议长晏风律家中，晏风律在城里乡下都有宅子，便于隐藏。可是平楚却向藏政委提出申请，他说我躲在地主老财的高宅深院里让我画什么呢？他要到一个武工小队去，和战士们一起打游击。藏政委欣赏他的胆识，便将他分派到茆围子。引霄清晰地记得她和平楚第一次见面的情景，小山子向她报告："大姐，有一个鲁艺画画的，说是臧政委让他来茆围子打埋伏的，到了。"引霄与区委几个干部正为武工队员的潜伏地谋虑擘划得绞尽脑汁，不禁跺了下脚，"臧政委怕是犯糊涂了，弄个秀才到我们这里打埋伏？不啻送只羊到屠宰场去好了。"她钻出茅草窝棚，但见一个长发飘飘的黑瘦青年立在肆虐的海风中，枯衰的芦苇在他身边籁啦啦倒过来，籁啦啦又伏过去，他倒是不动不摇，浑身上下灰不溜秋，只深凹的眼眶中，一对眼珠晶亮透明。引霄没好声气道："你，会开枪吗？"他甩了下长发，道："从来没开过枪。可是，我会画画呀！"将肩上的画夹举了举，扯开嘴笑了，露出白生生一只虎牙。

主治医生看上去总有五十上下的年纪了，头顶心头发几乎秃尽，只把左边的头发撩到右边，遮盖一下。他一边翻看病历，一边波澜不惊地叙述平楚的病情，县医院采取的措施相当及时，止住了出血，不过，脑部积血压迫神经，致使病人昏迷不醒。陆医生说，他们的治疗方案，着重活血化瘀，促使瘀血尽快被吸收。史引霄打断问道："能不能手术排除瘀血呢？等它自行消除，要等多久？会不会……"陆医生依旧从容不迫答道："我们也考虑过开颅手术，评估下来，风险太大。幸好平楚同志瘀血面积不很大，这两天下来，瘀血明显收缩，所以……"

一旁青玉插话道："霄妈妈，顾医生开的方子就是促进瘀血化解的呀！"边从兜里掏出信封，递到陆医生眼门前，道："陆主任，这是上海一位老中医开的方子，你看看，对你们的治疗是不是有帮助呢？"

陆医生抽出方子一目十行浏览了一遍，道："我们会对这个方子进行研究，中西医双管齐下确实是个好思路。"

青玉又道："我还有个想法，现在能不能就对末端神经，也就是病人的手、足进行适量的按摩，促进他的血液循环？"

陆医生用怀疑的眼光盯住青玉，问道："这位同志，您是？"

引霄接应道："陆医生，她是我大闺女，也是个医生呐。"

陆医生笑道："难怪呢，那么在行。我们已经开始对平楚同志进行按摩治疗了。"

青玉道："这几天，我来替楚爸爸按摩吧。我在医院接诊过差不多状况的病人，治疗效果还不错。"

陆医生略沉吟，因道："我来安排一下，这里是重监病房，只下午三时至五时家属可探视……嗯，就把平楚同志的按摩治疗时间放在这一刻，我叫我们医院的推拿科医生一起来，好好向上海医生学习学习。"

重监病房的门蝶翅般掀动了一下，旋进一位白衣裤白帽子白口罩的护士，浑身雪白只露出一对漆黑的俊目。她微微颔首，手脚轻巧又麻利地替平楚换了一袋药水，迅速记录下监视仪上显示的各项指标。陆医生问道："小陈，平楚同志上半天的尿量有多少？"小陈护士道："早上和方才测了两次，一共五百毫升，差不多吧。"陆医生又道："注意观察病人下肢有没有浮肿，利尿的药可以暂停一下。"小陈护士点点头，收拾好托盘要走，眼睛盯着史引霄扑闪扑闪了两下，方才轻风拂云般出去了。

陆医生道："这是我们重监病房技术最娴熟的护士，连续两年评上先进了。"

史引霄觉得那位护士的眼睛似曾相识，也不便动问，只道："陆医生，谢谢，谢谢

213

你们,哪怕在上海医院,这也是最好的条件了。"

引霄再次俯下身。她轻轻握住平楚的手,有点凉,却还是柔软的;她多么希望平楚这一刻能睁开眼,咧开嘴露出他珠贝似的虎牙朝自己笑!可是平楚纹丝不动,面孔就像他自己做出的雕塑一样。内心的酸楚不可抑制地再次泛滥起来,引霄咬咬牙克制住了。她想此刻不是悲伤的时候,有许多疑问盘根错节纠缠在她胸口:平楚是在什么状况下发病的?寒城上纪念碑的事情解决了没有?平楚发病是不是与寒城的事有关呢?这些问题在医院是找不到答案的,只有到茆围子去问小山子!眼角余光瞄到陆医生在看腕表,这里是重监病房,按规矩家属是不能太久滞留的。于是引霄用力站起来,道:"陆医生,拜托你们全力医治了!我们不打扰你们的工作,明天,探视时间我再过来。"

陆医生道:"吃午饭时间了,医院食堂是简单点,随便吃点吧?"

史引霄道:"不用麻烦了,我们还要赶去茆围子呢。"

于是陆医生送她们一行人至院门口,但见市府办公室的小翁姑娘正站在小贝的车旁候着她们,远远地迎上来,一笑两酒靥,道:"史书记,我带你们去迎宾馆吧,午饭都订好了……"史引霄忙阻断她:"不用不用,我们得马上赶去茆围子,陈时模同志还等着我们,他老伴早烧好一桌菜了。"小翁为难道:"可是,我完不成任务,孙副秘书长要批评的呀。"史引霄道:"小翁同志,你就回复孙副秘书长,我许多年没回苏北,要见的老同志太多,就给我们一点自由活动的时间吧。"小翁无可奈何看着她们上了车,一直看到车被公路上的白杨树遮没,方才离身。

车一启动,南渡便从前排座扭回头道:"引霄阿姨,陈……爷爷真做好饭等我们去吃啊?"南渡在称呼陈时模时稍稍迟疑了一下。她嫁给陈拂野后先是称陈时模"爹爹";后来有了儿子,便随儿子称陈时模"爷爷";再后来她与陈拂野离了婚,那时陈时模是县委副书记,她就改口,跟村民们一样称他"陈书记"了。听说现在陈时模卸任县委副书记,到县政协担任政协副主席一职了,是否该称他"陈副主席"呢?可这般生分的称呼,引霄阿姨听了会不会不舒服呢?心思密密地转了几个圈,终于还是随儿子称了"爷爷",不亲不疏,恰恰好,引霄阿姨当不会生气的吧!

史引霄摇摇头,道:"哪里有呀?小山子只晓得我们先到瓢城医院,什么时候去茆围子我也没告诉他。"

南渡道:"那方才索性去迎宾馆吃了午饭再走嘛。"又道:"我们吃不吃无所谓,小贝师傅饿肚子开车,怎么吃得消?"

小贝笑道:"我有先见之明,晓得史区长不会去吃迎宾馆的宴席的,就在对面铺子买了二十只包子,有蒿菜肉馅的,还有豆腐虾米馅的,都是瓢城特产。那位翁同志拼命拦着我不让我买,我说我带回上海让家人尝尝苏北风味。方才我一气吃了三只,味道确是不错。"腾出只手从座位边拎起只食品袋,道:"这些你们三人当中饭应该够了吧?"

史引霄嘿嘿一笑,拍拍小贝肩膀道:"知我者,小贝也。我实在不想接受瓢城市政府的热情款待,受之有愧呀!"又道:"南渡你一定饿了,趁热,快吃。"

南渡抓起一只,咬了口,"嗯,是蒿菜馅的。插队时吃蒿菜吃得喉咙都发毛了,没想到做成包子馅这般清香!"顺手将塑料袋递给青玉。

青玉接过一兜的包子,道:"霄妈妈,我看你吃豆腐馅的吧,怕蒿菜不易消化。"

史引霄却道:"我先来只蒿菜的,这股味道几十年没尝了,还蛮惦记的。"

包子确实做得好,皮薄馅足,蒿菜馅的看上去透出淡淡的青色,豆腐馅的便是瓷白的。青玉用餐巾纸托着只淡青的蒿菜包子递给霄妈妈,心想,蒿菜的那么受欢迎,自己就吃豆腐馅的吧。咬了口,十分软绵鲜美,便道:"霄妈妈,待会再来只豆腐馅的,入口即化的。"

引霄吮着包子里蒿菜的香味,十分满足,道:"一只下去恐怕就饱了呢。"此刻,她眼门前呈现的是三只灰陶海碗,一碗黄蜡蜡的饭,一碗绿森森的菜,还有一碗混沌沌的盐汤水。

那年,秋冬之交,天色青苍。她捎着简单的行李,往薄袄外束了根细麻绳,将陈时楷留下的驳壳枪插在腰间,独自一人去茆围子接任区委书记的职务,六十多里路,盐场、滩涂、芦苇荡,从早晨直走到暮色四合,方找到区委秘密所在的草荡子,淹没在无边芦苇中的一座窝棚。区委委员们为新来的区委书记接风,早早做好了饭菜。土堆垒起的桌上放着三只灰陶海碗,一碗黄蜡蜡的米饭,一碗绿森森的小菜,还有一碗混沌沌的盐汤水。引霄肚子早饿瘪了,她以为黄蜡蜡的饭是蛋炒饭呢,捧起来就往嘴里拨,入口满嘴含了砂砾一般,嚼也嚼不动。原来是磨碎晒干了的珍珠米,储存时间长了,有股子霉味。引霄感觉到大家的目光都盯着自己,便作出吃得有滋有味的样子,撅了一大筷绿森森的菜塞到嘴里,那是她头一次尝到茆围子的野蒿菜苦涩的土腥味,差点吐出来,深吸口气把它咽了下去。在后来反扫荡打游击的日子里,野蒿菜成了武工队员们顿顿必吃的主食,引霄也渐渐地习惯了它的味道。

陈时模现在住在县城县委家属大院里,打鬼子时他的腿受过伤,所以住在底层,三间房间,带一个小园子。老爱人习惯了自己拾掇菜园,想吃什么种什么,所谓种瓜得瓜种豆得豆。起先她还不肯到城里来住,幸亏有这么一方园子,于是便成了她施展身手的舞台。整个家属大院的人都羡慕陈副主席家的园子,一年四季瓜果不断。谁家临时来客,缺少哪样蔬菜,到陈家来讨,保准有求必应。

陈时模对眼下的日子相当满足了。儿子下海做生意,业务已做到上海去了,女儿卫校毕业,成绩优秀,分配进瓢城中心医院当护士,年年评上先进。

在前些年样样事情都七颠八倒的时候,儿子竟然将红得发紫的南渡娶进了门,陈时模当时心里别扭得很,他觉得亏欠了老首长引霄大姐。村里谁不晓得南渡原先是引霄大姐儿子史雪弓的女朋友呀!后来,南渡随母亲调回上海,儿子也跟她离了婚,陈时模反倒觉得剔除了一块心病。虽则孙子也被带去上海,老爱人絮絮叨叨怨了好久,可陈时模心里笃定得很。孙子总是姓陈,逃不掉的。能到上海去念书,过几年上大学,那也是替陈家光耀门庭啊。况且儿子又结了婚,是在生意场上结识的一个河南姑娘,叫桂枝的,并且很快就生了个女娃,眨眼都两岁了。女儿的婚事也订下了,对象是个退伍军人,现在瓢城市府机关警卫班工作。陈时模扳扳手指,衣食无忧,儿孙满堂,还有什么苛求的呢?

不过，也有一些跟他熟悉的人为他抱不平的。譬如儿子陈拂野就常常牢骚道："像爹爹这样四十年代就参加革命的人，哪个职位不比你高？爹爹要是1949年跟随部队一起南下的话，现在就不一样了，起码书记或主席前那个副字可以去掉了。"陈时模抬手刮了儿子后脑勺一下，厉声道："我1949年若是南下了，这世界上还有你个臭小子吗？"1949年部队南下时，引霄大姐是劝说陈时模一起南下的，可是陈时模的老娘一把眼泪一把鼻涕扯住他，道："小山子呐，你哥哥为打小鬼子，殁了。你再一走，陈家这户人家就撑不起来了。政府分了地，靠谁来种呢？你爹爹替你订了亲，彩礼都送过去了，盼着你给陈家添后呢！"陈时模扯不开老娘的手，便留在苏北了。

要说陈时模对自己当年的选择一点不后悔，那是假的，有时候想起来，便会骂自己。当初引霄大姐介绍自己加入中国共产党时，曾举手宣誓，要将革命进行到底。自己没随部队南下，留在家乡娶老婆生儿子，算不算半途而废？引霄大姐却一直是鼓励自己的，说小山子，留在苏北工作一样是为人民服务嘛。我们苏北老区底子薄，条件差，更需要你这样热爱家乡、意志坚定的老同志带领大伙一起干呢！

至于对自己职务前的那个"副"字，陈时模并不很在意。他晓得自己文化水平不高，理论素养欠缺，所以组织上每每把自己安排在副职上，配合正职搞好工作，这不是很好嘛？当然也有被周围人絮叨得心烦的时候，他便会用藏在心里头的两个偶像来激励自己，这两个偶像是陈时模人生的定海神针。头一个便是他兄长陈时楷，陈时楷牺牲时年仅二十三岁，人生好像才刚刚开了个头，烟花般一瞬间便熄灭了。

想起兄长，陈时模心痛如绞，跟兄长比比，自己还有什么可抱怨的呢？另外一个偶像至今还活色生香地存在着呢，她就是陈时模的革命启蒙人引霄大姐啊。自引霄大姐单枪匹马来到茆围子，单薄瘦弱的肩膀挑起了兄长留下的担子，陈时模便跟随她海风里逆行，盐滩上跋涉，神出鬼没地与小鬼子在芦苇帐中斗智斗勇。引霄大姐身上留有鬼子的弹痕，当年据点中的鬼子张贴悬赏布告，出十个大洋买她这位女武工队长的脑袋。就引霄大姐这样出生入死的女英雄，革命路上也并不是一马平川啊。陈时模就亲眼见证了她两次蒙受冤枉，降级贬职。一次是1943年茆围子反扫荡战斗结束后，武工队在引霄大姐的带领下不仅圆满完成牵制敌人打击敌人的任务，还从敌人的魔爪下抢救保存了大部分公粮，有力地支援了主力部队胜利反攻。原以为引霄大姐应该受到部队首长的表扬，没想到却被撤职，到整风学习班反省改造去了。武工队大部分队员都为引霄大姐抱不平，要找军区首长申诉，却被引霄大姐硬生生拦下了，嘿嘿笑道："我正想休息调整一下，到学习班多读点书，有什么不好啊？"还有一次，是1945年收复瓢城的战斗，引霄大姐早大半年就被组织上任命为瓢城市委书记，为解放瓢城她做了大量前期工作。待瓢城解放，市委领导班子进城，引霄大姐突然接到组织上一纸调令，去瓢城下属乡镇任土改工作队队长。当年的小山子气得跺脚捶桌，道："大姐，不晓得又是什么人在背后捣鬼，这回你一定要找领导说说清楚！"引霄大姐朝他瞪了一眼，"小山子不要瞎说八道！要保证我们的民主政权稳固发展，搞好土改工作是关键中的关键。组织上赋予我重任，我能挑三拣四吗？"

引霄大姐渡江南下后，陈时模一直和她保持着通讯联系，引霄大姐家里装了座机后，他们更是时常通话，互相问候，闲话家常。却因这几十年中，政局风云变幻莫测，人事更替起伏低昂，大家都忙于工作，不克分身，竟无机缘重聚。这次抗日阵亡将士纪念塔修复庆典，发送请柬时，陈时模特地关照会议秘书处，给平楚同志的请柬上一定要添上史引霄同志的名字。他期待跟引霄大姐的再次重逢，不料修复庆典仍只有平楚同志一人出席，说是引霄大姐乃一区之长，她做事又向来较真，从不会虚应故事，故而忙得吃饭都在办公桌上潦草对付，哪里有闲暇时间到茆围子来哟。陈时模其实是料到这个结果的，唏嘘遗憾之余则让老爱人准备一些土特产，海虾干啦，醉湖蟹啦，青蒿菜干啦，准备让平楚带回去给引霄大姐解解馋。哪晓得平楚同志会突然发病，生死未卜，陈时模暗暗责备自己没有照顾好平楚同志，忙着上上下下打点，并向瓢城市领导汇报了平楚同志的情况，希望他们能尽力抢救平楚同志的生命。陈时模暗自推测，如此这般引霄大姐一定会来苏北了！他太了解引霄对平楚同志的感情了，他是亲眼见证他们两人在反扫荡最艰苦最危险的那段日子里，在海风呼啸的芦苇丛中，在冻得石骨铁硬的滩涂地上，共同战斗，逐步结下了生死战友之情，又发展成了愿结同心共百年的爱情！

果然，他昨天接到引霄大姐区里办公室钱主任的电话，引霄大姐一行已经出发来苏北了；方才又接到在瓢城市医院当护士的女儿陈绿野的电话，说引霄大姐的车离开了医院往茆围子去了。陈时模问女儿："市领导没请引霄大姐吃午饭么？"绿野道：

"听讲市里在迎宾馆设了酒席，可是引霄阿姨执意要赶去茆围子，说是有老战友做了一桌菜等着她呢。爹爹这老战友说的就是你吧？"陈时模这才急了，追在屁股后头催他老爱人赶紧弄小菜，干货是现存的，新鲜蔬菜园子里兴兴旺旺不下七八种，关键是鸡鸭鱼肉。陈时模亲自骑自行车到附近农贸市场里挑鸡捡鱼，想想上海人忌肥腻，便切了上好的一块腿肉，回家统统丢给老爱人，老爱人虽没文化却有一双巧手，看着吧，不出一个时辰，她定能端出一桌像模像样的小菜来的。

老爱人切洗煎炒，做好一只菜就端出来放在四方八仙桌上，怕凉了，拿只瓷碟倒扣在碗上。这样隔一歇端只碗出来，陈时模便朝窗外望，隔一歇又端只碗出来，陈时模又朝窗口外张张。最后老爱人把一只满腾腾的什锦砂锅往桌中央一坐，因道："客人啥时候到呀？隔会要凉了，再热就不新鲜了。"陈时模道："应该快了嘛，绿野打电话时说他们的车已经开出医院了。"老爱人嗔道："就你催催催，要是上海的司机不认路呢？"陈时模愣怔片刻，道："我去大门口迎迎他们。"

临从上海出发前，钱龟龄主任关照小贝："到了县城，你只需问到县委大院，马路上没有一个人会不知道；到了县委大院门口，你只说'陈时模'三个字，门卫一定会告诉你在哪幢楼的。"小贝心想："南渡一起去，还怕找不到陈时模的家？"

车开进县城，小贝侧脸道："南渡同志，现在我听你指路哦。"南渡鼻尖戳着车窗玻璃张望了一会，道："我们还是找个人问问吧，变化太大，我都有点认不得了。再讲我离开的时候，陈……爷爷还没搬进县委大院呢。"

路边有一只卖风味小吃的店铺，一位中年妇女挥舞着芦花扎成的条帚驱赶苍蝇，一边脆亮地吆喝着："看看哦，建湖的藕粉圆子、伍佑的糖麻花、上冈的草炉饼，还有大纵湖的醉螃蟹……"小贝便就近停了车，摇下车窗，探出脑袋大声问道："这位大嫂，请问去县委大院怎么走啊？"那位中年妇女绕过摊子走到车旁，用手中的芦花条帚指着，道："县委大院嘛，沿这条道走过两个路口，右手拐弯，再走出三个路口，就看见射阳河了。过射阳河大桥，就到县委大院了！"小贝连道两声"谢谢"，欲将脑袋收回，大嫂却道："听同志你的口音，是从上海来的吧？带点苏北特产回去呀，我这店里的东西，保证新鲜，味道正宗！"

"史区长……"小贝扭头询问道。

史引霄一时还没回过神来，青玉忙道："大嫂，你给拿两盒藕粉圆子吧，回去给雪砚雪墨两个馋鬼尝尝鲜。"史引霄忙接道："醉蟹也来两瓶吧，我晓得顾医生顶喜欢吃醉货。"小贝便道："大嫂，什么糖麻花，什么草炉饼，各式各样来两包，回去给夏妮开开眼。"

这位大嫂指指路便做成好几笔生意，笑得嘴角拉到耳畔了，临了用纸袋盛了一袋糖麻花草炉饼塞进车窗，道："这不收钱，送给你们啰！"

车开上射阳河大桥，史引霄猛地坐直了身子，又将车窗摇下来。青玉道："霄妈妈，河上风大，还是把窗摇上吧。"史引霄好像没听到她的话，更将脑袋探出去，一头短发被风吹刮得根根都竖了起来。青玉急了，拽她坐回车里，又伸长胳膊将窗摇上。南渡回头道："引霄阿姨，关于这条河有许多传奇，下乡时听老乡断断续续说过。反扫荡时你们武工队就埋伏在它入古淮河的那片芦苇荡里，是吧？"史引霄却没有声响了，她靠着椅背半耷着眼皮，入定一般。青玉与南渡对了下眼神，都噤声了。

过了桥，拐了弯，就看到县委大院的大门，小贝又侧了脸，"南渡同志，你下车跟门卫交涉一下吧，或许他们都认识你吧？"

南渡咬了咬唇，道："小贝还是你去吧，这几个门卫面孔都是陌生的。"

青玉是体会得到南渡不想在公众面前显身的心情的，曾几何时，她是这里的大红人，趁势走远，平步青云；几年后却一落千丈，功败垂成，看人白眼。于是青玉推开车门，一只脚刚跨出去，南渡叫起来："陈……爷爷！引霄阿姨，爷爷他出来了。"

史引霄霍地撑大眼往车窗外张了张，一眼认出陈时模，他腿不好，走路身子左右摇晃，正朝大门口走过来。青玉先下车，再扶霄妈妈下了车。史引霄迎着陈时模跨上几步，大声道："小山子！"声音抖得变调。

陈时模几乎是窜过来一把握住史引霄的两只手，摇撼着，"引霄书记，大姐，大姐！"定定又道，"三十几年不见，就是头发灰白了，其他都没变！"

史引霄小眼珠晶晶亮，笑道："小山子不好叫了，要叫陈时模同志了！"

陈时模道："大姐你还叫小山子，我喜欢听你叫小山子。"

于是一行人随陈时模进了家门，史引霄用力缩了下鼻子，道："好香，我闻到青蒿菜的味道了！"

只南渡耽搁在门边，半只身子在外，半只身子在内，犹豫着。陈时模斜了她一眼，道："进来呀，你也算半个主人，总归是小槐的亲娘嘛。"

南渡讪讪唤道："爷爷奶奶，你们身体都健，就好。"

陈时模的老爱人喜眉笑眼，一手捉住南渡，一手挽了史引霄，道："来了就好，饭菜都热腾着，要不直接入席？饿坏了吧？"

史引霄道："饿倒是不饿，在路上吃了只蒿菜虾米包子。"

陈时模道："一只包子哪里填饱肚子？大姐，你多少年没吃苏北菜了？今天特地为你做了青蒿干蒸肉，还有……"朝史引霄挤了挤眼，"烧酒焖鸡！"

史引霄竖根指头点点他，小眼珠将桌面团圈扫过，道："小山子真是有福之人哦，怪不得当年不肯渡长江呢。"

陈时模摇摇头："大姐，饶了我吧，羞提当年，鼠目寸光。"便将史引霄摁在方桌上侧坐下，其他人也依次坐下，青玉南渡坐右侧，陈时模与老爱人坐左侧，小贝只在下侧坐定。

陈时模双手捧一只三寸高的陶罐，道："这是家里自酿的米酒，大姐，你是不是来一小盅？"

青玉抢着答："霄妈妈胃不好，医生关照，滴酒不沾的。"又补充道："我也不行。"用手捂住了酒盅。

陈时模并不勉强，笑道："小纺锤离开苏北时，七岁？八岁？扎着两根又细又长的辫子。那时候我就说了，天生的美人坯子。"

青玉一听"小纺锤"三个字，灵魂出窍一般，迷瞪瞪盯住半空中一点，不出声。

陈时模回头替小贝斟酒，小贝也捂住了酒盅，笑道："闻着这酒香已经醉了，再喝的话，保不定将车开进射阳河里去了呢！"

陈时模便道："南渡，我晓得你的酒量，这一桌就我们两个对酒啰！"南渡忙起身接过酒罐，先替陈时模斟满了，自己也斟了浅浅一盅。

他的老爱人便替史引霄、青玉和小贝各舀了一碗汤，道："不喝酒，喝口汤润润胃。这汤里我放了几味草药，从前男人们出海打鱼，或者下盐滩晒盐，家里的女人都熬这汤给他们喝的。"

史引霄吮了一口汤，古里古怪的味道，下喉以后果然是醇厚温馨弥漫开来。"好喝！"她赞道，却见青玉仍在发呆，脚在桌底下踢了她一下。

陈时模将酒盅举过眉梢，道："大姐，今天我心里真高兴啊，老首长能到我家里来做客！想当年我跟大姐您在芦苇荡里跟鬼子周旋，野猫子一般，昼伏夜起，让小鬼子不得安宁。那时候睡茅棚，吃野蒿根，也不觉得苦，一心只想着把小鬼子赶出去，为死难的乡亲们报仇，为牺牲的战友们报仇，为我阿哥报仇……"说着他竟哽咽起来，眼泪水顺着他脸上的沟沟坎坎缓缓地流下来。

史引霄连忙接过他的话茬，道："小山子啊，我想你阿哥，陈时楷同志，在天有灵，看到你现在的日子顺畅红火，一定欣慰。你看拂野他，成了改革开放的先行者，公司办得有声有色，生意都做到上海去了。听讲绿野护校也毕业了……"

陈时模老爱人插嘴道："大姐，你们在瓢城中心医院见到绿野了吧？绿野打电话回家说了。"

史引霄"咦"了声，道："绿野就在中心医院啊？她大概不认得我吧？"

老爱人道："怎么不认识？你们寄来的照片她看都看熟了，平楚大哥转去瓢城中心医院重监病房,是绿野自告奋勇看护他的。"

史引霄立马想起病房里见到的那对似曾相识扑闪扑闪的黑眼睛,恍然道:"噢噢噢,是见着了,主治陆医生夸她是娴熟的护士呢!"

陈时模忽然一巴掌拍在桌子上,菜碗都弹起来。他老爱人吓了一跳,嗔道:"老头子作啥呢?"

陈时模撸了下面孔,道:"大姐,我对不起你,是我没照顾好平楚大哥……"又撸把面孔,甩出一大把眼泪鼻涕。

他老爱人叹口气道:"谁想到会出这种事情?老陈是想叫平楚大哥住在家里的,热汤热水总方便嘛,可平楚大哥说,他要采访很多人,住在县招待所人来人往方便点……"

史引霄轻轻抚着陈时模的背脊,轻轻道:"这哪里能怪你呢……"迟疑片刻,终于问道:"我是在纳闷,一点预兆都没有,多少年也没住过医院,不过是时常盯着他吃药罢了。怎么突然就这么……"

陈时模老爱人小心翼翼道:"那天,老陈接到县委招待所的电话,他自己差一点厥倒……前几天平楚大哥来家里吃饭,还一气吃下两满碗呢。不过看上去是有点疲倦,眼圈乌青,胡子也没剃,话也不多。"

青玉叹道:"楚爸爸高血压已经许多年了,只要按时吃药,注意休息,还是能控制的。只怕太疲劳,或者受到什么刺激……"

史引霄又拍拍陈时模的背脊,道:"小山子你说实话,还是为了寒城的那桩事吧?其实我听得平楚发病,就猜到了!"

青玉与南渡狐疑地对望了一下,她们都是第一次听到"寒城"这个名字。

陈时模终于从手掌中拔出面孔,瞬间衰老千年似的。吭吭吭猛咳了一串,才道:"大姐,这次修复纪念碑,你给我写信,平楚大哥给我来了好几次电话,我自己心里清楚得很,再不把寒城同志的名字刻到碑上,真说不过去了。我一次次向上级机关反映寒城同志的情况,把晃无咎平反的消息复印了寄给他们看,可是就像一拳头打在烂泥墙上,一点回音都没有。后来我索性就找县委宣传部直接抓纪念碑修复工作的艾部长,我做县委副书记的时候他是办公室主任,比较熟悉的。艾部长给我透露了实情,是省里面有人坚决反对这桩事情,什么人……"陈时模突然又吭吭地咳起来。

史引霄忙拍他后背,道:"怎么咳成这样?去医院检查过没有?"

他老爱人道:"检查过的,医生说是老慢支,要吃中药调理,他又不愿意喝,嫌苦。"

陈时模咳定了,一挥手打断他老爱人,继续道:"省里究竟什么人反对,艾部长就不肯说了。平楚大哥到了后,我是据实告诉了他。他闷了好一会,后来他说,他会把这桩事情搞清楚的……他发病那天,我赶去县招待所,问了当班的服务员。服务员反映,平楚是到前台来打电话的,估计是长途,因为客房中的电话是不能拨长途的。前台服务员说他好像跟对方争了几句,一下子就瘫在地上了……"

青玉"喔——"了声:"一定是太激动了!"

史引霄耷下眼皮稳定下情绪,忽地掀起眼帘问道:"你当时没问问总机,平楚的长途是接往哪里的?"

陈时模摇摇脑袋,"当时只是想着如何抢救平楚大哥的生命,其他什么都顾不着了。"

史引霄心里面自嘲着，就算查到了平楚在电话里跟哪个在争论什么事体，也不能怪罪对方呀！深呼吸一下，道："小山子，平楚现在没有生命危险了，你也不要太自责了。那天纪念塔修复庆典，开得怎么样？到多少人？听讲庞司令和臧政委都是派家人来参加的？"

陈时模情绪稍稍平伏下来，道："庆典大会，各级领导该到的都到了，方方面面的代表，部队的、学校的、机关的，总有千把人。庞司令是住在医院里，臧政委身体也不大好，所以都派家人来的，而且都发了言。"

南渡忙道："这些发言稿《铁军》杂志这一期都会全文刊登的。可惜，没有平楚叔叔的发言。"

陈时模道："会议秘书处是安排平楚大哥发言的，他是纪念塔原始设计者嘛。可是，平楚大哥硬是推辞掉了……"

史引霄道："小山子你应当了解平楚的。幸亏他没有发言，否则会搅了整个庆典的气氛。"略忖，因道："择日不如撞日，索性我们下午就去纪念塔看看。"

陈时模道："大姐远道而来，下午不休息一下？"

青玉凑到她耳畔："霄妈妈，你昨晚也没睡好……"

史引霄撞了她一下，让她别说下去，便道："不见着纪念塔，躺着也睡不着的。你们谁吃不消？小贝，你行吗？"

小贝道："史区长，我没一点问题。"青玉和南渡也都说吃得消。史引霄点点头，方道："小山子，待会你先陪我们去找个落脚的地方，把随身东西放下，就直接去纪念塔了。"

陈时模老爱人道："你们不嫌逼仄，就住家里好了，一日三餐，总比外头实惠。"

史引霄道："什么时候我一个人回来，一准住在家里。"

陈时模道："我要强留你也不行，县里早安排好了，也在县招待所，就挨着平楚大哥那屋。"

史引霄眉头一跳，"平楚的屋还没退掉啊？"

陈时模道："平楚大哥满屋子都是画稿，我怕有什么要紧的画替他弄丢了。"

史引霄一拍桌子，"我就住平楚那屋得了，正好帮他收拾收拾。"

陈时模老爱人瞪了陈时模一眼，"好了好了，尽顾着说话，一桌菜没动几筷。吃啊，多吃点。"说着便替大家搛菜舀汤。

28

天气说热就热起来了。近海，早晚海风骀荡，还算畅快。至日中，特别还在吃着热菜热汤，一个个都汗流浃背了。陈时模招呼他老爱人："把风扇开了！"青玉忙道："开低档够了，太厉害，霄妈妈吃不消的。"史引霄笑道："我有那么不经吹么？你们问问小山子，三九寒天，茆围子芦荡中的海风像刀子割着面孔，我们都挺过来了。"南渡道："引霄阿姨，那时您才二十挂零，比我们现在还年轻呐。"

陈时模的老爱人便妥帖地将风扇开到中档。

这一桌盛筵，虽有陈时模两口子殷勤款待，频频侑食，却也只消灭了十之三四。老爱人急了，道："到底是乡下人的菜，大姐你们吃不惯是吧？"史引霄又往嘴里塞了只丸子，道："大妹子，味道好着呢。只是我们路上都嚼了包子，一半胃都填实了！"

于是大家都放下了筷子。照史引霄的意思，立马就出发，可陈时模道："这一刻日头最辣，歇一会，喝口茶再走嘛。"他老爱人便从锡罐中撮出一把黑黢黢球状物，说这叫蒿叶茶，是用滩涂中的盐蒿草制成的，清凉消暑，通经舒络呢。用铜吊中滚水冲泡了，稍焐几分钟，一人敬上一杯。

南渡是喝过蒿叶茶的，忙道："这茶要慢慢品，牛喝水般，要苦死了！"

小贝早就呼地喝了一大口，苦得直吐舌头，又不好意思出声；青玉向来仔细，只是吮了一小口，点点头道："倒是可以做一副辅助治疗的饮品。"

史引霄捧着杯子大声道："小山子，你晓得我最怕烫，弄点冷开水来兑一兑。"老爱人忙提了把盛凉开水的黑陶提梁壶过来，将史引霄杯子中的茶水滗出些，续了点凉开水进去，道："正好，冲淡些。大姐，你慢慢喝。"史引霄却是咕噜咕噜一气灌了下去，抹抹嘴，道："这点苦，算什么！"大家都心照不宣地笑笑，你那杯是冲兑了的呀。

放下空杯子，史引霄坚持要出发了，道："听讲县城到纪念塔，开车差不多也要一个多小时路程咧。"

陈时模道："车上多我一个人行吗？我路熟，用不了一个小时。"

史引霄代小贝应答了："没问题，南渡坐到后排来，我们三人都不胖，绰绰有余。小山子，你就坐副驾位置，好替小贝指指路！"

车子沿着河畔公路行去，路面陈旧，有些坑洼不平，车身常常被弹跳颠簸。陈时模扭回头道："大姐，后座太颠，我跟你换换吧？"史引霄道："哪有那样娇气？当年我进茆围子，连条像样的路都没有的。烂泥地里一脚高一脚低，走了整整一天！"南渡伸手拍了小贝一下，"小贝师傅，路不平的地方，稍微开慢点。"

陈时模叹道："这条路修了没几年，抢工期，质量还是不过关哪！"

史引霄面孔凑近车窗玻璃，边张望道："小山子啊，这射阳河边上密密匝匝的芦苇丛怎都看不到了呢？芦苇都到哪里去了呢？"

陈时模道："前两年疏通射阳河，修整河岸，芦苇丛砍去了不少，植树筑堤，你看，沿河的杨柳树，碧桃树，各种常青灌木，都是后来植种的。"

史引霄道："应该保留几段芦苇，芦苇开花时节，很壮观呢。现在年轻人，恐怕是想象不出来的。"

陈时模忙道："有，有的。再过去，靠近塔，古淮河入海口，保留了几百亩芦苇田，待会能看到的。"又道："我的大姐，芦苇荡你还没钻够吗？"

史引霄不出声了，仍凑近车窗张望着。公路旁的白杨树排兵列队般刷刷刷地从眼前闪过，新叶已十分繁密，缀连成一派赏心悦目的嫩绿。她不出声，车里人都不出声。大家都能体会得她此刻重返故地的心情，不定如何地百感交集、回肠九转呢。车厢里出奇地静谧，但听车轮碾压柏油路面发出沙沙沙的声音。就这样沙沙地行驶了一阵，突然，史引霄啪地一巴掌拍在前座椅背上，喊起来："快到了，我看见了！"用力过度，发出的声音都撕破了。

"什么？看见什么了？"青玉和南渡凑在窗前，张望着。响午时分，公路上车马稀少，绿帐般的树梢在熏风中懒洋洋地晃动着，叽叽喳喳的麻雀在枝桠间穿进穿出地忙碌。除此，天地间似乎没什么特别之物值得关注了。她们疑惑地看看史引霄。

史引霄索性把车窗摇下，伸出手指点着："喏喏喏，看见吧？天边有枝枪，横斜着的！"

青玉吓了一跳，"霄妈妈，天上怎么会有枪？"

南渡因插队时听说过新四军战士雕像的传说，她眯起眼张望片刻，道："引霄阿姨，你能确定那是枪？我看像白杨树的一根枯枝。"

陈时模笑道："这时节哪会有枯枝？还是老将有眼力，那就是新四军战士雕像举着的那杆枪，快到纪念塔了嘛。"

随着车沙沙地前进，大家都看清了，横斜在白杨树顶上的确实是一杆枪！再前进，看见了握枪的手；再前进，看见了举枪的胳膊；终于看见了屹立塔顶的新四军战士！

原来这条公路是通往古淮河入海口的那一片滩涂，纪念塔就坐落在那里，背靠大海，面向广袤的苏北平原。

他们已经看见公路尽头的青砖围墙，围墙上露出的半截塔身，站在塔顶的全身新四军战士雕像。

陈时模扭回头道："大姐，你还记得吗？这塔才建成时，周围都是废弃的盐灶，解放后头一次修复时，周围已成了农田。这次重修纪念塔，县委讨论后决定扩展烈士陵园，所以征了一些地，植树造林，还建了一排房屋，作为烈士事迹的陈列馆，并筑了一圈围墙。"

史引霄"嗯"了声。她双手扳住前座椅背，腰背挺得笔直，准备冲刺一般；她左右两边的青玉和南渡也都鬼趋雀跃起来，伸长了头颈向窗外张望。

车行至陵园大门口，却见黑铁皮大门紧闭，锁拴上吊着一块马粪纸的牌子，歪歪扭扭地写着："今有重要任务，谢绝来访参观！"

陈时模来火了，道："这陵园还有谢绝参观的时候？我从来没听说有这样的规定！"一推车门下了车，走到铁皮大门前，"嘭嘭嘭"敲着，大声喊："麦佬，麦佬开门！我是陈时模！"

不一会，侧边的小铁门咣啷打开了，闪出一位有点跷脚的汉子，拔开喉咙喊："陈主席，是你啊，你是来陪省里的首长的吗？"

陈时模拎起那块马粪纸的牌子，晃了晃，道："什么省里的首长？这算什么意思？烈士陵园应该欢迎大家随时随地来参观嘛！"

麦佬挠着头顶心，他头发煞白，却一根根硬邦邦竖着，钢丝锉似的，一脸的无奈，道："我哪里要关门呢，平常天黑了我都不关门的，那么多英雄保佑我，怕什么呢！可是上午县里艾部长来电话说下午有省里的首长要来纪念塔祭牺牲的老战友，瓢城新上任的何书记陪同一起过来。为了保证首长的安全，才让我关大门，谢绝其他参观的群众。你看看，这牌子上的字，我还中午赶回去，让我们家麦蛹写的呢！"原来麦佬在一次护海堤的抢险中受了伤，成了瘸子，下田劳作困难，是陈时模推荐他到烈士陵园当了门卫。

陈时模随手将牌子反了个面，挂回锁拴上，道："你看看，什么人来了？"

这时车上的人都下来了，史引霄觉着眼熟，正走过去；麦佬举首一眼认出来了，拖着条瘸腿跳上前，张开双手捧住了史引霄的一只手，摇撼着道："引霄大姐，你什

223

么时候到的？怎也不提前说道一声，我好叫麦蛹到县城去接你嘛！"

史引霄笑着，狠狠地拍了他一记，道："麦佬还是那个麦佬！水珠好吧？麦蛹该高中毕业了吧？"

麦佬两只眼睛红通通的，道："都好的，水珠天天要念叨你的。麦蛹笨，没读完高中，陈主席安排他到拂野的公司里做事去了。"

史引霄扬起眉毛惊讶道："麦蛹也到上海了？怎不见他来找麦蛾呢？"

陈时模因道："拂野在茆围子还办了砖瓦厂，他让麦蛹在砖瓦厂里当财务。谁说麦蛹笨？麦佬想让他早点做事，早点讨老婆生孩子，对吧？麦佬。"

麦佬又挠挠钢锉似的头顶心，嘿嘿嘿憨笑了一串，即问道："引霄大姐，你是跟省里的首长约好了来祭奠老战友的吧？艾部长电话里没讲清楚，幸好陵园里有现成的花圈，只要再写两副挽联……"

史引霄小眼珠盯住陈时模，奇道："哪位省里的首长？你早晓得的吧？"

陈时模连忙道："天晓得！适才听麦佬说起，艾部长来电话通知的，所以才关了大门，不让闲杂人等进去了。"扭头问麦佬："省里首长的姓名你晓得吧？"

麦佬只有挠头的份了，忽然想起，道："对了，艾部长叫人送来的挽联，上面有名字的。引霄大姐，陈主席，先到陈列馆里的贵宾休息室坐一会吧，省里首长要用的花圈就在那块放着，一看就晓得姓名了。"

陈时模只询问地看住史引霄。青玉一直是搀住史引霄胳膊，轻声道："霄妈妈去休息室坐一会也好的，你看，上塔要爬三十多级石阶呢！"

史引霄道："坐了许久的车，你腿不麻呀？正想活动活动筋骨呢！麦佬，我们就不去休息室了，首长的姓名嘛，待会他来了，不就晓得了？"

陈时模便道："也好的，大姐，你慢慢爬上去，我跟麦佬去取花圈。"

南渡忙道："爷爷，我也想献一只花圈，我随你一起去取吧！"

史引霄扫视一圈道："麦佬，能准备四只花圈吗？青玉是这块土地的女儿，一定要献一只花圈的；小贝头一次踏上这片血染过的土地，自然也是要献花圈的！"

麦佬道："有呢，艾部长说，会有记者跟随首长采访，所以我们多准备了花圈。"于是引众人由侧门进了陵园。史引霄吩咐小贝相帮一起去搬花圈，只和青玉缓步松柏夹道。眼门前豁然开阔起来，她们猛地煞住了脚步：一座高塔拔地而起，像一把利剑笔直地刺向青天，塔顶威武的新四军战士像是立在云霄中！

青玉扶住浑身微微颤抖的霄妈妈，她们默默地伫立着，海风修修，草虫唧唧，好像是她们在与纪念碑对话。

片刻，史引霄方用力跨出了步子，青玉顺着她的节奏，两人一步一步登上台阶，其间稍许停顿了一下，调节气息，又继续登级，终于登上了塔基，史引霄挨近塔身，伸出手去触摸那粗粝的花岗岩。青玉是看见霄妈妈小眼珠浸在闪闪烁烁的眼泪水中，她假装没发现。她们绕着纪念塔转了一圈，又转了一圈。塔身正面，"浩气长存"四个鲜红的龙飞凤舞的大字刻在汉白玉石上，十分醒目；塔身背面，花岗岩上刻着一行当年陈毅军长的题词："国民革命军新编第四军苏北军区抗日阵亡将士塔。"

青玉咬着嘴唇犹豫着，许时，方道："霄妈妈，新修的塔，跟我在楚爸爸画稿中看到的不一样了,你看,陈毅军长的题词为什么放到背面去了呢?"

史引霄一时回答不出,这个问号也梗在她胸口。她撑开手掌拍拍塔身,道:"这背面,原来镌刻了当年出钱资助建塔的大小乡绅的名字,这一来,都抹煞了。"停停,叹道:"无论如何,那是一段真实的历史。"

青玉环顾一周,道:"会不会把他们的名字刻到那些石碑上去了呢?霄妈妈,我们到那儿找找看。"

塔身周围,竖着十二块漆黑的大理石碑,碑上刻着密密麻麻的姓名,都是在抗日战争中牺牲在这片土地上的烈士,有新四军将士,有地方游击队员,还有革命政权的干部,毛估估,数千人之众。

史引霄极想去查看石碑上的名字,却又有点怕去看石碑上的名字。正踟蹰间,却听陈时模的喊声:"大姐——省里首长到了,老熟人啦——"

青玉手搭凉棚望了望,"霄妈妈,花圈都扛上来了。"

史引霄举目望去,陈时模十分兴奋的样子,甩着胳膊,已登上半程石阶了;后面小贝、南渡,各扛着花圈登级而上;再后面,有几个工作人员也扛着花圈,还有一簇人,有男有女,指指点点,说说笑笑,走走停停地上来了。

陈时模一口气登上塔基,跑到史引霄跟前,两只巴掌一拍,道:"大姐,你道省里首长是谁?文汉兴呀!"

史引霄怔忡了一下,"喔?是他!省办公厅主任这时候怎么得空出来?"

陈时模道:"纪念塔修复庆典时,原请他作主旨发言的,当时他正参加省里什么重要会议,来不了。当时他就保证,只要有一天空就一定来瞻仰纪念塔,果然不食言,到底是在这块土地上嚼过盐蒿芦根的,有感情啊!"

史引霄听着陈时模的感叹,并不应吱。随着那簇人愈来愈近,她渐渐看清了,道:"老何夫妇是专门赶来陪文汉兴的吗?"

陈时模道:"不太清楚,有可能。听讲是文汉兴特地把何弱之调到瓢城的。老上级嘛,总归要来尽一下地主之谊吧。"

史引霄斜度里扫了他一眼,"小山子你糊涂了吧?什么老上级?那时在茆围子,老何是文汉兴的上级!"

陈时模嘿嘿嘿地笑笑,道:"都一样,都是我的老上级。"

那簇人终于登上来了,何弱之踏上最后一级石阶不得喘气,一把握住史引霄的手,嗔道:"老史啊,你怎么不在市里迎宾馆吃中饭?否则我们就一块儿过来了!"随即手中暗使劲,捏了捏,道:"你看看是谁?汉兴老兄现在是省委常委,省办公厅主任了!"

史引霄仰面哈哈一笑,并不称其职务,直呼其名:"文汉兴,怪不得呢,越活越年轻,一根白发也没有。"两人非常礼貌地握了下手。其间,史引霄的小眼珠已经敏捷地将文汉兴上下里外打量遍了。文汉兴外表变化不很大,头发依旧乌黑油光,向脑后拢去;面色也依旧蜡黄,胖了些,反而比在茆围子时黄得有光彩了。着一件质地精良的银灰色茄克衫,敞开了拉链,露出皮带圈住微微突起的肚腩,不像在茆围子,一件土布长衫瘪塌塌地挂在肩胛上,走起路来飘飘荡荡。

文汉兴开口说话,腔调变化却很大,句尾多了装饰音,嗟叹道:"老史啊,一到瓢城就听弱之说了平楚同志的事情,真想

225

不到哇！最近这些年，一直在报刊上看到平楚的画作呢。我跟弱之关照了，要派最好的医生为平楚同志治疗，不行的话，就把平楚接到省里去……"

史引霄改不了老脾气，横度里截断道："不用了吧，我去看了，瓢城市医院的陆医生很有经验。青玉看了她爸爸化验的各项指标，我们打算让平楚再稳定几天，就接他回上海治疗了。"

文汉兴稍侧脸，笑道："青玉？哦，是小纺锤呀！"略略点头道："上海当然更好啰！"又关切问道："平楚能进华东医院南楼嘛？要不要我让省卫生厅跟上海卫生局相关部门打个招呼？"

史引霄有点受不住文汉兴不经意流露出居高临下的傲慢，想起当年在茆围子，他的谦卑恭顺，判若两人。忙道："哪里敢打扰你日理万机的文主任？我们区中心医院的医生研究出一套中西医结合的康复方法，也不错的。"

文汉兴略显尴尬，很快就恢复笑容，道："那就好嘛。"

这时两位女宾也登上了塔基，徐亦香气喘吁吁道："引霄大姐，你看看老徐和文主任两个，听门卫说你在塔上，便甩开我们拼了命往上窜，真正是战友情胜过夫妻情啊！"

没等史引霄回应，旁边那位撑着把阳伞、戴着宽边墨镜的女宾抢先嗔道："阿香你吃哪门子的醋？他们老战友多少年没见了？我们夫妻是日日见到的嘛！"

史引霄早猜到她就是文汉兴的夫人孟隐，故作惊讶道："听声音听出来了，是孟隐啊！戴着个大墨镜，我还以为是省办公厅请来的何方大明星呢。"

"引霄你张嘴巴，还是像驳壳枪一样厉害啊！"塔基上风有些大，孟隐手中的太阳伞歪东倒西的，便将它收了，道："我因体检查出眼睛有初期的白内障，医生要我尽量避开紫外线光，故而才戴副墨镜的，是为了治病哦。"

徐亦香"哎呀"了声，道："我也有早期白内障呀，看来也得去备副墨镜了。"

史引霄肚子里冷笑，这孟隐自视甚高，行为举止总喜欢别出心裁，以显示跟别人不一样。在茆围子反扫荡的时候，环境多么恶劣，武工队员们昼伏夜行，泥荡里滚出滚进，面孔被海风吹，盐碱水洗，皮肤个个黢黑皲裂。当时孟隐有两个与众不同的习惯，一是她兜里总揣着一盒雪花膏，时不时挑上一坨往脸上抹抹；二就是她的衣襟上总是别着一支派克钢笔，开会讨论工作时便夹在指间旋转，生怕别人忘了她是南开大学毕业的大学生。

那边何弱之招呼道："女将们，过来吧。我们一起先向烈士们献花、行礼！"

工作人员已将花圈依次排列在纪念塔前，最大的一只花圈，敬挽人竟写着庞司令员的名字。于是众人便参差站了一行，居中是文汉兴与孟隐，左边是何弱之、徐亦香加陈时模，右边便是史引霄、青玉、南渡和小贝。何弱之主动当起了司仪。鞠躬默哀毕，他请文汉兴说几句，文汉兴也不推辞，举手捋了捋被风掀动的头发，满怀深情道："要说的话，太多了，这里躺着的战友，一个个鲜活地在我跟前呢！"停顿一下，又道："同志们，前几日我去北京，到医院探望了我们敬爱的庞司令员，向他汇报了抗日阵亡将士纪念塔修复的情况。庞司令员频频点头，还要我代他向阵亡将士献花圈。还要告诉大家一个好消息，庞司令员精气神都很好，再休养几日就可出

226

院了。"

"当年我们取得了茆围子反扫荡斗争的胜利，全靠庞司令的英明领导啊！"孟隐激动地说着，带头鼓起掌来，何弱之与徐亦香首先响应，陈时模连忙跟进，于是南渡、青玉及小贝陆续都拍掌应和。虽说史引霄最看不惯孟隐做腔做调的样子，这种阵势下也不得不跟着拍了几下。你若不拍，不定她背后又给你按上顶什么帽子！

"齐了，全齐了！"待掌声散入云天，陈时模感慨叹道。

何弱之扭头看住他，"小山子，你现在讲话也学会玩噱头了，什么齐了不齐了的？"

陈时模笑道："何区长，嗯，现在该叫你何书记，你自己回头看看，当年茆围子武工队的头儿们，今天不都到齐了？"

何弱之想想，小山子说得对呀，在茆围子，引霄是区委书记兼武工队长，自己是区长兼武工队副队长，孟隐是区委委员，文汉兴当时是区里的财粮科长。当年的骨干力量今天差不多聚齐了呢！只是风云聚散，人事更替，各人境遇不同，眼下的状态，还是莫提当年为好，便只是嘀嘀嘀地笑了一通。

其他几位也是听清了陈时模的话，似乎都很谨慎地回避当年的话题，只互相望望。

海风习习地从他们中间穿过，就像岁月流逝一般。

这时候有十几个男女记者，有的背着长镜头的相机，有的拿着话筒，正登着石级上来了。文汉兴笑笑，无奈地摇摇头，迎了上去。孟隐摘去墨镜，拢了拢头发，跟了上去。

29

在史引霄的记忆中，1942年底1943年初的那个冬天是她这大半辈子度过的最寒冷的冬天。海风像磨得锋利的刀刃啸啸地在盐滩上肆虐，扬起雪片如同败鳞残甲纷纷坠落。天空阴沉得抬手可触，泥泞的沼泽竟冻得钢筋水泥一般，踩上去砭砭响。握住驳壳枪的手掌瞬间便与枪把结成一块，要想放开枪，必得拽下一层皮。

酷寒之中，军区党委师部指挥员向大家传达了比酷寒更严峻的军情：军区得到可靠线报，日寇正在筹划对茆围子进行大规模的扫荡！茆围子东临黄海，西濒洪泽湖，北通连云港，南接东台如皋，水陆交通便利，历来为敌对双方必争之地。军区参谋部下达了死命令：捍卫红色民主政权，坚守茆围子军事要地！参谋部的作战计划是：沿茆围子狭长的地势，可挖战壕处就挖战壕，该建壁垒处就建壁垒，给茆围子筑起一道铜墙铁壁！

所谓军令如山倒！引霄从军区回到茆围子，当夜就召开区委扩大会，各乡主要干部都参加了。引霄传达了首长们对恶劣形势的分析，并斗志昂扬地作了战前动员报告。到场的各乡干部群情激奋，喊出口号，借用《义勇军进行曲》中的一句话：把我们的血肉筑成我们新的长城，击退日本鬼子的进攻，捍卫自己的家园。

保家卫国从来就是老百姓自觉自愿的要求。各乡的干部领了任务回去，群众很快就发动起来了。天寒地冻，堕指裂肤，一镐抢下去，地溅火花，虎口迸血！没有人退缩，破土挖沟，垒筑工事，与鬼子抢时间。有时日里挖好的掩体，夜来一场大雪又填没了。二话不说，再挖。一月有余，长约十三四里的壕沟，近十里地的垒土掩体基本完工了，军区参谋部派人来验收，朝引霄直翘大拇指。史引霄悬吊了三四十天的心方才放回原处，仍不敢松懈，召集区武工队的骨干，排兵布将，又要配合主力部队打击来犯敌人，又要保护群众生命财产安全，真恨不得长出三头六臂。商讨下来，决定将区武工队分成两支，挑选有一定战斗经验，能熟练使用长短枪的队员组成抗敌游击分队，由引霄书记带领，配合主力部队抵御来犯的敌人；另外一支护卫队则由何弱之副队长率领，成员大都是具有丰富群众工作经验的乡村干部，战斗打响后负责群众的转移和隐蔽。

史引霄记得，当时考虑到平楚是来"打埋伏"的画家，没有战斗经验，便将他编入护卫队。可是平楚几次三番请战，要求加入抗敌游击分队，引霄考虑到何弱之负责群众安全的任务十分艰巨，再让他带上这个"拖油瓶"也实在不妥，便批准了平楚的请求。

史引霄想起那一场跨年的大雪，哪怕眼下是初夏，顶头的太阳热烘烘地罩着全身，她却仍感觉到从骨缝里溢出的寒意。

那一个元旦是在"凄凄岁暮风，翳翳终日雪"中悄然度过的。老百姓原本就重视农历年，阳历元旦只当寻常日脚匆匆走过。更因鬼子扫荡的风声愈来愈紧，家家户户都在愤恨、警惕、惶恐中挨日子。武工队员们更是夜夜枕戈待旦，时刻等待着军令下达，便奋勇冲向杀敌的战场。

沿海滩涂上的芦苇荡，密密层层，纵横交错，曲里拐弯，里面布满暗河，汊港与沼泽，不是有经验的船工，轻易不敢贸然深入。小山子的父亲是当地数一数二的老舵手，在他的引导下，武工队于海边凤沙滩芦苇深处觅得一方沙洲，用芦苇草筑了几间茅棚，作为区委与武工队的临时驻扎地。

半夜里，引霄被冻醒，隔着芦秆抹泥围起的墙壁，但听得雪片窸哗啦窸哗啦落在茅棚顶上，茅棚不堪重负般嘎吱嘎吱呻吟着。间或着，又听得咔嚓嚓咔嚓嚓一阵声响，那是大雪压折了芦苇秆。薄削削锋利的寒风从芦棚的缝隙中钻进来，恣意横扫，盖在身上的旧棉絮如同一张千疮百孔的纸。引霄哪里还睡得着？索性起来，裹上薄袄，用根麻绳在腰间扎紧了，咿哑哑推开芦棚门。

引霄钻出芦棚，直起腰，霎时惊呆了，冻在那里！眼前的芦苇荡竟成了一望无际的雪原，平日里摇曳多姿的芦苇一株株都成了琼枝玉叶，凝固不动。除了飘飘摇摇降落的雪片，整个世界仿佛都是静止的，这静谧却压得人透不过气来！

不晓得敌寇的扫荡哪一日开始，不晓得军部的命令什么时候下达，这样的等待煎心熬肺！

忽然，在沉重的静谧中划过一阵轻微淡远的刷刷刷的声音，引霄顿时毛骨悚然，难道，有敌人摸进武工队的隐藏驻地了？她迅速趴在雪地上，小眼珠机警地四处搜寻。隔了几个茅棚，她看到了一个人影，盘腿坐在雪地上，时而仰面时而俯首，那刷刷刷的声音便起于他的手中。

"谁在那里？"引霄喝问道，一跃身站起来。

那人也站起来，道："报告队长，是我！"

他们互相走近了，引霄认出是平楚，他的肩背和头发盖着一层霜雪，看来已在大雪中待了一段时辰。

"平楚同志，深更半夜，你不休息，跑出来作甚？"引霄半是疑惑半是斥责。

平楚嘿嘿一笑，唇罅中晶莹一闪，道："我想画雪呀！"

引霄惊讶道："雪？雪怎么画？无形无状的，一片白茫茫！"

平楚道："谁说它无形无状？像风中柳絮，像满树梨花，像玉龙飞旋……"他蹙眉眯眼望着水天交汇黑白相融处，"行到水穷处，坐看云起时，写这首诗的唐朝诗人王维曾画过雪，雪溪图，江山雪霁图，水墨渲淡，笔意涓润……"

"平楚同志，要我说，大战即发，你先把这些雪呀、水呀放到一边，想想看，面对敌人的枪口，你怎么办！"引霄毫不客气地打断了他的抒情。

平楚怔忡片刻，抬手将搭在额前的一绺结霜的头发撩到脑后，掀开棉外套一角，露出腰间插着的两枚手榴弹，道："引霄队长你放心，小山子给了我这两个铁家伙，还教会我如何引爆它们了！"

眼见得农历年一日日地走近了，虽说是局势险恶，可老百姓总期望企求神祇保佑来年平安顺遂，甚至幻想，鬼子也要过年呀，那扫荡恐怕近期不会发生了吧？

就在紧张的气氛稍有松弛之际，军区突然召集茆围子区、乡、镇大小干部开紧急会议，传达了新的军事部署。

从军区返回已是垂暮之时，下了几日的大雪总算歇停了，天空依然低沉，流云被冻住了，堆聚在天边，远看像兀起的山峦。一路上都不说话，只听得千层布底鞋踩在冰硬的路上橐塌橐塌的声音，参差不齐。

数月前，也是从军区开会回来，接受了反扫荡，保卫家园的战斗任务，同志们群情激奋，一路上七嘴八舌，慷慨陈词；剖析敌我，出谋划策。

可这一次，军区领导们综合了各方面的情报，反复研究，制定了新的作战方案。刚一宣布，引霄和她的同志们都炸了，纷纷向军区首长们申述辩解，这样的任务实在没办法完成啊。庞司令员恼火地拍了桌子，斥道："作战方案已定，留给你们的时间已经不多了。你们完得成要完成，完不成也要完成！"

臧政委点了引霄的名，问道："你是哪里人啊？"

引霄有点摸不着头脑，道："政委你晓得我是浙江人嘛。"臧政委紧逼着问："那你到苏北来做什么？"

引霄仍猜不透政委葫芦里卖什么药，不服气道："打鬼子，不分天南地北！"

"说得好！"臧政委络腮胡子遮不住嘴角隐隐笑意，"毛主席的战略思想，打击侵略者，不在乎一时一地的得失，重要的是有效消灭敌人的有生力量。我们今天暂时放弃茆围子，却是为了明天夺回它，保护它，建设它！"

原来，军区参谋得到新的情报，鬼子准备这一轮大规模扫荡后，要在茆围子设立数个据点，牢牢控制这块战略要地，切断新四军苏北根据地南北联系，以便接下来各个击破。军部首长们经过缜密研究，决不能让鬼子的阴谋得逞，于是改变了军事部署，计划主力部队暂时撤到外围，留下游击小队与鬼子周旋。

军区首长给他们区委和区武工队下达了三项任务：第一，立即组织力量把先前筑起的防御工事全部销毁，不给鬼子留下可利用的掩体堑壕。第二，贮藏在各乡的军用粮食要迅速转移，坚壁清野，不能让鬼子抢走。第三，要动员集镇和大庄子上的老百姓拆房毁院，人员尽量撤离，投亲靠友，不让鬼子轻易设置起据点。鬼子扬言对茆围子扫荡，杀光、烧光、抢光，我们就给鬼子留下一个"三光"的茆围子，让敌人在这片地上什么也得不到！

引霄已经理解了军区首长们高瞻远瞩的战略眼光，而且她已向庞司令和臧政委表达了坚决完成任务的决心。可她的心却像落入井中的秤砣，嗖嗖地往下沉。因为她还没有把握，如何说服自己手下的干部以及老百姓们认可军区首长的军事部署，积极配合区武工队按时完成这三项任务。

引霄做什么事都雷厉风行，连夜召开区委扩大会议，传达了军区首长的指示，并一个问题一个问题地讨论对策。

关于拆除防御工事的问题比较快就获得了统一的认识，主力部队撤离，武工队也要隐蔽行动，留着这些工事反倒便宜了敌人。决定由武工队副队长何弱之带领武工队员们，发动周边老百姓一起动手，推墙填沟，争取三天内完成任务。

贮备的军粮要坚壁清野，转移到安全的地方，却也难住了众人。军粮不是少数，立时三刻哪里去找稳妥的藏匿处？再说那么些粮食搬运起来动静一定很大，难免走漏风声。正纠缠未决时，有一位乡干部提出，是否可以化整为零，分散收藏，便于行动的隐秘。这一句话点开了引霄的心窍，常常说，办法在老百姓当中嘛！她马上表示同意这位乡干部的建议，蹙起眉头，一边思索，一边道："各乡各村干部回去，马上发动群众转移保存军粮，当然要量力而行，几百斤、几十斤都行。每户人家隐匿几口袋粮食就比较容易了，即便鬼子搜查也很难一网打尽。"稍顿，眉头弹了两下，又道："在敌人的枪口下保存军粮当然是要冒风险的，我想，为了鼓励群众的积极性，分散隐藏到各农户家的粮食，百分之三十就奖励给农户了，将来只需上缴百分之七十即可……"

此话音一出，全场一阵骚动。引霄小眼珠缓缓地兜了一圈，道："对不起，同志们，时间紧迫，故而我想到什么就先说了，没经过区委集体讨论形成决议。大家有什么看法，畅所欲言，反对的，补充完善的，还有更好的办法的……"议论声却一下子停息了，你看看我，我看看你。引霄指关节笃笃敲敲桌面，"同志们，鬼子是不会给我们时间来瞻前顾后的，犹豫不决的！"便有一女同志挺刷刷站起来，胸前金属的钢笔套在昏昏油灯光中一闪一闪，是孟隐，道："引霄同志，这么重大的决定，是否应该先向军区首长汇报呢？"

引霄十分肯定道："当然要向军区首长汇报的！鉴于留给我们的时间不多了，我建议，马上开始分粮，乡亲们也要抓紧转移或藏匿；我连夜起草报告送往军区。大家还有什么意见？"

引霄内心焦急，见无人出声，便点名问了："老何，你出出主意，还有什么更妥善的办法？"

何弱之摩挲着面颊，缓缓道："也只能这么办了！我们总不能因小失大，捡了芝麻，却丢了西瓜对吧？"

引霄又移动小眼珠，问道："文汉兴同志，你是管财粮的，你的意见呢？"

文汉兴的面孔像颗黄蜡蜡的鹅卵石，没有起伏，没有动弹，仅从唇缝里吐出一行字："我没有意见。"平直得像一根线。

这两人一表态，孟隐耸了耸肩，坐下了。

引霄便道："孟隐同志，如果没有其他异议，这项工作就由你负责，文汉兴同志协助你，给每户分粮的群众作好记录，斤两清晰，请他们摁好手印，以作将来还粮时的凭证。"

孟隐横了文汉兴一眼，又耸了耸肩，取下钢笔在指间把玩着。

最棘手的任务摆上了台面，谁能够说服集镇上的富户们拆毁自己的房屋，搬离自己的家园？

耐心静候了片刻，引霄摁着桌角站起来，道："好吧，这项任务我来负责。我们要相信群众的觉悟，相信军区首长们做出的决策是正确的。"何弱之仍摩挲着下巴，补充道："孙子谋攻篇中有知可以战与不可以战者，胜。军区首长们的决策，便是避其锐气，以图击其惰归。"引霄打断他："老何，此刻不是文绉绉讨论兵法的时候！"何弱之便直了直腰背，道："好吧，我直说建议。自我来茆围子这两年，发现这里大小士绅，均以晏凤律之马首是瞻，人称晏凤律就是茆围子的玉皇大帝。只要能够说服晏凤律，其他问题皆可迎刃而解了。"

引霄颔首道："老何你这个建议好，揪住了牛鼻绳！"

何弱之马上道："还有下半句，建议让文汉兴同志协助你，他是本地人，与晏凤律熟悉，容易说上话。"

引霄小眼珠直射文汉兴，文汉兴唇缝里又吐出一根线，"我没有意见……"

恰恰在此时，门外似有哄闹声，屋里的人都警觉地站起来，引霄一口吹灭油灯，手已经搁在腰间驳壳枪把上了。在外放哨的小山子推门进来，道："引霄大姐，何区长，都是些集镇上的富户，有十多个，他们用轿子把晏凤律抬来了，非要见书记和区长！"

有人重新点亮了灯。引霄与何弱之对视了一眼，"消息这么快就传出去了？"何弱之挤了下眼，道："总要传遍的，早一刻晚一刻而已。倒也好，道曹操，曹操到，不如就跟晏凤律把话说开来？"

引霄两指捏住眉心捏了几下，道："就这么定了！同志们，不能总是纸上谈兵，行动起来吧。何弱之同志，孟隐同志，你们立即着手进行你们负责的任务；文汉兴同志，你暂时留一留，和我一起会会这位参议会会长，茆围子的玉皇大帝。"

孟隐和何弱之带着相关人员和乡干部先行撤离了。何弱之出门前，凑到引霄耳畔道："文汉兴曾做过晏府私塾先生。"引霄会意，"嗯"了声，便吩咐小山子将乡绅们都请进茅屋。

晏凤律身材高大且壮硕，从轿子里钻出来，像平地起了一座塔。穿着黑色起团花织锦缎面料的小羊羔子皮袄，戴一顶深棕色狐皮帽，深眉阔嘴，威而不猛，与引霄领着的一班土衫薄袄的游击队员相比，云泥异路。神态却恭谨谦和，恂恂有礼作个揖，道："引霄书记，文科长，老朽冒昧相扰，实属无奈之举。蒙众乡邻抬爱，选我做了参议会会长。值此家国危难之际，鬼子扫荡，贵军主力撤离，又惊闻须破屋毁家，人心难免惶惶。自古道，安土重迁，黎民之性。哪个不怕离乡背井？便推老朽出面，向一方主政者讨教个安民告示，为什么？怎么办？有没有什么锦囊妙计？"

引霄头一次碰到这样的阵势，薄唇一抿，定定神，也拱手还礼，道："晏会长，

231

实在对不起,我们也是刚接到军区的指令,还来不及安民告示,惊动了众乡亲。正好,都来了,容我把军区首长反扫荡的军事部署给大家解说解说。老实说,我口袋里真没有什么锦囊妙计。"引霄拍了拍两侧衣襟,笑道,"晏会长,大家一起研究,群策群力,三个臭皮匠,顶个诸葛亮,真正的嘉谋善策一定在你们当中。"

文汉兴与当地的乡绅们都熟悉,一一让请进屋,把个小小的茅棚挤得满满腾腾。

引霄根据自己初浅的理解,向乡绅们分析了为什么主力部队要撤退,为什么主要乡镇要拆房毁屋的战略战术意义,随后,便等待乡绅们的反应,小眼珠躲在灯影暗处,观察着每个人面孔上些许动静。初始是一阵沉默,有人点燃了旱烟,油灯一豆原就昏昏,烟雾弥漫,愈是混沌不明了。引霄又将臧政委的话搬出来,强调道:"毛主席在《论持久战》中提出了游击战的精髓,敌进我退,敌退我进,消灭敌人的有生力量。我们今天暂时放弃茆围子,是为了明天夺回它,保卫它,建设它!"言毕,盯了下文汉兴,文汉兴转向晏凤律耳语了几句。

晏凤律开口了,他的声音像敲一面铜锣,咣咣响:"引霄书记一席话,让老朽茅塞顿开。所谓明者远见于未萌,智者避危于未形,贵军庞司令臧政委乃孔明仲达之流善用兵者,强而避之,以退为进,动静之理,得失之计,胸中自有百万雄兵也!"一番溢美赞颂让众人有点不知深浅高低,面面相觑,窃窃私议。引霄直拿小眼珠询问文汉兴,文汉兴却不动声色,稳坐钓鱼台。

果然,晏凤律塔似的站起来,抓下狐皮帽,露出锃光瓦亮的大脑袋,朝引霄深深鞠个躬,道:"晏某愚昧,初为俗习所蔽翳。幸闻高义,大含细入,醍醐灌顶,我便于众人面前表个态。晏某不才,幸得先祖庇佑,在茆围子凤沙滩、北皋庄、东亭乡有几处房产,现都交由武工队处置,该拆该毁,悉听尊便。晏某今晚回去,立马将各处家眷转移至瓢城老宅。只要对打鬼子有利,就是取晏某性命也在所不惜,何况几座房屋?"

晏凤律话落地,余音微微颤动回环,不仅让众乡绅目瞪口呆,引霄也颇觉意外,没想到晏凤律这位茆围子的"玉皇大帝"如此通情达理且侠义大度!引霄坠于井底的一颗心呼地浮上来,有些激动,克制了,双手抱拳揖了揖,道:"晏公高义,披肝沥胆,毁家纾国,明达果断,令人叹服!我想,待胜利之后,军区首长会为你们记功,老百姓会为你们记功,你们的子孙后代都会以你们为荣!"

引霄讲这番话时,没有称"你",而用了"你们",用意是将在场的乡绅们都包括在内了。匆忙间她还是敏锐地记住了何弱之的话:"这里的大小士绅,均以晏凤律之马首是瞻!"果然,在座的乡绅们绷紧弦弓般的情绪渐渐松懈下来,言辞也从抵触埋怨变成焦急犹疑,诸如时间太紧,劳力不够,举家搬迁,一时无亲可投,等等。

引霄暗暗长吐了口气,她晓得坚冰已破,接下来面对的各种各样的难题,只要思想统一了,横竖都能解决。便迅速调整了思路,正待开口,小山子又推门进来,急促地喊了声"引霄大姐",忽就抿紧唇,直挤至引霄身边,咬着引霄耳朵,喊喊了一阵。引霄眉头一点一点挤成一坨疙瘩,小眼珠突起似要弹出眶眦外。待小山子喊嚓完毕,引霄问了句:"凤沙乡保卫科长在哪?"小山子下巴朝门外翘了翘,道:"我让他在门外候着。"

引霄便站起来,面孔在闪烁的油灯中显得晦明不定,她微微往前倾着腰,双手撑着桌面,恳切道:"各位世叔世伯们,有些意外情况,我必须赶过去处理一下。你们的担忧和顾虑我都理解,文科长留在这里,你们把困难,无论大小,都提出来,区委和你们一起想办法尽量解决。总之,我们齐心协力,不折不扣地完成军区下达的任务。"言毕便往外挤,众乡亲纷纷起身让她,她挥挥手请他们坐着别动。经过文汉兴身边,引霄抬手在他肩胛上拍了两下。文汉兴领会她的意思,点点头。

小山子领着引霄走到一簇芦苇边,暗影中便迎出凤沙乡的保卫科长,戴一顶旧毡帽,帽耳朵耷下遮住两颊,帽舌压到眉骨,让人看不清他的面容,哼哼道:"引霄区,区长……"声音和背后的芦苇一起瑟瑟摇晃。

"到底怎么回事?"引霄压抑住心头的焦灼,低声问道。

那位保卫科长便抖抖索索叙述事由。原来数月前军区民运队派了一位女队员到凤沙乡进行减租减息的动员工作,传说这位女同志是从上海逃婚来到苏北解放区的,相貌出众,又有文化,在当地十分引人注目。这日傍晚,乡长和指导员都去参加区委紧急扩大会议了,这位女同志找到乡政府管财务的助理,声称自己接到家书,父亲病危,要赶回上海,向乡助理"借"十几个银元作盘缠。年轻的乡助理经不住她的软缠硬磨,更抵御不住她妩媚的丹凤眼中抛出的脉脉深情,便将刚刚领取的区财政经费统统"借"给了她,她得了钱旋即离去。乡助理越想越不踏实,越想越毛骨悚然,倘若这位"女神"一去不复返了呢?倘若她是敌人的奸细呢?嗖嗖寒风中乡助理汗如雨下,慌慌张张向保卫科长汇报了这桩公案。保卫科长晓得问题严重,不敢拖宕,立马动身。乡长曾告诉他区委驻地大致的方向,他在芦苇荡中摸索了一个多时辰方才找到。

引霄只觉得两边太阳穴砰砰地跳着,战局这么紧张,竟还发生临阵逃脱的事件!她黑着脸问:"去南面的船几时开?"小山子抢着答:"引霄大姐,茆围子南下的船只有一班,每日清早开船!"引霄一跺脚,"还等什么?去码头,截人!"又补了句:"小山子,再叫上几个人,看看有没有凤沙乡来的武工队员!"

1942年底1943年初那个堕指裂肤的冬天,留在引霄记忆中的印痕太深刻了,以至后来几十年,每到冬季,她浑身每条骨骼的缝隙中会有丝丝寒意渗出,像嵌着冰棱子似的。奇怪的是,那个冬天发生了那么多激烈的尖锐的险恶的事情,引霄都历历在目,唯独记不起那位逃跑的女民运队员姓甚名谁了!

他们赶到运河码头时,启明星刚刚浮出冻云,船工们正在做开航的准备。这艘船不大,仅上下两层。引霄带着队员们上上下下寻了两遍,并未发现可疑之人。难道她没有赶上这艘船?难道她不走水路走旱路?引霄正推敲之际,小山子跑过来道:"大姐,听船工说,底舱除了装货,也坐了客人。"引霄一怔,道:"下底舱!"

底舱的舷窗只锅底大小,时值侵晓,天光欲明未明,窗玻璃沾满了灰尘油污,黑黢黢的。整个舱内阴暗晦沉,影影绰绰看见舱的一半堆满货物;另一半挤挤插插,席地而坐,都是船客。保卫科长跟船工要来盏马灯，在船客们头顶心晃过来晃过去，晃了几圈，他摇摇头道："区长，好像不在里头。"有个凤沙乡的武工队员往墙根下指了一下，压着嗓道："那边……那个……有点像……"

"哪个？"引霄顺他指的方向望去，是个妇女，裹着细格老布头巾，脸埋在膝间，打瞌睡的样子。引霄轻轻问保卫科长："她叫什么？"保卫科长愈是压低了声音，说了个名字，当时引霄就觉得这名字好拗口，听了都不晓得那三个字怎么写。她仿着保卫科长的发音大声喊了声，那裹着细格老布头巾的脑袋忽地抬起来，马上又伏了下去。只这一瞥，凤沙乡的武工队员便肯定道："是她，错不了！"

引霄便绕到她跟前，正色道："别装了，你走不了的，跟我们回去吧！"

细格老布头巾缓缓地从脑袋上滑落，露出微微卷曲的长发。她抬起面孔，用一对标准的丹凤眼盯住了引霄。引霄止不住打了个寒噤：这眼神如此料峭凛厉，冷飕飕砭人肌骨！是恨？是怒？是鄙视？是示威？不容引霄多想，船就要开了，便命令武工队员们押着她下了船。

那位保卫科长紧跟着引霄，悄声问道："区长，准备怎么处置她？"边用手掌在颈部划了一下，意思是：枪毙？

引霄冷冷道："我们没这个权力！"心里早有了主张，吩咐保卫科长带两个武工队员将她直接送至军区公安处，由公安处负责对她的审查并作出处理。

保卫科长小心翼翼问道："区长，要不要把她的手反绑起来？"

引霄不以为然道："你们几个身强力壮的男子汉，怕管不住她一个赤手空拳的女人？"

不料那女人哼哼地冷笑起来，大声道："好你个葛之镛，你倒真是半张人脸，半张鬼脸啊！你就不怕……"

引霄猛地一惊，"葛之镛？你是葛之镛？鄱阳湖中失踪了的葛同志？"

保卫科长嗫嚅道："引霄区长，是，是我……我早认出了你，可我现在这个样子，不敢说穿，怕吓到你……"

引霄狐疑道："你什么样子？为什么会吓到我？"

保卫科长亦冷笑起来，道："半张人脸，半张鬼脸嘛！"说着一把揭下毡帽，并伸长头颈，将脸凑到引霄跟前。

引霄不由得朝后退了两步，闭了闭眼睛。葛之镛的左半边面孔皮肤一疙瘩一疙瘩地揪在一起，左眼窝塌陷，嘴鼻涡斜！"怎么会这样？"引霄脱口道。

"当年鬼子湖烧芦苇，我就被烧成这个样子了！"葛之镛的声音在初晓冷峭的寒风中显得分外阴沉凄惨。

引霄一时被他的叙述震撼，因无暇细问，便伸手与他用力握了握，道："葛同志，这个仇，我们总有一天会报的！"又道："快把帽子戴上吧！"葛之镛将毡帽戴好，用帽舌护住变形的面颊，引霄便道："这样吧，小山子，你去军部送人，让葛之镛同志回去歇歇，折腾了一夜天。"

葛之镛急急道："不用不用，引霄区长，你是了解我的。我保证完成任务！"

引霄便不坚持，她心里更记挂着文汉兴与晏凤律及诸乡绅们商讨的结果如何？这才是眼下的当务之急。

引霄和小山子马不停蹄赶回区委驻地，会议已经散了。听留在那里等候他们的文书汇报说，文科长向众乡绅拍了胸脯，说政府和老百姓会记着他们做出的牺牲的，

234

等反扫荡斗争胜利以后，一定会补偿他们的，众乡绅这才达成了统一意见。文科长说时间紧迫，让大家马上回去搬家腾屋了。引霄方才舒了口气，却另有一层忧虑跃上心头：以后，拿什么去补偿这些乡绅呢？她一甩短发，心里道："船到桥头自会直，待打完这一仗再说！"

鬼子的扫荡比情报中预算的时间提前了两天，幸好军区布置下来的任务基本都完成了，粮食坚壁清野，工事夷为平地，群众能撤离的也都撤离了。只有凤沙乡的王姑庄，庄上的富户自认为地处偏远，鬼子扫荡到不了，心怀侥幸，没有撤离，没有拆屋。鬼子将茆围子篦头般扫了一遍，收获甚微，就在王姑庄上设据点，筑碉堡，将那乡绅的房子强占为司令部。

引霄率领武工队潜入了密匝匝的芦苇荡，昼伏夜出，骚扰敌人，不断给鬼子制造麻烦。这半年时间，引霄和她的武工队数次陷入绝境，九死一生，日夜惕厉，穷竭心思。她早已把去码头拦截携款逃跑的女民运队员的事忘得干干净净。直至这年秋天，主力部队收复了茆围子，引霄却被调到整风学习班学习。在学习班里，她遇到了凤沙乡的那位年轻的助理，长得清秀，说话很腼腆。他跟着小山子叫引霄"大姐"。他道："大姐，我晓得我错了，不该相信她的鬼话……我在学习班检讨错误，改造思想，可她，可她……"引霄忽然记起了那对衔恨藏怒的丹凤眼，一惊，道："她？她怎样了？"

那乡助理忿忿不平道："军区公安处的钟处长第二天就释放了她，还说，参加革命队伍是自愿的，人各有志，她想回家，能不让她回家嘛？"

30

记者们总是有眼观四路，耳听八方的本领，获知省办公厅文主任、瓢城市委何书记及他们的老战友，当年茆围子武工队的核心人物，今日都来拜谒抗日阵亡将士纪念塔，岂肯错过这么好的采访机会？于是省报市报大报小报的记者都赶到了。他们首先包围了文汉兴与孟隐，长枪短炮齐齐伸到他们跟前。日光中，文汉兴淡金的面孔上展露出恰到好处的微笑，侃侃而谈；孟隐间或会插入几句，便引得记者们发出赞赏的笑声。

史引霄见状，跟青玉南渡使了个眼色，便抽身下石级。何弱之发觉了，忙与瓢城城市报的记者耳语了一通。那记者便三级并二级地蹦下来，追上了史引霄她们，长长的话筒剑刃般在她面前，却一朵花般热情地笑着，道："引霄书记，您可不能溜啊！缺了您，我们有关这座纪念塔的文章就作不成了！"

南渡和青玉抢着要跟记者解释，被史引霄阻止了。她内心是实在不想接受这个采访的，可是要硬推辞，会不会让文汉兴与何弱之有什么看法？估计他们是早计划好了的，否则便不会有这么些记者追随而来了。算了，就做一回锦上添花吧！那笑容如花的记者道："引霄书记，要不，您先去贵宾室歇会儿？待文主任何书记的采访结束后，我过去找您？"

史引霄嘀嘀地笑，"不用麻烦啦。青玉，南渡，我们就在这花坛边坐会吧。有树荫，蛮凉快的。"

花坛边有青石长条凳，青玉便从拎包中抽出一张报纸，让霄妈妈先坐下。南渡随手递过瓶矿泉水:"引霄阿姨喝口水润润嗓。待会要接受采访啦。"青玉道:"霄妈妈胃不好,再热也不能喝凉水,我这儿有暖胃的茶。"又从拎包中抽出一只保温杯,递给史引霄。

南渡不无醋意,笑道:"青玉大姐,引霄阿姨离了你还真不行呐。"

纪念碑边上的采访似乎进行得很顺畅,远远的,但见文汉兴金灿灿的笑脸在长枪短炮的话筒中分外扎眼;他说了蛮长时间,接下来轮到了孟隐,虽听不清她说什么,但见她两只手不停地比划着,又时不时朝文汉兴莞尔而笑,于是周围记者们也一起发出会心的笑声。

南渡显然不耐烦了,不时地看腕表。青玉只是隔一段就将保温杯递给史引霄。引霄用手挡回去了,道:"不喝了,再喝下去就要上厕所了。"

南渡跳起来道:"我正巧也想上厕所,引霄阿姨,我陪你去一趟吧。看光景他们一时半会还结束不了,等着也是等着。"

史引霄想想也对,还没轮到何弱之呢,时间足够充裕。于是南渡便陪着史引霄,从花坛边小路斜穿出去,那里有公厕。

不过耽搁了十来分钟,青玉就在公厕外喊了:"霄妈妈,差不多了吧?记者们等着你。"

史引霄甩着湿漉漉的手出来,惊讶道:"怎么这么快呢?老何呢?他这么迅速就解决啦?"

青玉朝小路上正走过来的几位记者瞄了一眼,道:"是何叔叔让记者先采访你!"

史引霄啐道:"这个何弱之!"记者却已到了跟前,只三位,比采访文汉兴的少了许多。史引霄便立定了,客客气气道:"我从上海过来办点私事,碰巧在这里碰到了当年的老战友。你们想了解什么?尽管问吧。"

那几个记者先让史引霄谈谈重回当年战斗场所的感想,随后的提问便是围绕着文汉兴了,请史引霄回忆一下,当年与"文主任""孟处长"并肩战斗时,有什么最值得回忆的事情吗?看来这些记者并不了解关于这座纪念塔可歌可泣的历史,他们只是奉命来为"文主任"歌功颂德的。史引霄泛泛地说了几句,记者们也不多追问,想必他们已从当事人那里获得了足够的材料。于是一行人走出小路,回到纪念塔石阶下,一堆记者见状连忙奔了过去,生怕漏掉好的细节。

徐亦香却置身记者的包围圈外,无聊地东看看,西看看,忽见史引霄一行人回来了,便迎了过来。史引霄问道:"阿香怎么不陪何老何一起接受采访?夫唱妇随嘛。"史引霄朝孟隐努了下嘴唇。

徐亦香皱了眉,"文汉兴官越做越大,牛皮也越吹越大了,照他讲起来,好像茆围子当年的反扫荡是他全盘指挥的了。听老何说,那时他仅仅是区里的财粮科长对吧?"又道:"我们老何也是没有办法,报答人家知遇之恩嘛,吹吹喇叭,抬抬轿子。"

史引霄不置可否,淡淡一笑,她没有刻意去听文汉兴对记者们说了些什么。近几年,陆续有老战友写了回忆录,大都自费出版了,史引霄也看过几种。自己回忆自己的经历,难免有选择性。问题颠倒啊,人员出入啊,尽量把自己写得完美啊,这些疏漏多多少少存在着,倒也可以理解的。便道:"阿香,我也算完成任务了,方才跟记者把他两口子大大地赞美了一番。我一大早从扬州过来,到此刻还没歇脚,不等老何了，先走一步，待会你帮我跟文汉兴老何都招呼一声。"

徐亦香一把扯住她的袖管，"引霄大姐，你要走了，老何真要跟我干仗了！他早安排好了，今晚尽地主之谊，在市委招待所设宴，为文汉兴，还有大姐你接风！"

史引霄双手抱拳揖了揖，"给老何说，我心领了。你想想，平楚躺在医院里，我哪有心思赴宴会？"

徐亦香道："老何就是怕你忧虑过重，才一定要你出来聚聚，叙叙旧，宽宽你的心！"

史引霄还是推辞，徐亦香坚持不松手，正僵持不下，那边何弱之采访总算结束了，徐亦香便喊道："老何，引霄大姐要走，你来劝劝吧！"

何弱之团圆面孔上布满了细汗，跑过来，弥勒佛般笑道："老史啊，这点面子你不给我，说不过去了吧？"又凑近她，道："老史，关于这纪念碑，你不是还有些意见和疑问吗？"史引霄小眼珠呼地弹出，"你晓得的？"何弱之道："作为一方主政，我怎么会不晓得？晚上，我还邀请了这里的县长和分管烈士陵园的宣传部长，你不正可以当面讨教讨教吗？"

何弱之的这句话让史引霄马上改变主意，决定跟随何弱之赴宴去。南渡刮到一句，"这里的县长"，不免心生忐忑，生怕会是自己曾经的同事，便道："引霄阿姨，何伯伯一片诚意，你放心会老战友去，我和青玉先回招待所，安顿一下。"说罢拿眼看住青玉。

何弱之道："小纺锤陪你霄妈妈一起留下，文主任，还有孟处长，当年都抱过你的嘛！"

偏偏青玉近来特别怕人提及"小纺锤"的话题，只道："何叔叔，我还是和南渡一起去招待所，把楚爸爸住过的那间房收拾整理一下，霄妈妈回招待所便可休息了。"

南渡自然是愿意青玉姐和她一起回招待所的，因道："爷爷定当留下陪引霄阿姨的，小贝，你开车送他们去瓢城。我晓得从这里走出去，上得公路，有一部长途车开往县城，我们可以扬招搭乘的。"

何弱之只要留住史引霄就行了，笑道："我和文主任都有车过来，小贝你开车送他们去瓢城，晚饭后，我负责把老史和小山子送回来，行啵？"

事情就这样定下来了。史引霄坐上何弱之的车，陈时模上了文汉兴的车掉头返回瓢城，小贝开车载着青玉与南渡去县城招待所了。

事实上，何弱之走马上任瓢城市委书记不过月余光景，各项工作却很快上了手，梳理得条不紊，颇有起色，数次得到省里领导的赞许。何弱之因之真心感激文汉兴的几处斡旋，将他调到瓢城任职。毕竟鬼子投降后他曾在瓢城工作过一段时间，总有些老关系织成的人脉网。这回是他竭力促动文汉兴主任来祭奠纪念塔，并组织大小报纸记者为文汉兴捧场；也是他特意设计了纪念塔前老战友重逢的感人一幕。何弱之当然十分了解文汉兴与史引霄曾经心存芥蒂，被何弱之看起来，那都是文汉兴老婆孟隐惹的祸，这个女人不晓得搭错了哪根筋，总是跟史引霄过不去。不过事情已经过去那么多年了，大家都不再年轻，工作上又没有多少牵扯，若不是因为这座纪念塔，恐怕双方这辈子再不会见面了。何弱之与双方都有割舍不了的关系，他和史引霄在茆围子芦苇荡中共过生死，可谓莫逆之交，何况史引霄还是自己的大媒人；他和文汉兴过去交往不深，总觉得这人笑不由衷，颇有城府，没想到人家春风得意之际竟会伸出手扶助自己一把，令他感铭斯切，并对文汉兴刮目相待了。何弱之决定来做一个和事佬，今晚小宴，让双方团坐一席，觥筹相错，谈论风生，一笑泯恩仇嘛。

对于今晚这桌菜肴，何弱之可谓动足脑筋，又不能太简便，又不能太铺张。太简便了，文汉兴不受用，特别是他那位自命不凡的老婆孟隐。太铺张了，史引霄一定当面开销，张口驳壳枪一阵扫下来，大家都尴尬。还有特别关键的一点，今天晚上的菜，不能有苏北菜的特点。何弱之记得很清楚，不久前在上海，徐亦道请客，大打苏北特色，每只菜上来都会引动史引霄和自己回忆起当年茆围子的往事。徐亦道只为了讨好自己和史引霄，可今晚上却要尽可能回避提及当年茆围子的往事，否则引起史引霄和文汉兴特别是孟隐对以往龃龉的记忆，岂不适得其反，自讨没趣？翻来覆去比较，何弱之决定剑走偏锋，请他们吃一顿别样形式别样风味的潮州菜。

何弱之才调到瓢城市委不久，他执意和大家一起在食堂吃饭。一日，他去食堂，看见有一小钵头一小钵头的粥，粥色呈藕荷色，中央聚一撮碧绿的小葱，令人开胃，便要了一小钵。一勺舀入口中，清爽、鲜美，醇厚，大为赞叹，便去询问食堂后厨，如何煮成如此精美的粥？原来厨房新近来了位潮州籍的厨师，他用海鲜的下脚熬成汤煮粥，深得市府机关人员欢迎。何弱之暗自沉吟，不晓得市府后勤是否是打听得自己原籍潮州，特为请了这位潮州的大厨？他并没去追查背后隐情，自 1938 年离开家乡，参加了新四军后，事实上他已逐渐习惯了苏北的菜肴，连讲话都带点苏北腔了。而今晚，请文汉兴与史引霄聚餐，全要靠这位潮州大厨大展身手了。

酒席摆在市委招待所最考究的包间里，这里一般是接待上级单位下来巡视的领导同志的。何弱之走马上任以来，也仅第二次走进这个包间。他引着文汉兴与孟隐推门进去，冷飕飕一股冷气扑面而来。沙发上已坐着两位男士，见他们进来，腾地站起，毕恭毕敬喊道："文主任好！何书记好！"何弱之回头招呼道："引霄大姐，来来来，我给你们介绍一下，茆围子这座烈士纪念塔的现任父母官。"

史引霄是故意放缓脚步，落于文汉兴夫妇后头，人家现在是省级干部了嘛，何必去抢他的风头？再则，她本能地不愿意与孟隐走得太近。听得何弱之喊声，便紧了紧脚步。陈时模跟着她进了包间，低声道："大姐，那是我们县新当选的古县长……"还想说什么，被何弱之喝断了："小山子，你也是半个主人了，快过来引见一下嘛。"

陈时模嘿嘿笑着，道："文主任，引霄大姐，这位是我们县的古县长，卓有远见，锐意进取，上任不过半年，便有许多建树；这位是我们县宣传部艾部长，南大高材生，年轻有为，这座烈士纪念馆全靠他规划设计，所以还兼了纪念塔管理处的处长。"

文汉兴与他们两位用力握了握手，道："感谢你们为修复这座纪念塔付出的努力，烈士们在天之灵可以安息了！"

古县长与史引霄握手时，谦恭道："早就闻听文女武工队长引霄的大名，今日得幸一见，果然气度不凡！"

史引霄连连摇头，道："有些传闻都是

人杜撰出来的，眼见为实，不过一花甲老妪而已！"边说边打量古县长，精瘦、清癯，然说话举止很有精气神。史引霄凝目片刻：那张面孔好似在何处见着过的？

暗自一笑：不要再神经过敏了。

何弱之招呼道："没有外人，大家坐下吧。随便坐，今天是朋友小聚，随心所欲。"

于是便陆续入座，虽说是随便坐，却也随便得合乎情理。何弱之"随便"拉文汉兴坐在了主位，孟隐当仁不让在他右侧坐下，何弱之又去拉史引霄坐到文汉兴左侧，史引霄推了他一把，"老何，不是随便吗？那个位置是留给你的，我坐阿香边上。"

何弱之是愿意坐在文汉兴边上，好亲自为他拣菜斟酒，晓得史引霄洞悉他的心思，便也不再推让，在文汉兴左侧坐下。徐亦香自然坐在了何弱之边上，史引霄和陈时模便也依次入座。那边，孟隐边上是古县长，再是艾部长。何弱之团圈看来，十分满意，这一桌人随便坐坐，都是妥当又妥帖。

何弱之笑道："文主任，老史，今天我们几个能在此一聚，太不容易了。你们想想，四十多年哟，其间多少生死考验？又有多少同志离我们而去？陆放翁有《感事六言》，双鬓多年作雪，寸心至死如丹。就像为吾辈素描一般！"摇摇头，长叹一声，"不说了，不说了，鬓华虽改心无改，试把金觥，旧曲重听。"便从桌下取出三瓶酒，一一罗列于桌面，道："我准备了三种酒，大家随意。"捧起一瓶包装精美的，"这是茅台，绝对正宗。先前在黔西北工作时，朋友赠送的，我藏了五六年，所谓酒逢知己嘛，开了！"又点点一瓶长颈瓶酒，"红葡萄酒，据说产于法国最著名的酒庄……"史引霄横度里插入一句："也是朋友送的？"

何弱之嘿嘿笑道："知我者，老史也！我这人没其他长处，就是至诚待人嘛。"徐亦香似嗔带夸道："逢年过节，家里就像赶集。村里的孤老，镇上的小摊贩，五行八作，都是受过老何关照的，送点家乡特产，有的甚至就是一把葱，我们全要化双倍的价值还人家。"何弱之一挥手，"你少说两句吧！"又托起一罐蟹青色陶瓮，手指在凸肚上弹了两下，嗡嗡响，"这个嘛，是瓢城自产的青蒿酒，我们酒厂正在进行体制改革。瓢城人民有决心有信心，要把它打造成一张瓢城经济亮丽的名片。"

文汉兴从他手中接过陶瓮，道："茅台嘛，你自己收藏着，这也是你在西部工作的纪念；洋酒嘛，我恐怕是欣赏不了的；我建议，在座的都与瓢城有千丝万缕的联系，理所当然应该支持瓢城的建设和发展。今天，我们就喝这青蒿酒了！"

环座皆称好。何弱之揭开了覆于瓮口的油纸，酒香喷溢开来，清香带点儿辛辣。文汉兴深呼吸一下，道："不错，有特点。弱之呀，要做成品牌，这包装得重新设计一下，譬如这盖的油纸……"

何弱之应道："文主任，我们已经聘请了南京大学艺术学院的学生为我们重新设计外包装。"边说，边替文汉兴斟了一杯，那酒色青里带黄，浓浓的，琥珀般。

孟隐用掌遮了酒杯掩口笑道："老何啊，我有点受不了这味道，太刺激了。我能不能尝尝你那瓶法国红葡萄酒呢？"

何弱之嘀嘀一笑，道："当然当然，女士每日来一小杯葡萄酒，养生养颜嘛。"便唤服务生取来醒酒器，倒入一些，放置孟隐手边，"你随意哦。"

在座其他人自然都顺着文汉兴喝青蒿酒。何弱之问史引霄："老史啊，你呢？还是白开水?"

史引霄道:"你给我倒小半杯青蒿,闻闻味道也好。另外再给我杯白开水。"

服务生端上一只大圆盘,是卤水拼盘,卤鸭卤鸡卤牛肉卤门腔。何弱之忙举杯一一敬酒,笑道:"潮州菜中卤水是极有口碑的,随意,随意啊。"替文汉兴夫妇各搛了两块,转身又替史引霄搛了两块。史引霄道:"我哪里吃得下这许多?你是叫我后面的菜都不吃了吗?"何弱之体贴道:"一块你吃,一块我是搛给平楚的,没让你吃下去嘛。"

拼盘刚转了一轮,服务生便送上一人一小盅汤,史引霄忍不住,道:"菜还没上呢,怎么先就上了汤?"

孟隐不无鄙薄地斜了她一眼,道:"史引霄你在大上海生活几年啦?故意装戆吧?广东潮州人都是先喝汤的,这是有科学道理……"

何弱之已发现史引霄鼻孔撑大了,生怕她与孟隐发生争执,忙引开话头,道:"这汤有个好听的名称,叫佛跳墙,是用高汤煲海参、鱼翅、鲍鱼熬制的,是一道保健汤。"

史引霄把火冲何弱之发出,没好声气道:"吃了它,真就能立地成佛啦?"

何弱之仍是一副弥勒佛笑脸道:"成不成得了佛我也吃不准,营养价值高那是肯定的啰!"

文汉兴侃侃道:"弱之啊,你搞得太奢侈了。老同志聚聚,不讲究吃什么,一片冰心在玉壶嘛。"

何弱之故意把声音压低了,道:"文主任,我跟你们实话实说,这碗汤是我们食堂师傅自己做的,花不了许多钱,味道却肥而不腻,并不比外面酒楼里的差。酒楼里的佛跳墙贵得吓人,一大半是被商家赢利赚去了,这已不是秘密。"

那边的古县长和艾部长两个,因有省、市领导在,只是含笑倾听,这一刻,古县长方才开言,道:"现在搞餐饮的也很难,一些大众菜、家常菜,利润都很薄,主要靠几只概念菜打牌子,方能赢利。"一旁艾部长接着应和:"古县长上任后,头件事就是走基层搞调研,他对市场经济这一块颇有研究。"

文汉兴举杯与古县长艾部长碰了一下,道:"我们基层干部都能像古县长这样注重调查研究,何愁搞不好工作?"

服务生陆续又上了两道炒菜,何弱之便又添酒。

史引霄早就按捺不住,她之所以同意来赴宴,就是有几个关键问题要"请教"古县长和艾部长的,便趁众人相互敬酒劝菜之际,举起自己那杯青蒿酒朝对面古县长艾部长举了举,道:"我要谢谢两位,为修复阵亡将士纪念塔作出的努力,圆了我们这些老家伙的心愿,特别是平楚,他是这座纪念塔的原始设计者嘛!"

史引霄提及平楚,气氛稍稍凝重起来。众人便都举杯向引霄,或向平楚致敬,或祝平楚早日恢复健康。引霄鼻子凑到酒杯沿口闻了闻,算是回敬大家了。杯子尚未放落,紧接着道:"古县长,艾部长,你们主持修复纪念塔,为什么不按照原来的形制修复呢?原来塔的正面是陈老总的题字,背面刻下当年为建这座纪念塔而慷慨捐资的乡绅的姓名,由民主政府首任参议会会长晏凤律亲笔书写。现在这部分内容就得不到反映了。"

陈时模喝了点酒,面孔有点泛红,忙道:"修复工程开工前,县里组织过一次专家论证，我是提到这个问题的，那毕竟是一段历史嘛。"说罢，拿眼看住艾部长，艾却侧脸去看古县长，古县长便站起来，道："正好，趁这个机会，把我们修复纪念塔的初衷和设计理念向各位首长汇报一下。小艾，你是具体经办的，你先说，我补充。"

文汉兴做了个手势，道："坐下说，坐下说。"

古县长便坐下了。艾部长清了清嗓，道："应该说，修复这座纪念塔是我县全体人民迫切的心愿，许多烈士的家属及后代都还健在，正值纪念抗战胜利四十周年，有这么好的契机，市委市府做出决定，挖掘瓢城周围红色遗址遗物，突出表现瓢城人民继承红色传统，不畏艰险，努力建设新瓢城的精神。瓢城境内各类纪念塔有好几座，市委市府讨论了修复方案，统一用'浩气长存'四个字作碑面，并由老战友代表文汉兴文主任亲笔书写。"

文汉兴摆摆手道："我不是书法家，不过，写这四个字时，真可以说是热血沸腾，百感交集啊！"

古县长道："怪不得，看这四个字，笔画像剑戟一样刚劲有力！"

何弱之笑呵呵道："历来评品书法，风神骨气者居上嘛！"

史引霄对他们称道文汉兴的字不以为然，甚至有些腻烦，便寻回原话题，道："既然是市里面的统一规划，为了尊重历史原貌，是不是可以有变通的方法。譬如，在纪念塔边上再竖一块大理石碑，用以镌刻当年出资捐助建塔者的姓名。"

艾部长又转眼看住古县长。古县长略沉吟，方道："我们当时也考虑了多种方案，譬如，在塔基上刻上捐助建塔者的名字，等等。可是，老百姓中有许多不满的情绪，说这些人大都是地主富豪，过去受他们剥削压迫还不够啊？还要把他们名字刻在纪念塔上，让我们朝他们顶礼膜拜啊？特别是对晏凤律，当年他称霸茆围子，民愤很大。听讲，在 1946 年第一次土改中，就被贫雇农的翻身棍打死了。"

文汉兴摆摆手道："古县长，谎言往往夸大并扭曲事实。那年土改，哦，老史，弱之，你们都调走了，我那时是茆围子土改工作队队长。情况是这样的，晏凤律在抗战中确实为我党我军做了不少工作，可他毕竟是大地主，盘剥压榨贫雇农也是事实，所以民愤民怨很大。当时老百姓中盛传一句话，叫作'翻身棍打死恶霸地主不偿命'。我们掌握了这个情况，诉苦大会前先召集农会骨干开会，强调党的土改政策。事实上，茆围子土改中并没有发生翻身棍打死人的事。晏凤律一直以来以开明绅士自居，他没料到茆围子老百姓对他有那么大的仇恨，诉苦会上听了贫苦农民的控诉，他受不了，回家后一病不起，半月后便去世了。"

史引霄飞快地瞟了何弱之一眼。当年，史引霄从瓢城市委书记任上忽被调去郊县搞土改工作，何弱之也从茆围子区委书记任上调往苏南，他们都没亲历晏凤律人生最后的周折蹭蹬，没有发言权。也曾风闻晏凤律被翻身棍打伤，不治而亡，却并没有准确的记载。

艾部长看看文汉兴，又看看古县长，道："我们这次在制定纪念塔修复规划时，做了广泛的民意调查，总的来看……"小心翼翼道出结论："反对把晏凤律的名字刻上纪念碑的群众还是占大多数的。"

文汉兴擎酒杯朝史引霄举了举，"老史啊，你的意见很有道理，对于历史记载，实事求是是第一要素。不过嘛，竖一座纪念塔毕竟不是写《史记》《资治通鉴》那样的典范巨著，顺应民心也是很要紧的，对吧？"慢慢呷了口酒，"我的意见嘛，在陈列馆里加上这个内容，真实地陈述当年建塔时士绅们纷纷解囊捐助的情景，顺便把当年捐助者的姓名一一列举出来，既尊重了历史的真实，又顾及了老百姓的情绪。老史，老何，你们觉得这样做如何？"

古县长立马道："到底文主任看问题精邃透彻！小艾啊，这桩事马上让人补充进陈列馆！"艾部长连连称是。

史引霄没出声，只拿小眼珠盯着何弱之，何弱之正替文汉兴斟酒呢。

文汉兴多喝了几口青蒿酒，面孔呈玫瑰金色，感叹道："当年，孙中山先生提出耕者有其田的主张，然这个愿景却在我们共产党人手中实现了！"

何弱之回给史引霄一个笑眯眯扑朔迷离的眼神，转头附和道："文主任，这一点我们这些亲历者都感同身受。当年解放区的土改，虽有些地区政策出现了偏差，但土改伟大的历史意义是抹杀不了的。农民头一次成了土地的主人，为了保卫这胜利成果，迸发出的革命热情排山倒海啊！记得1948年打淮海战役，解放区掀起轰轰烈烈的支前运动。我在哪里看到过一组数字，当年华野和中野解放军将士有60万，而支前民工就有543万。出动的大小车辆，担架有20.68万副，牲口有76.7万头，运送粮食达9.6亿斤，军鞋数百万双，弹药300多吨啊！"

文汉兴接着道："所以毛主席挥笔题词：人民的胜利！"

包间里的气氛被他俩激情的话语搅得腾腾热烈，偏偏服务生此刻端进一砂锅热气腾腾的粥，并道："首长们，这是我们潮州大厨精心烹制的海鲜粥。何书记，机关食堂里的海鲜粥徒有虚名，这一锅海鲜粥实至名归，大厨用了蟹虾鲍鱼海参熬成，真正的潮州海鲜粥，美味而不油腻，大补之食！"

何弱之悄悄瞄了史引霄一眼，笑道："难得我们茆围子老战友聚齐的，来来来，尝尝，尝尝。"立起身，先舀了一碗粥放在史引霄面前，"老史，煮这粥的米特别讲究，特别补胃，最合适你了。"史引霄盯着他的白麻子，鼻子出气，不知是"嗯"还是"哼"。何弱之当作没听见，这才替文汉兴和孟隐各舀一碗，孟隐用青边瓷调羹舀了半口粥，舌尖舔了下啧啧道："鲜、糯，好吃，就是太烫了，汗都出来了！"

何弱之忙唤服务生，把空调温度稍调低些。方才是顾及史引霄胃不好，畏寒，只打了冷风。

众人对海鲜粥赞不绝口，只史引霄一勺一勺往嘴里送，却不知其味，正琢磨着如何抛出第二个问题，晓得送出这个问号，必搅了餐桌上热气腾腾的氛围；如果不问，如鲠在喉，也不是她史引霄一贯的作风。心一横，道："我这里还有第二个问题想请教古县长、艾部长。在一块石碑上我看到了'葛之镛'三个字，这'葛之镛'就是夙沙乡的保卫科长葛之镛吗？他真有资格担当起烈士的称号吗？"

那两位只道晏凤律的问题被艾部长要言不烦，举重若轻地解决了，便可以定定心心大快朵颐，却被史引霄这么一问，便像一杆银枪嗖地逼在了喉口，美味含在口中，吞咽不得。

文汉兴竖起一根指头点点史引霄，道："还是老脾气，就你问题多，还偏偏提'葛

242

之镛',弱之,你说呢?这是不是哪壶不开提哪壶呢?"

何弱之只是嘿嘿嘿一阵干笑,徐亦香揉了他一把,道:"这人是谁?我怎么从没听你说起过?"何弱之依然嘿嘿笑,敷衍着,拿眼瞟着史引霄。

孟隐道:"亦香同志,你没在茆围子打游击,自然不晓得这个人啰。我来说吧,在当年残酷艰难的反扫荡战斗中,这也算是一段小插曲吧。"

史引霄冷冷一笑,道:"算了吧孟隐,当时你跟老何掩护老百姓转移到王姑岛去了,你也仅仅是道听途说的吧?关于葛之镛,在座的各位,还有谁比我更了解的呢?"

那个寒峭惨烈的冬天,鬼子对茆围子实行灭绝人寰的"三光政策",史引霄率领她的武工队员们依托迷宫般的芦苇荡与鬼子斗智斗勇,令鬼子恼羞成怒,便使出恶毒阴险的杀手锏:他们抓捕了一批武工队员们的家属,老老少少二十多人,押解至湖荡畔,用刺刀逼着他们对着茫茫滩涂呼喊队员们的名字,要武工队员缴械投降,否则就杀死他们的亲人。这一招棘手,好比掐住了武工队员们的命脉,队伍中人心惶惶,焦灼不安。引霄当即召开各小队长开会商讨对策,大家一致认为当务之急是要铲除汉奸!据点里的鬼子一般自己不出动,他们搜罗顽固地富分子组成所谓"和平军",四处游窜,打探武工队的行踪。鬼子之所以能抓获武工队员的家眷,也都是这些汉奸告密!所谓打蛇要打七寸,铲除汉奸,等于砍去了鬼子的爪牙,戳瞎了鬼子的眼睛,更可以对一些摇摆不定,首鼠两端的人起到震慑作用。

武工队的作战特点便是机动灵活,迅捷快速,当晚便派出数个两三人的战斗小组,对已确认的汉奸进行打击。次日清晨,东方已显鱼肚白,芦苇丛中的野鸭子簌啦啦地掠过水面,战斗小组的成员陆续返回营地。大家都很振奋,除奸行动进行得很顺利,有个战斗小组假称是愿意投降的武工队员,骗开了汉奸的门,进得院子,立刻动手解决了他;还有个战斗小组是在妓院里处决了正在寻欢作乐的汉奸。

小山子那个战斗小组回到营地时已近中午了。他们获取情报,"和平军"的汉奸一清早要去小王庄附近的乡镇搜捕武工队员的家眷,便埋伏在半途中的一座废弃的水磨房里。小山子仗着地形熟,况且敌人万不会想到武工队竟会到他们眼皮子底下"探囊取物"。临行前,引霄反复叮嘱,见机行事,不可恋战。小山子的战斗小组原只有两位武工队员,是平楚再三请战,引霄才批准他参加这次除奸任务。小山子将自己的驳壳枪让给平楚使,自己扛上一根三八式步枪。他们在水磨房蹲了整整一夜天,冻得血液都不会流淌了,脑袋像个冰砣子,迷盹盹,沉甸甸的。好不容易挨到惨淡的冬日抖索索破开晨雾,小山子忽然看到远远的村路上有数个晶亮的圆点在闪烁,继而听到了赤浪赤浪轮盘转动的声音,一个激灵,清醒过来,轻轻喝道:"来了,同志们睁大眼睛!"三辆自行车驶近了,没错,骑车人都穿着黑衣黑裤,戴褐色铜盆帽,正是和平军的服装。小山子发出指令:"我打为首的,阿础打第二辆,平楚同志,你协助椿芽打第三辆!瞄准了打!"随着他"打"字一出口,枪声便响了,第一辆第二辆自行车上的黑衣人应声倒地。偏偏椿芽的枪卡壳了,子弹打不出去,平楚双手握着驳壳枪用力摁下了扳机,他们都看见第三辆自行车连人带车翻倒在地！小山子吼道："撤！"他们便弓着腰沿着冬季干涸的水渠曲里拐弯地遁迹在霜白苍苍的原野之中。

武工队除奸各战斗小组圆满完成了任务，胜利的喜悦让枯萎的芦苇竟也泽润起来，有人发现了根底冒出了青葱绿的蒿草嫩枝，便拔出来，集成一束。吃了几个月的枯草根，总算可以尝鲜了。小山子跟引霄出主意："大姐，同志们都辛苦了，不如我去王姑岛老乡家赊一只鸡来，犒劳犒劳大家。"引霄想，接下来的任务更艰巨，要营救被俘的家眷们，不啻虎口拔牙，便同意了。

武工队员们听说有鸡汤喝，情绪高涨。忽有哨兵来报，有一个穿黑衣黑裤的"和平军"，满头是血，不知怎么，竟已摸到武工队秘密营地的入口，声称要见引霄队长，有重要情报汇报，还自称是引霄队长的老战友。武工队员们都警觉地拿起武器，引霄让大家先隐藏起来，又问哨兵，此人长什么模样？姓甚名谁？哨兵道，因满头的血污，看不清相貌，他说他姓葛……引霄心中陡一惊：难道是葛之镛？便随哨兵一起穿过层层芦苇。

果真是葛之镛，蜷缩在一堆腐草窝里，半张变形的面孔因血污而显得狰狞。

引霄低声呵斥道："葛之镛，你这可耻的叛徒！你怎么知道武工队营地的？"

葛之镛匍匐着蛇行向前，趴在引霄脚下，撕心裂肺道："引霄区长，我不是叛徒！是我们乡长临牺牲前告诉了我武工队的营地，他叮嘱我千方百计找到你们……"

照葛之镛的说法，在掩护老百姓撤退的战斗中，乡长率四五名村干部作掩护，与扫荡的鬼子发生激战，子弹打完了，他们被鬼子俘虏，押回据点。鬼子对他们分别审讯，严刑拷打，威逼利诱。半夜里，被敌人折磨得奄奄一息的乡长给他下达了艰巨的任务，要他将计就计，仿效孙猴子钻进铁扇公主肚子里去，打入敌寇内部，收集敌人各项军事情报，配合我主力部队顺利反攻，收复茆围子。

"我们一时无法确定葛之镛的话是真是假，凤沙乡乡长已被鬼子杀害，一起被捕的几位村干部，他又说不清姓名，而且生死不明。他的确拿出一份鬼子据点周围兵力部署的情报，可这些数字我们之前也都有所了解。为了预防不测，我们武工队当即转移，另辟营地……"

史引霄因深陷记忆，语速无了往常的快速爽利，变得迟缓涩滞，孟隐便趁机抢过话头："葛之镛下半段故事该由我来说了吧，老史，当时你派了两位武工队员把他送到王姑岛，对吧？葛之镛的老婆和他一岁多点的儿子也撤退在王姑岛上，如果他真加入了和平军，他老婆孩子就不会躲到王姑岛上来了，你们说呢？"

半年后，主力部队打回茆围子，拔去鬼子的据点，歼灭日伪军一千八百余人，彻底粉碎了鬼子"扫荡"计划。引霄却被人举报，一是未经军区首长批准，擅自将公粮分给老百姓，二是在芦苇荡中用公粮跟老百姓换老母鸡吃。反扫荡战斗大获全胜，引霄却被撤职处分。去军区学习班前夜，引霄写了一份详细报告，并不是为自己申述，而是要求对葛之镛参加"和平军"一事进行甄别，并提出了几条线索，比如凤沙乡的几位村干部，以及住宿的房东、邻居等等。

孟隐双手一拍，笑道："当年还幸亏平楚同志拿惯了画笔，不会开枪，子弹只擦破了葛之镛的头皮。否则,问题可就复杂了!"

文汉兴眯缝起眼,像是回望历史深处,道:"鉴于葛之镛的身体状况,后来也没有担任什么重要职务。好像是在大军渡江那年头上,他因患痼疾而去世的。"

艾部长听得文主任表态了,方才回答史引霄的问题:"县里要修复纪念塔的消息传开后,我们就收到了葛之镛家属寄来的信件,他们认为葛之镛在茆围子反扫荡战斗中奉命深入敌窟,作出了不可磨灭的贡献;并且……"瞭了眼史引霄,又看看文汉兴,"并且,他后来患上的痼疾与当年挨的那一枪有很大的关系。所以,他们觉得葛之镛的名字应该作为这片土地流血牺牲的烈士被刻在纪念碑上。为此,我们组织专门小组进行了广泛的调查,听取了广大群众的意见,这才将他名字补刻上去了。"

史引霄晓得大家的眼睛都盯着自己,极力用平缓不带色彩的口气道:"只要你们调查下来有确凿的证据证明葛之镛没有投敌行为,那我就没什么意见了嘛。"

举座都松了口气,个个神情活络松弛开来。孟隐放下盛海鲜粥的碗,道:"老何,这粥确实别有风味。不过,你不会就用一锅粥来打发我们了吧?"说罢嘻嘻嘻地掩嘴而笑。

徐亦香勉强保持着笑脸,忍着;何弱之却很享受这种调侃,喃喃道:"岂敢岂敢,这粥只是给大家暖暖胃的。孟隐同志,后面那几只菜端上来,定让你收不住筷,吃了还想吃。只要你不怪我让你增了肥,我就烧高香念阿弥陀佛了!"席间扬起轻尘般的笑声。

文汉兴摇摇头,"弱之,我都八分饱了,不要再弄那么多菜嘛!"

何弱之话锋一转,"文主任,也没几道菜了。我们慢慢谈,慢慢吃。"

史引霄衔着何弱之余音道:"趁小菜还没上,我再提一个问题!"

何弱之故意大惊小怪道:"哦哟,我说老史啊,怎么还提问题?能不能让大家定定心心吃顿饭嘛?"

史引霄心里骂了声:"你个老滑头!"便道:"你不是说慢慢谈慢慢吃么?我给出个话题嘛。当年在东亭草偃阻击战中壮烈牺牲的寒城同志,当地老百姓哪个不晓得她的英名?为什么在纪念碑数千人的烈士名单中,却独不见她的名字?是你们疏漏了,还是有其他的原因?"

文汉兴直了直腰身,道:"老史啊,我一直等你提出这个问题,现在终于提出来了。"一时间,玫瑰金的面孔变成橘黄,抬掌捋了一把,"自省委批准茆围子修复抗日阵亡将士纪念塔,我们省办公厅就陆续收到平楚同志寄来的有关寒城同志情况的申诉报告。"

陈时模侧身跟史引霄附耳道:"平楚大哥给我的信,我都转到省办公厅了。"

"其实,省里有关领导早就注意到了这个问题。当年建塔时,寒城同志是受了晁无咎同志的牵连,名字没有被刻上烈士碑。如今,晁无咎同志得到了彻底平反,按理说,寒城同志的名字应该补刻进烈士碑的嘛!古舸同志,我记得省办公厅是给你们纪念碑修复小组去了函,希望你们妥善处理这个问题的。你说说情况吧。"文汉兴不紧不慢谈出了意见,有理有节地把问题递给了古县长。

古县长立起身,双手端着酒杯朝文汉兴、何弱之、史引霄敬了一圈,坐下,方道:"我们接到省办公厅的敦促函,立即组织专人对寒城同志的情况调查复核,并无异议,正打算要补刻她的名字,却意外收到晁无咎同志前妻的信件。她在信中怒斥寒城同志破坏了她和晁无咎同志的夫妻关系,指责寒城同志投机革命,攀附高级首长,无品无德。我们了解到中央军委为晁无咎同志平反的证书都寄回家乡他前妻手中,一时我们很难调查清楚他们之间情感纠葛的是非曲直。可纪念塔修复完工的时间又铁板钉钉的,所以,暂时就把这桩事情搁置下来了。"

史引霄情不自禁一拍桌子,面前的碗碟丁零当啷一阵响,急促道:"寒城如何会和晁无咎结婚,当时的情况,庞司令与臧政委都很清楚,这很容易调查清楚的呀!"

古县长瘦削的双颊吹气似的鼓了鼓,没出声,只看住文汉兴。文汉兴摇摇头,叹道:"老史啊,你这驳壳枪脾气看来要随你一生啰!你想想,庞司令与臧政委如今年事都高,身体又不好,我们怎么能拿这么琐碎的事情去打扰两位老首长呢?"

史引霄小眼珠被心火逼得铿亮,冷冷道:"有关一位同志生前身后的名誉,这难道是琐碎的事情吗?"

何弱之赶紧打圆场,替各位斟酒,一边道:"老史,你放心,待候得两位首长身体康复,我们一定派同志前去复核,不过略耽搁些时日。"

陈时模扶住史引霄胳膊,轻轻道:"大姐,大姐你哪里不舒服?"

史引霄面色铅白,出气有些重,却推开陈时模的手,含混着,道:"哪里?没有哪里!你放心,我撑得住!"此刻她已将平楚发病的诱因搞清楚了,仿佛亲眼目睹:平楚一定是四处打电话询问寒城的事。是文汉兴?孟隐?何弱之?艾部长?古县长?电话那头一定告诉了他晁无咎前妻的无端的指责,那些恶毒的言词,泼在寒城身上的污水,真会要了平楚的命的!

31

史引霄滴酒未沾,却称:闻青蒿酒的气味便已醉了,不能自持,先行告退了。何弱之明白她的心里不痛快,也怕她再待下去,不晓得还会说出什么话来,让文汉兴和孟隐下不了台,便顺水推舟道:"老史今天是该早点歇歇,这样吧,我叫个人陪你去招待所。"陈时模因道:"何书记,我陪大姐去招待所,顺路嘛。"何弱之笑道:"也好,小山子你吃饱了吧?不要回到家再跟媳妇讨吃的!"陈时模拍拍肚子,道:"一盅佛跳墙,两碗海鲜粥,早把肚子撑满了!"

古县长和艾部长站了起来,要送史引霄,何弱之挥挥手让他们坐下,陪文主任孟处长多喝几杯。孟隐道:"老史啊,有空到省城来,一定要来找汉兴和我哦!"史引霄哼哼笑道:"进你们省委机关要不要带组织介绍信啊?"文汉兴浅笑道:"你史引霄三个字便是畅通无阻的通行证了。"

何弱之亲自送史引霄和陈时模到门口,吩咐司机,一定要安安全全将他们送回县城,又道:"老史啊,既然已请假出来了,就多住几天。隔日我陪你到瓢城各处走走!"

史引霄没吱声,汽车缓缓启动了。

县委招待所是一幢陈旧的砖木结构小楼,六十年代盖的,原来四层,七十年代中又加了一层。初起时是县委县政府的机关,改革开放后,县委县政府另外造了楼,这幢楼稍加修缮后做了机关的招待所。虽是旧楼,白墙黑瓦,楼前一方院子,不大,却也草木繁荣,一派葱翠翁郁。

平楚借住了数月的屋子在小楼三层的西南角,是陈时模特地叮嘱招待所的负责人为他安排的,清静,且笃底拐角处的客房比别处多出一个内阳台,便于平楚架起画架,铺展画布。

招待所的负责人晓得这几位是县政协陈副主席的客人,便由着青玉和南渡挑选房间。青玉南渡不谋而合,都选了平楚那间屋正对面的房间,虽是向北,但离史引霄近,便于照顾她。小贝很识趣,道:"我就住底楼统间,反正倒下就睡的,不用那么考究。"

待史引霄踏进招待所,青玉南渡已将客房收拾停当,坐在楼下大堂里迎候她了。陈时模听青玉南渡说,一切妥帖,便告辞回家,嘱引霄大姐赶紧休息,次日近午,他来迎她们上他家吃午饭,随后一起去瓢城医院探平楚。史引霄道:"小山子,你也不用折腾,明日午饭我们自己解决。瓢城医院探病号是下午两点吧?我们也不要破了人家的制度,就那时间,在医院碰头吧。"陈时模晓得拗不过她,点点头,心想,探了平楚,晚饭总得上家吃了吧!

这一天下来,史引霄确实感到特别疲乏,上楼梯,脚都抬不起,像是被青玉南渡一边一个抬上去的。尤其让她身心交瘁的是方才晚宴上得到了寒城名字不能上纪念碑的真实原因,这个平空冒出来的"晁无咎的前妻"究竟是何等样的人物?为什么她的一封检举信就有那么大的威力?头痛得抬不起眼皮,史引霄只能由着两位姑娘为自己宽衣,烫脚擦脸,乖乖地吞下一把药片,然后躺下。青玉替她肚子上压了一块毛巾被,柔声轻语道:"霄妈妈,我和南渡就在你对面,你安心睡一觉哦。"又道:"楚爸爸这两个月画的素描稿,我都整理好了,都摞在写字桌上。"

青玉南渡轻手轻脚退出门去,史引霄意图撑开眼皮说些什么,却咕隆咚跌入了梦乡。

现代人治失眠,吃这个药吃那个药,效果并不长久,亦不能根除。后来史引霄总对人道:"要想睡个好觉,把自己狠狠地累一遭,比什么药都有效。"

史引霄一觉醒来,自以为只不过迷糊了十几分钟,看看表,竟已是次日早上五点多钟了。平常她的觉浅且短,从没有一觉这么长时间的。脑袋倒是轻松了不少,便起身,掀开帘布,这帘布想来日久未换,捏在掌中粘答答的。窗外却是一派清朗,晨曦轻盈透明,初夏的树木草丛鲜绿翠青,令人心旷神怡。史引霄觉着心情明朗多了,就好像将裹在果糖外的一层糯米纸揭去了,这糖什么味道,一尝便知。她思忖着,时间还早,那两个姑娘昨天跟着自己奔东奔西的,也累了。便不去惊动她们,自己冲了浴,换了身衣服。

她模糊记得昨晚青玉临出屋时说的,"楚爸爸这两个月画的素描稿……都摞在写字桌上……"小眼珠滴溜溜一扫,果然,内阳台窗沿下横着张漆水斑驳的旧写字桌,放着一摞画稿,足有半尺多厚。她不由得被拽住了魂灵般,拖把椅子,坐在桌前,拧亮老式的玻璃灯罩台灯,捧起了那摞画稿。

却说青玉南渡两个安顿了史引霄后回转自己的客房,稍事盥洗过,各自躺在床

247

上，都想趁机聊些家长里短。青玉很想问问南渡，当年究竟为什么突然就跟雪弓分了手？南渡也很想问问青玉，她实在想不通，雪弓和那位姬瑜家庭背景生活环境如此不同，他们会有共同语言吗？自然不能单刀直入奔主题，先聊些无关紧要的事情。却不料也是乏了，你来我去没两个回合，言语便含浑起来，先后沉沉睡过去了。

青玉一觉醒来，满眼已是日光杲杲，慌得一骨碌坐起来。什么时候了？怎么就睡得这么沉？原来打算隔两个小时要过去看看霄妈妈的呢！瞄下腕表才七点多些，入夏后，日头便长了。定定心，看南渡还在梦中，不晓得梦到了什么，身子竟转了一百八十度，毯子也掀在地上了！青玉替她捡起毯子，盖在她肚子上，也不梳洗，悄悄出了门。霄妈妈房间的两张门禁，一张在她手中，她极其小心翼翼，缓缓推开了霄妈妈的房门。霄妈妈昨晚休息得可好？这会儿醒了吗？

青玉却愣住了，床是空的！再抬头，霄妈妈坐在写字桌前，纹丝不动，衬着明晃晃的窗户，剪纸一般。霄妈妈垂着的手中捏着画稿，交叠的腿上重沓着画稿，脚边地上横七竖八散落着画稿。

"霄妈妈——"青玉轻轻呼道，"你一夜天没睡呀？"

史引霄缓缓转动脑袋，面孔对准了青玉，可青玉感觉得到，她的小眼珠并不在看自己，霄妈妈的目光穿越到楚爸爸画中的那个年代去了。

小贝爽爽快快睡了个扎实觉，醒来，七点多八点不到，赶紧去饭堂吃了早餐。招待所早餐时间到九点就结束了，况且十分简单，稀饭馒头，什锦酱菜，外加酱油荷包蛋。小贝推测史区长和两位姑娘恐怕赶不及招待所的早餐了，便去附近饮食店买了青蒿菜包和豆腐馅包，外加三份榨油渣咸豆浆，用条枕头巾盖着，放在大堂一隅的茶几上，自己坐在沙发上翻阅这几天的报纸。他寻思，只要青玉或者南渡下楼梯，一眼就能看到自己。

大堂报架种类丰富，《人民日报》《光明日报》，上海的《文汇报》和《报刊文摘》，还有《新华日报》《扬子晚报》等等，小贝一一翻阅下来。当他把最后一份报纸搁回报架，抬头看看前台上方的时钟，已快十点了，史区长和两位姑娘却还没有显身。小贝伸手去枕巾下摸摸包子和豆浆，早就凉了。小贝是晓得史区长睡眠向来不好，这一觉不见得会睡那么长吧？有点不安，便去前台，让服务员给楼上两位姑娘的客房挂个电话。电话铃响了一阵，却无人接听。小贝愈是疑惑，正想把电话直接挂到史区长房中，大门口进来了几个客人，其中一位雪白寸头的汉子喊道："司机同志，司机同志，引霄大姐休息得还好吧？"小贝认出他就是烈士陵园的门卫，叫麦佬的，便道："麦佬同志，您稍等，我正给史区长打电话呢。"麦佬的嗓音咣咣响："告诉霄大姐，水珠和我儿子一起来看她了！"

对面接电话的却是青玉，青玉显然听到了麦佬铜锣般的声音，欢喜道："哦，是麦蛾的爹妈来看霄妈妈了吧？小贝，快领他们上来吧！"

小贝忙道："史区长……她休息好了吗？"

青玉道："霄妈妈睡得还行，早起床了……"

小贝心里嘀咕："早起了？怎么不下楼吃早饭？"顾不得追问，搁了话筒，领着麦

248

佬及他老婆儿子上了楼。

史引霄以及青玉、南渡出了门，在走廊迎候着。水珠喊了声："大姐！"便涕泗横流了，捉住史引霄的手拼命捏着。

史引霄"哎哟、哎哟"叫着，抽出手掌，笑道："水珠，你气力还很足嘛，嗯，瘦了点，黑了点，精神不错呀！"

水珠一巴掌抮去眼泪，道："大姐，总算熬出头了，现在日子好过多了！"转回头，将儿子拽向前，"麦蛹，叫姨娘呀！"

史引霄拍了下麦蛹，"小胖仔也成帅小伙子了呀，有对象了没有？"

麦蛹能长能大的个头，却羞怯如稚童，搔头抓耳道："姨娘，还没有呢……"正处变声期，声音哑壳壳。

青玉道："别站在门口呀，进屋说嘛。"

水珠道："青玉姑娘，日脚在你身上偏是不留痕迹，清素得像一帧观音像。"

青玉浅浅一笑，"水珠阿姨，你说得好，我都过了不惑岁数了呢。"

客房内，青玉已将画稿重新摞齐了；史引霄招呼麦佬一家随便坐。南渡见了水珠多少有点愧疚，不言语，只是洗杯子，撮茶叶，摇摇水瓶，只半瓶水，慌着出门打热水，却被水珠拦住了，道："哦哟，萧同志，打水倒茶哪能让你做？我来我来！"从南渡手中夺过了水瓶。

史引霄朝青玉挤眉弄眼了一阵，青玉领会了霄妈妈的意思，便去对门客房自己包中摸了一叠钞票，数数，有八百元，用一只招待所的信封装了，回到霄妈妈房中，将信封塞她。

史引霄笑吟吟道："麦佬啊，这次来茆围子，走得匆忙，也没带什么礼物。麦蛹，姨娘只在照片中见过你，头次见面，喏喏喏，这只信封中几百元钱，就算见面礼了！"边说，就把信封塞在麦蛹的手中。麦蛹推着不收，史引霄小眼一瞪，"麦蛹你是不想认我这个姨娘吗？"麦佬便道："收下吧，收下吧，麦蛹，这个大姨娘你是不能不认的！你小时候，姨父姨娘隔几个月就要寄东西来，你吃的穿的，姨父姨娘哪一桩没想到？"

正巧水珠打了热水回房，衔了这句话道："麦蛹啊，老古话怎么说来？受人滴水之恩，当报以涌泉……"

史引霄截断道："水珠啊，一家人，讲什么报恩不报恩的。当年你丢下麦蛾，到上海带雪墨，究竟谁该报谁的恩呢？"

水珠却抹起了眼泪，麦佬一拍大腿道："见了引霄大姐该笑，作啥哭了呢？"

史引霄是体会得水珠的心情的，必是想起了从前在晏凤律家受的委屈，便寻思引开她的注意力。既然已提起了麦蛾，不如顺着麦蛾说开去吧！笑道："我正好有件事要跟你们商量，是有关麦蛾的。"

水珠眼中还窝着泪，忙道："麦蛾怎么啦？麦蛾给大姐添麻烦了？"

史引霄道："哪里呀，麦蛾怎么会给我添麻烦？是这样的，算算麦蛾也二十多了，不能总这么荒着呀。我想送她到纺织工学院上服装设计的函授班，学门手艺，将来出息可大了！想问问你们的意见，不会急着让她嫁人吧？"

"不会不会，"麦佬又是摇头又是摆手，"麦蛾哪里修来的福气啊！"

水珠眼泪窸里窣落滚下来，哽咽道："大姐，麦蛾不定高兴成什么样子了！在镇上念初中那两年，就数她成绩好……"

史引霄道："那就定下了，离开学还有两三个月，我找人先帮她补习补习。"

水珠忽然想到什么，犹豫道："大姐，

麦蛾去念书了,谁来服侍你日常起居呀?"

史引霄嘀嘀一笑,"我手脚齐全的,自己能照顾自己。再说了,还有青玉,还有雪砚、雪墨。"

水珠直盯着麦佬,麦佬会意,便道:"大姐,我看嘛她们姐妹都是公家人,忙,还是让水珠去上海陪陪你。现在不比从前,我和麦蛹都有了工作,自家的几亩地也都承包给人家种了,水珠完全可以脱手的。"

史引霄迟疑着,忖量着。麦佬家的日子是比前几年好了,可是麦蛹要讨老婆,要造新房,农村少不了还要不菲的彩礼。水珠去上海,"兰畦"里活儿并不多,可以让她多帮几份人家,多攒点钱。还有,水珠若去了上海,倒可以让麦蛾上全日制大专班学习了!沉吟道:"水珠走了,麦佬,你腿不好,谁来服侍呀?"

麦佬忙道:"大姐,我现在基本就守在烈士陵园里,有现成饭吃;再讲了,我腿瘸,可身体没其他毛病,有的是气力,干什么都行。"又道:"你就不一样了,身上有鬼子留下的伤痕,又是领导干部,要顾千家万户,还是让水珠去上海照顾你,我们大家都放心了。"

事情就这么定下了,史引霄嘱水珠不要急,将家啰里啰嗦的事安排定当后再到上海,麦蛾要九月才开学呢。

家常话东拉西扯起来没个完,不觉已近午时。史引霄留住麦佬一家就在招待所食堂里吃了顿饭。待麦佬三人告辞离去,史引霄立马道:"差不多了,去医院吧。"

青玉道:"霄妈妈,打个盹再走吧。一上午聊下来,你吃不消的。"

史引霄道:"我有那么娇气啊?再说哪里睡得着?"

南渡道:"引霄阿姨,今天下午我不陪你去看平楚叔叔了,有一些旧日的同事,不去招呼一声不好,还当我记着当初的过节呢!"

史引霄挥挥手,"你忙你的去,有青玉陪着就可以了。"

从县城招待所到瓢城市医院,小贝开车走过一次,便记熟了,顺顺当当,到医院恰巧赶在探病时间的点上。他们在重症监护病房外的走廊上迎面遇见查房的陆医生,陆医生一直没有表情的面孔上挂起几分笑意,道:"正想告诉家属好消息,上午重新做了脑CT,平楚同志淤血面积又收缩了一些,这样看来,他恢复意识的可能性更大了。"青玉扶住了史引霄的肩膀,史引霄眨着小眼珠,连声道:"谢谢陆医生,谢谢陆医生!"陆医生撩了下散落下的头发,将它们盖住头顶心,道:"引霄书记,你太客气了,这是我们分内事嘛。"又道:"我们鼓励家属探病人时多跟他说说话,说些病人熟悉的感兴趣的话题,这有助于唤醒病人的意识。"史引霄听进去了,若有所思,点点头。陆医生又转向青玉,道:"小史医生,昨天你给我的方子,我拿去给我们医院推拿康复科的同事们看了,大家都很感兴趣,有些问题,还想请教上海同行。小史医生,你能走得开吗?我带你去推拿康复科。"青玉犹豫着,史引霄搡了她一把,"去吧去吧,这个机会也很难得的。你放心,我就在你楚爸爸病房里待着,陆医生不是说,让我们家属多跟病人说说话么?"

平楚啊,是陆医生关照的,要我多跟你说说话,说些你熟悉的感兴趣的话题,说是对恢复你的意识有帮助,你不要嫌我啰嗦哦。

自从我们南下到了上海工作,有了自己的房子,住在一个屋檐下,相互之间谈心交流得反而少了。有时候,我下班回家,人很疲乏。你跟我讲你的创作构思,我没听几句就睏过去了。有时候,你在画画,我想跟你谈谈机关里遇到的烦心事,你会讥笑我,当官了,在官场上作报告还没作够啊?我很怀念我们在茆围子的时候,常常一两个月见不到面,只要碰到了,相互就有说不完的话。油灯熬干了,就坐在星空下说话,说到星星也倦了,一颗颗隐灭,朝霞便来陪伴我们。

你熟悉的感兴趣的话题自然是你的画了。平楚,我翻看了你这两个月的画稿,说真的,我有一种很纳罕的感觉。我不是艺术评论家,说不出所以然,只是觉得你的画……跟以前不一样了。

我还是欣赏你以前画的画呐!那时,你喜欢画人物素描,逮着谁就画谁。我记得你成天背着只草绿色粗帆布画夹,无论在急行军的路中,或是在激战后的弹坑旁,抑或在宿营的老百姓家中,稍有空暇,你便摊开画夹,掏出手指般长短的炭笔不停地画呀画。我们军区的各级指战员、武工队员、儿童团员、贫雇农的大爷大娘、兵工厂的技术员和工人、出海的船工渔民、贫协委员和支前担架队员……当年茆围子,很少有人不被你的妙笔所描绘,个个活龙活现,呼之欲出,让人看着就能触摸到画中人炽热真挚的情感。就连庞司令员和臧政委也被你请进了你的画页,你真的画出了庞司令员儒雅外表下果敢神勇的大将风度,你也画出了臧政委豪放疏狂中内蕴的缜密沉稳。我还记得你有一项绝技,对任何人,你只需要跟他交谈几句后,便能准确地描写出对方的形状和神态。当时老百姓亲切地喊你"长头发画家"。

可是在茆围子那几年,你独独没有为我画像。有两次,你已对着我摊开画夹,眯起眼横竖打量我,却又摇摇头,叭地合上画夹。我没有询问你原因,我是想,反正我已决定和你相守一辈子了,急什么?有的是时间。平楚啊,两个月前,就是孩子们兴冲冲为我举办生日晚宴的第二天,午后,我回到家,看见了你送我的生日礼物,你终于为我画了像!画中的我是茆围子时期的我,很逼真,我喜欢。

五十年代初,你从海军画报社转业到上海,成了美院一名专职画家。我为你高兴,我晓得这是你年轻时候就向往的职业,你心存高远,希望能在艺术上有所建树,画出流传后世的佳作。你热情高涨,浑身像有用不完的劲。你隔三差五地下生活,工厂、农村、部队,每次回来总带回厚厚一叠速写稿。你不舍昼夜地伏在案前画呀画呀,炭笔弄得手心手背、面颊项脖横一道竖一道的墨痕,倒像是戏台上的花脸;有时候你一手色板,一手油画笔,立在画前,涂两笔,退后几步看看;涂两笔,眯起眼睛想想;看看想想,便入定了,颜料顺笔尖滴滴答答落在地上,你也不知不觉。我在机关工作,处理不完的事务,开不完的会,我已经无暇关注你的创作。有几次,我看见废纸篓里有你团得皱巴巴的画稿;半夜里,也常被你的辗转反侧长吁短叹闹醒。开始我有些为你担心,久了也就习惯了,以为这就是你们艺术家神经质的通病。六十年代也曾举办过两次全国美展,每次你都准备了参展的作品,可临到送稿的截止日期,你又放弃了。你说自己都没很满意,怎么好意思送出去参展呢?于心深处,我既赞赏你的完美主义,又不屑你的太完美主义。

平楚啊,那天午后我赶回家,你已经先行去苏北了。我看到雪砚雪墨用旧被单把你送全国美展的作品包扎得十分妥帖,也就没有拆开来欣赏。心里是为你加油的,你终于送作品参展了!听雪砚雪墨说,你送展的作品题为《烈火中永生》,一定是画的寒城对吧?你是最有资格为她作画像的。但愿这次展出能获得成功,一定会成功的!

好了,我们换个话题吧,就说说你重返茆围子画的那些画。前头我说过,看了你这两个月画的画,我有一种纳罕的感觉,我纳罕你的画风突然改变了,变得那么彻底,几乎让我怀疑那一摞画稿是否出自平楚之手?你素来筋骨硬挺的线条没有了,那些神情明朗栩栩如生的具像没有了。变形的光影重叠复加纠葛,是男是女是人是物,没有清晰的边界,近看笔触堆积,淤滞、迸溅、漫衍,远看画面绵亘不绝,时而升腾缭绕,时而沉郁缥缈。乍一看,我根本不晓得你画的是什么,然而,看久了,倒慢慢品鉴出滋味来了。

你这一摞画中,几乎有一半画的是芦苇荡对吧?我也是慢慢分辨出来的。不同场景、不同状态、不同表情的芦苇荡哟,它们让我身不由己就回到了1943年初那个严酷的冬天,那一段难忘的日子。

有一页画,放远了看,竟是漫天大雪中的芦苇滩,天空乌云低垂,雪花漫舞,芦苇丛冰雕玉铸一般。潜伏在一簇簇芦苇后的武工队员们全身都被白雪覆盖,与茫茫雪滩融为一体了。

自从我们主动出击,准确有效地处决了告密的汉奸之后,鬼子有好几天没有逼迫家属进湖荡劝降了。这一日临暮,哨兵来报,湖荡口又来了一群人,不过没有穿黄狗皮扛刺刀的,都穿着老百姓的旧衣衫。为预防万一,我还是命令武工队员们分散隐蔽起来。

荡口那群人磨磨蹭蹭往滩涂深处行进了一段,停住了,距我们队员的埋伏处最近不过百十米远。我们能看清,走在头里的是位老太太,紧跟她身后有三四个汉子。风舞动雪花,断断续续送来了老太太的呼唤:"椿芽子哎——我是你娘哎——给你们送、送粮,送棉絮哎……"

"引霄队长,是我娘!是乡亲们!"椿芽子呼地从雪中腾起身子,却被平楚你一把摁住了。平楚你急切道:"不对,椿芽子你娘旁边那几个人举止不对!你们看,有一个人手中拿着望远镜,还有两个人为什么扯住你娘的左右胳膊?"

椿芽子被摁倒在雪地上,委屈道:"可是那声音没错,是我娘嘛!"

大家都看住我,我寻思片刻,决定试探一下。让几个力气大的武工队员们团了雪球往我们埋伏地的西北向投掷,尽量投得远些。

雪球接二连三地投出去了,西北向的芦苇丛发出一阵一阵咕嚓嚓刷啦啦的响动,那群人便向声响处移去。忽然,椿芽娘拔直喉咙大叫:"椿芽子,快跑,是鬼子……"枪声响了,椿芽娘扑通倒在地上!

"娘——"椿芽子抓起一团雪塞进自己的嘴巴,眼泪喷涌顿时在他脸上冻成横七竖八的冰棱。

平楚啊,那个大雪纷飞的傍晚,若不是你凭艺术家敏锐的目光及时洞察了敌人的破绽,我们武工队恐怕要遭遇不可想象的损失,武工队员们都亲切地赞你"火眼金睛"!

还有一页画,凑近了真看不明白,仿

佛一头扎进阴郁的云团和无边际的雾帐之中。还是得挪远了看,原来你画的是那个风飚雨骤的深夜,冬日里下这么大的雨是少见的,据说还是从大海上卷来的旋风。我们却如获至宝,因为这般天气有利于武工队实施营救被俘乡亲们的计划。被俘的老百姓大都是我们武工队员的亲人,不把他们救出魔窟,会影响武工队员们的斗志。一听要去营救亲人,武工队员们个个咬牙切齿,摩拳擦掌,恨不得把鬼子千刀万剐!

我们制定了周密的战术,由我带领七八人的小分队佯装偷袭鬼子据点小王庄附近的粮库,小王庄据点里的敌人必定出兵驰援,便会放松对海边渔村的监管。我们获悉可靠情报,亲人们就被关押在那座渔村中。武工队主力由何弱之率领,早早就埋伏于小渔村附近,待我们这边战斗打响,他们便摸入渔村救出乡亲们,搭乘预先隐蔽于滩涂河道里的渔船迅速撤往王姑岛。

平楚,当时你咧嘴露出白晃晃的虎牙笑道:"引霄队长,这就是古兵法三十六计之声东击西嘛,想不到你女流之辈还精通兵书呢!"我涨红了脸,坦白说,我并没看过兵书,情势紧急,我也没时间解释,只道:"我们不要纸上谈兵了,真打起来,还得随机应变。"你很执拗,三番两次要求随我小分队行动。我同意了,我想到你的敏锐和机智,我们小分队的诱敌任务很艰巨很危险,正需要你这样的"参谋"。再说,这次作战计划是要把动静搞大,诱敌出击,并不苛求射击的准确性。

小分队拣在风最狂飚雨最凶狠之际出发,脚步声、喘息声全被风声雨声吞没了。可以说,我们是悄无声息地进入了预定的袭击点。我们的策略是集中火力,同时向粮库守军射击,连梭子弹手榴弹一起打响。我们甚至还准备了两只火油铁皮箱和十几串鞭炮,以此来增加声威。可惜鞭炮被雨浸湿了,没点着,幸好,我们的火力攻击已经惊动了敌人,粮库守卫吓慌了,立即向据点请求增援。我们浑身没一寸干处,人就像躺在泥浆里。你却从泥浆地里隐隐传来"答答答答"的声音中判断道:"是马队!据点的鬼子出动了!"我们打光了子弹和手榴弹,迅速撤离,隐没在排山倒海般的芦苇荡中。

鬼子的马队止步在荡口不敢前进了,风雨交加,星月无光,湖荡中有许多沼泽,马队若陷进去,只有死路一条!凶残的鬼子便向湖荡中放炮,炮弹就在我们周围爆炸,水浪激起数丈高。有一发弹离我仅几米远,我被气浪震晕过去了,什么都不晓得了。

待我苏醒过来,已是躺在武工队秘密营地的茅棚中了,战士们七嘴八舌告诉我,引霄队长,你昏死过去沉入荡底差点淹死,是"火眼金睛"的"长头发画家"把你救起来的!

战士们还告诉我,何队长他们顺利救出了被抓的乡亲,安全转移到王姑岛了。平楚啊,这次完成营救任务有你一份功劳,至少,是你救了我的命。人有德于我,不可忘记,这是做人的道理。我会报你以一生!当时心里这么想,却没说出口。你是艺术家,会不会嫌弃我粗糙而庸常?

平楚,你画了那么多张变幻无穷的芦苇荡,你故地重游,是想把那难忘岁月的点点滴滴都画出来吗?其中有一张,是我最喜欢的:近景远景是层层叠叠密密丛丛的芦苇,近景的芦苇你画得仔细而逼俏,连芦苇叶条条缕缕的经脉都纤悉无遗,你用黑白光影相衬,表现出片片苇叶在月色笼罩下呈现出透明静谧的气质；而远景的芦苇丛你还是用光块的错综交叠画出了那苍苍茫茫铺天盖地的气势。气势虽是恢宏却不喧闹，天高风细，清月临空，千秆摇曳，幽远深邃。

当时，我和你坐在芦苇荡中的一块平渚上，没有相约过，却是不约而同地穿过密匝匝的芦苇丛。你解下你颈脖中的毛线围巾，将它铺在地上，说，这滩涂终年潮湿，坐久了，湿气很容易侵入骨髓，你们女同志伤不起的。我十分惊讶你一个男子汉能有这般细致的心思。我们俩并排坐在你的围巾上，围巾不长，所以我们挨得很近，我感受到从你并不强壮的身体里散发出的灼人气息。周围只有风吹芦苇沙沙的声音，偶尔有几只野鸭扑喇喇飞过。其实那天晚上我心情郁闷，很想扫一梭子子弹出口气。庞司令员和臧政委率领主力部队打回来了，拔掉了鬼子的据点，取得了茆围子反扫荡斗争的彻底胜利。可是我却被撤了职，次日就要离开茆围子，去军区党校整风学习班学习。我心里清楚得很，是孟隐说服了文汉兴一起向军部告了我一状，说我擅自将军粮分散给老百姓保管，主力部队返回时，回收军粮起码损失了十之四五；第二个罪状便是擅自用军粮与老百姓换老母鸡吃，这一条上纲上线便是怕吃苦，革命意志薄弱。

平楚，你没有像武工队其他队员那样为我抱不平，斥责告状人的别有用心，你却说，你想告诉我你和寒城的故事。早先，我听到过许多流言蜚语，有说你从上海带来的女朋友贪慕荣宠，背叛了你，嫁给了高级将领；也有说是晁无咎以权势抢夺了你的女朋友。你缓缓地摇着长发飘拂的脑袋，道："事实不是传说中的样子……"

我听了你和寒城的故事，心里面堵满了酸楚，我钦佩寒城，也钦佩你，生命诚可贵，爱情价更高，若为自由故，两者皆可抛！漆黑的天空中有几片枭娜的云彩横过，遮没了月亮；过了一会儿，月亮又恬淡地露出了脸。我由衷对你道："平楚，你应该永远记住寒城同志，我，也会永远记住她的。"

那一个月华如水的夜晚，我俩确定了恋爱关系。平楚，我不会忘记那一刻的！当时，我跟萧瑟解除婚约才一年多点时间，原来想用紧张的工作激烈的战斗来治愈爱情的创伤，甚至献出生命也在所不惜！我们两个同样受到过伤害的心灵在不知不觉中靠近，相互疗伤，相互慰藉。那个晚上，我突然发现，茆围子的滩涂地，那横无际涯的芦苇荡，原来是那般扣人心弦、荡气回肠呢！

好了，欣赏了你画的芦苇荡，再来说说你画的瓢城吧。在我记忆中，你画的最生动的一张瓢城，便是1945年解放瓢城那日，你坐在硝烟未散的废墟上，画下了大军入城时军民欢腾的情景。这次你画了数张瓢城，没有高大的城门，没有弹痕累累的街巷，这些带有战争年代印痕的景物恐怕都湮没在岁月流逝当中了，你自然是无法再描绘它们。你却画了位于盐政衍化博物馆内的古戏台，正面的，侧面的，仰视的，俯视的，总有五六张之多。换了别人，一定会推测你是对古戏台独特的建筑样式感兴趣。而我，与你是"心有灵犀一点通"，马上明白你画古戏台时想到了什么。这古戏台呀，原就是我和你的证婚人一般。

瓢城市盐政衍化博物馆这所楼轩重重、庭院深深的建筑，原是晏凤律的产业，瓢城解放后，晏凤律便将它捐给政府。经军区统一安排，其中一座跨院便成了瓢城市委市府办公场所。

一天，小山子兴冲冲抱了一大堆绫罗绸缎的衣物、被褥到我办公室来，道："大姐，你先挑，你好穿的就留下。我只要这条丝棉被子，晚上好暖暖和和睡一觉了。其余的，我拿回茆围子，让爹娘也精神精神……"

当时我十分恼怒，跟小山子拍了桌子，斥责他："谁让你把这些东西拿过来的？三大纪律八项注意你忘记了吗？快给我还回去！从哪里拿的，就还到哪里去！"

小山子被我骂呆了，愣在那里。我狠狠跺了下脚，"你还不快还回去呀！"小山子也跺了下脚，委屈道："大姐，不是我去拿来的，是文汉兴厅长让我拿给你的。"文汉兴那时已调瓢城任民政厅厅长。

我吃惊道："文汉兴，他是什么意思？"

小山子抬起胳膊抹了下鼻涕，道："老财主们跑了，留下这些东西，文厅长说，废物利用。地委、县委，包括我们市委，好多人都去挑的。你没看见那个孟隐，挑了件貂皮大衣，穿在身上，神气得要命。还有，还有文厅长……"小山子用力缩了下鼻子。

我心悬了起来，催道："文厅长怎么了？拿了多少衣物？"

小山子又抹了下鼻涕，道："没有，文厅长没拿衣物，不过，不过，我看见他把好几卷画轴用块旧床单包起来，放进他的文件柜里……"

平楚，你一定记得，当时我的情绪很低沉，很烦躁。我坚持让小山子将衣物统统退还给民政厅，却反而引来一些非议，有讲我意图声誉鹊起，扶摇直上；也有讲我家里原就堆金积玉，看不上乡下土财主的东西。

瓢城解放后你调去刚成立的苏北美术工厂，你接受的第一个任务便是整修晏凤律大院子中的古戏台。那一天，你拿着设计初稿来找我，想听听我这个市委书记对整改方案的意见。我却朝你发脾气，瓢城刚解放，恢复经济、城市整顿、清除残余的敌特反坏，工作千头万绪，何必着急去整修一座戏台？这种剥削阶级花天酒地、纸醉金迷的地方，修它作甚，不如拆了它的好！平楚你半咧着嘴，嘻着那颗白生生的虎牙，不无讥讽地笑着，等着我发光火气，渐渐平静下来，方道："难道听戏看戏只是封建地主老财有钱人的特权吗？难道我们劳苦大众、工人农民，我们部队的指战员们就不需要音乐绘画戏剧，就不需要文化生活了吗？"我无言以对，哑了似的。我再一次领教了你艺术家的敏锐感觉，每每通过言词行为洞悉人家内心。你收拢了笑容，正经道："引霄同志，你一定遇到不愉快的事情了，否则，再艰难再危险的时刻，你的情绪都没有这么糟糕。我们既然已经约定，携手走过一辈子，你愿不愿意把你心中的块垒吐给我听吗，让我们一起分析剖解？"

平楚，当时我再也忍不住了，将这几天发生在市委大院里的事，将我的担忧我的委屈，一股脑儿说给你听了。你沉吟着，许时，缓缓道："我也听说，有的干部为了争抢好一点的住房，还闹了矛盾……"我们俩都陷入了沉默。

平楚，是你打破沉默，你又露出了珠贝般的虎牙，意味深长地笑道："书记同志，希望你能批准古戏台修缮计划，我们要在整修一新的戏台上推出一出好戏！"

我质疑你跳跃性的思维，怎么一下子

255

又回到戏台上去了？你反诘道："我的思维没有跳跃，是你的思维断层了。去年军区组织各级指战员学习郭沫若先生发表在《新华日报》上的文章《甲申三百祭》，毛主席十分赞赏这篇文章，认为郭先生写的是历史，乃时代檄文。告诫全党全军要牢记明末农民起义军打进北京城后，被胜利冲昏头脑，最终导致失败的惨痛教训……"

平楚，我听了你所言，以为你是建议组织干部重学《甲申三百年祭》，没想到你竟建议在古戏台修复之日上演有关李闯王的大戏。你说其他根据地已有先例，北面某师文工团上演了根据《甲申三百年祭》改编的话剧《李闯王》；南面军区文工团也推出了根据《甲申三百年祭》改编的歌剧《甲申记》。你说，我们瓢城有行当齐全的民间淮剧社，你打算根据《甲申三百年祭》改编一出淮剧，为了更适合戏曲的表演特征，你决定以闯王麾下重要谋臣李岩的妻子红娘子为切入口筑构剧情，剧名叫《红娘子》。

红娘子原为杂耍艺人，武艺高强。举义旗后，杀贪官污吏，开粮仓济灾民，深得老百姓拥戴。她破狱发囚，救出被官府诬陷的李岩，两人一齐投奔了李闯王的义军，李岩很快成为闯王得力的谋士和将领。闯王大军攻入北京后，自以为打下了天下，高级将领们骄傲自满，争功夺利，奸淫掳掠，严重腐败。唯有李岩保持着清醒头脑，一再劝阻闯王严明军纪，管束部下，否则将一败涂地。他的规劝反而引起闯王左右将领的不满，在闯王的暗许下，牛金星用毒酒杀害了李岩。红娘子得知丈夫死讯，醒悟到闯王并不是她理想中可救天下苍生的君王，便率自己的娘子军愤然离开了李自成的大顺朝廷，隐入茫茫大山，继续为老百姓行侠仗义、劫富济贫，解民于倒悬。

平楚，我真被你的设想深深吸引，并且着实钦佩你的多才多艺，只道你是个画家，不想你还对戏曲有独到的见解。你说你母亲曾在戏班子里做过跟包娘姨，少小时你有机会经常进戏院看名角演戏。

你仅花了三天时间就写出了《红娘子》的剧本，你一头扎进淮剧社，与演员们一起赶排《红娘子》。十天后，古戏台修葺一新，我们的《红娘子》正式上演了。至今我还清晰地记得当年演出时的盛况，古戏台前的场子被挤得满满腾腾，场子边上有十几株杨树槐树，高低树杈上都盘坐着人。看戏过程中掌声不断，有笑声有哭声也有骂声，甚至有气愤的观众朝台上的"刘宗敏""牛金星"丢石子。淮剧社班主说，从来没一出戏像《红娘子》这般卖座，连演一个月仍欲罢不能。

平楚，我和你都没料到一出《红娘子》能引起这么强烈的效果，就在古戏台开演第一场以后，便陆续有干部悄悄把先头领取的衣物送回民政厅仓库。

那一段日子，我对头绪纷繁错综复杂的城市工作充满了信心，浑身像有使不完的劲。我正着手筹备市委、地委、县委的联席会议，为瓢城下一步工作部署出谋划策，却突然收到了一纸调令：撤销我瓢城市委书记的职务，调往邻县九溪乡任土改工作队队长。说老实话，那一瞬间，我被突如其来的变故砸蒙了，捏着调令不知如何动作。

小山子正在我身旁，他先跳了起来，道："大姐，这一定又是什么人在背后捣的鬼，这回你一定要找军区领导讨个说法！"我迅速理清头绪，压抑着满心的沮丧，训斥小山子道："你不要瞎说八道，胡乱猜疑。要保证我们的民主政权稳固发展，少不了广大贫下中农的支持拥戴，搞好土改工作那可是关键中的关键，组织上这是信任我，赋予我重担！"

接任瓢城市委书记一职的是原军区公安处的钟处长，是个三十年代就入党的年轻老干部。平楚，我竭力调整心绪，尽量平静地将工作一一向他作了移交。

文汉兴，瓢城民政厅的文厅长，我和他算得上是同生死共患难的老战友了，急匆匆来找我，总是平淡不露痕迹的面孔略略罩上为难的表情，淡金色便呈古铜色，道："引霄同志，我也是没办法的办法，钟书记希望今天就搬来市委机关居住，便于他马上进入工作状态……你看呢？"我眯起眼，不让内心的腻烦情绪流露出来。我眼原就不大，这一眯，恐怕只剩下一条缝了。我干净利落地吐出四个字："我马上搬！"

瓢城解放之际，市委领导班子进城，民政厅拨出晏风律捐赠的大院子最北角的一进院落为市委书记的居所。我当时就不同意，这不是把我给圈在重重院墙里了吗？经不住周围同志们的鼓噪劝进，最后勉强同意将这一进院落作为市委主要负责人共同的居所。

我搬家十分简便，小山子帮我背着铺盖卷，我自己提着只装着书本文件的小皮箱。我们沿着曲栏迂回的长廊走出这所深深庭院时，我的心情既沉闷又轻松。小山子问我："大姐，我们搬去哪里呀？回茆围子去得了！"我瞪了他一眼，"当然去九溪乡上任啰！"

平楚你是知道了，那天我没去成九溪乡，半道上晕倒了。一来自从组建瓢城市委班子，到打下瓢城，再到进城后千头万绪的工作，我几乎没睡过一夜天的安稳觉，累狠了；二来，头几年随国民党十六师打九江，几天几夜浸在鄱阳湖的沼泽地里，落下了病根，一遇经期便淋沥不止，并腹痛如绞；这三，当然有情绪的问题，表面上掩饰得云淡风轻，内心纠缠得郁闷委屈，终于坚持不住了。

小山子把我送进了军区医院，医生诊断为伤寒症，发烧至四十度，昏迷了整整两天。

平楚，我在昏迷中并不晓得你闻讯赶到医院，在我床榻前守了两天两夜。第三天早晨，是个艳阳天。我苏醒了，彩色的阳光晃得我睁不开眼，闪闪烁烁中我先捕捉到一粒亮晶晶的珠贝，我忽然意识到那是你的虎牙，便用力撑起眼皮，你的笑脸比阳光还要璀璨！

你先是一勺一勺地喂我喝下去半碗小米粥，随后你狡黠地眨眨眼，道："给你看一份文件，你千万不能动气，一定要冷静哦！"我点点头，头颈像锈了似的咔咔响，心里沉甸甸的：难道还有比撤职更糟糕的事吗？你递给我一张折叠着的纸，我抖抖索索展开了它，看了一行便泪如泉涌了，原来是一份结婚申请书！你说，庞司令员与臧政委已经批准我们结婚，引霄你若愿意，就在上面签个名吧！我哽咽道："平楚，我被撤职了……"你嘿嘿一笑道："我给你念一首苏东坡的词吧，定风波，莫听穿林打叶声，何妨吟啸且徐行。竹杖芒鞋轻胜马，谁怕？一蓑风雨任平生。料峭春风吹酒醒，微冷，山头斜照却相迎。回首向来萧瑟处，归去，也无风雨也无晴。"

平楚我私心以为我们俩的婚礼是天底下最浪漫最快乐的婚礼。其实我这个人天生并不浪漫，从小寄养在叔父家里，叔叔婶婶尽管对我不错，我心中总还是存有寄人篱下的自卑，说话行事规规矩矩，处处约束自己。却因为有了你，平楚，你艺术家热忱旷达的作风让我们的交往真诚而纯正。因了你的这份爱……恐怕说是理解更确切，我心中雾霾一扫而空，毛病也很快痊愈了。

出院那天，你笑盈盈直接领我去了古戏台。淮剧社的班主和众角儿，因为《红娘子》的大获成功，对你不胜钦仰。听说你要结婚，特为租下了古戏台，并慷慨拿出价格不菲的新郎新娘描龙绣凤串珠贴翠的行头，把我们俩妆扮起来。我做梦都想不到我们会在古戏台上按照传统礼仪举办婚礼，你甚至还请来了臧政委作我们的主婚人，淮剧社的司鼓琴师号手奏起了淮调里热闹的喜庆曲，虽无美酒佳肴，却有许多祝福和欢笑！

平楚啊，我东拉西扯说了那么多从前的事，你若听见的话，一定会嗤笑我了，平时看看挺爽快洒脱的女汉子，怎么这样啰啰嗦嗦缠绵悱恻起来？其实，我最想跟你说的话，每每到喉咙口，又咽了回去，便找个其他话题唠叨起来。

我把你那叠画稿翻来覆去看了好几遍，竟找不到一张是画纪念塔的，这让旁人看来是不可思议的。可是我理解你，寒城的名字没有刻上碑，这是你心里的痛！这么多年来，你没有一刻忘记过寒城，我也是……让她的名字堂堂正正地刻在烈士纪念碑上，这是你，也是我，我们此生必须努力实现的目标。

平楚，我想告诉你，我终于打听到了是谁在竭力阻碍寒城的名字刻上碑？竟然是晁无咎的前妻啊！我记得你曾告诉过我，晁无咎迎娶寒城时是已经离了婚的，否则庞司令员臧政委决不会牵红线保大媒。你放心，问题已经渐渐露出了复杂隐晦的根由，那就有了解决的办法和希望！我相信，寒城的名字一定会刻上纪念碑，流传千古，万世颂扬！

史引霄一个下午就这么坐在平楚病床前，两只手握着平楚凉凉的仍旧柔软的手。她记着陆医生的关照，家属要多跟病人说话。于是，她就嘀嘀咕咕，絮絮叨叨地说呀，说呀，说了多长时间？好像把一辈子的事体都说了一遍。

忽然，她感到自己的掌心中有东西蠕动着，她摊开手掌看，竟是平楚的食指和中指一伸一屈、一伸一屈；她扑向平楚喊着他的名字，她看见氧气面罩上面，平楚的眉毛突突地跳动！

"医生，陆医生，平楚有动静了！平楚醒了！"

[特约编辑：王　彪]

革命的乡愁与历史的风度

项 静

在契诃夫的短篇小说《大学生》中，神学院学生伊凡给寡妇母女讲述完彼得的故事，母女二人不禁哭泣起来。伊凡的所讲的一千九百年前发生的事跟现在，跟两个女人，荒凉的村子，甚至自己，跟一切人都是有关系的，伊凡的灵魂里忽然掀起欢乐，"过去同现在，"他暗想，"是由连绵不断、前呼后应的一长串事件联系在一起的。"伊凡觉得自己刚才似乎看见这条链子的两头：只要碰碰这一头，那一头就会颤动。王小鹰五十万字的长篇小说《纪念碑》在故事、事件、心灵的层面上也达成了连绵不断、前呼后应的关系，像一幅紧密而纹理细致的镶嵌画，迭出的事件如同有色石子、玻璃、陶片、珐琅一般经过深思熟虑嵌成整体的图画，整体上有严格的秩序，不同部分之间讲究几何关系上的美观与和谐。镶嵌画、壁画与宗教关系密切，一般具有装饰性、抒情性与象征性，《纪念碑》里面的故事和事件在作家表达的终极理想里，似乎也是遵循这一艺术前进的理路。

1

《纪念碑》开端像一个紧张而惊险的悬疑故事，压抑的气氛，暗影憧憧的人物命运。一对上海青年在大时代中被命运拨弄，是我们在知青文学中常见的情节与人物形象。男青年在革命初期贴出大红决心书，到偏远山区插队落户，到最艰苦的环境中去锻炼改造自己，一时成为学校和社会的风云人物。实际上他是去追随女青年，在偏远山区，他收获了爱情与事业，成为全民所有制大企业的员工，满心欢喜地等待未婚妻的加入。不料形势急转直下，中央政策允许插队知青返回城市，他心爱的姑娘离开山村回返上海，并且爱上厂长的儿子，他揣上一包雷管回城报复，在弄堂里，炸死了居委主任姚大姐。

实际上，这位满腹怨气的返城知青，对整部作品来讲是无关紧要的人物，却牵连着众多故事线头，他的一个举动，颤动的是整部小说中的时代脉搏。同样无关紧要的是背叛男友的女青年，她嫁给了纺织厂厂长的儿子，直接引发了暴力事件，但在小说的开端部分他们几乎是隐形的，只出现在别人的口中。他们是被作者埋伏深远的线头，牵连着百废待兴的企业改革（丈夫是企业改革和合营的一方）、新生的政治力量（女青年的弟弟，娶了故事主角史引霄的女儿）、后续的"拨乱反正"（二人的举报贪腐和忏悔）。而恰恰是这个爆炸事件彻底打乱了史引霄家隆重而各方现身的生日晚宴，也把史引霄生活、工作的一个重要方面呈现出来，树立以牺牲者姚秀琴工作地桃浦地为模型的街道工作方式，建立专职调解员，处理基层涌现的社会矛盾。

从小说的开端可以看出《纪念碑》，不是一般意义上的现代小说，而是融合了传统文学的笔法，枝节繁茂，人物众多，讲究草蛇灰线，藏与露的比例。小说上卷《绝尘》使用了大量篇幅书写史引霄因知青返城的爆炸事件而未遂的生日晚宴，也是以中国传统文学的笔法，虚写场景，实为写人。史引霄一家，丈夫著名画家平楚，三女一子，处理家务女孩（战友的女儿麦蛾），儿子的前女友、现女友，楼上的医生夫妇、退休干部朋友，平楚同父异母的姐姐翠姑妈、侄子李沫丁，司机小贝一家，办公室主任、副区长等因为这场暗地里组织的生日宴会，悉数被组织在一个事件中。每一个人物的生活前史和现状随着他们的到场，也有条不紊地缓步出场。小说开端的突发事件和生日宴会在很大程度上都是装饰性的，他们本身是为了引出人物和其他事件，大幕将开，它们是写作者组织完备的故事踪影。

2

《纪念碑》的故事属于当代文学中久经耕作的领地，历史叙事的方式也在众多作品中多有演练。所不同的是，它所叙述的时代处于新旧的交接点上，处在革命往事与改革故事的交叠部位，作家在作品中要解决的是对已知或者可知的事物的描述，或者说曾经知道又被遗忘的，通过适当的"故事"

方式去召回。《纪念碑》的叙事过程跟海登·怀特在《历史叙事的结构》中提及"历史叙事"的三种表现方式有参差的对应关系。首先小说提供了一个有开头、中间、结尾的"故事",小说的核心是改革开放以后区长史引霄一家的故事,围绕在她身边不同立场、阶层的人们都被新时期社会的大变革唤醒了生机,在大时代中面临种种变数和问题,历经蜕变和成长,小说截止的地方恰恰是一种情绪和变化的收束之处,尘埃落定,一代人以不同的方式退出历史舞台,新一代也经历了时代的考验释放出自己的特质与选择。其次,尽管小说在讲述"故事"的过程中,纷繁复杂支脉横生,自始至终它是一个整体,围绕的是人与时代、历史的话题。第三,它"解释"了这一变化过程中所发生的事情,不是遵循某种普世的因果律或关联法则,而是"展示"一件事情引发另一件、一系列事件生发另外一系列,或者一种情况转化为某种情况使得书中的人物在其中反应,而在同一种情况下,没有人可以凭借知识来预见他在此种情况下应该如何反应。《纪念碑》在这一点上不够理想,预见和后设的历史视角榨取了展示部分余裕空间所可能产生的丰赡和思想。

《纪念碑》在可知和现实层面上是史引霄的新官上任,着手将以知青为主的英华公司打造成一流的民营企业;完成双西改造工程,打通交通咽喉,让老百姓安居乐业;以桃浦地为试点,培养更多的像姚秀琴那样的优秀基层干部。每一个任务都是一个"故事"推进的路径,充溢着历史、人性、立场的交锋。在家庭内部则是子女们的成长与婚恋故事,丈夫平楚的创作力旺盛,沉浸在对历史和往事的美学表达中。平楚的绘画、史引霄在官场上遭遇的掣肘、雪弓的爱情、青玉的身世等等,都把故事的方向隐约指向革命时代。那里有他们激情火热的青春和战斗,苏北敌后武工队的经历,与战友们一起的革命往事,经常出现在他们的日常回眸中,有一种浓烈的"革命乡愁",也是一个巨大的容器,承载着现实故事的前情与债务。

往事中有真挚的友谊,史引霄、盛若兰、姚秀帘三人情同姐妹。史引霄和盛若兰又一起参加革命,打入国民党队伍,后又参加新四军,青春往事美好而纯粹,她们的友谊维持了一生,即使若兰下落不明,仍然彼此牵挂和寻找,守护后代。往事中也有抒情的部分,平楚一直以画笔,再现历史的壮阔与美好瞬间,沉醉在往昔壮美的世界中,为烈士寒城的身后事积极奔走,始终与黑暗势力斗争。革命时代的爱情往往是牺牲,姚秀帘瞒了大半生丈夫去世的真相,平楚、萧瑟都对爱情做出了牺牲,但他们不怨天尤人,而是甘愿承担责任,维护历史的尊严。老一辈革命者与苏北的战友、老乡亲若一家人,完美诠释了革命往事中的友谊、信任。与此相悖的是,文汉兴这种得势掌权之后篡改历史的官员,徐亦道、何弱之、钱龟龄这一类意志薄弱,在资本横行的时代失去立场，被权力、金钱和欲望所捕获，背离初心，还有革命年代的投机者余芳菲，靠着姿色和心机上位。除此之外，史引霄的子女们如史青玉被时代扭曲而错过的爱情，史雪弓下乡到苏北，与大地主的孙子晏枰一起构建乌托邦的经历，恢复高考，出国留学，被爱情与友谊交织的人生光晕，沈水珠与史引霄一家带有中国传统气息的忠义与守护等等，让《纪念碑》的故事一路延展开去。这些被挑拣出来的人物和故事都是小说的叙事路径，他们彼此交叉，被掩盖在庞大的叙事丛林中，保罗·艾科说，森林是所有叙事性文本的隐喻。森林又是博尔赫斯的那个妙譬，"是一座小径分岔的花园，即使林中没有已被人踩出来的明显小径，每个人仍能追循自己的路径，决定在某棵树前左转或右转，而且在遇见每棵树时都会做出选择。"《纪念碑》在大的历史脉络上过于清晰的结构，并没有阻碍纷繁的故事和人物为读者留出的丰富想象空间，在"革命与乡愁"的丛林中，点缀着众多未被开启的秘密。

　　《纪念碑》中最主要的两种对立人物形象在历史和现实中几乎是按比例出现的，他们的命运和结局符合年代正剧的范式，尽管剧情纷繁复杂，大历史、改革、创业、爱情、旧家族新儿女、战争、怀旧甚至家务事儿女情，但其要旨仍在于正本清源，叙写邪不压正的朴素人伦家常，好人多磨难却不失风骨，而坏人终被历史清算的总体情节。这个问题是不同时代、心境、出身的写作者和阅读者，存在分歧的关节，正是在作品的关键之处，站立着作者不可修正的潜意识和自我形象，《纪念碑》的潜在和显在的文本中有写作者独特的个人记忆和情感选择，是他们独有的见证与回望。

3

　　莫纳·奥祖夫在《小说鉴史》用"风度"一词来解释大革命前后的社会与意识。风度支配着人际关系，是对社会交往必不可少的尊重，这种社会交往产生于惯例而非舆论，产生于民俗而非法律；这种风俗是一种礼节，是社会和道德生命的共同职责；这种风度是指用语考究，精挑细选，没有上述内容就没有文学。新世界要求一种不加修饰的简朴，势必会摒弃抒情精神，大革命中出生的人认为涡形装饰和花边衬物矫揉造作，甚至是伪善。但并不能因此认为文学能以平等为借口，免去本应该属于它的精炼、优雅、精雕细琢的语言，拒绝精美的形式。但倘若通过虚假我们能看到风度对现实添加的装饰，那么虚假本身就不需要被完全摒弃，因为风度会授权人们，甚至强迫人们比自身更丰富。

《纪念碑》在历史正剧的故事走势之外，还有一种难得的历史与叙事"风度"，毕竟革命者和新时期建设者的大故事后面是需要解释与破译的日常生活，是儿女情长和家族流脉。《纪念碑》在第三人称全知视角叙事之外，增加了史青玉的第一人称叙事，她以日记的方式记录自己的爱情和对身世的疑惑，补充了第三人称叙事不方便抵达的部分。讲故事的人选定创造事件的一个特定序列，选定用多少时间和空间来表达这些事件，选定话语中的节奏和速度。此外，还需要选定用什么细节、什么顺序来表现不同人物的个性，采用什么人的视角来观察和报道事件、场景和人物。史青玉是小说中那个讲述嵌入性故事的人物，如果以承受的苦难和灵魂的深度而言，她又是内心最丰富的。她参加医疗巡回援助队到浙江、苏北、皖南进行医疗帮扶，沿着革命者们足迹所至的地区寻找生母，她写日记记录自己的内心困惑，也写信给史引霄一家交代自己的踪迹。在史引霄的革命者家庭中，她始终是艺术家养父的知心人，从内心和艺术上默默支持着他。青玉作为养女应该跟居于中心的史引霄的生活有一点距离，加上爱情生活失意，有一种清冷淡薄性格，跟急剧变革和轰轰烈烈的世界天然保持了一段距离，这大概也是作家选择史青玉作为叙事者的一个原因。

　　史青玉在小说中的出场是以翠姑妈作为比照对象的，常常有好事者想为她介绍对象，她总是敛眉嗡唇淡然以拒之。翠姑妈是资本家的落魄女儿，谙熟于市井眉高眼低，夸赞青玉带到史引霄生日宴上的正宗三黄鸡，热气蹄髈。其实是暗戳戳赞美青玉路道粗，有门路，青玉只是无影地笑笑，她在郊区医院是遐迩闻名的好大夫，常有她医过的病人捧着自己圈养的鸡鸭自己种植的蔬菜来感谢她，她却是一概不收。为了给霄妈妈过六十寿诞，她到镇上开张不久的农贸市场兜了一圈，按价付钞票，一分一厘不肯少。从这种生活细节和人物形象上可以感受到史青玉所携带的独特性，她受教于上一个时代革命者们的言传身教，独立于变幻莫测的新时代，持守着内心的原则和爱，不为外面世界的变化所动。王安忆的《长恨歌》中写到改革开放的时代，以王琦瑶的眼睛来看当时的上海，她称之为"薇薇她们的时代"，"旧和乱还在其次，重要的是变粗鲁了……这城市变得有些暴风急雨似的，原先的优雅一扫而空。"王琦瑶觉得满街的想穿好又没穿好的奇装异服，还不如"文化大革命"中清一色的蓝布衫，单调是单调，至少还有点朴素的文雅。在一个急剧变动的时代，人们的文雅和风度会强迫他们比自己更丰富，因为它打开的是彼时生活的风尚和历史坚硬的内核。

　　《纪念碑》的风度还表现在作为艺术家的平楚身上，他自复出以后即展开以寒城为主角的美术创作，并身体力行地推动寒城平反，身患重病，依然不懈地沿着内心的方向前进。他的创作和姿态都有一种强大的抒情性、象征性，平楚在讲到自己给寒城的画像时，声音糅合着浓浓的情意："这张素描，画的时候已经是深秋，可是我们的心情却像是在欣欣向荣的春天……这正是在浙西丘陵途中，我俩站在山顶，但见远近山野秋色斑斓，草木摇落之声甚是豪迈。我想起南朝谢朓的诗句，寒城一以眺，平楚正苍然。我说我们即将去到一个新的世界，也要改一改旧姓名。我要了平楚两字，她要了寒城两字。"平楚在小说中，通过一次次的创作完成了对历史的寄情，历史生成了艺术性和美，也塑造了他们的品性和认知，在小说的结尾，史引霄最后谅解了革命年代意志薄弱，建设时期的投机者余芳菲，小说给出的理由是"岁月之中历经风雨的淡然"。一路苍茫中走来，小说终结于一个美好的画面，史引霄仿佛回到了几十年前，三个年轻的姑娘，在蚕桑学校葱茏的桑树林里采摘桑叶，细细密密说体己话，格格格格地笑着追逐着。

4

风度还是一种语言风格，即一部长篇作品在重大事件之外调动了哪些词语，何种语汇。小说整体上是古典雅致的白话语言，这种语言分给了家族历史，比如史青玉的奶奶、翠姑妈那辈人，历经朝代更替，饱尝悲欢离合，看透世情人心，往往忍不住"花说柳说，信口开河"，小说中提到的翎姑娘的劳作："日暮向晚，屋外头看不清经纬了，翎姑娘方才将绣架搬回灶披间。仍舍不得歇工，便将绣架挨着隔墙。那隔墙一人多高，没有封顶。隔壁前半间灶披间里，毕师母正汰菜切菜忙着做夜饭，自然是点亮了屋顶上的灯，那灯光静悄悄地从隔墙上端的漏缝中泻到后半间，虽只是薄雾般一片，翎姑娘仍如获至宝，便借着这幽幽的一片光，再绣上几针。直至毕师母做好小菜，端到房间去了，随手关了灯，翎姑娘才依依不舍离开绣架。"

小小的场景侵染了蕴藉的感情和悲情的往事。文雅的叙事风格中，与故事中人物相匹配的诗词歌赋的引用，都不是信然走笔，而是恰当经营的故事氛围，上坟的时日"正是酿花天气，半晴不雨，云横风斜"，一幅幅工笔画面跃然纸上。平楚的画赤红丹朱流溢至整个画面，把芦苇丛渲染得明媚鲜艳，分外有立体感，平楚赞赏儿子雪弓的抱负与追求，雪弓在苏北所经历的是改造岛屿和被流放的幸运，在他的心中却是与知己抵掌倾谈之美。萧瑟与史引霄谈恋爱的场景，特意交代周边野花蓬茸，灼灼其华。革命的浪漫主义与古典主义情怀并置，是小说所创造的一种独特声音，仿佛是史青玉跟小姐妹们夜晚低语的声音，不温不火不疾不徐，就像一根古箫哼吟出古老的曲调。小说中还有上海市井生活的语言，它写实及物，往往用来写史引霄家庭生活的氛围，朋友们一起打麻将，吃穿用度甚至彼此之间龃龉的部分，都以低抑的视角予以表达。当然，也有粗疏而流荡的时代之语言，它轰隆隆地前行，覆盖住剧烈变迁带来的兴奋、失落、欲望，最终跟其他的语言声部交错一体。

  年初，去上海宝龙美术馆看画展，偶遇关良先生的《金猴击妖图》，作为中国近现代人物画的代表艺术家，画作中的孙悟空活灵活现，令人耳目一新，题记是献给作家芦芒先生。《纪念碑》这部作品人物设定和深层情感中一定有王小鹰女士父辈芦芒、关良、唐云、应野平、来楚生、程十发、亚明、赖少其、刘文西等人的故事和气息，就像小说中的史青玉从老区人们对她的眷顾和关爱中感受到了母亲的气息，一种复杂和隔山隔水亲切的感受。对一部长篇作品来说，艺术的、政治的、市井俚俗的视角彼此校正和推动，从新时期发轫，在时事的宏大讲述和现实故事的曲折演进中，也完成了对另一个时代的移情，召唤如兰斯馨的气息。《纪念碑》以装饰、写实、抒情、象征，创造和寻求一种可能的人生、时代、艺术的风度。

〔特约编辑：王　彪〕

江南役 ■ 海飞

富春山居图

开场

钱塘自古繁华。"人间天堂"物华天宝，西湖烟波浩渺，城市水汽氤氲。五代的吴越国以及之后的南宋王朝都曾经定都于此。这里的一草一木，一颦一笑，也像是有人精心勾画出来的，特意要送你一幅浓妆淡抹的色彩与风韵。

繁华中也有迷雾。

比方说明朝万历三十年八月五日，杭州城就发生了一起十分离奇的事件。在当年杭州卫守戍军的秋季案情记录中，稍显粗糙的黄麻纸翻到这一卷的第十三页，就会在右边第二栏中发现，八月五日这天大概是夜里亥初一刻，城南的东坡巷突然飞涌出一群黑压压的蝙蝠。据当晚一位五十来岁的打更老人回忆，那天成百上千只蝙蝠从天而降，像席卷的潮水，一浪高过一浪。蝙蝠汹涌冲撞，夜空被盖上一层黑布，瑟瑟发抖的打更人在那永生难忘的惊恐中猛然听见，巷子东头突然撕裂开一阵令人毛骨悚然的哀嚎。据说悲伤欲绝的人家姓严，出事时，家中年仅九岁的儿子正坐在院子里的石凳上剥豆子吃。当那群来势凶猛的蝙蝠闯进来时，夫妻两人眼睁睁看着瘦弱的儿子被凌空架起，一双腿脚只是不知所措地挣扎了两下，来不及发出半点声音，转眼就在浓墨一般的夜幕中消失了踪影。

秋季案情还在延续，守戍军案卷第十三页往下，仓促细小的字体开始书写得密密麻麻。

八月六日晚，第二个男孩在突如其来的蝙蝠浪潮中被席卷而走。

八月七日，诡异的蝙蝠阵又在子初时分洗劫了城西的葫芦巷，一下子提走了一对七岁大的双胞胎兄弟。

至此，杭州城一派阴云密布。市井间人心惶惶，门庭深锁。百姓们交头接耳之间，一个个谈蝙蝠而色变，那种恐惧的眼神，仿佛一抬头就能看见一场秋天里的黑雪压境。

第一章：万历三十年（1602年） 八月十二日

1

田小七是在这天的申初时分，骑着万历皇帝朱翊钧送他的宝通快马，从城北的武林门进入杭州城的。

在井亭桥边的相国井，田小七打了一桶欢快的井水，差不多把自己给喝饱了。他用手背擦去嘴角的水渍时，觉得井水简直凉爽得不可思议，干脆再次矮下身，把整个脑袋都埋进剩下的水里，并且在水中兴奋地吐出一口气。身边那匹通体发亮的宝通快马，打了一个巨大的喷嚏，它冷笑地看着田小七屁股朝天的样子，真想踢他一脚。除此之外，它还觉得江南的天气闷热得令马很不舒服。

井亭桥边安静得像一幅画，桥下的清湖河里传来细细的流水声。田小七后来猛地把头从水桶里拔出来，昂扬地甩了甩，甩出一串白亮的水珠。他睁开眼时，发现宝通快马正用不满的目光望着自己，于是赶紧一把举起水桶，将那些清凉的井水全都泼向了宝通快马的马背。

密集的桂花香味在相国井的上方盘旋。田小七之前只是在京城名家的画卷中见到过水汽蒸腾的江南，但此刻眼见着那些倒映在井水中的青砖白墙，以及挂在枝头如同灯笼一样晃荡的石榴和柿子，却莫名地想起了远在京城的无恙姑娘。他后来和宝通快马一起，抬头凝望向那些幼小又密集的桂花时，恍惚觉得那是无恙姑娘无数个芬芳的眼神。所以他想，杭州可能是一个非常适合回忆的城市。

男孩刘四宝在这时候出现在相国井的另外一个方向。那天刘四宝正和自己的隔壁邻居，一个名叫金鱼的男孩一起，想在清湖河边那排苍老的柳树上寻找出一些知了。刘四宝手抓一枚青花瓷片，瓷片的四周被他打磨得跟镜子一样浑圆。他看见喝水的田小七和通身枣红色的宝通快马时，忍不住停下脚步，蹲身在细密的阳光里对着那匹马挤眉弄眼。刘四宝一边歪斜着脑袋，一边又摇晃起瓷片，将清湖河上聚集起来的阳光十分执着地折射向田小七那张被井水打湿的脸。他说，喂，井水是不是很甜？

田小七于是看见一束明亮的光，在自己的脸上跑来跑去。他伸手挡住那道光，却冷不丁打了一个响亮的喷嚏，然后就从张开的指缝里看见刘四宝十分开心地笑了。刘四宝眯着眼睛讲，你是谁？我怎么不认识你。

田小七做了个鬼脸，说我姓田。却没想到等他讲完，刘四宝忍了很久的鼻涕便很及时地笑了出来。刘四宝一把擦去鼻涕，声音很果断，说你这个骗子，这世上怎么可能会有人姓甜？他还看了一眼身边比他高了半个头的金鱼，说金鱼哥你信吗？他要是真的姓甜，那我是不是可以说我是姓咸，咸鼻涕的咸。

田小七也笑了，他讲你知道会打地洞的田鼠吗？我就是田鼠的田。他还跟刘四宝说你看你那张脸，脏得跟猴子的屁股一样。你要不要过来，让我帮你洗把脸。

杭州卫守戍营的总旗官伍佰这时候迫不及待地从一个隐秘的角落里冲出，他已经在那个角落里观察了田小七很久。他提着一把威武的军刀，站在一片被阳光切割出的阴影里，样子很严肃地叫了一声，别动！

田小七稍微愣了一下，看见伍佰的那把刀差不多有一尺五寸那么长，然后他垂头笑了，似乎感觉万历三十年的这一场秋天多少显得有点滑稽。总旗官伍佰这天带了好几个守戍军的手下。他瞟了一眼田小七以及那匹很随意地打出一个响鼻的马，然后转头对手下只说了两个字，带走！

田小七说，凭什么？

伍佰将头顶多少有点碍眼的军人头盔往上推高了一点，很骄傲地说，凭我的直觉。

你的直觉怎么了？

我的直觉告诉我，你跟最近发生的一系列孩童失踪案有关。你现在可能是过来踩点，看准了哪家孩子，然后就在夜里把他们给掳走。

我很羡慕你有这样的直觉。田小七说，我真担心你那把刀子，像一张白铁皮似的，会不会被风吹破?

伍佰愣了一阵,觉得这个言语轻狂的男子果然有点凶险。他把刀子举得更高,又回头提醒刘四宝说,四宝,退远一点,小心叔的刀子等下伤到了你。

刘四宝认得总旗官伍佰,他一直叫伍佰为小伍叔。那天他和金鱼两人小心翼翼着躲到那棵忧伤的柳树后面时,看见田小七慢条斯理地重新打了一桶水,又提起之前搁在井沿上的一把刀。他将那把明亮的刀摆在阳光下看了一眼,随即将刀身插进桶里依旧还在晃荡的井水中。他后来撩起井水,仔细抹着刀身说,我这兄弟很辛苦,刚才赶了很长一段路,我现在先给他洗个澡。

伍佰瞬间站在阳光的阴影里呆若木鸡。他望着那把寂静的刀,看见有一缕瘦削的阳光正在刀背上行走得十分缓慢。时间过了很久以后,他才从喉咙底下不是很有把握地问了一句:绣春刀?

田小七笑了,笑得有点开心。他一边洗刀一边专心地对着那桶井水说,你眼神不错。又说,带我去见你们的巡抚,我有重要的事情要找他。

2

在浙江巡抚刘元霖赶到城南竹竿巷的春水酒楼前,锦衣卫北斗门掌门人田小七已经在酒楼的二楼包房里独自喝下了三杯酒。喝酒的时候,田小七想起了五天前,自己在皇帝的豹房西边一片碧绿的竹林里见到了正在练剑的万历皇帝朱翊钧。朱翊钧那时一身闪亮的龙袍,出神入化的剑术着实令田小七吃惊。他像一只老鹰一样冲天飞起,剑锋所到之处,一排被砍断的竹子便萧瑟地离开之前的躯体,笔直插进了脚下的泥地。田小七一眼望去时,几乎有一种错觉,好像地上又突然冒出一排新鲜的竹子。接着他听见朱翊钧的声音从遥远的空中飘落,说千户大人,别来无恙?

田小七并没有抬头,只是摘下腰间的北斗门令牌,将它扔在了铺满翠绿竹叶的泥地里。他说柳章台,你这个破锦衣卫我不做了,你把无恙还给我。

朱翊钧从空中轻飘飘地落下,推剑入鞘时盯着田小七说,做不做锦衣卫你说了不算。我现在给你一个任务,你要去杭州。

你把无恙还给我。田小七说,她答应要在这个中秋节嫁给我。

你去杭州。只要任务完成,十个无恙都会争先恐后地嫁给你。朱翊钧还说,等你从杭州回来,我答应带你去诏狱门口接她。

田小七后来见到刘元霖时,看见刘元霖的身子藏在一袭略微显得有点宽大的官服中。因为瘦小的缘故,刘元霖行走的时候身体前倾,跌跌撞撞的样子很像一只即将转到尾声的陀螺。

如果不是因为杭州城连续发生的男童失踪案,刘元霖此时的心情甚至可以说比较愉悦,因为正在重新修建的六和塔眼看着就要完工。而一场盛大的庆典,也将在八月十八钱塘观潮节那天如期举行。就在刚才,提前赶来参加庆典,又顺便行走一趟西湖和灵隐的台州知府送了刘元霖一座纯金打造的六和塔模型。金光闪闪的六和塔模型重达五斤,里边是掏空的。知府把它横过来,让底座宽阔的洞眼凑向刘元霖的耳边,说巡抚大人你仔细听,是不是感觉它像一只海螺,能听见我们台州那边吹过来的海风的声音。刘元霖乐滋滋地笑了，含蓄又不失热烈。他讲下不为例，以后不许这么浪费银两，你知道咱们浙江有很多地方需要花钱。

刘元霖面对田小七坐下时，藏在怀中的那只油光发亮的红头蟋蟀，可能是闻到了酒香，竟然兴奋着一连鸣叫了三声。他于是对田小七含糊地笑了笑，又卷起官服宽大的袖子，这才朝怀里装蟋蟀的竹筒方向骂了一句：乐乐，你真会作，作是没有好下场的。

田小七将酒杯换成酒碗，又把酒给满上。刘元霖一口喝尽，说再倒。等到咱们连着喝过了三碗，今天这事情就撒泡尿给忘了。他还擦了一下嘴，说伍佰这小兔崽子，眼珠子都长到屁眼里去了，竟然把你当成了嫌疑犯。

丢了多少个男童？田小七讲。

七个。刘元霖伸出分开来的手指头，说我现在就可以跟你讲，案发现场如出一辙，孩子们都是被遮天蔽眼的蝙蝠给卷走的。刘元霖敲了敲桌板，瞪起眼睛讲，总之事出反常必有妖，我们一直在查，不敢有丝毫懈怠。

田小七沉默了一下。他看见刘元霖好像嘴巴很渴，说了一通话后急忙喝了一口酒，然后才问你以前有没有来过杭州？我怎么觉得你有点面熟。

田小七说，皇上让我来找你。

我不是讲了嘛，我们一直在查。刘元霖说，你放心，再给我几天时间，有什么消息我就第一时间告诉你。

田小七摇头，说我来不是为了男童失踪，我有更重要的事情。

刘元霖愣了一下，眉头皱得很紧。在田小七正想跟他说出皇上亲口交待的隐秘使命时，一个女子的身影突然撞开门口的守卫，推门直接闯进了包房。

田小七感觉到一阵迎面而来的风，似乎有淡淡的芳香。他看了一眼女子，女子目光凌厉，不仅有一头飘扬的长发，背上还挂了一支修长的铁枪。女子是叫赵刻心，来自杭州城南的钱塘火器局，她是过来找刘元霖讨债的。田小七后来很快就听明白，作为大明王朝的重要兵工厂，钱塘火器局四百多个工匠的工钱，巡抚刘元霖已经连着拖欠了三个月。

闯进来的赵刻心并没有看田小七一眼，只是盯着刘元霖说，给钱。刘元霖挤了挤眉毛，用两只手指头优雅地理了一下嘴边稀疏的胡子，说你没看到有客人？工钱的事情我明天再跟你爹讲。

但是话还没说完，赵刻心却一把提走了桌上那座闪闪发光的金制六和塔。她说这么贵重的礼，让我爹先替你收着。

田小七出手，推出一个反掌，瞬间就将金制六和塔夺回，重新摆在了桌上。他盯着碗里的酒，看见酒水们慢慢荡开一阵涟漪，说，滚出去！

赵刻心什么也没说，却突然甩出背上的那支长枪，让它在空中十分利索地转了一圈。这让刘元霖眼睛都看花了，他只是听见耳边呼的一声，然后就看到那管黑洞洞的枪口，已经笔直指向了田小七的额头。

田小七抬头，目光专注地欣赏着那截横在空中的枪管，感觉这根擎电铳应该是能够三连发的，或许是他们钱塘火器局刚刚设计出的一款新式火器。然后他声音有点喜悦地说，出枪的速度很快，果然像一道闪电。

刘元霖却满脸忧伤。他试着把赵刻心的枪口一点点挪开，又将那座沉甸甸的六和塔模型交到她手里,这才低头小心问了一声田小七,京城有没有合适的男人?我想替她爹赵士真作主,早点把她给嫁了。

田小七盯着赵刻心,浅浅地喝了一口酒,随即又听见刘元霖怀里的乐乐再次鸣叫了两声,声音似乎十分伤感。他望向窗外,窗外是一抹醉人的夕阳,那样虚幻又短暂的颜色,仿佛可以让他看见无恙一袭长发飘飘的背影。然后他晃了晃眼睛,转头望向赵刻心说,带我去火器局。皇上让我来杭州,为的就是你爹。

我爹从来不见外人。赵刻心说,你也别拿皇上来跟我说事,我天不怕地不怕,难道我会怕他?

田小七眨了眨眼,把端起的酒碗重新放下,又望向对面的刘元霖说,皇上一直记挂着他所心爱的钱塘火器局,他说火器局总领赵士真正在赶写一部火器论述方面的新著——《神器谱或问》。我这次来杭州,就是奉皇上之命,来替他取走这部即将完工的《神器谱或问》。

千里迢迢,和锦衣卫十四位正五品千户并起并坐的北斗门掌门人,特意从京城来到杭州,就是为了这么一本书?刘元霖说。

田小七一言不发。南屏晚钟的钟声就是在这时候敲响,声音灌进田小七的耳朵时,他觉得眼前杭州城的一派黄昏,简直美得令人窒息。他跟刘元霖碰了一下酒碗,把其中的酒喝完,然后就抓起搁在桌上的绣春刀跟赵刻心说,我们是不是可以走了?

3

离开京城前,田小七已经对赵士真作了一番了解。他知道赵士真是浙江温州人,生于大明王朝嘉靖年间。据说这人才兼文武,善书能诗,画得一手好画。但是这老头子有点古怪,虽然年近六十,很多时候却跟孩童一样顽皮。

万历六年,赵士真在游寓京师期间,酒后一时兴起,挥毫题诗在扇上。其书法狂放及俊美令人惊叹。这把扇后来在市井间多次转手,被一宦官出高价所收藏,又经人辗转进献给了皇帝。皇帝朱翊钧见此诗扇,也是爱不释手,下令让赵士真进宫,并给他当上了鸿胪寺主簿,参与打理各国来京使臣的侍应与接待。但事实上,这仅仅是皇帝接触赵士真奇特才华的第一步。许多年以后,这个令人捉摸不透的男人虽然只是从八品衔的鸿胪寺主簿升迁为七品衔的中书舍人,却突然给皇帝呈上了《用兵八害》条陈,强烈建议朝廷制造番鸟铳,以抵抗侵犯的倭寇及治理边疆动荡。此后赵士真并没有就此消停,竟然通宵达旦,独自摸索研制出了兼具西洋铳和佛郎机优点的"掣电铳",以及采纳了鸟铳和三眼铳长处的"迅雷铳"等新式火器,并且还撰写下了图文并茂的《备边屯田车铳议》、《神器谱》、《续神器谱》以及《神器杂说》等书籍。在《神器谱》中,赵士真不仅详细绘制了掣电铳和迅雷铳的结构图样,还对其构造、制法、打放架势等作了非常详尽的说明。于是在一个冬日里的清晨,已经跟赵士真彻夜交谈过的皇帝朱翊钧突发奇想说,你回去老家浙江,去杭州。我让他们创办一个钱塘火器局,由你来当火器局总领。

朱翊钧用殷切的目光望着他说,有没有信心?

赵士真揉了揉干涩的眼睛。事实上为了设计一款新式火器火箭溜,他已经连续熬夜，整整有五天没有闭合过眼睛。但是在朱翊钧灿烂的目光里，他提起无限的精神说，什么时候可以动身？

夜幕降临时，田小七和赵刻心已经在赶往钱塘火器局的路上。夜空繁星点点，田小七感觉秋天的江南，吹过嘴边的夜风是甜的。可是走在一条接一条的巷子里，他虽然听见此起彼伏的秋虫的声音，却也看见一扇扇紧闭的门户。他知道这一切的缘由，都是因为那些令人细思极恐的蝙蝠。传言中被蝙蝠劫走的孩子，当晚就会被剖膛开肚，取走眼珠和心肝，最后只剩下一层无依无靠的皮。

去往火器局的路上，田小七想起那天在京城豹房的竹林里，朱翊钧的目光越来越深邃。朱翊钧讲根据最近收到的来自东瀛的情报，倭国的细作可能已经盯上了赵士真，并且对他手头的火器新著垂涎三尺。田小七当然相信情报的准确性，他十分清楚，之前被派往日本收集敌情的沈惟敬和史世用他们虽然已经回国，但两人依旧在海岛那边留有不少培训过的密探。这么多年，那些潜伏的密探们以福建为基地，琉球为中转站，每隔一段时间就要为朝廷送来形形色色的情报要览。

朱翊钧说，该讲的我都讲了，那么这趟杭州之行你到底是去还是不去？

田小七说，照你这么讲，除了《神器谱或问》，此行的目的其实还有一点，就是确保火器局总领赵士真的安全。

所以你还是懂我的，朱翊钧咧开嘴笑了，我之所以选你，因为你不仅仅代表锦衣卫北斗门，还有那么多奇形怪状的自家兄弟。

朱翊钧说的田小七的一众兄弟，是指京城菜场的屠夫刘一刀、卖女人香粉和手绢的唐胭脂、以及矮胖粗壮又擅长于挖地道的土拔枪枪他们。加上一个最小的弟弟吉祥，田小七的这些异姓兄弟是在吉祥孤儿院里一起穿开裆裤长大的。抚养他们成人的是孤儿院的嬷嬷马候炮，马候炮一天到晚抱着个竹烟筒，每次讲完三句话就剧烈地咳嗽，连喷出的烟味都能呛死人。她经常在田小七这些孤儿面前把桌子、箱子、柜子和炒菜铲拍得震天响，嘶喊的声音跟肆虐京城的沙尘暴一样，说杀千刀的，信不信我把你们都一个个塞进你们父亲的坟洞里。

他们的父亲都早已战死在辽东战场上。

田小七从京城出发时，的确带上了刘一刀、唐胭脂和土拔枪枪三人。但是那天一行人骑马到达嘉兴时，在锦衣卫设在乌镇的一个情报联络驿站，京城指挥使骆思恭的一名亲信站在一座石桥上提醒田小七，去杭州，你得多长几只眼睛。蛰伏在民间的倭寇，你懂的。

田小七笑了，说要是长那么多的眼睛，会不会把一个倭寇看成了乌泱泱一大群？那人于是叹了口气，说你可以不信，就当我是放屁。

那天夜里，田小七在当地买下了一条船。他决定在官道上缩小目标，让刘一刀他们坐船走运河去杭州。他还交待唐胭脂一路上花点心思，尽量把自己化装成赵士真的老头子模样。船要在夜里抵达杭州，等他跟赵士真见面说明缘由后，用唐胭脂顶包换人，作为替身留在火器局，将真正的赵士真连夜转移去一个安全的地方，以尽早完成《神器谱或问》的撰写。

夜色在田小七回想的时候变得越来越深厚。现在他看了一眼身边一排已经打烊的丝绸铺，估计这里就是狮子街街口。那么往南再走三里地，左拐进入一条名为老虎嘴的巷子，前面应该就是钱塘火器局。离开京城前，田小七反复查看过杭州城的舆图，包括各个城门的方位，城区各条主要通道的起点和终点，以及钱塘火器局四周密布的街巷，这些都已经在他脑子中形成一张清晰的交通布局网。他知道，从脚下的狮子街往前再走一百步光景，右拐进入一条狭窄的叫不出名字的巷子，在一棵百年桂花树旁，就是自己在这天下午离开相国井去春水酒楼前定好的香榧客栈。香榧客栈的门面很小，简陋的设施看不出一丁点的浮华，里面总共也就五六间陈旧的客房。田小七觉得，接下去他们兄弟几个住在这里是最隐秘与安全的，而且谁也不会想到，从火器局里转移出来的赵士真其实就是蹲身在正中央的一间客房，披头散发地忙于撰写他的《神器谱或问》。

街上打更人的竹梆子敲响代表戌正时分的声响时，田小七觉得，刘一刀他们乘坐的船应该已经到达杭州。这时候他在丝绸铺前暗红的灯笼余光里深深地看了一眼赵刻心，以及挂在她背上的掣电铳。他想，拿到《神器谱或问》回去京城的那一天，他是不是该在狮子街上给无恙买一些上等的杭州丝绸，以及龙井茶和临安山核桃等。当然，一把精美的杭州扇子也是少不了的。

赶路的赵刻心好像感觉到了田小七的目光，她转头说，你看我干么？我脸上又没有路。

田小七眨了眨眼，笑了。他说你让我想起了一个人。还说你以前是不是也在京城待过？跟你爹一起，就住在鸿胪寺里。

赵刻心说，你到底想要讲什么？

田小七说，我就是想跟你讲，其实你和一个人很像。还有，杭州的夜风真凉，夜景也十分好看。不过我最想同你说的是，

你等下就要见到我的一帮兄弟了。你最好有所准备，别被他们那几个混蛋给吓坏了。

赵刻心说，你是不是想把一辈子的话都给讲完？我现在耳朵里嘤嘤嗡嗡的，像是住了一万只蚊子。

田小七就是在这时候在狮子街中央站定。他抬头，目光阴冷而尖锐地注视着前方的夜空，然后一把抓住赵刻心的手腕说，没错，我耳朵里也是嘤嘤嗡嗡的。

赵刻心想把田小七的手甩走，转头时却猛然发现，狮子街的另外一个方向，一群漫天飞舞的蝙蝠，正朝自己和田小七两人迎面冲撞过来。蝙蝠如同看不到尽头的海水，伴随着一阵猛烈的呼啸，瞬间就将她跟田小七抓在一起的手给扯开。

4

刘一刀的船沿着京杭运河南下，到达杭州城西北方向的水域时，比之前田小七预定好的时间差不多晚了一刻多钟。刘一刀那时候也不怎么急，可是等到船想要靠岸时，却碰到一个不知天高地厚的无赖，让他肺都快要气炸了。

那个无赖名叫陈留下，杭州人一般都叫他丧尽天良。丧尽天良陈留下这天蹲在一棵歪脖子柳树上，柳树跟他一样横行霸道，整截树干都很没有理由地斜跨在运河水面上方。看见刘一刀的船时，树上的陈留下像只发情的野猫般跳到岸上，他迅速提起一根插在水面里的竹竿，然后用竹竿肥胖的铁头将刘一刀的船努力推回去了河水中央。陈留下还不紧不慢着抖出一则告示，跟刘一刀很严肃地讲，对不住了，巡抚派我来这里收取诸位的上岸费。小船二两银子，大船五两。你们这船么……陈留

下摸了摸下巴，又考虑了片刻以后说，我看可以收三两，当然收四两也是没有问题。

刘一刀一下子火冒三丈，恨不得一刀劈过去，把陈留下直接给劈成血淋淋的两断。他吼了一声道，你爷爷我毛都不会给你一根。

毛又不能换成银两。陈留下很执着地顶着那根竹竿，嬉皮笑脸着讲，这位兄台看来很爱说笑话，要不这样，等你上岸了，我去吴越酒楼请你吃酒。我同你讲，吴越酒楼的陪酒女，那是杭州城顶顶漂亮的，一个个身材都火得像着了火似的。

刘一刀便不想再多说半句废话。他一脚踩下船头，踏着那些起伏的浪花，举刀直接朝陈留下飞奔了过去。陈留下看见被刘一刀踩碎的浪花，以为自己是碰见了阎王，可是就在他眼睁睁地看着刘一刀的刀朝自己奔来时，那艘船上突然又飞出一个胖嘟嘟的土拔枪枪。土拔枪枪踩了一脚刘一刀的肩膀，说刀哥借过，然后就像个皮球那样，竟然提前降落在了陈留下身边的岸上。

土拔枪枪举了一把黑魆魆的铁锹，昂起硕大的头颅讲，兔崽子你要是再敢说一声银子，你太爷爷我就把你拍成一张烤熟的肉饼。

陈留下的嘴巴很久以后都没有合上，犹如夜里一只口渴的青蛙。他在杭州城从来没有见过长得这么矮的男人，好像是地底下刚刚挖上来的一截庞大的树桩。而这人的轻身功夫又让人不可思议，降落在他身边时居然就像树上刚刚掉下来的一颗全身是刺的板栗。这时候他又听见已经来到岸上的刘一刀再次吼了一声，告示拿来给你爷爷看，难道还真有刘元霖的签字？

陈留下一下子笑得比哭还难看。他急忙解开裤带朝河里撒了一泡尿，这才抖了抖身子讲，哥，到底有没有刘元霖的签字，你猜。

我猜你今天就要倒霉了。留在船上的唐胭脂这时候轻描淡写地说，他细碎温婉的声音轻巧地落在了陈留下的耳畔。唐胭脂正在船上专心地绣花，他准备要绣的一朵硕大的牡丹就差最后一枚花瓣。此刻他坐在皎好的月光中，从绣花片底下仔细抽出一根细长的绣花针。他看都没看岸上一眼，只是手指轻轻一弹，便听见叮的一声，绣花针已经卷起一截鲜红的丝线，朝陈留下的额头飞奔了过去。

陈留下犹如看见一道夏夜里的闪电，细瘦、银色，仿佛就要钻进夜幕的最深处。他心想这回自己死定了，就连他姐夫薛武林也救不了他了，于是就慌忙抓了一把裤带，跃起身子扑通一声，直接扎进了河里。

唐胭脂见到一团乱糟糟的水花扑面而来。水花四处溅开时，水底的陈留下已经双腿一蹬，如同一条狡猾的鱼，迅速游远了。唐胭脂这时候抬起他单薄而白净的眼皮，看见土拔枪枪的手里不知道什么缘故，竟然多出了一把亮闪闪的短刀。土拔枪枪翻来转去看看那把刀，又在袖子上擦了一回说，早晚我会用他的这把刀，亲手宰了他。

5

夜色漫无边际，犹如铺展开的一大片秘密。田小七死死追赶着那群飞翔的蝙蝠，在夜色中铆足了劲飞奔。辽阔的杭州城在他脚底绵延，他觉得眼前的一切简直就像是一场深不可测的噩梦。作为一名锦衣卫，现在他要和赵刻心一起撕开这场梦，看看梦境的最深处,到底是谁在杭州城作妖,劫走那些无辜的孩子。

但是仅仅是一念之间,田小七又突然停下,并且一把拽住向前飞奔的赵刻心的手腕。赵刻心回头说,你又怎么了?田小七说,不能再追。

田小七又说,赶紧回去,我们已经离火器局越来越远。

夜色铺在田小七脸上,赵刻心看见远去的蝙蝠群已经越来越缩小,看上去正变成一把黑色的剪刀。于是她说,走!

两个人随即转身,轻松跃上另一座屋顶,像两支破空的羽箭,他们重新规划了路线,直奔钱塘火器局。

月光如泼出去的水。田小七踩踏着鳞次栉比的飞檐翘角,飞掠过如同海浪一般的瓦片。没过多久,赵刻心便赶了上来,田小七看到她飞翔时身姿轻盈,像河里一丛飘摇的水草。

赵刻心说,你觉得有危险?

田小七将绣春刀横举在眼前,飞出去时说,再快一点。

那天夜晚,田小七跟赵刻心两人从钱塘火器局的围墙顶上飘落时,四周安静得出奇。东边炼炉房和锻造房的方向一片漆黑,能够听见几只寂寞的蛐蛐,正在优雅地吟唱。西侧工匠宿营房前的步廊上,每隔五米凿开的墙洞里,都闪烁着一粒油灯的火苗。宿营房里的工匠,鼾声此起彼伏。田小七踩上步廊前的那块野草地,他一步步靠近火器局总领赵士真的书房,看见书房窗户洞开,依稀可见里头微弱的烛光。但是一阵细小的风从窗台上吹过,却一连吹出了几片无人照看的洁白的宣纸。

田小七心中咯噔了一下,一个箭步冲上,未及推开房门便闻见一股炙热的酒香如同开闸的潮水,向田小七迎面冲撞过来。而事实也正如他所料想,此时一派凌乱的书房里,书桌翻倒在地上,四周一片狼藉。整个房间见不到一个人影。

酒香来自火炉上的一只酒壶,酒水明显已经烧干,那只泥壶从内到外一片火红。疯狂的火舌热烈飘摇,田小七看见泥壶呻吟了一声,终于绽裂开一道细密的缝。氤氲的酒香冲撞得更加猛烈,田小七却发现远处窗顶的房梁上,悬挂下一具僵硬的躯体。躯体只留给田小七一片狭窄的后背,在那些飘忽不定的烛光中,他忽长忽短的影子正在慢悠悠地晃荡。

赵士真不见了。房间里留下的唯一的痕迹,是他每天围在脖子上用来擦汗的一条布巾。布巾已经被撕裂,正垂挂在洞开的窗格板上,在夜风中无声地飘荡。

从房梁上解下来的那人,是赵士真的贴身侍卫山雀。

田小七冲去营房,一脚把门踢开,看见工匠们依旧睡得像死去一般。

戌正三刻,杭州城南方向的钱塘火器局一带,辽阔的夜空被一片通红的火光所照亮。那天很多人从睡梦中惊醒,听见四面八方的狗异常激动,叫得跟疯子一般。田小七和赵刻心举着火把,两人各自带了一队赤膊的工匠,奔跑在不同巷子里绵长的夜色中。两支队伍最终汇合时,田小七正迎风站立在万松岭一截苍老的松枝上。聆听着耳边火把燃烧的声音。有很长一段时间,他都出神地望着眼底那片无比虚空的荒野,心中不免有一股挥之不去的惆怅。

田小七多少还是有点惊讶。他没想到,就在自己到达杭州城的第一个夜晚,皇帝朱翊钧交给他亲自护卫的军火专家赵士真就这样谜一般地消失了。

山雀过了很久才醒转过来,望着眼前陌生的田小七,他抖得跟筛子一样,最终战战兢兢着跟赵刻心说,劫走总领的是蝙蝠,巨大的蝙蝠。

田小七觉得他是一派胡言,从火炉上烧裂开的酒壶来分析,赵士真被劫走的时间明显比狮子街上出现蝙蝠群要迟得多。更加准确一点讲,书房里案发时,他和赵刻心已经在重新赶回火器局的路上。他一把将山雀提起,盯着他灰蒙蒙的眼睛,说你在撒谎,根本没有蝙蝠。

山雀气喘吁吁,一下子急得泪流满面。他说千真万确,就是蝙蝠,两只大得吓人的蝙蝠。

在赵士真消失之前,山雀是被一根头顶掉下来的麻绳套住脖子猛地拉上了房梁。他记得那时候依稀见到两只蝙蝠,从房顶上落下,张开乌云一样的身子,转眼就将总领赵士真给凌空提走。

钱塘火器局再次陷入沉寂。朱翊钧讲过,倭寇对赵士真关于军火的新著垂涎三尺,那么田小七现在十分清楚,山雀所说的蝙蝠,实际上就是翼装的倭寇,也就是一袭紧身黑衣的日本忍者。忍者昼伏夜出,经常倒挂在屋檐和树梢,悄无声息地张开翅膀一样的四肢,如同夜幕中飞舞的一群索命的幽灵。他又再次想起了锦衣卫指挥使骆思恭的那名亲信传给他的话:蛰伏在民间的倭寇,你懂的。

在一段十分漫长的寂静里,田小七后来独自走出书房,一个人站在那片突然显得有点寒凉的野草地中。他似乎望见一颗流星,就在天边的最北方划过。北方是京城的方向,这让他有点伤感,好像是在四处弥漫的夜雾中想起身陷诏狱中的欢乐坊坊主无恙姑娘。他想,赵士真已经不见了,那么他该如何去面对交待他任务的万历皇帝朱翊钧?朱翊钧当初的意思是,任务完成了,我才会带你去接无恙。

6

赵刻心十分清楚地记得,父亲《神器谱或问》的母本总共一十九章。五天前,父亲将已经完稿的书页装封成册,锁进卧室里的楠木箱子时,觉得有必要再增加一册子本,附带上一些针对母本内容的细节讲解和说明。她还记得,自己在下午离开火器局去找巡抚刘元霖讨要工钱时,父亲还在忙着书写子本的最后几页。

挂了一把铜锁的楠木箱子现在依旧摆在赵士真的床头,可是田小七和赵刻心寻遍了整个书房,却没能见到《神器谱或问》的子本。很明显,那几页论著也被倭寇一起劫走了。

冲进老虎嘴巷子的马蹄声在石板路面上听起来异常清脆,猛然收缰的快马发出一声急切的嘶鸣。此时,被田小七派去刘元霖府上报信的工匠慌乱着从马背上跳下,在夜露沾湿的草地上,他不小心滑了一跤,身子还未站直就对赶到眼前的田小七说,巡抚大人不在府上,他今晚亲自带人出去夜巡,以防城里又有孩子被莫名其妙的蝙蝠给劫走。

蝙蝠。又是蝙蝠,田小七望着那匹不停喘息的快马,觉得整座杭州城几乎就要被神出鬼没的蝙蝠给压垮。但既然派出去的工匠没能见到刘元霖,那么他原本设想的发动杭州卫守戍军尽快展开全城搜索也就成了泡影。此刻,打更人的竹梆子声再次在弄堂里响起。已经是亥时,田小七想,此时最大的风险,就是倭寇劫持着赵士真连夜出城，登船出海直接逃往日本。他知道，一个赵士真，比得上一百部《神器谱或问》。但是他也早就了解过，杭州城在许多年前就取消了宵禁。那么倭寇一旦想出城，所有的城门都是畅通的。

封城！田小七跟赵刻心说。

此刻赵刻心也站在那片杂乱的草地里，她虽然听见田小七的声音，目光却依旧止不住地一片茫然。杭州一共有十座城门，如果没有官府的指令，赵刻心想不出，一时之间该如何封城？但随即看见田小七抬手，朝空中发射了一枚叫穿云箭的烟火。幽蓝色的穿云箭如同一只钻天猴，在夜空中拖着长长的尾光，嚣叫着往北边京杭运河的方向飞去。

那天刘一刀和土拔枪枪在第一时间里就见到了运河水面上倒映出的一抹蓝色，幽冷的亮光一直像蚯蚓一样摇摆着升腾，在冲向夜空的高点时最终无声地熄灭。刘一刀迅速转头，跟船舱里正在把自己化装成老头子模样的唐胭脂说，快！

土拔枪枪纵身跃上屋顶，差点就踩落了脚下的一枚瓦片。他看见深夜里的杭州丝毫不逊色于记忆中的京城，街市上的那些灯火，甚至是更加五光十色。在一路往前飞奔时，土拔枪枪回头看了一眼不声不响的唐胭脂。唐胭脂提手里的那片绣花牡丹，牡丹映照着他嘴角刚刚贴上去的一把灰白色的假胡须，看上去让人哭笑不得。土拔枪枪说胭脂兄弟，你脸上还涂着粉扑扑的胭脂，有本事你就开口说句话，看看你那把胡子会不会就突然掉了下来。

唐胭脂说讨厌，并且说滚开。

土拔枪枪努力追赶上飞奔的唐胭脂，又说胭脂兄弟我想跟你商量一件事，等你这朵牡丹绣完了，能不能把它送给我？我觉得牡丹真好看。

唐胭脂说做梦。说完，他又把土拔枪枪甩在了身后，并且奔到了刘一刀的跟前。他跟刘一刀说，七哥之前跟我们讲好了时间，我们却迟到了。他还说我现在有点不安，你有没有听见，我的心里一直在扑通扑通地跳。

刘一刀于是绝望地说，拜托了，你讲话的声音能不能不要这么水嫩。

7

赵刻心的确被田小七的这几个兄弟给吓坏了。

当唐胭脂降落在她眼前时，赵刻心没有想到，这样一个细皮嫩肉手指顾长的男人，嘴唇上竟然还涂了一抹水淋淋的红脂，身上并且还飘着一股淡淡的香粉味。唐胭脂的手里抓了一把刚刚掉落下来的胡子，他怯怯地叫了田小七一声哥，然后羞愧着低下头去说，对不起我们来晚了，我也还没来得及把自己化装成赵士真的模样。

赵刻心盯着田小七，觉得真是一场胡作非为的闹剧。这时候落在最后的土拔枪枪也飞奔进了火器局，他匆忙奔到田小七跟前，随便看了一眼赵刻心就说，哥，你是想让胭脂留在这里做她的爹？

赵刻心再也忍不住了，她从来没见过像土拔枪枪这么丑的男人，不仅矮得如同一堆肉团，脑袋还有冬瓜那么大。她一把端起掣电铳，指着土拔枪枪讲，出去！

土拔枪枪歪斜着脑袋，愣愣地仰望着赵刻心。他说你这人脾气怎么这么差，不过人倒是长得蛮好看的。

赵刻心说恶心，出去！说完，她真的就扣动了掣电铳的扳机。射出去的铁弹在

278

土拔枪枪的脚边炸开，轰出一大片潮湿的土，以及许多断裂开的草。土拔枪枪那时候一动不动，目光却一下子变成凉的。他抬手抹了一把脸，抹去很多细碎的泥土和草屑，然后他红着一双眼望向田小七说，哥，人家嫌我样子长得恶心。那我这么恶心的男人只好出去。

田小七沉默了一下，说闹够了吗？闹够的话我们接下去就开始说事。

按照田小七的计划，必须首先封了东边的候潮门。因为候潮门离火器局最近，而且一旦出了这道城门，用不了多久就能面向大海，直通倭国。

土拔枪枪有一句没一句地听着，现在他总算明白，原来是赵士真已经被人劫走。他把玩着那把亮闪闪的短刀，又偷偷看了一眼赵刻心，觉得她跟无恙姑娘实在是差远了。无恙只会恶作剧地叫他一声枪枪弟弟，再怎么样也不会说他恶心。土拔枪枪想，赵刻心也太不给他面子了。他看着那把样子有点别致的短刀，一下子又想起了丧尽天良陈留下。刚才在运河边，陈留下蹦起身子跃入水面时，土拔枪枪原本想将他一把抓住，结果却只是抓到了陈留下插在腰间的这把短刀。现在土拔枪枪听见刘一刀跟田小七解释，他们三人之所以迟了一步，是因为在运河上碰见了敲竹杠收上岸费的陈留下。赵刻心于是说，要是想封城，倒是可以去找陈留下的姐夫薛武林，那人是守戍军的副千户，负责守卫杭州城所有的城门。

土拔枪枪就举起短刀吼了一声，丧尽天良陈留下，我必须先宰了他。

田小七望着土拔枪枪的短刀，一下子发现刀背上那个月牙状的豁口。他怎么也不会忘记，许多年前自己加入大明水军，在福建沿海抗倭时，很多倭寇都配有这样一把短刀。他还知道，倭寇称这种特意留了一道弯钩豁口的刀子为黄泉钩。

田小七夺过土拔枪枪的刀子，跟赵刻心说陈留下会在哪里，你最好带我去找他。

赵刻心声音很冷，说我这辈子都不想再见到他。

田小七愣了一下，心想一辈子很长的。但他同时也觉得，陈留下的这辈子，可能就活到今天为止了。因为通敌者，当斩！这时候他听见土拔枪枪又喊了一句，说陈留下应该在吴越酒楼，因为他说吴越酒楼的陪酒女顶顶漂亮。

土拔枪枪说完，看了一眼刘一刀说，是吧刀哥？他还讲那里的陪酒女身材火得像着了火似的。

刘一刀于是不得不望向夜空，过了一阵才转头问赵刻心说，候潮门是在哪个方向？

8

月光已经见风使舵地从当初的鹅黄，变成了眼前的橘红。田小七跨上马背冲出钱塘火器局时，感觉奔腾的马蹄瞬间踏碎了这一地的橘红。他现在只想尽快赶到吴越酒楼，因为丧尽天良陈留下很有可能是倭寇的奸细。在此之前，他已经让刘一刀和土拔枪枪赶去了候潮门。他跟两人讲，一刻钟之内，必须赶到。

土拔枪枪那时候失望地瞥了一眼自己的马，感觉它品相很一般，应该跑不怎么快。他心灰意冷地说，我怕赶不到，再说杭州我又不熟。

刘一刀瞪了他一眼，说，你一个晚上已经讲了很多废话。

土拔枪枪叹息一声，跨上马背时又在心里嘀咕了一句：真是看不懂。

凭着脑子中对杭州舆图的记忆，田小七选择了一条通往吴越酒楼最为便捷的路线。而此时的陈留下，的确就在吴越酒楼里花天酒地。

陈留下在包房里换下那套拧得出水的衣裳，又把一双腿很阔绰地架到了桌几上。酒楼老板娘金彩第一时间出现在他眼前，每一步都走得很芳香。金彩朝嘴里扔进一片西瓜，又挤了挤胸前的衣裳，好让自己的胸脯看上去更加饱满。然后她斜着一双眼睛看着陈留下，说丧尽天良，今天又发财了？准备叫几个姑娘？

陈留下摸了一下自己的下巴，暂时一言不发。他看见金彩的男人余船海走到门口，余船海高大而且健壮，两条腿又很长，好像很把自己当成一个美男子的样子。陈留下于是晃荡起脚丫，把一块分量很重的银子拍在了桌板上说，人生就是一场梦，我愿意在酒里醒来。

余船海很及时地笑了。他怀抱着一只青灰色的鸽子，鸽子很温顺，微闭着眼睛好像已经睡着。余船海反复抚摸着鸽子光滑的羽毛，让陈留下觉得他是在色眯眯地抚摸金彩柔软的腰。

陈留下说，别摸了，摸来摸去还不是同样那几根毛。

余船海于是把目光抬起，看着桌上那块银子说，你从哪里骗来的这块银子？你又进账了，晚上是不是睡觉也要笑醒？

陈留下眨了眨水淋淋的眼睛，说哪来那么多的废话，今天老子点香点双份，付钱付两倍。上酒，也上姑娘！

余船海大吼一声，说柳火火，十八妹，上！

余船海大吼的声音，把怀里的鸽子吓了一跳，它睡眼惺忪地看着柳火火和十八妹款款地走来，身子扭动得像春天的两棵杨柳。她们风一样地走进包房，余船海随即识趣地把门关上。面对屋子里突然多出来的两个白晃晃的女人，陈留下开始了漫长的吹牛。陈留下说我同你们讲，刚才在运河边，我一下子就把北边过来的三个男人给打趴在了地上。

三个，陈留下冷笑一声说，我要让他们领教一下杭州铁拳的厉害。

柳火火的一条白腿架在了桌子上，她不停地给陈留下倒酒，酒从杯里满出，又洒到了桌上。她说丧尽天良我要是信了你，我肯定就是杭州城最漂亮的笨蛋。她还说三个男人又不是三只蜗牛，能被你几个巴掌就给打趴下。

陈留下笑得喷出一口芳香四溢的酒。他说我同你们讲，被我拍在地上的其中一个男人，只有这么高。

多少高？柳火火挑着眉毛说。

这么高。

到底有多高？

陈留下一下子就显得有点烦。他把酒放下，突然撩起柳火火的裙子说，看到没，只有你白花花的大腿这么高。柳火火就一个巴掌轻拍在陈留下的嘴皮上，说，淫虫。陈留下于是张大嘴巴笑成一朵怒放的花，他说你们两个有没有看过《金瓶梅》？柳火火我真希望你做一回我的李瓶儿，咱们两家隔了一堵墙，一天到晚偷情，忙都忙死了。陈留下说完，又一把将十八妹搂进了怀里，使劲亲了她一口说，你也是我的，你叫庞春梅。

柳火火当然知道《金瓶梅》，也听人讲过了无数次的西门庆。她把十八妹的酒抢

280

过来给一起喝了，说西门大官人你个死鬼，说来说去，你还是少了一个潘金莲。这时候门被砰的一声撞开，柳火火看见，站在门口的，是一个提着一把刀的男人。

柳火火说，客官你走错门了。

男人却对她说，出去！

男人就是田小七。他一把卡住陈留下的脖子，将陈留下整个人提起，凌空按在了包房里的一根柱子上。田小七又抽出那把黄泉钩，在陈留下眼前晃了晃，说，刀子哪来的？

陈留下浮在半空中，像是一只伸长了脖子的鹅。他把一双脚踢得跟抽风一样，瞪大了眼珠说，掐死我也不能讲，老子视死如归。

田小七就将刀尖往前送了一寸，让陈留下感觉到一股寒凉。陈留下于是把眼睛给闭上，他听见田小七又说，那你干脆就去地底下讲。

田小七举起刀子，正想要一刀割开陈留下的嘴皮时，手却被人死死地抓住。他有点惊奇，回头才看见，站在自己眼前的，是一个胡子拉碴的男人。男人喝了许多酒，一双眼睛迷迷糊糊的。他站在那里像是一座歪歪斜斜的塔，却盯着田小七手里的刀子说，跟他没有关系。你把他放下，刀子是我的。

田小七闻到一股剧烈的酒气，从男人的嘴里喷涌而出。他也是到这时才发现，男人竟然是自己在福建水师时的战友，名叫甘左严。田小七和甘左严曾经一同在福建沿海抗倭，两个人被分在同一个鸳鸯队阵里，那时候田小七还是甘左严的队长。现在田小七看见，有许多酒液从甘左严密密麻麻的胡子上掉落。他看着甘左严那张饱经风霜的脸，如同看见一段沧桑的岁月。

9

土拔枪枪从马背上跳下，捏了捏有点酸痛的肩膀，又转动一下脖子，好让刘一刀听见一阵咯吱咯吱的响声。然后他随便看了一眼已经离他不远的候潮门，就跟刘一刀说做人真他妈的辛苦，不过你先歇着，我这就过去把城门给关了。

候潮门年代久远，高大的城墙开了一个宽广的拱形门洞。城墙灰不溜秋，许多单薄的青草站在砖缝中，偶尔摇摆几下，一副正要入眠的样子。月光潮湿，土拔枪枪听见这一晚的夜风是从候潮门的门洞外边吹进来，给他带来一些遥远的潮水的气息。

把城门给我关了。土拔枪枪举着马鞭，指着城门前两个值守的兵勇讲，从现在开始，谁也不能出去。

两名粗布军服的兵勇在埋头吃宵夜，他们正热烈地吸吮着一碗爆炒螺蛳。杭州八月里的螺蛳，肉质来得比清明时分的清瘦。其中一个兵勇把眼睛眯成一条缝，奇怪眼前有点咸湿的夜风中，怎么就蹦出了土拔枪枪这么一个圆滚滚的怪物。他看见土拔枪枪牵了一匹无精打采的马，个子满打满算只有那匹马翘起来的马尾股那么高。他想这样一个武大郎一样的三寸丁，自己要是不仔细看，还会以为是刚从马背上掉落下来的一捆柴火。

兵勇皱了皱眉头，仔细抓出塞在牙缝里的一小片红辣椒，朝边上弹出很远一段距离后说，你是从哪个粪堆里滚出来的屎壳郎？这两扇城门是卖给你们家了，还是你脑袋太肿，需要用城门来给你夹一下？

土拔枪枪深深地叹了一口气，觉得这

281

一晚杭州城留给他的最初印象怎么会如此糟糕。他把马缰绳套在一棵杨梅树上,有点烦躁地拍了拍手掌说,我就是让你把城门给关上,你要是耳朵聋,我干脆替你把那两片肉给割了。

兵勇这回噗呲一声笑得很冷,他不慌不忙朝嘴里灌进一口酒,然后慢吞吞地起身,却呛啷一声就把刀子给拔出。他的声音有点沙哑,迈出步子的时候说,兔崽子你今天死定了。

土拔枪枪不免又是一阵失望。他盯着那把歪斜的刀一直摇头,心想品相这么差的一把刀也好意思拔出来,真是让人看不懂。

刘一刀这时正坐在路边的一块石头上,昂头仰望出现在南方夜空的北斗七星。他从七星勺北边的破军星开始数,数过了武曲星,接着就是一闪一闪的廉贞星。他才刚刚数了三颗,就听见土拔枪枪挥舞起的铁锹毫不犹豫拍了下去,然后那个兵勇不带半点悬念地倒在了地上。

兵勇抱着脑袋不停地抽搐,嘴里杀猪一样嗷嗷直叫。土拔枪枪说,看你下次还敢不敢阴阳怪气地跟我说话。说完他又要抡起铁锹。

刘一刀见状,急忙在硕大的石头上挪了挪屁股,说够了,你别把他给拍死了。

土拔枪枪终于将铁锹收住,心里却还是止不住恼火。他想做人既然已经这么辛苦,自己只不过是长得矮了一点,但是包括赵刻心在内,这些人凭什么就横竖看他不顺眼?真是看不懂。他一把拖起地上死猪一样的兵勇,拖去城门的方向,然后跟刘一刀喊了一声说可以了,现在城门被我封住,没人敢从你眼皮底下出去。

10

甘左严抱着一壶心爱的酒,软绵绵地瘫坐在地上。他仰头,把所有的酒朝自己嘴里倾倒,最后只剩下两三滴,滴在他杂草丛生的胡子里。甘左严喊了一声,柳火火,酒。柳火火便像兔子一样跑去,提起他的酒壶说,我知道你心里苦,你就把我当成春小九,我以后一辈子都陪你喝酒。

田小七听见这一句,整个人苍凉地抖了一下。他看见月光打在甘左严脸上,甘左严明显比以前瘦了。两年前京城北郊的风尘里,血光遍地,杀声震天。田小七回想起,在无恙姑娘开的欢乐坊酒楼外,甘左严心爱的春小九像兔子一样赤脚奔跑在战场上。春小九是无恙的妹妹,她出剑的速度无比快,一下子就刺死了好几个潜伏在京城胡同里的倭寇,最终又替甘左严挡住了倭寇砍来的一把长刀。那天她倒在甘左严怀里,嘴里足足喷出一碗血,跟烫过的酒一样。她跟甘左严说我冷,你抱我,抱得再紧一点。甘左严恍恍惚惚抱着她,像是抱着一团即将离去的轻飘飘的烟。他看见春小九笑了,笑得幸福而且满足。春小九说甘左严你怎么哭了,可是你以前从来都不掉眼泪的。

田小七现在已经明白,丧尽天良陈留下的黄泉钩的确是甘左严的,那是甘左严在福建抗倭时缴获的战利品。而陈留下这天来吴越酒楼,为的是躲过金彩和余船海的眼睛,替甘左严偷偷扛走柳火火。为此,陈留下还准备了一个宽敞的麻袋。

甘左严来杭州已经有很长一段时间。春天里,甘左严抱着春小九的骨灰罐子,想带她去浙江的海边散心,结果却在吴越酒楼碰见了柳火火。柳火火跟春小九长得很像,连说话的声音都像。酒楼里,甘左严盯着她看了一个晚上,眼里见到的,始终是一个上蹿下跳的春小九。他于是跟柳火火不停地喝酒,还一天到晚划拳。有一次喝醉以后,在酒楼老板娘金彩面前,甘左严拍拍胸脯,叫嚷着要给柳火火赎身。金彩笑了,一双眼斜成一条缝,说别以为你从京城过来就了不起。老娘眼睛不瞎,你一个穷鬼,身上总共能有几两银子?

后来是陈留下热血心肠给甘左严出的点子。为了不让事情平添意外,陈留下甚至决定先瞒着柳火火,他想把柳火火灌醉以后塞进厚厚的麻袋,然后从窗口扛出去,再便宜一点卖给甘左严。甘左严于是凑了点银子,算是给陈留下当定金。陈留下把银子塞进兜里,看着自己已经开始长出一点点肥肉的肚皮说,祝你们两人早日远走高飞,我丧尽天良也算是功德圆满。又想了许久,说甘左严你那把黄泉钩不错,兄弟一场,我其实……

陈留下话还没讲完,甘左严就说,喜欢就一起拿走。

有很长一段时间,田小七曾经在京城到处寻找甘左严,可是现在甘左严就在他眼前,他却止不住一阵心酸。他想陪忧伤的甘左严喝酒,喝到失去所有的记忆。但是田小七又没有多余的时间留在酒楼,所以他这时候抬头看了一回吴越酒楼的四周,然后又仔细看了柳火火一眼,这才问金彩说,多少钱?

金彩把一双手叉在腰上,觉得可以开始叫骂一回了。她在天空底下叫喊,多少钱?你们买得起螺蛳买得起青菜买得起鱼虾猪脚,你们买得起人?

田小七站在金彩面前,抹去被她喷了一脸的口水,继续平静地说,多少钱?

金彩愣了一下,忘记刚才自己已经骂到了哪里。她想了想,随口蹦出一句说,一百两,一文不少。

田小七摇头。

陈留下瞪起一双眼,说金彩你们家是不是养狮子的?不然为什么嘴巴开得比裤裆还大。

金彩讲丧尽天良关你屁事,你要是手痒了就抓紧时间去摸十八妹的奶子,别在我面前晃晃悠悠,晃得我心神不定。然后她瞟了田小七一眼,挑起眉毛说八十两敲定,你拿得出吗?你拿得出我高看你一眼,不,一百眼。说完金彩又胡乱地朝天空挥了挥手,说柳火火身上那些戒指和镯子,我让她全都带走。天底下再也没有这样的生意。

但是田小七还是摇头。田小七说,不仅柳火火,其实我是想买下你的整座酒楼。

田小七又说,开个价吧,我在赶时间。

陈留下记得,那天金彩愣了半天,然后他开出吴越酒楼的转手价钱高得能吓死一头牛。金彩说九百两,买不起就滚。但是田小七想都没想,直接从怀里掏出一叠银票,随便数出几张就很整齐地拍在了桌上。田小七说我给你一千两,只是有个条件,麻烦你把门口吴越酒楼的招牌给我拆了。

金彩目瞪口呆,以为自己听错了,她这辈子也从来没见过有人能一下子拿出一千两的银票。她盯着那些白花花的银票,听见田小七说从今往后,我希望这里叫做欢乐坊。欢声笑语的欢,其乐无穷的乐。田小七说,我喜欢欢乐坊这个名字,真是欢乐无边。

望着那一沓银票,陈留下告诉自己要

镇定。他装出见过大世面的样子，朝田小七竖起拇指讲，哥，气派！

柳火火这时候也懵了，喝下去的酒差不多全醒了。她看了一下重新抱起酒壶的甘左严，又莫名其妙地望向田小七，说你们两个男人是不是在演戏？刚才演到哪里了？陈留下就很平静地微笑，说柳火火你一开口就让人觉得没怎么见过世面。你肯定是看戏看多了，演什么演，那些崭新的银票都是真的呀。

田小七从甘左严手里拿过酒壶，酒壶已经被柳火火重新装满了酒。他朝自己嘴里倒了一口，这才看着柳火火说，我准备把欢乐坊送给甘左严，你想不想当这里的老板娘？

柳火火眼中放射出一团灿烂的火，她相信这回自己应该是听清楚了田小七讲的每一个字。但她看见甘左严迷迷糊糊着张了张嘴，叫出一声小九，声音听起来十分的轻柔，于是就问田小七说，你是不是也认识春小九？

田小七却说，你给我记住了，甘左严是我战友，也是我生死相交的兄弟。你要对他好一点！

陈留下这时候再次竖起拇指，说，哥，威武！

但是田小七却一把抓起陈留下肩膀，说你跟我走。

陈留下说，去哪？

田小七说，候潮门。

离开吴越酒楼之前，陈留下回头深深地看了一眼甘左严，看见甘左严躺在柳火火怀里好像已经睡着了。这时候，一直没有现身的余船海从一个隐秘的角落里走出。余船海当着金彩的面，数了数桌上的那堆银票。他把银票塞进兜里，转头跟陈留下

挥了挥手，好像是笑眯眯地讲，既然你叫丧尽天良，那么勿怪恕不远送。

金彩像一根旗杆一样，一直愣在原地久久地一言不发。她觉得刚才像是一场梦。

11

土拔枪枪一个人站在候潮门的门洞前，他头顶很高的城墙上，长满了青翠的苔藓，以及随风飘摇的爬山虎。在他脚下，躺着那个被他打伤的兵勇，兵勇一直在痛苦地呻吟，声音听上去还显得有点节奏。他转头看着土拔枪枪讲，有本事你在这里等着，等着我那帮过来救我的兄弟。

土拔枪枪说拜托，我什么也没听见，我这人耳朵有点聋。他后来感觉站得有点累了，就干脆抱着他心爱的铁锹坐下，然后望着之前的那碗宵夜，随便抓起一枚爆炒螺蛳扔进了嘴里。螺蛳的确炒得很鲜，而且还有点甜，可是土拔枪枪一连吸吮了好几口，除了尝到一些异常美味的汤汁，壳里的螺蛳肉却根本没有想要出来的意思。土拔枪枪有点恼火，他从嘴里取出螺蛳看了很久，觉得这种把骨头长在外面的河鲜，实在让人很难理解。随后他在城墙上找来找去，终于找出一处合适的位子，可以把那枚螺蛳稳稳地安放在两块青条砖之间。他把螺蛳仔细着摆好，这才提起铁锹小心翼翼地拍了下去。

可是土拔枪枪没有想到，因为气候潮湿，杭州城墙凹槽处的泥土都比较松软。他虽然只是那么轻轻一拍，但整个螺蛳还是全都陷了进去，一下子不见了踪影。土拔枪枪望着那道深邃的凹槽，心里开始空空荡荡。他叹息了一声，转头望着许许多多还剩在碗里的黝黑发亮的螺蛳，心里很

沮丧地骂了一句,真是看不懂。

土拔枪枪后来百无聊赖地望着身边的城墙,昂头盯着张贴在条石砖上的一堆七七八八的纸出神。在那些土黄色的纸张上,他看见许多寻人启事。启事上画了好多男孩的头像,并且还在角落里盖了官府的印章。他随便看了几眼,就觉得杭州城最近失踪的男孩可真不少,而且好像都跟蝙蝠有关。他想杭州真是个搞不灵清的城市,什么奇怪的事情都有。但也就是在这时候,土拔枪枪眼前一亮,他看见另外一张已经卷角的纸上,写了一个很瘦长的"矮"字。他踮起脚尖,发现那个"矮"字不仅从黄麻纸的顶端开始落笔,还一直拉长到底部另外一排文字的中间,看上去就像插在文字团里的一根细长的筷子。因为风吹日晒,陈旧的黄麻纸上,底部很多文字已经变得模糊。但土拔枪枪大致还是看明白了,那是杭州某位道士张贴出的告示,宣称自己掌握了一种人间奇术,可以专治身材矮小的男人,让人一夜之间如同雨后春笋,醒来就发现个子已经长高了一到两尺。土拔枪枪着实被惊吓了一下,觉得真是太神奇了。他在城墙上犹犹豫豫着叉开手指,在头顶稍微比划了一阵,就觉得自己哪怕是只长高一尺,那也是非常美妙的。他想一旦到了那时,他走在人群中就完全是抬头挺胸玉树临风的,最起码他可以跟一个普通人一样,搂着刘一刀的肩膀说,刀哥,晚上我请你去西湖边吃酒。你喜欢吃什么酒?

土拔枪枪这么神采飞扬地联想时,突然看见远处一辆马车正朝城门这边赶来。马车走得慢慢悠悠,车上的那截车厢,遮盖得非常严实,好像是遮盖着一层秘密。他抓起铁锹,想要赶上去看个明白时,马车却在道路中间停下了。他于是奔了过去,心想这马车肯定有问题,车厢里很有可能就藏着被倭寇劫走的赵士真。可是他跑到车夫跟前定睛一看,发现车厢前已经站着他兄弟刘一刀。

刚才是刘一刀在道路中间将马车给拦下。刘一刀围着车厢转了一圈,问车夫说里面装了什么?快点打开!

车夫看了一眼刘一刀,以及样子有点古怪的土拔枪枪,说,凭什么?

刘一刀说,不要问这么多,问多了会有生命危险。

这时候车夫阴冷地笑了,他抬起一只手,像是很不经意地拍了拍马背,然后那只手就暗中伸向了扎在马鞍下的一只布袋。

土拔枪枪说,站在那里别动,你小子不要给我耍什么花样。

可是他话刚说完,车夫却已经从布袋里抽出一把长刀。那把长刀很修长,几乎有立在城墙上的旗杆那么长。车夫竖举着长刀,一双眼冷冷地看着刘一刀。土拔枪枪抬头望见,有一缕细瘦的月光,瞬间就从长刀的刀尖上迅速滑落了下来。他在心底里惊叹了一声,刀子不错。

12

陈留下坐在田小七的马背上,他就坐在田小七的身后。那匹马一路狂奔时,陈留下没有想明白,眼前这个英气逼人又十分有钱的田小七,为何一定要拖着他去候潮门。他刚才已经觉得,跟甘左严一样,田小七应该也是从京城过来的,因为这人讲话的腔调跟杭州人很不一样。这时候陈留下就很自然地想起了钱塘火器局的赵士真,过去的很多日子,陈留下常常和赵士真混在一起，并且他一般都叫赵士真为岳父。

陈留下早就知道京城有个地方叫鸿胪寺，他岳父赵士真曾经是那里的主簿，专门接待各国来朝的使者。赵士真跟他讲，那些使者的眼珠子是蓝色的，头发却是一片火红。陈留下就噗呲一声笑了，说岳父你在耍我，你说的好像是水底冒出来的妖怪。

赵士真说，晚上我教你怎么在陶瓷地雷里埋火药。

候潮门前一片混乱，田小七赶到时，刘一刀和土拔枪枪已经跟一帮人搏斗在一起。土拔枪枪打斗得异常兴奋，跃起后举起铁锹正要朝一名兵勇的天灵盖上砸去，这时候田小七弹射出手指间的一枚铜钱。铜钱在空中拼命旋转，在陈留下一直追逐的视线里，它最终冲向了土拔枪枪砸下去的铁锹背。

像是被人推了一把，土拔枪枪感觉抓住铁锹的那只手已经被田小七弹出的铜钱震得发麻。他听见田小七喊了一声，不许乱来。

刚才被刘一刀拦下来的马车，车夫要运出城去的，其实是一车厢的香泡。但是车夫觉得冲到眼前的刘一刀和土拔枪枪，怎么看都是一对气焰嚣张的强盗。他举着那把长刀，说滚开！

这时候，之前在候潮门前值守的另外一个兵勇，正好带了十来个守戍军的同伴重新赶来这里，要把土拔枪枪抓去投进官府的大牢。兵勇们见状，立刻就哗啦一声，齐刷刷朝刘一刀和土拔枪枪两人砍了过去。

现在陈留下从马背上跳下。他虎着一张脸，跑过去给带头的兵勇一个巴掌，又望着眼前洒了一地的螺蛳壳说，只是几个螺蛳而已，怎么就把你胆子吃得这么肥，还敢跟我的哥哥打架。

土拔枪枪一眼就认出了陈留下。他吼了一声说我没有你这样的哥哥，转念一想又说，兔崽子我什么时候成了你哥哥？

武功好的人都是我哥哥。陈留下笑眯眯着说，我十分尊重人才。接着他又跟那帮颓丧的兵勇讲，还不快点跟我几个哥哥认错，不然我让我姐夫薛武林扣罚你们半个月的军饷。

田小七看着那帮不知所措的兵勇，说，我现在就是要找薛武林，你们快去把他给我叫来。一刻也不要耽搁。

兵勇们踌躇着不知如何是好。陈留下于是一脚踢了过去说，你们几个长腿了没有？要不要我借你一只耳朵？

这天时间没过了多久，杭州卫守戍军的副千户薛武林就出现在了田小七的眼前。田小七提着绣春刀，将薛武林引到一个角落里，随即向他亮出了那枚金光闪闪的锦衣卫北斗门令牌。薛武林听他讲完钱塘火器局里发生的一切，顿时感觉眼下的杭州城乱成了一锅粥。事实上，他刚才也是和总旗官伍佰一起，带了守戍军军士巡守在杭州城西钱塘县的西北部区域，以防又有从天而降的蝙蝠突然就劫走巷子里的某个男孩。现在薛武林眉头紧锁，好像身上又增添了千斤重担。田小七说，你在想什么？薛武林似乎一下子从沉重的思绪中走出，他即刻叫来伍佰，命他赶紧带人去封了杭州城所有的城门。薛武林说，快！要是出了什么纰漏，你就提着脑袋来见我。

薛武林说完又给田小七递上一份杭州城的城区布局图，他告诉田小七杭州分钱塘和仁和二县，仁和在东，钱塘在西。他看了一眼田小七的眼睛说，咱们各带一队人马，重点搜查所有的出租屋和客栈。你觉得如何？

田小七盯着布局图，说你能给我多少人？

除了已经被伍佰带去封城的，我身边现在还留下不到四十人。薛武林讲，我可以给你二十人，你看够不够？

不用那么多，给我十个就够了。

薛武林愣了一下，随即看见田小七指向布局图上的钱塘江江口。田小七说，剩下的，你让他们去守住这里。我担心倭寇会走水路离开杭州。

薛武林望着田小七手中的绣春刀，寂静而且威严。他实在没有想到，眼前这个刚刚到达杭州的锦衣卫千户，竟然在一瞬间就作出了比他更为周密和精准的行动计划。他想，田小七的确配得上他手里的那把绣春刀，怪不得皇上会钦定他为锦衣卫北斗门的掌门人。

想起了皇上，薛武林不免心事重重。

接连不断的孩子失踪，已经让薛武林焦头烂额。刚才在军营，薛武林小睡了一会，醒来时看见北边天空里划过一颗流星。他跟伍佰讲，怎么感觉今晚又要出事。伍佰于是告诉他，巡抚刘元霖已经亲自出去夜巡，他好像也很不放心，就怕皇上知道了这件事情。

薛武林胡乱抓了一把脸，抽出一张破旧的舆图。凭着脑子里的记忆，他将几个孩子的失踪地点给一一标示出。可是就在他转身走向窗口时，伍佰在那几个地点间随便连了几根线，却猛然发现连到一起的，竟然差不多就是一只蝙蝠的样子。

伍佰后背一凉，说真是见了鬼了，怎么还是蝙蝠。

薛武林就吼了他一声，说一天到晚蝙蝠蝠，蝙蝠是不是可以炖了汤吃？

但是薛武林心里也清楚，这两天蔓延在杭州城街头巷尾的传言，已经甚嚣尘上。许多含沙射影的话语说得有板有眼，说一连几个被蝙蝠卷走的孩子，名字中都有一个洛字，像品洛、思洛，还有那对八月七日被劫走的双胞胎兄弟，是叫夏洛阳和夏洛驼。传言说这不是凑巧，而是对应了当今刚刚上位的太子朱常洛。更加大胆而且诡异的说法，直指此次蝙蝠作乱，实际上是皇上的另一个儿子，福王朱常洵在作妖。因为"蝠"的读音即是"福"。

朱常洵是皇帝朱翊钧和郑贵妃最为疼爱的皇子。就连大明王朝的平民百姓也多多少少听说，此前的整整十五年里，朱翊钧一直力排众议，想要废长立幼，立朱常洵为太子。时间一直熬到了去年的十月，在一帮前赴后继舍命抗争的朝臣一再坚持下，朱翊钧最终心力交瘁，很不情愿地将长子朱常洛立为太子，这就是所谓的漫长的国本之争。但是很多人也知道，郑贵妃和他的弟弟——国舅爷郑国仲，并不会就此罢休。至少从现在看来，蝙蝠之乱所呈现出来的征兆，就是福王意图卷土重来，剪除了太子，以扭转国本之争中的败局。

总之薛武林很清楚，此案不及时了结，杭州城包括浙江巡抚刘元霖在内的所有官员，都会很头痛。他都不敢想象，一旦哪天案情传到了皇上的耳里，那会是怎样的一种局面。现在他看了一眼田小七，说作为杭州城守戍军的副千户，一波未平，一波又起。短短几天就出了这么多捅破天的事情，我薛某人罪责难逃。

田小七说你想多了，火器局的事情跟你无关，责任在我身上。

薛武林摇头，他说我这辈子最恨的就

是倭寇。

13

万历三十年八月十二日深夜子初三刻,当这一天的时光即将走完的时候,锦衣卫北斗门掌门人田小七离开杭州城东边的候潮门,再次骑上那匹宝通快马奔进茫茫的夜色。

在顺利实现全面封城后,田小七这一次是要进入杭州城的闹市区,以地毯式的方式,连夜搜寻已经被倭寇劫走的钱塘火器局总领赵士真。

跟随在田小七身后的,是他的两个兄弟刘一刀和土拔枪枪。三匹快马加上杭州卫守戍军的十名勇士,仿佛瞬间将这一晚向西延伸的夜色给撕裂开。田小七奔腾在马背上,心中只有一个念头:早一刻展开搜寻,他就能早一刻见到备受万历皇帝朱翊钧器重的赵士真。为此,他愿意跟时间赛跑。但是马背上的田小七后来还是觉得有点出乎意料,他没有想到,此刻的钱塘火器局,又发生了另外一件事情。

赵刻心这天留在了钱塘火器局,她在等田小七他们封城的消息。可是她后来心神不定,实在待不下去了,就重新背上那支特制的掣电铳,准备赶往望江门。望江门又叫草桥门,是东出杭州城的另外一条通道,位于候潮门的北边。

赵刻心在马厩前跨上马背,正要抽鞭的时候,似乎听见头顶一阵隐隐的风声。但是她看了一眼胯下那匹名叫核桃的马,又觉得所有的马鬃都在夜色里纹丝不动。这时候她就很自然地望向父亲的书房,透过那扇没有关上的窗户,她看见书房里头的烛光摇晃了一下,似乎映照出一个飘忽即逝的人影,犹如一片被风吹动的轻飘飘的纸一样。

赵刻心即刻从马背上弹起,人在空中尚未落地,手上的剑却已经拔出。她像一支马背上射出去的箭,倏忽之间冲进父亲书房的那扇窗户时,果然看见了两名穿着黑色紧身衣的男人。两名猝不及防的倭寇刹那间转身,赵刻心看见他们的面罩,以及面罩以上两道黑色刀片般的目光。她左手提着剑鞘,右手举着自己亲自淬炼出的梅花剑。梅花剑在摇摆的烛光中慢慢拉出一条向外延伸的弧线,赵刻心注视着蒙面的倭寇,在扎稳脚跟时身姿略微下沉,平静的眼神如同一片波澜不惊的湖面。

此刻唐胭脂也在火器局,他其实一直守候在火器局围墙外的一片菜地里。唐胭脂记得,一个多时辰前,田小七离开火器局就要前往吴越酒楼时,曾经在他耳边轻声说了一句,你留下。唐胭脂那时候有点诧异,他整理着有点散乱的头发讲,哥你为什么把我一个人留下?可是我想陪着你。田小七说我有一种直觉,好像感觉倭寇可能还会再来一次。唐胭脂于是就浅浅地笑了。他说既然这样哥你去吧,我已经明白了你的意思。可是你一定要小心啊。

现在月光明亮,将唐胭脂脚下的菜地照耀成苏醒过来的清晨一般。这样的时候,唐胭脂还是忘不了绣花。他在绣着那朵牡丹时,听见火器局草地里的蛐蛐在深情地鸣叫,还看见一只绿皮青蛙从一排丝瓜架下一蹦一蹦地跳出去,好像是要急着赶去见另外一只青蛙。事实上,就在刚才,唐胭脂早已经十分清楚地望见,夜空中有两个黑漆漆的影子,像两只巨大的蝙蝠,展开翼装悄无声息着从他头顶飘过。两个倭翼如同两片滑翔的黑布,他们略微扇动了一下宽广的翼装，就十分轻松地飘进了火器局的围墙。唐胭脂那时候想，果然被他哥田小七说中，他要等的倭翼终于还是来了。

围墙里响起一阵叮叮当当的声音，在空旷的子夜里听起来十分清瘦。唐胭脂知道那是刀剑碰撞的声音，很明显，这是赵刻心和那两个倭翼对战上了。但是唐胭脂一点也不急，他还是想趁着留给自己的最后一段时间，抓紧把手里的那片牡丹给绣好。

此刻火器局的书房里，赵刻心刺出去的长剑跟雨点一般。两个倭翼觉得不能再久留，他们相互看了一眼，于是甩出一把石灰，将步步逼近的赵刻心阻挡在了窗口。

唐胭脂看见两个翼装的黑影重新飘飞上围墙。他收起绣花片一把卷进怀里，只是稍等了片刻，就瞅准倭翼离开的方向，静悄悄地跟了上去。

第二章：万历三十年（1602年） 八月十三日 晴

1

田小七听见竹梆子打更的声音，时光已经是第二天的丑时。他出现在钱塘县最为繁华的一条街上，再次站在吴越酒楼或者说是欢乐坊的门口。这条夜不能寐的街叫堕落街，两旁挂满了高高低低的灯笼，空气中飘荡着各式各样相互纠缠的酒香。

田小七望着整条喧嚣的街道，听见四周敞开的窗户中传出不同腔调的唱曲、划拳和调笑声，他想要让堕落街宁静下来，可能要等到日出以后。

在刚才薛武林展示给他看的杭州布局图中，田小七发现城西钱塘县登记在册的酒楼客栈和出租屋，最为密集的一处，就是在堕落街。薛武林的判断不无道理，他认为这样一个深夜，倭寇劫持了赵士真，只要人还在城里，能够隐藏的地方，绝不可能是百姓家中，只有杭州城的出租屋和客栈。

事实上，站在倭寇的角度，田小七觉得，就连客栈的可能性也很小。毕竟赵士真是个大活人，还是个老杭州。一旦绑架着他出现在公众场合，随时都会有暴露的风险。

堕落街数量众多的出租屋由来已久。这条街道离钱塘江仅一步之遥，据说自南宋王朝在杭州建都以来，每年八月十八的观潮节，各地都有鱼群一样的达官贵人蜂拥前来，抢先租下这里的民宅，或者抢下哪怕是屋顶一个老虎窗的位子。在一片比潮水还要热烈的欢笑声中，他们吃茶喝酒赌钱抱女人，抛金掷银间，眼看着那股从天际线下咆哮而来的江潮来了又走了。

朝代一茬一茬地更换，潮水却始终没换。渐渐地，精明的杭州人在堕落街上开出一家又一家的酒楼和客栈。而那些图省心的，就干脆将宅院高价出租，每年凭租金就能把自己养成一个富得冒油的胖子。现在的堕落街，杭州本地人已经越来越少，到处都是五花八门的外地面孔。所以杭州人讲，堕落街的石板，踩着天南地北的脚板。

田小七没有惊动甘左严和柳火火，他

直接跃上欢乐坊的屋顶，坐在一排铺展的瓦片上。除了豪华的酒楼，堕落街上还有许许多多的路边夜宵摊，那些喝夜酒的人群，现在依旧是熙熙攘攘。其中有几个人喝吐了，扶着墙壁撒出一泡歪歪斜斜的尿，嘴里还发出含糊不清的声音，让田小七分辨不清他们到底是在笑还是在哭。

头顶的夜空像一片蓝丝绒，田小七俯视着堕落街，感觉在那一派灯红酒绿的背后，人生的繁华与落寞也不过如此。

刘一刀和土拨枪枪各自带了五名守戍军，从堕落街的东西两个街口出发，呈互为夹击状，开始在客栈和出租屋里挨家挨户搜查。田小七坐在屋顶，整条街道一览无遗，期间一旦有人闻风逃窜，哪怕只是一个影子，也躲不过他铺开的视线。

搜查圈渐渐缩小时，田小七望向脚下的欢乐坊。在那个铺满鹅卵石的天井中，他再次看见了甘左严。

甘左严摇摇晃晃，抱着酒壶坐到地上，像是抱了一段无法割舍的记忆。

甘左严总是喜欢在夜里把自己给喝醉，一壶接一壶，喝得特别醉。只有陪他喝酒的柳火火知道，喝醉以后的甘左严，心里又想起了京城欢乐坊酒楼的春小九。柳火火还知道，春小九以前每天抱着一个酒缸，赤脚奔跑在欢乐坊的楼梯上，不知疲倦地卖酒。春小九一身酒香，偶尔会跟兔子一样从楼梯口一蹦蹦到甘左严的怀里，弹出手指朝他脸上弹出许多酒水，说有种你就带我去浙江。我们去舟山的海边，住石头堆起来的房子。春小九全身热腾腾的，还说我喜欢四面都会漏风的房子，我们在海边生一大堆孩子。

田小七看见柳火火走到甘左严身边，她把脚上的鞋子给踢飞，光脚踩在鹅卵石上，屁股一扭一扭的。柳火火撩了撩头发，像一只春天里的猫，软绵绵地倒在甘左严的怀里。她数着甘左严的胡子，数得十分仔细，一根接着一根，说你是不是又在想她？甘左严你老实讲，思念一个人是不是很苦？

甘左严深情地望着酒壶，好像酒壶里藏了一个春小九。他说你不懂。

柳火火就躺在甘左严怀里扭了扭腰，说你抱我一下，使劲抱。甘左严闭上眼睛，说你不懂。柳火火就扯开他衣裳，趴上去咬了一口他胸脯，时间咬得很久。她后来看见甘左严的胸上留下自己的两片唇脂，就伸出手指抚摸着那些粉红的唇脂，将它们一点一点朝四周抹开。柳火火声音很黏稠，说你以后不用再雇人来把我偷走，我就是你的。还说甘左严你敢不敢抱我去房里，我现在就想当一回你的春小九。可是她话刚讲完，就听见空中传来一个男人的声音，说以后你就是春小九，但是你别让他喝那么多的酒。

柳火火抬头，望见了坐在屋顶的田小七。她忍不住笑了，涨红着一张脸说你想要吓死我，偷看也不提前打个招呼。

田小七也笑了，说果然很香艳，不过我什么也没看见。然后他从屋顶上飘下，降落在柳火火的身边，踢了甘左严一脚说，起来！

甘左严嘴里冒出一些酒，张开眼睛十分疲倦。他望向田小七，好像望向一团烟雾缠绕的空气。

你去钱塘江。田小七说。

甘左严重新闭上眼，他很想睡觉，过了一阵才说，锦衣卫了不起吗？

田小七就一把将他提起，掰开他眼皮说看着我。甘左严喷出一口浓烈的酒气，他依稀听见田小七说杭州城又出现了倭寇，田小七还说甘左严你不要忘记，你曾经是福建水师的一名战士，但你现在却成了阴沟里一条没有方向的鱼。

甘左严迷迷糊糊，田小七就告诉他从现在开始，钱塘江上的十名守成军由你来指挥。田小七声音严厉，说你赶紧过去，拿出军人的样子来。他说我有一种直觉，钱塘江上的水路让我很不放心。

甘左严打了一个冷战，耳边似乎响起海潮呼啸的声音。他一下子看见许多年前的福建海滩，自己手提战刀，冲锋在鸳鸯阵的左前翼。那时候他挥舞着刀子砍下，在一片血光四溅中，猙獰的倭寇人头在沙滩上滚来滚去。

田小七使劲推了推甘左严的肩膀，说既然是军人，若有战，召必回！甘左严于是再次回想起那一年的战场，迎面打来一个冲天的浪头，将他直接拍倒在沙滩上。然后他看见冲锋在鸳鸯阵前列的田小七满脸血污，像个疯子一样对他声嘶力竭着叫喊，不要趴下！站起来！杀！

甘左严的酒这时候全醒了。他跟柳火火说，去给我换一套衣裳。

2

堕落街三十三号。站在这座黑灯瞎火的出租屋前，土拔枪枪差点把门板都给拍碎了，里头却一点反应都没有。田小七赶到，当即甩了甩头，示意几个兵勇先将院子的四周给围住。

刘一刀拔出刀子，翻身进入围墙。透过黑魆魆的窗口，他看见一个瘦长的人影，侧身笔直站着，好像已经严阵以待。刘一刀轻轻推开门板，刀子劈下去时，人影晃了晃，只听见一阵衣裳割裂开的声音。这时候土拔枪枪举着火把奔进，他仔细一看，原来被切开的是一件挂在衣架上的五彩的戏服，已经被刘一刀劈成了两半。他眯起眼睛望着刘一刀的刀，竖起拇指说，这位兄弟，刀法不错。

这是一个戏班子的租住地。在另外一间房里，刘一刀后来看见更多的戏服，以及挂在墙上的二胡和琵琶，搁在床头的锣鼓和笛子。土拔枪枪还在其中一铺床的枕头底下发现一摞武生上台用的绑腿，他把绑腿扔下，心想虚惊一场，还不如早点回去睡觉。

田小七上前，仔细看了一眼那堆散乱开的白布条，却拧紧目光说赶快走！把火把给灭了！

三个人一起从围墙里飘出，田小七看了一眼堕落街的四周，示意身边的兵勇赶紧散开，找个地方隐藏好。随即他走出一段比较远的距离，在一个夜宵摊前坐下，笑眯眯着跟刘一刀说，我请你吃夜酒。杭州的米酒听说味道不错。

事实上，田小七心里想的是，已经到了这个时辰，杭州城怎么会有戏班子还在外头通宵演出？那么这帮人是去了哪里，还是正在回来的路上？另外刚才土拔枪枪翻出来的那堆白布条，他认为不是武生的绑腿，而是倭国男人的兜裆布。兜裆布跟绑腿不一样，用的是极好的布料，便于吸汗，以让男人的裆部保持干爽。

田小七决定坐在这里等。

土拔枪枪奔波了一个夜晚，肚皮都贴到了背上。他抓起一个油煎的葱包烩，急忙送进嘴里，却烫得自己全身发抖。田小七给他推过去一碗糯米酒，说你可以吃得慢一点，没人跟你抢。

酒刚喝到一半，刘一刀看见田小七盯了他一眼，手指又在碗边敲了敲。他于是知道，有情况了。

田小七的视线像是漫不经心地飘出去。他刚才听见了一种异样的声音，细微光滑，好像又很锋利。堕落街上的人群三三两两，声音似乎隐藏在某个深处，转眼就消踪匿迹。田小七把眼睛闭上，听见那种细密的声音再次响起。他现在已经能够确定，声音来自一种层层包裹好的兵器，比方说一把深藏不露的剑，当主人背着它行走时，它跟剑鞘或者是包裹它的布袋发生了摩擦。

这样想着的时候，田小七缓缓睁开眼。这次他准确捕捉到了声音飘来的方向，就在左前方一家小酒馆的门口。那家酒馆的招牌叫喜鹊，掌柜的正要合上排门准备打烊时，几个男人上前按住排门，不声不响地踩踏了进去。总共四个人。田小七觉得他们样子很傲慢，都不用跟掌柜打招呼，说明肯定是常客。只是他有点奇怪，这些人都是空手，也没见到有谁背着行囊。而当领头的那人拉长着一张脸坐下，田小七再次听见一轮跟针尖一样细密的金属声时，他几乎能够确定，剑就绑在这人的腰间。应该是一把十分柔软的腰剑，可以拧成一个圈。现在就连刘一刀也能看出，那些人的步态和眼神，明显是训练有素。

刘一刀在桌底下踢了一脚土拔枪枪，说吃够了没有？准备付钱。

田小七笑了笑，说暂时不急。但此刻堕落街上却冲出一匹马，马跑得很慌，最终在田小七跟前停下时，刘一刀看见马背上跳下来的却是丧尽天良陈留下。陈留下目光错乱，身子还没站稳，就说出事了。

田小七按住他肩膀，把他按到一张凳子上，说小声一点，出了什么事情一句一句讲清楚。

火器局出事，《神器谱或问》的母本也不见了。陈留下说。

田小七一阵沉默，很长时间盯着碗里的酒。他看见酒水清晰，映照出的夜色却渐渐变得灰暗，月光可能是藏进了云层里。他后来若有所思着抬头，却又在瞬间发现，前面的喜鹊酒馆，刚才的四个男人已经不见了踪影。

刘一刀即刻奔了过去，发现酒馆的桌台上，留着四个还没来得及收走的紫砂盅，那是酒馆的特色宵夜笋干炖老鸭。

几个男人是从酒馆的后门离开的，他们果然对这里很熟。田小七看了一眼紫砂盅，鸭汤都已经喝完，笋干也一粒不剩，只是盅里那些烧得很烂的鸭肉，却没人动过筷子。他于是断定，这些人是来自日本的忍者，很有可能就租住在三十三号。在忍者的生存法则里，其中一条是不饮酒不吃肉也不能吃蒜，以避免身上留有易于辨识的气味。

现在三十三号没有一丝动静，田小七想，这些人果真嗅觉很灵敏。

酒馆掌柜是个老实巴交的男人，眼睛一直看在地上，身子止不住发抖。面对刘一刀的一连串问题，他惊慌失措着摇头，嘴巴张开又闭上，目光黯淡得像一团死灰。

土拔枪枪举起铁锹就要拍过去，田小七却已经走向了门外，说别问了，人家什么也不会告诉你。因为他是个哑巴。

3

半个时辰前，陈留下失魂落魄着冲进火器局。他一路奔去赵士真书房，哐的一声就把门给推开。那时候赵刻心猛地转身，抓起梅花剑,声音冰冷,说出去!

陈留下站在门口,看见眼前的一切跟他记忆中赵士真的书房完全是两个模样。那扇洞开的窗户明显是被砍了一刀,其中一截窗棂已经斩断。窗台上有一些石灰,是翼装倭寇在阻挡赵刻心时撒下的。石灰粉同时出现在赵刻心的头发上,这让她看上去面色有点憔悴。

陈留下鼓起勇气,说不用担心。我姐夫已经把城门给封了,你爹不会有事。

赵刻心却举着梅花剑指向他额头,说我让你出去!

陈留下站到屋外那片草地上,感觉这天的火器局突然变得有点荒凉。在候潮门前,得知赵士真被人劫走时,陈留下脑袋里嗡了一下,眼前一片漆黑。他牵过一匹马,想要赶去火器局,却试了好几次也没能爬上马背。这么多年,除了姐夫薛武林,杭州城只有赵士真不把陈留下当成真的丧尽天良。赵士真觉得陈留下还不算十分顽皮,他讲自己在陈留下这个年纪时,在温州老家,偷了人家的硫磺做火药,结果把寺庙里的观音娘娘炸飞了半条手臂。观音的兰花指不见了,找了一个上午,发现兰花指躺在笑哈哈的弥勒佛的肚皮上。

田小七从堕落街的喜鹊酒楼赶回火器局,看见摆在赵刻心面前的一个楠木箱子。四方形的箱子已经打开,除了赵士真的一把画扇,之前锁在这里的《神器谱或问》母本已经不翼而飞。箱子原本摆在赵士真的床头,田小七仔细查看了地上的脚印,确定两名翼装倭寇并没有进入过卧室。而他刚才从赵刻心的讲述中分析,也感觉两名倭寇进入书房后,根本没有时间闯去隔壁赵士真的卧室。

田小七站到窗口,将所有的事情在脑子里重新过了一遍。事实上,他之前就预料到,一旦倭寇发现拿到手的《神器谱或问》只是一个子本,那么他们肯定会不甘心,肯定想要得到这本书的母本,所以他那时候让唐胭脂留在了火器局。但是现在的事态表明,可能赵士真已经把母本藏去了另外一个地方。

会是哪里?田小七想,赵刻心已经把火器局里所有该找的地方都找遍了。

田小七取出箱子里的那把画扇,将它打开。扇子上画的,是一款新式火器鹰杨炮。鹰杨炮是赵士真为对付日本人的大鸟铳而专门设计出来的,采用欧洲人的佛郎机结构,射击准确率却优于佛郎机。它其实是一把威力更猛的枪,枪管很长,而且稳重,装有准星和照门,并且配了三门子铳。赵士真之前跟皇上讲,一旦上了战场,倭寇的大鸟铳打一发,鹰杨炮却已经打了三发。画扇上,田小七看见赵士真画的示意图中,鹰杨炮既可以摆放在三脚架上发射,也可以两个军人一组,一人用肩膀扛枪,一人负责瞄准发射。而扛枪的那人,还负责手持藤牌,以防射击者被敌人攻击命中。

钱塘火器局建成后,赵士真经常会将一些火器示意图画在扇子上,偶尔拿出来自己欣赏一番。

田小七看着画扇,像是见到了从未谋面的赵士真。他想,如果赵士真是将《神器谱或问》的母本重新找一个地方藏起,说明他内心已经开始担心什么。但是这件事情,他又为何没有告知女儿赵刻心?田小七认为有一种可能,赵士真把母本藏起就发生在赵刻心去找刘元霖讨债的那段时间里。

现在赵士真的侍卫山雀被叫到了田小

七跟前。田小七问他，赵刻心昨天下午离开火器局时，赵士真有没有去过哪里？

山雀仔细回想，他记得赵总领一直在书房。

田小七目光收拢，很长时间没有说一句话。他似乎在连绵不绝地想念着赵士真，如同在雨点敲打的夜里想念一个久别未能重逢的旧友。在那样一种广袤的沉默里，他最后把目光安放在那把扇子上，茫然中带着些许淡淡的忧伤。但也就是在这时，田小七突然发现，画扇底部竟然有一串很奇怪的符号。那些不明所以的符号样子很细小，歪斜而且潦草，可能是在落笔的时候写得比较急。从墨迹上来看，符号也明显是添加上去没多久，田小七甚至能闻得见笔墨的清香。

赵刻心当场懵住了。面对田小七指出的形同浮游中的小蝌蚪一般的符号，她很奇怪，自己当初怎么就没有注意到这一片角落？

是大食国人的数字，来自遥远的西方。赵刻心说。

大食国？他们用这样的数字？田小七听完解释，眉头拧得更紧，他仿佛看见一种空中飘来的亟待破解的信号。信号幽远，缠绕，迷雾一般的深奥。

这些数字分别代表一四二八五七。赵刻心说完，又指着最左边那个笔直站立着的符号1。她告诉田小七，这是咱们的一。咱们的一是趴着的，他们的1却是站直的。接下去这个一把三角刀一样的4，就是咱们的四……

142857，赵刻心再次轻声念了一遍数字时，心中还是止不住的颤抖。她似乎早就想起了什么，即刻就跟田小七说，我带你去一个地方。

夜风有点凉。离开火器局的路上，赵刻心反复想起的，是堕落街上的一家当铺。她相信，至少在杭州，大食人的数字几乎没人见过，更别说能懂，因为那是父亲早年在京城鸿胪寺里从来自大食国的友人那里学来的。为此，父亲那次兴奋无比，他像捡到了一篮子的金子，一连请大食国友人喝了三天三夜的酒，直到把那人给喝吐了，趴在地上如同一枚痛楚的虾米。

从0到10，这十一个数字的写法及11以后的编排用法，赵士真后来又教会了赵刻心。他跟女儿讲，记住他们，一定能派上用场。我希望咱们大明国，在不久的将来，也能大面积使用这种数字。他说宝贝女儿你好好想想，假设咱们给明军部队配备了一千三百五十六门火炮，咱们要写一千三百五十六，而那些狡猾的大食人，虽然酒量那么差，却只需要写1356，太简便了！

信手拈来，赵士真感叹说，就像去自家的地里摘回一棵白菜！

路上，赵刻心又跟田小七讲起了当铺里跟父亲下了好多年棋的老朋友九叔。那年九叔在堕落街上的当铺开张，一定要让赵士真给帮忙取个名号，赵士真也没细想，抬头看一眼堕落街九十九号的门牌就随口说了声，玖玖归一。他说姓九的，你野心蓬勃，那么今后天下的当品，就都归置给你。你满意了吧？

然后是那天当铺开张的酒席，赵士真像怀揣着一个巨大又喜悦的秘密。因为刚刚学到脑子里的一则神奇现象，他反复念叨着玖玖归一一，并且眯着眼睛，很豪爽地蘸了一把酒，有点神秘着在桌上写下了一行数字：142857。那次他不再说十四万二千八百五十七，而是说142857。他像是

294

在赵刻心面前沾沾自喜着炫耀，说宝贝女儿你知道吗，142857的两倍是285714，三倍是428571。再加一倍，就变成了571428。总归加来加去，赵士真不停地摇晃着脑袋，说我的天呐，真是不可想象，竟然都是这六个数字在前后左右像兔子一样跑来跑去，轮流着变换位子。

赵刻心过了一阵终于明白了父亲的意思。而一旁的九叔，却感觉是在听天书，他也根本不晓得，赵士真胡乱画在桌子上的那些慢慢风干的水珠线条，看上去像一团纠缠在一起的湿润又透明的蚯蚓，而赵士真竟然讲它们是数字。真是个不可理喻的疯子，九叔想，这都是什么乱七八糟的。

九叔讲你有完没完？赵老头你稀里哗啦跟洪水一样讲了那么多，同我今天这当铺开张有什么狗屁关系？赵士真险恶地笑了，他一口气把碗里的酒喝完，朝九叔挥挥手，让他再去炒两个菜。然后又盯着赵刻心，面色慢慢涨红，如同脸上涨潮起来的神秘。他说可是你如果把142857加到了7倍，你猜它会是多少？你猜。你猜。

管它是多少。九叔很不耐烦，说还不是满地的兔子到处跑来跑去。

错！赵士真猛地拍了一下桌子，他指着九叔的眼珠子讲，姓九的，别以为你偶尔赢我两局棋就有什么了不起，实话跟你讲，那是我有意让着你，不然你这种小气鬼，以后哪里会愿意再陪我下棋。告诉你，赵刻心你也听好了，142857的七倍，是九十九万九千九百九十九。玖玖归一！我为什么要讲玖玖归一，你们都明白了吗？也都记住了吗？

在赵刻心行云流水的讲述里，田小七一句句听着，没有落下一个字。但他也同时在夜色中一刻都没有耽搁，仿佛转眼之间就跟随赵刻心赶到了玖玖归一当铺。

已经是天色将明的寅时，赵刻心把门敲响时，田小七似乎看见过去的许多个日子，怡然自得的赵士真掐算着心里一大把莫名的数字，摇头晃脑着从火器局一路走来，为的就是找九叔下棋，轻松轻松脑子。

门吱吖一声打开，站在门里的正是九叔。九叔弯着腰，把身子压得非常低。他满头白发，一双眼睛很干涩，望着赵刻心说，怎么是你？

九叔举着油灯堵在门口，可能是深夜造访，他好像没有意思要把赵刻心让进屋里。赵刻心急忙跟他打听，父亲今天有没有来过这里下棋。九叔却迟疑着摇头，摇得十分缓慢。

田小七于是说，那么赵总领，是否来找你寄存过什么物品？

九叔晃荡着手里的油灯，依旧十分缓慢。他的两片嘴皮像漏风一样说出两个字：没有。

田小七的目光越过他花白的头发，望向当铺里头黑魆魆的屋子，说你再仔细想想。

九叔沉默着，把油灯慢慢举起，一直举到田小七眼前，好像是要仔细看清这个陌生男人的脸。这时候，田小七感觉炙热的油灯火苗差点就要烧到自己的眉毛，他退后一步，又听见九叔说，你为什么不相信？你这样以后会吃亏的。

田小七感觉九叔的声音有点颤抖，他勉强笑了笑，然后看了一眼赵刻心说，时间已经不早，我们走。但也就是在这时，九叔突然松开双手，让那盏油灯啪的一声打碎在了地上。田小七就猛地跃起身子，迅速抽出的绣春刀，已经在刹那之间朝九叔身后劈了过去。

月光凶猛。赵刻心看见月光冲撞进玖玖归一当铺，然后九叔就那样颓然倒了下去。

九叔的背上赫然扎了一把刀，刀子陷得很深，喷涌的血瞬间就将刀柄给淹没。

同样的时间里，田小七在自己的绣春刀劈下时，看见的是隐藏在九叔身后的一名黑衣人，正将一把刀子狠狠地送进了九叔的身体。由于担心绣春刀会伤及倒下来的九叔，田小七只能猛然收住刀锋，紧接着又左手推出一掌，重重击打在蒙面黑衣人的脸上。那时候，黑衣人滚出一丈多远，最终被另外一名蒙面的同伴给接走。

田小七来不及再追，他看见九叔身上的血喷涌得异常热烈，几乎在地上流淌成一条河。九叔笑得很疲倦，靠在赵刻心身上说，你们两个人，真是一块木头。我把油灯推到你眼前，就是为了提醒你，事情已经火烧眉毛，迫在眉睫。

事实上，两名蒙面人只是比田小七早到了一步，他们的目标，是当铺里的一个寄存柜。九叔的寄存柜都配了两把铜锁，需要两枚钥匙同时打开，甲匙在顾客手上，乙匙则由他统一保管。蒙面人闯进时，将带来的甲匙插进对应寄存柜的锁孔，又把刀子横在九叔脖子上，逼他交出另外的乙匙。九叔知道这个寄存柜是赵士真的，他无论如何也不会答应。双方僵持中，田小七和赵刻心正好赶到。

现在田小七见到了乙匙，就掉落在九叔砸碎在地上的油灯旁。为了藏好这枚钥匙，九叔之前将它塞进了油灯的底座。田小七将寄存柜打开，里面同样是一个盒子，但是掀开盒子的最底层，他就赫然发现了《神器谱或问》的母本。

田小七抱起九叔，即刻就要奔去医馆，却听见赵刻心说，来不及了。

九叔已经流光所有的血，连嘴唇也开始变得惨白。田小七抱着他，感觉他在萧瑟的夜中渐渐冷却。

4

凌晨时分，田小七取回《神器谱或问》的母本，同时也掌握了这场事件中的一个秘密。现在他觉得，赵士真的侍卫山雀，很有可能是倭寇的奸细。

山雀被土拔枪枪从床上拖起，像是拎在手上的一只没有睡醒的鸡。土拔枪枪把他扔在田小七跟前，踢了他一脚说，别说我没提醒你，有些事情不讲清楚，我担心你下一次会睡在坟墓里。

山雀只穿了一条短裤衩，看上去如同一只剥开来的糯米粽子。他撇了撇嘴角，一口咬定赵士真的失踪跟他没有关系，自己是清白的。田小七便什么也没说，一直看着他眼睛，看到他心里开始发虚。刚才在当铺，田小七查阅过了九叔的登记簿，《神器谱或问》是在前一天傍晚时分寄存的，上面还有赵士真本人的签字。可是山雀之前却讲，傍晚时分，赵士真一直待在书房。

田小七浅浅地笑了，目光落在山雀明暗不定的脸上。他过了一阵才说，其实说谎很累的，因为你无法说服自己的眼睛。好好想想，我可以再给你一炷香的时间。

山雀垂头，在心里着实打了一个冷战。视线的余光中，他看见田小七起身，围着他转了半圈，然后慢慢地走远。在书房门口，田小七跟土拔枪枪说，我把他交给你，但是你别把人家给吓坏了。

土拔枪枪就捶了捶肩膀，对着刘一刀打出一个漫长的哈欠，说那我们一起试试看，争取跟他讲道理。

审讯安排在火器局的试枪房，土拔枪枪给山雀套上一件沉重的铠甲，让他站在靶架前不要乱动。然后他从枪架上挑了一支样子比较威武的火铳，走出几步远，试着瞄准山雀，就要让刘一刀帮他把引爆的火绳给点燃。刘一刀看着茫然不知所终的山雀，觉得他短裤底下抖来抖去的一双腿，很像一只褪了毛的公鸡。他说枪枪你这样会不会很危险，万一铁弹射穿了铠甲怎么办？土拔枪枪就皱了皱眉头，说谁让他是倭寇的奸细。还说你记不记得那年春天，就在京城的午门，皇上是怎么处决替倭寇卖命的奸细的？

刘一刀想都没想，说凌迟。

土拔枪枪于是笑了，夸奖刘一刀记性真好。他走到山雀跟前，蹲下身子用一把短刀戳到他细皮嫩肉的大腿上，说你知不知道什么叫凌迟？要不我来告诉你，凌迟一般来说总共要在身上割几刀。

山雀看见寒凉的刀子贴着自己大腿，跟一块冰一样渐渐往上推移，刀光一闪一闪，最终在他短裤的位子停下。这时候土拔枪枪深情款款，说山雀你听好了，凌迟也叫千刀万剐，一共要割三千三百五十七刀。分三天来割，从早到晚，割遍全身。说完，土拔枪枪仿佛要亲自演示一番，他仔细削开自己的一小片拇指指甲，然后提着指甲举到山雀眼前讲，三千三百五十七刀，每一刀割下来的肉片，都是血淋淋的，而且还跟我这枚指甲一样，又细又薄。不然你想，别说是三天，哪怕只是割一个上午，每次割一两肉，人家犯人早就活生生地痛死了。

生不如死，却不允许你死得太快。土拔枪枪说。

山雀面如死灰，已经抖成一只漏洞百出的筛子，好像顷刻间就要被那件铠甲给压垮。刘一刀远远地看见，他那条越来越松垮的短裤已经被打湿，里头并且源源不断淌出一些浑浊的水流。

土拔枪枪捏紧鼻子，可能是闻到了空气中的一些尿骚味，但他还是盯着山雀一字一句说，三千多刀，你说皇上这人，也真是够狠的。

山雀的两条腿终于撑不住了，他像一把煮熟的面条，在土拔枪枪面前软不拉几地跪了下去，连声说我招，我什么都招。我昨天傍晚没在火器局。

土拔枪枪不禁笑了，觉得跪下来的山雀一下子比自己矮了许多。他把那片碎指甲扔进山雀的发丛里，抚摸着他脑袋说，看来你还是蛮懂道理。然后他就把门打开，叫了一声田小七说，你可以进来了。

5

山雀不为人所知的故事，起始于中元节的前一天，跟一只光彩照人的绣花鞋有关。

那天山雀去河坊街看戏，是一个外地来杭州的戏班子，演了绍兴人徐文长的《雌木兰》。山雀最喜欢看戏了，他喜欢戏台上那些五光十色的脸，更喜欢五花八门令人心痛的爱情故事。那天早上他去卖鱼桥给赵士真买从舟山运过来的海鲜，走着走着就不小心踩上了一个女子的绣花鞋。女子站在一棵垂头弯腰的柳树下，那双娇小的绣花鞋赏心悦目，鲜艳的鞋头上绣了一对体态丰腴的鲤鱼。女子收了收脚，望

297

着山雀篮子里刚刚买好的两斤蛏子，说这东西也叫西施舌，味道很鲜美，男人吃了补身体。山雀看见她全身粉嫩，眼睛里藏了很多烟水弥漫的故事，他想蹲下去给她擦鞋，女子却急忙将他挡住，说使不得，相公你擦我鞋我脚上会很痒。说完她垂下眼睑，施施然让出一条道，站在路边轻声细语，说自己是昆腔戏班子的，第一次来杭州，晚上在河坊街搭台。相公要是有兴趣，可以来捧场。

那天山雀很早就去了河坊街，在戏台前找了一个很理想的位子。戏很快就演到了花木兰替父从军的那一段，山雀看见木兰英姿飒爽，站在敌阵中气度非凡着提起一把花枪。花枪耍舞成一朵凶猛绽放的花，把山雀的眼睛都看直了。这时候敌军投出一柄宽刀，山雀看见木兰眼中掠过一丝寒光，却气定神闲着抬腿，照准飞来的刀子一脚就将它踢出。可是刀子飞起时，木兰脚上的鞋子也一同被踢飞了出去。布鞋在空中翻身，一路飞转，最终啪的一声砸落在山雀的半边脸上，像一记清脆的巴掌。

山雀记得这只绣花鞋，鞋头上的那条鲤鱼令他记忆深刻。事实上，扮演雌木兰的的确就是他在卖鱼桥边碰见的女子，而她也就叫鲤鱼。

鲤鱼从后台赶来，奔到山雀跟前，样子很慌乱。她将一条跟自己一样粉嫩的丝巾轻轻按压在山雀脸上，说痛吗？

山雀闻到一股旷日持久的芳香，他看见鲤鱼茫然不知所措，急得就要掉出一行泪，就隐隐觉得有点心痛。鲤鱼后来带山雀去了自己的屋子。在一条月光毛茸茸的巷子里，山雀走在鲤鱼身后，听见她饱满的呼吸。他感觉脚下的每一步，都被自己走得惊心动魄。

山雀的故事讲到这里，田小七已经猜到了结局，接下去无非是两个人缠绕在一起汗水淋漓。他皱了皱眉说不用再讲了，我知道你是被她的床给收买了。

山雀说，那是后来，刚开始也不是这样的。

田小七说，鲤鱼的屋子在哪里？

也是在河坊街。一家香囊铺前左拐。

很好，田小七站起身子说，现在就带我过去。

6

此刻赵士真就在河坊街附近的一个院子里。这个乱成一团糟的夜晚，他已经先后晕过去了两次。第一次是在自己的书房，他正在赶写《神器谱或问》的子本。那时候女儿赵刻心去找巡抚刘元霖讨债，而侍卫山雀也不在身边。子本差不多写到最后一页，赵士真觉得肚子有点饿，就随手抓了一片红豆沙的定胜糕塞进嘴里，这时候他突然发现窗口钻进两个黑不溜秋的人影。他还没来得及叫喊，匪徒已经朝他嘴上蒙了一块红布，他闻到一股异常浓烈的迷魂香。

中了香毒以后，赵士真很快失去知觉，他不知道自己是被装进一只麻袋，继而又捆绑在一名倭寇的背上离开火器局的。翼装的倭寇滑翔在杭州城不设防的夜色中，背着他如同起伏的海浪般颠簸，最终涌进了河坊街的这条巷子。

直到醒来，赵士真依旧感觉头很痛，他发现自己是躺在一张宽阔的竹凉席上，有人正在房里吹奏一种名叫尺八的乐器，声音听起来忽远忽近，感觉像水面上飘来飘去的一团晨雾。然后他看见一个女人的

298

侧影，女人一直坐在那里很安静，现在正在冲泡一碗抹茶。滚烫的水倒进陶瓷碗中，碧绿的抹茶粉纷纷散开，继而又缓缓聚拢，好像在碗里长出一层厚厚的青苔。赵士真起身，闻见抹茶的清香，脑袋里紧绷绷的疼痛渐渐开始消散。此时盘腿坐在席子上的女人优雅着转身，朝他淡淡地笑了笑，说赵总领，用这样的方式带你来这里，你会不会觉得有点鲁莽？

赵士真觉得女人异常年轻，像一盆蓬勃的水仙。他看见她身边躺着一把修长的剑，剑柄上镌刻了一朵寂寞的樱花，于是说，你不用这种偷鸡摸狗的方式，难道还抬着轿子去火器局里接我？

女人再次笑了，翻开到手的《神器谱或问》的子本，说我叫灯盏，一盏油灯的灯盏。我想请你吃茶，也希望能成为你的朋友。

赵士真把眼睛闭上，他觉得这人是把自己当成了三岁小孩。他只是有点惋惜，自己就要完稿的《神器谱或问》的子本，现在却落到了这个满嘴谎言的日本女人的手里。

为什么只是子本，灯盏说，我有点好奇，母本是在哪里？

赵士真依旧闭着眼睛，说你要的母本，全都在我脑子里。

接下去发生的事情，就是灯盏派出两名翼装的倭寇重新赶去火器局，然后不出赵士真所料，他们其中的一人又灰溜溜地回来。在赵士真眼里，灯盏的一张脸渐渐变得灰暗，看上去蛮像一盏枯萎的油灯。

灯盏抚摸着剑柄上的那朵樱花，望向怡然自得的赵士真时，对手下说，搜搜看他身上。赵士真笑了，紧接着愣了一下，直到后来他连肠子都悔青了。他已经全然忘记，自己前一天傍晚去九叔的当铺寄存《神器谱或问》的母本时，九叔交给他那枚寄存柜的乙匙，此刻还被他留在身上。而那把钥匙上面，十分清楚地刻有九叔的当铺号——玖玖归一。

赵士真紧抓着那把钥匙，想把它一口吞进肚里。这时候灯盏的手下挥拳砸了过来，砸得非常狠，让他又一次晕了过去。

再次醒来时，赵士真听见河坊街里的狗叫声，声音比较沉闷。他整个脑袋昏昏沉沉，好像看见灯盏提着那把剑去开门。屋里的火炉上又有一壶水烧开，翻滚的热气几乎要把盖子给顶翻。赵士真觉得一切都晚了，因为那把钥匙，赶去当铺的倭寇肯定已经拿到了寄存柜里的母本。他甚至不敢想象，此时的九叔，已经遭遇什么样的劫难。可是事实却出乎他意料，跟随灯盏进屋的倭寇两手空空，满脸的丧气。因为被田小七击中一掌，其中一人的脖子已经被打歪，脸上肿得一塌糊涂，嘴角还在流血。赵士真于是明白，他所担心的事情并没有发生，说明赵刻心已经发现了留在画扇上的大食国人的数字，那不仅是没有人能看懂的142857，也是只有他们父女之间才能心领神会的一段遥远的秘密。

赵士真舒了一口气，感觉天色可能就快要亮了。事实上，最近几天，赵士真已经隐隐意识到，自己可能正面临一场阴谋。首先是他在炼药房里的那些推演火药配方的草稿纸，近来好像丢失了不少，这是从来没有发生过的事情。就此他问过山雀，山雀却目光闪烁，他认为是赵士真的记忆发生了差错，也或者草稿纸总共就是剩下的这么几张。赵士真越想越不对劲，他可能会忘记时间，却绝不可能忘记近几天自己一步步演算过来的草稿。然后是昨天傍晚，当赵刻心去找刘元霖讨债时，山雀也心神不定着离开了火器局。赵士真心中咯噔了一下，即刻决定将床头楠木箱子里的《神器谱或问》母本取出，寄存去九叔的当铺。那时候他还作了最坏的打算，如果自己遭遇不测，必须让赵刻心读懂母本的去向信息，所以他就在画扇的角落处，留下了那行只有赵刻心才能参透的数字。

7

河坊街夜色清凉，北斗星依旧挂在天边。

田小七到达山雀指给他看的那家香囊铺，左拐，穿过一条巷子，最后站在院子前的一株鬼箭羽旁。透过鬼箭羽箭翅一样的枝条，他看见鲤鱼的屋里依旧亮着一盏油灯。刘一刀翻身进去，很快就把门打开。不出田小七所料，整个屋子是空的。竹凉席上摆了一个长条形的茶几，茶几上一碗抹茶，茶刚喝了一半，还留有余温。

刘一刀把刀架在山雀脖子上，问他是不是又耍花样。田小七说，他没有撒谎，我们找对了地方。说完，田小七捡起茶几上一枚书签，书签上有两行蚂蚁一样的文字。他把书签交到赵刻心手里，说如果没有猜错，这是你爹用过的。可惜我们晚了一步。

赵刻心的确认得这枚书签，那年在京城鸿胪寺，噜密国使臣杂思麻曾经送给她父亲一套十二生肖的书签，上面全是蚂蚁一样的噜密国文字。她还记得，父亲在赶写《神器谱或问》的子本时，为了分隔章节，用的就是这枚属相为巳蛇的书签。

田小七推开一扇门，走进去看见一铺整洁的床，以及摆在床头的一双绣花鞋。

他用一只手指挑起绣花鞋，果然在鞋头处发现一条丝绣的鱼。

山雀站在门口，在那阵无比熟悉的暗香里，他忍不住瑟瑟发抖，不敢再往前踏进一步。那天鲤鱼把他带进屋子，继而又把他带到床上。鲤鱼细细地吹了一口山雀被鞋子砸伤的脸，说你在想什么？山雀颤抖着说我想回去。鲤鱼就笑了，说别怕。然后她慢慢解开自己的衣裳，直到把自己脱光。

山雀出了很多汗，他看见鲤鱼像一条全身光滑的鱼，渐渐向自己游了过来。他有点胆战心惊，听见鲤鱼带领自己一步步往前时呼吸声断断续续。鲤鱼说你知道吗，我今天是第一次演《雌木兰》，却把自己演到了床上。

山雀从此喜欢上了鲤鱼的身子，也更加喜欢鲤鱼的床。直到有一天夜里，他把鲤鱼压在身下时，门被推开了。在鲤鱼持续的呻吟声中，山雀看见一个走到床头的男人，以及男人手中的一把斧头。男人说，滚下来。

那天山雀的裤裆前一直摆着那把斧头。他战战兢兢，答应从此开始提供火器局的情报，包括偷出赵士真演算用的草稿纸。直到有一天，鲤鱼跟山雀说这些还不够，我家的男人想要《神器谱或问》，也想带走赵士真，带他去日本。山雀说不可能，没有这样的机会。鲤鱼就说我已经洗过澡了，你可以在我身上慢慢想。

于是就在昨天傍晚，当赵刻心离开火器局时，山雀便很及时地过来向鲤鱼报信，告诉她可以动手了。他已经作好准备，事发时，找到一个恰当的时间点，把自己挂到房梁上。

田小七后来在屋子里发现了一些日本

清酒，他试着尝了一口，觉得酒太淡，好像有竹叶的味道。赵刻心冷冷地看了他一眼，说你是过来慢慢喝酒的，还是过来找我爹的？

田小七不说话，他在想，凭刚才那双绣花鞋的尺寸，鲤鱼应该跟赵刻心差不多身高。而这人能在戏台上踢出鞋子正好砸在山雀的脸上，这种脚法也有点不一般。

这时候的土拔枪枪在院子里伸了一个懒腰，问刘一刀是不是可以回去睡觉了。赵刻心看都没看他，说没人让你过来。土拔枪枪就凉飕飕地笑了一下，说有道理，你爹又不是我爹，我凭什么要这么卖力。说完他一脚踢开院门，一个人气哄哄地走去了河坊街。

田小七后来离开鲤鱼的屋子，再次站在那丛样子多少有点诡异的鬼箭羽前。他仿佛爱上了这丛植物，在考虑了片刻后，终于让目光离开那一片生机勃勃的绿色，然后十分认真地对赵刻心讲，不用担心。

赵刻心说，我爹不是你爹，你当然不用担心。

田小七摇了摇头，十分仔细地望向天边的北斗七星。他想既然城门已经封锁，那些蝙蝠一样的翼装倭寇，就是再借他两双翅膀，也难以飞出这座铁桶一样的城市。这样想着，他就欣慰地笑了，继续对赵刻心认真地讲，你父亲还在城里，我会把他交还给你。

8

如果让时间倒退半个时辰，让田小七回到堕落街上，他或许能遇见吴越酒楼老板娘的相好余船海，正驾着一辆马车在前往钱塘江的路上。

余船海是台州人，来杭州已经很多年。他开了一家名为"红盖头"的喜庆坊，专门替人操办类似于婚庆、纳妾、寿宴、上梁等各式各样的喜庆事宜。余船海经常问人家，你这个月要不要娶老婆，我们刚设计了一款样子很别致的请柬。红盖头喜庆坊的花轿你是知道的，整个杭州城最豪华，里头铺的是柔软的波斯地毯，踩上去跟踩着一朵云一样。不过就是有个缺点，租金不贵。你的店铺要是下个月开张，我免费送你两个花篮。请客的酒楼我来帮你选，酒水菜品包你满意，每桌还送两份点心。不过最为关键的一点，我们库房里有你从来都没见过的烟花，升上天空后能照亮整个杭州城，保你这辈子吉人天相生意兴隆时来运转。

余船海最近做了一桩大买卖，重新修建好的六和塔的落成庆典，浙江巡抚刘元霖已经答应全程交给他来操办。刘元霖说能多喜庆就多喜庆，姓余的你尽量搞得气派一点。他豪气地说，他妈的我整头牛都买下了，傻瓜才在搓牛绳这件事情上省钱。

月光一片皎洁，余船海驾着马车走在堕落街上。他这天夜里是要去钱塘江对面的萧山，准备运回一批当地最好的爆竹和烟花。他昨天已经算过，整场六和塔的庆典，按照他给刘元霖的报价，刨去所有的成本，自己应该能赚回银子将近二百两。但是离开堕落街没多远，余船海的马车就走得歪歪扭扭，还时常是跑一阵又停一阵。因为此时他并没有在赶车，他已经躲进了车厢里。

车厢里除了余船海，还有一个光着身子的女人，她就是吴越酒楼的陪酒女十八妹。离开酒楼前，余船海把他心爱的鸽子交给十八妹，让她帮忙喂它一把豆子。十

301

八妹却扯开胸前的衣裳，盯着余船海把鸽子塞进了怀里。她说哪里有你的鸽子，不信你摸摸看，你把手伸进来摸。余船海就笑了，说你还是这么风骚。他把十八妹推到一棵桂花树底，使劲压着她身子，却听见十八妹怀里的鸽子连着咕咕叫了两声，似乎有点不解风情。十八妹说，听见没，你的鸽子好像在咬我。他真的在咬我。

十八妹娇喘连连，余船海于是干脆把她拦腰抱起，直接塞进了马车的车厢。在盖上帘子之前，他捋了捋自己的头发，跟十八妹说你等着。

现在余船海兴致勃勃着爬进车厢，看见里头漏进一点点淡淡的月光。月光趴在十八妹身上，让她一览无遗的身子，看上去比以前更加明亮。余船海开始抚摸她，抚摸得热烈而且悠长。也不知道是过了多久，余船海突然听见马惊叫了一声，他抬头，就在车子猛然停住时，不禁抱着十八妹的身子剧烈地抖了一下。

拦下马车的是几名守戍军的兵勇，提着刀子样子非常严肃。余船海从布后面钻出脑袋，试着打出一个哈欠，跳下车厢时提了提裤子讲，去萧山的，过去给巡抚刘元霖办事。现在什么时辰了，我怎么睡得迷迷糊糊。

领头的兵勇根本懒得理他，哗的一声掀开布帘时，刀子已经无比迅速着扎了过去。

余船海听见十八妹的另一种呻吟，声音痛苦而且虚空。然后兵勇的刀子抽出，带出一团滚烫的血。余船海彻底慒了，感觉这个夜晚非常不真实，一定是哪里出了问题。

接下去肯定还会发生什么，余船海这么想着的时候，就看见身边一棵茂盛的蜈蚣柳上，果然跳出一个蒙面的女子。女子落在地上，悄无声息，好像只是枝头掉落下了一串软绵绵的柳坠子。她把面罩揭下，对着余船海轻轻叫了一声，乌贼，果然是你。

余船海愣了一下。这么多年，他几乎都快忘记了眼前的这张脸。他说灯盏小姐，你什么时候来的杭州？

在把面罩重新戴上之前，灯盏吹出一声口哨，余船海于是看见另外一名伪装成守戍军兵勇的男人从蜈蚣柳上落下。男人的背上捆扎着一只结实的麻袋，在同伴替他掀开车厢布帘的时候，他已经将麻袋解下，然后迅速就将它扔进了车厢内。

去哪里？灯盏说。

去萧山。余船海说。

灯盏想了想，说也行，那你就负责把这只麻袋送去萧山，在那里等我的消息。

灯盏就是鲤鱼。在田小七赶到河坊街之前，她已经将赵士真重新装进麻袋，提前离开了那间屋子。她刚才走了两道城门，发现出城的通道都已经是戒备森严。

9

在赵士真的记忆里，那天他被扔进余船海的车厢时，有人替他解开扎紧的麻袋口，他于是可以稍微顺畅着呼吸。马车开始慢悠悠地跑动，他还是感觉有点闷，因为嘴里被塞进了一团布，而且一双手脚也被捆绑得很扎实。

蜷缩在麻袋中，赵士真勉强露出半个脑袋，感觉像落雨天藏在鸟巢中的一只鸟。他不知道接下去会被送去哪里，总之这一连串发生的事情已经表明，自己不可能再回去火器局。随它去吧，赵士真想，没什么大不了的，自己都这把年纪了，还怕个球。

车子不停地摇晃，晃得赵士真一阵头晕，他又似乎闻见一股血腥味，就在车厢里升腾，跟火器局里被雨淋过的锈铁管的气息一样。他目光搜索了一下，最终发现车厢的另外一个角落，竟然还躺着一具赤条条的女人的尸体。他在嘴里骂了一句，这帮混蛋。

车厢外，余船海在不紧不慢地赶车，刚才灯盏给他安排了两名助手，一个叫黄山鱼，一个叫扇贝。两人现在一声不吭，只是望着暗沉的夜色，好像生怕街边会闯出一队真正的守戍军兵勇。余船海已经想过，车厢里的麻袋肯定跟刚才买下金彩酒楼的那人有关。那人一下子给出了一千两银票，全是崭新的，看样子是刚从京城过来，所以跟甘左严很熟，对他好得跟亲爹似的，还把买下来的酒楼送给他开什么欢乐坊。想起了甘左严，余船海有点纳闷，这个男人每天把自己喝成一个醉鬼，有次在躺在街边被几个杭州人像踢死猪一样踢来踢去，甚至还往他头上撒尿。可是那次甘左严愣是连眼睛也没睁开过一次，只是死死地抱住一个骨灰罐子。那天余船海实在看不下去了，跟杭州人说你们几个够了，要是把他给踢死，小心他以后化成冤魂缠上你。

车子来到钱塘江边，余船海闻见阵阵江风，裹挟着经久不散的泥沙味。江面上月光一片浑浊，让他想起台州府也有这么一条江，叫灵江。来杭州之前，余船海有很长一段时间都住在台州临海的紫阳街。临海城靠海，他跟别人说那里有鱼有船也有海，所以他才叫余船海。他讲临海巾山上的长城，是当年他父亲跟随戚继光一起建成的，那些厚重的石砖一块一块搬到巾山上，又一截一截着垒起城墙。他还说父亲抗倭的时候把倭寇带进密不透风的瓮城，然后弓箭就像雨点一般射落，杀得那些倭寇人仰马翻。金彩就听得很入迷，眼睛一闪一闪的，说怪不得你这么结棍，跟一匹种马似的。陈留下却从来不相信。陈留下说姓余的，你一个台州佬连吹个牛皮都要跑到杭州这么远的路。你在床上跑马我信，跑得金彩气喘吁吁。但是吹牛皮你就省省吧。还说什么杀倭寇，我觉得倭寇差不多就是你亲戚。

现在余船海把车厢打开，让黄山鱼和扇贝抬出十八妹的尸体。两人给尸体绑了一块石头，直接扔去了江里。江水转出一个漩涡，余船海看见赤条条的十八妹很快就沉了下去，很像一条被淹死的鱼。他在心里说，十八妹这个女人其实很迷人的，真当可惜。

黄山鱼和扇贝又抬出麻袋里的赵士真，余船海一看，就知道这个瞪着眼睛的老头子是谁。陈留下曾经很多次唉声叹气，抱怨说火器局总领赵士真一定要招他为女婿。陈留下眼睛转来转去，说我这个岳父很多时候你都搞不懂，真不知道他心里是怎么想的，你说我陈留下究竟优秀在哪里？

余船海的船行走在江面上，划开一道水波。天光快要放亮了，晨光是从江水的下游方向渐渐蔓延过来。余船海的心思也渐渐放亮，前面就是萧山，他想到了对岸以后，该把赵士真藏在哪里？钱塘火器局的总领丢了，这么大一件事情，巡抚刘元霖肯定会急得像热锅上的一匹蚂蚁，此刻整座杭州城或许已经被翻遍。也就是在这时，江面上突然冲出一艘船，切开水流急速向余船海的船靠近。那艘船上有人举着火把，勒令对面的船赶紧停下。

火光把江水映照成一片通红。余船海仔细去听，怎么都觉得那个叫喊的声音很像是甘左严。船越来越近，余船海也终于看清，那人的确就是甘左严。他想真是见了鬼了，甘左严怎么会出现在这里。甘左严举着火把目光阴冷，船在摇晃，他的脚底却踩得很稳。在他身后，还站着一队严阵以待的守成军。

黄山鱼说，怎么办？说完就要拔刀。余船海目光收紧，说把刀扔了。他又回头看了一眼正在麻袋中拼命挣扎的赵士真，就踩着船板一路走去，然后想都没想，抬腿就是一脚，将他连人带麻袋直接给踢进去了江里。

黄山鱼看见赵士真努力伸长脖子，整个脑袋在江水中晃荡了一下，随即就被江水给收了进去。

10

晨雾收起的时候，杭州城转眼就进入了又一个清晨。

最早开始忙碌起的，除了那些挑担卖菜的，就是街市上的早点铺。早点铺摊主引燃一片松木发烛，一双手紧紧护卫着塞进炉口，然后破扇子一扇，火苗就像是醒过来一般，很快让炉子上升腾起浓浓的烟雾。用不了多久，街市上就飘荡开了豆浆、烧饼、肉包、葱包烩以及阳春面的气息。

此刻田小七正赶在去刘元霖府中的路上，给他带路的是赵刻心和丧尽天良的陈留下。陈留下不敢走在赵刻心前面，哪怕只是偷看她一眼。他不会忘记，那年自己从火器局偷了火药去钱塘江里炸鱼，结果被赵刻心撞见，赵刻心就整整追了他半天。

赵刻心那天嘴里喊的是，我要把你的皮剥下来做刀鞘。

刘元霖一夜没睡，他是昨天半夜里从薛武林那里听说了赵士真被倭寇劫走的事情，那时候他感觉双腿发软，好像天都要塌下来了。跟连续发生的孩童失踪案相比，赵士真被劫一事不知道要严重多少倍。看见田小七的时候，刘元霖只说了一句，你得帮我。无论如何都要帮我。

田小七说，巡抚大人讲错了，我是在帮我自己。保护赵士真，是皇上亲口交代我的。

刘元霖深深地看着田小七，目不转睛，很久以后才说，年轻人，我就喜欢你这样的性格。

田小七希望刘元霖即刻开始排查，找出目前杭州城里所有的戏班子，不管是本地的还是外来的。他想知道这些戏班子最近都在哪里搭台，演出了什么剧目，整个班子登记在册的总共有多少人，吃住分别在哪里。如果可能，最好他能亲自见到每一个戏班子的所有成员。

田小七最后说，尤其是女的。

你去找薛武林，刘元霖说我现在一点脑子也没有，你刚才讲了那么多，我生怕会漏了一句。他想了想又站起身子说，你确定赵士真还在城里吗？这事情你别跟我开玩笑。

田小七沉默了一阵，说，你应该跟我一起相信这一点。

刘元霖的目光一下子便有点潮湿，他把眼睛闭上，等到情绪稍微平复以后才转头望向窗外说，赵士真一根头发也不能少。你就是把杭州城给挖开，也必须把他给我找回来。

话讲到这里，刘元霖不禁又有点伤感。

他想起自己心爱的蟋蟀乐乐,曾经就是赵士真送给他的礼物。那次赵士真研制成一种七彩的信号弹,他让陈留下试着发射一枚。陈留下抬手,信号弹瞬间在头顶炸开,而火器局的墙角里,那时候却突然跳出一只异常俊美的红头蟋蟀。红头蟋蟀仰望七彩的夜空,兴奋着一连鸣叫了四声。赵士真于是猛地扑了过去,就像一个顽皮的孩子,一双手将那只宝贝蟋蟀死死地盖住,嘴里说陈留下,快过来帮我。

蟋蟀后来送到刘元霖府上,刘元霖笑成了一朵浪花,当即表示要把城南豆腐巷里一处废弃的守成军营房送给赵士真当作火器局的弹药库。刘元霖说姓赵的,他妈的这么多年你就今天对我最好,不过你那些七七八八的火药,以后可别把我的豆腐巷炸成了一堆豆腐泥。赵士真那时候喜出望外,他讲开什么玩笑,我又没有吃错药。

后来刘元霖给田小七倒了一杯酒,他说你是不是第一次来杭州?我突然觉得,好像以前在哪里见过你。

田小七笑了,说看来巡抚大人的记性不错。

事实上,田小七和刘元霖的确曾经见过一面,就在两年前的京城西郊,一场浩大的阅兵礼上。那次阅兵礼,有一队假冒的日本议和使团,试图浑水摸鱼刺杀观礼台上的万历皇帝,结果田小七带着几个兄弟以及甘左严他们,把一伙倭寇杀得尸横遍地,片甲不留。

田小七再次回想了一下,说那次阅兵礼,巡抚是不是坐在第三排?

刘元霖讲不对。他说浙江在我大明朝的位子向来比较靠前,我怎么也应该是在第二排。然后他眉头渐渐松开,有点喜悦地说,你有没有记得那次阅兵礼,皇上曾经带过去一只斗鸡?你知道吗,那天斗鸡冲天飞起时,掉落下一片色彩纷呈的羽毛。羽毛飘来飘去的,最终落在坐我隔壁的山西巡抚魏允贞的鼻梁上。

想到了魏允贞的鼻梁,刘元霖终于噗呲一声笑了。他抽了抽鼻子,好像依旧闻见许多年前的那片鸡毛上,有一股非常新鲜的腥臊味。然后他叹了一口气说,可是光阴如箭,一转眼我今年都四十六了。我这一大早给你倒酒,其实只是想找个人聊天,你知道的,我刚才心里真的很乱。

田小七说,巡抚大人放心,再给我两天时间,我一定把赵士真给找回来。

两天以后就是中秋节。刘元霖又一次盯着田小七,又望向一直站在门外院子里的赵刻心。他好像有点不敢相信田小七刚才讲的那一句,说听人讲你曾经是军人,那么应该知道军中无戏言吧。

田小七就把端起的酒放下,说锦衣卫也是军人。其实你和我一样,一辈子都是皇上的军人。

刘元霖正要再次倒酒时,田小七却猛然看见院子外的空中,一颗红色的信号弹冉冉升起,就在仁和县西北边的方向。

刘元霖抬头看着信号弹,说什么情况?

是我兄弟唐胭脂。田小七说完,来不及跟刘元霖解释,即刻就冲了出去。

11

唐胭脂要到许多天后才知道,这天他一直跟踪的男人,杭州人叫他剃刀金。

按照田小七的吩咐,唐胭脂前一天夜里离开火器局围墙外的那片菜地时,一直紧追着两名蒙面的倭寇。他没有追得太紧,只是咬住目标,适当拉开距离,为的是要看清，他们最终去了哪里。他想，找不到赵士真的藏身之地，哪怕是抓了一百个倭寇也没用。

唐胭脂追到河坊街路口，看见两名倭寇从房顶飘下时，其中一人不小心掉落了面罩。然后两人好像是商量了一阵，就分成两条不同的路线离开。

唐胭脂决定跟上那个面罩已经掉落的倭寇，也就是剃刀金。所以他那时候没有进入河坊街，也错过了鲤鱼或者说灯盏，当然也就跟赵士真失之交臂。他后来跟踪剃刀金一路往南，经过了很多个巷子，拐了个弯又开始往西。可是在一个山坡上，唐胭脂却跟丢了剃刀金，怎么也没见到他的人影。直到这一天清晨，他在之前跟丢的地方，又再次见到了从山坡上下来的鬼鬼祟祟的剃刀金。

剃刀金显然对杭州很熟，他七拐八拐速度很快，最终让唐胭脂见到了离运河不远的香积寺。香积寺里香火缭绕，寺庙北边刚刚搭建了一个露天舞台，有个戏班子显然就要开始演出。

后台的暖场鼓声在不经意间响起，将要上演的剧目是徐文长《四声猿》里的《女状元》。唐胭脂看见四面八方的人群朝舞台前聚集，而剃刀金也就是在这时低头钻进了舞台后边的一个院子，院子里进进出出的，都是忙着化妆的戏子以及戏班里一些跑腿和打杂的。唐胭脂慢悠悠着晃荡了进去，看上去像一个十足的戏迷。可是他没走几步，就发现剃刀金不见了，然后身后的门板哐当一声合上。唐胭脂低头笑了一下，没有即刻转身，他只是感觉，此刻正有一帮人向自己逼近。

果然，朝唐胭脂围拢过来的，是整整一排宽阔的刀子，而剃刀金就站在那排刀子的中间。

剃刀金眯着眼睛，好像要将目光中的唐胭脂给压扁。他说这位兄弟长得真是俏丽，不用化妆都可以上台演女旦。可是你刚才跟了我整整五里地。

唐胭脂还是浅浅地笑了，露出两个迷人的酒窝。此时院子外的戏台上，催场的鼓乐声听起来更加急促，又突然增加进一支喜悦的笛子。唐胭脂竖起耳朵，仔细去听万般雀跃的竹笛，感觉声音就要飞到九霄云外。然后他眨了眨眼睛望向剃刀金，似乎情意绵绵地说，你的眼神怎么这么差劲，其实我已经跟了你两天。

刀阵迅速涌来，唐胭脂提起身子跃出包围圈，又抬手笔直朝空中发射出一枚红色的信号弹。信号弹一直升腾，仿佛很快就要追赶上缭绕在云层中的那片竹笛音，并且有盖过他们的势头。

12

田小七赶到香积寺，第一时间就发现了戏台后面仓皇逃窜出的剃刀金。

那天京杭运河上有一条刚刚靠岸的客船，载了很多北方过来的僧人和居士，他们来杭州的第一站，就是去香积寺敬香。带队的洛阳白马寺住持走在队伍的最前面，他看见剃刀金猛然跃上屋顶，慌慌张张一副急着逃命的样子。剃刀金步伐很乱，一下子踩破好几枚瓦片，瓦片从房檐上掉落，继而又砸碎在住持的脚边。住持双手合十，望着剃刀金连滚带爬的背影，轻声讲了一句，罪过。

田小七随即也上了屋顶。他手持绣春刀飞檐走壁，每一个步点都落得很轻，像是被脚下连绵起伏的瓦片给轻轻弹起。白马寺住持被这一幕吸引住了，他抬头目送田小七的身影在视线中飘远，惊叹杭州的天空为何如此蔚蓝，就连吸进嘴里的桂花香也是甜的。

剃刀金目光苍茫，奔跑中横下一条心跃起，跨过屋与屋之间宽阔的距离，等到身子落下时，已经踩在了仁济粮仓的屋顶。他喘息了片刻，感觉心跳很快，嘴巴也很渴。此时他不由自主回头，晃了晃脑袋，看见田小七追赶过来的模样起初差不多是一只冲刺的大雁，但他只是眨了一下眼，就很快看清田小七的那张脸。那张脸英气逼人，眼中似乎射出一道电。

剃刀金想，就凭自己的身手和速度，看来根本无法逃脱这一场追逐。他于是抖了抖袖子，从里头抓出一把十分顺手的刮胡刀。刮胡刀在裤腿上擦了擦，就在田小七再次凌空跃起时，刀子便朝他准确地甩了出去。

田小七看见一道刺眼的光，在蔚蓝的天空底拉出银白色的线，如同一条狰狞的蛇，笔直朝自己飞来。他提起绣春刀横挡在身前，然后看准白光的方向正要向它狠狠砸去时，却听见身后砰的一声炸响，然后一枚铁弹迅速飞过他身边，只是叮的一声，就正好迎面击中剃刀金的那把刮胡刀。四射的火星溅开，剃刀金被撞飞的刀子在空中垂头坠落，这时候又一枚铁弹朝他追赶过去，不带半点犹豫，即刻就射穿他肩膀。

田小七回头，看见站在身后的正是赵刻心。赵刻心笔直站立在屋顶，目光平静。风吹在她身上，吹得很慢，好像围绕着她不愿意离去。她收起那把能够三连发的掣电铳，此时枪口依旧隐隐冒出一股细小的硝烟。

中弹的剃刀金当即从仁济粮仓的屋顶上滚落，和另外一堆瓦片一起，砸落在晒场上的一堆稻谷里。锋芒毕露的稻谷密密麻麻，盖住剃刀金的眼睛，也扎进他血淋淋的伤口。他实在是跑不动了，也没有心思继续再跑了。他躺在地上，看见阳光细碎而且刺眼，并且还跟运河水一样不停地摇晃。

田小七和赵刻心落下，一步步朝剃刀金逼近。路上田小七讲，跑得蛮快，我还以为你长了一对翅膀。

剃刀金冷冷地笑了，笑得龇牙咧嘴。他吐出一些钻进嘴里的谷粒，嘴角挂着乱七八糟的口水，这才扭头望向田小七说，做人不要太得意。

田小七把绣春刀轻轻抱在胸前，好像抱得很缠绵，说站起来，我还有很多事情要问你。

剃刀金勉强撑着身子，眼看着就要慢慢站起时，却猛然抽出藏在怀里的一把短刀。田小七无可奈何地笑了，他跨出一步挡在赵刻心身前，继而盯着摇摇晃晃的剃刀金说，你真是死心眼。剃刀金双手握刀，刀尖在摇摆。可是没有人会想到，此时他却一下子转过刀口，照准自己的肚皮，十分凶狠地扎了进去。他笑得有点邪恶，说我提醒过你，做人不能太得意。说完，又按住刀柄往肚皮中猛地推进了一寸，紧接着使劲一绞，又往外一拉，让田小七清楚地看见，他从割开的肚皮里牵扯出来的，是一堆纠缠在一起的油光发亮的肠子。

田小七叹了一口气，把视线缓缓移开，他知道一切已经来不及了。但他心里明白，此时抓在剃刀金手里的，也是一把锋利的黄泉钩。黄泉钩弯月形状的钢钩，很适合剃刀金这种方式的剖腹自残。

土拔枪枪跟刘一刀赶到香积寺时，比田小七晚了一步。两人冲进戏台后的那个院子，看见唐胭脂正靠在一条石凳上，身上和脚下都是血，手里还抓了一把没有甩出去的绣花针。

土拔枪枪说唐胭脂你不要吓我，你到底有没有死？

唐胭脂靠在石凳前一动不动，只有手里的绣花针在闪亮。他的嘴角，还残留着两个秀丽的酒窝。

陈留下来得最晚。

离开刘元霖的府中，陈留下一路奔跑得气喘吁吁，而且还差点跑错了方向。在香积寺附近，陈留下碰见一群花脸的戏子，脸上涂了半边油彩，正纷纷卷起脱下来的戏服。陈留下拦下其中一人，扣住他脖子说，还想逃？那人却妩媚地笑了一下，露出一口整齐的白牙，然后轻轻甩了甩戏服宽大的水袖，让陈留下闻见一股莫名其妙的香味，随即眼前就变成一片色彩斑斓的模糊。

陈留下抱着一颗脑袋跌跌撞撞，很久以后才看清远处有一个空空荡荡的戏台，戏台里头鼓乐声一直在响，但戏台前的看客却都一个个迷迷糊糊地躺在地上。他使劲咬了咬自己的手指，虽然咬出许多血，却一点也没有感觉到痛。后来田小七和赵刻心赶来，两人直接冲去后台，哗的一声就把厚重的挡帘布给掀开。

帘布后面光线很暗，却一个人影也没有，正在敲锣打鼓的，原来是几只手脚忙碌的猴子。

陈留下站在田小七身后，听见喧闹的鼓乐声突然停了下来。其中一只猴子愣在那里，目光很迷茫，扔下打鼓棒时，又急忙伸手抓了抓毛茸茸的耳朵。

13

薛武林在中午时分给出了答案，那个神秘消失的戏班子叫巾山社。他们是在中元节的前两天来了杭州，当时是从候潮门入城，登记时出具的路引条来自台州府。许多喜欢看戏的百姓也证实，巾山社最近一直在杭州搭台，戏演得不错，有几分功底，特别是武戏。去香积寺之前，他们的确在河坊街唱过戏，也演过两场山雀所说的《雌木兰》。

得知消息后，台州知府急急赶到刘元霖府上，整个人像是淋过了一场霜。在送给刘元霖那座金子打造的袖珍六和塔后，他就等着观看潮水参加庆典。而对于这个所谓的巾山社，他实在讲不出一丁点有用的信息。

更加奇怪的是，香积寺方圆几里范围内，守成军总旗官伍佰带人寻访了许多市民和店铺，却没人能讲清这个戏班子的最终去向。田小七也再次去了河坊街鲤鱼的家中，还有堕落街三十三号，结果也没发现任何线索。

唐胭脂曾经醒过来一次，他跟刘一刀和土拔枪枪讲，香积寺就那么一点路，你们两个的脚下是不是踩了一头乌龟，怎么会那么慢？这回我要是真的死了，你们会伤心一辈子。

土拔枪枪不想听唐胭脂啰里吧嗦，跟一个女人一样，他只是觉得唐胭脂的那片绣花牡丹真是可惜。他之前让唐胭脂把牡丹送给自己，唐胭脂说了两个字，做梦。可是现在绣花片已经沾上唐胭脂的一团血，好像一下子变成了两朵红牡丹。他摇头埋怨道，胭脂你现在后悔了吧，却发现

308

唐胭脂因为失血过多，已经再次晕厥了过去。

根据唐胭脂刚才醒过来时的回忆，剃刀金之前消失的那片山坡是在西湖的南边，山中有座寺庙，对面有座塔。薛武林判断那是南屏山，唐胭脂所讲的应该是山上的净慈寺和雷峰塔。

伍佰牵出军营里的川东猎犬赛虎和赛豹，两只训练有素的猎犬露出牙齿奋力拉着殷红的舌头，把土拔枪枪着实吓了一跳。田小七让猎犬在剃刀金的尸体前闻了一阵，随即松开铁链子，在傍晚到来之前，猎犬带他们赶去了南屏山。

薛武林带人在城中搜寻。一路上，想到失踪的赵士真以及那些孩子，还有神秘兮兮的巾山社，薛武林就忍不住眉头紧锁。一行人查过了百井坊以及祥符桥一带，又马不停蹄地去了庆春门和艮山门。城门前，薛武林对值守的手下训了一番话，要他们打起精神，一旦有什么闪失，那两天以后的中秋节，就别一门心思想着回家了。手下也不怎么把薛武林当千户官，问他那到时候去哪里吃月饼。薛武林就抬头说，你们可以去吃天上的月亮。

薛武林紧接着又去了官巷口。

官巷口位于钱塘和仁和两县的交界处，在杭州人的记忆里，这一带向来是钱塘不管，仁和不收。之所以叫官巷，是因为南宋时的中央文武百官按照官衔高低，在这里由南到北居住。现在官巷口成了繁华的集市，尤其是这里的花市，什么奇花异草都有，红红绿绿的，让许多有钱人趋之若鹜，过来买走整车整车的鲜花和绿植。

薛武林去官巷口，目的是元宝街上的德寿宫，那边的聚远楼里，有一家开张在地下的赌馆。德寿宫最早是南宋奸相秦桧的宅邸，里头有灵芝殿、小西湖、以及万寿山。这天薛武林从后门进去，大老远就听见小西湖边的柳树上，几只不睡觉的知了一个劲地聒噪，吵得他心烦。他一脚把门踢开，手下的兵勇当即涌了进去，里头果然是乌烟瘴气，什么奇形怪状的人都有。

薛武林喊了一声，都别动，识相的给我蹲下。赌馆于是跟收闸的洪水一样，渐渐安静了下来。站在几十双眼睛的中间，薛武林一言不发，他掀翻一张赌桌，又跟手下甩了甩头，一场搜索便即刻展开了。

这时候在赌馆西边的一个角落里，有个汗流浃背的男人从烧烤架旁站起。烧烤架里炭火很旺，他原本正在烤知了，烤得整个赌馆香味扑鼻，不知道的人还以为这里是炒菜炒得很好的夜宵馆。

男人名叫郑翘八，据说前段时间刚刚盘下这家赌馆，他抓了一把竹签，竹签上扎着一排金黄的烤知了。他咬住一枚里嫩外焦的知了，竹签往右手边一拉，就把那枚知了吞进了嘴里。然后他嚼着香喷喷的知了说，薛大人今天怎么有空，是不是闻到了我的烤知了？

薛武林说，蹲下！

郑翘八好像没有听见这一句，他从牙缝中抓出一条纤细的知了腿，奇怪它怎么没有烧透。又把知了腿随手涂在墙上，这才扯了扯嘴角慢条斯理着说，这是什么样的朝代，难道连赌钱也犯法吗？薛大人你是不是在演戏？

薛武林横起的刀口即刻就摆在了郑翘八的眼珠子前。他讲听清楚了，在这个城市，敢跟我顶嘴，就是犯法。我现在就可以把你扔进大牢，让你参明天带了棺材过去给你收尸！

郑翘八站在原地，闪了闪眉头，他的眉头上有一颗暗红的痣。这时候有个传令兵跑来，凑到薛武林耳边私语了几句，薛武林于是知道，城里刚刚又飞过一群黑压压的蝙蝠。蝙蝠这次是出现在钱塘县的十五奎巷，当场又卷走了一名男孩。

郑翘八再次笑了。他笑呵呵地讲，薛大人既然这么威风，有本事就让杭州城消停一下，少出一些耸人听闻的案子。

薛武林于是一刀削了过去，刀子削过郑翘八的耳边，削断了他的几根头发。

薛武林说，从今天开始，你给我小心一点！不然下次削下来的，就是你的脑袋。

郑翘八说，薛大人，我感觉你心里很乱。

14

深夜子时，狮子街附近的香榧客栈，田小七一个人站在天井里，看见头顶月朗星稀。之前对南屏山的搜索没有进展，两只川东猎犬最终望着夕阳消失的方向，眼里雾蒙蒙的，垂下头仿佛在深深地自责。

田小七提起身子跃上客栈屋顶，声音很轻。他抱着绣春刀，在几枚幽凉的瓦片上坐下，依稀听见客房里刘一刀和土拔枪枪两人的鼾声，也看见八月十三日的最后一点时光，好像天边的流星一般，就那样在眼前一下子划了过去。

来到杭州已经两天。田小七躺在瓦片上，头枕着绣春刀，心里慢慢想起了远在京城的无恙姑娘。夜风不知道是什么时候开始吹拂起，吹动一株瓦楞草，戳在他脸上，感觉很痒。他看着陪伴自己的瓦楞草，在心里讲，无恙，别来无恙？

第三章：万历三十年（1602年）八月十四日 晴

1

余船海已经从萧山回来。他买来的爆竹和烟花整整装满了一船，上岸后，叫来的三辆马车来回跑了四趟，身上大汗淋漓。此刻他躺进一个滚圆的木桶，一边泡澡一边喝酒。木桶里升腾起白茫茫的水雾，让他想起刚刚走过一遍的钱塘江，昨天如果不是及时把赵士真踢进江里，面对甘左严和那些守戍军，他都不知道结果会怎样。

有惊无险，余船海这么细细地想着，并不知道金彩此时正像一只心怀鬼胎的猫，已经静悄悄地出现在他身后。在用一条湿哒哒的澡巾将余船海眼睛蒙住之前，金彩已经把自己脱得精光，让每一寸肌肤都在水雾蒙蒙的烛光里光滑地呈现。她像春天里走来的一丛喝饱了水的绿藤，慢慢缠上余船海的脖子，并且十分妖娆地往前生长。此刻她用两片嘴唇攀爬上余船海的耳朵，声音黏糊糊的，说，累不累？

余船海把眼睛闭上，也不想把那条澡巾给掀开。他想体验一回梦乡般的缥缈，却听见金彩的呼吸，类似于夜里涨潮的浪。与此同时，金彩的手指在他身上游走，走得也如同一只步履轻巧的猫，自从出发以后就一步步往下，好像是看准了目标蓄谋已久。这时候余船海觉得该让金彩暂时停

310

下，就突然按住她手腕，声音从喉咙底下传出，说我不在的时候，有没有发生什么事情？

有。金彩扭了扭腰，幅度不大不小，说你不在的时候，发生了许许多多。

什么事情？

你走了以后，人家一直在不停地想你。金彩喘息，声音断断续续，她讲人家想你，从清晨想到黄昏。一直想到，身上都长出了一片草。

余船海慢慢地笑了，笑得有点浑浊。他转身，迫不及待着将金彩抱起，十分潦草地将她扔进了脚下的澡桶里。澡桶溅出水花，余船海已经将金彩按在身下，他还取来木桶边一根燃烧的蜡烛，握在手里。蜡烛很粗，火苗下积存了很多红色的蜡烛油。余船海重新喝了一口酒，这才把红蜡烛稍稍倾斜，好让几滴滚烫的烛油在空中突然坠落，以无比迅猛的姿态，摧枯拉朽般，毫不犹豫地扑向金彩的身子。

金彩战栗了一下。在那场深深钻入心扉的疼痛里，她呻吟了一声，却感觉余船海已经猛然苏醒，声音即刻变成一条抽打的鞭子，好像是在叫她金彩，也或者是赞叹了一声精彩。金彩的听觉开始模糊，一双眼朦朦胧胧，似乎被余船海带进一处水雾迷蒙的芦苇丛中。芦苇丛里，她看见田小七买她酒楼时的一千两银票在风中飞舞，就觉得眼前的世界的确是一片银光闪闪的精彩。

很久以后，余船海终于累了。他仰头，把自己摊开，一双手垂挂在滚圆的木桶边。他喘了一口气，说你明天去给我买一对熊掌。

金彩站在澡桶外，在一截一截地擦身子。很多水珠从她身上掉落，她讲既然有了那么多银子，我宁愿把整头熊给你买下，我让你在冬天里裹上一层厚厚的熊皮。

余船海变得沉默，眯着眼睛望向窗口，窗口有一群正在熟睡中的鸽子。他养了许多鸽子，就像他跟金彩一夜之间生下来的一群孩子。

在金彩离开之前，余船海已经在渐渐冷却的澡桶里想起了一片海，那是比台州还要遥远的海。海潮滚滚，余船海记得许多年前，自己也是这样懒洋洋地躺在一团温热的水里，只不过那时候跪在温泉边的女子，是穿了一件松垮的和服。他现在已经忘记了女子的名字，只记得这个山口家族的女人一边替他挖耳屎，一边给他倒酒，说石田君，听说你要出海了，你什么时候才会回来？余船海那一年二十五，留着青光光的月代头，几乎能够照得见清凉的月光。他把杯里的清酒喝光，声音依旧像一个莽撞的少年，说中国那么好的一个地方，只要你去过了，简直都舍不得回来。除非你把他占为己有。

石田君以后还会记得家乡，并且记得这片温泉吗？

以后我不叫石田。在中国，一个名叫台州府的地方，所有人都会叫我余船海。

余船海沉浸在漫长的回忆中，感觉过去的岁月并不陈旧，甚至显得更加新鲜，就像汩汩冒出的温泉。这时候窗外突然响起一阵沙哑的尺八声，如同一个虚空的梦境，在暗夜中幽灵一般漂浮。余船海起身，即刻套上衣裳，当窗子推开时，他已经跟随那片尺八声飞跃了出去。

召唤余船海的尺八曲子是叫《虚空》，对此他无比熟悉。事实上，在一个月前某个下雨的夜晚，余船海已经就被这段空灵的《虚空》所唤醒。那次他全身湿透，追

311

随着渐行渐远的尺八声在雨点中飞奔，最终是在净慈寺外的一棵樟树下见到了刚刚坐下来没多久的河野。河野松开按在尺八眼上的手指，声音停住时，头顶的樟树丛中随即飘下一个黑色的人影。

余船海看了对方一眼，说，阿部君。

阿部戴了一顶崭新的斗笠，他的脸比较方正，肤色是黝黑的，胡子刮得很干净。很多雨水从他斗笠上滚落，掉在余船海的脚跟前。阿部说，你的脚力退化了，刚才差不多晚了五个音符的时间。

余船海看了一眼自己被雨淋湿的肚腩，觉得是该控制食欲了，但是杭州好吃的东西又实在太多。

那天阿部交给余船海几个鸽子笼，里头装了许多鸽子。阿部说我们以后不要再见面，从现在开始，鸽子就是你我之间的信使。

阿部君需要我做什么？余船海说。

你先给我提供一份杭州城的舆图。

然后呢？

以后的事情自然要等到以后才能告诉你。阿部说，难道你忘了我们的规矩？

于是从第二天起，余船海就一连放出了四只鸽子。在每只鸽子的腿上，他都绑了一个圆筒，圆筒里装的，是被他剪开来的杭州城舆图。而就在刚才，余船海也放出了一只鸽子，传出去的情报，是在天空底下画的一条飞翔的鱼。他想借此告诉阿部，买下金彩酒楼的男人很有可能是来自京城的锦衣卫。他认为阿部应该清楚，锦衣卫向来是穿戴一身飞鱼服。当然，阿部收到这份情报时也就自然明白，他已经从萧山回来。

现在余船海跟随河野的尺八声，脚步犹疑着踩进了一个幽暗的地道。地道很漫长，里头渐渐开始出现一些烛光，当烛光变得一片亮堂时，余船海终于见到了站立在那里的阿部。阿部一双手交叉在胸前，他朝余船海笑了笑，往边上让开一步，让余船海看见了坐在他身后的灯盏。

灯盏是阿部的妻子，她是个十分漂亮的女人，你要是只看她的眼睛，就绝对看不出她的内心。昨晚，在自己的马车被拦下之前，余船海并不知道灯盏也已经在杭州。事实上，一个月前，灯盏和阿部这对夫妻是分成两批队伍，从不同的城门先后潜入了杭州城。灯盏这边的人，就是通过候潮门进城的巾山社戏班子。

现在灯盏坐在那片烛光中，她在看拼接在一起的杭州城舆图，看得很仔细。很久以后，她叫了一声余船海的代号，说乌贼，你来杭州是不是已经有五年？

余船海说是的灯盏小姐。但是我每天都会想念一次台州府临海的紫阳街，就像想念咱们家乡的温泉。

你在杭州五年，知不知道这里的地底有这么一条地道？

余船海没有很快回答，想了想说，你们能发现这里，让我很惊奇。

到底知不知道有这么一条地道？灯盏又问了一次。

余船海就说，从来没听人讲过。这里一定很安全。

灯盏笑了，笑得比五年前余船海离开台州府时更加妩媚。她讲乌贼，我们接下去会很忙，你跟那些连骨头也很风骚的女人，一天到晚在床上做的事，就不要太沉迷了。

余船海愣了一下，看着灯盏转过去的背影，说明白。

2

土拔枪枪这天夜里睡得很沉，等到清晨醒来时，他没有见到田小七和刘一刀，客栈里除了正在养伤还没有苏醒过来的唐胭脂，就剩下他一人。他觉得有点寂寞，望着门口的那棵桂花树，心里不由自主开始想起一个人。

昨天跟田小七去南屏山的路上，土拔枪枪后来一个人在西湖边停下。首先是因为那两只川东猎犬，那种眼睛，还有那种牙齿，看得他心里发怵，一阵惊悚。土拔枪枪这辈子什么也不怕，除了狗。以前在京城，他跟田小七去打更，就曾经被一个大户人家的狗追过。那次土拔枪枪魂都吓没了，在嬷嬷马候炮的床上一连躺了三天，嘴里一直胡言乱语。

土拔枪枪停留在西湖边还有另外一个原因，是因为想起了那天在候潮门前被他撕下来的那张黄麻纸。黄麻纸上说有个道士专治身材矮小的男人，能让人一夜之间起码长高一尺。土拔枪枪一直想去会一会这个道士，看看他到底是不是吹牛。他后来登上了西湖里的一艘花舫船，花舫船的编号是三号。船游去湖中间的时候，他就开始跟人打听，那个挺神奇的道士是在哪里？但是很多游客都唯恐避土拔枪枪不及，让他走远点，再走远一点。后来有一帮油头粉面的公子哥，正搂着几个叽叽喳喳吵得跟麻雀一样的歌妓，在津津有味地阅读手抄本的《金瓶梅》。他们一个个看得面红耳赤心跳加速，巴不得自己马上摇身一变成为西门庆。其中一人看见土拔枪枪走来时，就说三寸丁你怎么会在这里，你不是应该去卖炊饼吗？然后你家的潘金莲，就一天到晚想男人，想得眼睛发绿。说完那帮人都放肆地笑了，笑得就跟西湖是他们家买下来似的。土拔枪枪也跟着笑了一下，说你们认不认识一个很厉害的道士，就在这艘船上，我想找他有事。然后他就掏出怀里的那张黄麻纸，指着那个写成筷子一样瘦长的"矮"字，给那帮公子哥看。

几个公子哥一下子把眼泪都给笑出来了。他们说三寸丁，你有没有看清楚，你找的这个牛鼻子道士不是在西湖船三号，而是在西湖船巷子的三号。巷子，巷子啊，这两个字你是不认识呢还是不认识，或者你完全就是一个瞎子？哈哈哈哈。

土拔枪枪抓了抓脑袋，讲了声，哦。但是那帮公子哥还是不停地笑，好像是要把自己给活活地笑死。土拔枪枪就说你们几个别再笑了，我知道你们讲的三寸丁是《金瓶梅》里的武大郎，人长得跟我一样矮，每天挑着担子上街卖炊饼。但我不是武大郎，我也不会娶潘金莲那样的骚货。我叫土拔枪枪。所以你们别笑了，你们再笑我就不高兴了。

土拔？还枪枪？公子哥睁大了眼睛，像一只蓄势待发准备打鸣的公鸡，说你是什么枪？难道是金枪不倒的枪？

土拔枪枪叹了一口气，他讲你们几个真是让我看不懂。我都已经口头警告过你们一次，你们还要这样取笑我。实话跟你们讲，我是来杭州办案的，我这几天心情不怎么好。

几个公子哥终于把自己给笑趴下了，他们觉得人生所有的惊喜和快乐也莫过于此，眼前这个长成一卷包心菜一样的丑八怪，居然还说自己是来杭州办案的。

土拔枪枪忍无可忍，走上去一脚就把

其中一个笑得最没谱的公子哥给踢飞,然后又把他从船板上拎起,一把就甩进了湖里。西湖水溅起一大堆水花,好像连这天湖面上的夕阳也被砸碎了。土拔枪枪拍了拍手,回头看着剩下的那些人说,你们几个,怎么都不笑了?有本事再笑一个给我看看啊。

那天花舫船上一下子就闹翻了,许多人围着土拔枪枪,朝他乒乒乓乓砸过去很多水果碟和杯子,当然还有扫把和凳子。土拔枪枪都懒得理他们,他让船家赶紧把船靠岸,他还有很重要的案子要办。这时候船上一个端水送茶送糕点的使女在他眼前跪下,她讲客官求求你,你千万不能就这么走了,船上砸坏了这么多东西,我一个弱女子一辈子赔不起。她又看着浮沉在湖里噼里啪啦游水的公子哥,哀求说你要是就这么走了,这帮人也不会放过我们这条船。

女子抱着土拔枪枪的腿,让土拔枪枪一下子心就软了。他看见女子的一只眼睛是瞎的,而且那半边脸也长得歪歪斜斜,一看就是平常受尽欺负心里很苦。

土拔枪枪说没事,需要多少银子我赔。但是他刚将完,女子就忍不住哭了,哭得很伤心,好像在哭她这辈子凄惨的命运。土拔枪枪把她扶起,说你叫什么名字?

女子擦了一把泪,告诉土拔枪枪自己叫杨梅。酸杨梅的杨梅。

土拔枪枪就说杨梅妹妹,以后你的事情就是我的事情。在杭州,咱们两个相对来说都长得比较丑,但是从今往后,只要我在杭州,就没人敢动你一根手指头。

现在土拔枪枪在客栈桂花树下喝了一口陈年的绿茶,觉得口感有点苦涩,味道也太浓。但他却突然发现,桂花树旁另外一棵叶片翠绿的树干,好像就是杨梅树。夏天已经过去,树上找不出一颗酸杨梅,但是土拔枪枪这么想着的时候,内心里还是扑通一声跳了一下。他被自己惊吓到了,心想难道这就是传说中那种叫缘分的东西?也或者,还有一种说法,是上天冥冥之中的注定?

土拔枪枪晃了晃脑袋,跟自己说不行,这事情也太离谱了,会被唐胭脂笑死的。唐胭脂那人很讨厌,铁定会说他思春,还会说他光天化日下发情。但是土拔枪枪心不在焉着再次喝了一口陈年绿茶时,转念一想,唐胭脂又算什么东西?那个一天到晚说话娘娘腔的男人,他其实根本就不懂得什么叫爱情。

想到了爱情这两个字,土拔枪枪的脸一下子就发烫了,就连脖子也红了,好像此刻的脸上脖子上正奔跑着一只欢快的蚂蚁,有点痒。然后他看着头顶紧挨在一起的两朵桂花。桂花很安静,也很淡定,似乎在交头接耳窃窃私语,正生活在与他人无关的两人世界里,让人止不住想起纯洁又芬芳的感情。

土拔枪枪在心里犹豫了很久,在一阵惊慌失措的忐忐忑忑中,他最后终于决定,如果可以,为什么不投入一场轰轰烈烈的爱情?至于赵土真失踪的那件案情,他觉得可以先放在一边的,暂时让田小七和刘一刀他们两个人去忙吧。再说了,他昨天也答应过杨梅,方便的时候,他会过去她家里看她一回。毕竟,杨梅已经叫过他一次哥哥。

土拔枪枪把杯子放下,看见天空碧蓝,头顶的杨梅树上,正趴着一只深思熟虑的树蛙。

3

此刻田小七和刘一刀正在杭州府的档案库房里。

站在一堆不同年代的杭州城舆图和地下构造图前,田小七看见飘飞在阳光光影中的一团细密的灰尘,也闻到一股年代久远的发霉的味道。在这种发霉的气息中,田小七打了一个响亮的喷嚏,并想起昨天夜里在客栈的屋顶,他一直在考虑的巾山社戏班子的无端消失,到底会是怎样的一个谜团。仰望着深邃得像海底一样的夜空,他想那帮人既然上不了天,难道竟然还是入了地?早上去刘元霖府中,他提出要看一下地形档案,刘元霖就问他,你果真是要把杭州城给开膛剖肚地挖开?田小七就跟他讲,巡抚大人或许还不知道,在加入锦衣卫之前,我田某人曾经是闻名京城的鬼脚遁师。那几年我们兄弟几个收了人家的银两,帮人家去诏狱里劫狱,就是通过一次次的挖地道。

刘元霖说我这里没有诏狱,但你要是真的能挖出一个赵士真,多少银子我都愿意给。浙江不缺钱,缺的就是能干事的人。听到刘元霖这样说,田小七心里就涌起一连串的冷笑,他想,浙江既然不缺钱,那你为什么还欠了钱塘火器局那么多钱?

除了档案库房里的几个文吏,刘元霖后来还给田小七找来仁和县一个风烛残年的里长。里长一双腿已经像一堆破败的稻草,根本不能走路了,是靠在一张躺椅上让人用两条竹竿给抬来的。远远地,田小七站在库房门口,听见里长接连不断的咳嗽,那张躺椅在竹竿间咯吱咯吱不停地摇晃。他有一种感觉,担心里长大人就要被自己喘不过来的一口气给憋死。

所有的档案堆在一起,几乎有半人那么高。档案中有唐朝,也有宋朝,特别是南宋时期由于杭州城作为当时的都城,卷宗尤其繁杂和详细。接下去摆在另外一边的,自然就是当下大明王朝时期的档案。刘一刀问田小七,怎么办?田小七说,我们一边看,一边听他们慢慢讲故事。

几个文吏挤到田小七跟前,在他开始翻阅档案的时候,七嘴八舌地讲起杭州城区布局的逐年延伸和地理变迁。田小七只是听了几句,就摇头说,我不要听最近几十年的,这些情况很多人知道,并不隐秘。我想听的,是杭州城几乎已经失传的故事,而且主要是跟地底下有关的故事。这时候,田小七正好翻阅到了有关相国井历史的部分。他记得,自己第一天下午到达杭州时,就是在相国井里喝了一桶水,并且洗了一回绣春刀。

因为靠海,杭州的地下水向来很咸,井水不能饮用。唐代李泌任杭州刺史时,发动民工从涌金门至钱塘门,深挖宽广的地下沟渠,沿路分置水闸,又在百姓聚居处建造大型水池及水井,将西湖水源源不断地引入城内。其中一个文吏说,当时杭州建造的六口井池,分别是相国井、西井、金牛池、方井、小方井和白龟池。后来由于杭州地下水质变好,许多水闸予以关闭,相应的井池也荒废,就只留下了相国井和西井。

唐代的沟渠,到现在还留着?田小七说。

要是不留着,那相国井能有水吗?年迈的里长这时候终于开口。此前他一直在打瞌睡,咳嗽让他很疲倦。

这么看来,除了相国井和西井,当初

引水至金牛池和白龟池等处的沟渠，或许也还保留着。田小七又接着说，毕竟是在地底下，没人会去特意损毁它们。

几个文吏你看看我，我看看你，最终谁也不敢轻易开口。田小七于是说，里长大人，你觉得呢？

里长又是一阵绵长的咳嗽，声音震耳欲聋，最终咳出一口痰，又把它吞了回去。靠在自己家那张久经风霜的躺椅上，他撅起两片嘴巴讲，年轻人，我带你去。

去哪里？田小七说。

去我家。我家的地窖里，运气好一点，可能就能挖到以前通往白龟池的沟渠。

沟渠有多宽？

反正我六岁那年，牵进去过一匹马，我还在里面待了整整一个夏天。里长露出仅有的两颗黄牙，说我都不想告诉你，里面真的很凉快。

田小七笑了，他跟刘一刀讲，我们找对人了。

4

陈留下一个猛子扎入钱塘江江底，血红着一双眼睛，巴不得能看清江水中的一切。江水流淌，有许多沉闷的声音冲撞他耳朵，陈留下想把自己埋在水底大哭一场。

刚才在家里，河坊街驼背的刘裁缝急匆匆过来找陈留下。刘裁缝手提一件破破烂烂的衣裳，衣裳还在滴水。他气喘吁吁，一句话也讲不出口，只是把那件衣裳高举到陈留下眼前。陈留下愣了一下，很快就明白了，急忙问他哪里捡来的？刘裁缝比他还慌，抓起杯子赶紧喝了一口水，这才说钱塘江。你以前炸鱼的地方。话音未落，陈留下像一只被点着了的炮仗一样冲了出去，让刘裁缝看见院子里一群像老鹰一样飞起来的母鸡，以及张开了翅膀拼命想逃亡的两只大白鹅。

陈留下不会忘记那件衣裳。那是去年端午节，自己带刘裁缝去火器局里给赵士真量身定做的。那次他一定要让刘裁缝在新衣裳的胸前缝一个很宽敞的口袋，他讲我岳父很忙的，手上一天到晚抓着一把设计图纸和七七八八的小零件，有了这只口袋，以后他的手就不会不够用了。刘裁缝听完，沉着冷静地把量衣尺放下，拱着背脊斜眼望着赵士真讲，你是怎么看上这个女婿的？我以后不会再叫他丧尽天良了。

现在钱塘江里的陈留下一次次冲出水面，只是抬头换一口气，就再一次沉入了江底。他很清楚，赵士真被劫走的那天，穿在身上的就是那件缝了大口袋的粗布衣裳。江水在眼里自得其乐地晃荡，陈留下的整个身子也在轻飘飘地晃荡。他想努力看见什么，又很担心会看见什么。直到后来，他感觉自己整个身体已经被掏空，浮在水里仿佛就要被钱塘江给一起带走。

中午就要到来临的时候，陈留下一个人坐在岸边，呆呆地望着那些江水，想起的许多往事都让他伤心不已。那年他从火器局偷火药来这片水域炸鱼，捞起来的鱼装满了一只鱼篓，他把许多鱼送给赵士真，让他每天熬夜时可以炖鱼汤喝。赵士真起初很开心，到了后来却愁眉苦脸，他望着木盆里那些重新游动起来的鱼，想不通自己潜心研制的火药竟然只能把这些小鱼小虾给炸晕。陈留下眉头一皱，如有神助，即刻看穿他心思，说老兄你这火雷在水里引爆有问题，我都没有炸出一条像样的鱼。

那你说该怎么办？赵士真捻着自己的

胡须。

我觉得你该考虑考虑,要有这样一种魄力,让火药在水底炸开,轰的一声,威力十分了得,可以炸翻倭寇的一条船。所以它就叫水雷。陈留下一口气讲完,看见赵士真在草稿纸上兴奋地写了两个字:水雷。赵士真盯着他,说陈留下,我突然想问你一个问题。

什么事?你讲。陈留下说。

你跟火器局有缘,你愿不愿意做我的女婿?

陈留下懵住了,以为自己刚才讲的辽阔的知识面打击到了赵士真,让他伤心欲绝变成了一个自卑的傻瓜。他说老兄你开什么玩笑,就为了偷你这些炸鱼的火药,赵刻心刚才追我追了两条街,追得我命都快跑丢了。难道她会愿意嫁给我?

别急。赵士真捻着胡须深思熟虑了一阵,说你给我一点时间,让我好好想想,以后该怎么帮你。

陈留下坐在岸边想起了这些,许多忍了很久的眼泪终于稀里哗啦全都流淌了出来。他抱住脑袋遮住自己的一双眼,心想从今往后,杭州已经没有赵士真了。也就是说,他的岳父已经不在了。

5

田小七此时并不知道陈留下这边的情况。在仁和县那个里长家的地窖中,凭着多年挖地道教人越狱的经验,他只是稍微敲了敲身边的土层,就循着一阵空洞的声音找出了一个准确的方向。土层挖开,之前通往白龟池的地下沟渠通道便十分完整地呈现在他眼前。

田小七冲了进去,里头果然十分宽敞,但是眼前一片漆黑,只能听见头顶水滴掉落的声音。刘一刀递给他一个火把,他站在原地不动,很久以后,依旧看见火苗朝偏东北的方向倾斜,说明地道是通的,有一阵风从西南方向吹来。田小七开始奔跑,耳边灌满风的声音。他感觉地道是那样的漫长,仿佛是要带他进入到遥远的唐朝。路上他惊动到一群蝙蝠,蝙蝠体形硕大,张开的翅膀如同一把扇子。他还见到脚下许多积水的水洼,水里隐约游着一些色彩斑斓的鱼。

现在田小七闻见一股蜡烛燃烧过后的气息,那种烛芯烧焦的味道,告诉他蜡烛的火苗应该是刚刚熄灭。他朝着蜡烛的方向奔去,又很快见到一小片微弱的白光。白光原本在密闭的空间里一动不动,等到他的脚步临近时,才在火把的照耀下稍微抖了抖,好像是要在整条地道里撑开一个微小的窗口。

刘一刀将那排蜡烛重新点燃。田小七发现一直在地上发光的,原来是一枚浑圆的白瓷片。他将白瓷片捡起,愣了很长一段时间,眼里看见的是两天前自己到达杭州城的当天下午,那个名叫刘四宝的男孩,在相国井前就是举着这样一枚瓷片,聚集起清湖河的阳光向他不停地照射。

田小七站在地道中,感觉是站在一场深刻的梦里。很久以后,他推开刘一刀,身子迅速蹲了下去。这让刘一刀也同时发现,刚才就在自己的脚边,一堆熄灭的篝火旁,有一排黑色的他从来都没见过的符号。符号是用烧焦的木条画的,画得很凌乱,从左排到右,密密匝匝地拥挤在一起。

刘一刀说,这是什么?怨鬼画的符吗?

田小七说,你不用知道。我哪怕是讲

了，你也不会懂。

赵刻心赶到刘元霖府上时，看见田小七已经坐在客堂中央。田小七站起身来，说，你父亲的确还在城里，他刚才就在一条废弃的地道中。可惜我们还是晚了一步，倭寇带着他刚刚离去。

你凭什么这么肯定？

地道里有你父亲留下的那行数字，142857，写在泥地上字迹还很新鲜。田小七说，你懂的。你父亲依旧是通过这样一种别人无法参透的方式来告诉你，他刚刚还在，他还活着。

赵刻心的眼眶顷刻之间有点湿润，她把视线从田小七的脸上移开，觉得客堂里阳光很亮，自己的手上竟然全都是汗。此刻，她也不得不再次想起父亲曾经讲过的那句：大食人的数字，记住他们，一定能派上用场。

陈留下在此之前也已经冲了进来，他整个人像是刚刚从水里捞起，每走一步都在地上留下一摊湿哒哒的水渍。他一开始战战兢兢，希望田小七不是异想天开，可是听完了田小七的解释，他就突然鼻子一酸，忍不住再次落出一行模糊的泪。他打了一个喷嚏，然后偷偷把那些黏糊糊的泪水抹去，这才笑眯眯着跟赵刻心讲，我刚才去钱塘江抓鱼了，我想等你父亲回来后，给他熬一些鱼汤喝。可是江水里那么多泥沙，扎得我眼睛好痛。

赵刻心似乎被他逗笑了，她讲，你下次熬鱼汤，要记得放点葱，也要切两片姜，不然就是一股泥腥味。

田小七一直握着那枚瓷片，反射出的阳光在客堂里一闪一闪的，闪得刘元霖头晕目眩。刘元霖说你讲的没错，昨天夜里，钱塘县又被蝙蝠卷走了一名男孩。男孩的名字就叫刘四宝，家住十五奎巷。

田小七坐在那张用花梨木精心打造出的椅子上，很长时间不想说一句话。阳光静静地漂浮在他眼里，呈现出一种类似于虚幻的背景。他似乎看见两天前的刘四宝，正在相国井前喜不自胜地问他，水是不是很甜？你是谁？我怎么不认识你。

6

赵士真的确还活着。地道里的数字也是他留下的。

那天被余船海踢进钱塘江时，赵士真以为这辈子就要永远地埋在了江底，那么他见到这个世界的最后一眼，就是远处守戍军船上举在甘左严手里的火把。他一直往下沉，奇怪整个脑子怎么会越来越清爽，似乎有一种要在水里重生的感觉。但是没过多久，下水的黄山鱼和扇贝就朝他游了过来，两人一左一右将他拽住，想要把他托举出水面。赵士真那时也不想活了，努力将他们推开，直到两人死死抓住他袖子，将那件衣裳哗的一声撕扯开，最终才挟持着他浮出水面。此时赵士真嘴里依旧塞着一团布巾，身上却只剩下了一件短褂，他看见自己离甘左严的那艘船越来越远，然后天光也慢慢亮了起来。天光照见他漂浮在江水中的破衣裳，一路孤独地往下游飘去。

后来赵士真被送进了一条地道。这样一个秋天的清晨，地道里有点阴冷，他身上只剩下一件湿哒哒的短褂，于是就忍不住发抖。有人过来给他点了一堆火，赵士真靠近那团火，隐隐听见远处有人在商量着什么，其中一个女人的声音，他相信就是之前的那个灯盏，一盏油灯的灯盏。

赵士真后来睡着了，睡得很沉，反正在地道里也分不清是白天还是黄昏。期间有一次，他曾经被吵醒，迷迷糊糊睁开眼时，看见有个男孩被带了进来。男孩梗着脖子，一双眼里燃烧着愤恨和倔强，手上抓了一枚浑圆的瓷片。他被那帮人推到赵士真跟前时，滚落在地上，啃了一嘴泥。

地道里重新变得死亡一样安静，赵士真问男孩，你叫什么名字？男孩说，我叫刘四宝。

你怕吗？赵士真说。

怕个球。我爹早晚会来救我，也会杀了这帮倭寇。

你爹是谁？

十五奎巷的刘天壮。上天入地，胆比人壮的刘天壮。刘四宝说，你不认识我爹吗？我爹去过朝鲜，壬申年冬天，杀了好多倭寇。

他们为什么抓你？赵士真看着刘四宝的一双眼。

鬼才知道。总之你别怕，我爹会来救我，也会杀了这帮倭寇。刘四宝擦去嘴边的一团泥，手上沾着一些血，又说我认得你，你是火器局的赵总领。我爹说你造火铳也造火雷，那些倭寇都怕你，所以才绑架了你。

赵士真笑了，说原来我有这大的名气。

也不知道是过了多久，赵士真听见灯盏的那批手下有点慌乱，他还听见远处传来一阵脚步声，奔跑得十分迅速，甚至惊动起了挂在他头顶的几只蝙蝠。这时候刘四宝双眼放光，对他说镇定一点，不用慌，可能是我威风凛凛的爹来了。

在那排摇晃的烛光里，灯盏随即现出了人影。她抓着那把剑，仔细聆听了一下那阵脚步的回音，目光从赵士真和刘四宝两人身上飘过，随即跟手下说，灭了蜡烛，带上他们两个，撤！

黄山鱼和扇贝去寻找之前用过的麻袋，赵士真这时候迟疑了一下，匆忙间抓起火堆旁的一根木条，在地上草草写下了一行数字。他跟刘四宝说，别怕，不会有事的。

又过了一段时间，经过一场长久的颠簸，当罩住他的麻袋口子解开，赵士真迷迷糊糊地钻出脑袋时，发现自己已经被转移到了一个山洞里。山洞异常宽阔，可以说别有一番洞天，里头盛开着更加明亮的烛火，排列得密密麻麻，也聚集了数量众多的倭寇。在那些略显潮湿的岩壁下，是整整两排井然有序的床铺，床头都挂了一把样子相同的军刀。赵士真一下子觉得，这更像是一个戒备森严的军营。

刘四宝也从一个解开的麻袋中爬了出来。黄山鱼将他身上的绳子松绑，刘四宝就一口咬住他手掌，似乎就要咬下他的一块肉。扇贝于是一脚将他踢开，这让他的身子飞出去很远。刘四宝起身，嘴上又是一团泥。他吼叫了一声，声音十分愤怒，说瓷片，我的瓷片丢了，你们把它还给我。

这时候赵士真放眼望去，就在刘四宝身后的角落，蹲着一批高高低低的孩子。孩子们目光茫然，脸上脏兮兮的，有几个还在嘤嘤哭泣，纷纷吵着说回去，我要回去。

赵士真终于明白，原来这么多天，城里那些一再失踪的男孩，全都被关在了这里。

他想，这到底是一场什么样的阴谋？这里又是什么地方？

7

时辰进入下午，就在未初时分，赵刻心出现在西湖边。

赵刻心坐在一截车厢前，赶着一匹全身褐色的马，看似慵懒的目光时不时望一眼前方。此时的西湖看上去也很慵懒，水面上行走着许多船，走得特别慢，慢得像静止一样。透过那些垂及湖面的柳树枝条，赵刻心看见湖水娴娜，断桥上有很多鸟飞过，在波光粼粼的水面上留下一排翅膀的影子，仿佛这是一个被人画出来的秋天的下午。

四五个月前，巡抚刘元霖给赵刻心安排了一辆记里鼓车，还给了她一匹马，让她给杭州城重新绘制一份舆图。那天是一个阴沉的天气，头顶的乌云仿佛随时会一不小心掉下来。刘元霖就站在府衙的天井里，他怀里那匹名叫乐乐的蟋蟀正在午睡。其实刘元霖一直在等着乐乐醒来，他觉得很会作的乐乐，成了他生命中不可或缺的一部分。在他疲惫目光的笼罩下，赵刻心正含情脉脉地抚摸着那匹马。刘元霖干咳了一声，他始终觉得，能够配得上当下一派祥和的杭州城的舆图，一定要绘制得十分精细，精细到能看见每一条街道默默转弯的样子，那么这项工程只有赵刻心是最适合的。于是他十分认真地说，这是一个重要的任务。

赵刻心仿佛没有听清刘元霖说了什么，她只是在心里想好了如何给这匹褐色的马取个响当当的名字。该叫他核桃，赵刻心想。他不仅有临安山核桃的颜色，更有跟核桃一样硬朗的身姿。这时候赵刻心脸上就挂满了无数笑容，她说核桃，尽管你确实是巡抚派来的，但我认为你是上天派来的。

刘元霖愣了一下，说什么乱七八糟。你有没有听清楚，我在跟你讲舆图。

此刻赵刻心就让核桃拉着那辆记里鼓车，不紧不慢地行走在西湖边。记里鼓车是用来测算距离的，车轮每走出一里地，安装在车厢上的木头人就敲动一声皮鼓，等到走出了十里地，木头人又敲响一回铃铛。赵刻心就是通过这样的方式，不仅跟随摇摆的指南针一步步画下往前延伸的线条，还同时记录下每一次测量出的距离数据。由此，她所绘制出的舆图才会有准确的外形轮廓和令人信服的长短比例。

核桃这天下午跑得有点别扭，因为身边多出了一只跳来跳去的猴子。那只山猴子估计从没来过杭州，没见过热闹的街景，更没见过眼前碧波万里的西湖。猴子一次次小心翼翼着踩到核桃的背上，抓耳挠腮地看一回陌生的西湖，又莫名其妙地跳回去车厢里。

刘一刀和土拔枪枪远远地跟着记里鼓车，两人走一段停一段，满脸的无所事事，一边看人一边看风景。土拔枪枪在吃花生，他口袋里装满了壳子被染红的花生，剥一颗吃一颗，吃得很豪爽，心里也有点得意。他上午去过了杨梅的家里，带过去一盒芝麻糖的月饼。杨梅没想到土拔枪枪真的会来看她，她坐立不安，说土拔，又说枪枪哥哥，我去给你倒水。土拔枪枪把月饼放下，说刚买的，你尝尝看合不合你的口味。我答应过要来看你，所以，所以正好路过。说完，他看着杨梅，又突然讲，你不是要去给我倒水吗？

杨梅倒水倒了很长时间，土拔枪枪坐在一条高高的椅子上，脑袋转来转去，把整间屋子都看了个遍。后来实在没什么东西好看了,他就晃荡起挂在椅子上的那双短腿,眼睛看着自己的鞋,心想杨梅是不是倒水倒睡着了。结果等到杨梅再次出现在他眼前时,手里却端着一碗刚刚冲泡好的西湖藕粉。杨梅说你上火了,嘴角上长了血泡,西湖藕粉是清凉的,可以帮你去火。

土拔枪枪看着热腾腾的藕粉,细腻柔滑,浓稠适宜,在透明的碗里飘荡起南方湖藕清爽的芳香,一时之间都不知道该怎么接过那个碗。他从椅子上跳下,摸了摸嘴角,的确是有一团血泡,就说杭州的葱包烩看来以后要少吃,缺点是容易上火。

现在刘一刀看着专心致志吃花生的土拔枪枪,好像已经一个人吃得心花怒放。他讲这东西有那么好吃吗?土拔枪枪就笑了,瞥了他一眼说,你不懂。你晓得这是什么吗?这是花生,很贵的,一般人见都没见过。

刘一刀说,很香?

土拔枪枪第一时间点头,还说男人吃了补血。

土拔枪枪不会告诉刘一刀,中午杨梅留他在家里吃了一顿便饭。杨梅炒了几个菜,味道还算不错,清淡是清淡了点,不过他们杭州人喜欢在炒菜的时候放一点甜。这还不算什么,关键是杨梅后来去隔壁的街上买了一堆晒干的花生,还把那些花生染成红色,她讲吃红花生补血,也辟邪。土拔枪枪说我一点也不信邪。杨梅就讲,你打人下手太重,担心人家记仇。

土拔枪枪于是收下了那堆红花生。

两个人现在跟随记里鼓车走到柳浪闻莺,眼前便被一幕叽叽喳喳的绿色所吞没。土拔枪枪吃着花生睁大了眼睛望去,看见整个西湖都是碧绿的,绿得一塌糊涂。湖边的杉树丛笔直插向空中,树梢上挂了许多断线的风筝。岸边有人在洗脚,有人跟他隔开一段距离对着湖水深情地背诗,湖里也有个富家小姐在钓鱼。富家小姐的鱼竿挑起在船上,有两根,身后的丫鬟给她撑起一把遮阳的伞,伞面是丝绸的。她怀里还抱着一条很富贵的狗,狗正在午睡,她正在给睡着的狗扇扇子。

土拔枪枪扔掉一把花生壳,说他妈的,原来还有这种样子的西湖。

刘一刀的目光却在这时候突然拧紧。他看见骑在核桃背上的猴子嘶鸣了几声,样子很焦急。他随着猴子水汪汪的眼神望去,望见人群中一名神色慌张的男人,站在路边进退两难,那人极力想躲开猴子的目光,却让上蹿下跳的猴子变得更暴躁,声音也叫得凄厉。

刘一刀慢慢走了过去。看见男人低下头,走到一个巷口即刻就要拐弯,这时候赵刻心松开之前牵住猴子的链子,猴子便嗖地一声,不顾一切地蹿了出去。土拔枪枪看见猴子的四肢在空中展开,像一只冲刺的老鹰,落地后又再次跳起,最终稳稳地落在那个男人的肩头。

男人叫松吉,他眼中掠过一丝黯淡和忧郁,盯着朝自己奔来的刘一刀时,反手抓起猴子的一条腿,抢起它狠狠地砸落到地上。猴子一瞬间脑浆迸裂,松吉将尸体扔下,抽出缠绕在腰间的一把剑,挑起糊成一团的猴脑浆就像挑起一块嫩豆腐,直接就送进去了嘴里。

刘一刀在呛啷声中拔刀,说,你逃不走了。但是松吉的剑此时已经朝他刺了过来。那把剑在空中晃晃荡荡,抖得像一团面条,让土拔枪枪听见一阵嘤嘤嗡嗡的声音。

田小七就是在这时候赶到，事实上这天下午，他一直藏身在刘一刀和土拔枪枪身后的不远处，紧盯着记里鼓车这边的动静。他从空中飘落，甚至都没有抽出绣春刀，只是用刀鞘凌空砸下，便将松吉的剑砸落在了地上。

田小七说，带回去。

这天的后来，薛武林在守成军军营的澡堂旁，给田小七安排了一间临时审讯室。审讯室外，陈留下围着土拔枪枪，听他讲下午在西湖边刚刚发生的惊险一幕。

土拔枪枪说丧尽天良你知道的，这条猴子是我们昨天从香积寺那边，巾山社戏班子的后台里带回来的。猴子很通人性，它以前在戏班子里估计跟松吉很熟，所以冷不丁再次见到抛下它的松吉时，就跟见到久别重逢的亲爹一样，当然就要不顾一切扑上去了。

陈留下觉得田小七的确厉害，竟然能想到用这样的方式去寻找巾山社消失的倭寇。土拔枪枪摆了摆手，剥了一颗花生扔进嘴里，说还好吧，这个办法其实我也曾经想过，只不过我这几天比较忙。

你在忙什么？陈留下讲。

土拔枪枪看着手里的花生壳，将他们在手掌间摆摆端正，然后眨了眨眼睛说，这件事情我暂时不能告诉你，因为它关系到我以后的人生。

陈留下有点被镇住了，他一下子觉得，站在眼前的土拔枪枪，好像也是蛮高深的一个人。他问土拔枪枪你这花生哪里买的，杭州城很难见到。土拔枪枪就把头转了过去，说以后吧，以后等我的人生鸟语花香好月圆，我说不定会告诉你。

8

守成军军营的审讯室里，松吉盯着田小七，昂起脖子像一只倔强的驴。

我认得你，田小七说，就在前天夜里，在堕落街的一家喜鹊酒馆。

我经常去酒馆，堕落街去得最多。松吉说，去酒馆犯法？

那天你们总共四个人，每人点了一盅笋干炖老鸭，那时候我就知道，你裤带里藏了一把剑。田小七举着松吉的那把剑，看它在空中一抖一抖的，说剑不错，手艺相当好。当然你脑子也算灵敏，那天转眼就从酒馆的后门溜走了。

松吉笑了，他问田小七，身上带剑是犯了哪条王法？还有，你抓我过来，难道是因为那只脏不拉几讨人嫌的猴子？我砸死他，我喜欢吃猴脑，怎么了？

田小七轻轻皱了一下眉头，他讲我又没提那只猴子，你何必这么猴急？然后他继续看着手里的剑，目光在细细的剑刃上一点点滑过，十分深情。

薛武林坐在一旁，觉得这样审讯下去不会有什么结果，还不如直接上刑。可他突然看见田小七只是甩了甩剑柄，笔直送出去的剑身却已经割开了松吉的裤腰，让松吉的整条裤子都唰的一声在大腿间滑落。

在场的陈留下在许多年以后依然记得，那天松吉的裤子掉落时，所有人都看见，捆绑在他裤子里头扎成一团的，竟然是一堆上下缠绕的兜裆布。那时候有一阵风从窗口钻进来，吹在松吉欢欣的大腿上，以及露出一半的白花花的屁股上，让松吉不由自主地抖动了一下。

你是不是有点冷？田小七说。但是我

看一下你的裤裆里头也并不犯法。我就想问你一句,你怎么有这样的爱好,喜欢穿日本人的兜裆布,难道你的确跟那只猴子混得很熟,你就是巾山社的倭寇?

松吉把裤子提起,坐在椅子上说,你还知道什么?都讲来我听听。

田小七倒了一杯水,在松吉对面坐下,他吹了吹水杯,却没有往下喝水。

我想再跟你聊一聊喜鹊酒馆,说说那里的哑巴掌柜。田小七说。

薛武林接下去听田小七十分平静地讲起了一个故事,故事中,松吉以前有次在喜鹊酒馆吃宵夜,不小心说漏嘴,讲了一个什么隐秘的计划,碰巧被掌柜听见了,松吉于是就在酒里撒了一通药粉,并且逼着掌柜喝下。结果,掌柜第二天就成了个哑巴。但是松吉听完故事却笑了,笑得满不在乎,他跟田小七说,这些都是哑巴亲口告诉你的?你还能继续往下编吗?田小七就把门打开,让松吉看见走进来的就是哑巴掌柜,他身后还跟了个七八岁的男孩。

你可能没有想到,田小七说,哑巴掌柜还有这么一个儿子。因为担心被城里层出不穷的蝙蝠给劫走,最近他一到夜里就躲去了阁楼上,从不敢现身。但也就是这么一个胆战心惊的小孩,跟我讲出了你的秘密。据我所知,你们那个隐秘的计划,是叫破竹令。

松吉盯着哑巴的儿子,看见他紧紧抓住哑巴的衣角,往后退缩,直到把整张脸都完全藏起。

告诉我,什么是破竹令?火器局总领赵士真,又是被你们藏去了哪里?田小七说。

松吉把眼睛闭上,整个人略微塌陷在椅子里,他张嘴,说,我为什么要告诉你?你以为你能赢?

我猜你很快就会告诉我的。田小七笑眯眯着靠在椅背上,扭头看一眼窗外。窗外月亮好像挂得很低。有人在叫卖砂糖冰雪茉莉花茶,以及绿豆干草凉汤。

土拔枪枪走去桌前,圆滚滚的脑袋刚好露出在桌面以上。他举手敲了敲桌板,又踢了一脚松吉,说挂尿布的,别睡了,醒一醒。

松吉慢吞吞把眼睛睁开,看见土拔枪枪抓着一把剪刀,正在认真地剪指甲,不知道的人还以为他在进行一场细致的民间剪纸活动。土拔枪枪背靠着桌腿,说你知不知道什么叫凌迟,凌迟总共要在犯人身上割几刀?

松吉说,你人长得这么高,肯定能扛得动一把刀。

土拔枪枪眼睛黯淡了一下,随即把剪下来的几片指甲集中在一块,然后又推到松吉眼前,在桌面上摆摆整齐。他说我来跟你解释一下,凌迟一共要割三千三百五十七刀,每一刀割下来的肉片,都跟我这些透明的指甲一样,又细又薄。所以你先好好想一下,然后就抓紧把心里知道的事情统统跟我哥田小七讲。

松吉说我已经想好了。说完他把头侧过来,尽量离土拔枪枪近一点。他看着那些指甲,好像是要数数清楚到底有几片,然后他突然吹出一口气,吹走了所有的指甲,这些指甲全都吹落在了土拔枪枪猝不及防的脸上。他讲剪指甲的,你快把我吓死了,还有没有更加高明的办法?再不使出来,我又要睡着了。

田小七把土拔枪枪推开。他走到松吉跟前,迅速给他画了一张头像。又抓起他

323

手指，沾了一点墨，在头像前摁了一个指印，然后牵着他从椅子上站起，说你可以走了。

松吉不知道发生了什么，以为自己听错了。田小七却拍拍他肩膀，说放心，你走就是，我不会派人跟踪你。你留在这里也没用了。

松吉一下子莫名其妙，重新坐下后说，你到底想怎样？

田小七说走吧，别赖在这里了。趁现在月黑风高，你可能还有机会离开杭州。不然明天就惨了，你插翅难逃。

松吉愣在那里一动不动，似乎要把屁股底下的椅子给坐穿。他后来听见田小七讲，我准备明天把你这头像挂到城门上，旁边再贴一张告示，目的是告知杭州百姓，我们抓了这样一个俘虏。俘虏已经全部交代了，说他们要在杭州城实施一个名叫"破竹令"的计划。请大家最近保持警惕，小心身边的倭寇。

松吉盯着田小七，牙齿咬得很响，说你真无耻。

田小七笑了一下，说你还是抓紧逃出杭州吧，你现在没时间考虑什么无耻不无耻了。等到明天告示贴出去，估计你那些同伴就会四处追杀你，就连他们的刀子也会觉得，你是个无比无耻的叛徒，死有余辜。对了，离开杭州后，你要记得一辈子隐姓埋名。还有，我在想，你在日本的家人以后可怎么办？你这么不光彩的一件事情，会牵连到整个家族吗？

松吉终于在椅子上完全塌陷，他神情呆滞，目光是烟灰色的，说你真狠。

田小七讲，彼此彼此。野猪都冲进家门口了，你要是再不拿起刀子，人家以为天下都是他的。

破竹令计划首先是劫走赵士真，送去日本为己所用。之所以叫破竹令，是因为赵士真研制出的火炮形同竹子，劫走他就等于摧毁了钱塘火器局。松吉讲到这里时停住。他抓过田小七的杯子，一口气把水喝完，有一些洒落出来掉在桌面上。他看了一眼田小七，说，我讲了这么多，你满意了吗？

田小七说继续讲。讲话又不累的。

土拔枪枪过去倒水时，松吉依旧深深地盯着田小七。他支起左臂，特意遮盖住右手的食指，然后才蘸起洒在桌上的水滴，开始默不作声地写字。田小七的目光在整间屋子里飘了一下，然后他不动声色，仿佛什么也没发生，仔细看着松吉移动的手指。

守戍军的副千户薛武林在第二天向巡抚刘元霖禀报审讯结果时，说这天他坐在松吉的身后，当土拔枪枪把那杯倒好的水端去，刚好走了一半路时，对面窗口突然就嗖的一声射进来一支弩箭。田小七反应异常迅速，举刀砍向那支箭，当场就把它给砍断，但是改变方向的箭头依旧往前飞奔，原本是要射向松吉的额头，结果不偏不倚，在坠落时斜刺里钻进了松吉的喉管，将他的整截脖子给穿透。

刘元霖在太师椅上目光如剑，他好像听见竹筒里的蟋蟀乐乐沉闷地呻吟了一声，然后薛武林就说，松吉的目光直挺挺的，脖子两端差不多同时冒出一缕血，跟蠕动的蚯蚓一样。松吉嘴巴张开，像两扇被风雪撞开的破落的门板，此后就再也没有合拢。

刘元霖说，你还看到了什么？

薛武林说，没有了。一切实在都发生得太快。

9

余船海在一个照不见月光的角落里换下夜行衣,他的弓弩早就被他砸断,扔进了一个池塘。

现在余船海找了一家路边的小酒馆,一个人独自喝老酒,喝得内心风平浪静。他点了两个菜,一盘西湖醋鱼,外加一碟龙井虾仁。酒喝到一半的时候,他看见酒馆门口跑过一队守戍军的兵勇,兵勇全副武装,看上去如临大敌。他浅浅地抿了一口酒,跟酒馆老板打听,外头出什么事体了?老板讲,听说事情就出在军营里,下午刚抓过来的一个倭寇细作,刚才转眼就被人干掉了,现场连一个影子都没发现。

余船海从嘴里抓出一条细细的鱼刺,扔在桌上一阵埋怨,说杭州城最近这是怎么了,连军营也敢闯,这些人难道是吃了豹子胆。老板就讲我也只是听说,客官你别太当真,说不定就是谣言。你知道的,钱塘江的潮,杭州人的谣。余船海笑着说但愿吧,但愿是谣言。不过你这龙井虾仁味道不错,茶叶放得刚刚好。

余船海喝完老酒,踩着满地的月光,一路走去巡抚刘元霖的府上。他给刘元霖准备了两只蛐蛐,体形和肤色看上去都很不错,尾巴上两根尖尖的肉刺一颤一颤的,一看就很好斗,随时准备着扑腾出去。刚才从家里出门之前,余船海收到阿部用鸽子送来的情报,说钱塘组的组员松吉下午在柳浪闻莺被抓捕,成了锦衣卫手里的俘虏。余船海看完情报就把那张纸给烧了,接着又推开窗户,让夜风尽量涌进来,把地上的灰烬给卷走。不用阿部多讲,余船海也明白,自己接下去该做什么。他穿上夜行衣,带上藏好的弓弩,转眼就出现在了自家的屋脊上。执行这样的锄草任务,他必须走空中。按照巾山社的规矩,一旦成为敌人的俘虏,就没有活下去的道理。

巡抚刘元霖果然在家中,他在给皇上写奏折,显然还没收到松吉已经被人干掉的消息。刘元霖在写的奏折主要是针对如今备受诟病的矿税。

这一年的二月十六日,万历皇帝朱翊钧病重,曾经交代内阁首辅沈一贯,让他召回派去各地的税监,矿税征收就此打住。可是仅仅过了一天,朱翊钧只是病情略有好转,就立即下令追回诏书,要求矿税照常收取。于是这个月的下旬,景德镇一万多名瓷器工匠起义,砸毁瓷器厂还烧了税署。紧接着的三月底,云南腾越州百姓又开始闹事,杀死税监杨荣的委派官张安民,并将税署一把火焚毁。刘元霖在奏折中直言,广东一个名叫李凤的税监,不仅奸污民女六十多人,还私下积藏了三百多担财物。

除了矿税,刘元霖还希望朝廷加强江浙沿海的抗倭体系建设,不仅仅是海防军费的投入,关键是幕后情报系统的夯实。他想,像巾山社戏班子这样的倭寇组织,能够目标明确地针对赵士真潜入杭州,那么这支队伍的形成就绝不是一两天的事情,他们肯定是蓄谋已久。

余船海跟随家丁进入书房,把带来的蟋蟀摆在刘元霖面前。罐子打开,刘元霖只是随便看了一眼,就有点心烦着讲,拿走。余船海向来很识趣,躬身收起蟋蟀的时候低声询问了一句,巡抚大人今天气色不怎么好,是不是因为那些失踪的孩子,还有火器局的总领赵士真?这些事情咱们一直在查,到底有没有一点眉目了?

刘元霖把写了一半的奏折盖上，陷在太师椅里不想吭声。直到余船海给他重新泡了一壶茶，热气腾腾的龙井倒入产自浙江龙泉的百圾碎哥窑茶盅，他才在缭绕的茶香中稍稍提起一点精神。

六和塔的庆典，你准备得怎么样了？刘元霖说。

巡抚大人尽管把心放在胸膛里，这事情你既然交给了在下的红盖头喜庆坊，就没有让你出丑的道理。余船海把准备好的采购清单压在刘元霖桌上，还说爆竹烟花，彩带花篮，以及现场邀请的浙江各个州府的嘉宾等，所有的方案都在这里，你就等着与民同乐吧。

刘元霖苦笑一声，他讲我这张四十六岁的脸，想必出丑已经出到浙江以外了。倒是你小子活得滋润，大半夜里还一身的酒气，他妈的我真想跟你换一换，明天让你来当巡抚。

此时余船海已经摆好棋盘，并且双手捧着围棋罐子送到刘元霖手上，说人生苦短，何不干脆杀他一局。

刘元霖眼睛闪了闪，随即打出一个哈欠，在棋盘前坐下。他啪嗒一声敲落第一颗棋子的时候，又突然想起，再过半个时辰，就是八月十五了。田小七那天曾经在这里夸下海口，说会在中秋节前替他找回赵士真，可是这事情到底能不能实现，他现在盯着纵横交错的棋盘，以及黑白分明的棋子，心里还真的是一点也没谱。

这时候余船海说，想什么呢，下棋。什么事情都等到明天再说。

刘元霖就瞪了他一眼，盯着捏在他手里的一枚黑棋讲，臭小子，催个屁，下棋你这辈子别想赢了我。

第四章：万历三十年（1602年）　八月十五日　晴

1

田小七在又一个清晨里醒来，感觉到一股清晰的秋凉，如同一碗井水，正停留在客栈的窗口。秋凉让田小七神清气爽，他感觉整个人跟刚被雨水冲洗过的河一样，突然之间就想明白，昨晚在军营审讯室中，松吉在桌上来不及写完的那个字，一定是"塔"字。

很明显，这个"塔"字松吉那时只想写给他一个人看。但是田小七现在仔细回忆，当时的现场，除了刘一刀和土拔枪枪，剩下的就是薛武林和陈留下。那么松吉究竟是要防备谁？

田小七还有另外一个疑问。按照常理，对松吉的审讯应该安排在按察使司衙署，只是他临时决定放在守戍军的军营。但是对手昨晚显然是有备而来，不仅准确摸到了审讯室的位置，还在顷刻之间就轻轻松松地干掉了决定投诚的松吉。

难道是有奸细通风报信？田小七想，那么这个奸细会是谁？

刘元霖府上，兴许是因为中秋，院子已经打扫得干干净净，看不见一片落叶和灰尘，空气中还飘荡着丝丝缕缕的沉香。但是田小七看见所有的家丁都垂头站成两行，眼中布满惶恐，脸上是深刻的肃穆。

刘元霖蹲在那丛已经冒出花蕾的菊花叶子前，正在默默地掉眼泪。他看上去是那样的哀伤，仿佛是生无可恋，身心俱疲。早上一个名叫老鱼头的家丁在给菊花浇水时，额头上被蚊虫咬了一个包，他把提在手里的水桶放下，想要给自己抓痒，却万万没有想到，此时那只名叫乐乐的蟋蟀刚好跳到他身后。那时老鱼头只听见吱的一声，叫声十分凄惨，他十分迅速地把沉重的水桶提起，却发现乐乐已经被压得粉碎，整个油亮的身子几乎陷在了被水浇湿的泥地里。

老鱼头眼前一黑，觉得天都要塌下来了。他后来一直跪在簌簌发抖的刘元霖跟前，在自己脸上左一个巴掌右一个巴掌，拍得十分凶残。他泪流满面，整张脸肿得像一只馒头，已经被巴掌拍出了血。

田小七走到刘元霖跟前，看见他用一个喝汤的勺子，围着乐乐四分五裂不成样子的尸体，一点一点把那些松软的泥土给慢慢撬开。然后他颤抖着双手，捧起那团一整块的泥土，以及趴在泥土里似乎是安详的乐乐，将他们小心翼翼地送进一个木盒子里。当这一切完成时，刘元霖抽了抽鼻子，抬起手背擦去眼角的泪水，跟田小七声音哽咽着说，我真想给他举办一场风光的葬礼，可是今天是中秋节，我又是巡抚。我怕杭州人会觉得，这一届的巡抚脑子有毛病。

说完，刘元霖又伤心着把脸转了过去。

田小七看着刘元霖，觉得他就要被一场贯穿到脚底的疲倦给击垮。一直等到刘元霖抱着那个四方木盒子，心灰意冷地站起身时，他才说巡抚大人能不能给我安排一些人手，最好不是守戍军的官兵。

刘元霖愣了一下，张口说你什么意思？

然后脸上又突然扫去之前的忧伤，声音变得有点惊喜，急不可待地讲，是不是赵士真有消息了？你快说来我听。

田小七沉默了一阵，想不好这一切该如何解释，他最终说人员能不能马上到位？我希望能有几十个人。

刘元霖盯着田小七，他想说你究竟有什么事情必须要这样瞒着我，可是话到嘴边还是换成了另外一句。

行！刘元霖说，我即刻就给你去办。

2

甘左严和柳火火正在给吴越酒楼换牌子。这件事情拖到现在，是因为柳火火觉得新店开张，应该选在中秋节这天。

牌匾上的欢乐坊三个字是柳火火自己写的。柳火火深吸一口气，提笔把中间的那个"乐"字写得特别大，大得像一只水桶，好像生怕人家会看它不见。现在甘左严看着牌匾，觉得不够满意，他认为那个"乐"字实在太高大，还写得歪歪扭扭，看得他脖子都扭酸了。柳火火赤脚登上梯子，裙子下摆卷起，在膝盖下面打了一个结。她把牌匾重新擦了一次，抓着抹布说甘左严你闭嘴，你一开口就让人觉得是个外行，你知不知道以后老娘的欢乐坊里，所有人走出去，都是把酒喝饱了挺着个怀孕一样的肚子，每一步都走得歪歪斜斜。不然你说，咱们这欢乐坊到底是乐在哪里？

你总是有道理。甘左严抓了一把胡子说，反正我讲不过你。

柳火火就把湿哒哒的抹布一把扔在甘左严头上，说我准备跳下来了啊，你看准一点，想办法把我给接住。

柳火火卷起袖子正要往下跳的时候，

冷不丁看见从东边武侯铺巷子里走来的田小七。田小七带了一群人，整整有好几十个，那副样子好像是要去找人打架。柳火火认得那些人，他们是杭州城的火丁队。火丁是扑火的，平常要是哪里发生了火灾，这些火丁就提着水桶扛着竹梯去灭火。田小七一路朝欢乐坊走来，后面还跟了丧尽天良陈留下和土拔枪枪他们。柳火火于是急忙从梯子上滑下，跟甘左严说，你那个姓田的兄弟来了，你可能又要出征了。

很快，田小七就在欢乐坊的牌匾下将接下去的任务分头作了布置。根据松吉写下的"塔"字的提示，他决定即刻搜索杭州城所有的塔，看看到底能发现什么。

陈留下列了一下，能够想得起的塔分别是雷峰塔、保俶塔，以及钱塘江边的六和塔和白塔。田小七让甘左严带了十个火丁去雷峰塔，剩下的由他和刘一刀、土拔枪枪负责。柳火火看着他们一个个离开，感觉此时的甘左严已经换了一个人，他是在执行一项了不得的任务。她把嘴凑在田小七的耳朵边，气息温软地跟田小七讲，欢乐坊是你买下的，晚上我一定要请你喝酒。

田小七说，你的确蛮像春小九。

土拔枪枪带队前往西湖边宝石山上的保俶塔，一行人静悄悄地将保俶塔四周围住。他趴在草丛中，把声音压得很低，跟那些火丁说等下听我的号令，一旦冲进去以后，要是真能见到被困在里头的火器局总领赵士真，那我们就立下了头等功，巡抚大人肯定会重重地嘉赏你们。

午时，当望楼上的钟声响起时，土拔枪枪第一个冲到九层高的保俶塔塔身前。阳光正好照在头顶，在塔前投下一片比较狭窄的阴影，土拔枪枪举起铁锹，勒令那些准备大干一场的火丁说：搜！

土拔枪枪清楚，就在这个相同的时间点里，田小七和甘左严他们也已经冲进了各自负责的塔中。但是他很快就会知道，这场声势浩大的分区域搜索，最终还是落得一场空，四支队伍再次集合在一起时，谁也没有发现任何有用的线索。

田小七站在众人目光中，说了声解散。陈留下便挥挥手，让那些火丁赶紧散了，他讲刚才只是巡抚安排的一场演习，晚上欢乐坊酒楼开张，大家记得过去喝酒，全都记在我账上。

土拔枪枪一屁股坐下，叹了一口气。他觉得这个上午的时光算是被浪费掉了，早知道这样，还不如陪杨梅去逛逛西湖，哪怕只是坐在她家里，就那样安静地看着她，那种感觉也是蛮好的。

陈留下在回家的路上碰见了上街买菜的余船海和金彩。两个人买了一条很肥的鱼，还买了很多牛肉，余船海说陈留下，你岳父找到了吗？陈留下就讲台州佬，我岳父又不是你岳父，关你屁事。你一开口我就觉得你在幸灾乐祸。金彩把两片嗑开来的瓜子壳扔在陈留下脸上，她讲丧尽天良你就是狗嘴里吐不出象牙，不识好人心。

余船海提着菜篮走远，心里一直想笑。他昨天跟刘元霖下棋下得很晚，后来就干脆睡在了刘元霖的书房。早上醒来他听见刘元霖因为乐乐死于非命而悲痛欲绝，还听见田小七过来向刘元霖要人。回到自己家中，余船海就第一时间放飞出了一只鸽子。鸽子送出去的情报，是松吉已除，锦衣卫可能马上又要搜城，他希望阿部和灯盏小心防范，别再出现类似于松吉这样的被俘的意外。

想起了松吉，余船海心里不免还是有点难过。他昨天夜里蹲在守戍军军营的围墙上，眼看着自己射出去的弩箭穿透了松吉的脖子，松吉一点声音也没有发出，好像被海浪收走的一堆细砂，十分彻底地离开了这个世界。

松吉是一个月前和灯盏一起从台州府过来杭州的，在巾山社戏班里，他负责选择联系演出场地，布置搭台，也负责喂养那几只猴子。而最早的时候，松吉则是和余船海一同生长在日本沿海，一个到了春天就漫山遍野长满樱花的村子。余船海记得自己十岁那年，和松吉一起去海边捡贝壳，两个人迎着海风不停地奔跑，身上有使不完的力气。这时候海滩的那边走来一个目光阴郁的武士，武士扛着一把刀，盯着余船海和松吉讲，我叫子丑，你们愿不愿意跟我练刀？余船海说为什么要练刀？子丑就拔刀指向很远的日落的方向，跟两个少年说海的那边，在你们两个根本无法看清的地方，有一辈子都吃不完的鱼虾和粮食，还有享用不尽的美酒以及赏心悦目的女人。他说那里的土地跟天空一样宽广，光流过门前的一条河，就有几千里长。河上还飘满了船，船里的人都非常幸福，连路过船帆顶上的那些白色的云朵也驻足停留，十分羡慕他们。

那次松吉踮起脚尖，视线紧贴着子丑举在阳光下的刀，刀光闪闪发亮，呈现出一种五光十色。他听见身边的余船海也就是少年时期的石田六郎眯着眼睛跟子丑讲，你在骗人，怎么可能会有这样的地方，那一定是天堂。

没错，那里就是天堂。子丑讲，那是东方的大明王朝。但是想要征服他们，只有靠我们手里的刀。你们两个，到底敢不敢？

余船海就推了一把松吉，说我们两人有什么不敢？反正家里也是穷得叮当响。

松吉疲倦地眨了眨眼睛，可能是刚才晃荡在子丑手里的刀光让他有点晕眩，他后来坐在细砂充斥的沙滩上，让涌过来的潮水一阵阵冲刷他瘦弱的脚丫。他跟余船海说，石田，你真的想要练刀，也想要去明国？

余船海说，难道你怕了，胆子跟细砂一样小？

我们还会回来吗？

既然那里是天堂，我们为什么要回来？那里以后就是我们的家。

松吉撑着屁股底下的沙滩站起，细砂上留下他两只脚印。他对少年时的余船海说，石田，那我就决定跟你一起去。我们两个从此以后并肩作战，同生共死。

余船海在少年松吉的胸口捶了一拳，说，对！并肩作战，同生共死！

3

副千户薛武林是在这天上午回到家中。昨晚因为松吉被暗杀，他就睡在了军营，结果睡得很不安稳，脑子里浮沉的，都是深插进松吉喉管里的那小半截弩箭。

屋子里热腾腾的，妻子陈汤团正在煮芋艿。杭州人过中秋，除了月饼和石榴，还要吃几只芋艿。煮熟的芋艿剥去一层黑不溜秋的皮，他们讲是剥鬼皮，可以逢凶化吉。陈汤团的腰身明显胖了一圈，一双脚也已经有点浮肿。薛武林从后面抱住她，整张脸埋进她发丛，闻见一股熟悉的芳香。薛武林说，你是不是洗过澡了？

陈汤团笑了一下，抓住薛武林的手。

329

她喜欢薛武林这么抱着她，好像是抱着一个蓬松的枕头。薛武林后来扶她坐到靠椅上，又把家里养的那只兔子放进她怀里。兔子红着一双眼，缩着脑袋愣愣地盯着薛武林，陈汤团一边抚摸它一边慵懒地讲，我们家小白都不认识你了，你是不是走错了家门？

薛武林说，我今天不出门了，今天就在家里陪你。

陈留下跨进门槛的时候，看见姐夫薛武林正在缝补脚上脱下来的那只缎面皂靴。薛武林的皂靴是那天在德寿宫赌馆，被郑翘八的烧烤竹签给刺破的。现在他双腿夹着那只黑色的皂靴，从靴筒里抽出一根很粗的针头，说一天到晚不在家里，你这是又去哪了？

我能去哪，陈留下说，当然是去找我的岳父。

薛武林也是到了这时候才知道，田小七刚才带了几十名火丁，分头搜索了杭州城的几座塔。他把缝补好的靴子放下，盯着缩在脚边的兔子说，你们是和火丁一起去的？

陈留下说是的，怎么了？

薛武林把脚套进靴子，踩在地上试了试，说没怎么。你以后待在家里，不要到处乱跑。

陈留下看见薛武林低头走去院子里，好像有很多心事。他后来去锅里抓出一只滚烫的芋艿时，听见薛武林推开院门，已经一个人走了出去。

刘元霖很快在自家厅堂里见到了赶来的薛武林，这其实也是他意料之中的。刘元霖手托着一只月饼，眼睛却盯着站在那里的薛武林，他只是细细地咬了一口月饼，便有许多芝麻屑纷纷掉落，落在他早已准备好的手掌间。刘元霖说，坐。

薛武林依旧站着，说他们带了几十名火丁去搜索，是不是对我们守戍军不放心？

这事情我也正想问你。刘元霖说，昨晚到底发生了什么事情？

薛武林就将松吉被暗杀的事情从头到尾讲了一遍，直到刘元霖问他，你还看见了什么？薛武林说，没有了，一切实在发生得太快。

发生得太快就有问题。刘元霖说。

什么问题？

刘元霖想了想，说，你这么聪明，你自己想。

我能想到的，是田小七为什么要把这件事情绕过我。守戍军那么多的人手，他难道觉得都不放心？

我没觉得他是绕过你，他只是绕过守戍军。刘元霖说，俘虏被暗杀发生在本应该是戒备森严的军营，而且还发生得那么快，你不觉得诡异吗？

薛武林坐下，缓缓把眼睛闭上。事实上，这也是他昨晚在床上一直在疑惑的问题。这时候他听见刘元霖讲，你太累了，该回去好好睡一觉。

刘元霖掸了掸裤腿说，都这把年纪了，其实我们都很累。

4

田小七睡了一觉。

在午后那场短暂的梦里，他看见自己趴在朱翊钧送他的宝通快马的马背上，巷子四周都是黑魆魆的围墙，他又冷又饿，宝通快马也仿佛迷失了方向。后来天空下起了一场雨，眼前飞过一浪高过一浪的蝙蝠，雨点打在蝙蝠的翅膀上，像击打着一片黑色的尘土。很快，脚下的石板被淹没，越积越深的雨水沿着砖墙迅速往上攀升，田小七听见宝通快马嘶鸣了一声，声音类似于一种孤独和苍茫。

在醒来之前，田小七在梦中最终看见了一枚瓷片，就躺在青石板路面的中央，虽然被晃荡的雨水深深覆盖，却依旧闪耀着一团幽凉的光。

田小七后来一个人走去了十五奎巷，他想去一趟刘四宝的家。巷子幽深而且僻静，似乎和忙碌的节日无关。几只大雁充满忧伤地飞过，田小七抬头看一下天空，看见天空被屋顶许多野草所遮掩，那些大雁飞过狭窄而且拥挤的灰蓝色天际，如同飞越过一条忧伤的河。

刘四宝的父亲刘天壮，比田小七想象的要更加瘦一点，脸上挤满了可能是这几天刚刚长出来的皱纹。刘天壮在吃一碗昨天的剩饭，眼前是一碟比盐还要咸的咸菜。他那只缺了一个口的饭碗摆得离桌沿很近，往嘴里扒饭的时候大半个身子斜顶着扑在桌板上，整张脸差不多盖住了碗口。寂静的幽暗中，田小七望向刘天壮左手高耸起的肩膀，肩膀上笔直垂下一截袖子，袖口扁塌塌的，看不见里头伸出来的手。

你以前是军人，田小七说，你被人砍去了一条胳膊。

刘天壮愣在碗口前，嘴里塞着一团冷饭，说，谁跟你讲的？

田小七就望向挂在墙上的一把军刀，说没人跟我讲，是它告诉我的。

军刀像一片寂寞的沙场，让人想起高挂天边的一弯月亮，以及月光下多少有点悲凉的号角。田小七远远地望着它，说如果没有猜错，你这把刀的刀尖略微上翘，呈圆弧形，刀身上只开了一条血槽。

刘天壮转头，如果不是田小七提醒，他似乎已经忘记了这把搁置了很多年的刀。此刻，他的目光仿佛陈旧的刀鞘，也落满了诸多灰尘。

你不是杭州人。刘天壮说，你过来找我，想必是因为我的儿子。

田小七上前把刀子摘下，一口吹飞那些灰尘。他把刀子捧在手上，像是自言自语，大将南征胆气豪，腰横秋水雁翎刀。他说，我突然想起，我以前也有这么一把雁翎刀，因为我跟你一样，也曾经征战沙场。

刘天壮在飘飞的灰尘中沉默了很久，他最终侧着身子给田小七抓来一张低矮的凳子，又抬起右手袖口来回擦了擦。他说这凳子原来是我儿子的，最近几天一直没人坐。我想你已经知道，我儿子叫刘四宝。

在刘天壮的记忆里，刘四宝出事的那天深夜，他追赶着黑压压的蝙蝠，差不多追过了大半个城市。蝙蝠消失得无影无踪，他也跑光了身上所有的力气，最终只是捡到刘四宝掉落下来的一只鞋子。

是在哪里捡到？田小七说。

在南屏山的山脚下。刘天壮说完，从怀里掏出那只半新不旧的鞋子，说鞋子是我过年刚给他做的，没想到他脚长得那么快，到了端午节就有点紧了。

田小七一直陪刘天壮坐着，后来有一段时间，两个人谁也没说话，彼此都觉得这个中秋节的下午，时光走得有点荒凉。

刘天壮的那把雁翎刀，曾经跟随他一起征战朝鲜。壬申年倭乱，杭州籍的将士中有上百名军人前往朝鲜参战，最终回来的只有两个。那年明军的主将是李如松。就在朝鲜国都西北部的碧蹄馆一战中，部队遭遇埋伏。在一场昏天暗地的厮杀中，刘天壮的手臂被倭寇的长刀整条卸了下来，他当场昏迷过去。如果不是老乡战友一定要把他背回，那次血淋淋的刘天壮或许永远留在了朝鲜的死人堆里。

刘天壮不会忘记那一年正月瓢泼的大雨，地上冰雪初解，泥泞不堪，每一步都像走在鬼门关里。他趴在老乡战友的背上，说你走，不用管我。那人却擦一把脸上的泥浆和血浆，拖着一条受伤的腿吼了一声，你能不能省一点力气别再唧唧歪歪，要是找不到部队，我就背着你回杭州。

田小七听着这些惨烈的往事，仿佛听见无数的风雪声在耳边呼啸。他最后说，你很幸运，因为有这么一位生死相交的战友。

刘天壮笑了，说你应该认得他。

是谁？

就是薛武林，杭州守戍军的副千户官。刘天壮说。

田小七怔怔地愣住，然后突然就笑了。他讲就在今天上午，我好像已经得罪了你这位生死相交的战友。你说这事情是不是有点荒唐？

5

南屏山山洞。此刻灯盏正躺在一片宽阔的石板上，石板上盖了一层厚厚的老虎皮，灯盏侧身躺着，正在专心地剥吃一颗滚圆的石榴，负责给她按摩的是她男人阿部。阿部手法一流，每次都能极其准确地找到穴位，按压的力度也让灯盏觉得恰到好处。灯盏伸长脖子，无比酸爽地呻吟了一声，明显是十分舒服。她目光迷离地望向四周燃烧的蜡烛和篝火，感觉那些火苗都在山洞里头蠢蠢欲动。

这个山洞当初是松吉发现的，松吉那次带着猴子上山采野果，结果猴子一转眼就钻进了漆黑的洞口。松吉跟随猴子一直往里走，竟然越走越宽，宽得就像他们在台州海边开辟出来的练兵场。

灯盏将剥下来的石榴颗粒一把送进嘴中，慢慢咀嚼了一阵，又将咬剩的石榴渣吐出，吐在阿部的手心里。她跟阿部说，没想到松吉这个软骨头，我爹当初还是看他看走眼了，还好昨晚余船海及时把他给灭掉。

灯盏的爹名叫子丑，就是许多年前余船海和松吉在沙滩上碰到的那个扛了一把长刀的男人。子丑以前跟随丰臣秀吉在日本国四处征战，后来又带着余船海和松吉两人练刀，并且带领他们渡海来到台州。在台州，子丑麾下的一百多号人马分布在巾山附近，以平头百姓的身份，俨然成了另外一个渔村的村民。在给丰臣秀吉送去五花八门的情报时，他也时刻没有忘记练兵，并且给这支队伍取了个意味深长的名字，叫巾海道。为了掩人耳目，巾海道还创立了一个像模像样的戏班子，名叫巾山社。

这天上午，灯盏先是收到余船海的鸽子送来的情报，说锦衣卫又要开始搜城。她下令，没有自己的允许，谁也不能离开山洞。果然时间过了没多久，就有暗伏在山洞外的眼线跑来禀报，说有一群人包围了对面山上的雷峰塔，带队的是一个长得十分矮的男人。灯盏的脸即刻灰暗下来，她想锦衣卫既然搜查雷峰塔，说明松吉在被余船海除掉之前，可能已经开始交代跟"破竹令"有关的信息。但她很快又笑了，因为事实也很显然，锦衣卫目前掌握的，最多只是她们巾海道一半的秘密。

灯盏起身，一双脚套进阿部给她送来的木屐。她撩开一层遮挡的帘布，看见自己这间密室的外头，赵士真正颓然靠坐在一块石头边，似乎有很多复杂的心事。这时候她突然想起赵士真的侍卫山雀，那个被她成功色诱的很猥琐的男人。她靠近阿部，一双手来回抚摸着他脖子，然后凑到他耳根热气腾腾地讲，我跟那些大明的人上床，你心里有没有吃醋？

阿部的手落在她丰腴的臀部，渐渐把她抱得更紧。他说，我为拥有你这样的妻子而自豪。我要感谢我的岳父，能把你嫁给我。只要能够完成"破竹令"，那就是我们一辈子的荣耀。

灯盏的呼吸变得更加急促，她现在已经把自己的衣裳解开，并且说来吧，好好做一回我的男人。

密室里的篝火，此时燃烧得更旺，像是要把两个滚在地上的人给吞没。

赵士真后来在山洞里能判断出时间的进程，是因为听见了南屏晚钟。雄浑的钟声响起时，他感觉声音比之前每天听到的都要洪亮，所以他也有理由相信，眼前的山洞离净慈寺不会太远，可能就在南屏山。

刘四宝耷拉着脑袋，垂头丧气着朝他走来。赵士真也是在这时才发现，原来刘四宝脚上只穿了一只鞋。刘四宝抽了抽掉在嘴唇上的鼻涕，在地上坐下，目光却跟锤子一样砸向那些正在活吃生鱼的倭寇。他说这帮人就是野兽，我爹早晚会过来收拾他们！我爹有雁翎刀。但是他话刚讲完，一个女人慌兮兮地跑来，急忙盖住他嘴巴，竖起手指嘘了一声说，小点声，会死人的。

刘四宝认得这个疯疯癫癫的女人，他们叫她傻姑。傻姑是上午刚被带进山洞的，据说是在山上采野果，撞见了倭寇的眼线，于是就把她扣押了进来。

傻姑用手指卷着自己的头发，又不时吮吸一下手指，说很咸。她的头发上插了一片淡蓝色的野花，她把野花摘下，突然对赵士真讲，爹，我是不是长得很好看？赵士真愣了一下，又听见傻姑笑嘻嘻着说，骗你的，其实我爹早就死了。可是你嘴上的这把胡子，是不是从我爹那里偷来的？

一边听到这些的刘四宝十分痛苦地把头埋下，一双手掌合并在一起，在头顶拜了拜，说傻姑求求你，离我们远一点。

傻姑于是急得就要哭，她讲谁说我叫傻姑？我爹虽然死了，但我晓得怎么从这里跑出去。

6

田小七也听见了这天的南屏晚钟，钟声敲响时，刘天壮正送他走去十五奎巷的巷口。

一路上，刘天壮高一脚低一脚，踩着那些鹅卵石，在飘荡的钟声里走得恍恍惚惚。他记得那天夜里蝙蝠排山倒海般出现时，刘四宝就是奔跑在眼前这条巷子中，正在乐此不疲地追赶一群萤火虫。

那天萤火虫到处飞舞，刘四宝一边奔跑，一边哼唱起父亲刘天壮之前教他的一首儿歌：

萤火虫，挂灯笼，
飞去你家飞我家，
我家没有红西瓜。
萤火虫，照灯笼，
飞到西来飞到东，

飞过钱塘飞仁和，
钻进人家红窗格。

此刻黄昏已经很具体，在一轮渐渐升起的朗月中，田小七走过许多人家门口，看见摆在门前四方桌上的月饼，以及插在月饼上祭月的香柱。他就这样一路走去，似乎走进巷子两旁升腾起的炊烟深处。在一阵迎面而来的酒香中，刘天壮已经送他走到巷口。也就是在这时，田小七冷不丁发现横在刘天壮身后的一副剃头担子，担子上落满黄叶和尘埃，显然有好几天没人动过。

田小七看着剃头担子，心里突然就想起很多。他听刘天壮讲，担子属于隔壁一个剃头匠，最近也不晓得人跑去哪了，家里门锁着，却把担子一直扔在路口。田小七顿时目光拧紧，此刻他不由更加清晰地想起，两天前的上午，在运河边仁济粮仓的屋顶，那个亡命飞奔的倭寇曾经朝他扔出一把锋利的刮胡刀。

田小七转头，即刻奔进巷子，跑到那扇深锁的院门前，他一脚踹开门板，第一眼看见的，便是种在院子里的两株鬼箭羽。鬼箭羽微微抖动，在淡淡的月影中闪耀着一团墨绿色的光泽，好像是心怀叵测，已经在那里暗藏了很久。田小七于是又不得不想起，当初那个色诱过山雀的鲤鱼，在她家门口，同样也是栽种了这样一丛枝条怪异的植物，绿得让人发慌。

田小七带上刘天壮，迅速奔向按察使司府衙。在府衙停尸房，走进一片白茫茫的冰雾，然后在仵作的指引下，田小七哗的一声揭开一面白布，让刘天壮瞬间看见一具肚子剖开来的尸体。刘天壮一点也不惧怕尸体，他仔细看了一阵，最终却对田

小七摇了摇头说，不是，这人不是我邻居。然而就在仵作正要重新盖上那层白布时，田小七却突然喊了一声，等一下。

仵作看见田小七弯下腰，一双眼睛凑到尸体面前，他伸出手去时，已经抓起尸体脖子上一层因为风干而稍微有点卷起的皮肉。田小七提着那层皮，试着慢慢揭开，在一阵细小的撕裂声中，刘天壮渐渐看见两片分离出的皮肤。然后田小七猛地一撕，最终抓在他手里的，果然是一张皱不拉几的人皮面具。

刘天壮见到了尸体的又一张脸，虽然已经没有一丁点血色，但那并没有多少改变的面容，却完完全全地呈现在他眼前。他上前一步，仔细又看了一眼，然后说没错，就是他！在十五奎巷，我们都叫他剃刀金。

此刻八月十五的月亮，已经高高悬挂在了停尸房的屋顶。

7

凉风吹拂，西湖边熙熙攘攘，人群走出了非常秋天的步子，一个个盛开着葵花一样的笑脸，为的是要去湖中赏月。

人海中突然冲出几匹快马，扯开一条道，在一片哗然中直奔南屏山而去。

一刻钟以后，田小七已经带着一众人马站在南屏山的一片崖壁前，眼底的崖壁下是一排茂密的鬼箭羽。两天前，根据唐胭脂提供的线索，田小七曾经带着猎犬搜到这里。那天他虽然一无所获，却也曾经对这排招摇的鬼箭羽印象深刻。现在他几乎能够确定，崖壁下那片树木遮阴杂草丛生的范围，很可能就是倭寇的另外一处藏匿地点。他的理由有三点：

一、唐胭脂那天跟踪的剃刀金，当晚就曾经消失在南屏山上，第二天又在这里重新出现。

二、刘四宝被劫以后，刘天壮就是在南屏山的山脚，捡到了儿子掉落下的那只鞋子。

三、鲤鱼家门口和剃刀金院子里，都有一丛鬼箭羽。而刚才他们再次搜了一遍南屏山，发现所有的区域，只有这里才有鬼箭羽。

田小七的眼光扫过刘一刀和土拔枪枪，两人随即纵身跃入崖底。没过多久，刘一刀又出现在一棵松树妖娆的枝丫上，他朝田小七挥了挥手，又指指月影斑驳的脚下。刚才在那排鬼箭羽前，他跟土拔枪枪已经发现一堵紧闭的石门，门前有许多被踩伏在地上的草，进进出出数不清的脚印。土拔枪枪上前推了推，石门纹丝不动，却惊起倒挂在藤条和树枝上的一群蝙蝠。现在蝙蝠纷纷飞上崖顶，有几只就在田小七的眼前冲撞。蝙蝠狂乱地飞舞着的时候，陈留下看见赵刻心拔剑，像一片风中被吹落枝头的树叶，纵身飘下了崖底。

此刻的山洞中，刘四宝正缠着傻姑不放，他想要搞清楚，傻姑到底能不能带他跑出去。傻姑却带着那帮男孩，不知道从哪里搞来一把竹签状的烟火。她跟刘四宝说我告诉你一个秘密，今天是中秋节，我手里的烟火等下会闪闪发光，就像天上的一群星星。

傻姑点燃烟火，烟火果然在她面前喷溅出一团火花，让那帮原本愁眉苦脸的男孩围着她羡慕不已。刘四宝看着星星点点的火花，心里想起的却是父亲教他的那首萤火虫的儿歌，他看见傻姑把剩下的烟火分给那些孩子，孩子们于是也纷纷点燃了烟火。在那场绚烂的烟花中，刘四宝目光模糊，心中无比想念他父亲。他跟傻姑讲，我教你唱歌，你带我离开这里。怎么样？

傻姑即刻蒙住他嘴巴，说小声点，会死人的，会死很多人。

不远的洞壁边上，像一条狗一样蛰伏着的赵士真后来看见刘四宝追赶着傻姑手里的烟花，和那帮孩子一起，他们共同唱起一首儿歌：

萤火虫，挂灯笼，
飞去你家飞我家，
我家没有红西瓜。

后来，刘四宝好像唱累了，重新在赵士真跟前坐下。赵士真说，傻姑怎么讲，能不能跑得出去？刘四宝把声音压得很低，说我要跟你讲另外一件事情。刚才大家围着傻姑的烟花时，我听见两名倭寇在旁边窃窃私语，他们好像在商量过两天要送一批火药去六和塔。

六和塔？赵士真说出这三个字时，心中咯噔了一下。然后他听见刘四宝又说，他们真是这么讲的，送一批火药去六和塔，我听得很清楚。

8

余船海这天也融入了去西湖赏月的人群中。他从马车上下来时，牵着金彩的手，看上去十分斯文。金彩一路走着，许多次感叹怎么会有这么多的人，都快把路给踩断了。余船海就跟她说，你别看人，今天晚上是看月亮。路上，余船海堆着笑脸，和碰见的熟人一一打招呼，他们都是红盖头喜庆坊以前的客主和以后潜在的客主。

此刻三潭印月的三座石塔，周边的每个石孔都已经被人用纸片糊上，因为里头点了蜡烛，所以投射出来的圆影映照在湖面上，让人觉得湖水中像是一下子多出了十五个月亮。余船海这天是有准备的，他早就让人搬来一堆硕大的烟花。烟花抬上游船一个个摆放好，等到他点了点头时，就有人抢着替他点燃烟花。耀眼的火花一下子升起，带着几声巨响，瞬间将整个西湖绽放成一片令人难忘的璀璨。余船海张开嘴巴笑了，金彩也笑了。金彩看见空中开满了一丛丛艳丽的花，就说有钱真好，整个杭州都看见我们这么风光，风光也真好。但也就是在这时，远处的南屏山突然轰的一声炸响，让人以为那边也在放烟火。金彩转头，竟然看见一团冲天的火光。火光升腾起黑漆漆的浓烟，遮盖了半边天。

余船海整个人懵了，他望着南屏山的方向时，看见金彩收起了笑容，张大嘴巴说，怎么了？

南屏山上爆炸的，是刘一刀和土拔枪枪两人在山洞石门前点燃的炸药，巨大的声音震得山洞里的赵士真头皮发麻，身上也被头顶震落的许多小石块砸中。赵士真之前一直在想刘四宝跟他讲的倭寇要送炸药去六和塔的事情，能够想到的一种可能性让他后背发凉。这时候他看见黄山鱼急匆匆从石门的方向跑来，黄山鱼神色慌张，他好像跟阿部讲，锦衣卫带了一群守城军追踪到这里，山门已经被包围。阿部铁青着脸，故作镇定地说，有必要这么慌吗？

黄山鱼说，他们在埋炸药，要把山门给轰开。

洞里一下子炸开了锅，黄山鱼开始寻找之前的麻袋时，赵士真意识到，自己肯定又要被送去另外一个地方。他很着急，一边在地上涂画，一边忙着叮嘱刘四宝，等下有机会就想办法跑出去，一定要把听见的事情跟锦衣卫讲。话刚说完，山门那边就震天动地一声响，能够看见的全都是硝烟和火光。

在巨响的余音中，赵士真推了一把刘四宝，说快跑，一直跑！

炸裂的石门被推开，田小七带着刘一刀和土拔枪枪等一堆人冲了进去，而赵刻心已经和她的梅花剑一起一步步迈进。浓烟消散时，他们看见站在对面的，是一队严阵以待的倭寇。倭寇整齐排列，明显是训练有素的军人。在他们头顶的崖壁上，刻写了三个遒劲的字：巾海道。

土拔枪枪抓起铁锹首先挥舞了过去，一瞬间，刀剑狭路相逢的声音此起彼伏，像是进了一家铁匠铺。

田小七时刻战在赵刻心身边，很快他们杀出一条血路，两人直接奔去山洞的最深处。路上，田小七看见黄山鱼扛着一个麻袋左冲右突，装在麻袋里的人正在拼命挣扎。田小七举起绣春刀，说，把人放下，我留你一条命。

黄山鱼一双眼睛飘了一下，看见另外一个可以冲出去的路口也已经被赵刻心给阻挡住，他干脆反转刀子，刀口指向麻袋，说哪条命值钱，你们自己想清楚，识趣的话就让开。

田小七看了一眼赵刻心，犹豫了片刻，说，让他走。但也就是在这时，空中突然钻出一支飞镖，直接命中了扛在黄山鱼肩上的麻袋。裹在麻袋里的就是赵士真，飞镖扎进他后背，他感觉一股凉快，随即便是一阵剧烈的疼痛，痛得他天昏地暗。

黄山鱼也没有想到飞镖的出现，他只是稍稍愣了一下，田小七挥过来的绣春刀已经砍断了他拿刀的手臂。黄山鱼的心里绝望地哀鸣了一声，他看到离他而去的一把刀和一只手臂，人生充满凶险。他还看到田小七奔向了麻袋，麻袋里解出来的赵士真满头大汗，痛得嗷嗷直叫。田小七背着他，一路挥舞着绣春刀，挡开不停冲杀过来的倭寇，笔直朝山洞外奔去。在一旁跟上来，并紧紧护卫的赵刻心看见父亲已经神志不清，钻心的剧痛让他狂躁成一头狮子，最终一口咬住田小七的肩膀，让她听见一阵皮肉撕裂开的声音。

田小七咬了咬牙，继续往前飞奔。当赵刻心的梅花剑刺透阻挡在石门前的最后一名倭寇时，他便背着赵士真一头冲进了血光四溅的夜色中。秋风紧紧裹挟着田小七，并且掠过如潮般的人流的头顶。秋风中田小七背着赵士真在街道上狂奔。人群在他眼前散开，又在他身后合拢。他转身穿插进一条巷子，看见脚下的青石板洒满中秋夜潮湿的月光，一直往前延伸。当一行人最终接近钱塘火器局时，愤怒的狗叫声已经响成一片，而赵士真却安静地睡着了。

赵士真趴在田小七背上，睡得像疯了一个通宵的孩子，嘴角淌着细细的口水。

田小七撞开火器局的门，然后他背着赵士真，就这么长久地站在火器局的院子里，感觉自己的喉咙因为快速跑步，正像火一样的燃烧着。在这样长时间的静默中，他突然觉得他背着的是一个亲人。除此之外，他还想，这真是一个令人记忆深刻的中秋，充斥着火光、月光与血光。

第五章：万历三十年（1602年） 八月十六日 晴转雨

1

子正三刻，钱塘火器局。

刘一刀猛地撕开田小七肩膀上的飞鱼服，闻见一股浓烈的血腥味。他朝田小七绽裂开的皮肉喷出一口酒，田小七抖了一下，全身绷紧犹如一块铁。刚才从南屏山回来的路上，抓狂的赵士真最终咬下他肩膀上的一块肉。那块肉连着一截皮，在田小七奔跑的时候颤颤巍巍，每一阵风吹过都跟刀割一般。田小七想，赵士真肯定是疯了，不然下嘴怎么会这么狠。

望着田小七血淋淋的伤口，赵刻心眼前一阵晕眩。她试着将他肩膀上的衣服碎片一点点揭开，期间停下来好几次，感觉自己的两只手是僵硬的，每一个动作都显得异常笨拙。直到将那片伤口包扎好，赵刻心感觉整个人已经虚脱，好像是经历了一场漫长的战争。

田小七松了一口气，对赵刻心笑了笑，又抓过刘一刀的酒壶，把所有的酒灌进嘴里。酒很凶，他瞬间就脸红心跳了。最后他抹了一下嘴角，看见窗外的月光十分奢华，像是记忆中的京城欢乐坊酒楼，那是一座堂皇富贵的销金库，无恙姑娘和春小九在一片喧闹的歌舞声中卖酒，卖得风生水起。

　　刘天壮就是在此时奔进火器局的。他刚才听人说南屏山发生爆炸后，陈留下从山洞中抱出来一个孩子，可是还没到达山脚，孩子的身体就凉了。现在刘天壮战战兢兢，目光一片凄惶，他茫然地看着陈留下，又转头望向田小七，干涩的喉结只是抖动了一下，却最终什么都没说出口。田小七盯着刘天壮空荡荡的袖子，感觉他看上去显得更加单薄，似乎稍微来一阵风就能把他给吹倒。他抿紧嘴唇，想了想说，已经查明，抱出来的那个孩子姓严，家住城南东坡巷。他也是当初第一个被劫走的孩子。

　　刘天壮愣在那里，似乎没有听见田小七讲了什么。

　　再给我几天时间，田小七说，我会救出刘四宝，包括其余那些孩子。

　　刘天壮依旧像一棵残败的柳树，寒碜地站在那里，呆呆地望着田小七，好像是望着一堵陌生的墙。

　　后半夜的风凉飕飕的，刘一刀站在门外，感觉月光很慷慨，仿佛是在地上洒了一把昂贵的盐。此时他并没有发觉，土拔枪枪已经离开火器局，正在前往杨梅家的路上。土拔枪枪边走边按着肚子，痛得满头大汗。他觉得很奇怪，这一晚怎么肚子一直在翻腾。之前在南屏山山洞里，他挥舞着铁锹拍打向倭寇时，整个人就有点不舒服。他感觉脑子很沉，手上使不出足够的劲道，就连铁锹拍下去时也是不稳的。

　　土拔枪枪想，会不会是因为他下午在杨梅家里吃下去的那碗藕粉？

　　杨梅的门前有一口池塘，月影在水中晃荡，土拔枪枪一路走去，似乎看见门前一个疲惫的身影，正试图要抱紧那截低矮的门框。他跑到门前，看见杨梅正好吐出一口白沫。杨梅的目光软绵绵的，望向土拔枪枪的时候，眼泪一下子就涌了出来。杨梅说，你总算过来了。你要是再晚一点，可能都见不到我了。

　　院子里的长条凳上，搁着一个竹匾，竹匾里晒着一摊还没有收起的藕粉。土拔枪枪一把将杨梅抱起，感觉钻进脖子里的夜风很凉，可是杨梅的身子却越来越烫。杨梅后来靠在床头，声音细若游丝，说有件事情我要跟你讲，咱们晒在外面的藕粉，被人下毒了。

　　土拔枪枪目光喷火，但剧烈的疼痛又让他全身抽搐了一下，好像有人要抓走他肚皮里的一副肠子。他立马想起西湖花舫船里那群叫他三寸丁的公子哥，杨梅却摇头说不是你想的那么简单，我们是被暗算了。

　　是哪个不要命的兔崽子，土拔枪枪说我去剁了他。

　　杨梅按着肚子，脸上的汗水跟雨点一般。她无力地把眼睛闭上，泪水终于夺眶而出。

　　土拔枪枪后来才知道，暗算他的原来就是倭寇。因为事实很明显，对方在傍晚找上杨梅的时候，威胁杨梅说想要拿到解药，必须用一本书来换。

　　什么书？土拔枪枪说。

　　是火器局赵总领刚刚写完的一本书，书名很长，我忘了。杨梅讲。

　　做他娘的狗梦。土拔枪枪摇了一把桌子，吓得杨梅心惊肉跳。杨梅说，我现在才知道，原来你来杭州真的是来办案。但是他们已经盯上了你，拿不到那本书，他们就想出了这等下三滥的法子，要把我们给毒死。

338

2

除了被田小七救回来的赵士真,以及被倭寇刺死的那个家住东坡巷的男孩,昨晚南屏山山洞里的那场混战,其余那些孩子都不见了踪影,现场也有许多倭寇逃脱。

薛武林眉头紧皱,看上去他的脸上有一层厚重的疲惫,灰头土脸的样子,眼睛中布满血丝。他带队在城里搜索了整整一个上午,直到后来伍佰问他,倭寇劫走这帮孩子,到底是为了什么目的。薛武林说,我要是晓得这帮狗杂种的心思,那我不也成了倭寇?

薛武林这辈子最恨的就是倭寇。此时他想起那一年风声呜咽、血腥遍野的朝鲜战场,冬天的雨打在脸上,硬邦邦的像是一场冰雹。那次他和刘天壮行走在队伍的最前面,一路上他什么都没说,脑子里浮现的都是几个月前送他出征的妻子陈汤团以及十来岁的妻弟陈留下。陈留下慷慨地把包在布巾里的两个藕盒子递给他,说姐夫,你什么时候才能回来?薛武林摸了一把陈留下乱糟糟的头发,叮嘱他照顾好姐姐陈汤团,夜里记得要把门闩紧,再靠上家里的那个米缸。陈汤团那时候抹了一把眼角,看着城门上破败的旗杆说,十年二十年我都等你。那次薛武林想到这里时,猛然听见风雨中一阵山呼海啸,他一眼望去,四周全部是埋伏已久的倭寇。这时候身边的战友刘天壮打了一个哆嗦,扯了一把他冰冻成刀尖一样的衣角,说怎么办?薛武林一下子看见很多刀子,以及漫山遍野的倭寇。刀子向他涌来,雨点狠狠地砸在刀口,瞬间被切成一片粉碎。薛武林拔刀,咬了咬牙说,想要让自己活着,就只有让敌人死。天壮兄弟,上天入地,跟我一起冲过去……

葱包烩的香味拉回了薛武林的思绪,那片朝鲜战场已经远去,留在记忆里的只有肃杀的风和遍地的断手残腿。时间已经到了这天中午,薛武林和伍佰在摊前坐下。伍佰买下一堆葱包烩,一个个分给那些手下。他随即也咬了一口,嘴里鼓得满满当当,然后把摊主叫到跟前,指着几张摊开来的画像问他,这些孩子,有没有见到过?摊主是个斗鸡眼,他用比较集中的目光偷看了一眼伍佰的脸,看得十分艰难。他用力咽下一口唾沫说,没见过。

薛武林坐在一旁,说让你看画像,你看了吗?

摊主怔了一下,两颗斗鸡眼中掠过一丝慌乱,虽然很细小,却躲不过薛武林的眼睛。薛武林把刚刚拿起的葱包烩放下,说你慌什么?给我站在那里别动。

斗鸡眼很执着地用十分聚焦的目光盯着薛武林,一双手却忍不住在裤管上抓来抓去。他那两颗拼命挤在一起的眼珠,让伍佰觉得像是盯着一只正要向他发起攻击的苍蝇。

怎,怎么了?斗鸡眼说。

没怎么,你就站在那里别动。薛武林话还没讲完,斗鸡眼却一把抓起锅里的铲子,朝他狠狠地扔了过去。然后斗鸡眼像一条四只脚的老鼠,即刻就拔腿钻进了街边看热闹的人群中。

薛武林淡淡地笑了,在重新抓起桌上那只葱包烩的时候,他想今天运气还算不错,总算是遇见了一个目标,先让他跑一阵子也没问题。而他身边的伍佰却已经恶狠狠地追了上去,他这几天本来就窝着一肚子火。薛武林看见整条街道变得鸡飞狗跳,让这个很平常的午后一下子显示出十分生猛的样子。薛武林吃完葱包烩,两只手在裤腿上擦了擦,缓慢地起身喝了一口杯中的水,然后突然像箭一样射了出去。这位朝鲜战场上归来的老兵,身手并不比年轻的时候输了多少。

后来的事实证明,薛武林还是有点小看了这个斗鸡眼。斗鸡眼的确像一只老鼠,甚至是上蹿下跳的松鼠,他在很多巷子里飞奔,娇小的身影常常是倏忽之间一晃就不见了。后来斗鸡眼蹿到了钱塘江边,劈手抢夺下某个商人牵在手里正在饮水的马,马鞭一甩,屁股后头就扬起一股四溅开的尘土。

薛武林于是搭箭上弓,朝视线中晃来晃去的马屁股嗖的一声射出箭羽。中箭以后,那匹马心中特别窝火,在连绵不绝的疼痛中,它好像厌倦了这一场午后的奔跑。马蹄收住时,它整个身子十分沮丧地倒塌在了泥地上。马背上的斗鸡眼翻滚着落在地上,他开始慌不择路地开始一场奔突,最终冲进差不多已经重新修建好的六和塔。踩着新鲜油漆好的楼梯板,他连滚带爬一直往塔顶逃窜。薛武林和伍佰也跟了上去,一路上,两人看见六和塔的里里外外的确是壮观又气派。

斗鸡眼跑到塔的最顶层,抬头一看眼前已经没路了,而此时薛武林和伍佰已经出现在顶层的楼梯口。薛武林停下,稍微喘了一口气,说你倒是继续跑呀,我看看你究竟能不能跑到天上去。

别过来。斗鸡眼拔出一把刀,刀子不长不短,刀口看上去有点钝,他讲别说我没提醒你,你们这样不舍不弃,最终对你们没,没好处。

薛武林撑大了眼睛,心想到底怎么个

对自己没好处,倒是很想让他讲出来听听。他用小手指掏了掏耳朵,跟伍佰说,带他回去,我们坐下来听他慢慢讲。

你们要是敢动我,就是跟当朝太子在作对!斗鸡眼的刀子指着薛武林,突然就冒出这么一句。他笑了,样子十分耀武扬威,说你一个小小的,小小的副千户,以为自己有多少能耐。实话跟你讲,你跟太子过……不去,最终会死得很惨。

太子?薛武林愣了一愣,好像是在自言自语,又看了一眼伍佰说,他刚才是在讲太子?

伍佰点了点头。

薛武林不再说话,一会儿他望向六和塔的远处,好像是要将斗鸡眼的话在脑子里好好过一遍。他看见钱塘江上有许多扯帆的船,船看上去很小,小得像一只行走在水面上的鸡。而更远的远处,天空有几片云层在翻滚,高低不平拥挤在一块。薛武林把目光从远处扯回来,跟伍佰讲,是不是有点闷?可能要下雨了。

斗鸡眼喷了喷鼻子,说怕了吧?你们还不快退下。

薛武林却笑了,他跟伍佰甩了甩头,说,拿下!

伍佰上前几步,逼得斗鸡眼急忙爬上栏杆,一只手紧紧抱着廊柱。斗鸡眼这时候挥舞起不长不短的刀子,样子很凶,说谁敢过来,就是找死。但是可能他用力过猛,一下子没有抱牢廊柱,身子摇晃了几下,结果整个人四仰八叉,从塔顶绝望地坠落了下去。他的尖叫声,在瞬间就被风吹散了。

薛武林很快听见沉闷的声音,来自遥远的脚底。等他抬头探出栏杆时,看见塔底下一具血淋淋的尸体,尸体已经砸烂,

340

压着身下的一摊血。薛武林叹了一口气,跟伍佰说,早知道这样,我们就不用追得这么紧。只要坐在塔底等他,他自然会乖乖地下去。

说完这一句,薛武林抬起了头,一阵雨,从远方向这边赶过来。像天空中的一场潮水。

3

雨点起初下得很急,后来又变得淅淅沥沥,好像一场没完没了的春雨。

巡抚刘元霖站在窗前,已经给自己多套上了一件衣裳,一场秋雨一场凉,他嘴角的两片胡须时不时抖上一阵,想说什么又给咽了回去。

厅堂里还有田小七和薛武林。薛武林一直站着,根本没有坐下来的意思。在六和塔,他从摔成肉饼一样的斗鸡眼身上搜出一块铜牌,铜牌上刻了个名号,是太子朱常洛的洛字。刚才他忍不住跟刘元霖讲出一句,难道孩童失踪案真的是跟太子有关系?刘元霖不吭声,听见窗外的雨点突然就下得铺天盖地。在这场雨声中,刘元霖理了理思路:就在十多天前,杭州刚发生孩童被劫案时,因为几个失踪的孩子名字中都带有洛字,坊间传言是福王朱常洵借助蝙蝠作妖术,想要剪除太子朱常洛。但是现在整个事件好像又有了反转,似乎是太子为了嫁祸于福王,故意在幕后精心操纵了一场戏,让人劫走孩子后又传出福王想置他于死地的谣言。所谓贼喊捉贼。

现在刘元霖看了一眼田小七,终于开口说,你怎么看?

田小七什么也没说,他坐在那里摆棋,黑白的棋子先后一颗颗落下,很快就占据了棋盘上的一个角落。

刘元霖有点等不住了,说你倒是讲话呀,这事体要不要跟皇上禀报?可是等他刚说完,薛武林却突然在他跟前跪下,声音类似于哀求,说巡抚大人,请你三思。

刘元霖顿时感觉十分意外。他诧异地讲,你这又是怎么了?却很快听见薛武林说,在下只是个麻雀那么大的副千户官,绝不想以后成为太子的眼中钉。

田小七一直听着这一切,他把落下去的一颗棋子重新拿起,扔进棋盒的时候说,现在考虑这一切是不是还太早?关键是要找到那些孩子。再说,孩子八成是在倭寇的手上,怎么就牵连到了太子?

薛武林耷拉着一张脸,看见窗外飘进来的雨丝落在刘元霖稀疏的头发上,有几滴还顽强地渗向了他的头皮。刘元霖说,既然这样,那你们还愣在这里干么?赶紧去查呀。

这天离开刘元霖的府上时,薛武林给田小七打了一把伞,两个人走在淅淅沥沥的雨中,鞋子一下子就溅湿了。薛武林后来在一家酒馆的店招前停住,他讲,咱们两个该喝一场酒。此时田小七已经抬腿跨了进去,他说其实我也是这么想的。

酒喝得很快,一下子就把秋凉给盖住。薛武林再次把酒给满上,说刚才多亏了你,不然我下一次喝酒,说不定是在牢里问斩的时候。田小七笑了,他讲其实这事情哪怕我不阻拦,巡抚也不见得就会去禀报皇上。他又喝了一口酒,说那天我带火丁去搜索几座塔,这事情你把它给忘了。

薛武林也笑了,摆摆手说,我们都是一条船上的兄弟。然后他吱了一口酒,犹豫了一阵后,从口袋里掏出一样东西,说你认不认得这个?

田小七看见薛武林摆在桌上的,是几片红色的花生壳。他不明白薛武林为何会把几片花生壳藏在兜里,只是有那么一点想起,土拔枪枪这几天好像一直在吃花生,吃得津津有味。这时候薛武林说,那天在柳浪闻莺和送松吉去守戍军军营的途中,地上都有这样三三两两的红色花生壳。花生在杭州比较少见,更别说是染红的,所以我猜测是路标……

田小七把酒杯放下,说你不用讲了,你的意思我已经明白。我当初的确以为松吉被暗杀,可能是你们军营里有奸细。但是你刚才的推断很有道理,他们就是顺着花生壳找到军营的,我敬你一杯。

薛武林当即就把酒给喝光,又抬手将那把花生壳一把扫去了地上。他跟田小七笑了一下,然后看了一眼门外说,雨好像停了。

4

没有人会知道,土拔枪枪经历了怎样的一天。这天杨梅在床上不停地翻滚,痛得死去活来,而土拔枪枪正要抱她去见郎中时,感觉自己的肚子又跟刀绞一般,整个人头晕目眩,根本无法抬腿。他把杨梅放下,看见她那只不怎么雅观的瞎眼睛黯淡无光。杨梅的眼睛是因为她十二岁那年贪嘴,爬到树上去摘杨梅,结果脚底打滑,整个人摔下去时,不仅割开了半张脸,还被枝丫戳瞎了这只眼睛。

杨梅说要是郎中有用,他们就不会提出用解药交换赵士真的《神器谱或问》了。

黄昏到来的时候,杨梅觉得自己可能挺不下去了,她跟土拔枪枪说,虽然才认识你三天,你却是这辈子对我最好的男人。

土拔枪枪掉出了一排眼泪,一下子把她抱得很紧。他从来没有抱过女人,闻见杨梅身上的气息,感觉自己真正做了一回男人。他觉得自己快要窒息过去了。杨梅后来躺在土拔枪枪怀里,听见他心跳很快。她把眼睛闭上,想了一阵说,哥哥要是不嫌弃,我想做一回你的女人。你以后回去京城,一定要记得,我是你的第一个女人。

土拔枪枪顿时心跳停住,他知道杨梅讲这话的意思,但是这一切太突然了,他完全没有准备。他想了想说,不行,我们还没有成亲。杨梅却在他怀里挪动了一下,靠近他胸口说,傻瓜,我愿意把自己交给你。你现在不要我,以后就没有机会了。杨梅说完,低头犹豫着解开自己的衣裳,当最后一片肚兜滑下时,她已经把所有的身体都呈现给了土拔枪枪。

土拔枪枪一直坐在床边大口喘气,承受着前所未有的担惊受怕。他看见房间里刚刚亮起来的烛光,悄无声息地爬上杨梅的身子。杨梅的身子一片光滑,如同水里捞出来的一颗枣。她的胸脯跟随着呼吸,宁静而连绵地起伏,是那种能够想象得出来的柔软。她躺在那里,像一条昏昏欲睡的河。烛光柔和,有一抹影子落在她腰间,一颤一颤的,像摇摆在河水底部的草。

土拔枪枪大汗淋漓,觉得自己就要在一场潮湿的梦里沦陷。这时候他猛地转过脸去,喊了一声道,那帮兔崽子在哪里,怎么跟他们交换解药?我去拿赵士真的书来跟他们换。

你别傻了,杨梅颤着声音告诉他,为了我,不值得。

我已经想好了,值得。土拔枪枪声音很坚定。他想起之前赵刻心横竖看他不顺眼,开口闭口让他滚。现在也就是一本书,给了倭寇以后赵士真大不了重新写。土拔枪枪觉得"值得"的想法越来越强烈，他想杨梅是他第一个女人，怎么不能为她做点事呢。在这样的想法中，他扯口嗓门大喊了一声，值。然后，一切都平静了下来。

很久以后，杨梅起身，把衣服套上，又整理了一下头发。

你把书给我就行，他们不愿意见你。杨梅扣好扣子时说，这事情你千万不能告诉任何人，不然这场交易肯定就没法做了。

土拔枪枪听见这一句，眼皮突然跳了一下，他没有想到，重新穿戴整齐的杨梅，这一切竟然说得如此平静，好像只是在菜场里买下了一棵青菜。他越想越不对劲，感觉身上又出了一层汗，于是就盯着杨梅说，我们刚才是不是也在做交易？

杨梅把头扭过来，在扎好的头发上插进一枚发簪，她娇柔无力地说我听不懂你在讲什么？

你这几天怎么没去花舫船？你刚才说等我回去京城要记得你，我们吃了一样的藕粉，既然我能回去京城，那你也不会有事。事实上我们都不会被毒死，也不会活活地痛死。土拔枪枪从床上跳下，抓起铁锹拍子，将杨梅一把抓到床边，盯着她说，你老实跟我讲，到底怎么回事？

杨梅说，轻一点，你把我抓痛了。

你是不是杭州人？你在这个地方住了几年？土拔枪枪说，我觉得你是被倭寇给收买了。

杨梅坐直身子，迎着土拔枪枪的目光，过去一口吹灭了蜡烛。她说你别那样看我，好像我跟你有仇。你现在肚子不痛了，一下子就被你想明白了。那你说，我被倭寇收买了，你是想拉我去问斩，还是车裂？

你就不想找个理由？

我不找了。你现在要杀我也行，把你的破铁拍子拍下来。

土拔枪枪呼的一声举起铁锹，举在杨梅的眼前。杨梅坐在床沿一动不动，那只完好无损的眼睛就那样看着他，好像是看着花舫船里刚刚上船的游客。这让土拔枪枪看见无比深沉的夜色，不能抗拒的夜色，以及能够将他一把推倒的夜色。他同时听见院子外打更的声音，那截竹梆子明显已经破裂，打更人也敲打得心不在焉，声音只是传出一半便戛然而止，最终让他听起来十分刺耳。

杨梅说，你心里有我，你舍不得我。

土拔枪枪说，你就这么肯定？

杨梅一把将土拔枪枪抱进怀里，让他整张脸都贴在自己辽阔的胸上。她讲我也是没有办法，我是被他们从台州府带过来的，我的脸是他们的刀子割的，我的眼睛是他们用一根筷子给戳瞎的。我要是不这么骗你，我在台州的父母亲会被他们扔进大海喂鱼。

土拔枪枪哭了，他把一张大饼似的脸藏在杨梅温暖的怀里，闻见一股迷人的气息，那种气息足以令他颤抖。一时之间，他哭得无比伤心，抹了一把泪说，我真的是喜欢你。

半个时辰后，土拔枪枪走在回去香榧客栈的路上。他走进巷子，拖着疲惫的身影，心里想了很多遍，要不要跟田小七讲清楚，杨梅是被倭寇控制的奸细。秋风一直胡乱地吹着，后来又雨点零星地落下，土拔枪枪觉得心里乱糟糟的。他抬头看着眼前的桂花树，以及桂花树边的那棵杨梅树。许多桂花已经被雨点打落，刚才又被他踩了一脚，他想起那天自己在桂花树下喝的陈年绿茶，味道是苦涩的。土拔枪枪踟躇不前时,听见身后一阵窸窸窣窣的脚步声,他回头,看见的竟然是杨梅。杨梅一直尾随着他,此刻就站在巷子口,她之前收起的头发已经放下,遮住了那只被人戳瞎的眼睛,以及布满了伤疤的半边脸。杨梅站在雨中,身影楚楚动人,她望着土拔枪枪,跟他隔了一段距离说,如果官府不判我死罪,等我从牢里出来,你还愿意娶我吗?

土拔枪枪一屁股坐到湿哒哒的地上,心想这是多么令人肝肠寸断的爱情。他摇了摇头说,你先回去,我想一个人静一静。

这时候雨已经下得变本加厉。秋风中,土拔枪枪忍不住把自己抱紧。

5

赵士真躺在床上,睁着一双眼睛,好奇地望着屋顶。自从醒来以后,他没有讲过一句话,像是一个没有了记忆的哑巴。赵刻心给他擦脸,他的目光始终是笔直的,仿佛在考虑许多遥远的事情。刘元霖过来看他,想要平易近人地喂他吃一碗薄皮馄饨,可是他嘴巴一直就那么半张着,送进去的馄饨又全都原封不动地漏了出来。刘元霖说你真是急死我了,哪怕能喝下一口汤也是好的。

杭州知府先后派来好几个郎中,起初一个个都是笑眯眯的,煞有介事着诊脉,好像即刻就能手到病除的样子。可是后来给赵士真这里看看,那里摸摸,最后都把脑袋摇得很苦闷,说不出他是中了什么稀奇古怪的邪毒。最后一个郎中看上去瘦成一截竹竿,他跟守戍军的川东猎犬一样,用鼻子把赵士真全身闻了一个遍,又给他身上插满了细细的银针,把他插得像一个刺猬似的。然后郎中抓着不同的银针,左手捻一捻,右手转一转,最后离开床前的时候,他冥思苦想了很久,跟刘元霖说你别看他眼睛这么睁着,其实他是睡着了。

你就告诉我,他到底什么时候能醒。刘元霖眼里全是血丝,说别讲那些没用的。

这个不好说,反正等他醒来的时候自然就醒了。

刘元霖说,听懂了,滚!

刘元霖后来一直坐在赵士真床边,他想就这么陪他坐着,一直坐到天亮。可是他坐了没多久,又气哄哄地起身,转头望着赵士真说,你说我堂堂一个巡抚大人,你就让我这么干巴巴的坐着。你倒是发出一点声音啊,我求你了。

赵士真像一截木头一样躺在床上,嘴巴依旧那么张开着。

这天夜里,赵刻心一个人赶去了万松岭。此前她没有告诉任何人,包括陪在父亲身边的刘元霖。田小七也是到了后来才知道,赵刻心的这次单独行动,是因为赵士真的书房里这天突然射进一支冷箭。箭头钉在柱子上,插了一片纸,对方让赵刻心带上《神器谱或问》的母本,去交换赵士真中毒的解药。纸片上还特别交代,此事不能声张,不然赵士真这一辈子就只能待在床板上。

赵刻心把那支箭折断,随手扔出了窗外。

事实上,冷箭是土拔枪枪射的,那些歪歪扭扭的字也是他写的。土拔枪枪后来没有回去香榧客栈,他想去火器局偷了赵刻心的《神器谱或问》,却又不知道书会藏在哪里。后来杨梅跟他讲,你去带话,我们用赵士真的解药跟他女儿作交换。一个时辰后，就在万松岭。

赵刻心出现在万松岭，见到的是阿部。阿部把面罩拉低了一点，这样才方便看清赵刻心以及她的身后。赵刻心说，不用看得那么仔细，一路走来这里的，只有我自己。

阿部说，我有点怀疑，就这样拿到你们的《神器谱或问》，是不是太容易了？

赵刻心掏出怀里的一册书，在阿部眼前晃了晃，说看清楚，你日思夜想的东西就在这里。

阿部很清楚地看见了《神器谱或问》的封皮，的确是赵士真的手迹，跟之前拿到的子本上的字体一模一样。他伸手就要去接，赵刻心却收手，说别急，你至少要让我相信，你给出的解药，对我父亲真的有用。

阿部笑了，感觉眼前这个异常镇定的女子，在美女如云的杭州城，的确是独树一帜。

相信和不相信难道有什么区别？阿部笑眯眯着说，反正你又没得选，因为你只有一个爹。

世间也只有一本《神器谱或问》，对我爹来讲，这书比他的性命更重要。赵刻心说。

万松岭上吹过一阵风，吹落一些驻留在树叶上还没来得及掉下来的雨点。阿部摸了一下掉落在脸上的冰凉的雨点讲，你这话倒是让我听出了你的诚意。然后他从兜里掏出一个纸包，说解药拿回去，给你爹泡汤喝，连着喝两天，他准能行动自如，也能认得你这个宝贝女儿。说完阿部摸了摸嘴角，多少显得有点斯文，他说，这也是我的一点诚意。

赵刻心举着《神器谱或问》，将它摆在一片湿润的草地上。她抬起头，说解药扔给我。

阿部说你退开。可是他没有想到，赵刻心就在起身时，却从怀中掏出一把精致的短手铳，她虽然退后了两步，手铳的枪管却始终瞄向他额头。赵刻心说，赶紧扔过来，我不想让你的脑袋开花。

阿部扯了扯嘴角，等到身后的一批手下围上来，他才放心地把手里的解药扔出。他看见赵刻心抬手，很利索地接过空中飞来的药包，抓进手中的时候却说，书你暂时不用看，因为我带来的只有一半，等这包解药确定有效，剩下的一半我自然会找机会给你。

阿部摇了摇头，感觉到前所未有的沮丧，他一下子很不喜欢眼前这位清丽可人的杭州姑娘，甚至不喜欢眼下这种样子的万松岭。阿部挥了挥手，几名手下即刻拔刀，将赵刻心团团围住。

既然你破坏了规矩，那就把解药留下。阿部说，也可以把命留下。

但是赵刻心却并不急着离开，她只是把解药塞进怀里，并且在眼看着几把长刀一起朝自己挥舞过来的时候才断定，对方攻击得越是凌厉，到手的解药就越是没有问题。这时候她迅速扭转手铳，发射出的铁弹第一时间击中了冲在最前面的黄山鱼。黄山鱼毫无悬念地倒在大明朝火器的枪口下，在死去之前，他依旧听见耳边手铳声的回响，在雨后初晴的夜空中传得很远。

一场厮杀在所难免。阿部起初站在杀阵的外围，他想好好看一回赵刻心有几斤几两。

赵刻心频频举枪射击，娴熟的手法以及准确的命中度令人惊叹。后来赵刻心夺过阿部一名手下的刀子，她身轻如燕，刀子落下时，一片血光就在她飘飞起的脚下十分昂扬地喷溅了出去。阿部想，刀枪并用，这的确是一位英姿飒爽的女子，简直飒爽得让人赏心悦目。那么，他应该赶紧把她拿下。

6

此刻田小七和刘一刀正在从南屏山回去钱塘火器局的路上，他们听见夜空中爆裂开的一阵枪响，打破了钱塘县城南的一片宁静。田小七于是腾空而起，如同天际划过的一颗流星，飞速朝着枪声的方向奔去。

赵刻心不会忘记，那天如果不是田小七及时赶到万松岭，她可能已经葬身在阿部和那些倭寇的长刀下。她记得那天夜里的刀光犹如闪电，一道接着一道，劈头盖脸着朝她砸来。然后她渐渐觉得招架不住，看见空中被劈碎的松树枝条纷纷扬扬，如同下了一场雪。在那场密集的雪中，赵刻心似乎看见了自己的母亲，母亲在许多年前的京城，倒在一片来势凶猛的火海中，此后便没有再站起。

田小七带着刘一刀很快便杀进万松岭的那片战场。田小七的绣春刀四面挥舞所向披靡，刀锋所到之处，倭寇一个个倒下。血光中，他盯着赵刻心，一步步杀开重围朝她靠近。赵刻心感受到了田小七的目光，好像能将她眼里的那些雪融化，也让她重新升腾起力量。两个人最后背靠背紧贴在一起，站成互相依撑的墙。赵刻心听见田小七的呼吸，温热而且有劲，田小七在她背后说，没事吧？你的刀可以先休息一下。赵刻心于是一下子把刀子举得更高，她稍微转过头去，说，你来得正是时候。但此时她却看见，田小七肩膀上被她父亲咬伤的伤口已经裂开，血流淌得很汹涌，似乎很快沾湿了眼前的夜色。

赵刻心说，你在流血，小心伤口。

田小七却笑了一下，好像并没有感觉到伤痛，此时他劈出去的绣春刀带出一道明亮的光，准确切下了倭寇的一片手掌。那片手掌飞了出去，牵引出一条弧形的血线。他望向那条消失的血线，跟赵刻心说我没觉得身上有伤口，好像只是少了一块肉。

不远处，刘一刀正杀得兴起。刘一刀绷着一张脸，抡起刀子的时候好像心情很差，也似乎在埋头收割一批庄稼。

赵刻心再次放倒一名倭寇，她靠着田小七的肩膀，说你身上少掉的那块肉，是我们家欠你的。可是她说完这句，却很长时间没有听见田小七的声音。她转头，看见田小七一张脸都是惨白的，额头上挤满了汗珠。田小七把绣春刀插在地上，拄着刀柄说，你刚才讲什么？

赵刻心也是到这时候才发现，阿部和他那些剩下来的手下，顷刻间已经落荒而逃。被他们丢下的，是地上几具横躺的尸体。

追不追？刘一刀问田小七。

田小七咬紧牙关，使劲扶住绣春刀的刀柄，声音有点虚弱，说回去。此刻从他肩膀上涌出的血此起彼伏，已经将他一身飞鱼服彻底打湿。血沿着飞鱼服的衣摆不停地往下流淌，掉落在他身边的泥地上。赵刻心感觉田小七整个人已经浸泡在了血泊中，她有点晕眩，好像每次见到田小七的血就会晕眩。

你没事吧？赵刻心说。

只要你没事，我就不会有事。田小七说，流一点血而已，回去喝点酒就好了。

酒对男人来说是补血的。说完，他好像一下子没有站稳，整个人倒了下去。

那天的后来，赵刻心听刘一刀说，他跟田小七刚才是又过去了一趟南屏山的山洞。山洞里，他们发现扔在地上的许多烟花竹签，以及竹签旁一排凌乱的小脚印。很明显，脚印都是那帮孩子的，他们可能在山洞中玩过烟火。刘一刀说田小七还发现了刘四宝的脚印，因为那双脚印一只是穿鞋的，一只是光脚的。后来刘一刀举着火把，看见刘四宝的脚印旁画了一个图形，应该是用树枝画的，是三个叠在一起的三角形。而图形旁，则再次留了一排匪夷所思的符号。

什么符号？赵刻心问。

刘一刀一脸茫然，那种拐来拐去的符号，他根本不知道该怎么表述。

857142。田小七缓缓地说。

因为失血过多，田小七整个人已经透支。在昏睡过去之前，他又迷迷糊糊着跟赵刻心讲，数字肯定是你父亲留下来的，他好像有什么事情要告诉我们。

刘一刀也是到了这时候才明白，原来地上那些鬼画符一样的东西，竟然全是数字。但他有一点还是没明白，怎么田小七就懂了这些所谓的曲里八拐的数字？他后来翻来覆去揣摩了很久也不得要领，最后只能在田小七醒来以后很虔诚地向他请教，于是才好像有点模模糊糊地知道，原来他刘一刀或许是也可以写成刘1刀的，而且那个1必须要写得竖直。那时候，刘一刀还知道了世界上很远的地方有一种人，他们是叫大食人。而恰恰是大食人的一，是站立起来的1。

刘一刀想，要让他一辈子站直成刘1刀，多少累啊。大食人，真是吃饱了撑的。

7

田小七整整昏睡了一个多时辰。醒来时，赵刻心坐他身边，已经替他重新包扎好伤口。赵刻心说你昨天救了我爹，今天又来救我。可惜我只能替你包扎一下伤口。我是不是欠你很多？

田小七忍不住笑了，他想自己以后的伤口或许都可以交给赵刻心，因为她已经很有经验。

无恙是谁？赵刻心突然说。

田小七愣住，他看见赵刻心在收拾那些包扎的布条，以及涂抹在伤口上的药粉。赵刻心只留给他一个背影。

你刚才做噩梦了，好几次叫出无恙的名字。赵刻心转身，又说，你在梦里很担心。

田小七按住伤口，目光飘到远处，过了很久才说，可能她人已经不在了，去了另外一个世界。

赵刻心心中咯噔了一下，她看见田小七目光伤感，好像是蹲坐在凉薄的水边，眼看着很多事情漂浮在水上一路走远。

凭什么讲她去了另外一个世界？你是不是想多了。

凭我的直觉。田小七说，在我到达杭州的第一天，就看见了空中的一颗流星。

流星不能代表什么，流星只是流星。

田小七努力笑了一下。就在刚才的梦境里，他看见了无恙的背影，轻飘飘的，像一朵急着赶路的云。他记得无恙是从北镇抚司的诏狱里走出，脚上拴了一根铁链，然后就被推上一辆囚车，看样子是要送去午门候斩。囚车启动的时候，巨大的车轮碾压着田小七的胸膛，他想把车轮推开，

347

推得人仰马翻，更想斩断那根铁链子，带上无恙飞奔进无尽的血色黄昏。但是那时候有人把田小七死死地摁在地上，他在田小七耳边一字一句说得很清楚：朕的天下，容不得反贼，这是朕做人的底线。那人面目模糊，声音却斩钉截铁，还说你不能怪我，是你自己爱错了女人。她不仅不向朕认错，还想带动一帮辽东的叛党越狱。她今天越狱，明天就还想着造反，那么朕的龙椅还坐不坐了？难道你想让朕的大明江山，摆在一片摇摇晃晃的沙滩上？

在那场梦中，田小七后来发现，头顶那张渐渐清晰起来的脸，无比熟悉又十分陌生。他看着对方霸气而且阴鸷的面容，声音类似于乞求，说你让我带无恙走，我们从此不在京城出现一个脚趾头。但是那人转身，一袭龙袍的背影裹走了苍凉的暮色，他在暮色中说，晚了。田小七看见一道无比宽阔的铡刀，那时候无恙已经被按住头颅，她不得不跪下，然后昂首朝人群中的他凄美地笑了一下。铡刀猛地抬起，黄昏应声降临。田小七看见残阳如血，他在血光中声嘶力竭着喊了一声无恙，随即便醒了。

现在田小七仿佛依旧看见那一抹凄厉的残阳。他还蓦然看见，赵刻心呆呆地坐着，眼底似乎有点潮湿。这让田小七猝不及防，他说你是不是也有什么伤心的事情？如果我讲对了，你最好能让那颗眼泪掉下来，那样你心里的忧伤就会变得轻一点。

赵刻心果然就掉下了一行泪，似乎已经存储了很久。她转头抹去泪花时，笑着说，你让我突然想起了我的母亲，因为她也去了另外一个世界，就像一颗无声的流星。

我懂了。田小七想了想，又说，那我要不要跟你讲讲我的母亲？

田小七并不记得自己的母亲。他的父亲也战死在了辽东战场。他和刘一刀、土拔枪枪以及唐胭脂，加上一个最小的弟弟吉祥，都是在京城吉祥孤儿院里长大的，抚养他们成人的是孤儿院的嬷嬷马候炮。马候炮和他们几个的父亲都是辽东平叛战场的战友，她样子很凶，有一张苦大仇深的脸，一天到晚托着根烟杆，坐在自己喷出来的如山似海的烟雾里。她把烟杆在桌腿上一拍，说你们几个给我死过来。再不去洗澡，身上都可以搓下来一斤盐了……

田小七的故事充满着灰尘，他最后说，你就是让我讲一千次，我也讲不出我的亲生母亲到底是什么模样。马候炮既是我们后来共同的母亲，也是我们这辈子共同的父亲。只是她现在也不在了，她死了，我们把她埋在了京城郊外的土里。

赵刻心感觉钱塘火器局的夜色在慢慢变淡，好像被水洗过了一次。她看见那些深夜忙碌完的工匠，走在回去营房的路上时透过窗口对她笑了一下。这时候田小七说，好像我刚才讲的这些才是我的伤口，至于肩膀上少了一块肉，那其实根本就不能叫伤口，因为它太浅了，不用过两天就长回去了。

夜色开始变得寂静时，赵刻心和田小七一起，给赵士真服下了解药。赵刻心带去万松岭的《神器谱或问》，其实只有一张封面是真的，里头的页面全都是空白。对此，田小七其实早就猜到，他讲你要是带去了真的《神器谱或问》，那你就是一个虚假的赵刻心了。

你明天就可以回去京城，带上《神器谱或问》。把它交给皇上，你的任务已经完成。

田小七听赵刻心说完，却止不住笑了。

我是大明王朝的锦衣卫，潜伏在杭州的倭寇不除，我要是去面对皇上，岂不是个天大的笑话。田小七这么说着，心里却觉得，自己好像已经喜欢上了杭州这座城市。而这一切，好像是从当初那个流了一脸鼻涕的刘四宝开始的。

田小七说，你教我学大食人的数字吧。就像你爹当初讲的，以后一定能派上用场。我喜欢这些数字。

赵刻心也笑了，她想，只要是田小七喜欢的，她都愿意教。她甚至愿意跟田小七讲讲一千多年前，曾经有个头顶扎着一方布巾的南北朝范阳郡人祖冲之，那人测算出了精确的圆周率。而那样的数值，又曾经被人编成一首儿歌：山巅一寺一壶酒（3.14159），尔乐苦煞吾（26535），把酒吃（897），酒杀尔（932），杀不死（384），乐尔乐（626）……

8

刘一刀抱着心爱的刀子，一个人独自坐在香榧客栈的二楼楼梯口。他是坐在一截楼梯板的中间，刀柄靠着结实的胸膛，身边搁了一壶酒。刘一刀在等土拔枪枪，已经等了将近半个时辰，壶里的酒却没有喝过一口。

刚才从万松岭回到钱塘火器局，在赵士真的书房，田小七看了一眼之前通过冷箭射进来的那张纸条。他按住流血的伤口问刘一刀，咱们的土拔枪枪，他人在哪里？我来杭州总共也没见过他几眼，他怎么比朱翊钧还要忙。刘一刀也看了一下纸条，莫名地想起了土拔枪枪的字迹，那些字写得歪歪扭扭，类似于一条潜行的蜈蚣。

现在土拔枪枪终于回到了客栈，他一路吃着花生，踩上楼梯板见到刘一刀的时候，盯着他怀里的那把刀说，你是准备抱着它睡在这里吗？我要不要给你拿一个枕头？

刘一刀捡起土拔枪枪丢下的花生壳，拿在手上，慢慢碾碎。他说花生哪来的？我知道它很香，我还知道男人吃了补血。

土拔枪枪看见一把碾碎的花生壳，被刘一刀撒在了楼梯板上。然后风一吹，那些碎屑就没了。

我不明白你的意思，土拔枪枪说，让开，我的床板在房间里，我不想睡楼梯板。

刘一刀于是将那片射进火器局的纸条摆在了土拔枪枪眼前。他说我希望我看走眼，这些都不是你写的。但是刚才在万松岭，我们几个差点就回不来了。你知道吗，田小七流了很多血，他现在还躺在床上。

土拔枪枪看见楼道很黑，他还听见唐胭脂养伤的那间客房里，好像有一点声响。他想，唐胭脂说不定是醒了。

冷箭是我射的，土拔枪枪说，我要是不这么做，赵刻心也别想拿到解药。难道你不觉得这一切很周全吗？

那你接下去还想怎么周全？

你都已经抱着一把刀子，我还能怎么样？我只想睡觉，天大的事情都睡醒了再说。我太想睡觉了。

刘一刀听见一阵隐隐的雷声，在很远的天边滚动，似乎接下去紧跟着又是一场雨。他后来什么也没说，眼看着土拔枪枪在自己眼里走远。他躺到床上，一直抱着那把刀，感觉此刻能懂他的，只有沉默的刀。刀子是嬷嬷马候炮留给他的，在刘一刀十六岁之前，马候炮始终将这把七星刀摆在刀架上，不让人碰一个手指头。直到那年春天，桃花开始漫山遍野的时候，马候炮在一个清晨让刘一刀在刀架前跪下，她捧着那把刀说，快叫一声爹。

　　刀子是刘一刀的爹生前用过的。刘一刀那时目光一片空白，他根本不知道自己的爹到底长什么样子，就连爹叫什么名字也从来没听人讲过。马候炮那时托着烟杆喷出一口浓烟，差点就要把刘一刀给呛死。她讲你爹跟你一样，也叫刘一刀。说完马候炮呛啷一声抽出刀子，让刘一刀看见镶嵌在血槽上的七颗银星，如同七只死不瞑目的眼睛。她说万历十年，泰宁部落酋长速把亥和他弟弟炒花进犯义州，我和你爹奉命去收拾他们。我记得那个刘一刀站在战场上就像一座塔，胸膛和肩膀比城墙砖还硬。可是臭小子，我现在看看你这副熊样子，你能行吗？

　　刘一刀说我不行。马候炮一个巴掌拍在他脸上，说没用的东西，你根本就不配叫刘一刀，你应该叫刘一草。这世上再也不会有一座塔一样的男人，那样的刘一刀已经死了，永远地死了……

　　刘一刀这么回想的时候，土拔枪枪正在床上发抖。土拔枪枪的肚子再次开始翻江倒海，痛得他生不如死。之前杨梅跟他讲，藕粉里的毒性要过两天才能过去，所以你要慢慢熬。土拔枪枪想，那就熬吧，等熬过了这一阵，他就带着杨梅去台州。他不知道台州到底是一个什么样的州，但居家过日子总应该可以吧，跟杨梅生一大堆的孩子也可以吧。

　　疼痛让土拔枪枪的手指深深地抠进床板，直至抠断了一整片指甲，疼痛一次次滚动着袭来。他将那枚浮动的指甲从手指上摘去，看见自己血淋淋的指头，浑圆，毫无遮挡。这时候他却听见刘一刀说，知不知道，你这是死罪？

　　土拔枪枪咬着牙根，将那片带血的指甲抛弃。他说我不怕死，我只怕自己活了一辈子，也没有一个心爱的女人。

　　那你就不后悔？刘一刀说。

　　土拔枪枪继续望着自己血淋淋的指头，说你不用管我，所有的事情我自己扛。刘一刀睁着一双眼，看见窗外的树梢不停地摇摆，又一阵雷声滚过去的时候，雨终于还是落了下来。雨点飞进窗口打在床头，也有很多砸在刘一刀的脸上，像是马候炮多年以前拍过来的巴掌。刘一刀聆听着秋风秋雨，觉得夜晚很长，深夜很深，人心很痛。直到后来他转过头去，才发现土拔枪枪的那张床上已经是空的，被抠破的床板，以及通往客房门口的地上，都留着几滴新鲜的血，在这个夜晚显得特别触目惊心。

　　刘一刀猛然冲向门口，冲到楼道上，撞见了伤势复原的唐胭脂。

　　唐胭脂声音尖细而清脆地说，他走了。

第六章：万历三十年（1602年） 八月十七日 雨转晴

1

　　在唐胭脂的记忆里，万历三十年杭州城八月十七日的凌晨，背景永远是一场漆黑的雨。那天雨下得很凶猛，天空似乎被扯开了一个口子。他在半夜里醒来，走去过道上时正好撞见了另一间客房里奔出的刘一刀。刘一刀提着那把刀尖锯齿状的七星刀，说让开。唐胭脂觉得，刘一刀这样火急火燎的，好像是要去抓鬼。他说人都走了，心可能也散了，你去追他回来又何必？但是刘一刀又说，让开！

时间仅仅过了不到一个时辰，唐胭脂就听说刘一刀出事了。陈留下跑来客栈，说刘一刀的身子被人卸成了八块，割下来的头颅漂浮在一个水塘里，是田小七游去水中央才给抱回来的。陈留下说着说着就哭了，他说你就一点不伤心吗？唐胭脂趴在楼道前的栏杆上，看着瓦片上落下来的雨，一点一滴，怎么也落不完，好像是刘一刀落下去的身影。

唐胭脂说，我很后悔，后悔没有把他拦住。我只是跟刘一刀讲，人都走了，心可能也散了，你去追他回来又何必？唐胭脂说完，终于掉下了两行泪，泪水冲淡了脸上刚刚涂抹好的胭脂。他说这就是兄弟，但这也是前世修来的命。

一个时辰以前，土拔枪枪在大雨滂沱的时候冲出香榧客栈，他在雨中一路狂奔，最后一脚踢开了杨梅家的门板。杨梅看见他从头到脚都是湿的，整个人像是一截被雨淋湿的冬瓜。她说你们那个赵刻心真是狡猾，送过去万松岭的书都是空白的。

土拔枪枪一句话也没说，上前一把抓起杨梅的身子。杨梅睁那只正常的眼睛看他，说你这是怎么了？

跟我走，我送你去衙门。土拔枪枪说。

杨梅的眼睛变成灰不溜秋的颜色，她把土拔枪枪的手拿开，看见他抠破的手指上都是血。她说要是我不去呢，那你想怎么办？

这时候门被推开，杨梅首先看见一截被雨打湿的刀鞘，栗色的，然后才是走进来的刘一刀。刘一刀的刀鞘顶着门板，有许多水珠沿着一条线滴落。刘一刀说，去还是不去，先问问我的刀。

杨梅笑了，她讲想必你就是刘一刀，今天既然来了，那就不用走了。你们大明国好像有句古语，说下雨天是留人的天。说完，杨梅冷冷地看了一眼土拔枪枪，然后抬手伸向自己的额头，在发际线间寻找到一个缺口。她猛地一撕，让土拔枪枪听见一片类似于刀子切开冬瓜皮的声音，然后她沿着自己的整张脸，慢条斯理着将一片面具给完完全全地揭下。

土拔枪枪随即看见了另外一个杨梅，她的左眼不仅没有瞎，而且还咄咄逼人，放射出寒冷的光。

三寸丁，总应该让你看一眼我的真实面目。杨梅说，要不然死到临头，你还真以为我是半个瞎子。

刘一刀身后的门被轻轻合上，他转头，看见阿部将一把铜锁扣上。阿部抽出钥匙，门已经被他反锁上。

刘一刀看着阿部，说速度真快，刚才在万松岭，现在已经跑来了这里。阿部却打了一个响指。顷刻间，屋子里的床底下、灶房里和衣橱中，纷纷钻出好多个一声不吭的倭寇。刘一刀把刀子慢慢拔出，看见房梁上又跳下了三名男子，清一色的紧身黑衣。他于是跟土拔枪枪说，还愣着干么？我们一直在寻找这些倭寇，现在人家送上门了。

土拔枪枪抽出插在腰间的铁锹，听见窗外的雨已经下疯了，似乎要把整个院子给冲走。他把铁锹在袖子上来回擦了擦，忽然想起唐胭脂曾经跟他讲过，女人是祸水。他想,是祸躲不过,既然如此,那就干脆让雨下得更猛烈一些吧。

2

田小七这天晚了一步,他赶到现场时,地上的血已经流到院子里,流成一条红色的河。刘一刀的尸体被分割成一块一块的,摆在眼前像是一个开张没多久的肉摊子。他的七星刀砍在一截窗棂上,雨水把刀身洗得很白,血槽上的七颗星星闪闪发光。田小七没有看见刘一刀的脑袋,只是看见他被切开来的脖子,一片巨大的伤口,直挺挺地呈现在雨夜中。

刘一刀被砍中的第一刀是替土拔枪枪挡下的,那时候刀光剑影,土拔枪枪大战犹酣。杨梅却一个人坐在屋子中央的桌旁,她在慢吞吞地吃茶。茶是刚刚泡开的,热气腾腾,所有的叶片都尽情舒展。杨梅一边吃茶一边跟挥舞铁锹的土拔枪枪讲,其实我不叫杨梅,你应该叫我灯盏。说完,她盯着碗里的茶叶,举起梳子细细地梳理自己的长发。她说以前每次抱你,都觉得十分恶心,巴不得把你的头给割下,掏空晒干了拿去点油灯。

土拔枪枪被包围在刀阵中,四面八方都是凶险的刀光,他把牙齿咬得咯咯作响,只恨自己不能多出一只手,去将杨梅直接拍成一块肉饼。阿部的刀子就是在这时候朝他背后砍来,刘一刀见土拔枪枪毫无知觉,便飞起身子迎了上去。那时候他听见刀子插进自己的胸膛,很凉爽,好像是夏天的夜晚吹过的一缕风。

阿部的刀子抽出,带走刘一刀很多血。刘一刀跟跄了一步,跟土拔枪枪说,你先走,这里交给我。说完他抢起刀子,砍断一片窗棂,抓起土拔枪枪就要把他朝窗外推出去。土拔枪枪手顶着一堵墙,说该走的是你,我说过了,所有的事情我一个人扛。这时候,又有一把刀子捅进了刘一刀的大腿,刘一刀看着那些喷涌出的血,连头都没抬,反手劈出去的七星刀瞬间就劈下了那名倭寇的头颅。

刘一刀说,枪枪,别争了,你现在让我出去,我跑也跑不动了。快去叫咱们的哥哥田小七,他或许还会原谅你。

土拔枪枪看见窗外瓢泼的大雨,以及刘一刀慢慢展开来的笑容。刘一刀说,兄弟,走!说完他抱起土拔枪枪,把他抱得很紧,好像这辈子都不想分离,然后就用上所有的力气,将他朝窗外扔了出去。土拔枪枪在地上滚了一下,等到在浓墨重彩般的雨帘中回头时,看见屋子里的刘一刀正用整个身子挡住破败的窗口,而很多刀子正向他接二连三地砍去。

刘一刀看见自己仿佛被砍成一只可怜巴巴的羊,有许多被砍碎的肉已经掉在地上,掉在一团远离他而去的血液中。他把眼睛闭上,朝窗外的土拔枪枪凶猛地喊了一声,快走,不要回头!

唐胭脂记不得这天的雨是在什么时候停住的。他只记得自己踩着连绵的积水,跟着陈留下恍恍惚惚走到事发现场时,他一下子趴在了地上,无论如何也不能把刘一刀的身体拼凑到一起。他看见刘一刀连嘴里的牙齿也被敲碎了,里头掉落出一把钥匙。唐胭脂后来试着将钥匙插进挂在门板上的那把铜锁,锁啪的一声打开了。唐胭脂于是想,刘一刀临死前应该是抢到了这把钥匙,为了阻止倭寇去堵截路上的土拔枪枪,他于是把钥匙塞进了嘴里。那把钥匙有手指那么长,唐胭脂想,如果不是因为太过坚硬，刘一刀当时肯定就把它直接吞进了肚里。

唐胭脂抓着那把钥匙，身子轻飘飘的。他跪在刘一刀跟前，很长时间没有发出一点声音。直到田小七走来，在他身边蹲下，把脱下来的衣裳盖住一块一块的刘一刀时，唐胭脂才突然之间哭成了一个泪人，咿咿呀呀的像一株带雨的梨花。

土拔枪枪失魂落魄，一直坐在地上。后来伍佰带着守戍军赶来，搜过一遍屋子，衣橱打开时，里头滚出来一具已经差不多风干的女尸。土拔枪枪愣愣地看着，发现女尸的一只眼睛是瞎的，这时候他如梦方醒，知道这才是真正的杨梅。原本那个花舫船上烧水倒茶的杨梅，其实是被灯盏给灭口了。土拔枪枪笑了，笑着笑着就哭了，在陈留下的眼里，他好像是疯了。

3

那天凌晨，甘左严在欢乐坊酒楼听见有人敲门，门敲得很响。他把门打开，看见淡淡的天光中，田小七衣衫褴褛，满身血污。赶过来的柳火火披着一件衣裳，站在甘左严身后冷得有点发抖，她听见田小七身边的陈留下说，还愣着干么？店里有多少酒，全都拿上来。

陈留下一身都是湿答答的泥，他扶着田小七一步步走进酒楼，在椅子上坐下，这才跟甘左严讲，刘一刀走了，他是被倭寇给活活砍死的。我们刚刚去南屏山，把他给埋了……

甘左严颓然坐下，望着田小七，一句话也没讲。

田小七后来一口接着一口喝酒。陪他过来的唐胭脂一直看着他，觉得他再这么喝下去，会把自己给喝垮了。唐胭脂悠悠地叹了口气，款款抓起刘一刀留下的那把七星刀，抽出刀子戳向站在一旁的土拔枪枪的额头，说从今往后，你别再跟我们一张桌子喝酒。

土拔枪枪就那么站着，什么也不说，好像根本没有看见唐胭脂的刀子。

唐胭脂说走啊，你去找你的女魔头啊。这里以后没有人是你的兄弟。

把你的嘴闭上，土拔枪枪讲，至少刘一刀认我是兄弟。

唐胭脂就一个巴掌拍了过去，拍在土拔枪枪脸上，他说你还好意思提刘一刀。兄弟一场，竟然落得这个下场。

田小七只顾着一门心思喝酒，甘左严看见他坐在那里，好像是要一直喝到明年。后来土拔枪枪和唐胭脂两人扭打在一起，田小七却盯着碗里的酒不停地发牢骚，他一拳捶在桌上，说甘左严你怎么回事，欢乐坊的酒都这么淡吗？根本就不能把人给喝醉。说完他一仰脖子，一下子把壶里所有的酒都喝光。然后他低下头，渐渐地，就有两滴泪水冒出眼角，先后啪嗒一声掉落在碗里的酒中，声音很清脆，让柳火火看着觉得心酸。

柳火火说甘左严你就是个木头。田小七的兄弟也是你兄弟，他兄弟被人劈成八块，脑袋浮在池塘里，你却愣在这里不知道过去陪他喝酒。

甘左严于是抱来两个酒坛，一抬手哗的一声把封口给掀了。他抱着酒坛，直接把酒倒进了碗里。

田小七说痛快！又一把抢过甘左严的酒坛，朝扭打在一起的唐胭脂和土拔枪枪两人扔了过去。酒坛被砸得粉碎，田小七说你们两个过来。他看着唐胭脂手里的七星刀，说今天我教你一句，刀子不是指向自己兄弟的，这个道理以后你懂了吗？说完他连着倒了三碗酒，跟土拔枪枪说跪下！把这些酒都喝了，我替刘一刀原谅你。

土拔枪枪跪在桌腿前，把第一碗酒洒在地上，说我先敬刘一刀。田小七看见他衣服破破烂烂，被刀子割开好几道口子，每一道口子上都沾满了血。他说把衣服脱下来，我帮你缝一缝。

陈留下记得这天清晨到来之前，田小七举着柳火火拿来的针线，借着那盏油灯明灭的光，很仔细地替土拔枪枪缝补衣裳。他一边穿针引线，一边问跪在地上的土拔枪枪，以前我们衣服破了，是谁替我们缝补？

土拔枪枪说，是嬷嬷。

我穿过的旧衣裳，嬷嬷接下去会给谁穿？

给刘一刀穿。土拔枪枪说。

刘一刀穿过以后呢？

刘一刀穿过以后再给我穿。土拔枪枪说到这里时，已经哭得泪水涟涟，痛不欲生。他看见田小七低头咬断一截线头，说嬷嬷走了以后，我们的衣裳要是破了，是谁来帮我们缝补？

是唐胭脂。土拔枪枪把头重重地磕在地板上，磕了一下又是一下。他哭嚎着说，哥，我错了。

那你以后的衣裳就要自己缝了。田小七把缝补好的衣裳抖了抖，盖上土拔枪枪的身子时说，缝不好衣服没关系，但是做不好人，不行。以后你要是去了地底下，嬷嬷会骂死你。

土拔枪枪一句句听着，泪眼模糊。他跪在地上痛哭流涕，说是我害死了刘一刀，该死的人是我。然后他抓起铁锹，说唐胭脂你看好了，我现在就把自己给拍死，我拍死给你看。

田小七劈手夺过他手中的铁锹，用一块抹布将沾在上面的泥土擦擦干净。田小七说，你还是不懂道理，一个人要死很容易，关键是死要死得值得。

说完，田小七替土拔枪枪擦干眼泪，拍拍他肩膀讲，枪枪，照应好自己，从此咱们恩断义绝。大路朝天，各走一边。

土拔枪枪听见一阵寂静的雷声，就滚动在耳边。

这天天光放亮时，田小七走出酒楼。他抬头看了一眼欢乐坊的牌匾，好像自言自语着说，字写得不错，几家欢乐几家愁。柳火火抹着几滴眼泪，看见田小七带上唐胭脂，两人萧瑟的背影随即在欢乐坊门外的堕落街上渐行渐远。地上堆满了水，田小七每踩出一步，就溅出许多清凉的水花。

土拔枪枪跪在门口，哭得像一个孩子。他一直看着田小七远去的方向，觉得自己从来没有这么低矮过。后来他不知不觉收住眼泪，然后一把抓起铁锹，面朝自己的脑袋，毫不犹豫地拍了下去。

土拔枪枪听见一场风的声音，灌进他耳朵，犹如京城风沙滚滚的秋天。他似乎看见飘飞在空中的嬷嬷马候炮，也看见紧跟在马候炮身后的刘一刀。但是风在他耳边擦肩而过时，那把铁锹头却笔直飞了出去，飞得很远。土拔枪枪看见，最终抓在自己手上的，只是一截光秃秃的铁锹棍。这时候他哭得更猛了，他想起田小七说的，死要死得值得。他终于知道就在田小七刚才替他擦铁锹时，已经暗地里把铁锹棍给折断。

天空灰蒙蒙的，云层中好像又埋伏着

一场另一场诡计多端的雨。陈留下看见土拔枪枪手脚并用着爬到欢乐坊门外,像一条没人要的狗。土拔枪枪趴在一片脏兮兮的水里,面对田小七的背影声嘶力竭着喊了一声,哥!……

声音朝着田小七追赶了过去,陈留下看见田小七在天空底下颤抖了一下,然后他似乎停住脚步,停在阴沉沉的天光云影里。但是田小七想了想,最终却还是没有回头。

酒楼里,只有甘左严一个人在喝酒。

4

这天清晨,薛武林在一个异常恐惧的噩梦中惊醒。

梦中他见到妻子陈汤团在怀胎十月后突然难产。那是一个大雪纷飞的冬天,家中卧房门口垂挂着无数层陈旧的布帘,他揭开一层又是一层,一路上听见接生婆的叫喊声从惊慌失措变成了歇斯底里。床上备受煎熬的陈汤团已经挣扎了一天,最终失去了知觉。这时候接生婆抱出一个血淋淋的孩子,薛武林见到这一幕时心惊胆战,他试着掀开那条包裹着孩子的被褥,猛然看见藏在里头的,竟然是一只巨大的蝙蝠。蝙蝠裂开三角形的嘴唇,慢慢朝他露出一排细碎的牙齿。

薛武林被吓得大汗淋漓,醒来以后很长时间坐在靠椅上惊魂未定。他昨晚是在半夜里回家,之前已经听说了刘一刀遇害的事情。那时候陈汤团在床上睡得很沉,有着轻柔的鼾声,薛武林不想吵醒她,于是就小心翼翼地退出,在靠椅上打发了这个夜晚。

现在薛武林渐渐平复下来,发现陈汤团已经起床,并且给他盖上了一层被子。

陈汤团正在灶房里煮稀饭,薛武林听见灶膛里柴草燃烧的声音。火一定是烧得很旺,他还听见米汤在锅盖下噗突噗突翻滚的声音,似乎带动那些升腾的米粒一颗一颗绽裂开。薛武林起身,看见陈留下的房里,床上胡乱卷着一条被子,房间里空空荡荡。这让薛武林有点心烦,他之前告诫过这位被称为丧尽天良的妻弟,留在家里别到处乱跑,可是陈留下每天都屁颠屁颠地跟着田小七,似乎成了他形影不离的兄弟。

薛武林担心的是,杭州最近出了太多的事情,连他自己都心里乱成了一团麻,他不想陈留下再给家里添什么乱。

院子门口响起一阵拨浪鼓的声音,是一个挑货郎担的小贩,在叫卖虎头鞋、小孩平安锁以及五色线等。薛武林想,这家伙可真会踩点,说不定是早就看准了他们家肚子圆鼓鼓的陈汤团。果然,陈汤团挺着个肚子从灶房里走出,她在围裙布上擦了擦手,跟薛武林笑了一下说,醒了?我刚给你炒了一盘黄豆芽,你去看看盐是不是放多了一点。

陈汤团走去巷子没多久,薛武林从灶房里探出头,看见院子里好像钻进一个人影,那人大摇大摆地踩过门槛,一下子就踩进了屋子。薛武林把筷子搁下,听见这人已经笑呵呵地开口,说薛大人好久不见,最近是不是很忙?

是德寿宫地下赌馆的郑翘八,薛武林哪怕是闭上眼睛也能听出这个流里流气死皮赖脸的嗓音。他不会忘记,那天自己带队巡查到赌馆时,郑翘八咬着一串香喷喷的油炸知了,不可一世地问他这是什么朝代,难道连赌钱也犯法,薛大人你是不是在演戏?

出去。薛武林说,你竟敢闯到我家里来,是谁借给你的胆子。

不用借,你知道的,我这人天生胆子就很大。郑翘八抬腿踩在薛武林刚刚坐过的靠椅上,提起被子的一角擦了擦靴子,他讲,怎么样?要不要借个地方说话?

薛武林猛地一腿踢了过去,郑翘八当即闪开,说,火气这么大,对你没好处。嫂子几个月了?她胎气正吗?

此时陈汤团在货郎担里看中了一双虎头鞋,她喜欢那种喜庆的红色,虎头鞋的鞋口以及虎耳朵和虎眼睛处都镶了一层细柔的兔毛。她把两只鞋子摆在手上,发现尺寸不对,两只鞋子好像长短不一样,于是把鞋子放回原处,说我想看另外一双。这时候小贩的脸上就挂不住了,他讲嫂子你看也看了,摸也摸了,就买这一双。

陈汤团愣了一下,觉得这话听起来怪怪的,她说有你这么做买卖的吗,你是不是杭州人?小贩却甩了甩头,把那双虎头鞋硬塞到她手里,说听我一句没错的,给钱。

陈汤团的确被吓到了,这时候她很自然地回头,想要叫一声屋里的薛武林,却看见家中已经多了一个陌生的身影。那人和薛武林面对面站着,两个人一言不发,只是盯着对方,空气好像是凝固的。陈汤团即刻转头,说你们想干么?这里是杭州。我男人是守戍军的副千户官。

小贩笑了。现在他靠在巷子里一堵歪斜的砖墙上,头顶着一团密密麻麻的青苔。他说嫂子你吓到我了,副千户官是不是很大的一个官?那你还不赶紧给钱,你以为我是在跟你开玩笑?

小贩说完,吹了一声口哨,跟屋里的郑翘八远远地笑了一下。陈汤团看见,他抬起的袖子里,藏了一把短刀。

这天的后来,陈汤团跑进屋子,看见郑翘八撑着墙根从地上爬起,他笑呵呵地擦了一把嘴角,手上嘴上都是血。

陈汤团还看见提在薛武林手里的刀,于是急忙说虎头鞋我买了,我这就给钱。

郑翘八只讲嫂子别误会,我只是来找薛大人聊天,顺便试试他们守戍军的军刀。说完他抱起陈汤团养的那只兔子小白,将手上的血在小白的皮毛上来回擦了擦,总共擦了三次。

陈汤团不会忘记这天的院子门口,郑翘八吹了一声口哨,带着那个挑货郎担的小贩摇头晃脑地走远。在巷子口,郑翘八不失礼貌地回头,跟陈汤团摆了摆手,说不用送了。

薛武林因此而沉默了一个上午,他不停地给兔子洗澡,洗了一遍又是一遍。陈汤团看见沾在小白身上的血在水中一点点化开,跟散开来的雾一样,让她感觉头皮一阵阵发麻。她已经猜到,刚才的这一切,都是因为自己的弟弟陈留下。此刻如果陈留下在家,陈汤团必须让他在父亲的灵位前再一次跪下。因为陈留下,陈汤团这么多年担惊受怕,操碎了不少心。

那年吴越酒楼老板娘金彩的娘淹死在钱塘江,陈留下暗地把浮起来的尸体重新按到水底,并且压了一块大石头。他跟金彩索要一笔数目不菲的捞尸费,还掰断金彩老娘的手指,取走她一枚硕大的宝石戒指。这事情后来露馅,陈留下于是被人戳着脊梁骨唾骂,骂他真是丧尽天良。

时间到了半年前,在一个春雨绵绵的夜里,陈汤团听见家里的门板几乎被拍碎,她跟薛武林在床上惊醒,看见门外照耀着许许多多火把。那天冲进家里的是一帮来自京城的东厂厂卫，领队的档头脚踩白皮靴，头上戴了一顶被雨淋湿的尖帽，说哪个是陈留下，带走！

薛武林上前挡住，说在下姓薛，杭州卫守戍军副千户，敢问陈留下犯了什么王法，能否适当通融？档头就很不耐烦地瞥了他一眼，掏出一本无常簿书写了一通，说好的，你刚才的话我记录下了，你想替妖孽通融。那么我现在告诉你，陈留下事涉结党造书、妄指宫禁的妖书案，在杭城公然传播《忧危竑议》手抄本，干扰影射大典，惑世诬人。

薛武林怔住了，他十分清楚，妖书案是"国本之争"的延续，涉及郑贵妃和太子之间的权益争斗，朝野间耸人听闻。这时候档头已经把无常簿收起，并且把笔筒套上，他讲薛副千户，你是准备让开呢还是继续挡在我面前？

陈汤团看见薛武林沉默地退到一边，那时候陈留下已经从床上被拖起，光着一双脚，当即就被扣上了枷锁。陈留下在雨中被带走，薛武林愣在门前，眼看着细雨纷飞。他后来笑着跟陈汤团说，没什么，我会把他救出。

陈汤团急得掉出了眼泪，她觉得薛武林的这种宽慰多少有点空洞。薛武林却又笑着说，哪怕把房子卖掉，我也要把他救出。

现在陈汤团已经明白，当初薛武林虽然四处奔走从牢里救出了陈留下，但是看来纸终于还是没有包住火，这事情又节外生枝了。很明显，刚才闯进家里的郑翘八，无非是之前帮助打点的人，如今又找上门来想继续敲诈他们家一笔。

薛武林给兔子洗完澡，站在院子里，对着一堵院墙发呆。陈汤团看着他背影，心里不免一阵酸楚。但是她并不知道，事实上，她刚才的猜测完全是错的，此刻薛武林有着更为深刻的担心，担心到他后背发冷。

5

雨是在中午时分落下的，紧随着一场秋风。

在西湖边，风吹得比较急。你要是站得高一点，比方说在湖滨路西子客栈的顶楼窗口，便能发现细密的雨丝几乎是横着飘飞过去的，类似于流淌在空中的一条河。

此刻田小七就站在西子客栈的门口，他看见不远处的西湖空空荡荡，苏堤上见不到一个人影，水面上也看不见一条游船，整个西湖像是孤独地睡着了。

西子客栈是杭州最豪华的客栈，里里外外花团锦簇，进进出出的都是达官贵人。屋子里日夜香薰缭绕，哪怕是这样的正午，楼上楼下也是点满了灯火。

陈留下和唐胭脂两人来到柜台前，陈留下敲了敲桌板，说叫你们掌柜的过来。

里头一个算账的男人正在数着一把银子。他把银子包好，锁进一个铁箱子，说你觉得我不像是掌柜吗？

陈留下说，把你的入住登记簿拿来我看。

掌柜的站起身子，目光一下子被唐胭脂所吸引。他看着唐胭脂的那张脸，精致得无与伦比，于是就默默地笑了。

你是不是觉得他很好看？陈留下说，你把登记簿给我看，就有足够的时间站在这里好好看他。你还可以猜猜看，他到底是男的还是女的，猜对了有奖。

唐胭脂有点烦恼，说陈留下，你就不能正经一点？

掌柜的这才回过神来，他看着陈留下说，是男是女还用得着你来跟我讲。原来你就是丧尽天良，那么我要是把登记簿给你看，岂不是很没面子？

陈留下一下子就笑了，他说没想到我的名头在你们这一带竟然有这么响，那我就干脆跟你讲得更加直白一点，找你是因为锦衣卫办案。

说完，陈留下的视线缓缓转向站在门口的田小七，让掌柜的能十分清楚地瞧见田小七身上的飞鱼服。陈留下说，那是我哥，以后别叫我丧尽天良。过去有些不堪回首的历史，该忘的就忘了。

唐胭脂后来翻看着登记簿，她撩了撩遮盖在眼前的头发，面色红润地说，掌柜的，不对呀。二楼靠南边的那几间房，我们刚才明显看见窗口有人在，可是你这里为何什么也没记录？

掌柜说，对不起，我帮不了你。

上去看看。陈留下说。

站住！掌柜盯着陈留下，说你不能上去。

怎么就不能上去？陈留下环视着富丽堂皇的客栈，说我就上去看一眼，难道能把你这客栈给看旧吗？

这时候掌柜的已经从柜台里冲出，他挡在楼梯口，身边随即多出了几名卷起袖子的店小二。掌柜的摇摇头说，我还是那句话，对不起，帮不了你。

田小七走了过来，他看着掌柜说，让开，里头哪怕是住着皇上，我也必须上去看一眼。

说完，田小七听见头顶的楼道上响起一阵脚步声，随后就有一个声音从头顶飘下，说让他上来，我让他看个够。

田小七抬头，看见站在楼上的，竟然是礼部郎中郑国仲。这人也是郑贵妃的哥哥，也就是当今的国舅爷。

郑国仲是昨晚到达杭州的。在那场滂沱的大雨里，他觉得这个城市已经被雨水浸泡，眼前都是乱糟糟的。在西子客栈，先期到达的随从提前包下了二楼南边的八间官房。他从马车上下来的时候，客栈周遭已经被他的护卫戒严，头顶竖立着整整一排撑开来的伞，让他不至于被雨点打湿身子。

田小七上楼，看见国舅爷的官房里，每一盏油灯的灯座都是亮闪闪的金子。地上铺着厚厚的波斯地毯，他踩在上面，感觉是踩着一片绿油油的草。田小七刚才赶往西子客栈，是因为陈留下听人讲，昨晚从杨梅家院子里离开的那几名倭寇，是往湖滨路方向逃窜的，田小七于是就沿途展开了搜查。

郑国仲此次来杭州，为的是那几个被蝙蝠卷走的孩子。他是福王朱常洵的舅舅，在京城里早就有人跟他禀报，这次扑朔迷离的案情，谣言已经指向他的外甥。此事非同小可，关系到包括他以及郑贵妃在内的整个家族。

案件查到什么分上了？郑国仲缓慢而低声地说，田小七你在我面前什么也不用隐瞒。

一言难尽，田小七说，现在事情跟潜藏在杭州的倭寇连在了一起。

倭寇？难道不是跟太子连在一起？郑国仲一边讲，一边细细地看着田小七。

田小七心中咯噔了一下，还没来得及开口，就听见郑国仲又说，你们手上已经有了太子在幕后谋划整个事件的证据，为什么还迟迟不报？倭寇归倭寇，太子归太子，这事情你能分得清楚吗？

田小七说，等我找到那些孩子，所有的事情就都水落石出了。

可是我怕的就是水被人搅浑了，到时候连石头渣子也没了。郑国仲说，田小七你好糊涂，里外不分，这样会让我妹妹很伤心。

郑国仲的妹妹就是郑贵妃。在被选入宫以前，郑贵妃是叫郑云锦，和田小七在京城同一个胡同里长大。那时候在郑云锦的嘴里，田小七叫小铜锣，而田小七叫她为云锦姐姐。

现在郑国仲站在窗口，看见所有的西湖水都在眼中一览无遗，而远处是水雾迷蒙中的山峦。他说好一个山水江南，诗画浙江，我早上醒来时还错以为杭州是春天。田小七那时候我就想到了你，我真想跟你一起去水里钓鱼，因为我们之间的缘分。你知道吗？我最喜欢雨天的湖里，跳起一只一只的白条鱼。有时候我很羡慕鱼，能那样无忧无虑地生活在水里。可是我们现在没有时间啊，我们都太忙，忙得连睡觉都是一种奢侈，人生真是难。

田小七坐在柔软的皮毛椅子上，一双眼也望向西湖。在郑国仲滔滔不绝的声音里，他似乎也突然感觉到一阵深深的疲倦。然后他视线模糊，好像在苏堤上看见了一个人影，那人踽踽独行，脚步类似于漂浮，手中提着一把栗色的刀子。

郑国仲并没有回头，一直看着雨中的西湖，却说，你在想什么？

田小七叹息一声，说我在想我的兄弟刘一刀，就在昨晚，他被倭寇卸成了八块。他死了，享年二十六岁。

郑国仲说，回去京城，我让皇上给他立碑。你们几个兄弟，救出了赵士真，都应该加官晋爵。

田小七笑了，笑得有点苦，说不用，那样我们会成为人家的笑话。

总之你抓紧，郑国仲皱着眉头说，既然太子跟我们过不去，我们也不是吃素的。一旦有机会，我们就要展开反击。最后的结果你不用担心，有我在，也有郑贵妃在。

这时候田小七听见一阵敲门声，他过去把门打开，没想到看见的是薛武林。薛武林愣了一下，站在门口退后一步说，怎么你也在？田小七觉得薛武林心事重重，就笑了一笑，然后想了想说，我正准备要走。

田小七后来走在湖滨路上，一个人走得很急。陈留下踩着地面上的水花，噼里啪啦赶上他，说哥你刚才在楼上坐了那么久，你见到的那个家伙这么牛，他到底是谁呀？

是当今国舅爷。田小七说，不信你可以回去问你姐夫。

陈留下顿时吓傻了，脸上堆满了惶恐，他讲哥你不要骗我，难道那人是郑国仲？难道刚才我姐夫也在？

你姐夫忧心忡忡，难道你就没见到他？田小七说。

陈留下神色不安，站在一团积水当中说，完了完了，那我这回死定了。

唐胭脂却莞尔一笑，他讲杀人放火金腰带，陈留下你做人那么缺德，不会死得那么快。

陈留下急忙拖住田小七的衣裳，说哥你一定要救我。然后他盯着田小七，说我已经是你血浓于水的亲弟弟了是不是？那我要是死了，是不是就等于你家里死了一个人？那你家里人不能死，你是不是就一定会救我？

唐胭脂说你语无伦次真是啰嗦，到底什么事情？

陈留下就深深地叹了一口气，他讲，说来话长，你先让我理一理。

6

傍晚，刘元霖在家吃饭。他没胃口，扒进嘴里的饭菜搞不清楚是什么稀里糊涂的味道。郑国仲来杭州，他在家等了一天，也没见到有人过来通知他去西子客栈见面。田小七在他面前出现时，他说你想不想陪我喝酒？我这个老掉牙的巡抚，国舅爷是不是已经有想法让我回家养老？

你知道他来杭州了？田小七说，我也是碰巧见到。

老子要是连这点消息渠道都没有，那我在浙江这么多年也是白混了。刘元霖说老子再过几个月就四十七了，如果他不是国舅爷，也就是个正五品的礼部郎中而已。他要是不差人来找我，我从二品的官员干么还非得要低头哈腰去见他？说不定还碰得一鼻子灰。我乐意装一个瞎子和聋子，啥都不晓得。

田小七坐下，说我来找你，是因为薛武林。

薛武林怎么了？刘元霖说，国舅爷第二个见的就是他，就在你后面。

田小七笑了，说我心里有很多疑问，想找巡抚大人聊一聊。

请讲。刘元霖放下筷子，抓起一根牙签。于是这个雨后变得晴朗的傍晚，刘元霖一下子听田小七讲起了很多事情。首先是这天下午，田小七去过了一趟按察使司，他从停尸房的仵作那里了解到，昨天被薛武林追到六和塔上又摔下来摔死的那个斗鸡眼，两只脚上都有一圈乌青，痕迹很深。仵作判断，这家伙曾经戴过镣铐。可他昨天正想要记录下这一点的时候，送去尸体的薛武林却直接把尸体推进焚尸炉给烧了。

你是想告诉我，斗鸡眼刚从牢里放出来？刘元霖说，但是你跟我讲这些究竟有啥用？

田小七并不急着回答，他接下去又问刘元霖，巡抚大人一定知道杭州城今年春天的妖书案吧？陈留下因为传播事关太子和福王之争的妖书《忧危竑议》手抄本，被东厂连夜缉捕。

我晓得。薛武林后来摆平了这个坑，陈留下没过几天就从牢里释放了。

那巡抚大人是否晓得，当初薛武林是找谁摆平了这事？

我不想猜，你尽管讲就是。刘元霖说。

田小七从椅子上站起，他看着窗外，有那么一点隐隐露出夕阳的样子，但房间里的空气却多少还是潮湿的。他过了很久才说，我要是不讲，巡抚是不是就能猜到？

刘元霖一下子眉头锁得很紧，好像是要看清田小七额头上的每一根头发，他说难道你的意思是，正因为如此，所以郑国仲来杭州见的第一个人反而是薛武林，而你只是因为碰巧撞在了前面。

薛武林去见国舅爷，走的是后门。那时候唐胭脂和陈留下就在楼下，都没见到他上楼。田小七说。

看来薛武林和郑国仲私交不一般。刘元霖讲。

斗鸡眼身上搜到的那块刻有"洛"字的铜牌，牵涉到太子，这事情后来巡抚大人有没有跟别人讲过？

我没那么傻。刘元霖说，八字还没有

一撇呢。

但是国舅爷怎么就知道了？

刘元霖一下子就愣住了，很长时间闷声不语。田小七把窗子打开，让更多的空气灌进来。他看见风吹起刘元霖稀疏的头发，其中有几丛发丝是灰白的。而这一点，他在来杭州的第一天时，在春水酒楼里和他面对面坐着也没发现。他想，巡抚的头发，难道是在这几天里突然变白的？

刘元霖后来抬头看了一眼田小七，说你到底想告诉我什么？难道你的意思是，斗鸡眼是薛武林安排的一颗棋子，目的是要把案件的元凶指向太子。而这一切的幕后，都是郑国仲在操纵，因为他对薛武林有恩，他从牢里放出了本该是死罪的陈留下。

其实我也跟巡抚大人一样，希望刚才说的几件事情都是我脑子发热胡思乱想。田小七说，所以我才想过来跟你聊一聊。但是有一点是确定的，陈留下从牢里释放，薛武林当初找的那条路就是郑国仲，这是陈留下今天中午亲口告诉我的。

刘元霖愣在那里，感觉夜幕一下子就降临了，很宽广。他后来摇了摇头，说麻烦你把窗子给关了，我怎么觉得有点冷。

7

薛武林这天忧心忡忡地赶去西子客栈，离开时又心有余悸。事实上，最近几天他都感觉自己仿佛漂浮在水上，随时都有翻船的风险。特别是上午，郑翘八去了他家中。而没过多久，又有人通知他去西子客栈，那人手上拿了一张令牌，令牌上刻着一个福王的福字。薛武林知道，是郑国仲。

在客栈那间官房里，薛武林一直站着，两片膝盖止不住发抖。他听见郑国仲说，按照之前的计划，那些孩子该现身了，你是准备把事情拖到明年吗？

薛武林张嘴，欲言又止，脸上除了未擦干的雨点，又冒出许多新鲜的汗。

我刚才听田小七讲，这事情还牵涉到了潜藏在杭州城的倭寇。郑国仲说，我没想明白，你是不是该跟我解释一下？

薛武林努力让自己不抖，他知道这几天一直在担心的事情，最终还是浮出了水面。

其实也谈不上倭寇，薛武林说，最多只是倭寇的奸细。因为我找的那人，也同时帮倭寇劫持了火器局的赵士真，现在是两件事情很凑巧地撞在了一起。

撒谎！郑国仲说，我从来不相信这世界上会有凑巧，你以后别再跟我讲这两个字，我一点也不喜欢。你现在只用告诉我，什么时候能让孩子现身，我要的那个结果什么时候能公开？

再给我几天时间。薛武林说着，看见自己的汗珠滴在那片波斯地毯上，很快就被吸走了。

郑国仲摇头，这么多年的经验告诉他，世上最可怕的事情就是夜长梦多。

我不会给你那么多时间，过了明天，你就没有机会了。郑国仲说，我要在明天让所有的人都知道，劫走那些孩子的是太子，传播谣言说福王作妖的，也是太子。反正一切的一切，都是因为心狠手辣的太子。你甚至可以讲，太子是跟倭寇勾结。

郑国仲最后转身说，你可以走了，还是走后门。

薛武林后来恍恍惚惚地行走在湖滨路

上,并没有意识到雨其实早就已经停了,而头顶还出现了一点太阳。他撑着一把伞,一个人走在路中央,让身边的路人多少感觉有点好笑。半年前,因为陈留下的杀头之罪,他最终找到了来杭州督办妖书案的郑国仲,结果没花半两银子就把事情搞定了。只是郑国仲提了个条件,要他办一件极其绝密的事情,这事情必须在杭州闹得满城风雨,先是给福王脸上抹黑,最终又查明是太子在幕后别有居心地做局搞鬼陷害福王。那次薛武林被吓到了,眼神似乎被冻僵。郑国仲开出的条件远远超出他想象,他感觉自己正站在悬崖顶,既不能回头,脚下又找不出一条可以下山的路。郑国仲说你在怕什么？你已经是一个副千户,以后跟着我,保你飞黄腾达。

我原本只想救出我小舅子。薛武林说得很轻,说我小舅子无知,不知道脖子上的脑袋有几斤几两。他要是出了什么三长两短,我也不知道我妻子陈汤团该怎么办。

郑国仲笑了一下,他讲说实话,你今天要是不来找我,我也不知道你们这个家庭接下去该怎么办。陈留下惹下的事情很麻烦,太麻烦。

薛武林最终答应了。他答应找人劫走杭州城一帮名字中带有"洛"字的孩子,然后在坊间传言是福王在背后作妖,想要剪除太子。为了寻找理想的办事人,他花了很多时间,心里搜肠刮肚排出来的人选,最终全被他否定掉。有一天他去官巷口巡查,在聚远楼里碰到了从未谋面的郑翘八。这人给出的路引显示是台州府人氏,他讲自己原本在临海紫阳街卖笔墨字画。薛武林从头到脚看他一眼,突然问他你们店里卖过的最贵的一幅画是几尺几寸,署名是哪位高人。郑翘八眼皮跳了一下,张口说忘了。薛武林就接着问,卖字画的怎么来了杭州开赌场摇骰子,莫非你还能自己画银票出来卖？郑翘八扯了扯嘴角,说我喜欢。

薛武林听着郑翘八嘴里脱口而出的我喜欢,感觉他说得毫不拖泥带水。这么多年,他在杭州还是第一次碰见这样的男人,不仅丝毫不把他放在眼里,还当面说谎说得这么利索,而且脸上很清楚地写着傲慢。他认为这家伙无所畏惧,啥都不怕,所以就在把路引条还给郑翘八的时候说,待在这里别走,我还会过来找你。

郑翘八说,随便。

再次和郑翘八碰面时,薛武林把地点选在了宝石山下。那里人迹罕至,说话方便,万一有什么讲不拢的,他也可以拔刀,随时抹灭了这场见面。郑翘八听薛武林把事情讲完,脸上很坦荡,说劫持每个孩子给多少银子？事情完了以后,我再把藏好的孩子都给放了,你也查清案子成了杭州城的神探,又会给我额外补多少赏钱？薛武林说你尽管开价,我会让你满意。

有没有其他的要求？

有。每次劫走孩子,现场都必须出现一群蝙蝠,蝙蝠越多越好。

这又是什么道理？

你不用明白,知道得越少越好。

但是薛武林没有想到的是,郑翘八按照他吩咐一连劫走了七个孩子时,火器局的赵士真却在这个节骨眼上被倭寇劫走了。那天他见到刚来杭州的田小七时,一下子觉得这人非同一般,可能会给自己带来麻烦,所以才在后半夜装模作样去了一趟聚远楼,还假装跟郑翘八狠狠地吵了一架,目的是要提醒他接下去千万小心,因为有锦衣卫加入巡查，到时候藏匿好的孩子可别节外生枝。

薛武林没有想到的还有更多。随着田小七对赵士真一案追查的深入，他最终发觉，郑翘八和那帮倭寇竟然是一伙的，这家伙可能同时也被倭寇收买了，正在两头做买卖。这几天里，薛武林一直在暗地里寻找郑翘八，却始终没有见到他身影。一直到这天上午，郑翘八居然直接出现在了他家。

薛武林一路这么惶恐地回想着，眼看就要走到自己家门口。他觉得这一路走得很累，好像是走过了千山万水。眼前一堵低矮的院墙，已经被雨后的凌霄花和薜荔藤挤占得满满当当，看得薛武林简直就要透不过气来。他想还是回去守戍营吧，要不然，自己这副灰头土脸心事重重的样子，他真不知道该怎么面对老婆陈汤团。

事实上，刚才在西子客栈，薛武林并没有跟郑国仲说出所有的实情。他讲郑翘八是被倭寇收买的奸细，但事实上，那人就是十足的倭寇。他也是到了今天才明白，郑翘八不仅利用了他，还掌握着他一段不为人所知的秘密。而这个天大的秘密，薛武林原本以为神鬼不知，连他自己也几乎完全将它抛在了脑后。

壬申年那场风雪凄迷的援朝战争，薛武林曾经背叛明军。在成了丰臣秀吉手下的俘虏后，倭寇头目扒下他裤子，将他赤条条扔到战俘营外的雪地上。那次薛武林赤身裸体躺在朝鲜国冰冻的泥地上，分不清空中飘飞的是雨还是雪，他感觉身上所有的血管都在凝结，似乎很快就要冻成一团冰。接着，倭寇头目又让自己十来岁的儿子用烧红的烙铁戳向他屁股，那人还哈哈大笑着说，服不服？不服再来。

薛武林被烙铁烫得皮开肉绽，赤裸的身子又几乎被冻得失去了知觉。他最终实在扛不下去了，跟倭寇头目求饶说家里还有妻子，以及未成年的小舅子，小舅子跟你儿子长得一样高。于是那天晚上，又一场雪花到来时，薛武林成了叛徒。他指点倭寇深夜出击，杀进明军军营，并且掠夺走了明军的两门天字号火炮。

现在薛武林相信，当年用烧红的烙铁戳上他屁股的倭寇头目的儿子，的确就是郑翘八。他并且记得这个凶狠的少年，当年手臂上文刺着一只蝙蝠，他的日本名字是叫阿部。上午在他家里，阿部捋起袖子，让他看见了手臂上的那只蝙蝠。阿部说薛大人不要忘了，你是我们的人，那年我在你屁股上烙上了一只跟我手上一模一样的蝙蝠。另外我还保存着当年你盖了血印的投诚书。你要是现在想反水，我随时都可以在杭州城公开你的秘密。那么嫂子她，还有她肚子里的孩子，我都不知道下场该是怎么样了。

薛武林拔出刀子，刺向阿部的时候说你真无耻。可是话刚讲出口，他就觉得自己已经又一次被打败了。现在，他已经成了国舅爷郑国仲和倭寇手下的双重间谍。

8

田小七回到香榧客栈，看见门前的那棵桂花树下，赵刻心和唐胭脂两人正在点燃一炷香。

唐胭脂倒了三杯酒，酒杯前摆着刘一刀的七星刀。他接过赵刻心递来的香柱，垂首拜了三拜，说刘一刀，你刚过去第一天，过了鬼门关就是黄泉路，路上走得慢一点，前面有条忘川河。忘川河上有座桥，叫做奈何桥，你喝了孟婆汤，就会忘记了人间的一切……

田小七的泪水差点就要掉落下。他默默站在一旁，看见几片桂花在头顶纷纷扬扬坠落，心里止不住的伤感。赵刻心的眼里也是湿的。她给田小七也点了一炷香，递过去的时候讲，我来给你的伤口换药，你别让它化脓。

田小七说，不用担心，哪怕是化脓了又怎样。我兄弟死了，才是我真正的伤口。

天井里，唐胭脂揪着一颗心，眼看着田小七脱了衣裳，然后赵刻心慢慢揭开他肩膀上包扎的布条。伤口渗出许多血，唐胭脂很想让赵刻心轻一点。他想说，很痛的。他闭上眼睛，好像受伤的是他自己的肩膀。

田小七后来坐在凳子上，看见桂花树下的香柱越烧越短，那缕烟雾也越来越细，好像把时光也给烧细长了。他听见唐胭脂说，刘一刀现在正化成一股烟，哥你要记住，以后就剩下我一个人陪你了。你千万要小心。

田小七想，刘一刀走了，自己以后记住他的日子会很漫长。人这一辈子，要是有人能始终把你放在心上，其实也挺好。

尘世如潮人如水，田小七说，哪一天要是我也不在了，你们最好也记得抽空想我，人就是一滴水。

乌鸦嘴！唐胭脂忍不住骂了一声。然后他看见赵刻心仰头，深深吸了一口气。赵刻心说，你们两个大男人，就不能讲一点开心的？

田小七噗呲一声笑了，他说男人偶尔讲讲一些不开心的，自然就慢慢地开心了。又说我现在就有点开心，因为可以一路送你回去了。

唐胭脂有点落寞。后来，他看着田小七和赵刻心两人的身影在巷子口走远，猛然觉得客栈里又只剩下了他自己。唐胭脂想，人的一辈子注定是孤独的，也注定有一颗孤独的心。这么想着的时候，他就回到房里，一个人对着油灯又开始了漫长的绣花。这一次，他想要一下子绣两朵牡丹花。

狮子街上依旧亮着几盏暗红的灯笼，光线打在赵刻心的脸上，有那么一种朦胧的味道。田小七于是想起自己第一天到达杭州时，在去钱塘火器局的路上，自己也是这样陪着赵刻心一直往前走，好像怎么也走不到尽头。可是时间才仅仅过了几天，他现在却感觉恍若隔世。

我来杭州几天了？田小七说。

今天是第六天。赵刻心说。

可是我怎么感觉已经过了六年。

有些时光注定会显得很长。你还记得吗，上次走到这里时，我爹应该刚刚被倭寇劫走，可是现在，你已经把他救回来了。所以，这六天比六年还要长，我会一直记着。

田小七笑了，转头看了赵刻心一眼。赵刻心闪了闪眼睛，说你看我干么？

田小七又笑了，他讲只不过这六年一样的六天里，好像有些事情一点都没有改变。

你是说丝绸铺子没有变，桂花香没有变？

田小七摇头。他讲上次走到这里时，我也看了你一眼，然后你也是这么问：你看我干么？

赵刻心低头，浅浅地笑了。她说你记

得这么牢，那我还讲了什么？

你还讲，我脸上又没有路。然后……

然后怎么了？

然后我告诉你，你让我想起了一个人，你跟她很像。

你说的这人就是无恙吧？

对的。田小七说，那时候，我是想起了无恙。

两个人这么一路走着，像是要把杭州的夜晚给走遍。田小七后来想起，那天赵刻心的背上还挂了一支威武的擎电铳，她的手里还提着台州知府送给刘元霖的一座全金打造的袖珍六和塔。这时候他愣了一下，脚步突然停住。

赵刻心看着他，说，怎么了？

你还记得你爹留在南屏山山洞里的数字吗？

记得，857142。我爹当初留这行数字，估计也是担心自己又要被送去另外的地方，所以通过这种方式提醒我们，他曾经在山洞里待过。

857142 是 142857 的几倍？

六倍。赵刻心说，这又怎么了？

那就没错了。此刻田小七如梦方醒般，他说那次我们抓捕到的倭寇俘虏松吉，他给我在桌上写了一个字，是"塔"字。

六……塔？赵刻心猛地叫出一句：六和塔。

对，就是六和塔！我现在又想起，那次在 857142 的旁边，你爹还画出了三个叠在一起的三角形，很明显，这些三角形就代表一层一层的塔。

田小七说完，即刻和赵刻心朝着火器局奔去。他们并不知道，此时的火器局里，陈留下正陪在赵士真身边。

赵士真躺在床上，依旧像一截木头，睁着眼睛一直望着一个方向，仿佛已经和这个世界分开。陈留下刚刚熬好了一碗鱼汤，他把鱼汤吹凉，想抱着赵士真坐起喂他喝下一口，这时候田小七和赵刻心就冲了进来。陈留下的鱼汤于是一下子洒在了床板上，他似乎是吓了一跳，以为突然之间又闯进来了两名倭寇。

田小七让陈留下靠着坐起的赵士真，他在一片纸上写下了857142，并且将纸片举到赵士真面前。赵刻心一字一句地说，爹，你好好想想，还能记得这个数字吗？你要是记得的话，你就眨眨眼。

赵士真没有反应。但是田小七似乎感觉，他的视线好像是闪了一下，眼神中跑过一丝光。十分微弱，而且短暂。

田小七看了一眼赵刻心，赵刻心于是捧起已经抓在手里的台州知府送的那座金制六和塔，将它呈现在父亲眼前。她屏住呼吸，一直盯着父亲的反应。她相信，只要父亲有一点清醒的意识，就肯定能看清这座袖珍的六和塔。

但是赵刻心失望了，她站在那里等了很久，赵士真仍然呆呆地坐着，目光僵成一条冰冻的线。

陈留下叹了一口气，看见赵刻心终于沮丧着把金制的六和塔收起。他正想要扶着赵士真重新躺下时，却突然喊了一声，快看，我岳父醒了，他刚才动了一下。

赵刻心回头，陈留下突然收声，愣了一下才说，你看你父亲的手指。

田小七于是看见，赵士真原本僵硬的手指的确在微微颤抖，而他的目光也开始缓缓移动，似乎急着想要抓住赵刻心手里的那只六和塔模型。

六和塔！田小七说，刘四宝他们可能就是被送去了六和塔。

9

薛武林也没有回去守戍军的军营，他后来坐进一家酒馆，一个人沉默着喝酒。

薛武林只是喝酒，桌上几个菜都已经凉了，他却几乎没有动过筷子。阿部也就是郑翘八上午在他家里讲，想要让他交出手里的那帮孩子，薛武林必须答应他一个条件。薛武林说你别想错了，这是杭州，你要挟不了我。阿部却摇头讲，看来你没有摆正自己的位子。你当初既然在朝鲜战场上写了投诚书，还盖了手印，那我现在就是在给你下达任务。

薛武林现在觉得，这真是一场彻头彻尾的噩梦，他想安排一切，却最终被人安排了一切。他当初设计了很多环节，包括从牢里捞出正在服刑的斗鸡眼，让他配合自己演一场戏，当做一个嫌疑犯一路跑去六和塔，然后讲出孩童失踪案件的幕后是太子在操纵。只是斗鸡眼并不知道，薛武林其实还留了一手。薛武林让伍佰逼着他爬上栏杆，但是栏杆上之前已经被薛武林涂了一层桐油，所以斗鸡眼才从塔顶坠落了下去。如此一来，这其中的实情，就永远没有人会知道了。

黄昏到来的时候，薛武林在酒馆里听见一阵拨浪鼓的声音，敲得很急。随后他看见阿部的身影在酒馆门口晃了一下，他于是急匆匆跟了上去。

时间没过多久，阿部便离开热闹的街市，在一条僻静的巷子里回头看了一眼薛武林，说跟我走。薛武林眼见着天在慢慢变黑，感觉挑着货郎担的阿部似乎挑着一担子的夜色。他并不知道，当自己跟着阿部穿梭在一片山野间的时候，其实正在一步步接近刘天壮的儿子刘四宝。

此刻刘四宝和那群孩子正被囚禁在一座废弃的土地庙里，位置就在六和塔以西的开化寺附近。那天刘四宝按照赵士真的吩咐，在山洞被炸开时拼命想奔去洞口，路上却被赶来的倭寇一把拽住。倭寇随即将他提起，死死蒙住他嘴巴，并且迅速给他套上了一个麻袋。在土地庙，刘四宝听着第二天的雨声整整等了一天，也没有再见到之前跟他关在一起的赵士真。最后是傻姑告诉他，那个老头子可能已经被倭寇杀死了。傻姑的手掌在脖子跟前一抹，说我早跟你说过，会死人的，会死很多人的，你就是不听。咱们以后不能乱跑，不然就会死得很快，特别快。

你以为我怕死吗？刘四宝说，我爹早就跟我讲过，越是怕死的人死得越早。

那你怕什么？

我怕见不到我爹。我也怕我爹认为我已经死了。刘四宝垂头，可怜楚楚，说那样我爹会很伤心，我爹伤心，我也就跟着伤心。

傻姑咬着手指，一双眼睛细细地望向守在门外的几名倭寇，她说你比我还傻，你以为你这双腿能跑得过他们的刀子？这时候她看见又有一个男孩出现在土地庙门口，一下子把外头的夜色挡住了一半。刘四宝转眼一看，男孩竟然是自己的邻居金鱼。在十五奎巷，刘四宝和金鱼是最好的朋友，两个人一起掏鸟窝，抓知了，也抓萤火虫。那次在相国井前见到田小七时，陪在刘四宝身边的人也就是金鱼。金鱼比刘四宝高出半个头，每次打架时他都冲在刘四宝前面，两个拳头砸得特别凶，眼里什么都不怕。

金鱼现在站在一片黯淡的光里，一张

脸跟铁一样黑。他看见刘四宝朝自己走来，轻声问他怎么你也被抓来了这里？金鱼就抹了一下嘴角，说我爹死了，我现在成了孤儿。

刘四宝攥紧拳头，说金鱼哥你别怕。不是不报，时候未到。我爹一定会杀了这些倭寇，替你爹报仇。

金鱼却推了刘四宝一把，将他推倒在地上。他瞪着刘四宝说，杀死我爹的人是锦衣卫。你敢不敢帮我找锦衣卫报仇？

刘四宝愣住。他哪里会知道，事实上，金鱼的父亲剃刀金就是潜藏在十五奎巷的倭寇。剃刀金是在仁济粮仓的屋顶，被赵刻心的掣电铳击中。

金鱼后来在刘四宝身边坐下，刘四宝挪了挪身子，很多事情让他突然搞不明白。他看见夜色正在变深，而门外土地庙的不远处，茂密的树丛里渐渐钻出两个人影。其中走在后面的那个，刘四宝觉得，好像十分眼熟。

过来的人就是薛武林和阿部，两人来到土地庙前，头顶已经出现了淡淡的月影。阿部站在一丛高大的灌木中间，说孩子就在土地庙里，你明天就可以派人过来搜查。我会留下足够的证据，让你们明白这一切的背后都是太子在搞鬼。

薛武林看着参天树木下的土地庙，说你有什么条件？是不是帮助你们离开杭州？

阿部却扯开挡在眼前的一根树藤，说我需要一批烈性火药，越多越好，我要把火药带回日本。

如果我答应你，你是不是就可以把当初我写下的投诚书还给我？

阿部笑了，笑容在月光里显得惨白。

你还是记挂着那张纸。阿部说着，抬手拍死眼前飞来飞去的一只蚊子，摊开的手掌上于是沾了一团血。他闪了闪眉头，说可以还给你，反正只是一张纸。

阿部话刚说完，突然听见土地庙那边有人拔刀，声音惊动了树枝上的一群鸟。薛武林转头望去，看见庙里已经冲出一个男孩，男孩像猛兽一般，钻进灌木和草丛后，瞬间只能见到他一直往前冲刺的脑袋。薛武林盯着那颗瘦小的脑袋，终于看清，原来那是刘四宝。

刘四宝拼命奔跑，脸上被荆棘划开好几道口子。薛武林看见他摔了一跤，在地上连滚带爬着朝自己叫喊，叔，快跑，这些人是倭寇……

薛武林感觉刘四宝是拼尽所有的力气在叫喊，嘶哑的声音几乎将茫茫的山野撕开一道口子。薛武林听着那些声音，很快就看见刘四宝滚到了自己脚跟前。刘四宝抱住他的腿，像抱住一根救命的稻草。此时他看了一眼阿部，一只手却已经抓向了佩刀的刀柄。

阿部愣了一下，说薛武林，你想干什么？把刀放下！

10

这天的子夜时分，当田小七和赵刻心，以及唐胭脂和陈留下他们赶到六和塔时，看见余船海正指使着一帮手下拆除六和塔前的最后一堆脚手架。

余船海身边燃烧着几团用来照明的篝火，熊熊的火焰升腾起一股股黑烟，让他简直热得受不了。他敞开衣裳，抹了一把烟熏火燎的眼角，看见重新修建好的六和塔已经顺利完工，正通体呈现出一团火红的颜色。然后他又看见突然赶到的陈留下他们举着火把从马背上跳下，不由分说着冲进了六和塔。余船海急忙跟了上去，踩着楼梯板追着他们一步步拾级而上，他讲你们这是干么？大半夜的不睡觉吗？都小心一点，别碰坏了油漆。明天就是八月十八，钱塘观潮节，巡抚大人刘元霖要在这里举行一场盛大的庆典。我负责张灯结彩，也负责喜庆和烟花。

田小七把余船海拦住，说这里没你的事，你下去。

余船海看见田小七一身飞鱼服，以及举在手上的绣春刀。但他还是踩上一级楼梯板说，到底发生了什么事情？你们就不能透露一点？

陈留下冲到他面前，说台州佬你烦不烦，锦衣卫办案，我还给你透露个屁。

余船海头昂得很高，忍不住指着陈留下大骂一通，说好你个丧尽天良，你竟敢喷我一脸的口水，你以为你是锦衣卫？我呸！

田小七说，搜！

第七章：万历三十年（1602年） 八月十八日 晴

1

杭州城在曙光中醒来。连日积存的水汽于清晨的阳光下蒸发。

这天一大早，豆腐巷就显得不怎么宁静，因为薛武林突然带了一队守戍军赶来这里。甲壹号位于豆腐巷的最北边，原先是一片空旷的砂石地，用来给杭州卫守戍军当作操练场。守戍军军士每天从军营跑步过来，练习各种格斗和射击，整片场地于是一年四季沙尘滚滚。后来守戍军军营扩建，拓展了更为宽广的校练场，空置出来的甲壹号于是被刘元霖送给赵士真当作火器局的弹药库。砂石地上盖起了很多库房，安排值守的军士，总共七个人，领头的伍长是叫水牛，萧山瓜沥人。

水牛这天没想到薛武林会这么早过来，跟往常一样，他那时正举着一把木头刀，和几个手下共同练习捉对刺杀。虽然是值守库房，但水牛并不懈怠，一直坚持着守戍军每天晨练的规矩。看见薛武林时，水牛把木头刀挥了挥，跟那帮手下讲，都愣着干么？还不快叫哥！

一群人异口同声叫了声哥，薛武林摆手，沉默着笑了一下，意味深长。这么多年，他对军营中的手下关照颇多，大家喜欢叫他哥，他也没怎么反对。此刻，他带来的十多个军士呈一字型排开，笔直站在他身后。薛武林告诉水牛，这些都是新入伍的兵勇，不知天高地厚，我带他们过来一起练练，你觉得如何？

水牛捏了捏手腕，视线从那排新兵脸上一一掠过，觉得这帮家伙还真是派头不小，好像根本没把他放在眼里。水牛于是转头跟手下喊了一声，弟兄们，要不要再出一把汗？

练！手下立即回了一声。

薛武林略微点了点头，从场地中间退出，什么也没说。

两帮人摆开架势，隔开一段距离用眼光对阵上的时候，薛武林一个人低头走去门口，把库房的门板给闩上。没过多久，他便听见兵勇们拳脚相向，以及木刀砍向

368

木刀的乒乒乓乓的声响。薛武林抬头，看见一片阴沉的云在空中漂浮，然后又很快被风吹散，阳光于是即刻变得很好。

水牛这天没有想到，说好的对练才开始没多久，手下正练得得心应手的时候，那帮眼里含着砂子的新兵却一下子丢开手中的木头刀，直接拔出了挂在腰间的佩刀。水牛于是吼了一声，你们想干么，还讲不讲规矩？输不起就不要进守戍军。可是他话还没讲完，绕去他身后的一名家伙就已经一刀戳进他后背。刀子扎得很深，那人转动了一下刀柄，喷了喷鼻子说，你去另外找一个地方讲规矩吧。

水牛顿时傻了，眼看着一团热腾腾的血，泼洒在自己脚后跟，溅起很多尘土。他懵了一下，朝薛武林的背影喊了一声，哥，怎么回事？

薛武林站在门前，仿佛什么也没听见。他不想回头，也不可能再回头。

事实上，那些所谓的新入伍的兵勇其实是阿部和他的手下，他们身上的军服是薛武林提供的。昨晚在土地庙前的丛林里，阿部提出要一批火药，薛武林想到的就只有钱塘火器局的弹药库，但他如果支走水牛他们，以后案子查起来，自己难以摆脱嫌疑。此刻薛武林透过闩好的门板的缝隙，看见豆腐巷里很安静，望不到一个过往的行人。他想，但愿这一切早点过去，让阿部他们带上火药尽早离开杭州。要不然，倘若他在朝鲜战场上写下的投诚书被公开，那就是他们一家三口，不对，是四口人的灭顶之灾。

身后的厮杀声已经响成一片，薛武林横下一条心，把眼睛缓缓闭上，不想看见这个清晨里悄然展开的血光淋漓。此刻能让他回想起的，是那一年的朝鲜战场，阿部的父亲在战俘营里手起刀落，当场卸下了刘天壮一条活生生的手臂。刘天壮昏死了过去。

时间似乎过了很久，薛武林的思绪一直孤零零地停留在朝鲜国的暴风雪中，犹如一个飘荡的幽灵。现在他终于睁开眼睛，四顾茫然着转身时，看见的是弹药库里满地横躺的尸体，一共有七具。他低头走向阿部，路上远远地绕开那些尸体，像鸟巢中掉落的一只光秃秃的幼雀，每一步都走得心惊胆战。这时候，躺在地上的水牛突然醒了过来。水牛没有死透，他身上插着一把明晃晃的刀，在薛武林经过时突然转了一个身，用上毕生的力气抱住他大腿。水牛说薛副千户，这些人，这些人是倭寇。

薛武林垂着一双手，像一位沉吟良久又郁郁寡欢的诗人。他先是看见水牛身上的刀子在颤抖，如同一块颤抖的豆腐。然后他不得已着望向天空，好像望见又有很多灰蒙蒙的云层在头顶翻滚。他试着提了提腿，却发现腿很沉，被水牛抓得很紧。薛武林想，还是早点结束吧，何必这样拖泥带水。于是他抬手，抓住水牛身上那把长刀的刀柄，猛地用劲拔出，然后看都没看一眼，直接提起刀子再次朝地上的水牛扎了下去。

长刀扎进水牛的身体，声音听起来很脆。水牛不敢相信眼前的一切，他死死地盯着薛武林，却看见刀子再次提起，这一次是直接扎向了自己的脖子。

阿部看见水牛的手终于缓缓松开，这时候薛武林踢了水牛一脚，让他整个人翻身仰躺在地上，睁着一双眼望向无比空洞的阳光。

阳光冲破云层，阿部喜悦着笑了。他扔掉手中的刀子，拍了拍手掌，然后对薛

369

武林竖起拇指说，干得不错，我就喜欢这个样子的薛副千户。

薛武林的整张脸是铅灰色的。他看见弹药库的整个操练场上尘土飞扬，而尘土飞扬中，他又似乎望见无数个清晨里，水牛带领着那帮部下晨练。水牛他们挥汗如雨的身影，最终消散在一片白茫茫的晨雾中。

阿部后来去了伙房。他拍去身上的尘土，自己动手炒了两个菜，并且叫上薛武林，让他坐下陪着一起喝酒。薛武林喝酒喝得昏昏沉沉，好像是在灌下一碗又一碗的懵懂汤。他不知不觉夹了一点菜，送进嘴里时，胡乱嚼了一口又惶惶然停下。阿部看他一眼，笑着说怎么了，是不是炒得有点辣？

薛武林不响，茫然吞了下去，也顾不上它到底有多辣。阿部却眯着眼睛笑了，提起筷子说，是水牛的舌头，我刚割下来的，可能也是炒得不够熟。

薛武林吐了，瞬间吐得翻江倒海天旋地转。他后来趴在桌上，像是大病一场，眼前布满了一张巨大的蜘蛛网。他还听见阿部絮絮叨叨着讲，水牛这人倒是不错，唯一的缺点就是话多。你知道我不喜欢饶舌的人，所以就把他的舌头给割下来了。

阿部接着说，喝酒。

2

在六和塔，田小七和赵刻心他们并没有搜到什么，但田小七不想放弃，他相信赵士真在见到金制袖珍六和塔时的反应肯定是有原因的。结合松吉之前提供的信息，他认为这事应该和倭寇的"破竹令"计划，也或者是失踪的刘四宝他们有关。搜索圈后来扩大到了六和塔周围几里地的范围，田小七让陈留下去了一趟守戍军军营，叫伍佰带上川东猎犬一起过来参加搜寻。

时间差不多到了巳时一刻，在一片草木丛生的山野里，忙碌了一个通宵的猎犬赛虎突然伸长脖颈抽了抽鼻子，然后目光炯炯着笔直冲了出去，很快就隐没在一堆半人高的灌木林中。

赛虎一连吠叫了好几声，伸直的脑袋沿着土坡不停地往前挤。最后它两只前腿在地上扒拉了一下，回头时，嘴上已经叼着一只裹满了泥浆的鞋子。

田小七拍拍赛虎的脑袋，接过鞋子甩去厚厚的赭红色的泥浆，发现鞋头有两个破洞，鞋帮也差不多散了。他沉默了一阵，最后跟伍佰说，是刘四宝的鞋子，我在刘天壮那里见过另外一只。

这时候，跑出去的赛虎又在草丛中呜咽了两声。田小七跟上时，看见地上一摊风干没多久的血，一群苍蝇正围绕着盘旋飞舞。田小七抬头，感觉脑子嘤嘤嗡嗡的。耳边吹过一阵山风，让他眼前的杂草和灌木叶子一阵阵颤抖，他一下子觉得，整片山野都异常萧瑟。

陈留下的目光也在抽紧，他似乎预感到什么，却不敢接着往下想。也就是在这时，赵刻心首先看见了视线的东北方向，突然升起一颗红色的信号弹。信号弹牵着一条悠长的光尾，在杭州城头顶摇摇摆摆着升空，留下一抹近乎诡异的颜色。

陈留下说糟了糟了，哪里又出事了。可他还没来得及回头，就听见身后的田小七和赵刻心两人几乎同时冲了出去，像是山野间吹过的另外一阵风。陈留下边跑边喊等一等，却听见唐胭脂把他甩在身后说，时间不等人的，红色信号弹代表十万火急。

田小七一路从山崖上飞下，他的宝通快马正在山坡下吃草，他最后踮一踮脚尖，腾空跃起时瞬间就落在了马背上。此时赵刻心也已经飞跃在空中，田小七于是甩动缰绳让马转了个身子，奔出几步正好稳稳地将她接住。

赵刻心侧身，看了一眼紧贴在自己身后的田小七，目光里涌动起一股暖流。

是豆腐巷的方向。赵刻心说。

田小七即刻挥动马鞭，在宝通快马奔驰的时候，他说，豆腐巷里是不是有你们火器局的弹药库？

赵刻心说，我担心的就是这个。

田小七说，坐好了，靠我靠得紧一点。说完，他狠狠地抽了一下马鞭。

信号弹是甘左严发射的，地点就在豆腐巷的钱塘火器局弹药库。甘左严这天和柳火火去豆腐巷买豆腐，想让田小七和唐胭脂两人晚上吃一碗豆腐饭，凭吊离开人世的刘一刀。两人在豆腐巷经过甲壹号弹药库的门口，看见紧闭的门板下静悄悄流出很多血。甘左严用手指沾了沾，血还是热的。他当即跃上围墙，又攀上一座屋顶，发现有人在练兵场上清理尸体，也有人忙着从库房里搬运出火药。这时候巷子里又走来几辆晃晃悠悠的马车，马车在弹药库门口停下，有人把门打开，查看了一眼四周，这才让马车进场，又把搬出来的火药一捆捆抬上了车厢。

甘左严想都没想，从屋顶飘落到地上，赤手空拳朝那帮倭寇冲了过去。他在奔跑时跃起身子，砸出去的拳头裹挟着一阵风。被砸中的倭寇脖子咔嗒一声转了一下，立马喷出一口血，血浆里有两颗纷飞的牙齿。甘左严夺过他刀子，转身时，身边已经围了一群高低不同的倭寇。他且战且退，最终退进一间弹药房，找到了信号枪及摆在一旁的信号弹。

在田小七和赵刻心赶到之前，甘左严已经受伤，他的腿上被人砍了一刀，血流如注，几乎看得见里面的骨头。柳火火等候在巷子里，已经急得快要疯了。等到田小七和赵刻心出现时，她看见两个人一匹马冲了进去，即刻冲散那帮围着甘左严厮杀的倭寇，两人转眼从马背上落下，一左一右落在了甘左严的两边。柳火火破涕为笑，抹了一把泪时，看见唐胭脂的马也已经冲到了自己跟前。唐胭脂的马背上跳下一个陈留下，陈留下把自己站稳后，大笑着说，柳火火你掉什么眼泪，我不是已经赶到了吗？

柳火火说丧尽天良我警告你，此刻你不许笑。

此刻已经缓过来的甘左严越战越猛，他拖着那条受伤的腿，一刀劈了出去，让唐胭脂看见倭寇掉在地上的半条手臂。手臂在砂石地里滚了两圈，落定以后五根手指不明所以地跳动了一下，才很不情愿地松开了抓在手里的刀柄。

唐胭脂皱了皱眉头。他挥舞着刘一刀的七星刀，虽然不怎么顺手，声音却柔情似水，说姓甘的，真讨厌，你这也太残忍了吧。

这时候一名蒙面的倭寇跳上马车，狠狠甩了甩马缰，车轮扬起一片尘土，即刻朝门口狂奔了出去。甘左严喊了一声，拦下他，车上有火药。

赵刻心愣了一下，把剑收住，随即扬手甩出挂在背上的掣电铳，朝远去的马车瞄准。田小七看见赵刻心举着掣电铳一直在发抖，眼睛睁开又闭上，始终无法按下扳机。赵刻心脸上冒出一层汗，马车在巷子里奔驰，跑得越来越远。田小七一个箭步冲上，夺过擎电铳，飞身跃上巷子前的一堵院墙，抬起枪管毫不迟疑地发射出了一枚火药弹。

陈留下首先看见一道冲天而起的火光，将整个豆腐巷照耀成一片红色的海。然后他才听见剧烈的爆炸声，如同响彻天际的一排雷电，但巨大的威力却是从他脚底下升起，仿佛要将他整个人彻底给掀翻。这时候陈留下恍恍惚惚地回头，看见赵刻心眼睛一闭，整个身子都在摇晃，而就在她缓缓倒下的时候，院墙上的田小七已经落到她身边。

陈留下看见赵刻心倒下，倒在了田小七的怀里。

3

爆炸发生时，薛武林已经回到家中，他不在弹药库。

阿部让薛武林吃了一口伍长水牛的炒舌头，薛武林吐了，吐得一塌糊涂。他回到家中，一双脚轻飘飘的，仿佛是踩在云朵间。他独自站到窗口，心里惴惴不安，然后想着想着，就提起一把短刀，并且把自己贴身的裤头给脱下。兔子小白蹲在他身边，若有所思地看着他。薛武林把兔子赶走，他转头，找准位子，手中锋利的刀口猛地朝自己的屁股扎下。然后他咬紧牙关，按住刀尖，在那块皮肉上缓缓挖出一道圆弧状的口子。

血在大腿间往下流淌，薛武林看见自己那块皮肉终于耷拉了下来，皮肉上烙印着一只黑色的蝙蝠，已经陪伴了他多年。薛武林没有感觉到疼痛，反而觉得有点轻松。黑色的蝙蝠是当初在朝鲜战俘营里，阿部用烧红的烙铁给他留下的，深深刻印进他的皮肉。现在薛武林想割了这块肉，如同割去一段惨不忍睹的记忆。

薛武林提着刀子，身子在颤抖，他还有很多不忍回想的记忆。昨天夜里在山野上的土地庙旁，刘四宝连滚带爬着奔到他跟前，途中掉落脚上仅有的一只鞋子。刘四宝抱着薛武林的腿脚，像抱着一根救命的稻草，他说叔，这些人是倭寇，你快拔刀。薛武林于是一只手暗自摸向刀柄，然后听见阿部说，你想干么？把刀放下。但是薛武林却提起刀子，猛地扎向了脚下的刘四宝。

刀子扎进刘四宝的胸口，扎得很顺畅。在将它抽回之前，薛武林眨了眨眼睛，望着头顶细碎的月影说，四宝，你不应该看见这一幕。叔对不起你，你早点投胎吧。

薛武林在切割自己的皮肉时，他的老婆陈汤团正在家中的另外一个房间梳头。

陈汤团昨晚睡得很好，夜里感觉肚里的孩子踢了她一脚。她眯着眼睛笑了，轻轻拍了拍肚皮说，跟你爹一样，总是夜里不睡觉。陈汤团现在对着铜镜，想要试着扎出一个很好看的发髻，她把收起来的头发重新放下，想喊薛武林过来帮她一下时，天边突然响起一排巨大的爆炸声。声音从四面八方传来，也似乎从脚底传来，陈汤团看见眼前的那面铜镜被震得发抖，在桌子上摇摇晃晃，差点就要倒下。她急忙想把镜子扶稳，却看见镜子里的自己有着无比惊恐的眼神。这时候薛武林已经奔到她身后，薛武林抱住她说，别怕，我在家，我在家。

陈汤团缓过神来，说这是怎么了，难道是天塌了？说完，她看见眼前的薛武林竟然只穿了一条贴身的裤头，手上还提着一把短刀，刀尖上都是血。

薛武林把刀扔下，说别怕。然后他看了一眼窗外，好像是自言自语着说，豆腐巷，可能是豆腐巷的弹药库爆炸了。

弹药库怎么会爆炸？陈汤团很惊讶。

我过去看看。薛武林说，豆腐巷，是豆腐巷爆炸了，我过去看看。

薛武林刚走出去几步，又忙不迭着回头，说你待着别动，哪里也别去。你别担心，家里有我，一切都会过去。我等下就回来，过了今天，什么都会过去。

陈汤团的确是坐在镜子前一动不动。她只是在幽暗的铜镜里发现，转身过去的薛武林一瘸一拐的，屁股上流淌出一股新鲜的血，血已经将他的裤头彻底打湿，变成了触目惊心的红色，看上去像一面卷成一团的旗。

4

薛武林差不多和刘元霖在相同的时间里赶到了弹药库。

望着满地的尸体以及炸飞的巷子口，刘元霖在尚未散尽的硝烟中一连打了好几个抑扬顿挫的喷嚏。他没想到，自己当初把这块场地送给赵士真时讲的一句玩笑话竟然一语成谶，眼前的豆腐巷果然是被炸成了一团豆腐泥。

刘元霖很忧伤。发生在杭州城的恐怖事件接二连三似乎没有尽头，让他感觉眼前的秋凉是那么具体，而他这个不堪承受的巡抚，似乎最多只是秋天里的一枚落叶。

薛武林围着那排尸体，在暗自寻找，他希望能见到躺在地上的阿部的那张脸。那样的话，他所有的担忧就能烟消云散，所有的事情也就一了百了。

半个时辰前，薛武林离开这里时，阿部和他那群手下正在忙着搬运火药。那时他试着问了一句阿部，你确定能带走它们，离开杭州带去日本？阿部将眼睛眯成一条缝，说其实我一点也不能确定。事实上我是想把它们送给眼前的这座城。我希望把杭州所有的城门给炸开，炸他一个稀巴烂，炸成一座四处漏风的城。

现在薛武林失望了，他在那排尸体中没有见到阿部，却很快见到了赶来这里的郑国仲。薛武林心里再一次抽紧，他知道自己又要面对另外一场担心。他想人生就是一道一道的坎，能不能跨过去就要看自己的造化。

郑国仲拉长着一张脸，脸色是阴暗的，眼圈周围布满着细密的皱纹，此刻他望着眼前的一切，目光和飘散的硝烟有着共同的颜色。他最后挑了一个离薛武林很远的地方站着，直到看见刘元霖和田小七两人的背影，才上前走了过去。田小七跟他讲，现场一共十五具尸体，其中除值守弹药库的我大明军军士，剩下的都是倭寇。根据甘左严的回忆，当时在场的倭寇有二十多人，那么说明其余的倭寇已经逃走。另外，守成军总旗官伍佰翻出了弹药库的入库记录，又对比了各处的存量，发现即使是扣除了刚才在马车上爆炸的火药，消失的炸药还有几百斤。

郑国仲始终听着，一言不发。他后来走到刘元霖跟前，对他笑了笑，低头说本想这个时辰去你府上，我给你带了两盒东北野山参，却没想到发生了这种鸟事。

刘元霖擦了一把汗，说国舅爷，我这个巡抚当得很不称职。

田小七接下去就叫来了薛武林，他说几名死去的倭寇身上，穿戴的都是守成军的军服，你觉得问题是出在哪里？

薛武林愣在那里，强打起精神说，这事情我会查，尽快给你答复。

此时田小七看见薛武林背后的裤子是湿的，里面好像渗出一团血。他说你怎么受伤了？快去包扎一下。

薛武林怔了一怔，随口说是痔疮，很多年了。

田小七心里咯噔了一下，他明明记得，那天和薛武林在酒馆里喝酒时，薛武林很会吃辣，那是痔疮的大忌。这时候，田小七看见薛武林的裤腿上有一团已经干裂的赭红色的泥浆，泥浆上并且沾了一片鸭跖草。这让他突然想起了刘四宝的那只鞋子，鞋子上也是沾满了赭红色的泥浆，泥浆中还有几片踩碎的鸭跖草。田小七于是掏出那只鞋子，跟薛武林说，你能不能陪我去刘天壮家里一趟？我听说他是你以前在朝鲜战场上的战友。

薛武林沉默，点了点头。他把视线从田小七的手上移开，因为他知道那是刘四宝昨天夜里穿在脚上的鞋子。田小七盯着他，又举着鞋子对不远处的猎犬赛虎晃了晃。赛虎叫了两声，跑到田小七跟前盯着那只鞋子，又转过脑袋看了一眼薛武林，这才凑向他裤腿抽了抽鼻子，然后又围着他转了一圈。

此时薛武林心惊肉跳，全身都在抽紧，他想把赛虎给踢走，赛虎却耷拉下眼皮呜咽了一阵，最终十分茫然地趴在了地上。

田小七说，薛副千户，你昨晚去过了哪里？

薛武林说，我哪里也没去，我在家。

你裤腿上的泥巴和我这只鞋子上的一模一样。难道是凑巧？

薛武林说，我在家。

田小七说，刘四宝是不是死了？

薛武林说，我在家。你别跟我提刘四宝。

倭寇身上的军服怎么回事？赛虎围着你转圈怎么回事？田小七说，薛副千户，这些好像都需要你来告诉我理由。

薛武林就快要崩溃了，他抬头，目光是灰色的。他在视线中寻找，最终看见了已经走开去的郑国仲，于是说，国舅爷，我能不能走了？

此时郑国仲背对着他，想了想说，薛武林，你过来一下。

5

陈留下并不知道刚才发生的一幕。赵刻心晕倒以后，田小七抱她去了水牛他们的营房，让她在床上躺下。陈留下说没事的，她过一阵子就醒了。我听我岳父讲过，她一见到火光就会晕倒。

现在田小七回到营房，看见赵刻心果然醒了，但是陈留下远远地坐着，他不敢靠赵刻心太近。

田小七在赵刻心身边坐下，说，你怕见到火？

赵刻心把眼睛重新闭上，好像不敢回想刚才马车爆炸火光熊熊的一幕。

陈留下后来开始担心起自己，他想刚才外面那个跟巡抚刘元霖讲话的人，应该就是郑国仲。他问田小七，国舅爷走了没有？

田小七淡淡地看着陈留下，觉得他坐在那个角落里看上去有点慌。然后他想了想，说，郑国仲没走，他把你姐夫给叫去了。

陈留下一下子就被吓傻了，他站起来，

374

整个人焦虑不安，说完了完了，他肯定是要抓我回去。

赵刻心看见陈留下面对着一堵墙，停了一下又说，哥我想逃，我不想留在杭州了，我不想坐牢。我要是坐牢了，你以后就见不到我了。

田小七说，你哪里也别去，你坐着。

我怎么坐得住？陈留下差不多就要哭了，他讲我要是去了牢里，以后一辈子都是坐着，想站都站不起来。

田小七转头，很长时间看着窗外。他后来说，陈留下，看来你很不了解你姐夫。

也就是在这时，田小七看见不远处的伙房门口，门突然被嘭的一声撞开，冲出来的是薛武林。薛武林像一条被人扎了一刀的狗，他弓着身子，跌跌撞撞着想要逃走。但是紧随而出的郑国仲很快将他拦下，郑国仲提起他身子，想要把他一路拖回去伙房。

此时刘元霖就站在门外，他像一截光秃秃的木头，看见伙房门口一路都是血。血从薛武林的胸口喷涌出，洒在砂石地上，走得歪歪扭扭。薛武林身子很沉，郑国仲最终把他扔下。郑国仲提着手里的刀子，回头跟刘元霖说，刘巡抚，薛武林是你们杭州城的奸细。他替倭寇卖命，给他们提供军衣，还帮他们运走火药。这样的人罪大恶极，死有余辜。

说完，郑国仲的刀子便再次扎了下去，扎进薛武林的后背。他转动了一下刀柄，想把刀子拔出，却感觉刀口陷得很深，凭他剩下的力气已经难以把刀子提起。他擦了擦额头，阴沉沉地讲，千刀万剐的东西，要是在京城，我会让皇上赐你一个凌迟！

刘元霖在秋风中缩紧脖子抖了一下，头顶稀疏的长发已经乱成一团干枯的草。

他看见陈留下疯子一般跑到薛武林跟前，他把薛武林抱起，让他躺在自己怀里。薛武林随即吐出一大口的血，跟喝不下去的酒一样。这时候陈留下泪如雨下，他抱着姐夫嚎叫，薛武林你个王八蛋，你到底是不是倭寇的奸细？你就这么走了，留下我姐怎么办？

薛武林抓住陈留下衣裳，喉咙底下再次涌出一口血，说回去跟你姐讲，不用怕了，什么都过去了。

陈留下把薛武林抱得更紧，他紧贴着薛武林的脸，哽咽着喊了他一声姐夫，声音无比的悲凉。此时薛武林艰难地笑了，声音缓缓着说，不用怕，什么都过去了。我走了，你们就没事了。

在薛武林闭上眼睛之前，陈留下已经哭成一个泪人。他最后面朝天空，声嘶力竭着嚎叫了一声，田小七觉得声音是那样的苍茫，陈留下仿佛是荒野中被抛弃的一匹幼小的狼。

6

这天赵刻心陪田小七坐了很久。两人一直望向窗外，像是要把眼前的世界给彻底看透。

弹药库后来陷入死一般的宁静，很久以后，赵刻心说，你是不是早就怀疑薛武林是奸细？

田小七把头抬起，声音很虚空，说可是我到了现在却不愿意相信。

那你相信什么？

我相信一切就快要过去了。杭州城的阴霾也该结束了。

赵刻心眼中落满细细的灰尘。她认真地看着田小七很久，忍不住说，你瘦了。

田小七茫然地笑了一下，他想可能是最近发生的事情太多，虽然只是过了一个早上，却感觉时光好像又过了六年。他抹了一把疲惫的脸，似乎是意味深长地说，你怕见到火光，我却怕见到人心。火光要是能照得见人心，那该有多好。

赵刻心的眼角一下子有点湿润，她好像是被田小七触动到了往事，低头说其实我也不是天生怕火光。我想跟你讲讲我的母亲，除了我爹，这事情从来没人知道。

田小七于是开始知道一个跟京城有关的故事，故事是发生在许多年前的夏天。那天阳光炙热，女童赵刻心坐在屋顶，她扎了两条羊角辫，正在玩耍父亲的一枚凹凸镜。凹凸镜是住在鸿胪寺里的洋人使臣送给赵士真的，它射出去的光点在天空底下四处雀跃奔跑，让女孩赵刻心异常兴奋。赵刻心后来将光点聚焦在一间马厩里的干草堆上，她突然惊奇地发现，草堆竟然开始冒烟，仿佛西域人上演的一场精彩的魔法。她抓住凹凸镜不放，想看看接下去还会发生什么神奇的事情，却猛然听见轰的一声，草堆起火了。

火灾就此引发。火势燎原，很快烧向了隔壁的一家赌馆。人群狼奔豕突间，远处赶来的赵刻心的母亲却逆着逃亡的人流向火场奔去。等她在慌乱中站定，看见火场的中间有一张男孩青涩的脸，男孩左右冲突，始终寻找不到合适的方向。赵刻心母亲于是往身上泼了一盆水，然后想都没想，直接就冲进了燃烧的赌馆。

赵刻心感觉整个世界都被烧着了。她站在天空底下一直等，能够听见自己剧烈的心跳，跟火焰一样炙热。但她最终没有等到走出火场的母亲，只是看见那家茅草顶的赌馆，在劈啪作响的火舌底下似乎是痛苦地呻吟了一声，然后就轰然倒塌，像泼在地上的一摊水。

田小七听赵刻心讲到这里时，发现她整个人已经气喘吁吁，目光迷离，眼眶中含着茂盛的泪水，整个人好像又要被一团虚幻的火光所掀翻。

那场火灾带走了我的母亲，也同时带走了一个无辜的男孩。赵刻心说，从此以后，我就怕见到火。我会在火光中见到母亲被烧焦的一张脸，似乎跟木炭一样。

田小七后来缓缓起身，仿佛是要从那场火灾中站起。他站到窗口，深深地吸了一口气，背对着赵刻心说，早知道这样，我当初在京城就不应该去打更，而应该去当少年火丁。那样我就会使劲帮你泼水，扑灭了那场火，免得它像一场醒不来的梦一样这么多年一直纠缠着你。

赵刻心喝了一口水，眼光稍稍放开。她讲你不懂，那是怎样的一场噩梦。

田小七却转过头来笑了，笑容发自心底，透明而灿烂。他看着赵刻心说，你一个上午愁眉苦脸，好像我欠了你许多银子。我送你回去火器局吧，我决定跟你讲一点开心的。

你就确定我能开心？

当然确定。因为我是田小七，天底下没有不开心的田小七。

赵刻心后来走在巷子里。风静静地吹着，吹起她长发，也吹动她水草一般飘扬的思绪，让她看上去成了这个秋天最为宁静的一部分。田小七牵着宝通快马，看见风从马背上踏过，地上有新鲜的落叶，桂花香得如同一首刚刚写出来的诗。他想，或许这就叫做秋高气爽。

如果我告诉你，你刚才的故事只讲对了一半，你会相信吗？田小七说。

你好像成了丧尽天良的陈留下，一天到晚想编故事给人家听。赵刻心说，那几乎就是骗子。

那个男孩其实并没有葬身火海，他还活着，而且活得很潇洒，我不骗你。

我一点也不见得开心。赵刻心说得有点凉。

那场大火发生在十二年之前，在那一年的七月九日，京城的三保老爹胡同。那天被烧毁的赌馆，名号叫摇一摇，它是茅草棚盖的。田小七说，我都讲对了吗？

赵刻心猛然止步在秋日的风中，整个人彻底懵住。她似乎再次看见那一年的七月九日，头顶骄阳似火，杨柳树上的虎头知了怒叫。她盯着田小七讲，难道那天你也在现场？

田小七牵着宝通马继续往前平静行走，这让赵刻心听见轻微而有韵律的马蹄声。马蹄踏响在整条巷子里，显得特别幽静，像一段过往的陈年岁月。

田小七说，那天被困在火场中的男孩，叫小铜锣。小铜锣以前在京城打更，他每天提着一只破锣，所以他才叫小铜锣。那天有个小姐姐救了小铜锣，他们两人奔出火海的时候，看见摇一摇赌馆果然是摇晃了一下，然后就在顷刻间化为废墟。

不可能。赵刻心赶上田小七，说这些都是你临时编的，你瞎编了一个小铜锣来想要来骗我。

小铜锣长大了，他的真名叫田小七。他在几年前加入了皇上的锦衣卫秘密组织北斗门，又在七天前奉命来到杭州。现在就站在你面前。田小七转头，目光如水，看着赵刻心继续说道，我也觉得这事情跟假的一样，好像是关汉卿临时写的一场戏，为了赚取看客的一把眼泪。可它偏偏就是真的，一切都是真的，就连那个小姐姐也是真的。

田小七停了一下，最后说，我现在只是心存内疚，因为我，让你失去了挚爱的母亲。而你母亲原本是冲去火场想要救我。

赵刻心积蓄了很久的眼泪终于再次掉落。她想哪怕这一切都是假的，她也还是愿意相信。然后她就抑制不住惊喜，感觉沾在脸上的风，那种凉爽是如此的真实，真实到不允许她否认。于是她在铺开的阳光下沉默了很久，想了一阵才说，救你的那个小姐姐，是不是就是无恙？你在梦中叫出她的名字。

田小七笑了，也让赵刻心懵了。田小七说你真有本事，真的事情一下子又被你给讲假了。实话跟你讲，小姐姐姓郑，她以前叫郑云锦，跟我住同一条胡同，现在她……

现在她怎么了？

现在她搬走了，搬去了皇宫里，我们都叫她郑贵妃。她也就是礼部郎中郑国仲的妹妹。田小七说，我要讲的都讲完了，那你现在觉得开心吗？

此刻赵刻心已经泪流满面，像一个喜极而泣的孩子。她把头转过去，擦了很长时间的眼泪，又过了许久才说，十二年了，这是不是一场梦？

多好的一场梦，田小七说，所以你要赶紧从原先的那场噩梦中走出。我希望你笑一下。我一个上午讲了那么多，紧张得像是要去进京赶考。你笑一下，也算是对我的奖赏。

赵刻心流着眼泪笑了，笑容的确是发自心底。此时她看见宝通快马悠悠地看了她一眼，然后就脉脉含情着伸长脖子，无忧无虑地去吃长在墙头的一把绿葱葱的草。

377

7

西有湖光可爱，东有江潮堪观。八月十八的钱江大潮，杭州人已经期待了很久。毕竟，自八月以来，这一天的潮头最为壮观，吞天沃日，势极雄豪。按照习俗，每年的这一天，杭州城必定是倾城而出万人空巷。百姓们成群结队扶老携幼，从庙子头到六和塔，钱塘江绵延十多里的江岸上满眼珠翠罗绮，车马塞途，想要找一处站脚的地方都是十分的艰难。

络绎不绝前来观潮的还有杭州城附近的居民，他们来自绍兴、富阳、严州，以及北边的湖州等地。

到了午时，武林门外的官道上已经一片繁忙。外地人或驾车或步行，茫茫的烟尘中，眼看着秋日里黄绿相间的杭州城已经近在咫尺。

人群中有一个粗布灰衣的十来岁少年，背负一袋经书，肩头停着一只懒洋洋的豹猫。少年步伐轻快，最终在武林门的城墙根前站定。他抬头仰望蔚蓝色的天空，看见一群像是绵羊的云，然后擦干脸上的汗迹，连同那些沾附上的尘土，仿佛搓下一把黑色的盐。少年身边陪着一位年长的和尚，一袭袈裟，慈眉善目，有着一把飘逸的胡子。

城门下，少年转身，目光灵动如同春日里的溪水。他说师父，我好像是闻见了几位哥哥的气息。你说我哥哥他们会不会也在杭州？

如果你的确闻见了哥哥的气息，说明你们兄弟几个在杭州有缘。师父跟你讲过，几百年前，杭州也曾经是京城。

几百年前是多长的时间？

就是几辈子的时间。生命来来回回走了许多遍。师父走了又来了。

我不想让师父走，我想永远陪在师父身边。

吉祥能这么讲，师父听了很欢喜。不过天下没有不散的宴席，师父终将在化身窑里化成一团袅袅的青烟……

少年名叫吉祥，是田小七在京城吉祥孤儿院里最小的一个弟弟。过去的很长一段时间里，吉祥一直跟随他师父满落法师四处云游，两个人这次是在几个月前离开了昆仑山，沿途星夜赶路，想要去一趟杭州的灵隐寺。

此刻满落法师托起羊皮袋，仰头喝了一口几天前还是从扬州青莲巷里打来的井水，舒缓的笑容在脸上渐次荡漾开。他盯着吉祥，抬手摘去飘落在他发丛间的一枚秋叶，说徒儿，你是不是想家？

吉祥抿紧嘴唇，眼神中似乎有一抹淡如青烟的忧伤。

两个人走进城门，吉祥眼看着杭州城里辽阔的秋天，说，我想哥哥们。想唐胭脂，想刘一刀，想土拔枪枪，特别是想田小七。

满落法师提在手里的羊皮袋不禁抖了一下，然后他淡淡地笑了，说师父刚才已经见到你眼中的尘缘，像一根扯不断的丝线。

这时候，吉祥的眼角突然就掉落下一滴清凉的泪，随后又是一滴，慢慢滑行在他瘦削的脸上。这么多年，吉祥一直能闻见生与死的气息，那种感觉细密而且悠长。此刻他目光凄凉，跟满落法师哽咽着说，师父，我好像感觉到已经有一个哥哥不在了。他现在离我很近，自从咱们走进城门以后，他就离我越来越近。

吉祥看见了什么？

吉祥看见哥哥躺在杭州城的一片山坡上，身上盖满了土。哥哥的手指在泥土下张开，他的指缝间，正在长出一丛稚嫩的草。所以吉祥就同时闻见了生与死的气息。

满落法师听见吉祥的声音，也听见落叶离开枝头的声音。他缓缓闭上眼睛，单手成掌举到胸前，很久以后才说，我佛慈悲。

此刻吉祥眼中涌出更多的泪水，他看见秋天是白色的，如同悬挂在竹尖上的一片飞扬的经幡。

这是午初二刻的一幕，差不多和浙江巡抚刘元霖接到那个突如其来的消息是在同一个时间。刘元霖那时候正在府上，他正换上一套崭新的官服，准备参加即将举行的六和塔重修完工的落成庆典。这时候一个传令兵突然像疯子一样跑到他跟前，传令兵单膝跪下，上气不接下气，说皇上的队伍，一行上百人，已经浩浩荡荡地出现在了艮山门外。传令兵喘了一口气，还说路上尘土飞扬，黄旗招展，皇上骑在牛背上，走在队伍的正中央。

荒唐！皇上骑在牛背上，你怎么不说他骑在鹅背上呢？刘元霖说，你肯定是看见了一个假皇上。怪不得我没接到半点消息。谎报上情者，拖出去斩了！

千真万确，在下看见的是龙旗。

刘元霖整个身子绷紧，新穿上的官服于是就显得更加宽大。他即刻看了一眼身边的礼部郎中郑国仲，说国舅爷，难道事情会来得这么突然？

郑国仲也感觉出乎意料。他看着摆在手边的两盒东北野山参，那是自己刚刚送给刘元霖的。凭他对皇上的了解，只要皇上喜欢，骑在牛背上也并不是没有可能。就像皇上可以连续好多年不上朝，天天待在豹房里养老虎喂狮子，并且一门心思静悄悄等待，等待一只艳丽的云南孔雀在某个漆黑的子夜里突然心花怒放地开屏。

郑国仲垂下眼帘，敲打着散落在棋盘上的一枚棋子说，既然如此，巡抚还敢不快去接驾？

但也就是在这时，守戍军总旗官伍佰又突然奔了进来。伍佰面容惨淡，声音有点沙哑，他说杭州城东的望江门，以及城西的凤山门，差不多在同一时间发生了爆炸。填埋在城墙洞中的火药不仅将城门炸开一个缺口，还炸死炸伤数十名无辜的百姓。此外，爆炸发生后，两处城墙现场的旗杆上，都出现了一条同样的字幅：炸开杭州城，一门接一门！

刘元霖愣住了，脱下崭新的官服说，快，快去叫田小七！

伍佰即刻转身，却看见田小七、赵刻心以及唐胭脂、甘左严等人已经站在门口。田小七说，不用叫了，我们都到了。可是他话刚说完，便听见又一声沉闷的爆炸声响，声音是从东边的望江门方向传来。

刘元霖慌了，头顶垂落下的一缕花白的头发吊挂在眼前，让他看上去像一个即将问斩的犯人。他愣在原地，目光前所未有的伤感，想不好是该赶去爆炸现场，还是先去给皇上接驾。

刘元霖最终看着田小七，声音在发抖，说怎么办？

田小七盯着郑国仲身边的棋盘，很久都没有说话，棋盘上的棋子一派凌乱。赵刻心看见他皱了皱眉头，然后突然就喊了一声，去艮山门，拦住城门外的皇上！

379

8

午初三刻，马背上的田小七一骑绝尘赶到艮山门，随后而来的就是赵刻心。

艮山门的城门两端已经围了很多人，城里的不敢出去，城外的也不敢进来。因为城门通道的正中央，不知什么时候被人稀奇古怪地敲下了一根黝黑的拴马桩，马桩上捆绑了一个憔悴的男孩，脖子上还飘挂着一条字幅：脚下有地雷。

男孩在嘤嘤哭泣，田小七感觉空气是凝固的。不用查证他也明白，男孩就是之前被倭寇劫走的其中一个。而此时他透过城门的通道望去，又望见门外的城东北地带，漫天飞扬的沙尘中，已经依稀可见两匹高大雄伟的仗前领头马。骑跨在马背上的是异常威武的锦衣卫卫队前指挥，两人高举的龙旗在午初三刻铺开的阳光中迎风招展，飘扬出一片灿烂的金黄。

甘左严和唐胭脂赶到时，看见田小七和赵刻心两人已经从马背上飞起，瞬间飘落在将近三丈高的灰黑色的城墙上。然后两人没有停留片刻，双脚点地浮起，如同一对俯冲的燕子，轻飘飘地降落在了城门外的官道上。

田小七高举着北斗门令牌，直接冲撞进了锦衣卫的护驾卫队，一个人冲到皇帝朱翊钧跟前，说锦衣卫北斗门田小七，奉浙江巡抚刘元霖之命，前来接驾。

皇帝的确骑着一头全身盖满丝绸的牛，他在宽阔的牛背上眨了眨酸涩的眼睛，斜着脑袋说，我刚才看你那么一路冲来，跟我豹房里缺乏管教的老虎一样，把我眼睛都看痛了，现在又为什么还不跪下？

田小七说事态紧急，请皇上暂时不要拘泥于礼仪。

礼仪？你还说朕拘泥？皇帝此时又眨了一次眼睛，说那个刘元霖腿就这么短吗？为什么是让你来接驾？

请皇帝先下马，不对，是先下牛背，也让仪仗队停止前进。田小七说。

皇帝终于笑了，笑得比在豹房里还开心。他回头看了一眼身后一台挂满帷幔和珠帘的车驾，跟车厢里头的人讲，你看这人，答非所问。他经常这么耍我。普天之下，也就他敢耍我。

秋风吹动繁琐的珠帘，田小七听见他们摇摆出一阵叮叮当当的声响，音色很清脆。他知道坐在车驾里的一定是福王的母亲，也就是皇帝最为心爱的妃子——郑国仲的妹妹郑贵妃。

后来皇帝并没有接受田小七的建议，他无论如何也不愿意让队伍停下，不然一行上百号人像一群傻子一样待在城外。远远的，皇帝看着城门通道中依旧在哭泣的男孩。他说姓田的，杭州城离我也就是射出一支箭的距离，你现在却让我当着这么多百姓的面在这里停下，好像那个可怜的孩子跟我没有一丁点关系。那你说，我以后还当不当皇帝了？我还要不要这张脸了？

如果皇帝执意要立刻往前，那也请退到队伍的最后。田小七说着，卷起袖子提起飞鱼服的下摆，说大家都别动，等我先走一趟城门试试。

郑贵妃这时候掀开摇晃的珠帘。她探出身子，目光有点忧虑，看了田小七一眼后，又平静地收回去望向了皇帝朱翊钧。她跟朱翊钧说，你别让小铜锣去蹚雷，最好是让他在你身边护驾。你刚才还说，要他带你登上六和塔，一睹钱塘江大潮的风采。

380

朱翊钧却抿嘴笑了笑，他看着深刻在城门上的艮山门三个字，说随便，我无所谓。

田小七提起步子，正要走向视线中的艮山门时，赵刻心将他拦下。

赵刻心说，让我去。

田小七即刻就笑了，笑得云淡风轻。他跟赵刻心轻声说了一句，给我个面子，我是男人，如果你去了，皇上以后肯定会看我不起。

但是弹药库里的确被搬走了一批陶瓷地雷，那是伍佰在清点库存时发现的。赵刻心说，不行，你不能去。

我这人命大，你难道忘了，连那场赌馆的火都不敢烧死我。地雷算什么，我正好可以把它给挖出来。说完，田小七挡开赵刻心，说我去去就回，然后就迈开步子朝远处的城门走去。

风吹着田小七的飞鱼服，也从他的绣春刀刀鞘上细细地滚动过。他忽然感觉这个秋天是如此的美好，美好得简直让人赏心悦目。他同时想起，自己在七天前骑着宝通快马奔进杭州城时，好像也是这样一个安静的中午。现在他一步步靠近城门，又莫名地想起了无恙，无恙的一袭长发似乎正在江南的秋风中飘扬，让这个午后显得十分令人难忘。在西子客栈，田小七曾经向郑国仲打探，无恙在诏狱里有没有认罪，皇上接下去准备如何处置她？郑国仲笑着说不就是一个娇小的女人吗，成得了多少气候，你以为皇上还真会跟她过不去？要不这样，等你回去京城就成亲，到时候我让我妹妹当你们的红娘。

那天田小七释然，心底跟湖水一样平坦，无恙应该还活着。他望向西湖，感叹之前的噩梦都是自己的一番胡思乱想。

现在田小七已经离城墙根不远，他回头看了一眼身后的官道，看见赵刻心正站在官道的正中央。尘土飞扬中，赵刻心满腹惆怅，就那样执着地望着他。目光似乎跨越时空，生怕他一转眼就会在视线中消失。远远的，田小七对她浅浅地笑了一下，然后转身，义无反顾地走向城门。

唐胭脂记得，那天他透过艮山门门洞，望见通道那边的田小七从官道上一步步走向城门并且在城墙下回头时，甘左严却比他提前一步挥动起了马缰。甘左严回头看了唐胭脂一眼，抓着马鞭指向自己的一条腿说，我这条腿刚才被倭寇扎了一刀，以后走起路来肯定会有点瘸。所以说，你别跟我抢，炸死一个瘸腿的人要稍微划算一点。

甘左严说完，甩动马缰抽打了一下马的屁股。唐胭脂于是看见那匹战马扬开四只蹄子，驮着胡子拉碴的甘左严，笔直朝巍峨的城门奔了过去。

那时候田小七突然听见一阵马蹄声，声音很急。他看见城门对面的甘左严在马背上挥动马鞭，示意他退回去。他只是稍微愣了一下，就看见甘左严的马已经迅速到达了对面的城门口。在城墙下，甘左严仰身提了提马缰，马于是适时停了下来。甘左严趴在马背上，因为那条刚刚受伤的腿，他只能让自己的身子沿着马背慢慢滑落下来，然后才提着那条腿慢慢抵达地面。远远的，甘左严牵着那匹马，似乎是漫不经心地踩踏进了城门的通道。

通道里有点幽暗，田小七看见原本充沛的一丛阳光在甘左严的脸上一点点缩小，直至最终消失。甘左严走得一瘸一拐，可能是腿上伤口引发的疼痛，让他脸上冒出了一些汗。但甘左严也好像是故意要走得特别慢，从而不漏过地上的每一片土。他牵着那根马的缰绳，一个人，一匹马，总共加起来六条腿，一步步踩在拱形城门下干燥的泥地上。

田小七感觉整个世界安静得一塌糊涂，仿佛是被埋进了深不见底的水下。他看见甘左严已经走到了捆绑着男孩的马桩前，男孩的脚下，是一堆隆起的土。男孩停止哭泣，盯着甘左严的两条腿，一脚深，一脚浅，慢慢往前。这时候甘左严身后的马突然抬起前腿，昂头嘶鸣了一声，让田小七瞬间吓出了一身冷汗。

甘左严没有停止，继续往前，好像他这辈子的时光都是为了穿过眼前这条幽暗而又漫长的通道。慢慢的，田小七看见阳光又重新攀爬上甘左严那张脸，并且将他脸上每一根粗壮的胡子都照耀得异常生动。甘左严走出通道，田小七深深地缓了一口气，但是甘左严没有停下，他只是转了个身，又再次走进了通道。甘左严刚才是沿着通道西边的路线走过来的，现在他走回去时，选择的是通道的东边。

田小七感觉时光又一次凝固。他看着甘左严的背影，一点点被城墙的通道给收进，很快就变得越来越模糊。甘左严再次出现在唐胭脂跟前时，唐胭脂站在战马前，松开紧紧抓在马背上的手，说你这人真讨厌，快把我给吓死了。我要剪一片你的衣角塞在兜里，免得我夜里做噩梦。

唐胭脂刚刚说完，就看见有一块泥巴啪的一声砸在甘左严的脸上。泥巴砸得粉碎，有很多泥土掉进甘左严草丛一样的胡子里。唐胭脂开心地笑了，说肯定是柳火火，小心你的耳朵皮。

迎面冲来的果然就是柳火火。柳火火踢了一脚甘左严，差点把他给踢翻在地上。

她扯开嗓子吼了一声道，甘左严你个王八蛋，你是不是想扔下我不管了？你要是被炸飞了，我就把春小九的骨灰罐给扔了。

柳火火说着说着就哭了，说甘左严你有本事就抱着春小九的骨灰去踩地雷，永远都不要来管我。

那时候田小七和赵刻心已经站在柳火火跟前。在柳火火多少有点撒娇的叫骂声中，赵刻心看了田小七一眼，目光在他身上淡淡地停留了一下，随即又望向更远的远处。

此时在田小七的身后，皇帝的队伍已经浩浩荡荡地通过城门并且涌进了杭州城。队伍中，皇帝朱翊钧牵着那匹慢吞吞的牛，一路上跟郑贵妃步行着往前。他看着哭哭啼啼的柳火火，跟郑贵妃打趣说，你看杭州女人，也真是蛮有意思，就连哭起来的样子也是那么好看。

郑贵妃却盯着田小七身边的赵刻心，她可能是觉得赵刻心更加好看。朱翊钧于是又说，你不认得她吗？她是赵士真的女儿，在鸿胪寺里长大的，以前在京城烧过一把火。

郑贵妃随便点了点头，朱翊钧说你有没有看出来，她好像很喜欢田小七。田小七这家伙隔三岔五都会有艳福，他就是个走到哪里都会发出嫩芽的情种，但朕无论如何都不会羡慕他，朕只想和你在一起。

也就在这时，望着龙旗飘扬的浩大的队伍，身边拥挤的人群从田小七身边像流水一样流过。田小七站立不动，他想到了另一座城门，庆春门。

9

庆春门的爆炸是在午正三刻发生，当时田小七和伍佰他们就在现场。

按照田小七的吩咐，伍佰带了守戍军的十多名手下以及两只川东猎犬，在庆春门的城门区域搜查了所有可疑角落，最终未发现有填埋炸药的痕迹。伍佰收队，准备继续前往武林门排查。

现场恢复通行时，家住城门附近的一对夫妻终于放下心，两人急忙抱了两床棉被，盖到城墙上面去翻晒，因为湖州那边有一帮亲戚过来杭州观潮，晚上要借住在家中。结果没过多久，田小七刚刚跨上马背，摊在城墙上的两床棉被下面便轰的一声炸响。田小七转头，首先看见一堆飞溅起的城墙砖，接着就是漫天飞舞的洁白的棉絮，好像这个秋天突然之间就大雪纷飞。

现场顿时一片混乱，马背上的田小七却目光如炬，迅速环视四周，在奔涌的人群中寻找那对夫妻的身影。田小七后来举起马鞭，直接指向城门广场的西南方向，看见指令的伍佰扒开四散的人流，带头冲了过去，很快就将那对夫妻拦在了路中间。可是还没等伍佰开口，夫妻两人的刀子已经第一时间向他刺了过来。伍佰闪身，顷刻间发现，自己和手下已经陷入了一个包围圈，身边许多急着逃散的百姓，此时都纷纷亮出了手上的武器。

田小七坐在马背上，看见一名乔装成驼背老人的倭寇抽出塞在背脊后面的一颗枕头，然后拔刀指向天空，恶狠狠地喊了一声：杀！

爆炸发生的时候，柳火火正在欢乐坊酒楼给甘左严清洗伤口。柳火火撕开甘左严的裤腿，看见一道很深的伤口，她朝伤口泼了一碗酒，痛得甘左严即刻从凳子上跳了起来。柳火火说你是不是属蚂蚱的？你给我好好坐在那里别动。话刚说完，沉闷的爆炸声就响了起来，柳火火望见一团升腾起的黑烟，就在庆春门方向的天空底下。

甘左严抓了一块布胡乱把伤口扎紧，说我得回去。

为什么？

因为田小七正在那里。看来一场血战是免不了的。

你想好了吗？柳火火说着，慢慢转过身去，却正好望见头顶那块欢乐坊的招牌。招牌上，那个歪歪扭扭的"乐"字还是显得那么大，大得像一只箩筐。

田小七是我战友，甘左严还没讲完，就听见柳火火说，好，你果然重情义，我没看错你。他是你兄弟，哪怕不是为了杀倭寇，就因为他买下来的这间酒楼送给你和你的女人，你也应该去。

你去死吧，但最好能活着回来。柳火火又补了一句，为了你的兄弟，去杀！

此刻甘左严开始想念他的长刀，他的长刀很长，扛在肩膀上像一条油光发亮的扁担。柳火火记得自己第一次遇见甘左严时，甘左严就是扛着那把让她记忆深刻的长刀。那时候甘左严长刀的刀柄上挂了一个空空的酒壶，而他提在另外一只手里的，则是春小九的骨灰罐子。后来甘左严有一次喝醉，长刀掉进酒楼旁边的一条河。柳火火说我去帮你捞上来，甘左严却醉醺醺地吼了一声，刀子算个屁，你快给我倒酒！

柳火火现在跑去河边，直接跳进了涨水的河里。她像一条修长的鱼，游进密密匝匝的水草间。在摇曳的波光里，柳火火最终见到了甘左严的那把刀，正安静地躺在水底。

甘左严开始磨刀，磨得仔细而且悠长。柳火火每次看见他把刀身抬起，就朝磨刀石上倒下一碗酒，好像要让刀子也把酒给

383

喝饱。

在背起长刀之前，甘左严用手指头弹了一下刀身，柳火火随即就听见龙吟之声嘤嘤嗡嗡的响了起来。

甘左严说，又要见血了。

10

此刻阿部和灯盏正站在庆春门附近一间民宅的二楼窗口。房子是阿部前两天租下的，方便和他的那些"巾海道"手下接头，并且给他们分头布置接下去的任务。自从南屏山山洞被田小七铲平后，"巾海道"的许多成员都四散在杭州城的各个角落。

远远的，灯盏看见田小七和赵刻心他们，以及伍佰带领的那些守戍军兵勇，正跟她的一帮手下厮杀得十分热烈。刀和剑碰撞在一起，叮叮当当，有很多血飞溅了出去。刚才她和阿部伪装成去城楼上晒被子的夫妻，两人在撕开的棉被中藏了一大堆火药。在被伍佰拦住后，两人并没有恋战，而是在刀光闪闪中抽身离开了那片杀声震天的场地，很快就潜入了这间民宅。

现在余船海也来到这里。余船海踩着楼梯赶到二楼，看见灯盏正在洗头。灯盏弓身坐在凳子上，身前摆了一个宽大的水盆，她茂密的头发浸在清水中微微荡漾，让余船海想起细密的水草。阿部站在一旁，提着木勺舀起清水，一勺一勺细细地给灯盏冲洗头发。余船海看见灯盏裸露的脖子一次次被水冲湿，显得干净细腻而且修长，像一截清洗过的藕，有那么一种生动并且美艳的味道。

灯盏洗好头，在阿部替她擦拭过以后，她坐在凳子上昂扬地甩了一把头发，房间里飘飞起许多细小的水珠，让余船海闻见一股淡淡的清香。灯盏走去窗口，静静地站着，好让照进来的阳光早点把她的头发给晒干。

石田君，一切都准备好了吗？灯盏望着窗外，头也不回地说。

准备好了，炸药已经藏进了六和塔。余船海回答。

灯盏搓动着依旧有点潮湿的长发，看见庆春门前的那场厮杀还在继续，在田小七和赵刻心两人挥舞的刀剑下，她已经有很多名手下英勇战死。但她很快停止住忧伤，说石田君，破竹令计划成败在此一举，我会设法吸引住锦衣卫和守戍军的注意力和战斗力，你就全力负责把六和塔给炸了，以告慰我父亲的在天之灵。

余船海愣住，眼中布满了诧异和惊讶。这么多年，他一直无法忘记那一年的家乡海边，灯盏的父亲子丑扛着一把刀问他，你愿不愿意跟我练刀，跟随我去征战大海那边的大明王国？

现在余船海在一阵难隐的悲伤中转头，呆呆地望向阿部。

我岳父已经不在了，就在今年的春天，死于一场风寒，我们把他葬在了临海的巾山下。阿部声音伤感，说岳父临走时还一直牵挂着你，希望你能完成破竹令计划的最后一环，那是他一场宏伟的梦想。

余船海笼罩在深刻的悲凉中，自从五年前被子丑由台州派来杭州蛰伏，他就一直无缘与子丑见面，平常的往来只是通过一年一度的两地间的信使。现在他已经明白，炸毁修建好的六和塔，不仅是子丑的梦想，还是日本国丰臣秀吉的残部给"巾海道"下达的一项绝密任务。自从丰臣秀吉归天后，日本进入德川幕府时期，四平八稳的德川家康清除了主战派势力，放弃对中国的觊觎，与明朝交好，这种软弱的外交一直让子丑痛在心里。子丑潜伏在中国多年，誓死效忠丰臣秀吉，他深谙风水，感觉六和塔的位置正是杭州城的龙脉所在，加上西北边的二龙山以及大凰山，整个地界呈龙凤升天之势。大明嘉靖十二年，也就是近七十年前，他的前辈就从日本蹿入浙江，放火烧了六和塔。所以当得知杭州开始重修六和塔时，子丑就有了一个庞大的梦想，要在有生之年炸毁修建好的六和塔，以敲断杭州龙脉的脊梁骨，让这座富庶的大明朝城市永远在地上趴着。

余船海想起了这些，就在窗前跪下，面对台州府的方向垂首良久，以祭奠远去的子丑。他在地上洒了一碗酒，跟灯盏说我会完成你父亲的遗愿，用不了多久，就在今天下午。然后他起身，看了一眼阿部，微笑着说我走了，往后的日子你要照顾好灯盏，她就跟我的妹妹一样。

阿部听见门被推开，然后又被轻轻合上。他还听见就在余船海下楼的时候，一直待在楼下的河野突然吹响了他心爱的尺八，声音悠远而且缥缈，好像是要给余船海送行。

余船海走到楼下，走到长发飘飘的河野跟前，目光在他竖起的尺八上细细地抚摸了一遍，似乎想在这种令人心碎的乐曲声中再停留片刻。但他最终还是说，河野君，别吹了。带上你的尺八，跟我去一趟六和塔。

11

浙江巡抚府衙，皇帝朱翊钧正在一棵硕大的金桂树下喝茶，坐他对面的是来自杭州云栖寺的莲池法师。此次来杭州观潮并且参加六和塔重建完工的庆典，朱翊钧只是提前派人告知了莲池法师。法师德行名播四海，被天下信徒及名贤大儒敬称为云栖大师。朱翊钧的生母李太后，甚至将大师的绘像置于宫中，礼敬有加。

刘元霖站在一旁，他已经从之前的惶惶不安中走出。站在芳香浓郁的一棵金桂底下，他想起当年建议朝廷重建六和塔，也是莲池大师最早提出的想法。早先的六和塔是在嘉靖十二年倭寇入侵杭州时被一场大火所焚毁，就此，大师一直心怀悲戚。大师认为重建新塔不仅仅是为了民间所讲的镇挡钱塘水患，更重要的是能让江南百姓目睹天下的日益兴旺。六和塔是杭州的，更是大明王朝的。

此刻莲池法师喝了一口茶，随行的和尚于是给朱翊钧送上了一幅法师昨晚刚刚连夜画就的春日塔景图。画卷展开，刘元霖看见一座崭新的六和塔，在春日细密的雨丝中显得超凡脱俗，如同一座恢弘的佛塔。刘元霖还看见一片翠绿的竹林，林中渐次起伏的春泥上，正有一排竹笋破土而出，笋尖刺破泥土中升腾的晨雾，正好与巍然屹立的六和塔相得益彰。

雨后春笋，六和塔！朱翊钧围着塔景图，不禁赞不绝口。他笑得像一个孩子，眼神中更是掠过一抹异样的光彩。然后他十分贪婪地吸了一口空气中的桂花香味，顿时感觉神清气爽，于是望向刘元霖说，离咱们的六和塔庆典仪式，还有多久？

还剩下不到一个时辰。刘元霖说，皇上是不是该准备出发了？

还等什么？朕都已经来不及了。说完，朱翊钧在院子里看了一眼，看见贵妃正在不远处的另外一棵桂花树下，在和郑国仲轻声交谈着什么，兄妹两人似乎有什么秘密的话题。朱翊钧笑了笑，笑得很淡，然后眯着眼睛问刘元霖，刚才给我接驾的田小七呢？他现在去哪了，难道他比我还忙？

田小七正在搜查城区各座城门。刘元霖抬起簇新官服宽大的袖口，按了按额头，才犹豫着往下讲，城里有倭寇。

此刻，庆春门前，田小七挥舞出的绣春刀正好砍下一名倭寇的人头。可他觉得奇怪的是，眼前的倭寇越杀越多，好像是刚刚砍完了一批，又像韭菜一样长出了一批。他哪里能想到，这正是灯盏拖住他的缓兵之计。

透过闪亮的刀光，田小七看见甘左严也已经加入了战斗，甘左严踮着一只脚，他挥出去的长刀比赵刻心的剑还长，寒光闪闪。赵刻心就在田小七身边，她衣袂飘飘，一把梅花剑挥洒自如。但田小七这时候突然愣了一下，他似乎在转身的刹那间，见到了吉祥的身影。身影一晃而过，如同一道清澈的光，让田小七觉得不可思议。与此同时，正挥舞着刘一刀七星刀的唐胭脂也叫了一声，哥，那是不是吉祥？

田小七笑了，说既然你也看见了，那就一定是咱们的弟弟吉祥。

的确，此时站在战场外围的就是吉祥。吉祥的身边，是双目微闭的满落法师。眼看着这场血光淋漓的厮杀，满落法师脸上布满了愁容，他双手合十，连声称罪过，罪过。

吉祥也见到了人群中的田小七和唐胭脂，但他数了数，自己的四个哥哥目前只有两个。刀光中，他始终没有见到刘一刀和土拔枪枪。吉祥想起了之前闻到的埋在泥土下的死亡气息，目光再一次潮湿。他

抱着一本土黄色的经书，紧紧贴在胸前，然后对着田小七战斗中的背影，嘴里稚嫩地叫了一声，哥。

田小七听见了吉祥的声音，如同吹过林间的一阵清风，好像是有点潮湿的。他望向吉祥，对他远远地笑了一下，感觉吉祥的目光似乎能让所有的秋天平静。但田小七也看见吉祥肩头那只名叫追风的豹猫，此刻正怒目圆睁。追风仿佛等不及了，即刻就想冲出去，撕咬下倭寇的一块头皮。而也就是在这时，城墙上的两名倭寇突然推下两个被绳子牵引着的男孩，男孩被吊挂在空中，腿上各自绑了一捆炮仗一样的火药，长长的导火线垂下，守候在城墙根的倭寇随即将它点燃。田小七诧异，两个男孩竟然长得一模一样。这时候他听见赵刻心说，是之前被倭寇劫走的那对双胞胎兄弟。一个叫洛阳，一个叫洛驼。

赵刻心话还没说完，绑到男孩身上并且拖到城墙下的火药导火线已经被倭寇点燃。

吉祥也看见了这一幕，他看见两个孩子已经被吓晕。此时他双手合十，转身面对满落法师喃喃地说，师父，有人在受难，他们是比我还年幼的孩子。

吉祥想怎么办？满落法师说。

吉祥想救下两个弟弟，不想闻见死亡的气息。

可是你有没有想过，一旦出手，就是开了杀戒。

满落法师望向天空，天空一派蔚蓝，蓝得令他惆怅。此刻他不禁想起记忆中绵延不绝的昆仑，他知道吉祥尽管垂首一言不发，但眼神中的杀气却越来越汹涌，如同涌到眼前的昆仑的山峦。法师在天空底下摇头，叹息了一声讲，师父这么多年花

下的心血，看来都白费了，你是要破戒。

吉祥不想开杀戒，吉祥只想让这一场杀戮停息。

归根结底，你还是要开杀戒，但是你要想清楚，一旦破戒，这一生就没有回头路。

说完，法师放眼，望向远处。他讲，现在你听到了什么了吗？

吉祥仿佛听见了天空中传来的梵音，如同潮水，在他头顶缓缓涌来，越来越雄浑，似乎要将他给淹没。吉祥流下了这一天的第二场眼泪，他终于缓慢地跪倒在法师跟前，听见师父的声音像是从水底升起，说既然如此，这一切就都是你的命，但在临走之前，师父要送你一个名号。从此以后，你，就叫昆仑。

满落法师说完，黯然转身，一片袈裟的衣角在吉祥瘦削的脸上轻轻飘拂过。吉祥在地上磕了三个响头，用衣袖仔细擦干眼泪，站直身子再一次双手合十，说，好，从此刻起，我叫昆仑。师父，保重。

昆仑话音刚落，豹猫追风就从他肩头冲了出去，犹如一道黑色的闪电。豹猫伸出四只锋利的爪子，直接扑向倭寇。唐胭脂随即看见，昆仑缓缓抓起地上一把刀。昆仑叫了田小七一声哥哥，举起那把银色的刀，如同另外一道闪电，几乎和田小七同时跃起身子，飞向了挂在城墙上的两名性命攸关的男孩。

此时赵刻心看见，田小七和昆仑的两把刀子差不多同时在空中落下，顷刻间就挑断了两名男孩身上捆绑住火药的绳子。随后两人又各自抱起一名孩子，就在两捆火药落地以后猛然炸开的一瞬间，他们已经抱着孩子稳稳地落在了城墙上。

昆仑并没有停下。他从城墙上飘落，面对出没在硝烟中的倭寇，他在嘴里数着一个，两个，三个……于是，倭寇在他挥舞的刀下纷纷倒下。

所有倭寇都成了躺在地上的尸体。硝烟散开，昆仑重新飘到城墙上，跟田小七站在一起。田小七蹲下，拍去他身上的尘土，说吉祥，你怎么来了杭州？

是师父带我来了杭州。昆仑望向西南方，说师父刚才走了，往那个方向走的。他给我留了一个名号，让我从此以后就叫昆仑。

为什么叫昆仑？

昆仑不懂。昆仑就想跟哥哥在一起救人和杀敌。

田小七抱起昆仑，一甩手，让他跟猴子一样踩到了自己的肩上。他说昆仑现在好好看看，还能不能见到师父的背影。

昆仑站在阳光下，就站在田小七的肩头。他伸长脖子，眯着眼睛望了很久，最终声音有点落寞，说师父已经走远，昆仑没有看见他背影。

不远处的赵刻心望向昆仑的一张脸，看见阳光照在这个少年的脸上，有一种毛茸茸的感觉。她问你看见了什么？

昆仑转头看着赵刻心，咧开嘴笑了，露出两枚光洁的虎牙。他说你可以叫我昆仑。他又说姐姐你是谁，我怎么不认识你？你跟一个人很像。

赵刻心隐隐地笑了，她随即听见昆仑说，我看见了六和塔。全身挂满彩带的六和塔，五颜六色的六和塔。

田小七也忍不住笑了，他看着飘飞在地上的一团花花绿绿的碎纸屑，那是刚才火药炸开后留下的，却让人以为是炸开来的烟花和鞭炮。他说昆仑你真啰嗦，就那么一座塔，被你说出了那么多花样，好像你是看见了一个新郎。

哥哥是不是也想当新郎，你想娶无恙姑娘。昆仑笑呵呵地讲，其实六和塔更像一根竹笋，很肥很肥的竹笋。

昆仑说完，感觉踩在他脚下的田小七的肩头突然颤抖了一下。田小七说，昆仑，下来！

田小七听见了昆仑说的竹笋，也突然意识到，倭寇刚才用的火药，是糊帖了一层烟花和鞭炮的包装纸。一连串的念头在他脑子里电光火石般闪过。

赵士真提示过的6……松吉写下的"塔"……还有赵士真见到袖珍六和塔时的目光。

六和塔……竹笋……六和塔庆典要燃放烟花鞭炮……倭寇把炸药伪装成了烟花和鞭炮。

破竹令！田小七突然喊了一声，倭寇破竹令的下一环，是要炸了六和塔！

听到此话的赵刻心中咯噔了一下，很快又跳出一个念头，她讲，皇上要去六和塔！

可是赵刻心话刚说完，众人还没有回过神来的时候，城里又响起一声沉闷的爆炸，声音是从候潮门的方向传来的。

12

万历三十年八月十八，未时，杭州城候潮门发生爆炸。因为太阳在未时时分开始偏西，所以杭州人也将这个时辰叫做日跌。

那天在经历了一场血洗的庆春门前，在场包括赵刻心在内的所有人都看见田小七目光很冷。田小七说城里的爆炸暂时不用去管，此刻当务之急，是要保住六和塔，救驾皇上！

伍佰说皇上身边有锦衣卫。我们为什么不剿灭城里的倭寇？

城里的倭寇是烟雾弹。田小七望着六和塔的方向，说此刻皇上危急，六和塔危急。然后他当即下令：所有人兵分两路，甘左严和唐胭脂以及伍佰的守成军他们即刻抄近路赶去六和塔，昆仑也去。他自己则负责赶去朱翊钧身边，亲自护驾。

甘左严和唐胭脂的几匹快马冲出时，赵刻心跟田小七说，我跟你一起，过去护驾皇上。

你不能去。田小七声音很平静，却让赵刻心觉得没有商量的余地。田小七说，这将是一场生死攸关的战役。

既然是一场战役，那我就更应该去！赵刻心说，田小七你别想丢下我，我必须同你并肩作战。没有你，我已经死在倭寇的刀子下。没有你，我会一辈子惧怕见到火光。

田小七愣住，此刻他不敢去看赵刻心的眼睛，担心会被她的目光说服。

赵刻心又说，我昨天梦见了你再次受伤。我被这场梦惊醒。

田小七听见风从耳边吹过的声音，他看着流淌在地上的一摊血，血在慢慢散开，最终钻进城墙下的石头缝里。

你不能去！田小七这次声音更加坚定，说你回去，回去火器局，保护好你父亲。

说完，田小七即刻跨上宝通快马。他回头看了一眼赵刻心，赵刻心就那样茫然地站着，身影多少显得有点消瘦。但是田小七依然说，回去！

13

阳光开始往西偏移，六和塔前已经聚

集了一群前来围观的百姓，受邀参加庆典的浙江各地知县知府也已经陆陆续续赶到。风吹着吊挂在塔身上的绸带，像吹着一面一面的旗。塔身外围的每一层廊沿上，都挑出了一排大红的灯笼，灯笼上写的，是一个金光闪闪的"和"字。

此刻余船海就站在六和塔前，他让红盖头喜庆坊的那帮手下将马车上五颜六色的鞭炮和烟花全部卸下，一捆一捆就摆在塔前那块空地的正东方。没有人会知道，红盖头喜庆坊的这帮手下，一个个都罩了一件喜气洋洋的大红短褂，骨子里却全都是倭寇"巾海道"的成员。而那些鞭炮和烟花，则是层层伪装的火药，是阿部之前从豆腐巷弹药库里运出的。余船海又拆了他从萧山运回来的各式烟花，将外层包装纸一张一张糊在了填装好的火药上。

余船海现在听见知县知府们聚在一起交头接耳，似乎在讲皇上刚刚到达了杭州，并且要亲自过来参加庆典。余船海有点不相信，就凑上去打听，各位大人是不是在讲笑话，难道皇上真的要来？

已经在杭州待了将近十天的台州知府在属于自己的观礼位上坐下，他笑眯眯地看了余船海一眼，说有没有讲笑话，你等下就知道了。我觉得你应该庆幸，这场由你负责操办的庆典活动会让皇上尽收眼底。

余船海有点懵住了，看着台州知府一张红光满面并且多少有点自豪的脸，他含含糊糊地笑了一下，笑得不是那么自然。接下去的一段时间，余船海都六神无主地站在塔前，对着地上一堆来来往往的蚂蚁发愣。后来他又一个人不由自主地走进六和塔，独自望着那些或鲜红或金黄的闪亮油漆，以及令人叹为观止的雕梁画栋和绘画入神的飞禽走兽，心里却一阵阵忐忑不安。按照原先的计划，余船海只需在庆典开场时点燃炸药，炸飞修建好的六和塔也炸死一帮包括刘元霖在内的官员，那么此次"破竹令"行动就大功告成了。但是现在猛地听说皇上要来，余船海的后背就不免被汗水打湿了好几次。他实在不敢想象，再过一点时间，当炸药轰然炸响时，如果连这个国家的皇帝也被炸去了天上，那将会是多么惊天动地的一场壮举。

皇上。大明王朝九五至尊的皇上。丰臣秀吉日日夜夜都想将他打败的明朝万历皇上。想到这些，余船海感觉心惊肉跳，同时也呼吸困难，好像所有的空气加在一起都不够他一个人使用了。他认为自己是怕了，的确是怕了。

但是时间没过了多久，当余船海转头，看见窗外那么辽阔的阳光时，心里就渐渐安伏了下来。他甩了甩头，似乎要甩去胆怯和阴霾，然后就开始暗自在心底里笑了。他一下子感觉阳光下的自己全身发烫得不行，就连脚底板也升腾起源源不断的力量。所以他就沿着六和塔一层一层的楼梯板拾级而上，好像是要登高望远，好好看一回杭州城令人心醉神往的秋色。

这是多么不寻常的一天，又是如此出人意料的一天。余船海深吸一口气，透过窗口兴致勃勃地望向东方。他看见两行翩翩飞翔的大雁，在大雁的翅膀下，他好像也提前看见了一片要送他回去日本国的海。那片海虽然十分宽广，但不管有多少的惊涛骇浪，他余船海终将带着一身的光环与荣耀，回到阔别多年的故乡。他的故乡有漫山遍野的樱花，有让人昏昏欲睡的温泉，也有时刻跪在他身边，替他一次次擦澡和掏耳朵的女人。

余船海这么想着的时候，没有发现河

野已经走到他身边。河野提着那根永不离身的尺八，他总是那样轻手轻脚。河野说，石田君，你在想什么？

余船海淡淡地笑了，说我在想，如果我也有那么一支射出去的箭，能一下子同时射落两只大雁，那该有多好。

石田君竟然会有这种不切实际的幻想，河野说，那只是中国人讲讲故事的。书本里的故事，都是假的。

余船海摇摇头，他看着河野被风吹动起的长发，有那么一种如诗如画般的美妙意境。他讲你不懂，所以你这辈子也就只能吹吹尺八。你以后尺八吹得越好，头发就变得越来越长，因为中国人有句古话，说头发长见识短。

余船海看着江边陆续赶来登塔观潮的人群，说河野君，我等下就会让你亲眼看见，我是如何一下子同时射落两只大雁。说完，余船海在移动在他眼底的人群中见到了骑在马背上冲过来的甘左严和唐胭脂。他一直盯着甘左严那把茂密的胡子，突然忍不住笑了，心想这个醉鬼的胡子都可以拿去做一把刷子了，只是不知道他这丛野草般的胡子还能不能活过今天。

但是余船海很快又发现，甘左严和唐胭脂两人的身后，还跟着伍佰率领的一队守戍军军士。伍佰在马背上似乎很威严，他好像在沿途勒令那些神采飞扬的百姓，让他们要么就此停下，要么赶紧退回去城里，所有人都不许靠近六和塔，违者即刻法办。

余船海不知道发生了什么，总归隐隐有点担心。他立刻从塔顶赶下，奔出塔身时，看见甘左严和唐胭脂两人已经下马。甘左严微微踮着一只受伤的脚，走到摆在地上的那堆鞭炮和烟花中间，跟迎上来的余船海说，台州佬，麻烦你把他们给撤了。

余船海愣在原地，眼珠连着转了好几下，说为什么？这是巡抚刘元霖大人亲自安排的，烟花也是我大老远从萧山运回来的。可能你这辈子都没见过这么昂贵的烟花。

唐胭脂的声音柔情似水，他说你这人也真是蛮好笑的，让你撤了你就撤了呗。不要说巡抚，你就是皇上安排的也没用啊。

你们让我撤我就撤，那我岂不是很没有面子？余船海说着，渐渐把脸拉下。

面子是人家给的，又不是你自己提笔画上去的。唐胭脂说，撤了吧。

你们两个算是什么东西？余船海终于喷了喷鼻子，让人感觉他已经很愤怒。他讲甘左严你别太过分了。你这段时间好像有点猖狂。你不要忘了，你以前什么都不是，只是喝醉以后躺在街边的一堆垃圾。

甘左严站在那里一动不动，他没有转头望向余船海，只是很认真地看着地上一群忙碌的蚂蚁。甘左严后来说我数三下，这些花红柳绿的烟花鞭炮如果再不搬走，接下去的时间，你就跟我的刀子讲话。

你不用数的，余船海走上去一步，说，实话告诉你，你就是数一万下，我也不搬。

唐胭脂轻轻地皱了皱眉头，看见甘左严将那把很长很长的刀子慢慢地从一块粗大的麻布里缓缓抽出。

甘左严说，余船海，我也实话告诉你，我觉得你就是倭寇！

唐胭脂感觉有一群红色短褂的男人正在围向自己，他于是从口袋里掏出一大把银色的绣花针，在袖口上不紧不慢地擦了擦。这时候伍佰也赶了过来，唐胭脂就跟伍佰说，我永远相信我的哥哥田小七。他说城里的倭寇是烟雾弹，他的判断总是那么准确。我觉得,他就是通晓人间的田半仙。

14

阳光西斜,照耀着钱塘江,也照耀着行进在江边正在前往六和塔的龙辇。龙辇车厢中坐着朱翊钧和他心爱的郑贵妃,前头牵引的,是四匹异常高大的骏马。

朱翊钧的视线越过骏马的身躯,他在一路欣赏着江景,感觉江南的秋日令他倍感愉悦。他甚至想下车摘一些莫名的野花,编成一顶花冠戴在郑贵妃的头上。

此时马背上的田小七风驰电掣,迅速越过层层护驾的锦衣卫身边。他从马背上跳下,然后在那片飞扬的尘土中,即刻就在龙辇的车轮前跪下。

皇上止步。田小七说。

又怎么了?龙辇停住时,朱翊钧叹了一口气,说田小七你是不是跟我有仇,怎么一天到晚把我拦住?你这样会让我很不开心。

皇上有危险。田小七说。

你总是说有危险有危险,但是我这辈子什么时候怕过危险?你以为朕是路边那些胆小的野花?

话还未说完,前方的一群百姓似乎是受到了惊吓,纷纷回头一路奔跑,看上去像一场退潮的水。此时随行的刘元霖和郑国仲也望见,就在六和塔前,甘左严和唐胭脂他们已经跟余船海那帮人杀成了一片。厮杀的声音传来,让头顶的阳光即刻显得有点虚幻。

田小七当即挡在龙辇前方,并且对身边的锦衣卫喊了一声:护佑皇上,队伍退回去。

话刚说完,空中便响起嗖的一声。田小七看见总共三支弩箭穿过慌乱的人群,笔直飞向了车厢中露出身子的皇帝朱翊钧。就在千钧一发之际,田小七的绣春刀挥出,在空中拉出一道扇形的光芒,刘元霖只听见叮叮叮连续三声,三支弩箭的铁头纷纷撞在绣春刀的刀口,一瞬间火星四射。

射出连环弩箭的是隐藏在路边的一个伪装成百姓的倭寇。他正准备再次击发弩箭时,锦衣卫甩出去的一把短刀已经转眼扎进了他胸口。

朱翊钧被彻底激怒了。眼看着更多的倭寇举着倭刀从四面八方涌来,他喊了一声保护郑贵妃,然后就一步踩下车厢。朱翊钧头顶天空,看着田小七说,我就是不回去,你以为这样我就怕了?狗娘养的倭奴,今天就让他们睁开狗眼好好看看,我朱翊钧是怎么跟你一步步走去六和塔的。

承担御前护卫的锦衣卫此时缓缓散开,他们以龙辇为中心,逐渐在外围形成一番威武的龙头阵。田小七站在朱翊钧身边,说你是一国之君,不要冲动。你有没有想好,是不是真的要继续往前?

臭小子,你以为我在跟你开玩笑?朱翊钧说,护驾!

田小七把头抬起,看见阳光很奢华,眼前似乎一片灿烂的金黄。他对着龙头阵前的带队锦衣卫喊了一声开道!随即便听见一片刀子砍出去的声音。

队伍开始向前推进,朱翊钧迈开步子,如同行走在自家的后花园里。他边走边看了一眼一声不吭的田小七,猛地拍了一下他的肩膀,说别那么紧张,你在想什么?

我在想,这样的时候能和皇上并肩,是一种荣耀。赴汤蹈火,我田小七在所不辞。

你小子连拍马屁也拍得这么有气魄，说明朕没有看错你。

这时候田小七突然闪身到朱翊钧的另一侧，替他挡住了射过来的一支冷箭。他扶了扶差点一脚踩空的朱翊钧，说皇上小心，请看好眼前的路。

朱翊钧抹了一把脸，看见六和塔前一排密密匝匝数也数不过来的乌桕树，乌桕树的叶子一片火红，好像被晚霞染过了一般。朱翊钧讲，这些狗娘养的倭奴，亡我之心不死。我突然想起，其实我早在壬申年就写过一篇《平倭诏》，怎么他们的记性就那么差。

田小七挥刀砍翻了冲到眼前的一名倭寇，飞出去的血溅落在朱翊钧的脸上。他说在下也记得皇上的那篇《平倭诏》，气势恢宏。

朱翊钧抬手擦了擦脸，把倭寇的血给擦去。他说你别跟我吹牛，有本事就趁着秋色正好，背几句出来我听听。

况东方为肩臂之藩，则此贼亦门庭之寇，遏沮定乱，在予一人。

还有呢？朱翊钧跨出一步，笑眯眯地讲，笑容中透着一丝得意。

我国家仁恩浩荡，恭顺者无困不援；义武奋扬，跳梁者，虽强必戮。

跳梁者虽强必戮。臭小子你背得不错！朱翊钧兴奋着卷起龙袍的袖子，又说那年我接下去还讲了一句：兹用布告天下，昭示四夷……田小七你说我是不是很威武？可是我真想跟你喝一场酒。一醉方休。对了，你可以叫我柳章台……

15

钱塘火器局，中毒三天的赵士真已经醒了。他之前在床上缓缓支起身子时，感觉眼前的一切都是那样陌生。现在阳光分成好几缕钻进了窗格，有那么一种优柔的样子，让他恍惚觉得是三天前中秋夜的月光。他慢慢记起，三天前，自己好像就是在那样一场铺展的月光里痛省昏死过去的。

此刻赵刻心正坐在屋顶的瓦片上，她望着钱塘江和六和塔的方向，仿佛隐隐听见传来的厮杀声，一阵接着一阵。赵刻心在擦拭着掣电铳，她还是想回去，回去田小七身边。想起田小七身上的伤口，以及自己昨晚在梦里见到的再次受伤的田小七，她就有一种不祥的预感，好像在阳光下显得越来越具体。这时候赵刻心看见围墙外走来一个陌生的女子。女子四处张望，她身上的衣服破破烂烂，头顶却插了一朵行将枯萎的野菊花。她抬头望见赵刻心时，惊讶了一下，掩住嘴巴叫了一声天呐，仿佛看到屋顶上坐着一头牛。

我是傻姑。女子开口，让赵刻心看见她一张脏兮兮的脸。她把头尽量仰高，然后又咬着自己的手指，跟赵刻心笑嘻嘻说，我也是你爹的女儿，在南屏山的山洞里，我跟你爹在一起。

说完，傻姑掏出怀里的一本书，说这是不是那你爹的？你爹长了跟我爹一样的胡子，可惜我爹死了。

赵刻心看见，躺在傻姑手里的，竟然是当初被倭寇劫走的《神器谱或问》的子本，也就是父亲还未写完的第十九章。她从房顶上飘下，让傻姑又叫了一声天呐。

已经神志清醒的赵士真很快就记起了被赵刻心带进来的傻姑，他翻看着《神器谱或问》的子本，看看看着就笑成了一个乐呵呵的孩子。他讲傻姑你是怎么拿到这本书的？你其实一点也不傻。你就是个上天入地的孙猴子。

我不是孙猴子，我是傻姑呀。傻姑盯着赵刻心摆在桌上的一把短铳，觉得很好奇，天呐，这是什么？

赵刻心看见父亲又笑了，笑得很开心。但她很快发现，父亲抬头时，眼里即刻蒙上了一团灰色。此时傻姑举着那把短铳，就站在赵刻心身后，她把短铳指向赵刻心，只说了一句，你们把《神器谱或问》的母本给我。

傻姑说完，赵刻心看见一个人影闪进了书房，来者是阿部。阿部将门板轻轻合上，盯着赵刻心说，欠债总是要还的，我们那天在万松岭就讲好的，我给你解药，你给我书。现在这局面，是你自己搞砸的。

傻姑揭开脸上的面具，又甩了一把瀑布一样的长发，好让自己恢复出迷人的模样。她跟赵士真说，需不需要我提醒你，其实我是灯盏，我们早就见过。当然，你的侍卫山雀他是叫我鲤鱼的，那个长得跟凳子一样高的拿铁锹的矮子是叫我杨梅的。

赵刻心觉得，这个瞬息万变的女人，虽然一身破破烂烂的衣裳，却的确有一种深入骨髓的娇媚与风情。

16

这天通往六和塔的所有道路已经被封锁，守戍军挡在各个路口，严禁行人往前一步。就像田小七所说的，这是一场战役。战役中，许多杭州城百姓纷纷登上楼顶，远远地眺望六和塔方向那一场惊天动地的厮杀。他们屏住呼吸，心都提到了嗓子眼上。

田小七和朱翊钧继续向六和塔靠近，六和塔已经是几步之遥。视线中，双方搏杀的人群已经倒下一片，地上血流成河。这时候，远处响起几声枪响，随即便是一声猛烈的爆炸。田小七转头，看见一阵升腾起的浓烟。他听见朱翊钧说，是钱塘火器局的方向。赵士真和他女儿是不是在那里？

田小七沉默了一下，抬手再次砍倒一名冲过来的倭寇，血从刀背上飞出。

赵刻心不会有事。田小七说，我只希望皇上能实现诺言，回去京城后带我去诏狱里接出无恙。

朱翊钧愣了一下，说我早就跟你讲过，无恙她必须认罪。可惜她不仅不认罪，反而带着那批手下试图越狱。这是不是罪上加罪？

朱翊钧说完，一脚踩上前往六和塔的第一级台阶。他微笑着说逆贼就是逆贼，既然你改变不了她，那么我有我的雷霆手段。

田小七猛然收住脚步，听见很多吹来吹去的风，吹得毫无方向。这时候一把倭刀突然向他胸膛刺来，他却懵里懵懂毫无知觉。刀尖抽出去时，带出许多血。朱翊钧诧异着转头，听见田小七在喉咙底下问了他一声，声音有点轻：皇上是不是杀了无恙？

阳光在头顶晃荡，田小七感觉一阵晕眩。他后来按住胸膛，护驾着朱翊钧一步步踩向向上延伸的台阶，好像那些流淌出的血不是他自己的。

六和塔前，双方厮杀的人群已经集中到了一块。田小七看见甘左严长刀挥舞，唐胭脂则刚好甩出两根绣花针。他觉得眼前越来越模糊时，却看见两名倭寇已经站在塔顶的廊檐，手里举着火折子，像是要把塔给烧了。这时候，地上一个身影嗖的一声腾空而起，就像一只长臂的猿猴，手脚攀附着塔身，噌噌噌噌就瞬间追上了塔顶。

朱翊钧愣住，说，他是谁？

他是我弟弟，之前叫吉祥，现在叫昆仑。田小七说得有点虚弱，他望见到达塔顶的昆仑第一时间就卸下了倭寇的一条手臂，手臂连同那只刚刚燃起火焰的火折子，一起从空中坠落。

吉祥，昆仑。这名字不错。朱翊钧说，你以后可以让他加入我们的锦衣卫。

田小七笑了，似乎笑得很疲倦。在倒下之前，他凄惨地讲，你言而无信，你杀了无恙……

河野正盘腿坐在一棵松树下，他的尺八声就是在此时响起，让躺在地上的田小七感觉声音很瘦小，如同一缕飘散的烟。河野吹奏的曲子是日本国的《虚空》，那是他最爱曲子，空灵的声音时断时续，仿佛是一次次被刀子给斩断的。

河野是子丑的儿子，也就是灯盏的弟弟。他是个从小就不懂武功的人，忧伤的眼里只有音乐。此刻他按压着尺八洞孔，目光深情而且专注，似乎眼前的战斗和四处喷溅的血离他很遥远。

赵刻心在赶来六和塔的路上，她骑着那匹名叫核桃的马，奔跑得飞快，仿佛要冲出眼前一整片的秋天。她身后的另外一匹马上，是陈留下和她的父亲赵士真。

刚才在火器局，赵刻心没有让阿部和灯盏得逞，她后来端起掣电铳，一心想将灯盏那张妩媚的脸给射穿。灯盏最后退缩到赵士真的火药配药房里，说你要是再敢开枪，整个火器局就会炸为平地，你难道不觉得可惜吗？

赵刻心想起了熊熊的火光，她曾经十二年时间无比惧怕的火光。但她又想起了田小七，想起火海中脱身的小铜锣，就毫不犹豫地扣下了扳机。配药房炸开，头顶的一根木头房梁轰然砸下，砸在赵刻心身上，压得她无法动弹。赵刻心挣扎在四周燃烧的火中，她没有晕倒，只是想该如何离开这场火海，赶紧过去田小七身边。这时候她看见一匹跑得很疯的马，冲进火海就像一道黑色的光，过来救她的，是从家中赶来的陈留下。

陈留下跃下马，想都没想，一双手加上肩膀，直接就试图推开那截正在燃烧的房梁。

赵刻心看见陈留下的手被房梁上的火焰烤煳了，灸热的空气中夹杂着陈留下血肉烧焦的味道。她说陈留下你到底行不行？不行的话你就滚开，我们没必要死在一起。你不觉得那是一种严重的浪费吗？

陈留下说你别说话，留着一点力气。你把眼睛闭上。你这样看着我有点紧张。我每次跟你在一起，心里都有点发慌的。

陈留下最终成功了，那根房梁被他搬开。他将赵刻心抱上马背，说你最好还是把眼睛闭上，因为我就要带你英勇地冲出去了。陈留下还说你知道吗，我们这匹马是一匹英勇的天马，跑得实在太快，我怕你接下去要看晕了。

赵刻心突然在内心深处升起一阵哀鸣，她望着满头是灰的陈留下，觉得这个叫自己父亲为岳父大人的人，其实是有情有义的。

现在赵刻心已经奔到了六和塔，她看见田小七半躺在地上，靠着一棵松树，身边都是血。田小七说，我就知道你不会有事，我也不会有事。

赵刻心什么也没说，只是流着眼泪笑了。这时她一转眼刚好看见余船海隐藏在一个角落里，搭弓上箭，正朝田小七瞄准。赵刻心来不及叫喊，身子扑向田小七想要替他挡住冷箭时，田小七却一把将她抱起，然后迅速在地上翻了个身。赵刻心随即听见箭头穿插进皮肉的声音，十分利索，她在田小七的身下抬头，看见箭头是扎在了田小七的后背上。田小七看着她，却缓缓地笑了，说，刚才是你救了我，不然余船海的箭正中我的额头。

也就是在这时，唐胭脂和昆仑几乎在同一时间里飞起，两人的刀子也是同时砍落在余船海的肩膀处。余船海愣愣地站在那里，目光惊讶，奇怪自己怎么突然就丢失了两条手臂。他随后看见肩膀的左边和右边，都有一股血笔直着喷了出去，喷得争先抢后，好像是一只装满水的鼓鼓的水袋，突然之间被人扎破了两个口子。

不远处手捧尺八的河野看着余船海，目光始终平静，他只是觉得此时的余船海，很像一根被人劈掉枝节的光秃秃的竹子。在河野的尺八吹奏出的最后一个音符里，昆仑微微蹲下身子，提起的刀子又横劈了过去，直接将余船海的一条腿劈成了两截。余船海于是失去平衡，他摇摇晃晃，最终是在河野的尺八声开始消散的时候，才十分无奈地倒了下去。

守戍军开始收拾战场的时候，伍佰朝空中发射出了一枚绿色的信号弹，灿烂的光尾拖着绿色的烟雾在六和塔的头顶一直升空，是向整座杭州城通报倭寇已被全歼的消息。

钱塘江边，各个路口开始放行，但之前被挡住的百姓此时却都呆呆地站在原地，他们一个个热泪盈眶，好像是忘记了要继续前行。这时候，万历皇帝走到田小七身边，看见他衣衫褴褛，身上伤痕累累。之前余船海射中的箭头插在他背上，箭羽已经被赵刻心斩断。

朱翊钧说，怎么样？要不要站起来，跟我去登一回六和塔观潮。潮水已经在赶来面圣的路上了。

但是田小七把头转过去。田小七说，我累了，我就留在塔底，看着皇上登塔。

八月十八的钱塘江潮的确已经在路上，潮水最初出现在天边时，只是一条银白色的线。随后江边开始起风，远处的银线也渐渐变成一团向前推进的雪岭，雪岭越滚越恢弘，伴随着一阵阵隐隐的咆哮声，好像是从水底升腾起的雷鸣。

万历皇帝牵着郑贵妃的手，一步步踩进了六和塔时，郑贵妃目不斜视，但是她的余光深深地看了疲惫的田小七一眼，眼中有稍纵即逝的担忧。万历皇帝牵着郑贵妃的手，登上二楼，看见浙江巡抚刘元霖安排的九十九名弄潮儿已经脚踩船舸，出现在远处初潮的中央。喧天的锣鼓声中，弄潮儿手举彩旗，争先鼓勇，如同九十九匹奔腾在潮水中的骏马，出没于鲸波万仞之中。

田小七在赵刻心的搀扶下站起，看见奔涌的潮头从弄潮儿的身边经过，但他们手中的彩旗却依旧迎风招展，丝毫未被潮水溅湿。群情激昂，阳光明亮，百姓高声欢呼。田小七这时不由自主地转头，看见千百人之中，唯有身边陪伴他的赵刻心，看上去是那样的宁静，如同一面波澜不惊的湖水。

赵刻心好像感觉到了田小七的视线，她转头微笑着看了田小七一眼，目光离他很近，却又似乎穿越了人群中的千山万水。

这时候，田小七看见人群中钻出几个破衣烂衫的男孩，他们一脸的兴奋，扒开人群后迅速冲进了六和塔，每个人的手上都高举着一盒洋火。田小七感觉不对，他朝昆仑喊了一声，拦住他们，随即两人便一同飞身进了塔里。

这帮男孩就是之前被倭寇劫走孩子的其中几个。几天前，傻姑带他们玩竹签烟火时就跟他们讲，六和塔庆典的那天，你们就能回家。姐姐在塔里准备了特别好看的烟花，就埋藏在六和塔廊檐下挂出的灯笼里。傻姑说跟着金鱼哥哥去点燃那些烟花，爹娘就能看到你们，很快过来带你们回家。

金鱼是剃刀金的儿子，阿部早就告诉他，你爹死在大明王朝的锦衣卫手里，你要是像个男人，就要替他报仇。藏在六和塔灯笼里的，不是烟花，是火药，能够炸飞六和塔的火药。

现在金鱼攀爬上六和塔二楼廊檐下的栏杆，他看见了灯笼中垂挂下的一根引线，于是就率先把手中的洋火给点燃。田小七和昆仑冲到二楼，看见颤颤巍巍的火苗已经伸向了灯笼的底座。此时昆仑腾空飞起，瞬间就将金鱼扑倒。金鱼滚落在地上，他看了一眼手中熄灭的洋火棒，却冷不丁抽出腰间的一把短刀，冲向田小七直接朝他刺了过去。受伤的田小七来不及躲闪，他只是侧了侧身子，刀子便瞬间割开他的飞鱼服，同时也深深扎进了他的大腿。

金鱼抓着刀柄不放，抬头望着田小七，恶狠狠地说，你杀了我爹，血债血偿。

金鱼说完，转动了刀柄，刀身在田小七的皮肉中翻滚。田小七瞬间痛出冷汗，他低头看着金鱼，觉得这个凶狠的男孩十分眼熟。他最后终于记起，就在自己到达杭州城的那一天，在相国井前，陪在刘四宝身边抓知了的孩子，就是眼前的金鱼。但这时候，昆仑手起刀落，田小七还未及拦住，刀子就已经将金鱼劈成了两截。

田小七看着昆仑，厉声道：他还是个不懂事的孩子，你为什么要下手这么狠？

昆仑把刀收起，垂头缓缓地说，哥哥不用仁慈。昆仑知道，他的心里既然已经种下仇恨的种子，以后就永远不会懂事。

田小七不禁颤抖了一下，此刻他看见昆仑的眼里，的确是涌动着类似于昆仑山峦一样的苍茫与冷静。昆仑搀扶着他，说，谁伤害我哥哥，谁就是我昆仑的敌人。

钱塘江上，壮观的潮水如同千军万马般涌来。昆仑和赵刻心搀扶着田小七，登上了六和塔的塔顶，最终站在了万历皇帝的身边。此时愤怒的潮水冲天而起，如同山崩地裂雷霆万钧，又顷刻间势如破竹般摧枯拉朽，将天地间染成白茫茫一片。

万历皇帝朱翊钧看见潮水慢慢退去，不禁拍了拍田小七的肩膀，说，天卷潮回出海东，人间何事可争雄。田小七却把头低了下去。他望着江边古道上纷纷急着回城的百姓，头顶是茫茫的黄尘。而远处的天边，一场急骤的风云似乎正跟潮水一起慢慢消散，此刻已经风轻云淡。他于是缓缓地看了一眼赵刻心，心想，岁月易老，人间又何必要争雄？如果可以，他倒是宁愿一辈子都站在这样宁静的江边，独自看看杭州的夕阳。

这时候朱翊钧说，田小七，一切都结束了，跟我回去。

回去哪里？

当然是回去京城。

田小七淡淡地笑了，他看着刚才被金鱼的刀子割破的飞鱼服，猛地用力将它扯断，并且将那片破布扔向了风中。

田小七说，皇上，我可能已经回不去了。

朱翊钧看着那片飞扬在风中的飞鱼服，似乎什么都懂了。他看了赵刻心一眼，挤眉弄眼地跟她说，看来你比我更有本事，你能把他留在杭州也留在了身边。这个混账东西刚才把飞鱼服扔了，好像是要跟我恩断义绝。

那天当朱翊钧和郑贵妃他们走向下楼的楼梯时，田小七把他给叫住了。

朱翊钧回头，说，你不是已经不理我了吗？还有什么要讲的，但说无妨。

田小七看着郑贵妃和郑国仲两人远去的背影，说如果皇上愿意听，我想说，杭州城之前那些被蝙蝠劫走的孩子，民间传言跟太子有关，其实完全不是那么一回事。真正的幕后策划，是郑贵妃和国舅爷郑国仲，他们兄妹是想借此暗中嫁祸于太子，让福王上位。

朱翊钧皱了皱眉头，过了一下才笑着说，你刚才讲的，我什么都没听见。田小七我告诉你，你还没学会做人。做人的最高境界是，很多东西你不能刻骨铭心，要学会把它烂在肚子里。

田小七沉默了很久，看见夕阳辽阔，晚霞已经把整条钱塘江映成一片通红。他最后对皇上笑了笑说，杭州真好，章台兄一路保重。于是朱翊钧就知道，田小七叫出了他微服在欢乐坊赌博时使用的名字，而没有叫他皇上，那是在真正地向他告别了。

17

黄昏准时到来时，唐胭脂和昆仑已经将伤痕累累的田小七扶上了马背。田小七努力坐直身子，看见月光徐徐升起，如同展开一个忧伤的梦境。风从他身上吹过，这让他觉得伤口很凉。他看见赵刻心抓紧了缰绳，她牵着那匹马，一路驮着田小七走回城里。路上她看见了洒下来的月光，像是洒下一面寂静的湖水。赵刻心说，你决定了吗？从此不再回去京城。

京城不是我的京城，田小七忧伤地说，我好像又成了一名孤儿，突然很想念埋葬在那里的嬷嬷。

赵刻心的心中升起一股酸楚，但她很快又缓缓地笑了，说，我知道你是孤儿。

赵刻心接着又说，杭州既然已经有了一座新的欢乐坊，也不在乎多一家孤儿院。你要是不介意，我或许可以收留你这个长大了的孤儿。

那你想让杭州的孤儿院叫什么名字？

我希望它还是叫吉祥，或许也可以叫钱塘。

赵刻心说完，过了很久都没听见田小七的声音。她转头，看见田小七趴在马背上，月光下，他已经疲倦地睡着了。而此时的陈留下停留在江边，看见田小七和赵刻心两人渐行渐远的背影，在一片无声中消融。他又转头望向江水，江水流淌，陈留下突然就掉下了两行眼泪。

赵士真说陈留下我很理解你，有些事情看了的确会让人伤心。

陈留下于是把头昂起，装出一副很开心的样子。他说我怎么会伤心，我是弥勒佛转世。我明明知道赵刻心不可能嫁给我，是你一定要让我做你的女婿。你看我长得仪表堂堂气宇轩昂，不仅如此，还每天都能给你抓鱼吃。你简直太会盘算了，你不应该去造枪造炮，你应该去造算盘。

既然不伤心,有本事你就别哭。你还是别演了,赵士真说,你越演心里就会越难过。

行,就算我哭吧。我哭又怎么了?我难过又怎么了?我难过犯法吗?

陈留下喋喋不休地说着,眼泪还是没有忍住,稀里哗啦地从脸上滑落。他用手背擦了一下泪痕说,实话告诉你,我难过是因为想起了我的姐夫薛武林。那年姐夫出征去朝鲜,我送他到城门前。姐夫穿着铠甲抱住我姐,又摸着我的头,说你要照顾好你姐。姐夫说着说着,我姐就哭了。我姐说不管多少年,我都等你回来。可是谁又能想到,姐夫从朝鲜回来了,却最终死在了家门前,死在了郑国仲的刀子下。接下去我还是要一个人照顾好我姐……想到了这些,我陈留下哪怕是铁石心肠,也必须要好好哭一场啊。

这天站在江边独自掉眼泪的还有刘天壮。刘天壮刚才在钱塘江翻滚的退潮中,好像看见了浮在水面上的刘四宝的尸体。刘四宝光着一双脚,潮水把他托起,举得很高,然后一个浪头涌来,又把他重新按进了水底。

刘天壮不会忘记,他有次在钱塘江里跟薛武林一起抓鱼,看见薛武林的屁股上烙了一块蝙蝠的印记,那是朝鲜战场上倭寇突击队的队徽。刘天壮说,薛武林,你那年在朝鲜,把我从战俘营里救出,你是怎么做到的?

怎么突然会问这个。薛武林不满地说,连我自己都忘了。

你是不是当上了叛徒?咱们的军营夜里遭到突袭,两门天字号大炮被倭寇拖走,所有的弟兄都死了,没有一个人能回来。

薛武林愣在那里很久,最终扔下一句说,亏你想得出来,我拼尽全力救你回国,你却这么猜忌我这个出生入死的兄弟。

刘天壮什么都明白了,说,薛武林你对得起自己的良心吗?早知道这样,我宁愿死在朝鲜。

薛武林胡乱穿好裤子,吼了一声道,你的良心被狗吃了,从此以后我不再是你的兄弟。

刘天壮没有想到,许多年前,救他回国的是薛武林。但许多年后,亲手杀了他儿子刘四宝的,也是薛武林。

18

有关万历三十年八月的这场杭州城抗倭战役,浙江巡抚刘元霖后来在回忆录中写得很详细。回忆录的最后部分是这样讲的:

现场俘虏十二名倭寇,国舅爷郑国仲下令御前锦衣卫即刻将他们投去江里喂鱼。此时莲池法师抬步走到朱翊钧跟前,法师双手合十,说皇上还记得自己的《平倭诏》吗?其中有一句,我国家仁恩浩荡……

朱翊钧双目微闭,说可惜这些倭奴居心太黑,他们一个个就是聋子,朕无论讲什么他们都不乐意听。

莲池法师于是又说,请皇上听我讲一个故事吧,等故事听完了再决定杀还是不杀。

大师请讲。

皇上有没有听人讲过日本国的长屋亲王?据《东征传》记载,早在八百多年前,长屋王就曾给当时大唐王朝的僧众送来一千件袈裟,袈裟上绣有十六字偈语。

偈语怎么讲?

山川异域,风月同天。寄诸佛子,共

结来缘。

　　莲池法师说着，放眼远处，他说长屋王当年言辞如此恳切，遂让立志弘扬佛法的鉴真大师心中泛起波澜，于是决定远渡东洋前往传教。

　　朱翊钧看着莲池法师，目光渐渐变得柔软。最后他听见大师说，山川异域，风月同天。皇上听完了这个故事，现在心里怎么想？

　　大师的意思，朕已经明白。朱翊钧说，那还是不杀吧，朕就决定留下这些倭奴俘虏的性命，并且过几日派出我大明朝廷使者，负责将他们一路捆绑着送回倭国，也算是给他们一个体面的教训……

　　在成文于万历四十二年的这本个人回忆录中，当时已经年满五十八岁并且二度担任工部尚书的刘元霖还提到：那天皇上作出决定时，空中响起了一曲幽静的尺八声。尺八是现场一名瘦弱的俘虏吹奏出的，那人长发飘飘，目光如同清水洗过一般。据说他是叫河野。

尾声：

　　万历三十一年，杭州城迎来又一个如诗如画草长莺飞的春天。那天清明节，在一场细雨过后，田小七和赵刻心去了一趟宝石山。两人在半山腰上站定，将一块墓碑安放在一个新鲜垒好的土包前。墓碑上刻了一行文字：春风浩荡，四季无恙——无恙姐姐在此安息。一旁的落款是：杭州妹妹赵刻心。

　　赵刻心在墓碑前撒了一团桃花，还敬了三杯酒。后来她和田小七一起下山的途中，正好遇见了上山的陈汤团和陈留下姐弟俩，他们是来给薛武林上坟的。陈留下一直笑眯眯的，他给田小七让出一条道，又看了一眼赵刻心说，你们小心一点，下过雨的山路有点滑。我哪天给它修一修，垫上几块石头。

　　这时候赵刻心停下，看着陈汤团抱在怀里的孩子说，嫂子，男孩还是女孩？

　　陈汤团淡淡地笑了一下说，跟他爹想的不一样，是个男孩。

　　陈留下于是对田小七说，哥，我要当舅舅了，你就帮我外甥取个名字呗。你嘴里说出的跟别人不一样。

　　田小七笑了。他想了想，望向远处的一摊西湖水，湖面之上，似乎还在飘荡着细细的雨丝。他随口说，江南忆，最忆是杭州。要不就叫薛西湖吧。

　　薛西湖。陈汤团哽咽着叫了一声这个名字时，看见襁褓里入睡的孩子突然睁开了眼睛，对着春日里的天空咿咿呀呀叫了几声，声音比糯米饭还糯。这时候赵刻心看见，陈汤团掉下了一行眼泪，似乎是喜悦，也似乎是喜悦中的悲伤。

　　那天田小七和赵刻心两人骑马来到欢乐坊时，看见甘左严正在喝酒。甘左严的胡子已经刮了，他的下巴一片清爽，看上去起码比以前要年轻十岁。陪他喝酒的是柳火火，柳火火炒了一碗特别香的螺蛳。在她旁边，还摆了另外一双筷子，以及一个倒满酒的酒盏。

　　柳火火起身，说七哥，坐下一起吃点吧。然后她又望向那个倒满酒的酒盏，说七哥你今天跟我好好讲讲春小九，你就跟我讲，小九姐姐到底好在哪里。我要同她比一比，今年比不过就明年比，明年比不过就后年比。

　　田小七笑了，说不用比，我觉得吧，春小九她再怎么样，也炒不出这么鲜美的清明螺蛳。

甘左严也站起，现在他的右脚明显有点瘸。他一仰脖子，把属于春小九的那个酒盏里的酒喝完，说这杯酒我替春小九敬无恙。然后就扶着八仙桌的桌角跟田小七说，坐下，今天在欢乐坊，咱们两个一醉方休。

那天在酒桌上，几个人不停地喝酒，说着说着就笑了，笑着笑着就沉默了。田小七后来和赵刻心一起回到了钱塘火器局旁的钱塘孤儿院。去年冬天，万历皇帝朱翊钧原本想让赵刻心接替她爹，担任火器局的总领，但是赵刻心说她不管造枪造炮了，她爱孩子，她要建一家孤儿院。孤儿院这天中午开饭的时候，田小七收起巡抚衙门刚刚送来的一封密信，看见赵刻心从一片烟雾蒙蒙的伙房里走出。赵刻心扎了一条青花布的围裙，手上端着一笼刚刚蒸熟的馒头，她把热气腾腾的馒头一个个分给孤儿院里吵吵闹闹的孩子时说，皇上在信里讲什么？他是不是又要叫你去京城？

不是，皇上在信里讲，昆仑已经到达了京城。京城刚刚组建了一支秘密的锦衣卫小北斗分队，已经让昆仑去当队长。

这时候唐胭脂抱着一本关汉卿的剧本从他自己房里走出。他一直住在孤儿院里。唐胭脂的皮肤还是那样白，他的房间就像一间花坊。他还在堕落街上新开了一家唐人香粉铺，生意好得一塌糊涂。唐胭脂说，昆仑弟弟加入锦衣卫，肯定又要迷倒京城的少女一大片。我这就给他修书一封，告诉他不要轻易动心。男人动什么都好，就是不要动心。许多事情吧，其实挺麻烦的。

赵刻心瞪了唐胭脂一眼，她想起两个月前，就在这家孤儿院里，自己还曾经手把手地教会昆仑，该如何去研配一枚灿烂的烟花。她告诉昆仑要做成颜色不一样的烟花，必须熟练掌握各种添加粉的配比，配比中要用到算术以及大食人1234的数字，每一步都要算得十分精准。那是一个无风的夜晚，天空星月成群，明亮成一面镜子。但是赵士真撅高了嘴皮气哄哄着闯进来说，男人做什么烟花，昆仑你这么好的脑子，该去跟我造火铳。你不去造火铳，火器局就没人给我接班。火器局没人给我接班，我就死心塌地不让你玩烟花。昆仑却很严肃地拔刀，在地上划拉出一条线，隔开了与赵士真的距离说，停！我只做烟花。我今后做的第一枚烟花，只燃放给刻心姐姐一个人看。

于是在一旁看着的田小七，露出开心的笑容。

两天后，昆仑做出了自己的烟花。他双手平伸，各举一枚烟花，对着田小七喊，哥哥，你快把眼睛闭上，不许偷看。我做出来的昆仑双灯，是只属于刻心姐姐一个人的烟花。

想到这里，赵刻心如此回想着远在京城的昆仑时，就看见孤儿院的那群孩子正坐到门口，他们一个个咬着手里白花花的馒头，嘴里不停吟唱着田小七刚刚教会他们的一首儿歌：山巅一寺一壶酒，尔乐苦煞吾，把酒吃，酒杀尔……请问这是唱的什么歌？你个圆滚滚的大笨蛋，我这唱的就是圆周率。

但是那天的后来，孩子们看见门前的老虎嘴巷子那头，突然走来一个挑着炊饼担子的男人。男人长得比较胖，身子却很矮，刚刚够得上挑起那副本来就不高的担子。他把几十个炊饼用粗布包好，一声不响地摆在钱塘孤儿院大门口的石门槛上，然后就沉默着离开了。

孩子们还看见，那副炊饼担子上挂的一块油迹斑斑的白布上，其实还写了几个字，字写得很差，好像是叫"三寸丁炊饼铺"。再后来，孩子们捧着那些炊饼跑进院子，去问正在写信的唐胭脂，问他那么一个长得跟冬瓜一样的人到底是谁，已经连着送了三天的炊饼。

唐胭脂想了想说，既然你们问了，那我就告诉你们，他叫土拔枪枪。他以前是我兄弟。

既然是你兄弟，那又为什么不住到孤儿院来？孩子们纷纷说。

唐胭脂又想了想，然后说，我已经讲过了，他以前是我兄弟。我强调一下，是以前，你知道什么叫以前吗？既然说以前，就是说很多事情都已经变了。

唐胭脂最后摊开双手，跟翻开一部剧本似的说，这就跟台上演的戏一样，转眼之间，变了。变得物是人非，变得花落流水……

同样是清明节这一天，在杭州城的直大方伯巷内，差不多是日落时分的时候，一对样子很朴素的夫妻从巷内走出，在不远处的万安桥码头上船，跟一个船夫讲好了价钱，让船夫顺着东河，转入运河，送他们一直去往绍兴府。船夫把船摇起，说你们两个去绍兴府干什么？

女的就晃荡着脚上的一对绣花鞋讲，我们做了很多绣花鞋，想要从绍兴府走陆路去台州府，再搭船出海拿去日本国卖。

这对夫妻就是阿部和灯盏。去年八月十八的下午，他们从爆炸后的钱塘火器局里逃出，隐身在了直大方伯巷，两人一直隐姓埋名，一年以后他们才敢从万安桥码头上船，转道绍兴往台州府赶。

夜航船一直往绍兴方向行进，当一场细雨到来的时候，船夫叹了一口气讲，我儿子死在倭寇的手里，我现在却要送你们去绍兴府，转道台州府，而你们最后的方向竟然是倭国。我都这把年纪了，人这一辈子，想想真是有点滑稽。

你儿子怎么就死在了倭寇的手上？阿部讲。

我是萧山瓜沥人。我儿子叫水牛。水牛以前在豆腐巷的弹药库里值守，他是杭州卫守戍军的伍长，可是死的时候，连舌头也被倭寇给割了。船夫说，我就这么一个儿子，现在留给我的，就剩下这么一条船。船就是我的家，我终将会老死在这条飘来荡去的船上。

阿部看着舱外被雨淋湿的河流，心中冷冷地笑了，他说，你跟你儿子还真的挺像，连说话的声音都像。

客官难道认识我儿子？

我认识。他是死在一个上午，就在弹药库的操练场里。阿部说，操练场里都是黄沙，风一吹过，眼睛都睁不开。

船夫站在船头，整个人抖了一下，说，儿子还没活够，却死了。我一把年纪，活着有什么意思？接下去他就什么都不再说，只是望着黑夜中没有尽头的河流。他后来看见那个名叫灯盏的女人对着舱里的一盏油灯一次次地梳头。她在船舱里说，阿部，你觉得我们真的需要去日本吗？

阿部把灯盏搂进怀里，说我听夫人的。夫人想去哪里就去哪里。

我们还是住在台州府吧。灯盏从梳子上抓下几根掉落的头发，她讲我突然很想念台州的临海，我想住在那里不走了，重新组建一支"巾海道"。

小船在漆黑的夜里慢吞吞地游荡着。

阿部靠在船舱里，怀中抱着他心爱的灯盏，灯盏已经睡着了，像一只温顺的猫。此刻望着那些平静得如同死亡一样的运河水，阿部想，或许用不了多久，他就会和灯盏再次去一趟杭州。到了那时，阿部希望自己还能再次碰见那个名叫田小七的锦衣卫。

但也就是在这时，阿部发现船停止了前行，好像是一枚孤零零的树叶，躺在运河的河面上。

怎么回事？阿部抬头望向船头说。

你不用问了。灯盏在阿部的怀里慵懒地翻了个身子，她好像是在梦里说，难道你没有听见，船夫刚才已经跳河了。

[特约编辑：余静如]

"武侠谍战":超现实的魅惑与传奇
——海飞长篇小说《江南役》读记 傅逸尘

一、原本谍战,何以"武侠谍战"?

二〇一〇年以来,中国文学能够构成思潮的不再是"底层叙事",也不是文学的消费主义与娱乐化,而是谍战小说及影视作品风行。尤其革命历史题材,涌现了一大批优秀作品。谓之奇葩,或者传奇,亦不为过。麦家的《解密》《暗算》当属开此类型与题材之先河,随后又有《风声》《风语》等奠定其霸主地位。紧随其后的海飞则创作了"海飞谍战世界"系列:《麻雀》《捕风者》《惊蛰》《唐山海》《棋手》(与人合作)《醒来》等,将革命历史题材谍战小说之浪潮推向一个新高度。柳云龙则以影视的形式,助推了这股思潮的漫延,由他主演并执导的多部谍战影视作品持续掀起观看热潮,尤其是《风筝》,将这股热潮推向了无以复加的高度。

我们已经习惯和熟稔了革命战争小说,尤其是二十世纪五六十年代的"红色经典",影响了几代人。直到今天,重读那些小说,仍然让我们为之激动不已。这些作品让我们看到的是革命战争的正面,是那些被我们所崇尚的革命英雄;同样的革命历史题材,谍战小说及影视作品展现的则是战争的背面，或阴影，是另一条战线上充满传奇色彩的战斗。它的迷人之处在于智谋与勇气的较量，以及悬念的设置和情节的跌宕起伏、环环紧扣、惊险刺激。这些曾经因保密原因而鲜为人知的异样生活，满足了读者和观众的视觉与心理体验，当然，还有窥探隐秘的好奇之心。

海飞的上述谍战小说，除了这些文体类型所具有的特征外，还交织着忠诚与背叛、存在与毁灭、情爱与幻梦，有战争的血火、伟岸的英雄，也有高蹈的理想、忠贞的信仰，以及壮阔诡谲的历史和朴素绵密的寻常日脚。作为革命历史题材，上述这些叙事元素当是应有之意，或言之题材所内蕴的品格共性。海飞的风格化，或言独特性在于：叙述的冷静、克制、理性，个性化的语气、腔调与节奏，以及情节展开后的大量留白，笔断意连、笔枯墨润、气韵通畅，是传统美学精神的自然流淌。还有极为重要的一点，他对环境与器物的精细逼真的描写，具有强烈的年代代入感，让读者恍若身临其境。比如他所描写的重庆、上海、哈尔滨、天津、南京等，力图写出特定年代城市的肌理、味道和气质，写出人物活动其间的街巷、建筑的样貌，对风俗物事、花草树木、日用饮食等等，也近乎执拗地还原其细节与质地。功夫下到如此，作品受到读者和观众，尤其是年轻受众的喜爱与追捧也就不足为奇了。

在革命历史题材谍战系列小说写得风生水起的时候，海飞何以在二〇一七年突然转入明代万历年间的"武侠谍战"系列的创作呢？毕竟这二者明显不同，之间的跨度还是存在的，谍战还好说，虽然时代差异很大，毕竟思维与方法还有许多共通之处。那么武侠呢？这完全是一个独立的叙事门类，古代不说，被称为"新武侠小说"的金庸、古龙、梁羽生等人的作品读者甚广。作为一种文学类型，也是具有较高的文学史意义的。二〇一八年，海飞完成了"武侠谍战""锦衣英雄"系列之一的《风尘里》，二〇二〇年完成了系列之二，也就是这部《江南役》，据说该系列还有之三《昆仑海》。这不能不让我惊讶不已，尤其是在读完这部《江南役》，更是为之震撼，他如何能写出这样一部严谨精致且诗性盎然的作品。慨叹之余，套用孔子语，贤哉！海飞也。

海飞在《风尘里》的创作谈中说，在《惊蛰》剧本进入尾声的时候，封闭的生活让他感到乏味、苍白、呆板和无趣，翻看闲书，突然发现，明万历年间是一个隐秘而美好的年代，皇帝朱翊钧居然是个懒汉，二十八年不上朝。导致海飞转型"武侠谍战"的原因当然不仅仅是出于对万历皇帝的好奇，重要的还有几乎成为明代标签般的锦衣卫，特别是他们穿的飞鱼服和腰间挎着的绣春刀，那充满着光亮的名字就能让他感到一种俊逸与美好。于是，海飞问自己，"我们为什么不建立一个世界观，建立一个古代的谍战空间，建立一个精彩纷呈的锦衣卫故事呢？"锦衣卫复杂的历史与隐秘，构成了对海飞创作的巨大魅惑。魅惑的似乎还不仅于此，作为一个特殊时期，明朝万历年间的许多事情都令海飞充满了文学想象。万历年间，日本跟大明开战，但丰臣秀吉在这个关键时刻死了，日本派了一个三十人的小分队来议和，此时的朝鲜正是《鸣梁海战》那个时期，三国之间暗流涌动，一场万历年间的谍战故事就这样开启了。事实上，那个年代尽管依然可以称为武侠的时代，但明朝的火器早已盛行，大明有神机营、鸟枪队，骑兵和海军也都有了火炮。这些个元素加上武侠，会是怎样一种文学存在？

二〇一七年的春天，海飞开始了对新的文学空间的诗性想象。

二、故事、历史与文学文本的真实性

作家对故事的迷恋几乎是天然的，包括莫言，他在诺贝尔文学奖授奖仪式上的演讲中说，他就是一个讲故事的人。海飞也是这样，他说，"经验告诉我们，文学不一定是写故事的，但是大部分好的文学所讲的故事一定会天下流传的。"（《风尘里》创作谈）我理解海飞对故事的价值与意义的判断，尤其是在武侠、谍战小说里，也包括在"武侠谍战"小说里，故事有如小说之皮，皮之不存，毛将焉附？换言之，问题不在故事之于小说存在的合法性，而在于讲述一个什么样的故事和怎样讲述故事。

《江南役》的故事发生在明万历年间，时间跨度只有七天，由两段主要情节构成：一是锦衣卫北斗门掌门人田小七奉万历皇帝朱翊钧之命，找火器局总领赵士真取他即将写完的一部论述火器的新著《神器谱或问》。田小七到达杭州后便遭遇大量的黑蝙蝠连续掳掠孩童事件，这其实是以灯盏为首的倭寇的一箭双雕的伎俩：一方面，制造恐慌，转移视线，目标其实跟田小七相同，也是要获取《神器谱或问》，包括将赵士真本人掳走。另一方面是暗中与国舅郑国仲勾结，嫁祸于太子，让万历皇帝的另一个儿子福王上位。其二是上一情节的顺延，倭寇狗急跳墙，要炸毁复建的六和塔，田小七的兄弟及杭州守戌营的官兵与以灯盏为首的倭寇展开的殊死搏斗，最终保住了六和塔和突然驾临杭州的万历皇帝。武侠加谍战，我称之"武侠谍战"。从类型的角度论，并非海飞所独创，但作为讲故事的高手，海飞通过大量精微的细节描写，将整个故事讲述得悬念丛生、跌宕起伏、煞是好看。

故事发生在明万历年间，因此，我们称其为历史故事。问题在于历史、故事与真相之间的关系是怎样的呢？这其实是个极其复杂的问题，不是我想探讨的，我想讨论是作为文本的文学性与历史真实的关系，也就是"武侠谍战"小说《江南役》所描写和讲述的历史、故事与作为文学文本的真实性之间的关系，它触及的是作家的文学观念与叙事伦理。

作为批评家，我当然不会完全赞同莫言和海飞的关于故事之于小说或文学的观点，因为从文学史的角度论，文学是在不断地发展变化着的，尤其是文学思潮推动着文学理论的变革，进而不断地改变着文学的形式与面貌。二十世纪世界文学各种方法与观念的泛滥，现代主义、后现代主义呈现出的丰富性与复杂性，将文学的现代性上升到了更具哲学意义的高度。反观中国文学，除了二十世纪二三十年代的现代主义初露端倪，就是八十年代中期的先锋文学思潮的昙花一现，近百年的中国文学几乎都是在现实主义中耕耘与挣扎。我并不否认现实主义，《小说修辞学》的作者，著名文学批评家 W. C. 布斯也认为"真正的小说一定是现实主义的"。我想强调的无非是文学的创新与探索，毕竟，现阶段中国文学为世界文学提供了什么样的独特文学经验与方法都是难以构成话题的。在这样的意义上，我对中国作家将故事视为文学的生命或文学之皮是持保留意见的。其实，回归传统是一个伪命题，如果传统具有创造力是不需要刻意地回归的，它一定会无时无刻地显现在现实中。所以，我认为中国当代文学不应该局限在我们既有的观念里，要有跳脱和超越的意志与欲望，在世界文学的格局里进行我们的独特性的创造。问题是有这样想法的作家似乎并不多，这是值得文学界忧心的。耽于故事，或者沉湎于故事，也是让我不无焦虑之所在。

即便不是"武侠谍战"类型，我也不会将《江南役》当作历史小说去读。说直白一点，我觉得进入二十世纪之后，历史已经被阉割和奴役了，文学和影视，甚至包括游戏，感觉上无论谁都是在任性地折腾那些原本就被怀疑，或言不可靠的、遗存在文献中的历史。历史在这些个创作中，有如橡皮泥，作家及影视编导甚至是游戏创作者想怎么捏就怎么捏，想捏个什么型就捏个什么型。我不知道这种思潮是否跟我们误读克罗齐的"一切历史都是当代史"，以及"新历史主义"在中国的泛滥有关。这两个问题都是复杂的，学术界的理解也不尽一致，但前者对中国文学与影视的破坏性是极其严重的，为文学与影视的娱乐化与消费主义张目，甚至成为其思想理论基础。无论是中国古代历史，还是近、现代史，甚至中国革命史和抗战史，鲜有被善待者。我对市面上流行的那些历史小说已经丧失了历史性的信任，如姚雪垠先生那种意义上的历史小说似乎不复存在。倒是二十世纪九十年代的"新历史主义"思潮在中国文学中漫溢，引发了作家对中国革命史，或中国近现代史的解构与重建的志趣，产生了一批优秀作品，在还原历史的本相与复杂性等方面进行了富于创见的深度探索。其实，历史与文学的终极追求都是接近事实本相与追求真理，只不过方法与手段不同，采用材料也有相当的差异性。

《江南役》的时代背景与人物活动地点是明万历三十年八月的杭州。海飞为了强调小说叙事的"历史性"存在，在结尾处这样写道："有关万历三十年八月的这场杭州抗倭战役，浙江巡抚刘元霖后来在回忆录中写得很详细。""在成文于万历四十二年的这本个人回忆录中，当时已经年满五十八岁并且二度担任工部尚书的刘元霖还提到……"我没有去查阅考证相关的明史，即便是实有其录，作为小说，海飞也无非是暗示读者，我讲的故事与人物都是历史上曾经真实发生过的。但这只是一种作家的叙事圈套，或者与读者玩儿的叙述游戏，可信，亦可不信，只是不必太认真才好。也就是说，《江南役》中的历史只是故事发生与人物活动的背景，海飞并不是想真实地还原那场被他写得波诡云谲、惊心动魄的战役的历史本相，否则的话，他就不可能采用"武侠谍战"的形式。似乎可以说，"武侠"和"谍战"这两种小说类型自在地否定了文本的真实性，无论历史还是现实。否认了《江南役》的历史性，并不妨碍它的文学性，相反，我想凸显的就是它的文学性，而文学性才是海飞小说叙事的真正价值与意义。作家，或文学叙事的本质就是虚构，这跟其言说的内容是历史还是现实基本无关，给读者带来超凡脱俗的艺术享受才是其创作的终极目的。

想起被誉为"世界政治惊险小说大师"的英国当代著名作家弗·福赛斯，他在上个世纪创作了一批以世界上发生的真实政治事件为原型的小说，并引起轰动，比如《豺狼的日子》《敖德萨档案》《魔鬼的抉择》等。在这些作品里，作家将变幻莫测的国际政治、尖锐复杂的矛盾冲突、你死我活的经济争夺、惊心动魄的生死较量等写得淋漓尽致，无比震撼。弗·福赛斯的小说写的并不真正是历史事实，很多情节，甚至人物都是虚构的。但是，他却通过逼真的环境描写，以及对西方各国政治主张、经济态势、民俗风情、军队建制、谍报机构、间谍手法、武器配备、军械性能的谙熟，带给读者一种身临其境之感。

海飞的《江南役》亦有异曲同工之妙。

三、环境与物事：消解"武侠谍战"的超现实感

谍战是一种现实的真实存在，由于不被常人所知，具有极大的神秘感，即便是小说虚构，读者仍然会信其所有，这显然有赖于人物活动的环境、器

物以及行为方式的真实性。武侠则可能相反,中国的武术本身当然具有相当的实战威力,但如侠客那般飞檐走壁、上天入地就是夸张与想象了,完全超越了现实的可能性。武侠小说之所以受读者喜爱,并非相信其真实性,很大的成分是侠客的侠义精神,伸张人间正义,抱打不平,除暴安民等,它补偿人们现实的缺失。尤其是对底层民众与弱势群体来说,要成为他们的集体想象,就需要武士与侠客身怀常人所不能的绝技。以武侠的方式来还原历史或现实的本相与真实显然是不可能的,也就是说,武侠小说在某些方面对作家的故事讲述构成了天然的限制。

海飞显然也是意识到了这个问题的存在,所以,他要寻求突破的角度与空间。海飞对人物活动,或故事发生的环境是极其敏感的。在《江南役》中,他对环境与物事的描写与革命历史题材的谍战系列相比,有过之而无不及。海飞的独特性在于,他没有终止于"武侠谍战"的曲折惊险的故事讲述,他要超越传奇的通俗化价值,他通过空间环境的逼真呈现,试图消解"武侠谍战"的超现实感,让读者在阅读的时候暂时忘记这是一个编造虚构的故事,进而让读者忽略"武侠谍战"与现实的距离,似乎在说,这并非一个虚幻的存在,故事发生其内,人物生活其中。比如:"井亭桥边安静得像一幅画,桥下的清湖河里传来细细的流水声音。""桂花密集的香味在相国井水的上方盘旋。田小七之前只是在京城名家的画卷中见到过水汽蒸腾的江南,但此刻眼见着那些倒映在井水中的青砖白墙,以及挂在枝头如同灯笼一样晃荡的石榴和柿子。""夜空繁星点点,田小七感觉秋天的江南,吹过嘴边的夜风是甜的。可是走在一条接一条的巷子里,他虽然听见此起彼伏的秋虫的声音,却也看见一扇扇紧闭的门户。""候潮门年代久远,高大的城墙开了一个宽广的拱形门洞。城墙灰不溜秋,许多单薄的青草站在砖缝中,偶尔摇摆几下,一副正要入眠的样子。月光潮湿,土拔枪枪听见这一晚的夜风是从候潮门的门洞外边吹进来,给他带来一些遥远的潮水的气息。""现在月光明亮,将唐胭脂脚下的菜地照耀成苏醒过来的清晨一般。这样的时候,唐胭脂还是忘不了绣花。他在绣着那朵牡丹时,听见火器局草地里的蛐蛐在深情地鸣叫,还看见一只绿皮青蛙从一排丝瓜架下一蹦一蹦地跳出去,好像是要急着赶去见另外一只青蛙。"这几段描写我是在小说开头随便挑的,小说后面这类描写俯拾皆是,无需一一列举了。这样的描写加上"武侠谍战",会给读者以美轮美奂、亦真亦幻的感觉。

著名文学批评家W.C.布斯在《小说修辞学》中说:"詹姆斯一直忠实于这种关于真实是什么的宽泛概念,他想要在每一部新作品中寻找在以前的作品中寻找过的同样的普遍性质。虽然他显然是莫泊桑称之为'幻觉主义者'的那种'高级的'现实主义者,虽然他比福楼拜更明确,更一贯地寻求'幻觉的强烈性',而不是幻觉的真实本身,但是,他在晚年仍然想要把这同样的检验应用于自己所有的作品。"这里的詹姆斯指的是亨利·詹姆斯,写《一位女士的画像》的那位。即便是一个现实主义作家,詹姆斯也仍然在追求一种真实基础上的"幻觉的强烈性",这种幻觉在《江南役》中,呈现为海飞所极力追求与建构的诗性风格,它在某种意义或程度上消解了"武侠谍战"所蕴含的超现实感,使得故事与人物能够扎根于现实的大地。与布莱希特戏剧的"间离效果"和法国"新小说"代表作家罗伯-格里耶将情节与叙述割裂开来的方式不同,海飞是要弥合两种不同且冲突的存在,将人与环境自然地融合,这似乎又是想回到现实主义中去。

"武侠谍战"也能现实主义吗?

四、细节与人物:残酷的诗性

围绕着两个主要情节,海飞细腻地、榫卯对接般地展开了他的"武侠谍战"曲折惊险的细节描写与讲述。海飞思维的逻辑性与谍战独特的悬念设置,也包括细节间的前后无缝隙衔接让我不能不叹服且感到震撼。而在人物塑造上,与小说整体性的反类型化一致,并没有将人物形象扁平化,或者标签化,而是在发展与变化着,即便只有短短七天时间,人物也在成长和蜕变。《江南役》的人物有二十余个,无论出场多少,都有鲜明的个性,有自身生存与内心的逻辑。这是一场发生在锦衣卫与倭寇间的"武侠谍战",其残酷性可想而知。但残酷的细节中,海飞却营造着一种诗性的氛围与存在,赋予人物以悲剧的品格,从而超越了故事,超越了武侠与谍战的传奇性,创造和丰富了类型文学文本的文学性。

1. 离开,"人"的觉醒

田小七是《江南役》的主要人物,他是锦衣卫北斗门掌门人,千户大人,受皇上之命,带着他的奇形怪状的兄弟——京城菜场的屠夫刘一刀,卖女人香粉和手绢的唐胭脂,头颅硕大、矮胖粗壮又擅长挖地道的土拔枪枪,前往杭州,取火器局总领赵士真赶写的火器论述新著《神器谱或问》,并确保赵士真的安全。这几个人,包括田小七,都是在吉祥孤儿院一块儿长大的,他们的父亲都早已死在辽东抗击倭寇的战场上。海飞一定是下大气力想写好田小七的,因为这部小说对海飞的最大魅惑就是来源于对锦衣卫的艺术化想象。遗憾的是,我以为这个人物并不是《江南役》中写得最好的人物,他似乎被海飞概念化与类型化了,尤其是在四分之三左右的篇幅里,他基本上没有什么自我,不仅武艺高强,而且思虑严谨周密,什么样的意外细节他都能事先预料得到。最紧要处一定会有他的身影,飞来飞去的田小七的个性存在并没有充分呈现出来。他的精彩之处是在结尾,但不是体现在与赵士真的女儿赵刻心之间的含蓄的爱情上。赵刻心太含蓄了,她没有完全倾心于田小七,更没有唤醒,或者说令田小七从无恙的爱情中跳脱出来。田小七在与皇帝的对话中已经感觉到无恙被杀,但他不愿承认这样的现实,一直活在回京城后将其从昭狱中解救出来的想象之中。倒是吴越酒楼的陪酒女柳火火,写得更富于世俗的人情味儿。甘左严一直沉湎于对春小九的爱情与救命之恩中不能自拔,但柳火火的大胆泼辣与直率最终感化了醉生梦死般的甘左严。

田小七的精彩之处,或者说深刻之处体现在与皇帝朱翊钧的内心冲突中。

八月十五钱江大潮。皇上率百人队伍前来观潮并参加六和塔重修完工庆典,事前却没有跟地方官员打招呼。这时,杭州城东的望江门和城西的凤山门发生爆炸,并有倭寇张贴的标语:"炸开杭州城,一门接一门!"田小七决定去艮山门,拦住城门外的皇帝。但朱翊钧执意前行,田小七便要先去城门试试。倭寇三支弩箭飞向皇上的车厢,激怒了朱翊钧,他要走着去六和塔。田小七护卫着皇上,一路上与倭寇厮杀,并希望朱翊钧实现诺言,回京城放出无恙。朱翊钧说,她必须认罪,而不是试图越狱,罪上加罪。田小七被倭寇刺中一刀,说,皇上是不是杀了无恙?在倒下之前,他凄惨地说,你言而无信,你杀了无恙。余船海的冷箭这时对准了田小七,赵刻心挺身为田小七挡箭,田小七反将她抱起,在地上翻了个身,背上中箭。皇上问田小七,要不要跟我去登六和塔观潮?田小七说,我累了,我就留在塔底,看着皇上登塔。这时,在混乱中,田小七又被受倭寇阿部欺骗的孩子金鱼刺了一刀。连遭重创的田小七在赵刻心和昆仑的搀扶下登上六和塔,站在了皇上身边。皇上说,天卷潮回出海东,人间何事可争雄。田小七看了一眼赵刻心,心想,岁月易老,人间又何必要争雄?皇上说,一切都结束了,跟我回去。田小七淡淡地笑了,将被金鱼用刀割破了的飞鱼服用力扯断,扔向风中,说,皇上,我可能已经回不去了。这无疑是句双关语,人回不了京城,心也回不到皇上身边了。在这样的情况下,以生命效忠皇上的田小七看着远去的贵妃和国舅的背影对皇上说,杭州城之前那些被蝙蝠劫走的孩子,民间传言跟太子有关,其实完全不是那么一回事。真正的幕后策划,是郑贵妃和国舅爷郑国仲,他们兄妹是想借此暗中嫁祸于太子,让福王上位。让田小七想象不到的是,皇上却说,我什么都没听见。田小七你还没学会做人。做人的最高境界是,很多东西你不能刻骨铭心,要学会把它烂在肚子里。这是政治,即便是英雄，田小七也不懂这些。无奈之下，田小七说，杭州真好，章台兄一路保重。皇上知道，田小七叫出了他微服在欢乐坊赌博时使用的名字，而没叫他皇上，那是在真正地向他告别了。

田小七终于觉醒了，这是跳脱了皇上的工具后的真正的人的觉醒。全身是伤的田小七经过七天的生死搏斗，不但战胜了倭寇等敌人，也战胜了为之骄傲不已的自己，或言之提升了自己的人生境界与品格。

2. 刘一刀之死，英雄不再

刘一刀是京城菜场的屠夫，他的英勇与忠心及武功显然超越了他的出身。对田小七而言，更是他此行最为得力的助手。遗憾的是，他在土拔枪枪被骗离开后，前去追赶时中了倭寇的埋伏，被大卸八块，身首异处。他的死，诠释了此后再无英雄。

刘一刀死前的内心世界并没有得到展示，他的言语也不多，与土拔枪枪性格完全相悖。土拔枪枪被倭寇首领灯盏假扮的、瞎了一只眼的贫苦女人杨梅所骗，身中藕粉毒，在灯盏的逼迫下，他用赵士真刚写完的《神器谱或问》换取解药。丑陋自卑的土拔枪枪第一次得到了女人和女人的爱情，身心焕发出从未有过的自豪与激情，不惜背叛田小七和皇上的使命。赵士真中了毒镖，不省人事，土拔枪枪骗赵刻心，让她带上《神器谱或问》去万松岭换解药，结果，只身一人与倭寇头领阿部火拼。多亏田小七带着刘一刀及时赶到，杀败倭寇，救出赵刻心。土拔枪枪承认这事是他干的，刘一刀说，你这是死罪。土拔枪枪说，我不怕死，我只怕自己活了一辈子，也没有一个心爱的女人。风雨交加的夜晚，他走了。刘一刀去追，唐胭脂拦他，人都走了，心可能也散了，你去追他回来又何必？但是刘一刀说，让开！土拔枪枪要带杨梅去衙门，杨梅说我要是不去呢？刘一刀走了进来，说，去还是不去，先问问我的刀。杨梅撕下面具，是灯盏。阿部将门在外锁上，屋子里钻出许多倭寇，刘一刀与土拔枪枪奋力拼杀，身受重创的刘一刀最后抱住土拔枪枪将他扔出屋外。土拔枪枪在浓墨重彩的雨帘中回头时，看见屋子里的刘一刀正用整个身子挡住破败的窗口，而很多刀子正向他接二连三地砍去。刘一刀把眼睛闭上，朝窗外的土拔枪枪凶猛地喊了一声，快走，不要回头！刘一刀被卸成八块，割下的头颅漂浮在一个水塘里，田小七游到水塘中央将其抱了回来。

刘一刀嘴上不说，但他一定是懂土拔枪枪的，在土拔枪枪决意以死去换取一个自我的人生的时候，刘一刀挺身而出。他要在自己的兄弟最紧要的时刻出手相助，表现出他的宽容与义气。之后的以死相搏或许别无选择，但生命的最后时刻，他选择的是将兄弟抛出窗外，用自己的身体堵住倭寇。他的行为，当然是极其英雄的。刘一刀之后，奢谈英雄。

3. 土拔枪枪，说白了，他就是个想活一回自我的俗人

土拔枪枪长得矮胖粗壮，头颅硕大，是一个因丑陋而自卑的男人，被女人看不上不说，还要被男人所挖苦嘲笑。他不但不是一个成功的人，甚至还背叛了田小七，以及皇上交待的使命，客观上成为了倭寇的帮凶，直接导致兄弟刘一刀因他丧命。但从小说人物的角度论，我觉得他是海飞在这部小说里写得最好的一个人。其实他是被海飞最标签化，或称之类型化的人物，但他的内心的丰富性与变化在小说中得到了充分的表现，因此而成为一个佛斯特在《小说面面观》里所称的"圆型"人物。

佛斯特说，"扁平"人物在十七世纪叫"性格"人物，现在他们有时被称为类型或漫画人物。真正的"扁平"人物可以用一个句子描述殆尽。他的好处一是易于辨认，只要他一出现即为读者的感情之眼所察觉；二是易为读者所记忆。他们一成不变地存留在读者心目中，因为他们的性格固定不为环境所动。而"圆型"人物绝不刻板枯燥，他在字里行间流露出活泼的生命。狄更斯的人物每一出场给人的感受都单调如一而奥斯汀的人物则颇富新意，尤其是在对话中结合得那么巧妙且能相互辉映而不着匠痕，可以适合任何情节的要求，显得特别逼真。按照这理论，《江南役》中，刘一刀、唐胭脂、赵刻心、浙江巡抚刘元霖都属于"扁平"人物，田小七如果没有结尾处与皇帝的碰撞，也将被列入此类。

土拔枪枪举一把黑魃魃的铁锹，也是英勇善战，为田小七出力不少。他在西湖里的三号花舫船上被一群公子哥嘲笑，动了手脚，打了人砸了船，从而认识了杨梅之前也属于"扁平"人物，但当他要与杨梅搞一场轰轰烈烈的爱情之后，他就开始"圆型"起来，他的每一次出场连几个日夜相伴的兄弟都感觉出了不同。土拔枪枪之所以能看上瞎一只眼的贫穷女人杨梅，实在是他作为男人被压抑得太久，而且他敢做敢为，不顾一切地去追求爱情。当他发现干尸，一只眼睛是瞎的，是真正的杨梅时，土拔枪枪笑了，笑着笑着又哭了。在陈留下眼里，他好像是疯了。最后，连一向严谨的田小七也说出了与其一刀两断的重话。这是一个卑微的底层人物的悲剧。如佛斯特所说，表面看起来简单平扁，从不需要多作介绍就可辨识，但又不乏深度，你可以在他身上挂上某某标签，但是他却并不为这种标识所限。

值得讨论的人物还有好多，无赖陈留下、守戍军副千户薛武林，尤其是后者，他的前史与当下的复杂性，让他更接近于"圆型"人物，包括反面人物倭寇余船海、灯盏和阿部，其实也都有不少可以谈论的话资。

五、浓重的英雄情结使然

二〇一九年四月,海飞写完《风尘里》的时候说,"我幻想着十年以后,田小七或许会是一个真正的锦衣卫英雄。如果我们穿越时空终有那么一天偶遇,我一定会对他刮目相看。"没读过《风尘里》,不知道田小七在万历三十年八月带领几个弟兄前往杭州,执行皇上交给的取《神器谱或问》,并确保赵士真的安全的任务是否当真是在十年之后。又或许,其间夹杂着诸多无法尽述的历史隐秘与忧伤,但可以明确的一点是,此时的田小七确已成为海飞所期待的锦衣卫英雄。

[**特约编辑:余静如**]

《文城》内外

余 华 洪治纲

洪治纲：读完《文城》，既有难以言说的悲怆，又有某些内心的快意。除了早期的中短篇，如《往事与刑罚》《祖先》等实验性小说之外，你很少书写远离自己生存记忆的历史。记得在《虚伪的作品》中，你曾反复强调，你的小说创作与现实之间一直存在着极为紧张的关系，如何摆脱现实经验的制约，是你碰到的棘手问题。《第七天》出版之后，也有人质询你对现实的处理过于依赖新闻事件。而《文城》首次将叙事放到了遥远的历史之中，在清末民初的世纪交替大背景下，展开故事的叙述。这似乎隐含了你内心里打算摆脱现实箝制的意愿。这种单纯的历史叙事，给我的感受是，让你仿佛获得了某种叙述的解放，故事显得特别奔放，几乎看不到作家的任何顾虑。

余华：《文城》写了很长时间了，对我来说，《文城》不是新人，是旧人。很多年前开始写的时候，只有一个愿望，就是要把二十世纪都写到，《活着》的故事是从四〇年代开始的，我要去写写之前的故事，没有想要去摆脱现实，现实是无法摆脱的，近在眼前的是现实，远在天边的也是现实，我要去写写远在天边的现实，这对我很有意思，我写下的现实很远，可是我写作时的感受很近，近到可以伸手去触摸，我在写作时要找到远与近的交汇点，让语言和叙述在这个交汇点扩展出来，或者说解放出来。大年初三这一天，我读了丁帆的评论文章，他从四个方面给《文城》定位，传奇性、浪漫性、史诗性和悲剧性，这确实是一个传奇浪漫的悲剧，至于史诗，我理解是丁帆对《文城》的期待，他期待《文城》是三部曲的第一部。

洪治纲：《文城》让很多人都觉得，那个当年写《活着》的余华回来了。我也有这种感受。因为《文城》里洋溢着巨大的悲悯。它从"林祥福寻妻"这个小小的个人愿望出发，慢慢地卷入历史的巨大洪流之中，不仅对命运发出了长天浩叹，而且对苍生进行了深切的叩问。一次次的天灾，加上一次次的人祸，让我们看到那个富足安宁、木屐声声的鱼米之乡，一步步走向民生凋敝、万物死寂的境域，凸现了作家胸中难以排遣的悲怆之情。可以说，它怀抱人间，直视苍生。一部小说的写作，有时也会让作家经历一场漫长的情感折磨。我的感受是，你在写作这部小说的过程中，应该经历了漫长而复杂的人生体验吧。

余华：漫长的体验，因为这是漫长的写作，断断续续，回来和离去，离去就是几年，回来往往只有几个月，直到去年终于完成。你问我写作《文城》时的人生体验是什么，我的感受是没有尽头，就像林祥福对小美的寻找。你说到一次次的天灾，《文城》的开篇就是三次自然灾害，不从叙述的顺序，从时间的顺序来说的话，是冰雹、龙卷风和雪冻。冰雹让林祥福和小美真正走到了一起，这个在叙述里很重要，我最初描写冰雹，是夏天的情景，因为冰雹通常是在夏天出现，可是我写作时的感觉总是不对，叙述告诉我，冰雹过后应该是大地苍凉、寒风凄厉的景象，田氏兄弟为死去的父亲掘坟时锄头砸在坚硬的土地上，失去茅屋的人裹住被子站在寒风里，可是这样的情景不会出现在夏天，所以我让冰雹在冬天来到，可能就是这个改变，定下这部小说的基调，也可以说是人生体验，就是苍凉和凄厉，当然前提是现实中冬天也会有冰雹，而且并不罕见。

洪治纲：《文城》仍然是一个有关寻找的故事。其实，《第七天》也是一个寻找的故事，杨飞穿梭于阳间和阴间，不断寻找曾经失去的亲情和友爱，当然也为了探寻现实苦难背后的真相。而《文城》里的寻找，则是为了寻找人间的深情厚义。当林祥福抛离殷实富足的北方之家，千里迢迢踏入溪镇，虽然是为了完成自己当初对小美的承诺，为女儿找到母亲，但在此后十七年的生活中，他的寻找似乎是为了见证，见证这纷乱的人间，情义、仁爱、谦卑等等美好的人性。寻找，在你近期的小说中，往往成为一种很重要的故事内驱力。但是，《文城》的特殊之处在于，林祥福所要寻找的"文城"，是一个并不存在的地方，一个人物渴望而不得的"家"，也是一种身与心相统一的栖息地。

余华：《第七天》是寻找，《文城》是寻找，我现在正修改的小说也是在寻找，虽然寻找的故事不一样，寻找的意义也不一样，有一点是一样的，寻找确实成为了我写作中重要的故事内驱力，但不是近期，已经完成的《第七天》《文城》和还没有完成的，这些故事已经伴随我多年了。《文城》里林祥福的寻找是这个故事的起因，也是没有结局的结局，这是有血有肉的寻找，不是哲学上的寻找。不存在的"文城"在小说里第一次出现时，是阿强随口编造的，此后贯穿了全文，最后成为书名，成为书名的唯一因素是"文城"的不存在，于是"文城"不再是阿强的一个谎言，也超出了小美的心底之痛和林祥福与女儿没有尽头的找寻，"文城"似乎成为了某个象征，这个象征是什么，我说不出来，程永新说文城就是民国乌托邦，他说得很好。

洪治纲：《文城》从一种单纯的情感故事开始，尽管纪小美的情感并不单纯，但基本上是沿着一种言情的套路在展开：纪小美既放不下怯懦柔弱的丈夫阿强，又放不下忠厚善良的林祥福，更放不下刚刚生下的女儿，这种情感撕扯构成了小说前半部的主线。但是，随着兵匪情节的出现，小说的故事骤然发生了变化，叙述也变得特别狂放。或兵或匪，尤其是张一斧等三股土匪轮番作恶，不乏各种极度血腥的场景。将这种凄婉的情感故事与血腥的暴力叙事融合在一起，似乎是你有意为之的结果，当然也有故事的发展过程不受你自己控制的结果。我相信，这两种不同的叙事，一定会给作家带来完全不同的体验，因为它们隐含了人性与社会性的不同向度。

余华：我前面说过我想去写时代背景在《活着》之前的故事，这就决定了我要去描写那个时期的动荡不安。如果我让林祥福怀怀抱女儿来到溪镇就结束正篇，接下去从小美和阿强的角度写，写他们回到溪镇结束补篇，这将是一个单纯的故事，这个故事的时间完全可以放到今天，可以放到任何时候，没有必要放到清末民初。既然是那个时代的故事，就应该有那个时代的气息，那个时代的社会性，林祥福身处乱世，不把这个"乱"写出来的话，林祥福很难属于那个时代。兵和匪在小说里的出现是不一样的。北洋军是溃败时经过溪镇，这是那个时代的重要特征。与北洋军浩浩荡荡出现不同，土匪可以说是悄悄地出现，最先出现是林百家与顾同年订亲的时候，溪镇的百姓之前没有心理准备，然后有关土匪的篇章越来越多，是自然叙述出来的。当然对于写作者，写下不同内容时的体验肯定是不一样的，但是有一点是一样的，就是如何去书写人性，不同的内容里都有人性的表达，丁帆在评论《文城》时说，人性的千变万化才是小说的基石。

洪治纲：大凡小说，总是从日常出发，沿常理常识发展，最后往往会形成一种有违常理的结果。如果因与果之间，呈现的是必然关系，那就未必需要小说这种虚构的故事。在《文城》里，林祥福应该是一个具有各种传统优秀品质的人，最后竟然将自己的命运演绎成一种传奇。在这种传奇的背后，除了小美的欺骗，就是土匪的行恶。在这种柔刚交织的对抗下，林祥福似乎不断陷入命运的失控之境，最终形成了一种传奇化的效果。你在书写林祥福这个人物时，是否意识到他会具有某种传奇特征？或者，你对小说的传奇性，有哪些思考？

余华：去写一百年前的故事，同时又不把它写成历史小说，那么传奇性自然会是小说的重要特征。通常来说，小说的传奇特征往往具备了浪漫性和戏剧性，我在正篇写从林祥福这里出发的故事时，在叙述上加强了浪漫性和戏剧性，在补篇写从小美这里出发的故事时，仍然有着浪漫性和戏剧性。在浪漫性和戏剧性之外，社会性似乎更为重要，社会性给予了小说时代背景，是时间上的定位，正篇是用动荡不安的方式写下了社会性，补篇是以封建压抑的方式写下社会性。如果要把《文城》叙述里的传奇特征按顺序排列出来，应该是社会性、浪漫性和戏剧性，还有悲剧性，这里的悲剧性是从社会性里生发出来的。

洪治纲：我们谈谈《文城》的张力吧。《文城》在叙事处理上，张力运用相对比较简单，林祥福、陈永良、顾益民、田大五兄弟、陈永良的妻子、翠萍等等，都是纯朴、宽厚、善良的人，是传统伦理上的至善人物；即使纪小美和阿强因欺骗林祥福而诱发了整个故事的开始，但他们也饱受了人伦的折磨。而在张力的另一面，则是天灾和匪祸，是极恶的代表。事实上，使用这种最简单的、极致化的张力来推动小说的叙事，在一般作家的笔下，很容易陷入一种基于偶然性和传奇性的叙事窠臼。《文城》则成功地摆脱了这种窠臼，尽管它依然带有传奇性，但我们被一种深厚而又慈悲的情感所笼罩，完全冲淡了对各种偶然性巧合所带来的阻隔。这让我想起《活着》。在《活着》里，你一共写到了十个人的死亡，且绝大多数人的死亡都是偶然的、突发性的，因为巨大而无助的悲情，使读者并没有感到突兀。所以，我们常常会看到，无论面对一个怎样千奇百怪的故事，优秀的作家总是能够让人心悦诚服，而技能不足的作家，哪怕是处理一个真实的故事，都会让人处处生疑。

余华：《文城》的叙述有一个特点，就是章节短，虽然也有一部分比较长的章节，在三百四十八页的篇幅里，二十四万五千字，总共有一百一十一节。我此前的五部长篇小说中,《许三观卖血记》的章节也是多而短,但是《文城》的章节更多。其实定稿之前不是这样,每个章节都在万字以上,只有少数几个章节是几千字,我是在最后的修改时改成了一百一十一个章节的,这是为了叙述的流畅性,因为《文城》的叙述由顺叙、倒叙、插叙和补叙四种叙述方式组成,定稿前每个章节都很长,我修改的时候发现章节的分配是按照这四种叙述方式来确定的,所以阅读的时候叙述方式之间的转换显得生硬,原因是这四种叙述方式来回转换的次数过多,如果像《在细雨中呼喊》中叙述转换的次数不多的话,是可以按照叙述方式不同来分章节的,但是《文城》不行,当我把《文城》里的章节分得多而短之后,顺叙、倒叙、插叙和补叙之间的转换在阅读里不经意间就完成了,而不是插上路标去指示阅读:前面是顺叙,前面是倒叙,前面是插叙,前面是补叙。你所说的如何让读者没有因为故事的内容感到突兀,对人物和细节的把握至关重要,叙述的流畅性也是至关重要。

洪治纲:《文城》最让我迷恋的是叙述。《文城》的叙述非常舒坦。它像江南的河流一样,清幽平缓,明亮开阔,沿途都是绿油油的菜地稻田,有时也不乏花团簇簇。说实在的,它让我们再一次看到了优秀作家处理叙事的能力,也就是说,我可以不用去关注小说的内涵,阅读本身就是一种巨大的享受。一个个比喻看似未经任何修饰,却像刀刻一样留在我的记忆中,诸如"像垂柳一样谦卑""小美转过身来,一条鱼似的游到他的身上""她们涂满胭脂的脸被泪水一冲,像蝴蝶一样花哨起来"。大量的细节场景都显得意趣盎然,像有关木匠技术的叙述,龙卷风和大雪灾的叙述,顾家三个少爷撑着竹竿过河的叙述,溪镇民团与土匪在城墙边的对决,土匪张一斧的凶残杀戮行为,陈永良用尖刀击杀张一斧,以及田大和他的兄弟两次来溪镇接东家的场景,都给人以强烈的视觉冲击。温情和暴烈的叙述,几乎在《文城》中同时获得了全面的彰显。

与此同时,《文城》的整体叙事又是节制的,只是在一些关键的情节上,显得放纵而又魔幻,特别是在一些灾难性场景的叙述中,笔墨近乎奢侈和奇幻。譬如有关冰雹、龙卷风、暴雪的叙述,土匪对付绑票的各种刑罚,林祥福吃人肝饭,城隍阁苍天祭拜仪式等等,所以有学者认为,它带有浪漫主义式的传奇意味。我的感受是,在一些重要细节上,你的想象力显得特别奔放,不断涌现类似于魔幻的场景,它使小说体现出强烈的抒情性特征。在处理这样细节时,我感到作家似乎有一种内心的放纵之感。

余华:我写作将近四十年了,写作时如何警觉细节和如何把握细节,已经深入到我的直觉之中，一切都是自然的。我在正篇里写完陈永良救出顾益民，摇着小船把顾益民送回溪镇后，马上回到前面陈永良与林祥福初次见面的地方，当时陈永良向林祥福讲述自己来溪镇之前靠打短工为生，我回去补上一句，陈永良还做过船夫。只需加上一句话，陈永良摇船就合理了。当然在叙述里也无需面面俱到，我在正篇里写到小美初见林祥福，穿上木屐在屋子里走动，发出的声响像是木琴的声音。为此我曾经在补篇第十七节里也写到了木琴，就是小美和阿强在上海的美好时光那一节，他们走进一家琴行，第一次见到钢琴这些外国乐器，还敲打了一下木琴，但是被我删除了，原因是这一节写得太长，把他们在上海的生活写啰嗦了，不只是删除了琴行这一段，也删除了其他几个情节。我当时感到没有必要把小美阿强在上海的所见所闻全部写出来，我用上了一个情节和场景，只是为了说明小美见过木琴似乎不值得。《文城》与我其他五部长篇小说有一点是一样的，就是细节撑起了故事。一部小说是否丰富有力，不是来自故事情节，故事情节只是骨架，而是来自细节。有位朋友赞扬我写顾益民当上民团团领出去剿匪时坐八抬大轿，夏天时有人给他扇风打伞，一副老爷的派头，虽然顾益民在我笔下是一个了不起的人物。这是我自动写出来的，因为我了解顾益民这个人物。陈永良手刃张一斧时，张一斧右手一直握着盒子枪，陈虹告诉我，她在读的时候想我是怎么让张一斧的右手离开枪拿出来，看到我写算命结束时，陈永良不是给他几文铜钱，而是一块光洋，张一斧听到倒在桌子上的声响不是铜钱是光洋后，贪婪让他的右手离开了枪。这样的细节描写对我来说都是自然而成的，有些细节，而且是极其微小的细节，会让我反复去想。在补篇第三十三节里，我写小美在雪冻之夜醒来，想念林祥福和女儿，她想象自己在夏天龙卷风过后的街上走向林祥福，从林祥福手中抱过女儿，我当时停下了，觉得只是写下了小美对女儿的情感，没有写下对林祥福的情感，第二天再写的时候增加了一个动作，小美对林祥福的情感也就表达出来了，她在想象里"走到林祥福面前，从他满是灰尘的头发上取下一片小小树叶，再从他手里把女儿抱过来，抱在自己怀里"。满是灰尘的头发上挂着树叶，同时也暗示了林祥福的漂泊和找寻之苦。

洪治纲：《文城》采用了补叙的方式，来处理小美的相关故事。因为小美在林祥福定居溪镇的当年就去世了。这种补叙的方式，在其他小说的结构中很少看到，你在写作过程中，是如何从结构上来考虑用这种补叙的方式？

余华：《文城》的结构，分成两个部分，正篇和补篇，分别从林祥福的角度和小美的角度来写，我曾经尝试把补篇里的内容放进正篇里，取消补篇，其结果是感觉到叙述的流畅性被破坏了，还是保留了这样正补两个部分。根据我的写作经验，检验一部小说的结构是否出问题了，就是叙述是否不够流畅，如果叙述是流畅的，那么结构没有问题，因为每一部小说的结构都是不一样的。

洪治纲：《文城》是你的第六部长篇，与上一部《第七天》相隔了八年之久。在这八年里，除了偶尔读到你的一些随笔性文章，很少看到你在小说创作方面的信息。但我记得你在出版《第七天》之后曾说，自己还有几部长篇未完成，正在对它们进行"人工呼吸"，不知道哪一部会首先苏醒。作为一位小说家，我相信你应该一直被自己未完成的小说所纠缠。因为常理告诉我，没有完成却又舍不得抛弃的作品，往往是某个阶段作家的情绪和思考都非常饱满时的产物，只是受制于当时各种因素的影响，没有达到自己预设的理想目标，导致出现了"半成品"。

余华：其实《兄弟》和《第七天》也是"人工呼吸"后苏醒过来的，这两部长篇小说当初写下了开头，《兄弟》有两万多字，《第七天》只有几千字，然后放下了，后来重拾起来，顺利完成。我的长篇小说，开了头放在那里的往往容易完成，写下很多的放在那里，往往很难完成，《文城》就是这样，是最接近完成的，又是最难完成的。我要感谢电脑，《文城》修改了一遍又一遍，如果没有电脑，每次修改时手抄一遍都会让我望而生畏。《文城》完成后，又有新的构思在引诱我了，但是我不再被诱惑，我要继续去修改未完成的，正在修改的是排在《文城》之后的第二接近完成的，同样很难完成。"修改"这个词在其他作家那里意味着即将完成，在我这里意味着不知道什么时候完成。

[特约编辑：朱婧熠]

文城·补

余华

一

在溪镇，一些上了年纪的人目击了小美和阿强的童年。其他孩子端着饭碗在街上嬉闹，他们两个吃饭时端坐在屋内桌前；其他孩子在街上欢声笑语玩着跳绳游戏，他们两个坐在铺子里一声不吭学习织补技艺。他们两个自成一体，与其他孩子，或者说与童年隔了一层窗户纸。

小美来自万亩荡西里村的一户纪姓人家，十岁的时候以童养媳入了溪镇的沈家。沈家从事织补生意，虽然是小本经营，在溪镇也是遐迩所闻。阿强是沈家独子，他名叫沈祖强，阿强是他的小名。

没有人在意沈家这个童养媳的名字，有一天一位赊账的顾客前来还钱时，只有她一人在看管织补铺子，那位顾客看着她虔诚地翻开账簿，笨拙地拿起毛笔，小心翼翼地蘸上一点墨汁，歪歪斜斜写下自己的名字——纪小美，然后溪镇有人知道这个沈家童养媳的名字了。

小美父母育有三男一女，她排行第二，在万亩荡的西里村租用田地种粮为生。困顿的日子让小美父母喘不过气来，他们觉得女孩早晚是别人家的人，不如早找一户人家送去做童养媳。

于是小美十岁时第一次离开西里村，她的母亲倾其所有，用干净的碎布给她缝制一身新衣，虽然是新衣，可是五花八门的碎布让她看起来仍然是衣衫褴褛。小美拉着父亲的衣角向前走去时，一脸茫然的表情，她不时回头张望，看见母亲站在茅屋前撩起衣角擦拭眼泪，她三个衣不蔽体的兄弟却是羡慕地看着她前往传说中的溪镇。

然后父亲的双手将她抱了起来，放进摇摇晃晃的竹篷小舟，她坐在满是补丁的草席上，没有补丁的地方油光闪亮。

差不多两个时辰以后，父亲的双手再次将她抱起，这一次把她放在溪镇的码头上。她右手拉扯父亲的衣角走在溪镇的街道上，她的眼睛金子般地闪耀起来。她第一次见到砖瓦的房子，见到街道，见到店铺，见到西里村没有的人来人往的景象。他们在沈家的织补铺子前站住脚，小美好奇地看着挂在门侧的文字幌，一块长方形的木板，中间镌刻一个"织"字，小美当时不认识这个字。

小美站在沈家织补铺子里东张西望，让她未来的婆婆心中不悦，觉得这是一个心思过于活跃的女孩。可是小美看上去干净清秀，让她未来的婆婆心里有了一些喜欢。这个外表严厉的女人一时拿不定主意，她注意到小美身上碎布缝制的衣服，说了一句：

"这样的穿着怎能进沈家的门。"

小美的父亲听了这话，脸上一阵红一阵白，刚刚挨着凳子坐下又马上站了起来，结结巴巴地说出几句告辞的话，拉起小美的手羞愧离去。

他们重新上了竹篷小舟，父亲没有和船家说话，一路上都是低头沉思的模样。

二

一个月后，溪镇的沈家托人给西里村的纪家捎去一身蓝印花布的衣裳。此时纪家已经托人为小美寻找新的婆家，他们以为溪镇的沈家没有看中自己女儿，没想到沈家竟然托人送来一身新衣裳。小美的母亲欣然落泪，父亲则是嘿嘿傻笑。

小美再次出现在溪镇沈家的织补铺子前，铺子里的三双眼睛亮了。穿上蓝印花布衣裳的小美焕然一新，不像是从万亩荡来的乡下女孩，像是从沈店来的城里女孩。那一刻婆婆心里涌上欣慰之意，觉得自己最终的选择是对的。这一个月里，这位婆婆见过另外几个送上门来的童养媳，都是长相一般，神情木然的女孩。

可是第二天早晨，这位婆婆又隐约觉得自己可能选错了。小美醒来发现自己的蓝印花布衣裳失踪了，放在床头的是一身旧衣服，她伤心哭了起来。婆婆脸色阴沉走进来，斥责道：

"什么时候了？还不起床。"

小美不懂规矩，满腹委屈地说："我的花衣裳不见了。"

婆婆冷漠地说："花衣裳岂能平常日子穿着。"

小美入门后以哭泣开始了第一个早晨，婆婆心里出现不祥之兆，隐约觉得应该将这个不明事理的女孩送回万亩荡西里村。

这样的想法在其后的日子里逐渐淡去，婆婆慢慢喜欢上了小美。穿上旧衣裳的小美依然清秀伶俐，而且十分勤快，扫地擦桌一丝不苟。小美进入沈家一个月后，开始学习织补技艺。决定将祖传的手艺传授给小美，意味着婆婆接受了这个童养媳。然后婆婆发现小美心灵手巧，也就是学了两个月，其手艺已经超过她那个学了两年的儿子。

三

小美点点滴滴了解到和蔼的公公是沈家的入赘女婿。在那个男尊女卑的年代里，他反其道而行之，在妻子面前十分谦恭，言听计从。

小美在广阔的万亩荡成长起来的活泼天性，来到溪镇沈家以后被自己埋藏在了心底，然后悄悄凝聚在蓝印花布的新衣裳上面。

这个女孩对花衣裳念念不忘，她知道花衣裳就在衣橱里。婆婆房间里的衣橱曾经有过明亮的朱红色，天长日久以后开始发黑。小美仔细擦拭它，日复一日想象花衣裳的美丽，直到有一天婆婆和公公外出时，小美才第一次打开柜门，柜门开启时发出沉重的吱呀声，把小美吓了一跳，她感觉有人来到身后，她胆怯地回头一看，看见那个与她同龄的男孩站在门口，这个未来的丈夫疑惑地看着她，不知道她在做些什么。

小美伸手抽出自己的花衣裳，在衣橱前脱下满是补丁的旧衣裳，在她未来丈夫的注视下，换上花衣裳，走到镜子前旁若无人般地欣赏起来，其间她回头看了一眼身后的男孩，站在门口的男孩那一刻看见她眼睛里金子般的颜色。

后来的日子里，只要家中的两位大人外出，小美立刻走进婆婆他们的房间，脱下补丁旧衣服，换上花衣裳，在镜子前流连忘返。阿强自觉地坐到铺子的门槛上，为自己未来的妻子望风，看见父母远远走来，他会大叫一声：

"回来啦。"

小美闻声而动，迅速脱下花衣裳，叠好后让花衣裳钻到婆婆衣服底下。回到家中的婆婆走进房间时，小美已经穿上补丁旧衣服，正在抚摸般地擦拭那个红得发黑的衣橱。

423

四

阿强时常是一副心不在焉的神情，他坐在门槛上为小美望风的时候仍然如此，差不多两个月后的一天，阿强看着街上往来的行人长时间发呆，他父母回家了也没有察觉，直到父亲在他脑门上拍了一下，他才猛然惊醒，身体从门槛上跳起来，可是眼前没人，正在他觉得蹊跷之时，脑门上又挨了一下，转身后才发现父亲站在屋里了，同时看见母亲正要走入那个房间。他不知道父母是什么时候从他身旁的门槛跨过去的，他亡羊补牢又不识时务地喊叫了：

"回来啦。"

婆婆看见身穿蓝印花布衣裳的小美正在镜子前面展示自己，这个十岁的女孩伸展双臂做出的一系列天真烂漫动作，在婆婆看来都是淫荡的举止。小美听见外面阿强的喊叫，急忙脱下花衣裳，转身后看见婆婆冷酷的眼睛，她眼前一黑，她眨了眨眼睛，重新看见婆婆在门口的阴影般身躯，小美瑟瑟打抖了。

五

对小美的惩罚是在天黑后的屋内进行，小美未来的公公在油灯下草拟了一封书信，递给同样坐在油灯下的婆婆，婆婆仔细读了一遍后点头认可，公公便起身拿来了印章和印泥，放在婆婆面前。

小美就站在一旁，她目睹了休书的整个过程。婆婆将书信拿起来给小美看了一眼，放回桌上后说："这封书信你带上，交给你父亲。"

婆婆正要说把她送回万亩荡，小美突然低声说："不是书信。"

小美摇着头，绝望的情绪让她脱口而出，她又说了一遍："不是书信。"

婆婆说："不是书信，是什么？"

"是休书。"小美说着将嘴唇咬破了。

婆婆心想这女孩真是聪明，然后说："你还没有正式过门，不能说是休书。"

说着婆婆摇了摇头，修正了自己刚才的话，她说：

"说它是休书也对。"

婆婆看了一会儿暗处的小美，小美仍然紧紧咬住嘴唇。婆婆缓慢地说：

"古人云，妇有七去：不顺父母，去；无子，去；淫，去；妒，去；有恶疾，去；多言，去；窃盗，去。"

婆婆将印章压进了印泥，她问小美："你犯了哪条戒律？"

婆婆的印章从印泥里出来，举在油灯下，看着小美，小美悲伤地回答：

"窃盗。"

"不对。"婆婆摇头说，"你没将衣裳拿出屋去。"

小美点点头，仔细想了一会儿后，低下头羞愧地说：

"淫。"

说完小美终于哭泣了，她的双手垂落下来，肩膀抽动着轻声痛哭起来。婆婆拿着印章的手举在那里，她的印章没有按到信纸上，而是拿过一块擦桌布，慢慢地将印章上的朱红色印泥擦拭干净，然后说：

"念你是年幼无知，暂且不送你回去。"

小美张开嘴，放声大哭了。她看见婆婆在油灯下皱眉，立刻倒吸了一口气，像是将哭声吸了回来，她的哭声戛然而止。

逃过此劫的小美，再也没有打开过那个红得发黑的衣橱。

六

小美长到十六岁的时候，婆婆隐约看见了过去尚在闺中的自己。小美干净整洁、不苟言笑、勤俭持家。此时小美和阿强已到男女婚配的年龄，婆婆决定择期举行当地礼俗约定的婚姻仪式。

织补沈家在溪镇也算家境不错，按理应该让小美先回万亩荡西里村娘家，等待迎亲的日子到来时，沈家前往接亲。可是节俭的婆婆还是免除了迎亲的仪式，只是邀请小美的父母前来吃一顿饭，举行一个简单的拜堂仪式，两人进屋就算是圆房了。

于是冬天里的一个风和日丽的下午，小美的父母和三个兄弟出现在沈家的织补铺子前，他们身穿补丁的棉袄，五个人的双手都插在袖管里，五张脸上的表情是一样的唯唯诺诺。

晚饭的时候，小美看着拘谨的父母兄弟，心酸地低下了头。婆婆准备了一桌丰盛的菜肴，这五个来自万亩荡的贫穷亲人却是胆怯地吃着。虽然他们饥肠辘辘，虽然桌上的鸡鸭鱼肉香气扑鼻，可是他们的双手仍然插在袖管里，仿佛是在互相等待，当父亲的手从袖管里出来，拿起筷子夹一块肉放进嘴里后，另外四个的手也从袖管里出来，也拿起筷子夹肉。父亲的双手重新插回袖管后，另外四个的手也都跟着插回袖管。就这样，他们的手从袖管里迅速出来，又迅速回去，快去快回像是小偷的手。

沉闷漫长的晚饭终于结束，拜堂的仪式开始。婆婆只是给小美准备了一身红棉袄红棉裤和一双绣花红鞋。该省的都省了，不该省的也省去了。倒是十二个鸡蛋的风俗仪式没有省去，在房间里给小美换上一身红衣时，婆婆亲自拿着十二个鸡蛋，一个一个从小美的裤腰里放下去，让它们从裤脚滚出来。小美感受到十二个冰凉的鸡蛋挨个沿着大腿滚到小腿的时候，似乎都在膝盖处停顿一下，敲门似的敲打一下她的膝盖骨。十二个鸡蛋没有一个破碎，婆婆从她的裤脚处接过去全部的鸡蛋后，告诉小美，十二个鸡蛋代表十二个月份，顺利滚下来没有破碎，意味着哪个月份生孩子都如母鸡下蛋一般顺畅。

小美认真点点头，这已是小美在沈家的习惯，六年来只要是婆婆说话，小美听了都要认真点头。然后一身红色的小美来到厅堂，与身穿长袍马褂的阿强并肩站立东边，拜罢天地，再拜高堂，夫妇交拜之后，这个童养媳的婚姻仪式也就草草结束了。

小美父母兄弟的双手一直插在袖管里，此刻起身告辞，他们像五个陌生人那样来到，又像五个陌生人那样离去。深更半夜，他们走出沈家，唯唯诺诺与沈家的人作揖告别，他们走去时只有母亲回头看了一眼，她没有看见小美，那一刻母亲的眼角再次流出泪水。

七

小美在冷清的新婚之夜将辫子挽起，以此告别姑娘时代，然后和阿强一起入了洞房。

穿着长袍马褂的新郎坐在床上打了一个呵欠后，起身来到她的面前。过去的织补少爷，此刻的织补新郎走到她面前后，一边注视她，一边开始漫不经心地踱步，仿佛是一条猎狗在它的猎物前绕圈，新郎盘算如何对待她，又一时拿不定主意。小美看着他的身影在地上拖过去又拖过来,中间停顿了一次,停顿的时候小美浑身抖动起来,接着身影又离开了,当小美抖动的身体慢慢安静下来后,突然看到地上的身影里伸出了手的影子,他扑了上来。接下去发生的让小美感到眼花缭乱,也就是片刻的时间,她离开椅子来到床上。她被织补新郎弄到床上躺下后,伸开双臂做出任人摆布的姿态。六年来她在沈家已经习惯任人摆布,新婚之夜也是同样如此。她紧闭双眼,咬紧牙关,一声不吭,任凭新郎气喘吁吁、满头大汗和手忙脚乱地折腾她。

新婚第二天,小美像往常一样早起。当婆婆起床时,小美已经做好早饭,正在细心扫地。这是婆婆没有料到的,新娘三日不下厨是溪镇的习俗,勤快的小美在新婚的翌日仍然和往常一样,婆婆心里欢喜。小美穿着一身旧棉袄,她的头发已经盘起,脑后出现一个发髻。

婆婆心里涌上爱怜之意,她拉过小美的手,摁住小美的肩膀,让她坐在椅子里,给小美整理了发髻,然后举手取下自己脑后的银簪子,插进小美的发髻。

八

婚后第三年的冬天里,一个衣衫褴褛的男子来到沈家的织补铺子前。那时候小美的公公婆婆和丈夫去了沈店,沈店的一户亲戚的新屋快要盖成,邀请他们前去喝上梁酒。这天铺子里只有小美一人,她低着头,双手麻利地做着织补活。

这个叫花子一样的男子终于开口了:"姐姐。"

小美一惊,抬头呆呆地看着这个男子,男子说:"姐姐,我是小弟。"

"噢,是小弟。"

小美站立起来,有些不安地扭头往里面张望一下,然后想起来公公婆婆和丈夫去了沈店,家中只有自己,她安心了,对铺子外面的弟弟说:

"小弟,进来呀。"

小美的弟弟此刻眼泪汪汪了,他摇摇头,没有走进铺子,而是开始漫长的讲述。他的讲述从二哥快要结婚开始,说到一个名叫彩凤的女子,显然是他二哥的新娘。他语无伦次,他的讲述来到一头猪的上面,这头猪也有一个名字,他一口一个"小胖"地叫着,直到他絮絮叨叨说着如何将小胖卖给溪镇的肉铺,小美才明白小胖是一头猪。他继续语无伦次,说卖猪的钱就是为了给二哥筹备婚礼,可是那一串铜钱没有了。他伤心地哭了,拉开自己的破烂棉袄,用手插进胸前的口袋,空手伸出来给小美看。

小美不安地看着他,身旁的抽屉里有铜钱,这是沈家的铜钱,不是她的。她进入沈家八年,没有一文私房钱。

这个时候,小美弟弟的哭诉变换了内容。他说到了父亲和两个哥哥,说他们来过溪镇,他们都走到沈家的织补铺子附近,偷偷看看小美。她的弟弟继续说,说他今天也是在附近站了很久,看见铺子里只有小美一人,才敢走过来。

小美不由自主往前走了一步,右手拉开那个抽屉,将铜钱拿了出来,双手捧起快速递给柜台外面的弟弟。她的弟弟急忙伸出双手,将铜钱接过去,哗啦几声将铜钱搁在柜台上,解开线结,嘴里一、二、三、四、五地数了起来,数到卖猪所得的铜钱后,就将剩余的铜钱从线绳上取下来,

双手捧起来还给小美,说道:

"姐姐,这些多了。"

小美木然地将剩余的铜钱双手捧过来,重新放回抽屉。她弟弟认真系上线结,将小美给他的一串铜钱小心翼翼放进胸前的口袋,擦干净眼泪,憨厚地笑了笑,对她说:

"姐姐,我走了。"

小美点点头,看着他双手交叉抱在胸前,保护着铜钱走去。他走远后,小美在凳子上坐下来,继续手里的织补活,可是她手上的动作不再麻利,变得迟缓,然后一动不动了。

九

天黑时去沈店亲戚那里喝上梁酒的三个人回来了,小美的公公和丈夫看到铺子敞开着,动手上起了门板。婆婆径直走入厨房,脸色愠怒,责备正在做饭的小美:

"天都黑了,还不上门板?"

小美战战兢兢,想说是忘记上门板,可是这样的话她也不敢说。婆婆继续责备小美:

"什么时候了,仍在做饭。"

小美战栗一下,婆婆不再说话,走出厨房,走过天井,走到外间的铺子里,在油灯下拉开抽屉,取出账簿,发现少了不少铜钱,她沉默了一会儿,合上账簿,推进抽屉,起身往里走,走进厨房,看见小美正将饭菜端到桌子上,家中另外两个已经坐在桌旁,等待开饭。婆婆语气冰冷地对小美说:

"你过来。"

当婆婆将账簿和抽屉里的铜钱放到柜台上时,小美浑身颤抖,语无伦次地说了起来,就像下午时候她的弟弟一样絮絮叨叨。婆婆听明白以后,面无表情地把账簿和剩下的铜钱放回抽屉,从小美身旁走过,穿过天井,走入厨房。

漫长的晚饭结束之后,小美清洗碗筷,将厨房收拾干净,忐忑不安地走到厅堂里,走入八年前出现过的情景之中。

小美的公公微微摇着头,写写停停,迟疑不决,几次抬头看一眼家中的女主人,好像要说什么,她严峻的表情让他欲言又止,只好低头继续书写。写毕递给了她,她仔细读了一遍后十分不满,问他:

"为何不写上窃盗?"

小美的公公不安地看了看小美的婆婆,轻声申辩了一句:

"接济自家弟弟,不该是窃盗吧?"

小美的婆婆一怔,二十多年来这个男人对她百依百顺,第一次没有顺从她。她摇摇头,然后扭头去看她的儿子,强行要他表态:

"你呢?"

阿强疑虑的脸上出现了清醒的神态,他应和父亲的话:

"接济自家弟弟,不该是窃盗。"

小美的眼泪夺眶而出了,严厉的婆婆则是表情木然,她在家里至高无上的权威受到挑战,她走神似的长时间没有反应,然后她的脸转向小美,声音僵硬地说出了八年前说过的那段话:

"妇有七去:不顺父母,去;无子,去;淫,去;妒,去;有恶疾,去;多言,去;窃盗,去。"

她看到小美浑身颤抖,眼泪纵横,她用八年前的话问小美:

"你犯了哪条戒律?"

小美双手捂住脸,眼泪从指缝里涌了

出来，她声音挣扎地回答：

"窃盗。"

小美的婆婆点了点头，扭头去看小美的公公，这个二十多年前的上门女婿低头不语。她又去看儿子，儿子没有看她，正在为无声哭泣的小美愁眉不展。然后她提高声音说：

"就是窃盗。"

小美的婆婆说着将手里那份令她不满的书信递给身旁的丈夫，不容置疑地说：

"写上窃盗。"

小美的公公拿起毛笔迟疑一下后又放下，低声说：

"小美八年来谨小慎微，勤俭孝顺，何必如此呢？"

小美的婆婆不认识似的看了一会儿自己的丈夫，这个男人竟然连着两次违抗自己，然后去看她的儿子，阿强避开她的目光，低下头去，片刻后说出一句倔强的话：

"她是我的人，应由我决定。"

小美的婆婆吃惊地看着儿子，她将没有写成的书信撕成四片，搁在油灯旁边，看了看身旁低头不语的丈夫和脸色铁青的儿子，又去看了看已经止住泪水接受命运的小美，小美轻声哀求婆婆：

"不用休书，我自己离去。"

小美的婆婆摇摇头，从撕成四片的书信里拿起一片，对小美说：

"这是惩戒书，不是休书，惩罚你回去西里村两个月。"

小美没有想到婆婆的惩罚只是让她回去万亩荡西里村两个月，之后她仍将回到溪镇沈家。小美已经止住的泪水再次流出，她哭出了声音，对婆婆说：

"我不会再犯。"

可是小美的公公和丈夫认为不该有惩罚，小美接济自己家人没有过错，况且数额也不大。公公再次对婆婆说：

"何必如此呢。"

阿强接上父亲的话，说得强硬，他对母亲说：

"不该如此。"

小美的婆婆悲哀地看了看自己的丈夫和儿子，她原本只是想雷声大雨点小地惩罚一下小美，可是丈夫和儿子连这样的惩罚也要反对，她被激怒了，她声音疲惫地对阿强和小美说：

"明日清晨，出西门，上大路，按溪镇习俗了结此事。"

小美的婆婆说完起身上楼，小美的公公和丈夫坐在那里目瞪口呆，他们没有想到她会这样决定，他们知道覆水难收，不知所措去看小美，小美泪眼蒙眬，对他们勉强笑了笑。

小美看见了自己命运的去向。她知道婆婆所说的习俗，就是三人走上大路，婆媳各走南北，让儿子选择，应该跟谁而去。小美听闻过两次这样的休妻事例，那两个男人最终都是跟随母亲而去，百善孝为先。小美心想，自己的男人也是个孝子，也会同样如此。小美不再流泪，撩起衣襟擦了擦眼角的泪水。她起身离开桌子，像往常一样去给公公和婆婆端来洗脚的热水，虽然婆婆已经上楼。

十

这个夜晚对于小美既漫长也短暂，她与这个相识八年，同床两年的男人将是最后一夜。

他扒掉她的粗布短裤，又脱去她的粗布内衣，双手抱住她，双腿也夹住她，她感到自己的身体被他捆绑住了。他开始咬她，先是咬她的嘴唇，咬得很重，她感觉到了咸的味道，知道嘴唇被他咬破了。他咬起了她的下巴，又长又深地咬着，疼得她想喊叫时，他的嘴松开了，咬起了她的肩膀，从左边到右边，咬了一次又一次。然后他的嘴来到了她的乳房上，咬了很长时间。她一直忍受着疼痛，直到他咬起乳头时，她才轻轻呻吟几声。他沿着她赤裸的身体往下咬，他整个人钻到被窝里面，咬她大腿的时候，被子被他的屁股拱了起来，冷风进来，她怕他着凉，双脚伸到被子外面，用脚指使劲夹住被子。最后他咬起她的阴部，敏感又疼痛。那一刻她掉出了眼泪，知道这个男人舍不得她的离去。完事以后，他没有像以往那样翻身下去呼呼大睡，而是继续压在她的身上，一动不动，过了很久他才从她身上滑下来，她听到他叹息一声，他好像有什么话要说，可是稍后他的呼吸声就均匀了，她知道他睡着了。

小美这一夜被阿强弄得伤痕累累，却没有疼痛之感。她在漆黑的夜里睁着眼睛，看见的都是过去的时光。很多往事闪过之后，远处传来雄鸡啼鸣声，接着邻居的雄鸡啼鸣了。她知道应该做早饭了，她悄声起床穿衣，踮脚出去，开门的吱呀声让阿强的鼾声中断，她站在那里一动不动，听到阿强翻身后鼾声再起，她才踮脚跨出门槛，关门时又是长长的吱呀声，她再次站住，过了一会儿才走向厨房，这时自家的雄鸡也啼鸣了。

十一

四个人围坐在桌子旁吃起早饭，小美低垂着头，把碗端在嘴边，每一口都是难以下咽，小美的公公一副心事重重的模样，吃得十分缓慢，阿强愁眉苦脸，吃一口停一下，只有小美的婆婆镇定自若地吃着，和往常没有什么两样，她看见儿子穿着平日里做织补活的皱巴巴旧衣服，就对他说：

"去换一身出门穿的衣裳。"

小美最后一个吃完早饭，她将碗里剩下的稀饭倒入嘴中，没有咀嚼就咽了下去。然后她收拾桌子，洗干净用过的碗筷，再将厨房清理一遍，才回到自己的房间，坐在梳妆桌前，重新梳理自己的头发，抹上发蜡后在脑后盘出发髻，右手举起银簪子时迟疑了一下，没有插入发髻，而是将银簪子放在梳妆桌上。

小美起身打开衣橱，将自己的衣服取出来包裹起来，关上柜门时看见蓝印花布的衣裳，她十岁时就是穿着这身花衣裳来到沈家，她伸手将花衣裳取出来，准备把它带走，可是花衣裳让她感到心酸，她重又放回去，关上柜门。

小美身穿干净的土青布棉袄，挽着包袱走出房间。她看见阿强换上棉长衫，婆婆穿上棉旗袍，婆婆看见她出来了就转身往外走去，阿强转身跟上，小美走在后面，出门时她回头望了一眼站在铺子里的公公，看见他正用手指擦着眼角。

十二

在溪镇这个阴沉的早晨，手挽包袱的小美走在婆婆和阿强的身后，与她第一次来到溪镇时东张西望不同，此时的小美低垂着头，看着自己的双脚，一步一步告别溪镇的街道。

三个沉默的人走出溪镇的西门，走上

大路,来到一个十字路口,婆婆站住脚,阿强也站住脚。

婆婆看看大路的南北两端,清晨的时候空无一人,婆婆说:

"就在这里了。"

婆婆说着向南走去,小美点点头向北走。她低头向北前行,走出了百十步,身后没有跟随上来的脚步声。小美抬起头,前面的天空里乌云翻滚,通向远方的道路仿佛是黑夜里的道路,小美一路向前,没有回头。

小美站在码头上,几个船家向她招手喊叫,她摇摇晃晃踏上最近的竹篷小舟,在船家的搀扶下,坐在船舱的草席上。

十岁离别父母兄弟,来到溪镇沈家八年,沈家已是她内心深处的家。

小美在船舱里哭泣流泪,让船家惊慌失措,船家在雨中的船尾大声喊叫,小美这才醒悟过来,知道自己正在竹篷小舟上,船舱外大雨滂沱,她看不清船家的脸,只听到他的喊叫,她抬起手擦干净自己的眼泪后,可以看清船家雨中的脸了。船家的嘴一张一合,正在和她说话,她听不清楚,知道是在询问自己,她向他摆摆手,表示自己很好。然后她安静下来,船家在雨中的嘴也不张合了。

十三

小美离去之后,阿强一副魂不守舍的模样,手里拿着织补的衣物,从早到晚一动不动,他什么都做不了,坐在那里就是一个摆设。

母亲知道阿强是在想着什么,她没有说出一句责怪的话。可是母亲不知道阿强每次换衣服时,打开衣橱都会见到小美没有带走的花衣裳,那时候阿强就会怔怔地看着花衣裳,脑子里一片空白。

这期间有媒婆几次上门,带来几个乡下姑娘,阿强都是看了一眼后,眼皮没再抬起来。媒婆介绍过两个城里姑娘,一个就在溪镇,一个在沈店,都是家境困顿人家,溪镇那户人家提出来的聘礼数目吓了阿强母亲一跳,自然是回绝了。沈店那户人家暂且没提聘礼,请他们先去看看,中意了再谈聘礼。于是这一天的天亮时分,阿强的父母穿戴整齐前往沈店去相亲。

父母走后,阿强独自一人坐在铺子里昏昏欲睡,十岁的小美身穿花衣裳站在衣橱前的情景这时若隐若现了,阿强从似睡非睡里清醒过来,此后一个念头降落下来,他一跃而起,上楼走进房间,打开衣橱,取出小美没有带走的花衣裳,又收拾了自己的衣物,给父母写下一封书信,下楼打开储藏杂物的小房间,移开一个破旧木箱,撬起一块地砖,下面有一个瓷罐,里面有两百枚银元,他揭开罐盖,数着数拿出一百枚银元,盖上罐盖,又拿走织补柜台抽屉里全部的铜钱,合上铺子的门板,背上包袱走过阳光照耀的街道,来到东门的码头。

上午的码头泊满竹篷小舟,阿强看到十多个船家同时招徕他,一时没有了主意,不知道该上谁的船。

一个船家试探地问他:"是去西里村接回你女人吧?"

阿强一怔,随即点点头,上了这个船家的竹篷小舟。

船家让他把包袱垫在身后,说这样坐着舒服。阿强照办了,船家对阿强说,当初是他送阿强的女人回的西里村,她在船上一直哭,他不知缘故,他见过回娘家时

430

哭的，但是没见过哭得那么伤心的，后来才听说她是被休掉的。船家说着提到了溪镇的另外两户人家，都是休妻数月后又后悔了，又去接回。他问阿强：

"快有三个月了吧？"

阿强点点头，船家看着他身后露出来的包袱，问他为何带上包袱，阿强没有回答，船家说去西里村是远了点，来回一天时间也足够了，何必带上包袱。

十四

中午时分，竹篷小舟来到小美的村庄。阿强撩起长衫跳上岸，回头对船家说：

"请在此等候。"

他四处张望，都是农田，走出一段路，见到在田地里劳作的村民，向他们打听小美父母的家。几个田地里劳作的村民没有应答他的话，他们议论起来，然后向着不远处的一个村民喊叫，一边喊叫一边伸手指点小路上的他。他看见不远处田地里的那个村民跳上田埂，一双赤脚向他跑来，跑来的村民十五六岁，与小美有点相像，这个村民跑到他跟前，看着他问道：

"您是姐夫大人？"

这时小美的弟弟完全认出他来了，高兴地说：

"您就是姐夫大人，您不记得我啦，我是小弟。"

阿强心里微微一颤，就是眼前这个小弟丢失了卖猪的钱，才使小美回到万亩荡。他看着小美的小弟，从头看到脚，看到小弟的裤管高高卷起，脚上全是泥巴。"您是来接姐姐回去？"

阿强点点头，小美的小弟身体闪到左边，左手往前一伸，请他先走：

"姐夫大人，您请。"

田地里干活的村民都直起腰，好奇地看这个溪镇来的男人手撩长衫走在田间小路上。小美的小弟一脸欢喜跟在身后，对着田地里的人大声喊叫：

"我姐夫大人来接我姐姐啦。"

小美的父母也在田地里劳作，听说沈家少爷来接女儿回去，急忙在水沟里洗干净脚上的泥巴，放下卷起的裤管，穿上摆在田埂上的草鞋，往家中跑去，跑在前面的小美父亲一边跑，一边回头骂小美母亲，嫌她跑得太慢。

那时候身穿满是补丁衣服的小美正在家中做饭，听到村里人在屋外叫叫嚷嚷，她不知道也没去想发生了什么，继续往灶里放入木柴，用火钳移动木柴的位置，将火势分布均匀。这时父母跑回家中，父亲一边将草鞋换成布鞋，一边指挥小美母亲：

"别让她做饭了，快让她去洗洗干净。"

小美母亲拉起小美眼泪汪汪说："你男人来接你了，你又是沈家的人了。"

这时阿强来到茅屋前，小美的父亲已经站在那里迎候，小美的母亲匆匆跑出去，站在丈夫身旁，他们恭敬地叫了一声：

"女婿大人。"

阿强也是恭敬地叫了一声："岳父岳母大人。"

接下去他们都不知道说什么，只知道笑着站在那里。

阿强看见小美手挽包袱从茅屋里出来，她看了他一眼后低下头。这一眼让阿强感受到了小美三个月来的忍辱负重，他眼圈红了，声音哽咽地对小美的父母说：

"岳父岳母大人，我来接小美回去。"

小美的父母连连点头，嘴里说好好好。小美低头走到阿强跟前，身体微微颤抖，泪水在眼眶里打转。

阿强再次对小美的父母鞠了一躬说："我带小美回去了。"

十五

溪镇织补沈家的少爷出现在没有一间砖瓦房的西里村，来接走小美，村里喧哗起来，他们跟随阿强和小美，走向那条竹篷小舟。

小美低头前行，她的眼睛里满是走动的脚，她紧紧盯住长衫下面走动的两只脚，那是她丈夫的脚，她要寸步不离。

小美被休回家后，父亲说眼下不是农忙时节，田里的活不多，小美不用下田，做好家务活就行。小美知道父亲让她暂时不要出门，免得丢人现眼。现在小美被接回溪镇，父母兄弟重新扬眉吐气，可是小美一直低垂着头，直到她坐进竹篷小舟，船家将竹篷小舟撑开离岸，在水面上摇晃而去时，她才抬起头来寻找岸上的父母，她的眼睛在岸上长长一条的人群里看见了母亲，母亲双手擦着眼泪，然后她看见了父亲，父亲也哭了，他正用手背擦着眼睛。

身旁的阿强拿过去小美怀里的包裹，塞到她背后，让她舒服靠着。阿强的体贴举动让她眼含热泪，命运峰回路转，她真想大哭，可是她忍住了。竹篷小舟在水面上劈波斩浪而去，小美心想两个时辰以后就会到溪镇，就会走进织补沈家。想到要见到婆婆了，小美忽然有些紧张。

这时阿强对船家说："去沈店。"

船家不解，问他："不回溪镇？"

阿强说："不回溪镇，去沈店。"

船家说："虽说去沈店比去溪镇近了，可是我还要回溪镇，天黑后不好行船。"

阿强说："给你双倍的船钱。"

小美疑惑不解看着阿强，阿强神色得意地解开他的包袱，让小美看看放在最上面的花衣裳。小美的眼泪夺眶而出，她明白了，阿强不是来接她回去溪镇沈家，而是带她走向未知之地。

小美泪光模糊地看着午后的阳光洒满水面，水面上金光闪闪，竹篷小舟在金光闪闪之上向前而去。

小美十岁那年第一次离开西里村，抓着父亲的衣角走在溪镇的街道上时，她东张西望的眼睛里闪耀出金子般明亮的颜色，这是八年前的颜色，如今她跟随阿强远走他乡，金子般明亮的颜色重归她的眼睛。

十六

他们在沈店度过了无拘无束的下午和夜晚，其间阿强心血来潮走进一家裁缝铺，要给小美做上一身新衣裳，裁缝用尺子量了小美的尺寸，告诉他们三天后来取，准备付定金的阿强转身窜出了裁缝铺，裁缝和小美面面相觑，两个都没有反应过来，然后小美脸色羞红地走出裁缝铺，看见阿强在街道斜对面向她招手，她走到跟前，阿强悄声对她说等不了三天，明天就要去上海，到了上海再去找一家裁缝铺做上一身好衣裳，上海的裁缝一定比沈店的技高一筹。

小美在沈店第一次走进餐馆，她小心翼翼跟在阿强身后，他们走到柜台那里，小美跟随阿强，抬头看起两排挂在墙上的竹筒，竹筒上刻着不同面条的名称和价格，小美没有想到世上竟然有这么多种类的面条，她正在惊讶之时，阿强阔气地点了一份猪肝面和一份腰花面，然后小美听见铜钱在阿强手里的碰撞之声。

这样的碰撞之声再次响起已是临近傍晚,他们站在旅店的前台,阿强付完房费之后,小美跟随他走上楼梯,楼梯在昏暗里发出嘎吱的响声,让小美感到楼梯要倒塌似的,她伸手拉住走在上面阿强的衣服,走入房间后才松开手。

落日的余晖从窗户照射进来,停留在床角,小美好奇察看房间的眼睛看到这落日的告别之光时,听到阿强的叫声,小美吓了一跳,阿强惊魂未定告诉小美,他的父母也在沈店,他竟然忘记了这个。小美哆嗦了一下,脸色苍白起来。阿强却是变脸似的转瞬间一脸轻松的表情了,他看看窗口夕阳西下的光芒,笑着对小美说,这个时刻父母应该回到溪镇了。小美听后仍然有些忐忑,阿强说:

"我们已经在旅店里了,即使父母还没有回去溪镇,也不会碰见我们。"

话音未落阿强就抱住了小美,同舟共济般地扑到床上。阿强用眼花缭乱动作脱光小美的衣服,他脱光自己衣服时的动作则是井然有序。两人赤裸裸躺进被窝,小美再次经历了一个铭心刻骨的夜晚,前一个铭心刻骨的夜晚是她告别沈家前的那个夜晚。

十七

这是小美人生里昙花一现的时刻,这样的时刻还在继续。她跟随阿强来到了上海,他们在上海整日游手好闲,他们自己也不知道过去了多少日子,这天阿强突然拍了一下脑门,叫了一声,他想起了在沈店裁缝铺外说过的话,然后带着小美去了一家衣庄,他说上海真是大地方,裁缝铺叫衣庄。

对上海熟悉起来的阿强不再有胆怯之意,他带着小美走进去时身体摇晃,故意让口袋里的银元发出碰撞之声。他为小美定制了一件碎花面料的旗袍,海派风格的收腰开衩的旗袍。他拿出银元递给衣庄的裁缝师傅,裁缝师傅把银元往柜台上一掷,觉得声音很纯,就收起了银元。

三天后的下午,小美在旅社的房间里,穿上这件旗袍后说,开衩高了,到了膝盖上面一点,别人会不会看见自己的大腿?阿强站着看了看,又蹲下去看了看,然后说:

"从上往下看,看见膝盖;从下往上看,看见一点大腿。"

小美说:"在溪镇是穿不出去的。"

"这是你在上海穿的。"阿强说完补充了一句,"我们不会回溪镇了。"

这是小美听到阿强说出来的最后一句美好话语。到了傍晚的时候,这个神采飞扬的阿强消失了,那个心不在焉的阿强回来了。

阿强脑袋歪斜着坐在窗口的凳子上,像是霜打的茄子蔫了。小美一怔,阿强神情的瞬间变化让小美有了不祥之感,她坐在床上,坐在夕阳的余晖里,阿强迟疑不决的声音开始响起,他告诉她,这些日子开销过大,又是只出不进,他离家时带出来的银元所剩无多了。

小美眼睛里金子般闪亮的颜色逐渐淡去,这样的颜色在离开万亩荡西里村以后每天都在闪耀,现在随着夕阳下黑夜来临,这样的颜色在小美的眼睛里熄灭了。

这天夜里阿强睡着以后,小美想了很多,在上海的这些日子让她见多识广,她知道接下去做什么了。她可以重操织补活,如果织补生意做不下去,她可以去一家商店做店员,如果做不成店员,她可以去某个大户人家做女佣;如果没有大户人家雇用她,她可以去普通人家做女佣,如果连普通人家也没有雇用她……想到在上海花街柳巷的所见所闻之后,她不惜以卖身来养活阿强。

然后,她安静地睡着了。

十八

早上醒来时,小美吃惊地看着站在床前的阿强,阿强又是神采飞扬了。见到小美醒了,阿强兴致勃勃对她说:

"今天动身去京城。"

阿强告诉小美,去京城投奔他的姨夫,姨夫曾在恭亲王的府上做过事,在京城应该是左右逢源,姨夫能够为他在京城谋得一份差事,而且会是一份好差事。小美收好旗袍,穿上土青布衣服,头上包上蓝印花布的头巾,跟随阿强北上京城。阿强踏上前往京城之路时神采飞扬,可是只是飞扬了三天,然后他又是心不在焉的神情了。当时他们坐在拥挤的十二匹马三节套的马车上,男女老少南腔北调。正在前往的京城给予小美很多遐想,那是皇帝居住的地方,那里的房屋街道应该比上海的更加气派,在京城安定下来的憧憬让小美异常兴奋。可是小美的兴奋也是只有三天,马车在大路上拐弯向右而去之时,阿强的神情变了,拐弯前还是神采飞扬,拐弯后心不在焉了。小美知道这意味了什么,她低下了头,她的神情追随阿强的神情,犹如身影追随身体。

傍晚时分,他们站在一家车店门外,阿强告诉小美,他不知道姨夫的尊姓大名,只是听母亲说起过有这么一位显赫的亲戚,年幼时去了京城,成年后回过一次沈店,那次回来是与母亲的一位表姐完婚。这差不多是母亲所说的全部。

阿强忧心忡忡,对小美说:"京城这么大,何处才能找到姨夫?"

小美对阿强说,京城是很大,恭亲王府还是容易找到的,府里也会有人知道姨夫大人,只要守在王府的大门外,向里面出来的人一个个打听,打听一位来自江南沈店的人士,总会有人知道姨夫大人的消息。

阿强振作起来,他听从了小美的话。两人继续北上,继续更换不同的马车,继续在一个个车店过夜,两人的话语越来越少,话语的减少不是他们之间有了隔阂,而是他们越是前行,京城的姨夫越是虚无缥缈,两人心照不宣,他们对前往的地方都是忐忑不安。

十九

他们在秋天里渡过黄河,来到一个名叫定川的地方过夜。阿强不知道前往京城仍有漫长路程,以为渡过黄河后,京城很近了,他吩咐小美,明天换上碎花面料旗袍,他也换上宝蓝色长衫,他们要体面地进入京城。

一辆三匹马二节套的马车载上他们两个,还有另外四人,清晨时刻马蹄声声驶出了定川的城门。

在颠簸的马车上,小美右边坐着阿强,左边是一个女人,对面坐着的三个男人同时看着她旗袍的开衩处,她微微脸红了,将右腿贴住阿强的左腿,手里的包袱放到左腿的旗袍开衩处,过了一会儿她偷偷看了一眼对面的三个男人，他们的目光已经移开，她觉得把自己藏好了。

中午的时候，他们在一家鸡毛小店休息了一个时辰，马车出发时，坐在小美左边的女人没有上马车，她手挽包袱站在车店门口，左顾右盼，像是等人来接她。

马车一路前行，很长时间过去后，一个车轮突然发出一阵响亮的嘎吱声，小美醒过来，正在惊讶之时，车轮支离破碎，马车倾斜倒地，小美眼见对面的三个男人滚落下去，她来不及叫出声音也和阿强滚到地上。

使劲抓住缰绳的车夫没有滚落，他歪斜身体"吁吁"叫着，三匹马拖着嘎吱作响的马车停了下来。

车夫跳下侧倒在地的马车，先看看撒落在地的破碎车轮，再看看站起来正在拍打身上尘土的五个人，哭丧着脸说，马车不能走了，他一个月的工钱赔进这车轮子里去了。

他们离开伤心的车夫向前走去，那三个男人走在前面，阿强和小美走在后面。小美故意放慢脚步，与前面的人拉开距离，前面走去的三个男人不断回头看看他们。

小美站住脚，她害怕与前面的三个男人共同走进黑夜。她拉住阿强的长衫，指了指旁边的一条小路，阿强的目光沿着小路的延伸看见一个村庄，小美说去村里找一户人家借宿一夜。阿强明白小美担心什么，他看了看前面走去的那三个男人，转身和小美走上了小路。

二十

阿强和小美走进村庄，一座砖瓦房的宅院在村口迎接他们，周边都是茅屋，阿强不由轻轻叫了一声，这是面对砖瓦房发出的惊讶之声，他走向围墙与房屋连接的宅院，有两个窗户打开着，他踮脚向里面张望，在一个窗口他看见里面有一个书柜，书柜里整齐放着书籍，他再次轻轻叫了一声，让小美也踮脚向里面张望，小美踮脚后看见书柜最上面一排书籍。

他们顺着窗户走到院门，关闭的院门挡住了他们，他们站在那里说话，阿强说这是一户富裕人家，小美说这户人家知书达理。这时候院门开了，身材高大的林祥福出现在他们面前。

林祥福在与阿强说话的时候，看了几眼容颜秀美的小美，其间好奇地看起小美身上的海派旗袍，见到旗袍的开衩有些高，移开目光后脸红了，随后再去看小美时，小美也是脸色泛红，她对林祥福笑了笑。

这天晚上，小美安静地看着阿强和林祥福，听着他们说话，心里却是波澜起伏。自从阿强突然来到西里村带走她之后，阿强时有惊人之举，这个夜晚再次让小美吃惊。阿强得知这两排六间的砖瓦房只有林祥福一人居住后，他告诉林祥福，小美是他的妹妹，而且谎说父母双亡。林祥福询问他们家乡在何处，阿强没有说溪镇，而是说出了一个小美不知道的文城。

看着阿强神采飞扬地说话，小美预感到了什么。

这天深夜阿强躺在炕上看着从窗户照射进来的月光，低声细语，断断续续，语无伦次地说着话，小美侧身躺在旁边，看着阿强，阿强的脸在月光里有着窗框的影子。

阿强讲述了继续前往京城的不安，讲述了此刻囊中羞涩，再怎么省吃俭用也维持不了多久。小美立即说把她的旗袍送进当铺，应该能够换出一些钱来。阿强叹息一声说当掉衣物只是一时之计，不是长久之计。小美依旧乐观坚定，她说总能找到生计的，天无绝人之路，即使一路讨饭也能讨到京城。

阿强不再说下去，过了一会儿开始说起林祥福，说他是个好人，家境也富裕。接下去阿强说话吞吞吐吐，说他明天独自一人离去，他要小美留下来。后面还有很多话，他难以启齿，嘴巴张了又张，始终没有声音。

小美安静地看着月光里阿强的脸，听着阿强说出来的这些话，她知道阿强后面要说的是什么，她等了一会儿，阿强没有声音，她知道那些话阿强说不出口，就安静地问他：

"你在哪里等我？"

阿强一怔，看着小美，然后他说："在定川的车店。"

小美继续问他："你会一直等我？"

阿强抱住了小美，小美从未感受过如此的温柔，她知道这是阿强的回答，她用同样的温柔抚摸阿强。月光看见两个身体在炕上纠缠，两个抱在一起的身体一直在互相寻找，似乎要将身体的每个部分紧贴在一起。

二十一

林祥福就像北方的土地那样强壮有力，他心地善良生机勃勃随遇而安。小美感受到的是一个与阿强绝然不同的男人，以及与溪镇绝然不同的生活。她在这里目睹了树叶纷纷飘落，大地逐渐枯黄，她从秋风习习经历到了寒风凛冽。

这样的日子不知不觉里过去了一天又一天，直到那场匆忙婚礼的到来，才让这样的日子进入尾声。婚礼后的深夜，林祥福从墙壁的隔层里取出木盒，把金条展示出来，小美惊醒般地感到自己要离去了，随后她心里一片茫然，似乎突然站立在没有道路的广袤大地上。

这些日子林祥福每天去田间察看麦子长势，在家的小美为林祥福做了一身新衣服和两双新布鞋，然后在厨房里为林祥福做了足够吃半个月的食物。

离去的前一天，小美在林祥福去田间察看麦子的时候，从里屋墙壁的隔层里取出那只木盒，打开后看着十七根大的金条和三根小的金条，迟疑之后拿出七根大的和一根小的，用一块白布裹好放进一个小包袱，再把木盒放回墙壁的隔层。她又在衣橱里把自己的衣物整理到一起，没有马上放进另外准备的大包袱。

小美没有把装有金条的包袱藏好，而是放在炕上贴近墙壁的地方，她不知道自己为什么要这样做，似乎是为了等待命运的裁决，看看林祥福是否发现。

林祥福上炕睡觉前看见了这个小包袱，他以为是小美明天去关帝庙烧香时要带上的，走过去两步，将没有系紧的包袱系紧了。小美看着他走向这个包袱，他只要提一下就会感受到金条的重量。他没有提起来，只是细心地系紧了。小美看着他走过去做出这个动作时，心里出奇地平静，她听天由命。

然后是天亮前，小美下炕后打开衣橱，不慌不忙将自己的衣物取出来，先铺在炕上，然后放入包袱系紧。她弄出来的声响让林祥福醒了一下，林祥福停止了鼾声，含糊不清地说了一句话，翻身后又睡着了。

小美右手挽起小的包袱，身上背起大

436

的包袱，在逐渐退去的月光里走出了林祥福家的院门，走上村里的小路，晨风吹落她脸上的泪水，她走过小路，走上通向定川的大路，泪水已被晨风吹干，这时候她的心里充满阿强了。

小美在定川的车店没有见到阿强。她茫然站在路边，脑子里只有一个念头，阿强在哪里？她不知不觉里从下午站到了傍晚，然后看见一个衣衫褴褛的叫花子从远处快步跑来，叫花子向她挥手，她听到了叫花子的叫声：

"小美。"

二十二

五个月的离别在相逢之时蒸发了，他们似乎没有过离别，他们回到了五个月之前的奔波，换乘一辆又一辆马车，不是一路北上，而是一路南下。

阿强在南下的马车上兴致勃勃，与不同的人说着不同的话，他的声音连续不断，就像一路前行的马蹄声。

小美没有欢乐的神情，她眼睛里出来的是忧愁的目光。还在林祥福那里时候，她的身体已经出现异样的反应，在渡过黄河后南下的马车上，她身体的反应开始明显起来，她意识到已有身孕，在一个夜晚的旅社里，她告诉阿强，阿强的神情只是微微惊讶了一下，随后恢复正常，他说渡过长江以后找一个长久居住之处，把孩子生下来。小美提醒他这是林祥福的孩子。阿强点点头，似乎说他当然知道这是林祥福的孩子。

此后的旅途里，小美一直心事重重，小美影响了阿强，阿强没有了兴奋的神情，他坐在马车上时很少与人说话，他想找出一些话来对小美说，可是一句恰当的话也找不到，他能够说出来的只是几句无关紧要的日常话语，然后他不再说了，他与小美一样，在沉默里越陷越深。

来到长江边的时候，小美的腹部已经微微隆起，双脚出现浮肿。阿强说在这里住上一夜，翌日再渡过江去。

在这个看得见长江听不见江水拍岸的旅店里，小美突然无声流泪，她觉得长江是一条界限，她过去了，就不会回头，那么林祥福不会知道也不会见到自己的孩子。

小美擦干眼泪，把持续了一些日子的想法说了出来，她要回去，回到林祥福那里，在那里把孩子生下来。

她双手护住自己的腹部说："这是他的骨肉。"

阿强吃惊地看着小美，一下子没有反应过来，小美再次说：

"这是他的骨肉。"

小美再次说出的这句话里有了不容置疑的声调，阿强的神情从吃惊到紧张，又从紧张到不安。过了一会儿，他有些结巴地说：

"你把金条偷出来，又再送回去……"

小美不解地问他："为什么要送回去？"

阿强疑惑地问她："你不把金条送回去？"

"不送回去，"小美说，"我把孩子送回去。"

阿强"噢"了一声，随即害怕了，他问小美："你不把金条送回去，他会不会杀了你？"

小美看着阿强，神色迷茫了，她说："不知道。"

过了一会儿，她摇了摇头，说道："他

是好人，他不会杀我的。"

又过了一会儿，她笑了，说道："即使杀我，他也会等到孩子生下来。"

两人商量之后决定返回定川，阿强再次在定川等候。

小美说："这次的等候会很久。"

阿强说："无论多久我都会等你。"

小美说："万一有个三长两短我死在了那里。"

阿强说："我会在定川等到死去。"

两人泪眼相看，然后泪眼相笑。

阿强问小美："生下孩子后，你就来定川找我？"

小美思忖片刻后回答："孩子满月后，我来定川找你。"

二十三

林祥福以田野般的宽厚接纳了小美，小美想过的种种惩罚无一出现，种种爱护一一到来。小美在这里再次出嫁，这次比上次正式，写庚帖合八字，庚帖在灶台上放了一个月，灶神爷保佑了他们。林祥福请来两位漆匠一位裁缝，漆匠给家具刷上亮晃晃的油漆，裁缝给小美做了一件宽大的红袍。然后林祥福把一张四方桌改造成花轿，小美身穿红袍坐上花轿，女儿有惊无险出生。

此后的生活看上去平静又快乐，林祥福沉浸其间，小美则是强作欢颜，女儿的出生仿佛是催促之声，催促她再次离去。

小美与女儿在炕上形影不离，白天时抱在怀里难以舍手，黑夜里她会从睡眠里醒来，伸手过去小心翼翼抚摸襁褓中女儿的脸，流连忘返的抚摸仿佛要把女儿的气息随手带上永留自身。林祥福出现在屋子里时，小美的眼睛才会离开女儿一会儿，她的眼睛去追踪林祥福了。

小美盼望女儿满月的日子慢点来到，可是每一天的日出到日落似乎是在眨眼之间。然后收生婆带着剃头匠来了，剃头匠用剃刀小心翼翼刮去女儿的胎发和眉毛，小美用一块红布将女儿的胎发和眉毛包裹起来的时候，双手颤抖了。

二十四

这天晚上，小美睡着没有多久，被女儿饥饿的啼哭唤醒，小美起身下炕点亮煤油灯，再坐到炕上给女儿喂奶。女儿吃饱之后她解开襁褓，让女儿趴在自己大腿上，给女儿换尿布。这时候小美惊喜地看见女儿的头抬起来了，此前女儿的头一直需要依靠，现在女儿的脖子突然有力量了，头抬了起来，而且东张西望。

小美叫醒林祥福，她要和林祥福共同经历这个时刻。林祥福支撑起身体，睡眼蒙眬看着小美，小美让他去看女儿，他看到女儿时"啊"地叫一声，完全醒过来了。

女儿的头一会儿往左，一会儿往右，一会儿往上，乌黑发亮的眼睛左边看看，右边看看，前面看看。林祥福笑出了声音，他说女儿的头动来动去，像是乌龟的头，他补充说：

"乌龟的头伸出来就是这样。"

这时的小美泪流满面，林祥福对着小美笑了，他说："将来女儿出嫁时你定然哭成个泪人。"

林祥福不知道小美流下的是离别之泪，女儿的头突然抬起来了，这是女儿成长里的最初一步，小美见证了这一步，她告诉自己应该走了。

二十五

星辰尚未退去之时,小美已经走在通往定川的大路上,她眼含泪水走在天亮之前的月光里,泪光在她眼眶里闪烁。

下午的时候,她在定川的车店下了马车,她走过一个街口的时候,心里突然升起一个念头,阿强会不会不再等她,已经走了,已经回到溪镇,回到他父母身边,如果真是这样,她就会回到林祥福和女儿身边。她这样想着又走过一个街口,她听到身后的叫声:

"小美,小美。"

那是阿强的声音,小美转过身去,看见阿强兴奋跑来。

小美在定川住宿一夜后,再次与阿强长途跋涉,昼乘马车夜宿旅店,一路南下。阿强不知道小美要去何处,只是一路跟随,接近上海的时候,阿强以为小美是要去上海,那里记载了他们两人最为快乐的时光。阿强问小美是不是去上海,小美摇摇头,说在上海开销太大。阿强迷茫了,过了一会儿他又问:

"去哪里?"

小美的回答让阿强吃了一惊,小美说:"回溪镇。"

二十六

阿强去万亩荡西里村接上小美远走他乡之后,沈母脸上严厉的神情不见了,阴郁的表情取而代之。

自从儿子与小美远走他乡后,沈母没有说过一句相关的话,其他的话也是越来越少。她每天早起晚睡操持家务,直到有一天病倒了。

沈母卧床不起咳嗽不止,一个毛手毛脚的女佣来到沈家,代替沈母做起了家务,然后沈家经常响起盆碗掉地的破裂声。

沈母病倒后,织补铺子的账簿就放在她的枕头旁边,账簿里夹着小美离去时留下的银簪子,如同书签,她合起账簿时就会把银簪子放入这一页。起初她还能半躺着,一边咳嗽,一边核对账目。随着病情加重,她已无力翻阅账簿,即使如此,她也不让账簿离开。她醒来时左手就会哆嗦地搁到账簿上,仿佛搁在自己的生命上。

这个曾经威严的女人那时目光空洞,有时神志不清,有一天晚上奄奄一息时突然叫出了小美的名字,一遍又一遍,越来越急促,睡在隔壁房间的沈父拿着油灯慌张地过来,对她说:

"小美不在这里。"

"叫她过来,"沈母声音虚弱地说,"账簿要交给她。"

沈父伸出手说:"账簿交给我。"

沈母继续虚弱而固执地叫着:"小美,小美。"

沈父无奈地站在那里,沈母叫累了,开始喘息起来,片刻后又对沈父说:

"叫小美过来。"

沈父回答:"小美不在这里。"

沈母好像没有听到他的话,仍然说:"去叫小美过来。"

"她不在这里,"沈父说,"她跟那个不孝之子走了。"

"走了……"

沈母安静下来,慢慢闭上眼睛。

二十七

又过去了一年，沈父也病了，似乎是和沈母一样的病，不断咳嗽，而且咳出了血丝。

入冬后的一天下午，有两个两抬轿子停在沈家织补铺子前，前面的轿子里出来了阿强，他迟疑地走向铺子，看着呆坐在里面的父亲，也就是两年时间，父亲已是风烛残年的模样，他忐忑不安地叫了一声：

"父亲。"

父亲一动不动看着他，他又叫了一声，这时父亲长长出了一口气，声音颤动地说：

"你回来了。"

阿强点点头说："不孝之子回来了。"

父亲问他："小美也回来了？"

他说："也回来了。"

父亲颤动地站起来，向铺子外面张望，问儿子："她在哪里？"

阿强犹豫一下说："在轿子里。"

父亲看着眼前的两个轿子，叫了两声："小美，小美。"

小美从后面的轿子里出来，低头站在那里，她听到公公说："进来呀。"

小美低头跟在阿强身后走进铺子，然后她才抬起头来，看见苍老的公公像是另外一个人了，公公说：

"你们总算回来了。"

公公步履蹒跚带着他们上楼去了卧房，从衣橱里拿出来账簿，递给小美，凄凉地说："她临终之时一直叫你的名字，要把账簿交给你，我说你不在，她不听，一直叫。"

小美接过账簿时，夹在里面的银簪子掉落在地，小美一怔，她弯腰将银簪子捡起来后哭着说：

"都是我的错。"

公公叹息起来，他说："这都是命。"

阿强和小美回来之后，沈父放心了，然后卧床不起。

三日后沈父溘然长逝，阿强和小美按其嘱咐办理了丧事，不隆重却也体面。然后他们取下门侧的文字幌，织补铺子从此歇业。此后的日子，人们很少看见他们的身影，倒是经常见到那个女佣，在清晨的时候手挎买菜的竹篮开门而出，买了菜回来又推门而入。

阿强和小美悄无声息地生活在那里，只是有时夜深人静，会有凄楚的哭泣传出，人们觉得那是小美的哭声，开始想入非非，猜测起他们在外两年的种种经历。也就是过去三个月，有关他们的传闻已经平息，他们仍然居住在溪镇，溪镇已经遗忘他们。

二十八

小美空闲下来时会坐在楼上卧房的窗前，她的眼睛很少向窗外张望，她低垂着头，借着窗外的光亮做着针线活，女佣上楼打扫房间时，注意到她是在缝制婴儿的衣服和鞋帽，起初女佣以为小美有了身孕，后来发现没有，女佣觉得这大概是小美的求子之举，毕竟小美婚后多年没有生育。女佣不知道小美缝制婴儿衣服鞋帽是对女儿的思念，她的思念都在这一针一线里。

小美缝制完成女儿的衣服和鞋帽，把它们放进衣橱的底层，上面是一层又一层自己和阿强的衣服，看不见这套衣服鞋帽了，关上柜门时她有了告别的感觉，仿佛她把那个过去放了进去。她曾经和林祥福有过两段生活，她曾经有过一个女儿，这些都是曾经了。

二十九

林祥福在溪镇出现的消息是女佣带回来的。女佣讲述里的背着一个庞大包袱的北方男人、女婴、风穿牡丹的头巾、文城,让小美神色突变,然后小美出了厨房,来到天井,她没有习惯性地坐在阿强身旁,而是坐在他对面。

此时小美的记忆听到了林祥福的声音,在那个遥远的北方之夜,林祥福语气坚定地告诉她,如果她再次离去,他会抱着女儿去找她,就是走遍天涯海角,也要找到她。

小美举起左手擦了擦两侧眼角,对阿强说:"他找来了。"

"他找来了?"阿强没有明白过来。

小美说:"林祥福。"

阿强和小美互相看着,却是什么也没有看见。阿强的眼睛里全是慌张,小美的眼睛里都是泪光,慌张的眼睛看不见对面的泪光,泪光的眼睛也看不见对面的慌张。

阿强突然问小美:"他为什么不去文城?"

阿强没有对林祥福说过溪镇,阿强说的是文城。

阿强再次问:"他为什么不去文城?"

小美问:"文城在哪里?"

阿强也不知道文城在哪里,他摇了摇头。

阿强问小美:"有没有与他说过溪镇?"

小美想了一会儿说:"他不知道溪镇。"

阿强说:"他不知道溪镇,为什么不去文城?"

小美再次问:"文城在哪里?"

阿强再次摇了摇头,小美想起刚才女佣说过,林祥福在街上向人打听一个名叫文城的地方。她把女佣所说的告诉阿强,阿强脸上慌张的神色开始消散,他感到林祥福不是找到溪镇来的,林祥福只是从溪镇经过,林祥福要去的地方是文城。阿强松了一口气,说道:

"没有人知道文城在哪里。"

三十

林祥福怀抱女儿出现在溪镇,阿强起初慌张随后镇静了。他对小美说,林祥福一定是在寻找他们,等着他们出现,他们只要闭门不出,林祥福见不到他们,就会离开溪镇。

这样的日子小心翼翼过去了四天,第五天早上,阿强冷不防惊叫一声,阿强说,林祥福不知道溪镇,但是知道他们的名字,他们把自己的名字告诉了林祥福。

阿强说:"他若是问到我们的名字,一定会找上门来。"

阿强没再说话,他走到天井里坐下,小美没有跟到天井,她站在原处,通过敞开的门,看着阿强耷拉着脑袋坐在那里。

阿强坐了一会儿后霍然起身,走回屋里对小美说:"我们离开这里。"

小美问:"去哪里?"

阿强说:"先去沈店,马上就走。"

阿强说完又慌张了,他说走出家门走到街上,就会遇到正在寻找他们的林祥福。阿强慌张的时候,小美很镇静,她说等女佣买菜回来,让她去商会门前叫两个轿子过来,坐在轿子里面,拉上帘子,外面的人是看不见的。阿强连连点头,他说坐上轿子离去,林祥福就不会见到他们。

441

小美觉得去沈店不会长住，林祥福离去后他们还是要回来，女佣暂不辞退，让她把家看管好。阿强继续点头，他重复小美的话，他说：

"让她把家看管好。"

小美在屋里走动，拿出一块银元和一小袋铜钱，这是留给女佣的。她把银元和铜钱放入原来织补柜台下的抽屉里，接着犹豫了，她觉得这次离去的日子或许会更长一些，她又去拿来一块银元，放入抽屉。然后小美走到衣橱前，这时候是夏季，她取出夏秋两季的衣服，看看冬季的棉袄棉袍，没有取出来，她觉得不会离去这么长久，她把两块蓝印花布扎成两个包袱，关上柜门时看见她缝制的婴儿衣服和婴儿鞋帽在底下显露了出来。

她目不转睛地看了一会儿婴儿衣服和鞋帽，然后把柜门关上，可是她转身之后无法离开，似乎失去了脚步，她不由自主再次打开柜门，这时她听到女佣买菜回来的开门声和关门声，听到女佣走进厨房后，她毅然取出婴儿衣服和婴儿鞋帽，走向厨房里的女佣。

小美来到厨房门口，告诉女佣，他们要去外地住上一些日子，女佣还没来得及点头，小美就让她去商会门前叫两个轿子过来，女佣没有想到他们马上就要走，她问小美：

"现在去叫？"

小美点点头说："现在就去。"

女佣取下围裙，准备走出厨房，可是站在门口的小美没有动，挡住了她，小美将捧在手里的婴儿衣服和鞋帽递给女佣，说这衣服这鞋帽留着也没有用处，不如送给那个北方男人，他女儿穿上或许合适。小美特别关照女佣，不要对那个北方男人说是谁送的。女佣接过婴儿衣服和鞋帽后，小美这才转身走开，她走了几步停下来，对女佣说，先把婴儿衣服和鞋帽送给北方男人，再去商会那里叫来轿子。

三十一

女佣将婴儿衣服和婴儿鞋帽放进一只干净的竹篮，挎着竹篮来到溪镇的街上，向人询问那个北方男人，有人说看见他向南走去了，女佣向南而去，一路询问北方男人的行踪，听说他已经走出南门，她挎着竹篮小跑起来，跑出南门才看见那个北方男人，她首先看见的是那个庞大的包袱，在前面的路上摇晃，她追上那个包袱，挡住北方男人的去路，从竹篮里拿出婴儿衣服和鞋帽，塞进北方男人手里，指指他胸前布兜里熟睡的婴儿，匆匆说了一句：

"给小人穿。"

她把婴儿衣服和鞋帽塞进他手里后，转身快步往回走了，她听到北方男人叫了一声，她没有回头，快步走进了南门。

女佣在商会门前等候的轿子里叫上两个两抬轿子回到沈家，坐在原先是织补柜台里面的阿强和小美，见到女佣回来，结束他们等待的姿态，起身走到柜台外面，提起各自的包袱，小美将包袱挽在手臂上问女佣，婴儿的衣服鞋帽送给北方男人了？

女佣说送给他了，说那个北方男人已经走出南门离开溪镇，她是一路小跑出了南门才追上他的。

女佣的话让小美怔住了，她看看阿强，阿强满脸惊愕，已经走到门口的他们站住脚，两个人互相看着。

小美走到柜台里面，把原本留给女佣的两块银元和那小袋铜钱从抽屉里取出来，银元递给阿强，让他收好，从小布袋里拿出四文铜钱，递给女佣，让她出去给外面等候的四个轿夫，小美对女佣说：

"不用轿子了，请他们回去。"

林祥福的离去使阿强如释重负，此后的几天他坐在天井里的时候，嘴角偶尔会出现一丝笑意。小美则是心事重重，从缠绕她的苦闷里出来后，又陷入深不见底的失落中，林祥福怀抱女儿已是近在咫尺……她后悔没有走上街去，躲在拐角处偷偷看看他们。

阿强不知道小美的心事，以为小美仍在担忧之中，他对小美说：

"他越走越远，去找寻文城了。"

阿强说到文城，小美不由再问："文城在哪里？"

阿强说："总会有一个地方叫文城。"

三十二

漫漫长路有始无终，林祥福走走停停，停停走走，走过了秋季，走入了冬季，他时常陷入到沉思里，他的身体前行之时，他的思维却在往回走，当他距离溪镇越远，溪镇在他心里反而越加清晰。

有一个人在他脑海里悠悠忘返，那个胳膊上挎着竹篮的年轻女子，嘴角含笑从竹篮里取出崭新的婴儿衣服和鞋帽，突兀地递给他，对他说了一句简单的话以后，就转身离去。

此后的日子林祥福怀抱女儿向南而行时，不断琢磨那个挎着竹篮的年轻女子飞快说出的那句话，他在路边的一条小河里用碗舀水，含在嘴里给女儿喂水之后，终于明白那个年轻女子说了什么，她说：

"给小人穿。"

他想起来了，是突然想起来的，当时阿强说到文城时，说是渡过长江以后往南六百多里路，他觉得溪镇距离长江差不多就是六百多里路程。

然后那个年轻女子所说的"给小人穿"的声音，不断在他脑海里响起，一个场景在他记忆里出现，在北方家中，他在阳光照耀下的院子里与田氏兄弟晒麦种，他告诉小美白露后要将这些麦种播种到田地里，坐在屋门前的小美缝制完成一件婴儿衣裳，举起来给他看，对他说：

"那时候这衣裳里面有一个小人了。"

林祥福在一座桥上站立很久后，决定返回溪镇。

林祥福在初冬的阳光里转身向北而行，换乘一辆又一辆马车，漫漫长路之后，他与飞扬的雪花一起进入溪镇。

三十三

林祥福怀抱女儿在雪冻时出现在溪镇，阿强和小美并不知道。平时是女佣每天出门，如今冰雪封锁了女佣出门的路，也封锁了其他人出门的路，溪镇已无开门的店铺。

这一天有人来敲门，女佣去开门，楼上的小美和阿强凝神静听，是商会派来的人，告知他们，商会在城隍阁祭拜苍天，祈求苍天终止纷飞雪花，让阳光照耀溪镇。

接下来的两天里，屋外有了持续不断的人声，去城隍阁的和从那里回来的在互相说话，他们声音响亮，去的人询问回来的人，城隍阁里祭拜的人多不多，回来的人说很多，从早到晚城隍阁里满是跪拜的人，去的人问冷不冷，回来的人说不冷，阁中摆了两排炭盆，即使没有摆上炭盆，

443

那么多人在一起也不会冷。

祭拜仪式进入到第三天，小美提议去城隍阁，她看见阿强点了点头，女佣也是点了点头，他们愿意去城隍阁。

下午的时候，他们三人在厚厚的积雪里艰难来到城隍阁，里面已经挤满跪拜的人。他们三人与其他人挤在城隍阁的台阶上，排队向里面张望，等待着里面的人跪拜结束出来，他们可以进去跪拜祭天。他们身边有人是连续三天都来祭天，说今天人最多，今天都挤不进去了。

这时城隍阁外的空地上已经跪下了几十个祭天的男女，站在台阶上的一个人走向空地，他走去时说不等候了，在露天跪拜更显心诚。有几个人跟着走过去，小美也跟过去，阿强和女佣跟在她身后。

小美找到一块空出来的积雪处屈膝跪下，跪进了雪里，女佣和阿强在她身边跪下，跪进雪里。

阿强跪下不久就说太冷了，已跪拜祭过苍天了，是不是该回去了。女佣点点头，也说该回去了。小美像是没有听到他们两个人的说话，她的身体在城隍阁里传出来的乐音里一起一伏。阿强看看四周，全是跪拜身体的起伏，他的身体挺直了一会儿之后，继续跟着小美的身体一起一伏，女佣的身体也继续跟上他们两个的节奏。

很长时间过去后，他们身上的寒冷一丝一丝流失了，像是手指被割破后，血在滴答掉落那样的流失。阿强感到失去了寒冷，也失去了腿的感觉，他对身旁的小美说：

"回家去。"

小美没有反应，她祈求苍天之后祈求林祥福了，她在心里对林祥福说：

"来世我再为你生个女儿，来世我还要为你生五个儿子……来世我若是不配做你的女人，我就为你做牛做马，你若是种地，我做牛为你犁田；你若是做车夫，我做马拉车，你扬鞭抽我。"

阿强想站起来，他僵硬的手臂搁在小美跪拜的背上，支撑着要站起来，但是他的双腿没有知觉，他再次对小美说：

"回家去。"

小美仍然没有反应，她看见林祥福了，林祥福就站在她面前，对她说：

"回家去。"

阿强说他热了，脱下棉袍，女佣说她热了，脱下棉袄，白茫茫的空地上很多人都在脱下棉衣棉袍。小美也感到身体越来越热，她呼吸急促心跳加快，她解开棉袍上的布扣，让棉袍敞开，仍然感觉很热，她脱下棉袍，解开里面的衣服。

这时候小美看见了女儿，女儿张开嘴对她嘻嘻而笑，女儿嘴里有两个白点，门牙生长出来了。小美泪流而出，这两行眼泪是她身上最后的热量。

三十四

城隍阁祭拜苍天仪式进行到第三天，林祥福怀抱女儿经过的时候，外面的空地上跪了一百多个祭天的男女，他们的身体在城隍阁内传出的乐音里起伏不止。

林祥福再次走过城隍阁的时候，一个灾难展现在了他的眼前，很多跪在空地上祭拜苍天的人冻僵死去了。这个悲哀的时刻，那么多的人喊叫着不同的名字，每一具冻僵的尸体前都围上一团人，他们用手指抠挖着死者脸上的积雪，试图辨认出自己的亲人，可是当他们将积雪抠下时，也抠下了死者的头发眉毛，还抠下了死者的

444

鼻子和脸上的皮肉。

　　林祥福见到一个清瘦的男子,林祥福依稀听到他在喊叫不要抠挖死者,他让人们回家去烧热水,他说用热水来浇开死者脸上的积雪,他双手作揖说道:

　　"请诸位保全他们的尸首。"

　　很多人离去,然后他们端着一盆一盆的热水回来,蒸腾的热气消散之后,凄厉的哭叫声也四散而去,浇到死者头上的热水流到积雪上结成了冰,一片坑坑洼洼的冰雪之地显示了出来。

　　城隍阁前的空地上剩下六具尸体,暂时无人认领留在那里,显得孤苦伶仃。站立在飞扬雪花中的林祥福不知道远处的这六个死者里面有小美和阿强,飞扬的雪花模糊了他的眼睛,他没有看见远处小美低垂的脸。那时候小美的眼睛仍然睁开着,只是没有了目光。

　　林祥福没有见到小美最后的形象——她的脸垂落下来,几乎碰到厚厚积起的冰雪,热水浇过之后的残留之水已在她脸上结成薄冰,薄冰上有道道水流痕迹,于是小美的脸透明而破碎了,她垂落的头发像是屋檐悬下的冰柱,抬过去时在凹凸的冰雪上划出一道时断时续的裂痕,轻微响起的冰柱断裂声也是时断时续。小美透明而破碎的清秀容颜离去时,仿佛是在冰雪上漂浮过去。

[特约编辑:朱婧熠]

图书在版编目（CIP）数据

收获长篇小说.2021.夏卷/《收获》文学杂志社编.
-- 上海：上海文艺出版社,2021
ISBN 978-7-5321-7936-7
Ⅰ.①收… Ⅱ.①收… Ⅲ.①长篇小说－小说集－中国－当代 Ⅳ.①I247.5
中国版本图书馆CIP数据核字(2021)第057439号

名誉主编：李小林
主　　编：程永新
副 主 编：钟红明　王　彪

发 行 人：毕　胜
责任编辑：李伟长　张诗扬
封面设计：陈安栋
插　　图：王小鹰
特约法律顾问：王　嵘　光　韬

书　　名：收获长篇小说 2021 夏卷
编　者：《收获》文学杂志社
出　　版：上海世纪出版集团　上海文艺出版社
地　　址：上海市绍兴路7号 200020
发　　行：上海文艺出版社发行中心
　　　　　上海市绍兴路50号 200020 www.ewen.co
印　　刷：苏州市越洋印刷有限公司
开　　本：710×1000 1/16
印　　张：28
插　　页：2
字　　数：581,000
印　　次：2021年5月第1版 2021年5月第1次印刷
I S B N：978-7-5321-7936-7/I.6294
定　　价：55.00元
告 读 者：如发现本书有质量问题请与印刷厂质量科联系　T:0512-68180628